RAZERNIJ

Van Jonathan Kellerman zijn verschenen:

Doodgezwegen*
Domein van de beul*
Het scherp van de snede*
Tijdbom*
Oog in oog*
Duivelsdans*
Gesmoord*
Noodgreep*
Breekpunt*
Het web*
De kliniek*
Bloedband*
Handicap*
Billy Straight*
Boze tongen*
Engel des doods*
Vlees en bloed*
Moordboek*
Doorbraak*
Lege plek*
Dubbele doodslag (*met Faye Kellerman*)
Therapie
De juni moorden
Razernij

*In POEMA-POCKET verschenen

JONATHAN KELLERMAN

Razernij

SIJTHOFF

© 2005 by Jonathan Kellerman
All rights reserved
Published by arrangement with Lennart Sane Agency AB
© 2007 Nederlandse vertaling
Uitgeverij Luitingh ~ Sijthoff B.V., Amsterdam
Alle rechten voorbehouden
Oorspronkelijke titel: *Rage*
Vertaling: Cherie van Gelder
Omslagontwerp: Pete Teboskins
Omslagfotografie: Corbis

ISBN 978 90 245 5757 8
NUR 332

www.boekenwereld.com

Voor mijn moeder,
Sylvia Kellerman

Met speciale dank aan Larry Malmberg, privédetective,
en rechercheur Miguel Porras

I

Op een saaie, koude zaterdag in december, vlak nadat de Lakers van New Jersey wonnen, ook al stonden ze bij de rust nog zestien punten achter, kreeg ik een telefoontje van een moordenaar. Ik had al sinds mijn studietijd niet meer naar basketbal gekeken, maar ik had het weer opgepakt omdat ik mijn vrije tijd wat zinniger wilde besteden. De vrouw met wie ik mijn leven deelde, was op bezoek bij haar grootmoeder in Connecticut, de vrouw met wie ik vroeger was, woonde met haar nieuwe vriend in Seattle – tijdelijk, had ze me verteld, alsof ik het volste recht had om dat te weten – en op dit moment had ik vrijwel geen zaken meer omhanden.

Ik had drie rechtszaken in twee maanden achter de rug: twee geschillen met betrekking tot zeggenschap over kinderen, waarvan er een redelijk minzaam verliep en de andere een echte nachtmerrie was, en een letselprocedure van een vijftienjarig meisje dat bij een auto-ongeluk een hand had verloren. Nu waren alle stukken ingediend en kon ik een week of twee op mijn lauweren rusten.

Ik had tijdens de wedstrijd een paar biertjes op en was op de bank in mijn woonkamer bijna in slaap gesukkeld, toen ik opschrok van het niet te missen gejengel van mijn zakentelefoon. Normaal gesproken liet ik mijn boodschappendienst opnemen. Waarom ik dat nu zelf deed, weet ik nog steeds niet.

'Dokter Delaware?'

Ik herkende zijn stem niet. Het was al acht jaar geleden.

'Daar spreekt u mee. Met wie spreek ik?'

'Rand.'

Nu wist ik het weer. Dezelfde slome stem, maar dieper, de bariton van een man. Inmiddels zou hij ook een man zijn. In zeker opzicht.

'Waar bel je vandaan, Rand?'

'Ik ben vrij.'

'Dus je zit niet meer in de CYA.'

'Ik, eh... Nee, ik ben klaar.'

Alsof hij een cursus of een studie had afgerond. Misschien was dat ook wel zo. 'Sinds wanneer?'

'Een paar weken.'

Wat moest ik zeggen? Gefeliciteerd? God beware ons? 'Wat wil je precies, Rand?'

'Zou ik... eh... met u kunnen praten?'

'Ga je gang.'

'Eh, nee... niet op deze... echt praten.'

'Onder vier ogen?'

'Ja.'

De ramen van de woonkamer waren donker. Kwart voor zeven 's avonds. 'Waarover wil je praten, Rand?'

'Eh, dat zou... Ik ben een beetje...'

'Wat wil je nou precies, Rand?'

Geen antwoord.

'Gaat het over Kristal?'

'Ja-ha.' Zijn stem sloeg over en hij hakte het woordje in tweeën.

'Waar bel je vandaan?' vroeg ik.

'Ik ben vlak bij u in de buurt.'

Ik werkte vanuit mijn huis en stond niet in het telefoonboek. *Hoe weet jij waar ik woon?* 'Ik kom wel naar jou toe, Rand,' zei ik.

'Waar zit je?'

'Eh... ik geloof... in Westwood.'

'Westwood Village?'

'Ik denk... wacht even...' Ik hoorde een bonk toen de hoorn viel. Een telefoonhoorn aan een draad, en verkeersgeluiden op de achtergrond. Een telefooncel. Het duurde meer dan een minuut voor hij weer aan de lijn kwam. 'Op het bordje staat Westwood. Het is zo'n groot eh... winkelcentrum. Met een bruggetje ertussen.'

Een winkelcentrum. 'Westside Pavilion?'

'Dat zal wel.'

Drie kilometer ten zuiden van Westwood Village. Gemakkelijk te bereiken vanuit mijn huis in de Glen. 'Waar zit je in dat winkelcentrum?'

'Eh, ik zit d'r niet. Het is aan de overkant. Dit is een... Ik geloof dat er Pizza staat. Twee keer een zet... ja, pizza.'

Acht jaar en hij kon nauwelijks lezen. Dat zei genoeg over het leven in de gevangenis.

Het duurde even, maar ik slaagde er toch in om erachter te komen waar hij uithing: Westwood Boulevard, even ten noorden van de kruising met Pico, aan de oostkant van de straat, bij een groen-wit-rode lichtreclame in de vorm van een laars.

'Ik kan er over vijftien à twintig minuten zijn, Rand. Is er iets wat je me nu al wilt vertellen?'

'Eh, ik... Kunnen we bij die pizzatent afspreken?'

'Heb je honger?'

'Ik heb ontbeten.'

'Maar het is nu tijd voor het avondeten.'

'Ja, dat zal wel.'

'Tot over twintig minuten.'

'Oké... bedankt.'

'Weet je zeker dat er niets is wat je me vooraf wilt vertellen?'

'Zoals wat?'

'Maakt niet uit.'

Opnieuw verkeersgeluiden. Minuten tikten voorbij.

'Rand?'

'Ik ben niet slecht.'

2

Wat er met Kristal Malley was gebeurd, viel niet onder het kopje misdaadmysteries.

Op de dag na Kerstmis was het tweejarige meisje samen met haar moeder naar de Buy-Rite Plaza in Panorama City gegaan. De belofte van MEGA-UITVERKOOP!!! ENORME KORTINGEN!!! had massa's op koopjes beluste klanten naar het sjofele, aftandse winkelcentrum gelokt. Tieners die kerstvakantie hadden hingen rond op het Happy Taste-cafetariaplein en klitten samen tussen de cd-rekken van Flip Disc Music. Het met infrarood verlichte hok vol herrie van het Galaxy Video Imperium zinderde van hormonen en agressie. Er hing een walm van karamel-popcorn, mosterd en lichaamsluchtjes. Door de kieren in de slecht sluitende deuren van de onlangs gesloten overdekte ijsbaan blies ijskoude lucht.

Kristal Malley, een ondernemende, dwarse peuter van vijfentwintig maanden slaagde erin om aan de aandacht van haar moeder te ontsnappen en haar hand los te trekken. Lara Malley beweerde dat haar onoplettendheid hooguit een paar seconden had geduurd. Ze had even haar blik afgewend om de stof van een blouse in een van de uitverkoopbakken tussen haar vingers te voelen en merkte dat haar dochter haar handje lostrok. Toen ze zich omdraaide om haar weer vast te pakken, was ze verdwenen. Op zoek naar Kristal had ze zich met haar ellebogen een weg moeten banen door de winkelende meute terwijl ze haar naam riep. Haar naam schreeuwde.

De bewakingsdienst van het winkelcentrum werd opgetrommeld, twee zestigjarige mannen zonder politie-ervaring. Hun verzoek aan Lara Malley om te kalmeren zodat ze hun kon vertellen wat er precies was gebeurd zorgde er alleen maar voor dat ze nog harder ging schreeuwen en een van het stel een mep tegen zijn schouder gaf. De bewakers namen haar in bewaring en belden de politie.

Agenten in uniform uit de Valley kwamen veertien minuten later opdagen en begonnen stelselmatig alle winkels in het winkelcentrum te doorzoeken. Er werd er niet één overgeslagen. Alle toiletten en opslagruimten werden gecontroleerd. Een groep padvinders werd gesommeerd om te helpen. Mannen van de hondenbrigade lieten hun dieren los. De honden pikten de geur van het kleine meisje op in de winkel waar haar moeder haar kwijt was geraakt. Vervolgens liepen de honden snuffelend en afgeleid door duizenden andere luchtjes naar de oostelijke uitgang van het winkelcentrum, waar ze het spoor bijster raakten.

De speurtocht duurde zes uur. Agenten in uniform spraken met iedere bezoeker die het winkelcentrum verliet. Niemand had Kristal gezien. Het werd avond. De Buy-Rite ging dicht. Twee rechercheurs uit de Valley bleven achter om de bewakingsvideo's van het winkelcentrum te bekijken.

De vier apparaten die door de bewakingsdienst werden gebruikt waren ouderwets en slecht onderhouden; de zwart-witfilms werden wazig en donker, met lange stukken waar helemaal niets op stond.

De rechercheurs concentreerden zich op de tijd vlak nadat Kristal Malley volgens zeggen was verdwenen. Maar zelfs dat was nog een hele klus, want de digitale klokken van de videorecorders liepen drie tot vijf uur achter. Ten slotte werden de juiste banden toch gevonden.

Het was meteen raak.

Een opname van veraf van een klein figuurtje dat tussen twee jongens bungelde. Kristal Malley had een trainingsbroek aangehad en dat gold ook voor het figuurtje. Korte beentjes die trappelden. Drie figuren die aan de oostkant het winkelcentrum uit liepen. Verder niets. Er waren geen camera's die het parkeerterrein in de gaten hielden.

De band werd nog een keer afgedraaid terwijl de rechercheurs probeerden details te onderscheiden. De grootste ontvoerder droeg een licht gekleurd T-shirt, een spijkerbroek en lichte schoenen, waarschijnlijk gympen. Kort donker haar. Voor zover de rechercheurs konden zien leek hij zwaargebouwd.

Gezichten waren niet te onderscheiden. De camera, ergens hoog in een hoek, liet bezoekers die het winkelcentrum binnenkwamen wel van voren zien, maar alleen de rug van de mensen die weggingen.

De tweede jongen was kleiner en magerder dan zijn metgezel en zijn kennelijk blonde haar was langer. Hij droeg een donker T-shirt, een spijkerbroek en gympen.

'Volgens mij zijn het jonge knullen,' zei Sue Kramer.

'Dat denk ik ook,' zei Fernie Reyes.

Ze bleven de band bestuderen. Kristal Malley had zich even in de greep van haar cipiers omgedraaid en de camera was gedurende 2,3 seconden op haar gezicht gericht geweest.

Maar het apparaat was te ver weg en te slecht afgesteld om iets anders te registreren dan een klein, bleek cirkeltje. De rechercheur tweede klas die de leiding had gehad, een zekere Sue Kramer, had gezegd: 'Kijk eens naar die lichaamstaal. Ze worstelt.'

'En niemand die het ziet,' zei haar collega, Fernando Reyes, wijzend naar de massa's potentiële klanten die het winkelcentrum in of uit liepen. De mensen stroomden om het kleine meisje heen alsof ze een stukje afval was dat in een jachthaven dreef.

'Iedereen dacht waarschijnlijk dat ze aan het stoeien waren,' zei Kramer. 'Lieve hemel.'

Omdat ze ervan uitgingen dat de speelhal jongelui naar het winkelcentrum lokte, haalden de rechercheurs de eigenaar van Galaxy erbij, plus de toezichthouders die dienst hadden gehad, twee broers die Lance en Preston Kukach heetten. Misbaksels die vol pukkels zaten, hun middelbare school niet hadden afgemaakt en hun tienertijd nog maar net achter de rug hadden.

Binnen een seconde zei de eigenaar al: 'Die band deugt voor geen meter, maar dat is Troy.' Hij was een vijftig jaar oude ingenieur, een zekere Al Nussbaum, die een opleiding op Caltech had gevolgd en in de drie jaar dat hij videoapparaten verhuurde meer geld had verdiend dan in de tien jaar dat hij bij het Jet Propulsion Lab had gewerkt. Die dag was hij samen met zijn kinderen gaan paardrijden en was naar de winkel gekomen om de kassa's af te sluiten.

'Wie van de twee is Troy?' vroeg Sue Kramer.

Nussbaum wees naar de kleinste jongen, die in het donkere T-shirt. 'Hij loopt de deur plat en altijd in dat T-shirt. Het is een Harley-shirt, dat zie je toch wel aan het logo?'

Zijn vinger tikte op de rug van het T-shirt. Wat Kramer en Reyes betrof, was het kennelijk gevleugelde logo niet meer dan een flauwe grijze veeg.

'Wat is de achternaam van Troy?' vroeg Kramer.

'Dat weet ik niet, maar hij is een vaste klant.' Nussbaum keek Lance en Preston aan. De jongens knikten.

'Wat voor soort knul is het, jongens?' vroeg Fernie Reyes.

'Een klootzak,' zei Lance.

'Ik heb 'm een keer betrapt toen hij poen probeerde te jatten,' zei Preston. 'Hij boog zich over de toonbank en greep zo onder mijn neus een rol bankbiljetten. Toen ik hem die weer afpakte, probeerde hij me een mep te verkopen, maar ik heb hem een schop onder zijn kont gegeven.'

'En jullie hebben hem toch weer binnengelaten?' vroeg Nussbaum.

De toezichthouder bloosde.

'Wij hanteren de regel dat je er niet meer in komt als je probeert iets te jatten,' zei Nussbaum. 'En daar komt nog bij dat hij je heeft geslagen!'

Preston Kukach staarde naar de vloer.

'Wie is die ander?' vroeg Sue Kramer, terwijl ze naar de grootste jongen wees.

Preston bleef met gebogen hoofd staan.

'Doe je mond open, als je dat weet,' beval Al Nussbaum.

'Ik weet niet hoe hij heet. Hij komt hier wel eens, maar hij speelt nooit.'

'Wat doet hij dan?' vroeg Sue Kramer.

'Hij hangt rond.'

'Met wie?'

'Met Troy.'

'Alleen maar met Troy?'

'Ja.'

'Troy speelt wel en hij daar hangt er maar een beetje bij.'

'Ja.'

14

'Nu jullie weten wie het zijn, waarom gaan jullie dat stel dan niet als de bliksem inrekenen om dat meisje te vinden?' zei Al Nussbaum.

Reyes keek de toezichthouders aan. 'Wat houdt rondhangen in?'

'Hij staat te kijken als Troy speelt,' zei Lance.

'Heeft hij wel eens geprobeerd iets te jatten?'

De beide broertjes Kukach schudden hun hoofd.

'Hebben jullie een van dat stel wel eens met kleine kinderen gezien?'

'Nee, hoor,' zei Lance.

'Nooit,' zei Preston.

'Wat kunnen jullie ons nog meer over hen vertellen?'

Schouderophalen.

'Alles is meegenomen, jongens. Dit is heel belangrijk.'

'Gooi het maar op tafel,' zei Al Nussbaum.

'Ik weet het niet zeker,' zei Lance, 'maar volgens mij wonen ze hier in de buurt.'

'Waarom denk je dat?' vroeg Sue Kramer.

'Omdat ik ze wel eens heb gezien als ze weggingen en dan liepen ze via het parkeerterrrein de straat in. Ik bedoel maar, er was niemand die ze in een auto ophaalde, snap je?'

'Welke uitgang namen ze?'

'Die naar het parkeerterrein.'

'Drie van de uitgangen komen uit op het parkeerterrein, Lance,' zei Al Nussbaum.

'De uitgang bij de stortplaats,' zei Lance.

Fernie Reyes wierp een korte blik op zijn collega en liep de deur uit.

Er lag geen lijk in de vuilcontainers achter het centrum vlak bij de oostelijke uitgang.

Nadat nog eens vijf uur lang onderzoek was gedaan in de omliggende woonwijken stond de identiteit van de twee jongens eindelijk vast. Ze woonden allebei in de goedkope huurwoningen die het armoedige, evenwijdig aan de achterkant van het winkelcentrum gelegen park ontsierden. Tweehonderd goedkoop gebouwde en door de federale overheid gefinancierde tweekamerflats, verdeeld over een kwartet drie verdiepingen hoge gebouwen omringd door met gaas bespannen hekken waarin tientallen gaten waren gemaakt. Een smerige buurt, die aan een gevangenis deed denken en die maar al te zeer bekend was bij de agenten in uniform die er patrouilleerden. Voor hen was het 415 City, naar het artikel in het wetboek van strafrecht over het verstoren van de openbare orde.

De conciërge van Gebouw 4 wierp een korte blik op de videoband en wees naar de kleinste van de twee jongens. 'Troy Turner. Jullie zijn hier al eerder voor hem geweest. Vorige week, om precies te zijn.'

'Echt waar?' zei Sue Kramer.

'Ja. Hij had zijn moeder met een etensbord geslagen en de rechterkant van haar gezicht verwond.' De conciërge masseerde zijn eigen, ongeschoren wang. 'En daarvóór had hij een paar kinderen bang gemaakt.'

'Hoe?'

'Door ze vast te pakken en opzij te duwen en met een mes te zwaaien. Jullie moesten dat joch eigenlijk opsluiten. Wat heeft hij nou weer gedaan?'

'Wie is die grotere knul?' vroeg Reyes.

'Randolph Duchay. Een beetje debiel, maar hij zorgt nooit voor problemen. Als hij iets heeft gedaan, dan is het vast de schuld van Troy.'

'Hoe oud zijn ze?' vroeg Fernie Reyes.

'Effe denken,' zei de conciërge. 'Troy is volgens mij twaalf en die ander zal misschien dertien zijn.'

3

De rechercheurs vonden de jongens in het park.

Daar zaten ze in het donker op een paar schommels te roken, waardoor de gloeiende puntjes van hun sigaretten op oranje vuurvliegjes leken. Op meters afstand kon Sue Kramer het bier al ruiken. Toen ze samen met Reyes naar hen toe liep, gooide Rand Duchay zijn blikje Budweiser op de grond, maar de kleinste, Troy Turner, nam niet eens de moeite het te verstoppen.

Hij nam nog een grote teug toen ze voor hem kwam staan en keek haar strak aan met de kilste val-maar-dood-blik die ze in jaren had gezien.

Als je niet op die ogen lette, was hij eigenlijk een verrassend iel manneke, met armen als stokjes en een bleek, driehoekig smoeltje onder een dikke bos slonzig donkerblond haar. Hij had de zijkanten van zijn hoofd kaalgeschoren, waardoor de kuif nog groter leek. Volgens de conciërge was hij twaalf, maar hij leek zelfs nog jonger.

Randolph Duchay was groot van stuk en breedgeschouderd, met kortgeknipt golvend bruin haar en een pafferig gezicht met dikke lippen, dat onder de jeugdpuistjes zat. Op zijn armen waren al aders en spierballen te onderscheiden. Sue zou hem op z'n minst vijftien of zestien jaar hebben gegeven.

Groot en bang. In het licht van Sue's zaklantaarn viel die angst meteen op, het zweet dat op zijn voorhoofd en zijn neus parelde. Een druppeltje vocht viel van zijn pukkelige kin. Zijn ogen bleven knipperen.

Ze liep recht op hem af en hield hem een vinger onder de neus.

'Waar is Kristal Malley?'

Randolph Duchay schudde zijn hoofd. Hij begon te huilen.

'Waar is ze?' wilde ze weten.

De knul haalde schokkend zijn schouders op. Hij kneep zijn ogen dicht en begon heen en weer te wiegen.

Ze sleurde hem overeind. Fernie deed hetzelfde met Troy, terwijl hij dezelfde vraag stelde.

Turner liet gelaten toe dat hij werd gefouilleerd. Zijn gezicht was even veelzeggend als een stoeptegel.

Sue pakte Duchays arm steviger vast. De spierballen van de knul waren keihard. Als hij zich verzette, zou ze haar handen vol hebben. Haar pistool zat in de holster op haar heup, daar kon ze niet bij. 'Verdomme nog aan toe, Randy, waar ís ze?'

'Rand,' zei Troy Turner. 'Hij heet geen Randy.'

'Waar is Kristal, Rand?'

Geen antwoord. Ze kneep harder en begroef haar nagels in zijn vlees. Duchay gilde en wees naar links. Langs de schommels en over de speeltuin, naar een stel uit betonblokken opgetrokken openbare toiletten.

'Is ze in het toilet?' vroeg Fernie Reyes.

Rand Duchay schudde zijn hoofd.

'Waar ís ze dan?' grauwde Sue. 'Ik wil het nú weten!'

Duchay wees in dezelfde richting.

Maar hij keek ergens anders naar. Naar iets wat rechts van de toiletten stond. Naar de zuidzijde van het betonnen gebouwtje, waar nog een hoekje donker metaal zichtbaar was.

De afvalcontainers van het park. O, god.

Ze deed Duchay handboeien om en zette hem op de achterbank van de Crown Victoria. Daarna holde ze ernaartoe om te kijken. Toen ze terugkwam, was Troy inmiddels ook geboeid. Hij zat naast zijn maatje, nog steeds zonder een spier te vertrekken.

Fernie stond naast de auto te wachten. Toen hij haar zag, trok hij vragend zijn wenkbrauwen op.

Sue schudde haar hoofd.

Hij belde de gerechtelijke medische dienst.

De jongens hadden niet eens geprobeerd haar te verbergen. Kristals lichaam lag boven op vijf dagen parkafval, volledig gekleed en met maar één schoentje aan. Het witte sokje eronder was smerig aan de tenen. De nek van het kind was gebroken alsof ze een afgedankte pop was. En met zo'n teer nekje, dacht Sue – hoopte ze – dat ze op slag dood moest zijn geweest. Een paar dagen later bevestigde de lijkschouwer haar vermoeden: een paar gebroken nekwervels en een gescheurde luchtpijp plus een stel bloedende hoofdwonden. Het lichaam vertoonde ook nog meer dan twintig kneuzingen en inwendige verwondingen die eveneens dodelijk hadden kunnen zijn. Geen sporen van seksueel geweld.

'Is dat echt belangrijk?' vroeg de patholoog die de autopsie had gedaan. Een doorgaans keiharde vent die Banerjee heette. Toen hij verslag uitbracht aan Sue en Fernie maakte hij een verslagen en oude indruk.

Rand-en-niet-Randy Duchay zat ineengedoken in de arrestantencel op het politiebureau, roerloos en zwijgend. Hij huilde niet meer en zijn ogen stonden glazig, alsof hij in trance was. Zijn cel stonk. Sue had die dierlijke geur vaak genoeg geroken. Angst, schuld, hormonen, noem maar op.

De cel van Troy Turner rook vaag naar bier. Uit de blikjes die de rechercheurs hadden gevonden bleek dat beide jongens drie Budweisers hadden gedronken. Een behoorlijke hoeveelheid als je Troys lichaamsgewicht in aanmerking nam, maar hij had niets zweverigs. Geen spoor van tranen, de rust zelve. Hij had tijdens de rit door de donkere straten van de Valley naar het bureau uit het raampje van de politieauto zitten kijken. Alsof hij op schoolreisje was.

Toen Sue hem vroeg of hij hun iets te vertellen had, maakte hij een vreemd grommend geluidje.

Het geluid van een kribbige ouwe kerel – geërgerd. Alsof ze zijn plannen in de war hadden geschopt.

'Wat betekent dat, Troy?'

Zijn ogen werden spleetjes. Sue had twee kinderen, waaronder een twaalfjarig zoontje. Turner bezorgde haar koude rillingen. Ze dwong zichzelf om hem net zo lang aan te kijken tot hij zijn blik afwendde en weer zo'n gegrom liet horen.

'Zit je iets dwars, Troy?'

'Ja.'

'Wat dan?'

'Mag ik roken?'

Beide jongens bleken dertien jaar te zijn en Troy was de oudste. Over een maand zou hij veertien worden. Ze kenden Kristal Malley geen van beiden. In de kranten stond te lezen dat het stel al hun geld had opgemaakt en dat ze, toen ze uit de speelhal kwamen, het kleine meisje, dat kennelijk verdwaald was, door het winkelcentrum zagen lopen. Nadat ze hadden besloten dat het wel 'cool' zou zijn om een beetje met haar te 'rotzooien' hadden ze Kristal wat oude snoepjes uit de gore zak van Rands spijkerbroek aangeboden en ze was gewillig met hen meegegaan.

Ondanks het feit dat niets op seksueel misbruik wees, stonden de artikelen in de plaatselijke kranten bol van suggesties in die richting. Het verhaal werd opgepikt door de nationale pers en de persbureaus die zich specialiseerden in lugubere nieuwtjes die sensationeel genoeg waren voor hun internationale afnemers.

Dat veroorzaakte de gebruikelijke toeloop van tv-commentatoren, bekende wijsneuzen en andere lijkenpikkers, die allemaal hun zegje wilden doen. De redacteuren van opiniepagina's en programma's over de achtergronden van het nieuws konden hun hart ophalen.

De 'voor de hand liggende' oorzaak van zulk schandalig gedrag was armoede, de alom heersende maatschappelijke verloedering, geweld op tv, junkfood en slechte eetgewoonten, de uitholling van normen en waarden, goddeloosheid, het feit dat de kerken niets te bieden hadden aan de laagste klassen, scholen die hun leerlingen geen besef van fatsoen meer bijbrachten, spijbelen, te weinig overheidsgeld voor bijstandsprogramma's, te veel overheidsbemoeienis.

Er was zelfs een genie, een schertsgeleerde die betaald werd door de Ford Foundation, die een verband probeerde te leggen tussen de misdaad en de nieuwjaarsuitverkoop. Verderfelijk materialisme dat omsloeg in frustraties die op moord uitdraaiden. 'Bezitswoede,' noemde hij het. Hetzelfde gebeurde constant in de favela's in Brazilië.

'Kopen tot je erbij neervalt en iemand meesleurt,' had Milo destijds opgemerkt. 'Wat een klootzak.' We hadden het niet uitgebreid over de zaak gehad en ik was bijna voortdurend aan het woord geweest. Hij heeft honderden moorden opgelost, maar deze zat hem niet lekker.

De heisa in de media ging nog een tijdje door. In het gerechtsgebouw werd de juridische procedure in werking gesteld, saai en zonder ophef. De jongens werden in het zwaarbewaakte gedeelte van de provinciale gevangenis geplaatst. Omdat ze allebei te jong waren voor een hoorzitting waarbij bepaald werd of ze als volwassenen berecht konden worden, verwachtten de meeste deskundigen dat ze voor de jeugdrechter zouden moeten verschijnen.

Omdat het zo'n wrede moord betrof, had het openbaar ministerie een speciaal verzoek ingediend om de zaak naar een hogere rechtbank, het Superior Court, te verwijzen. De door de rechter aangewezen pro-Deoraadslieden van Troy Turner en Randolph Duchay dienden felle bezwaarschriften in, een onderwerp waarmee de redactionele commentaren van de kranten zich nog een paar dagen bezighielden. Daarna viel er opnieuw een stilte, terwijl de rechtszaak werd voorbereid en de rechter werd aangewezen.

Jeugdrechter Thomas A. Laskin III – een voormalig officier van justitie die veel gangleden had aangeklaagd – had de reputatie dat hij bikkelhard was. In juridische kringen werd gefluisterd dat het een interessant geval zou worden.

Drie weken na de moord werd ik gebeld.

'Dokter Alex Delaware? Met Tom Laskin. We kennen elkaar niet, maar volgens rechter Bonnacio bent u de man die ik zoek.'

Peter Bonnacio was al een paar jaar lang president van de rechtbank voor Gezinszaken bij het Superior Court en ik was bij hem als getuige opgetreden. Aanvankelijk moest ik niets van hem hebben, omdat ik hem veel te haastig en te oppervlakkig vond in voogdijzaken. Maar ik vergiste me. Hij praatte snel, maakte grapjes en gedroeg zich af en toe ongepast. Zijn vonnissen waren echter bijzonder doordacht en in de meeste gevallen had hij het bij het rechte eind.

'Waar gaat het om, edelachtbare?' vroeg ik.

'Zeg maar Tom. Ik ben de geluksvogel die de moord op Kristal Malley op zijn bord heeft gekregen en ik wil een psychologisch rapport van de beklaagden. Daarbij gaat het er natuurlijk vooral om of er voldoende geestelijke rijpheid en vermogens aanwezig waren voor en gedurende het plegen van de misdaad om de beklaagden in psychologisch opzicht als volledig volwassen te beschouwen. Het openbaar ministerie heeft nieuwe wegen ingeslagen, maar voor zover ik heb kunnen constateren is de minimumleeftijd van zestien jaar voor een 707 niet met voeten getreden. Ten tweede – en dat is zowel persoonlijk als beroepsmatig – wil ik weten hoe het tussen hun oren zit. Ik heb zelf drie kinderen en hier snap ik geen bal van.'

'Het is een moeilijk geval,' beaamde ik. 'Maar ik kan je helaas niet helpen.'

'Pardon?'

'Dit is geen zaak voor mij.'

'Waarom niet?'

'Een psychologische test kan ons wel vertellen hoe iemand op dit moment in intellectueel en emotioneel opzicht functioneert, maar zegt niets over de geestestoestand in het verleden. Daar komt nog bij dat die testen ontwikkeld zijn om dingen als leerproblemen en begaafdheid aan het licht te brengen in plaats van moordlustige neigingen. En mijn opleiding biedt me ook geen houvast als het gaat om wat er tussen hun oren zit. Wij zijn heel goed in het vaststellen van regels voor menselijk gedrag, maar van de afwijkingen hebben we geen kaas gegeten.'

'Het gaat in dit geval om bizar gedrag,' zei Laskin. 'Daar weet jij toch alles van?'

'Ik mag mijn mening hebben, maar dat is dan ook alles. Een persoonlijke opvatting.'

'Het enige wat ik wil weten, is of ze de gedachtegang van een kind hebben of van een volwassene.'

'Daar kan ik geen wetenschappelijk onderbouwd antwoord op geven. Als andere psychiaters beweren dat dat wel kan, liegen ze.'

Hij lachte. 'Peter Bonnacio zei al dat je zo kon reageren. En dat is precies de reden waarom ik je heb gebeld. Alles wat ik in deze zaak doe, zal onder een vergrootglas worden gelegd. Het laatste waar ik op zit te wachten is dat een van de gebruikelijke publiciteitshoeren er als deskundige een circus van maakt. Ik ben niet alleen afgegaan op het feit dat Peter zegt dat je onbevooroordeeld bent, ik heb ook met een paar andere rechters en met wat politiemensen gesproken. Zelfs de lui die je een verschrikkelijke lastpak vinden, moeten toegeven dat je niet kortzichtig bent. Ik zoek iemand die ruimdenkend is. Alleen niet zo ruim dat je alles voor zoete koek slikt.'

'Ben je zelf ook ruimdenkend?' vroeg ik.

'Hoe bedoel je?'

'Ben je er voor jezelf echt nog niet uit?'

Ik hoorde hem ademhalen. Eerst snel, en toen langzamer, alsof hij zichzelf dwong om kalm te blijven. 'Nee, dokter, ik ben er voor mezelf nog niet uit. Ik heb net de foto's van de lijkschouwing gezien. En ik ben ook naar de gevangenis geweest om de beklaagden te zien. In zo'n gevangenispak, met kortgeknipte haren, zien ze eruit alsof ze zelf ontvoerd zijn. Ik snap er gewoon niets van.'

'Dat weet ik wel, maar...'

'Hou nou op met dat gelul, dokter. Ik word belaagd door keurige burgers die om wraak schreeuwen en door mensen van de organisaties voor burgerrechten en hun maatjes die er in politiek opzicht een slaatje uit proberen te slaan. Waar het op neerkomt, is dit: ik zal de gegevens evalueren en vervolgens zelf beslissen wat me te doen staat. Maar ik wil er zeker van zijn dat ik de juiste inlichtingen krijg. Als jij die jongens niet beoordeelt, zal iemand anders het doen... waarschijnlijk een van die publiciteitshoeren. Als jij geen zin hebt om aan je burgerplicht te voldoen, mij best. En als er dan weer iets akeligs gebeurt, kun je jezelf mooi wijsmaken dat je in ieder geval je best hebt gedaan.'

'En nu moet ik me zeker schuldig voelen.'

'Nou ja,' zei hij lachend, 'als het maar werkt. Maar wat denk je ervan? Je kunt met ze praten, ze testen, alles doen wat je nodig vindt en uiteindelijk breng je rechtstreeks aan mij verslag uit.'

'Laat me er even over nadenken.'

'Even dan. Goed, heb je al een beslissing genomen?'

'Ik wil één ding duidelijk maken,' zei ik. 'Het is best mogelijk dat ik geen advies kan uitbrengen op het punt van volwassen of niet volwassen.'

'Dat zie ik dan wel weer.'

'Ik moet ze kunnen zien wanneer ik wil,' zei ik. 'En niet aan een tijdslimiet gebonden zijn.'

'Dat eerste is geen probleem, het tweede wel. Ik ben verplicht om binnen dertig dagen vonnis te wijzen. Dat kan ik misschien rekken tot vijfenveertig en misschien zelfs zestig dagen, maar als ik alles niet binnen een redelijke tijd afhandel, laat ik allerlei mogelijkheden open om bezwaar aan te tekenen. Doe je mee?'

'Oké,' zei ik.

'Wat is je honorarium?'

Ik noemde het bedrag.

'Dat hakt erin,' zei hij, 'maar niet overdreven. Stuur de rekening maar rechtstreeks naar mij. Dan word je misschien zelfs binnen een redelijke termijn betaald.'

'Dat is een hele geruststelling.'

'En de enige die je bij dit geval zult krijgen.'

4

De sociale dienst had de gezinnen van beide jongens doorgelicht voordat ze een sociale huurwoning toegewezen kregen. Ik had er een gerechtelijk bevel voor nodig, maar ik kreeg de gegevens uiteindelijk toch.

Troy Turner jr. woonde samen met zijn moeder, een achtentwintigjarige, aan alcohol en cocaïne verslaafde vrouw die Jane Hannabee heette. Sinds ze meerderjarig was, was ze van de ene ontwenningskliniek naar de andere gestuurd en als tiener had ze twee jaar doorgebracht in een psychiatrische instelling in Camarillo. Haar diagnoses varieerden van stemmingsstoornis (manisch-depressief) via persoonlijkheidsstoornis (het narcistische-borderline-type) tot schizoaffectief syndroom. Dat hield in dat niemand eigenlijk wist wat haar mankeerde. Tijdens haar pogingen om af te kicken was Troy naar haar ouders in San Diego gestuurd. Troys grootvader, een gepensioneerde sergeant uit het leger, vond het wilde gedrag van de jongen onverteerbaar. Hij was inmiddels zeven jaar dood, zijn vrouw zes jaar.

Een zekere Troy Wayne Turner, een onverbeterlijke en verslaafde crimineel, was volgens zeggen de vader van de jongen. Jane Hannabee beweerde dat ze op haar vijftiende samen met de negenendertigjarige man naar een rockconcert was geweest en de nacht met hem had doorgebracht in een motel in San Fernando. Turner was net overgestapt op het beroven van banken om zijn verslaving te kunnen betalen en na zijn kortstondige romance met Hannabee werd hij in de kraag gevat toen hij zich uit de voeten probeerde te maken bij een Bank of America in Covina. Nadat hij tien jaar San Quentin aan zijn broek had gekregen, overleed hij drie jaar later aan een leverziekte, zonder dat hij zijn zoon ooit ontmoet of erkend had.

Jane Hannabee was vlak na de arrestatie van haar zoon met de noorderzon uit 415 City vertrokken.

De ouders van Rand Duchay waren vrachtwagenchauffeurs die in winterse omstandigheden om het leven kwamen bij een kettingbotsing op de Grapevine waarbij dertig auto's betrokken waren. Rand was ten tijde van het ongeluk zes maanden oud geweest en had, gewikkeld in dekens, in de bergruimte achter de voorstoelen gelegen. Hij had aan het ongeluk geen aanwijsbaar letsel overgehouden en had zijn leven lang bij zijn grootouders gewoond, Elmer en Margaret Sieff, een ongeschoold echtpaar dat vergeefs had geprobeerd de kost te verdienen met een boerderij en diverse winkeltjes. Elmer stierf toen Rand vier was en Margaret, een suikerpatiënte die bovendien aan een vaatziekte leed, verhuisde naar een sociale huurwoning toen haar geld op was. De maatschappelijk werkers van de sociale dienst waren van mening dat ze haar best had gedaan.

Voor zover ik kon zien, had geen van beide jongens veel tijd op school doorgebracht, iets wat kennelijk niemand was opgevallen. Ik diende een verzoek in om de gevangenen te mogen bezoeken, waarop de hulpofficieren van justitie om een onderhoud vooraf vroegen. Hetzelfde gold voor de pro-Deoadvocaten van de jongens. Ik wenste door geen van de partijen beïnvloed te worden en wees de verzoeken af. Toen alle juristen protesteerden, liet ik rechter Laskin ingrijpen. Een dag later werd ik gemachtigd om de gevangenis binnen te gaan.

Ik was al vaker in de provinciale gevangenis geweest en ik was vertrouwd met de grauwe omgeving, het wachten, de hekken en de formulieren. En met de van nature argwanende hulpsheriffs die me met samengeknepen ogen bestudeerden terwijl ik binnen voor het smalle toegangspoortje stond te wachten. Ik kende de zwaarbewaakte afdeling ook, omdat ik daar jaren geleden op bezoek was geweest bij een patiënt. Ook een jonge knul die een stap te ver was gegaan. Terwijl ik begeleid door een van de hulpsheriffs door de gang liep, hoorde ik in de verte flarden van gekreun en gelach uit de cellen komen en de lucht raakte bezwangerd met de tegenstrijdige geuren van ontlasting en desinfecterende middelen. De wereld mocht dan veranderen, hier bleef alles bij het oude.

Het psychologische onderzoek moest in alfabetische volgorde plaatsvinden, dus Randolph Duchay was het eerst aan de beurt. Hij lag met opgetrokken knieën op het bed in zijn cel te slapen met zijn gezicht naar de deur. Ik gebaarde naar de hulpsheriff dat hij even moest wachten en bleef de jongen een paar seconden lang opnemen.

Hij was groot voor zijn leeftijd, maar in de kille, onopgesmukte, bleekgele ruimte zag hij er onbetekenend uit.

Het meubilair bestond uit een wastafel, een stoel, een toilet zonder deksel en een plank voor persoonlijke bezittingen waar niets op stond. De weken achter de tralies hadden hem vaalbleek gemaakt, met donkere halvemaantjes onder zijn ogen, gebarsten lippen en een slap gezicht, dat ontsierd werd door een venijnige acne. Zijn haar was kortgeknipt. Zelfs van een afstandje kon ik zien dat zijn hoofdhuid ook bedekt was met een grote hoeveelhuid puisten.

Ik gebaarde dat ik zover was en de hulpsheriff maakte de cel open. Terwijl de deur achter me in het slot viel, keek de jongen op. Doffe bruine ogen die nauwelijks de tijd namen om mij in zich op te nemen voordat ze weer dichtvielen.

'Ik kom ieder kwartier langs,' zei de hulpsheriff. 'Als u me eerder nodig hebt, roept u maar.'

Ik bedankte hem, zette mijn koffertje neer en ging op de stoel zitten. Toen hij weg was, zei ik: 'Hallo, Rand. Ik ben dokter Delaware.'

'H'lo.' Een hese stem, een beetje apathisch, nauwelijks meer dan een gefluister. Hij hoestte, knipperde een paar keer met zijn ogen en bleef liggen.

'Ben je verkouden?' vroeg ik.

Hoofdschudden.

'Hoe word je behandeld?'

Geen antwoord. Daarna kwam hij half overeind, maar bleef zo ineengedoken zitten dat zijn romp bijna evenwijdig was aan het bed. Een groot bovenlijf en naar verhouding veel te korte benen. Zijn oren waren laag aangezet, breed van boven en op een vreemde manier dubbelgeslagen. Stompe vingers. Vlezige nek. Een mond die nooit helemaal dicht was. Zijn voortanden waren klein en ongelijk. Het totaalbeeld: 'vage aanwijzingen', vermoedens van abnormaliteit die niet sterk genoeg waren voor een officieel syndroom.

'Ik ben psycholoog, Rand. Weet je wat dat is?'

'Een soort dokter.'

'Precies. Weet je ook wat voor soort?'

'Hnnng.'

'Psychologen geven geen injecties en ze onderzoeken je ook niet.'

Zijn gezicht vertrok. Zoals alle gevangenen had hij zich aan een volledig lichamelijk onderzoek moeten onderwerpen.

'Ik hou me bezig met hoe je je in emotioneel opzicht voelt,' zei ik. Zijn ogen dwaalden omhoog. Ik raakte mijn voorhoofd aan. 'Wat zich in je hoofd afspeelt.'

'Net as een spiegiater.'

'Dus je weet waar een psychiater voor is.'

'Maffe idioten.'

'Psychiaters zijn voor maffe idioten.'

'Hnnng.'

'Wie heeft je dat verteld, Rand?'

'Oma.'

'Je grootmoeder.'

'Hnnng.'

'Wat heeft ze nog meer over psychiaters gezegd?'

'As ik me niet gedroeg, zou ze me d'r heen sturen.'

'Naar een psychiater.'

'Hnnng.'

'Wat bedoelde ze met "als je je niet gedroeg"?'

'Braaf zijn.'

'Hoe lang geleden heeft je grootmoeder dat tegen je gezegd?'

Daar moest hij over nadenken. Hij leek echt een poging te doen om zich dat te herinneren. Toen gaf hij het op en staarde naar zijn knieën.

'Was het voor of nadat je in de gevangenis kwam?'

'Voor.'

'Was je grootmoeder boos op je toen ze dat zei?'

'Een beetje.'

'Waarom was ze boos?'

Zijn pukkelige huid werd rood. 'Van alles.'

'Van alles,' zei ik.

Geen antwoord.

'Is oma hier bij je op bezoek geweest?'

'Geloof ik wel.'

'Geloof je dat?'

'Ja.'

'Hoe vaak komt ze?'

'Af en toe.'

'Heeft ze nog meer tegen je gezegd?'

Stilte.

'Niets?' vroeg ik.

'Ze heb iets lekkers meegebrach.'

'Wat dan?'

'Chocolakoekjes,' zei hij. 'Z'is boos.'

'Waarom dat dan?'

'Omdat ik 't verpest heb.'

'Wat heb je verpest?'

'Alles.'

'Hoe heb je dat gedaan?'

Hij knipperde snel met zijn ogen. De oogleden zakten dicht. 'Mijn zonde.'

'Je zonde.'

''t Doodmaken van die baby.' Hij ging weer liggen en legde een arm over zijn ogen.

'En daar heb je spijt van,' zei ik.

Geen antwoord.

'Van het doodmaken van de baby,' drong ik aan.

Hij draaide zich om en ging met zijn gezicht naar de muur liggen.

'Hoe voel je je over wat er met de baby is gebeurd, Rand?'

Er gingen een paar seconden voorbij.

'Rand?'

'Hij lachte.'

'Wie lachte?'

'Troy.'

'Troy lachte.'

'Hnnng.'

'Wanneer?'

'Toen hij haar sloeg.'

'Troy lachte toen hij Kristal sloeg.'

Stilte.

'Heeft Troy nog meer met Kristal gedaan?'

Hij bleef bijna een minuut lang bewegingloos liggen en draaide zich toen weer naar me om. Zijn ogen gingen half open. Zijn tong gleed over zijn lippen.

'Je vindt het moeilijk om daarover te praten,' zei ik.

Een knikje.

'Wat heeft Troy nog meer met de baby gedaan?'

Hij ging rechtop zitten met de stijve, moeizame bewegingen van een oude man, legde zijn handen om zijn nek en maakte een gebaar alsof hij zichzelf de keel dichtkneep. Maar het was meer dan een gebaar: zijn ogen sperden zich open, zijn gezicht werd vuurrood en zijn tong schoot uit zijn mond.

'Troy heeft de keel van de baby dichtgeknepen,' zei ik.

Zijn knokkels werden wit toen hij nog harder ging knijpen.

'Zo is het genoeg, Rand.'

Hij begon heen en weer te wiegen terwijl zijn vingers zich in zijn vlees begroeven. Ik stond op en trok zijn handen los. Een sterke knul, dus het kostte heel wat moeite. Hij snakte naar adem, kokhalsde en viel weer op zijn rug. Ik bleef naast hem staan tot zijn ademhaling regelmatig werd. Hij trok zijn knieën op. De afdrukken van zijn vingers stonden in zijn hals.

Ik maakte een aantekening dat hij speciale bewaking nodig had om te voorkomen dat hij zelfmoord zou plegen. 'Dat moet je niet weer doen, Rand.'

'Sorry.'

'Dus je hebt spijt van wat er met de baby is gebeurd.'

Geen antwoord.

'Je hebt toegekeken hoe Troy haar keel dichtkneep en de baby sloeg en als je daaraan denkt, krijg je een ontzettend naar gevoel.'

Ergens braakte een radio een hiphopnummer uit. In de verte klonken voetstappen, maar er was niemand te bekennen.

'Je vindt het naar dat je hebt gezien hoe Troy dat deed.'

Hij mompelde iets.

'Wat is er, Rand?'

Zijn lippen bewogen zonder geluid te produceren.

'Wat zeg je, Rand?'

De hulpsheriff die me had begeleid slenterde voorbij, wierp een blik in de cel en liep door. Er was nog geen kwartier voorbij. Het personeel wenste geen enkel risico te nemen.

'Rand?'

'Ik heb d'r ook geslagen,' zei hij.

De week daarna ging ik iedere dag twee keer bij hem langs, 's morgens een uur en 's middags een uur. In plaats van zijn hart uit te storten kroop hij steeds meer in zijn schulp en weigerde nog iets los te laten over de moord. Het merendeel van mijn tijd werd besteed aan standaardtesten. Het klinische gesprek was een uitdaging. Op sommige dagen hield hij resoluut zijn mond en dan hoefde ik niet meer te verwachten dan passieve, eenlettergrepige antwoorden op ja-nee-vragen.

Toen ik over de ontvoering begon, leek hij niet meer precies te weten waarom hij had meegedaan en maakte eerder een verbijsterde dan een ontzette indruk. Dat was gedeeltelijk een kwestie van ontkenning, maar ik vermoedde dat zijn beperkte verstandelijke vermogens ook een rol speelden. Als je de voorgeschiedenis van bijzonder gewelddadige kinderen doorspit, kom je vaak hoofdletsel tegen. Ik vroeg me af wat er gebeurd was bij het ongeluk dat zijn ouders het leven had gekost en dat hij ogenschijnlijk zonder letsel had overleefd.

De uitslag van zijn Wechsler-intelligentietest was geen verrassing: een IQ van 79, met ernstige tekortkomingen op het gebied van verbaal uitdrukkingsvermogen, taalhantering, feitenkennis en mathematische logica.

Tom Laskin wilde weten of hij als een volwassene had gehandeld toen hij Kristal Malley vermoordde. Die vraag zou nog relevant zijn als Rand vijfendertig was geweest.

Aan de Rorschach- en TAT-testen had ik vrijwel niets. Hij was veel te gedeprimeerd en geestelijk te ver achtergebleven om zinvolle reacties op de kaarten te tonen. De uitslag van de Peabody-intelligentietest was niet hoger dan de meer verbaal georiënteerde Wechslertest. Zijn poging om een mens te tekenen leidde tot een klein streepjespoppetje zonder ledematen, met twee slierten haar en zonder mond. Mijn vraag om zomaar iets te tekenen leverde een holle blik op. Toen ik voorstelde dat hij zichzelf samen met Troy zou tekenen, verzette hij zich door net te doen alsof hij in slaap viel.

'Teken dan maar wat je wilt.'

Hij bleef liggen en haalde adem door zijn mond. Zijn acne was nog erger geworden. Een voorstel om hem naar een dermatoloog te sturen zou alleen maar spottende reacties van het gevangenispersoneel opleveren.

'Rand?'

'Hnnng.'

'Teken eens iets.'

'Kanniknie.'

'Waarom niet?'

Zijn mond vertrok alsof zijn tanden pijn deden. 'Kanniknie.'

'Ga rechtop zitten en probeer het toch maar.' Hij knipperde met zijn ogen bij mijn strenge toon. Hij keek me met grote ogen aan, maar hield dat hooguit een paar seconden vol. Een hopeloos concentratievermogen. Dat zou gedeeltelijk het gevolg kunnen zijn van onvoldoende zintuiglijke prikkels vanwege het feit dat hij opgesloten zat, maar ik had het vermoeden dat hij zich nooit goed had kunnen concentreren.

Ik gaf hem potlood, papier en het tekenbord. Hij bleef een tijdje zitten, maar legde het bord uiteindelijk toch op zijn schoot en pakte het potlood. De punt bleef roerloos boven het papier hangen.

'Ga maar tekenen,' zei ik.

Zijn hand begon loom kringetjes te maken, zwevend boven het papier. Toen hij er uiteindelijk contact mee maakte, produceerde hij vage, nauwelijks zichtbare, concentrische ellipsen. Het vel begon vol te raken. De ellipsen werden donkerder. Met dichtgeknepen ogen zat hij te krabbelen. Dat had hij gedurende de afgelopen twee weken heel vaak gedaan, de ogen gesloten voor zijn afgrijselijke realiteit.

Vandaag bewoog de hand met het potlood sneller. De ellipsen werden vierkanter. Platter, donkerder. En spitser, tot ze op getande, speervormige figuurtjes leken.

Hij bleef doorgaan, terwijl het puntje van zijn tong tussen zijn lippen heen en weer schoot. Het papier werd een wirwar van zwart. Zijn vrije hand balde zich en pakte de zoom van zijn gevangenishemd vast terwijl zijn tekenhand steeds sneller bewoog. Het potlood beet in het papier en het vel ging bol staan. En scheurde. Hij hakte omlaag. Begon nog snellere kringen te draaien. Drukte harder toen het papier aan flarden ging. Het potlood sneed er dwars doorheen, raakte het glanzende kunststofblad en vloog uit zijn hand.

Het kwam op de vloer van de cel terecht.

Met een snelle beweging raapte hij het op. Blies zijn adem uit. Klemde het gele stompje in zijn gore, vochtige hand. 'Sorry.'

Het papier was aan flarden. De punt van het potlood was afgebroken, waardoor er nu alleen nog een gat met wat houtsplinters eromheen was overgebleven. Scherpe kleine puntjes. Ik pakte het potlood aan en stak het in mijn zak.

Toen ik na mijn laatste bezoek op weg was naar de ondergrondse parkeergarage, hoorde ik iemand mijn naam roepen. Ik draaide me om en zag een zware vrouw in een gebloemde jurk die op een aluminium wandelstok leunde. Haar gezicht had dezelfde goorwitte zure-melkkleur als de lucht. Ik was die ochtend in Beverly Glen onder een zonnige blauwe hemel wakker geworden, maar vrolijkheid was ver te zoeken in deze smerige uithoek van Oost-L.A. waar de gevangenis de toon zette.

Ze liep een paar passen naar me toe en de stok tikte op het plaveisel. 'U bent toch de psycholoog? Ik ben de oma van Rand.'

Ik liep naar haar toe en stak mijn hand uit.

'Margaret Sieff,' zei ze met een rokersstem. Haar vrije arm bleef naast haar lichaam bungelen. De jurk was een goedkoop, bedrukt katoentje waarvan de naden uitgelubberd waren. Camelia's, lelies, riddersporen en groene bladeren op een turquoise ondergrond. Haar haar was wit, kort en krullend, maar het werd zo dun dat haar roze schedel er op een paar plekjes doorheen schemerde. Blauwe ogen namen me op. Kleine, scherpe, onderzoekende ogen. Heel anders dan die van haar kleinzoon.

'U komt hier de hele week al, maar ik heb niks van u gehoord. Wazzu niet van plan om met mij te praten?'

'Jawel, maar pas als ik Rand geëvalueerd heb.'

'Geëvalueerd.' Het was net alsof dat woord haar angst aanjoeg. 'En wat zou u dan voor hem kunnen doen?'

'Rechter Laskin heeft mij gevraagd om...'

'Dat weet ik allemaal wel,' zei ze. 'Ze verwachten dat u ze kan vertellen of hij nog een kind was of al verwassen. Da's toch zo klaar as 'n klontje? Wat ík wil weten, is wat u voor hém zou kunnen doen.'

'Wat is zo klaar als een klontje, mevrouw Sieff?'

'Dat het een domme knul is. Geschift.' Ze tikte met een wijsvinger tegen haar vettige voorhoofd. 'Begon pas te praten toen-ie vier was en heeft d'r nog steeds moeite mee.'

'Wilt u daarmee zeggen dat Rand...'

'Wat ik zeg, is dat Randolph van z'n levensdagen niet verwassen zal worden.'

En dat was een diagnose die even goed voldeed als het jargon in mijn aantekeningen.

Achter haar rees de betonnen voorgevel van de gevangenis hoog boven ons uit als het grootste rolgordijn ter wereld. 'Komt u net of gaat u weer weg, mevrouw?'

'Ik heb pas 'n afspraak over 'n paar uur. Maar da's moeilijk in te schatten as je met de bus vanuit de Valley moet komen, daarom zorreg ik altijd dat ik te vroeg ben. Want as ik te laat kom, laten die klootzakken me helemaal niet binnen.'

'Zullen we dan een kopje koffie gaan drinken?'

'Trakteert u?'

'Jazeker.'

'Mij best.'

5

Gevangenissen veroorzaken een bepaald soort commerciële uitslag, waarvan niet alleen goedkope advocaten, firma's die leningen voor borgtocht afsluiten en tolkenbureaus profiteren, maar ook allerlei cafetaria's en goedkope restaurantjes. Ik wist daar in de buurt een hamburgertentje, maar de wandeling over het parkeerterrein was te lang voor de stijve benen van Margaret Sieff. Ze bleef bij de ingang wachten tot ik haar in mijn auto ophaalde. Toen ik uitstapte om het portier open te doen, zei ze: 'Sjiek hoor, een echte caddy. 't Is toch maar lekker om rijk te zijn.'

Het bouwjaar van mijn Seville is 1979 en er zit een gereviseerde motor in. Op dat moment was ik al aan mijn derde vinyl dak toe en hoewel ik de auto al een keer had laten overspuiten, begon ook deze laklaag de strijd tegen de corrosie veroorzakende zeelucht te verliezen. Ik pakte haar stok en ondersteunde haar elleboog terwijl ze moeizaam in de auto stapte. Toen ze eindelijk zat, zei ze: 'Hoeveel betalen ze u om te evalueren?'

'Maakt u zich daar maar geen zorgen over, mevrouw,' zei ik.

Daar moest ze om lachen.

Ik reed naar de hamburgertent, zette haar aan een van de tafeltjes op het terras en liep naar binnen, waar ik in de rij ging staan achter een motoragent die te dik was geworden voor zijn getailleerde overhemd, een hulpofficier van justitie die hooguit een jaar of vijftien leek en een stel haveloze besnorde kerels met verbleekte bendetatoeages. Die twee betaalden met muntgeld en het duurde even voordat de knul achter de toonbank zijn optelsom had gemaakt. Toen ik eindelijk aan de beurt was, bestelde ik twee naar karton smakende bekers koffie.

Toen ik terugkwam bij Margaret Sieff, zei ze: 'Ik heb honger.' Ik ging weer naar binnen en haalde een cheeseburger voor haar.

Ze griste de maaltijd uit mijn handen, at alsof ze uitgehongerd was en deed obligate pogingen om zich als een dame te gedragen – een besmeurde kin werd vluchtig gedept met een papieren servetje – voordat ze haar geanimeerde aanval weer oppakte. 'Dat had ik nou net effe nodig,' zei ze, terwijl ze gemorste ketchup opveegde en vervolgens haar vinger aflikte. 'Ik zal u 's wat vertellen, soms kan ik d'r wel vijf van op.'

'Wat wilde u me over Rand vertellen?'

'Behalve dat-ie een sufferd is?'

'Het moet moeilijk zijn geweest om hem groot te brengen.'

'Alles is moeilijk,' zei ze. 'Het was ook moeilijk om z'n moeder groot te brengen.'

'Dus uw dochter had problemen.'

'Tricia was net zo'n sufferd as hij. En dat gold ook voor de sukkel met wie ze zo nodig moest trouwen. Het was zíjn fout dat ze de pijp uit gingen. Al die bekeuringen voor te hard rijden en nog zuipen op de koop toe. En die krijgt dan een vrachtwagen.' Ze lachte. 'Mafketels. Om zó'n vent een vrachtwagen te geven.'

'Dus Tricia had problemen op school,' zei ik.

Uit haar boze blik viel op te maken dat ze aan mijn intelligentie begon te twijfelen. 'Dat heb ik toch al gezegd?'

'Wat voor problemen?'

Ze zuchtte. 'Als ze al de moeite nam om naar school te gaan, had ze een hekel aan lezen, ze had een hekel aan rekenen, ze haatte de hele mikmak. We zaten toen nog in Arizona en ze nam meestal de benen om met allerlei foute vrienden in de woestijn rond te rennen.'

'Waar in Arizona?'

In plaats van antwoord te geven, zei ze: 'Het was er zo heet als de pest. Mijn man was op 't briljante idee gekomen om cactussen te gaan kweken, omdat-ie had gehoord dat er veel geld te verdienen was met het kweken van cactussen die je dan aan toeristen moest verkopen. "Makkelijk zat, Margie, geen water, je zet ze gewoon in een pot tot ze groot genoeg zijn." Ja, en dan moet je nog oppassen dat de hond ze niet opvreet en doodgaat door al die stekels in zijn pens, je moet een kraampje langs de snelweg zetten en al die hitte en dat stof inademen en dan maar hopen dat de een of andere toerist de moeite neemt om te stoppen.'

Ze wierp opnieuw een blik op haar lege kop. 'Ik heb dag in dag uit in dat kraampje gezeten, kijkend naar de mensen die met een noodgang voorbijreden. Mensen die ergens naartoe gingen.'

En met een pruilmondje: 'En za'k u es wat vertellen? Zelfs een cactus heeft water nodig.'

Ze schoof haar beker naar me toe. Ik haalde opnieuw koffie voor haar.

'Dus Tricia is opgegroeid in Arizona,' zei ik.

'En in Nevada en Oklahoma en daarvoor woonden we in Waco, Texas, en daarvoor in 't zuiden van Indiana. Nou en? Het gaat helemaal niet om waar wij gewoond hebben. Het gaat om Randolph en de misdaad die hij gepleegd heeft.' Ze leunde weer tegen de tafel, met haar boezem op het vettige blauwe plastic.

'Oké,' zei ik. 'Laten we het daar dan maar eens over hebben.'

Ze zoog haar lippen naar binnen, waardoor haar neus omlaag trok. Haar blauwe ogen waren veranderd in donkere, granieten kiezels. 'Ik heb 'm nog zo gewaarschuwd dat-ie uit de buurt moest blijven van dat kleine monster. Nou is ons hele leven naar de maan.'

'Troy Turner.'

'Meneer, die naam wil ik niet eens meer horen. Dat zondige monster, ik wist dat-ie Randolph in moeilijkheden zou brengen.' Ze dronk haar tweede koffie op, kneep het bekertje in elkaar, vouwde het dubbel en legde haar hand over het verfomfaaide stuk karton. Haar mond trilde. 'Alleen dach ik nooit dat 't zoiets ergs zou zijn.'

'Waarom joeg Troy u angst aan?'

'Mij? Ik was helemaal niet bang voor dat kleine stuk ongeluk. Ik maakte me zórgen. Om Randolph. Omdat-ie zo stom is en alles doet wat je zegt.'

'Is Troy dom?'

'Hij is slecht. Wilt u iets nuttigs doen, meneer? Zeg dan tegen die rechter dat zonder die slechte invloed Randolph nooit zoiets zou… nooit zoiets kón hebben gedaan. En meer wil ik d'r niet over kwijt, want de advocaat van Randolph zei dat we er niet op moesten rekenen dat u aan onze kant stond.'

'Ik sta aan geen enkele kant, mevrouw Sieff. De rechter heeft mij benoemd om me de kans te geven...'

'De rechter is tégen ons. As we maar een of andere rijke nikker waren, dan zou 't wel anders zijn,' snauwde ze. 'En wat u doet, is volgens mij allenig maar tijd en geld verspillen. Want Randolph heeft geen schijn van kans, hij wordt toch ergens opgesloten. Of 't nou een verwassen bajes is of een plek met allemaal van die kleine monsters.'

Ze haalde haar schouders op. Haar ogen waren vochtig en ze poetste boos haar tranen weg. 'Dat maakt toch niks uit. Het duurt vast een hele tijd voordat-ie weer vrijkomt en mijn leven is naar de maan.'

'Vindt u dan dat hij vrijgelaten moet worden?'

'Waarom niet?'

'Hij heeft een tweejarig meisje vermoord.'

'Dat heeft dat monster gedaan,' zei ze. 'Randolph was gewoon zo stom om 'm niet te smeren.'

Haar kleinzoon had me iets anders verteld.

'As u iemand de schuld wil geven,' zei ze, 'dan komen d'r nog wel meer in aanmerking. Wat is dat nou voor moeder, die zo'n klein kind helemaal alleen laat? Ze zouden háár ook terecht moeten laten staan.'

Het kostte me de grootste moeite om mijn gezicht in de plooi te houden. Maar dat was me kennelijk niet gelukt, want ze stak haar hand op. 'Hé, hoor-es, ik zeg niet dat het allénig maar haar schuld was. Ik zeg gewoon dat alles... dat je met alles rekening moet houden. Want alles heeft met mekaar te maken, snap u wel? Zoals dat alle sterrenbeelden op de juiste plek moeten staan. Om alle stukjes van de legpuzzel in mekaar te laten vallen.'

'Een heleboel dingen hebben een rol gespeeld,' zei ik.

'Persies. Om te beginnen let ze niet op haar kind. Ten tweede gaat dat kind aan de wandel. Ten derde gaat Randolph met dat monster naar het winkelcentrum, terwijl ik 'm nog zo gezegd heb dat-ie niet mocht. Ten vierde had ik last van m'n benen, dus ben ik effe gaan liggen om een dutje te doen en toen is Randolph er stiekem vandoor gegaan. Snap u wat ik bedoel? Het lijkt wel een... een film. Met de duivel in de hoofdrol en wij as de mensen die tegengewerkt worden door de duivel. We kunnen gewoon doen wat we willen, maar alles gaat toch naar de verdommenis.'

Ze stond moeizaam op en leunde op haar stok. 'Breng me nou maar weer terug, goed? As ik daar te laat aankom, gooien die klootzakken gewoon de deur voor mijn neus dicht.'

6

Ik reed Margaret Sieff terug naar de gevangenis, ging naar huis en luisterde mijn berichten af. De advocaat van Rand Duchay, een man die Lauritz Montez heette, had twee keer gebeld.

Hij wond er geen doekjes om. 'U bent klaar met mijn cliënt. Kunnen we dan nu eindelijk met elkaar praten?'

'U mag gerust uw hart uitstorten als u relevante informatie hebt, meneer Montez.'

'Ik heb u maar één ding te vertellen, dokter, maar dat is wel cruciaal. Randy is duidelijk zwakbegaafd. Dat kan u onmogelijk zijn ontgaan. Wat heeft dat voor gevolgen?'

Niemand noemde de knul Randy.

'Dat komt allemaal in mijn rapport te staan,' zei ik.

'Doe me een lol,' zei Montez. 'Dit is geen gerechtelijk discussie-clubje.'

'U weet toch wel hoe dat gaat,' zei ik. 'Alles moet eerst naar rechter Laskin toe.'

'Ja, ja... Maar wat vond u dan van de grootmoeder? U hebt haar meegenomen om te lunchen. Is dat geen kwestie van belangenver-strengeling?'

'Ik heb het momenteel nogal druk, meneer Montez...'

'Het was maar een grapje, hoor. Maar wat denkt u van haar? Se-rieus, bedoel ik.'

'Ik wil niet in herhaling vervallen, maar...'

'Toe nou, dokter. U kunt toch geen echte twijfels koesteren over haar competentie? Misschien kan ik u maar beter vertellen dat ik zelf ook een deskundige in de arm heb genomen om hem al die psychologische testen af te nemen. Herbert Davidson, een veelge-prezen professor van Stanford, een erkend deskundige op dit ge-bied.'

'Ik heb zijn handboek gelezen tijdens mijn vooropleiding,' zei ik.

'Het zou toch jammer zijn als uw uitslag erg verschilde van de zijne.'

'Dat zou verdraaid jammer zijn,' zei ik.

'Wanneer kan ik uw rapport dan tegemoet zien?'

'Als rechter Laskin u dat toezendt.'

'Natuurlijk,' zei hij. 'U doet wat u gezegd wordt. God verhoede dat iemand zelf gaat nadenken.'

Troy Turner zat zo ver mogelijk bij Rand vandaan, in een hoekcel vlak na een donkere kronkel in de gang. De hulpsheriff die me naar hem toe bracht, zei: 'U zult hem echt een lekker dier vinden.' Hij was een gewichtheffer die Sherill heette, met een kaalgeschoren hoofd en een enorme, strokleurige snor. Meestal straalde hij het zelfvertrouwen van een sterke vent uit. Vandaag maakte hij een afwezige indruk.

'Is het een moeilijke knul?' vroeg ik.

Hij ging wat langzamer lopen. 'Ik heb kinderen. Vier van mezelf plus een stiefkind. Daar komt nog bij dat ik drie jaar bij de afdeling jeugdcriminaliteit heb gezeten, dus ik weet wel iets van kinderen. In tegenstelling tot sommigen van de andere jongens weet ik ook dat etterbakken soms eerst zelf slachtoffers zijn geweest. Maar dit exemplaar...' Hij schudde zijn hoofd.

'Heeft hij hier iets uitgevreten?' vroeg ik.

'Nee, het gaat gewoon om hoe hij ís.' Hij bleef staan. Achter ons alleen lege cellen. 'Als iets van wat ik u vertel naar buiten komt, kunnen we die vertrouwensband wel vergeten, dok.'

'Het komt niet in mijn verslag.'

'Ik meen het,' zei hij. 'Ik praat alleen tegen u omdat het gerucht gaat dat u een eerlijke vent bent en dat u uw best doet voor rechter Laskin. En wij hebben allemaal respect voor rechter Laskin, omdat hij weet hoe het er echt aan toe gaat.'

Ik wachtte.

Hij keek om en bleef opnieuw staan. Alles was stil om ons heen. Alleen op de zwaarbewaakte afdeling kon het in een gevangenis zo rustig zijn. Een paar meter verder was een bewoonde cel en ik kon zien dat de gevangene ons opnam. Goed verzorgd, grijze haren, middelbare leeftijd. Hij had een exemplaar van het tijdschrift *Time* in zijn hand.

Sherill trok me mee door de gang en mompelde: 'Die is van de Russische maffia. Hij snijdt je net zo gemakkelijk je keel af als dat

hij naar je glimlacht.' Toen we weer alleen waren, zei hij: 'Ik praat niet zoveel met gevangenen. Het leven is toch al zo kort, waarom zou je het dan volstoppen met vullis? Maar dit is nog maar zo'n jong knulletje dat ik mijn best deed om vriendelijk te zijn. Turner reageerde daarop door me straal te negeren. Volledig. Alsof ik onzichtbaar was. Toen ik een tijdje geen dienst had gehad en weer terugkwam, zag hij eruit alsof hij magerder was geworden. Dus toen ik hem z'n ontbijt ging brengen, had ik daar een extra sneetje geroosterd brood bij gedaan omdat ik hem zielig vond. Hij griste een boterham weg en begon die als een hyena te verslinden. Ik vroeg of hij wist waarom hij hier zat. Dit keer negeert hij me niet, maar reageert meteen en zegt: "Om wat ik gedaan heb." Maar zonder enig gevoel. Alsof hij een zakje friet en een cola bestelde. Daarna pakt hij weer een sneetje geroosterd brood van het bord, kijkt me recht aan en begint te kauwen. Heel langzaam, heel soppig. De stukjes brood vallen uit zijn mond en dan begint hij te kwijlen en met zijn ogen te draaien. Hij gedraagt zich als een idioot, alsof het één grote grap is. Hij blijft nog een tijdje doorgaan terwijl ik naar hem sta te kijken en dan spuugt hij alles op de grond en zegt: "Wat mot je?" Alsof ik hem lastigval. En ik zeg: "Je hebt geen antwoord gegeven op mijn vraag, beste kerel. Waarom zit je hier?" En hij zegt: "Omdat ik die baby om zeep heb gebracht. Daarom." Vervolgens wrijft hij met zijn voet dat geroosterde brood in de vloer en zegt: "Die rotzooi is niet te vreten, beste kerel. Breng me maar iets wat wél lekker is." '
'Vol berouw,' zei ik.
'Ik hoop dat God me vergeeft wat ik nu ga zeggen, dok. En als u dit herhaalt, zal ik het keihard ontkennen. Maar sommige zaadjes hadden beter verzopen kunnen worden voordat ze leerden zwemmen.'

7

Een klein knulletje, sprietige armpjes, een hartvormig gezichtje. Verwachtingsvolle bruine ogen die opengesperd werden toen ik zijn cel binnenkwam. De samengeknepen, gekwelde trekken van een wees uit de boeken van Dickens.

Ik stelde mezelf voor.

Hij zei: 'Aangenaam kennis te maken.' De woorden rolden gemakkelijk over zijn lippen, alsof het een gerepeteerd zinnetje was, maar als er sarcasme aan te pas kwam, dan ontging me dat.

Ik ging zitten en hij zei: 'Die stoel zit niet echt lekker.'

'Er is helaas niet veel keus hier,' zei ik.

'U ken wel op het bed gaan zitten en ik daar.'

'Dank je, Troy, maar het gaat prima.'

'Oké.' Hij ging rechtop zitten, met zijn handen op zijn knieën.

Ik pakte mijn aantekenblok en keek naar zijn handen. Smalle, witte handen met lange vingers, een beetje goor langs de nagelriemen maar de nagels waren keurig geknipt. Tengere handen. Er zou niet veel kracht nodig zijn om een baby te wurgen, maar toch...

'Ik ben psycholoog, Troy.'

'U komt met me praten over hoe ik me voel.'

'Dat heeft iemand je verteld.'

'M'vrouw Weider.'

Sydney Weider was zijn door de rechtbank toegewezen advocaat. Ze had nog meer dan Lauritz Montez aangedrongen op een afspraak met mij voordat ik aan mijn evaluatie begon en had agressief gereageerd op mijn weigering. Volgens Laskin was ze 'een pitbull. Ze zit nu al aantekeningen te maken voor het hof van cassatie, let op mijn woorden.'

'Wat heeft mevrouw Weider je over mij verteld?'

'Dat u allerlei vragen gaat stellen en dat ik moet meewerken.' Hij glimlachte als om dat te bewijzen.

'Is er iets waar je over wilt praten?' vroeg ik.

'Ik denk 't wel,' zei hij.

'Wat dan?'

'Ik moet over haar praten.'

'Over haar?'

'De baby.'

'Iedereen noemt haar een baby,' zei ik, 'maar eigenlijk was ze meer een peuter, hè?'

Dat woord kende hij niet. 'Dat zal wel.'

'Kristal was twee jaar, Troy. Ze kon lopen en al een beetje praten.'

'Ik heb d'r niet horen praten.'

'Had je haar wel eens eerder gezien?'

'Zeker weten van niet.'

'Waarom besloten jullie om haar mee te nemen?'
'Ze liep achter ons aan.'
'Waarheen?'
'Naar buiten.'
'Het winkelcentrum uit.'
'Ja.' De camera had geregistreerd dat Kristal tussen hen in bungelde en met haar benen trappelde. De politie was ervan uitgegaan dat ze zich verzette, maar in de stukken van beide advocaten stond dat de drie kinderen met elkaar hadden gestoeid.
Alsof dat iets uitmaakte.
'Waarom liep Kristal achter jullie aan?' vroeg ik.
Een schouderophalen.
'Kun je helemaal geen reden bedenken, Troy?'
'Waarschijnlijk vond ze ons cool.'
'Waarom?'
'Omdat zij klein was en wij groot.'
'Groot is cool.'
'Yep.'
'Oké,' zei ik. 'Kristal liep dus achter jullie aan. En wat gebeurde er toen?'
'We gingen naar het park om te roken en een biertje te drinken.'
'Met z'n drieën?'
'Yep.'
'Waar kwam dat bier vandaan?'
Hij kneep zijn ogen half dicht. Plotseling op zijn hoede. 'Dat hadden we al.'
'Hadden jullie het bij je in het winkelcentrum?'
'Daarvoor al.'
'Waar hadden jullie dat dan?'
'In het park.'
'Waar in het park?'
Een aarzeling. 'Achter een boom.'
'Verstopt.'
'Yep.'
'Dus jullie zaten te roken en te drinken. Alle drie.'
'Yep.'
'Kristal dronk en rookte mee.'
'Dat probeerde ze wel. Maar ze kon d'r niks van.'
'Kristal had moeite met drinken en roken,' zei ik.
'Ze ging d'rvan hoesten.'

'En wat deden jullie toen?'
'We bleven 't proberen.'
'Om Kristal te laten roken?'
'Om haar te helpen.'
'Hoe ging dat?'
'Niet zo goed.'
'Wat gebeurde er?'
'Ze moest weer hoesten.'
'En verder?'
'Ze moest kotsen.'
'Waarop?'
'Mijn T-shirt.' Nu waren de ogen spleetjes.
'Dat vond je niet leuk,' zei ik.
'Het rook klote... smerig.'
'Behoorlijk goor.'
'Yep.'
'Hoe reageerde je daarop?'
'Waarop?'
'Dat je ondergekotst werd.'
'Ik duwde haar weg.'
'Waar duwde je Kristal?'
Hij legde zijn handen op zijn borst.
'Waar kwam ze terecht?' vroeg ik.
'Op de grond.'
'Op de grond in het park.'
'Op 't gras.'
'Viel ze hard?'
'Het was gras.'
'Zacht.'
'Yep.'
'Heb je haar een harde duw gegeven?'
Geen antwoord.
'Troy?'
'Ik heb niks ergs gedaan,' zei hij. 'Ze viel op haar kont en begon
heel hard te huilen. Rand gaf haar een beetje bier.'
'Waarom?'
Schouderophalen. 'Om haar stil te krijgen, denk ik.'
'Dat was Rands idee.'
'Yep.'
In zijn rapport had de lijkschouwer vermeld dat er sporen van Bud-

weiser in Kristals maagje waren aangetroffen. En ook in haar longen – het kind had bier geïnhaleerd.

'Dus het was Rands idee om Kristal bier te geven,' zei ik.

'Dat zei ik toch.'

'Waarom denk je dat Rand op dat idee kwam?'

'Hij is stom.'

'Rand is stom.'

'Yep.'

'Maar je trekt toch veel met hem op.'

'Hij trekt met míj op.' Zijn stem had een scherp randje gekregen. Hij besefte het meteen. En glimlachte. 'De meeste tijd is-ie wel oké.'

'Wat gebeurt er als hij niet oké is?'

'Dan doet-ie stomme dingen. Zoals dat.'

'Dat?'

'Die baby bier geven.'

'Hoe vond Kristal dat bier?'

'Niet zo lekker.'

'Begon ze weer te kotsen?'

'Ze begon te puffen.' Zijn wangen werden bol en hij blies luidruchtig zijn adem uit. 'D'r kwam troep uit d'r neus. Toen begon ze te krijsen.'

'Hard te huilen?'

'Zoiets.'

'Knap vervelend.'

Zijn ogen waren platliggende streepjes. 'Het was helemaal niet cool.'

'Wat heb je daaraan gedaan?'

'Niks.'

'Kristal had je ondergekotst en zat hard te krijsen en je te irriteren, maar jij deed helemaal niets?'

'Dat hoefde niet,' zei hij. Er gleed een spottend glimlachje om zijn mond. Nog geen seconde later was zijn gezicht weer kinderlijk onschuldig. Als ik aantekeningen had zitten maken, zou ik het compleet gemist hebben.

'Waarom hoefde je niets te doen, Troy?'

'Rand deed al iets.'

'Rand loste het probleem op.'

'Yep.'

'Hoe?'

'Hij schudde haar heen en weer, gaf haar een klap en pakte haar bij haar keel.'

42

'Rand pakte Kristal bij haar keel.'

'Hij kneep haar keel dicht.'

'Doe eens voor hoe Rand Kristals keel dichtkneep.'

Hij aarzelde.

'Jij was erbij, Troy,' zei ik.

'Zo,' zei hij terwijl hij met een slap handje langs zijn eigen keel streek. Hij drukte even halfslachtig met de rug van zijn hand en liet toen zijn hand weer zakken.

'Zo ging het,' zei hij.

'Wat gebeurde er toen?'

'De baby rolde om.' Om te laten zien wat hij bedoelde, liet hij zich in slowmotion opzij zakken, tot op het bed. Daarna ging hij weer rechtop zitten. 'Zo.'

'Kristal viel om nadat Rand haar keel had dichtgeknepen.'

'Yep.'

'Hoe voelde je je toen je dat zag?'

'Akelig,' zei hij veel te snel. 'Heel akelig. Meneer.'

'Waarom voelde je je akelig, Troy?'

'Ze bewoog niet meer.' Knipperende wimpers. 'Ik had 'm tegen moeten houwen.'

'Jij had moeten voorkomen dat Rand Kristal de keel dichtkneep.'

'Yep.'

Zijn lippen krulden op en ik wachtte tot het spottende lachje weer zou verschijnen. Maar iets in zijn ogen maakte zijn uitdrukking zachter.

De gelaten, zwaarmoedige glimlach van iemand die alles al had gezien maar zijn waardigheid had weten te bewaren.

'Het spijt me heel erg,' zei hij. 'Ik had beter moeten weten. Ik ben veel slimmer dan hij.'

Dat klopte.

Een uitgebreide IQ-test resulteerde in 117, waardoor hij tot het slimste kwart van de bevolking behoorde. Aan de hand van een subtest die door middel van abstract redeneren concludeerde dat dit een negentig-procentscore was, en door zijn onregelmatige schoolbezoek, dat zijn basiskennis ondermijnde, ging ik ervan uit dat het in werkelijkheid hoger was.

In intellectueel opzicht stak hij mijlenver boven Rand Duchay uit.

Ik had 'm tegen moeten houwen.

Misschien had Sydney Weider hem niet volledig geïnstrueerd. Of ze had hem wel de feiten voorgeschoteld, maar weigerde hij simpelweg ze onder ogen te zien.

Of hij had gewoon besloten om te liegen omdat hij mij voor een goedgelovige sukkel aanzag.

Ik had het rapport van de lijkschouwer gelezen.

Er waren wel sporen van Kristal Malleys huid onder Troys vingernagels aangetroffen, maar niet onder die van Rand.

Gedurende de rest van onze ontmoetingen werkte hij volledig mee en bleef opgewekt doorliegen.

Toen ik naar zijn moeder vroeg, vertelde hij me dat ze probeerde actrice te worden en dat ze iedere dag bij hem op bezoek kwam.

Volgens het bezoekersregister was ze één keer bij hem geweest.

Hulpsheriff Sherill vertelde me dat Jane Hannabee duidelijk stoned was geweest, dat het bezoek tien minuten had geduurd en dat ze er bij het weggaan boos uitzag.

'Als je haar ziet, dok, zul je misschien iets meer begrip krijgen voor die knul. Maar het zegt niet alles, hè? Er zijn wel meer etterbakjes met moeders die zwaar aan de crack zijn en die halen ook rotstreken uit, maar niet van dit kaliber.'

Volgens Troy had zijn vader de dood gevonden 'in het leger. Hij moest terroristen doodschieten.'

Toen ik hem vroeg wat een terrorist was, zei hij: 'Net zoiets as een misdadiger, maar 't zijn meestal nikkers, die de boel opblazen.'

Ik begon nog een paar keer over de moord en hij hield voet bij stuk: Kristal was vrijwillig met hem en Rand meegegaan en Rand was de enige die gewelddadig was geweest. Troy voelde zich akelig omdat hij niet tussenbeide was gekomen.

Bij onze zesde ontmoeting verving hij akelig door 'schuldig'.

'Dus je voelt je schuldig.'

'Heel schuldig, meneer.'

'Waarom?'

'Omdat ik niet heb ingegrepen, meneer. Nu zal mijn leven vertraagd worden.'

'Vertraagd? In welk opzicht?'

'Ik was van plan om snel rijk te worden en nu zal dat pas later gebeuren.'

'Hoezo?'

'Omdat ze me vast ergens gaan opsluiten.'

'In de gevangenis.'

Hij haalde zijn schouders op.

'Hoe lang denk je dat ze je zullen opsluiten?'

'Als u ze de waarheid vertelt, meneer, wordt 't misschien wat minder lang.' Hij hield zijn hoofd iets schuin, op een bijna meisjesachtige manier. Zijn glimlach had ook iets vrouwelijks. Hij kon op wel tien verschillende manieren glimlachen en deze variatie had ik nog niet eerder gezien.

'Dus jij denkt dat je een kortere straf zult krijgen als ik hun de waarheid vertel.'

'De rechter vindt u aardig.'

'Heeft iemand je dat verteld?'

'Nee, hoor.'

De meeste mensen geven als ze liegen een 'seintje' af – door te gaan verzitten, of door een subtiele verandering in de oogopslag of de stem. Deze knul kon zo onaangedaan allerlei dingen uit zijn duim zuigen, dat ik durfde te wedden dat hij zelfs een leugendetector te slim af was.

'Troy, ben je wel eens bang?'

'Waarvoor?'

'Dat maakt niet uit.'

Hij dacht na. 'Ik ben bang dat ik slechte dingen zal doen.'

'Hoezo?'

'Ik wil niet slecht zijn.'

'Ben je dat dan wel eens?'

'Soms. Net als iedereen.'

'Dus iedereen is wel eens slecht.'

'Niemand is volmaakt,' zei hij. 'Alleen God.'

'Ben je gelovig?'

'Drew en Cherish zeggen van wel, meneer.'

'Wie zijn Drew en Cherish?'

'Predikanten.'

'Komen die dan bij je op bezoek?'

'Yep. Meneer.'

'En geeft je dat steun?'

'Ja, meneer. Heel veel.'

'Op welke manier krijg je dan steun van Drew en Cherish?'

'Ze vertellen me dat alles weer in orde zal komen. Dat iedereen fouten maakt.'

'Goed,' zei ik, 'dus jij denkt dat je af en toe slecht bent. Op wat voor manier?'

'Door niet naar school te gaan. En geen boeken te lezen.' Hij stond op en pakte een boek van de onderste plank. Een zwarte, kartonnen omslag. Met in groene letters *De Heilige Bijbel*.

'Heb je die van Drew en Cherish gekregen?'

'Ja, meneer. En ik heb 't ook gelezen.'

'Waar heb je dan over gelezen?'

Een moment van aarzeling. 'Over de tweede dag.'

'Van de schepping?'

'Ja, meneer. God schiep de hemel.'

'Wat betekent de hemel voor jou?'

'Een fijne plek.'

'Wat is er zo fijn aan?'

'Je bent rijk en je krijgt allemaal cool spul.'

'Wat voor cool spul?'

'Wat je maar wil.'

'Wie gaan er naar de hemel?'

'Brave mensen.'

'Mensen die eigenlijk nooit iets slechts hebben gedaan.'

'Niemand is volmaakt,' zei hij. Zijn stem klonk ineens gespannen.

'Dat staat vast,' zei ik.

'Ik ga naar de hemel,' zei hij.

'Na een kort uitstel.'

'Ja, meneer.'

'Je zei al eerder dat je rijk zou worden. Hoe denk je dat voor elkaar te krijgen?' vroeg ik.

De wedergeboorte van de spottende blik, die dit keer op zijn gezicht bleef staan. Zijn ogen boorden zich in de mijne en zijn tengere handen veranderden in knokige vuistjes.

'Doordat ik slim ben,' zei hij. 'Mag ik nu gaan slapen? Want ik ben moe. Menéér.'

De resterende ontmoetingen leverden niets op omdat hij moe was of beweerde dat hij zich 'ziek' voelde. Ik deed vergeefse pogingen specifieke symptomen aan het licht te brengen. Een onderzoek door de gevangenisarts leverde niets op. De laatste keer dat ik hem zag, zat hij in de bijbel te lezen en negeerde me toen ik ging zitten.

'Interessant?' vroeg ik.

'Yep.'

'Waar ben je nu?'

Hij legde het boek opengeslagen op het bed en keek langs me heen.

'Troy?'

'Ik voel me ziek.'

'Waar?'

'Overal.'

'Dokter Bronsky heeft je onderzocht en gezegd dat je niets mankeert.'

'Ik ben ziek.'

'Dit is misschien de laatste keer dat ik bij je op bezoek kom,' zei ik. 'Is er nog iets wat je me wilt vertellen?'

'Wat gaat u tegen de rechter zeggen?'

'Ik geef alleen door waar we over gepraat hebben.'

Hij glimlachte.

'Dus dat bevalt je wel.'

'U bent een goed mens, meneer. U vindt het prettig om mensen te helpen.'

Ik stond op en pakte de bijbel op. Grauwe vlekjes gaven de plek aan waar hij was gebleven. Genesis, hoofdstuk vier, Kaïn en Abel.

'Wel een geweldig verhaal,' zei ik.

'Ja, meneer.'

'Wat vind jij daarvan?'

'Waarvan?'

'Dat Kaïn zijn broer vermoordde en vervloekt werd.'

'Dat verdiende hij ook.'

'Kaïn?'

'Ja, meneer.'

'Hoezo?'

'Hij heeft gezondigd.'

'Een doodzonde, moord.'

'Precies,' zei hij terwijl hij de bijbel uit mijn handen pakte en rustig dichtsloeg. 'Net als Rand. Hij gaat naar de hel.'

8

Ik maakte een afspraak met beide pro-Deoraadslieden in een van de spreekkamers van de gevangenis. Lauritz Montez was er al toen ik daar aankwam, een tengere man van een jaar of dertig, met donker haar dat in een paardenstaartje zat. Het pluizige sikje viel in het niet bij de overdreven, met wax behandelde snor. Hij droeg een ouderwets driedelig pak van grijze tweed en een smal blauw vlinderdasje dat meer weg had van een schoenveter.

Sydney Weider kwam een paar seconden later binnenwaaien. Ze was wat ouder – begin veertig – slank en lang, blond met een zakelijk kapsel en grote lichte ogen. Haar getailleerde zwarte mantelpakje, de krokodillenleren tas en de grote parels in haar oren waren veel te duur voor een pro-Deoadvocaat. Misschien moest de verklaring gezocht worden in de grote diamant aan haar vinger. En misschien was dat wel heel seksistisch gedacht en had ze gewoon haar slag geslagen op de aandelenmarkt.

Ze ging zitten en draaide de ring om, zodat de diamant aan de binnenkant zat. Daarna zette ze een leesbrilletje met een gouden montuur op en zei: 'Nou, daar zitten we dan.' Ze plakte de woorden allemaal aan elkaar. Kennelijk kon ze niet wachten om haar mond open te doen.

Ze hadden allebei een aparte afspraak willen maken. Ik had hun verteld dat we eerst maar eens bij elkaar moesten komen en dan zouden we wel kijken hoe het ging.

Een vervolg was niet echt nodig. Ze hadden elk hun eigen verhaal, maar hun doel was hetzelfde: door niet alleen nadruk te leggen op de jeugd en het blanco strafblad van hun cliënten, maar ook op het feit dat beide jongens een miserabele opvoeding hadden gehad, moest ik ervan overtuigd worden dat iedere aanpak behalve een proces voor de jeugdrechter wreed en onmenselijk zou zijn.

Toen er één uur verstreken was, werkten ze al samen. Aan mijn gesprekken met Troy had ik het gevoel overgehouden dat Weider alles op Rand wilde afwentelen, maar het was niet aan mij om daarover te beginnen.

Naarmate ze op stoom kwam, begon ze nog sneller te praten en leek ze ten opzichte van Montez de overhand te krijgen. Nadat ze haar betoog had afgesloten met een lange verhandeling over de kwalijke aspecten van videospelletjes en sociale huurwoningen klapte ze haar Filofax dicht, zette haar bril af en nam me met haar ogen een kruisverhoor af.

'Wat komt er in uw rapport te staan?' Ratelend als een machinegeweer.

'Ik heb het nog niet geschreven.'

'Maar u moet toch bepaalde conclusies hebben getrokken.'

'Ik breng verslag uit aan rechter Laskin. Hij zal ervoor zorgen dat u een kopie krijgt.'

'Dus het moet op die manier,' zei ze.

'Via rechter Laskin, zoals het hoort.'

Ze pakte haar papieren bij elkaar en speelde met haar ring. 'Denk hier eens over na, dokter Delaware: psychologie is een sentimentele, slappe wetenschap en onder druk kunnen psychologen in de getuigenbank een behoorlijk kwetsbare indruk maken.'

'Dat wil ik best geloven.'

'Meer dan kwetsbaar,' zei ze. 'Ronduit belachelijk.'

'Ik wil ook best geloven dat sommigen dat inderdaad verdienen.'

Ze ging nog wat meer rechtop zitten, bleef me aanstaren om me zover te krijgen dat ik mijn ogen afwendde en wierp me een blik vol afkeer toe toen dat mislukte. 'U kunt toch niet serieus overwegen om deze kinderen als volwassenen terecht te laten staan, dokter.'

'Het is niet aan mij om...'

'Rechter Laskin gaat af op uw deskundigheid, dus in praktisch opzicht is het wel degelijk úw beslissing, dokter.'

'Voor zover ik heb kunnen constateren, is rechter Laskin een behoorlijk onafhankelijk type.'

'Het enige wat wij willen, is doodgewone rechtvaardigheid, dokter,' zei Montez. 'Laten we die knullen de kans geven om een andere weg in te slaan.'

'We zullen zelf ook een beroep doen op deskundigen, dokter,' zei Weider.

'Meneer Montez heeft professor Davidson van Stanford al ingehuurd,' zei ik.

Weider draaide zich om en keek haar collega aan. Hij draaide aan zijn snor en knikte. 'Het duurde even voordat de machtiging voor zijn honorarium erdoor was, maar we hebben hem kunnen strikken.'

Weider schonk hem een kille glimlach. 'Grappig hoor, Lauritz. Ik heb Davidson vorige week gebeld. Zijn secretaresse vertelde me dat hij andere verplichtingen had.'

'Als je hem ook voor die knul van jou wilt, kunnen we het misschien op een akkoordje gooien,' zei Montez.

'Dat is niet nodig,' zei Weider luchtig. 'Ik heb LaMaria van Cal kunnen krijgen.'

'Heeft een van u beiden een idee waarom uw cliënten Kristal Malley vermoord hebben?' vroeg ik.

Ze draaiden zich allebei met een ruk om en keken me aan.

'Wat bedoelt u daar precies mee, dokter?' vroeg Weider.

'Of u weet wat het motief van uw cliënten was.'

'Is het motief niet iets waar ú zich druk over moet maken, dokter?'

'Ik zou me kunnen voorstellen dat hetzelfde voor u geldt.'

Ze stond op, schudde haar hoofd en keek op me neer. 'Dacht u nou echt dat ik mijn strategie hier op tafel ga leggen?'

'Ik ben niet geïnteresseerd in strategie,' zei ik. 'Alleen in inzicht.'

'Maar dat heb ik helemaal niet, dokter. En dat is nou precies waarom ik zo op dat rapport van u hamer: we hebben een nieuw perspectief nodig. En ik hoop dat u in staat bent dat te leveren.'

Montez keek Weider na toen ze naar de deur liep. 'Tot ziens in de rechtszaal, dokter.'

Montez vertrok een seconde later. Hij keek me niet aan.

Ik bleef nog een tijdje zitten. En vroeg me af wat ik moest doen.

Toen ik de parkeergarage van de gevangenis in liep, riep Sydney Weider mijn naam. Ze stond naast een lichtblauwe BMW cabriolet en tikte met de krokodillenleren tas tegen haar lange, gespierde bovenbeen. Links van haar stonden twee vrouwen en een man. Weider zwaaide alsof we de beste maatjes waren. Ik liep naar haar toe. Toen ik bij haar was, glimlachte ze alsof we net samen een gezellig middagje achter de rug hadden. Ze trok een van de vrouwen naar zich toe. 'Dokter, dit is Troys moeder, Jane.'

Jane Hannabee was een stuk kleiner dan de advocaat en leek onder de greep van Weider zelfs nog te krimpen. Volgens mijn dossier was ze achtentwintig. Haar vaalbleke gezicht zat vol fijne rimpeltjes. Haar gebreide truitje had lange mouwen en in het midden een brede rode streep. Het zag eruit alsof het gloednieuw was en hetzelfde gold voor haar oversized spijkerbroek en haar witte gympen. Uit de ronde hals van de trui kronkelde een getatoeëerde slang omhoog. De driehoekige kop eindigde vlak achter haar linkeroor. Met ontblote slagtanden, een soort adder.

Ze had een mager lijf, dunne lippen, een smalle neus en sluik bruin haar dat tot over haar schouders hing. Drie gaatjes in beide oren, maar geen oorbellen. Aan een zwart stipje op haar rechterneusvleugel was te zien dat ze daar vroeger een piercing had gehad. Een ingevallen mond duidde op ontbrekende tanden. Haar blauwe ogen waren roodomrand.

Vlekkerige make-up kon de blauwe plek op haar linkerwang niet maskeren.

In het politieverslag had gestaan dat Troy haar af en toe sloeg.

Ze leek ouder dan Weider.

'Aangenaam,' zei ik.

Jane Hannabee beet op haar lip, keek omlaag naar de met olie besmeurde vloer van de parkeergarage en gaf me een hand. Ze had koude, droge vingers.

'Ik weet zeker dat u graag even met mevrouw Hannabee zou willen praten, dokter,' zei Sydney Weider.

'Zeker weten. Laten we maar een afspraak maken.'

'Waarom doen we het nu niet?'

Ze had het heft in handen genomen.

Ik glimlachte en ze glimlachte terug.

'U hebt toch wel even tijd voor de moeder van Troy, dokter?'

'Natuurlijk,' zei ik.

Weider keek de beide andere mensen aan. 'Bedankt dat jullie haar hier hebben gebracht.'

'Graag gedaan,' zei de man. Hij was achter in de twintig, stevig gebouwd, met dik, golvend, donker haar dat me aan een overrijpe artisjok deed denken. Een breed, innemend gezicht, vlezige schouders en de vierkante nek van een worstelaar. Hij droeg een corduroy pak in de kleur van pindakaas, stevige zwarte schoenen, een donkerblauw overhemd met een in lange punten uitlopende kraag en een lichtblauwe das.

Zijn witgouden trouwring was bezet met blauwe steentjes en paste bij de ring aan de hand van de vrouw die naast hem stond.

Ze was van ongeveer dezelfde leeftijd als hij, een tikje te zwaar en bijzonder aantrekkelijk, met tegengekamd lang haar dat bijna witblond was gebleekt en aan weerskanten met een speldje was vastgezet, zodat het leek alsof ze twee vleugeltjes op haar hoofd had. Een zachtroze vestje op een witte jurk met een wijde rok. Een zilveren kruis aan een dun kettinkje om haar nek. Ze had een gebruinde en smetteloze huid.

De man deed een stap naar voren, waardoor ik haar gezicht niet meer kon zien. 'Drew Daney, meneer.' Dikke vingers, maar een lichte handdruk.

'Dit zijn een paar aanhangers van Troy, dokter,' zei Sydney Weider.

Dat klonk alsof de knul zich verkiesbaar had gesteld voor een politieke functie. Misschien ging die vergelijking niet helemaal mank: dit zou echt een verkiezingsstrijd worden.'

'En dit is mijn vrouw Cherish,' zei Drew Daney.

'Ik kan niets zien, schat,' zei de blonde vrouw. Drew Daney deed een stapje terug en de glimlach van Cherish Daney kwam in beeld.

'Aanhangers van Troy,' zei ik.

'Geestelijke raadslieden,' zei Cherish Daney.

'Predikanten?'

'Nog niet,' zei Drew. 'We studeren theologie aan het Fulton Seminary. Bedankt dat u zoveel voor Troy doet, dokter. Hij heeft alle steun nodig die hij kan krijgen.'

'Ondersteunen jullie Rand Duchay ook?' vroeg ik.

'Als ons dat wordt gevraagd wel. Iedereen die onze hulp nodig heeft...'

'We moeten opschieten,' zei Sydney Weider en ze greep Jane Hannabee nog steviger vast. Hannabee vertrok haar gezicht en begon te beven. Moederlijke bezorgdheid of een door drugs veroorzaakte huivering? Ik prentte mezelf in dat ik niet zo mocht denken. Ik moest haar een kans geven.

'We kunnen maar beter gauw bij Troy op bezoek gaan,' zei Cherish.

Haar man keek op zijn sporthorloge. 'O jee, je hebt gelijk.'

Cherish deed een stapje in de richting van Jane Hannabee alsof ze van plan was de vrouw te omhelzen, maar ze veranderde van gedachten, wuifde even en zei: 'God zegene je, Jane. Pas goed op jezelf.'

Hannabee boog haar hoofd.

'Fijn dat we u hebben leren kennen, dokter,' zei Drew. 'Veel succes.' Ze gingen samen met stevige pas en arm in arm op weg naar het elektronische hek van de gevangenis.

Sydney Weider bleef hen even met een uitdrukkingsloos gezicht nakijken voordat ze zich tot mij richtte. 'Het zal een hele toestand worden om een spreekkamer in de gevangenis te regelen. Wat denken jullie ervan om in mijn auto te praten?'

Jane Hannabee zat achter het stuur van Weiders BMW met een gezicht alsof ze door buitenaardse wezens was ontvoerd. Ik ging naast haar zitten. Sydney Weider liep een paar meter verderop te ijsberen en te roken terwijl ze een gesprek voerde via haar mobiele telefoon.

'Is er iets wat u me wilt vertellen, mevrouw Hannabee?'
Ze gaf geen antwoord.
'Mevrouw?'
Starend naar het dashboard zei ze: 'Zorg dat ze Troy niet doden.'
Een matte stem met een licht zuidelijk accent. Een verzoek zonder passie.
'Ze?' zei ik.
Ze krabde door haar mouw aan haar arm, schoof toen de stof op en ging de slappe blote huid te lijf. Haar onderarm was versierd met nog een stel tatoeages, grof, donker en somber. Weider had waarschijnlijk die nieuwe kleren voor haar gekocht en haar aangekleed met de bedoeling een en ander te camoufleren.
'In de gevangenis,' zei ze. 'Als ze hem daarheen sturen, zal hij een slechte naam hebben. Dan zal het cool zijn om hem aan te pakken.'
'Hoezo een slechte naam?'
'Als babymoordenaar,' zei ze. 'Ook al heeft hij het niet gedaan. Voor de nikkers en de Mexicanen zal het gaaf zijn om hem te pakken te nemen.'
'Troy heeft Kristal niet vermoord,' zei ik, 'maar zijn reputatie zal hem in de gevangenis in gevaar brengen.'
Ze gaf geen antwoord.
'Wie heeft Kristal dan vermoord?' vroeg ik.
'Troy is míjn baby.' Ze had haar mond halfopen, alsof ze behoefte had aan meer lucht. Achter de uitgedroogde lippen zaten drie tanden, bruin en afgesleten. Het drong ineens tot me door dat ze glimlachte.
'Ik heb mijn best gedaan,' zei ze. 'Dat kennu geloven of niet.'
Ik knikte.
'U gelooft me niet,' zei ze.
'Ik weet zeker dat het moeilijk moet zijn geweest om in uw eentje een zoon groot te brengen.'
'Ik heb die anderen weg laten halen.'
'De anderen?'
'Ik ben vier keer in verwachting geweest.'
'Hebt u abortus laten plegen?'
'Drie keer. De laatste heeft me echt pijn gedaan.'
'Maar u hebt Troy gehouden.'
'Ik vond dat ik dat verdiende.'
'Om een kind te hebben.'
'Ja,' zei ze. 'Elke vrouw heeft dat recht.'

'Om een kind te hebben.'

'Vindt u van niet dan?'

'U wilde Troy houden,' zei ik. 'En u hebt uw best gedaan om hem groot te brengen.'

'Maar dat gelooft u niet. U wilt hem naar de gevangenis sturen.'

'Ik ga een rapport schrijven over Troys psychische gesteldheid – wat zich in zijn hoofd afspeelt – en dat geef ik door aan de rechter. Dus alles wat u me over Troy kunt vertellen, kan helpen.'

'Wilt u beweren dat hij gek is?'

'Nee,' zei ik. 'Ik denk absoluut niet dat hij gek is.'

Het stellige antwoord verraste haar. 'Dat is hij ook niet,' hield ze vol, alsof we het daarover oneens waren. 'Hij is echt slim. Dat is-ie altijd geweest.'

'Hij is heel intelligent,' zei ik.

'Ja,' zei ze. 'Ik wil dat hij gaat studeren.' Ze draaide zich om en glimlachte opnieuw tegen me, dit keer met gesloten mond en subtiel. De boog van haar mond liep gelijk met de kronkelende slang in haar hals en het resultaat was griezelig. 'Volgens mij kennie best dokter worden of iets anders dat 'm rijk maakt.'

Troy had het ook al over rijk worden gehad. Zonder blikken of blozen. Alsof de aanklacht tegen hem een soort hobbel was op de weg naar welvarendheid. De waanideeën van zijn moeder maakten dat mijn ogen begonnen te prikken.

Ze legde haar handen op het stuur van de BMW en trapte op het niet-werkende gaspedaal. 'Da's me nogal wat,' mompelde ze.

'De auto?'

Ze keek door de voorruit naar Weider. 'Denkt u dat ze Troy kan helpen?'

'Ze lijkt me een goede advocaat.'

'U geeft nooit ergens antwoord op, hè?'

'Laten we het eens over Troy hebben,' zei ik. 'U wilt dat hij gaat studeren.'

'Maar hij kan nou niet naar de universiteit. Want ú stuurt 'm naar de gevangenis.'

'Ik kan hem nergens heen sturen, mevrouw Hannabee...'

'De rechter heeft de pest aan 'm.'

'Waarom zegt u dat?'

Ze stak haar hand uit en raakte mijn arm aan. Streelde mijn arm. 'Ik weet hoe mannen zijn. Een en al haat en hop d'rop.'

'Hop d'rop?'

54

'Op vrouwen,' zei ze, terwijl ze haar hand naar mijn schouder liet glijden. Ze raakte mijn wang aan. Ik duwde haar hand weg.

Ze keek me met een begrijpend lachje aan. 'Ik weet precies waar een man allemaal behoefte aan kan hebben.'

Ik schoof achteruit tot ik tegen het portier aan zat.

'Ik weet alles van mannen,' zei ze nog een keer.

Ik keek haar aan en hield haar blik vast. Ze raakte de blauwe plek op haar wang aan. Haar lippen trilden.

'Hoe ben je daaraan gekomen?' vroeg ik.

'U vindt me lelijk.'

'Nee, maar ik wil graag weten...'

'Vroeger wilde iedereen me,' zei ze. 'Ik had tieten als watermeloenen. Toen was ik nog danseres.' Ze drukte haar handen plat tegen haar borst.

'Mevrouw Hannabee...'

'Dat hoeft u niet tegen me te zeggen. Mevrouw. Ik ben geen mevrouw.'

'Jane...'

Ze draaide zich met een ruk om en pakte me opnieuw bij mijn arm. Vingers als klauwen boorden zich door mijn wollen mouw. Dit keer geen spoor van verleiding. Wanhoop. In haar ogen laaide een kille angst op, waardoor ik ineens een glimp opving van het meisje dat ze vroeger was geweest.

'Alsjeblíéft,' zei ze. 'Troy heeft die baby niet vermoord. De debiel heeft het gedaan. Dat weet iedereen.'

'Iedereen?'

'Hij is groot, Troy is maar klein. Troy is mijn kleine ventje. Het was zijn schuld niet dat hij met die debiel op stap was.'

'Dus Rand is de schuldige,' zei ik.

Ze greep mijn arm nog steviger vast. 'Persies.'

'Heeft Troy je verteld dat Rand de baby heeft vermoord?'

'Ja.'

Ik keek naar haar vingers. Ze kuchte, snufte en trok ze terug.

'Hij wordt weer beter,' zei ze.

'Wie?'

'Troy. Geef hem de kans, dan wordt-ie weer beter en dan gaat-ie studeren.'

'Dus je denkt dat hij ziek is.'

Ze keek me met grote ogen aan. 'Iedereen is ziek. Als je leeft ben je ziek. We moeten vergevingsgezind zijn. Net als Jezus.'

Ik zei niets.

'Weet u wat dat is? Om vergevingsgezind te zijn?'

'Het is een prachtige eigenschap,' zei ik, 'als je in staat bent om te vergeven.'

'Ik vergeef iedereen.'

'Iedereen die je pijn doet?'

'Ja, waarom niet? Wie maakt zich nou druk over wat er is gebeurd? Dat geldt ook voor Troy, wat hij heeft gedaan is voorbij. En hij heeft het niet eens gedaan. De debiel heeft het gedaan.'

Ze draaide zich om op de stoel, stootte haar heup aan het stuur en vertrok haar gezicht. 'Wilt u 'm helpen?'

'Ik zal mijn best doen om eerlijk te zijn.'

'Dat moet ook,' zei ze. Ze boog zich naar me over. Ze rook naar een vreemde mengeling van vuil wasgoed en een veel te zoet parfum. 'U zou best op 'm kunnen lijken.'

'Op wie?'

'Op Jezus.' Ze lachte en liet haar tong over haar lippen glijden. 'Ja, zeker weten. As u een baard zou hebben, en een beetje meer haar, zeker weten. Dan zou u een echt lekkere Jezus kunnen zijn.'

9

De griffier van Tom Laskin belde me een paar dagen later om te vragen hoe het met mijn rapport stond. Ik vertelde haar dat ik nog een week nodig zou hebben, een willekeurige hoeveelheid tijd, terwijl ik niet eens wist waarom ik om uitstel vroeg.

Ik werkte nog eens tien dagen aan de zaak, sprak met de maatschappelijk werkers en de ambtenaren die de toewijzingen in 415 City regelden, bezocht het project en praatte met buren en iedereen die vond dat ze me iets te vertellen hadden. Margaret Sieff was nooit thuis. Jane Hannabee was verhuisd en niemand wist waarheen.

En ik ging naar de school van de jongens toe. Er was niemand – de directeur niet, noch de studiebegeleider of de leraren – die zich Troy of Rand goed kon herinneren. De laatste keer dat beide jongens een rapport hadden gehad was een jaar geleden. Zesjes en een paar vieren voor Rand, en dat betekende in maatschappelijk opzicht een stap vooruit. Mijn testen hadden aangetoond dat hij niet kon lezen en met rekenen niet verder kwam dan het niveau van de tweede klas lagere school. Achten, zessen en vieren voor Troy. Het oordeel over hem was 'intelligent maar een storend element'.

Voor de buurtwerkers waren de twee jonge moordenaars niet meer dan namen op een formulier. De bewoners waren het erover eens dat ze Rand Duchay voor zijn arrestatie allemaal als een ongevaarlijke sukkel hadden beschouwd. Iedereen met wie ik sprak, was ervan overtuigd dat hij door Troy Turner op het slechte pad was gebracht.

De meningen over Troy waren al even eensluidend. Hij werd beschouwd als gehaaid, vervelend, gemeen en 'slecht'. Angstaanjagend ondanks zijn kleine postuur. Een aantal bewoners beweerde dat hij hun kinderen had bedreigd, maar de details bleven vaag. Een vrouw, jong, zwart en zenuwachtig, kwam naar me toe toen ik het complex verliet en zei: 'Die jongen heeft akelige dingen met mijn dochtertje gedaan.'

'Hoe oud is uw dochter?'

'Volgende maand wordt ze zes.'

'Wat is er dan gebeurd?'

Ze schudde haar hoofd en liep haastig weg. Ik ging niet achter haar aan.

Ik vroeg of ik de jongens nog een keer mocht spreken, maar Montez en Weider staken daar een stokje voor.

'Ze blijven bij hun besluit,' vertelde Tom Laskin me. 'Ze waren zelfs bereid om juridische stappen te ondernemen om je bij hen weg te houden.'

'Wat is het probleem?' vroeg ik.

'Ik heb het idee dat het voornamelijk aan Weider ligt. Ze is een fanatiekeling.'

'Ze praat wel heel snel.'

'Ze maakt overal een probleem van, zelfs als dat niet nodig is,' zei Laskin. 'Ze zegt dat je meer dan genoeg tijd hebt doorgebracht met haar cliënt en ze wil niet dat hij geestelijk helemaal in de war raakt voordat ze haar eigen deskundigen op hem afstuurt. Montez is een lapzwans, die de weg van de minste weerstand kiest. Ik zou het misschien wel af kunnen dwingen, Alex, maar als een vonnis van mij vernietigd wordt, heb ik toch liever dat het niet om een wissewasje gaat. Heb je echt meer tijd nodig?'

'Waarom zou ik hun cliënten geestelijk in de war brengen?'
'Dat moet je je niet persoonlijk aantrekken,' zei hij. 'Dat is gewoon advocatengelul. Zij gaan uit van het standpunt dat jij aan de kant van het openbaar ministerie staat.'
'Ik heb nog geen woord gewisseld met de officier van justitie.'
'Het is een kwestie van gehaaidheid. Ze dekken zich nu al in om, als jij met iets zou komen dat hen niet zint, dat meteen van tafel te kunnen vegen.'
'Oké,' zei ik.
'Maak je maar geen zorgen, ik neem je wel in bescherming als je in de getuigenbank staat. Wanneer kan ik die verzameling psychologische wijsheden van jou op mijn bureau verwachten?'
'Binnenkort.'
'Binnenkort is beter dan het tegendeel.'

Ik ging zitten om mijn rapport te schrijven en begon met het gemakkelijkste: de plaats van het misdrijf, de achtergrondinformatie en de uitslag van de diverse testen. Maar zelfs dat kostte me de grootste moeite en ik was nog niet echt opgeschoten, toen Lauritz Montez me belde.
'Hoe gaat het ermee, dokter?'
'Bent u van gedachten veranderd over een tweede gesprek met Rand?' vroeg ik.
'Misschien,' zei hij. 'Mijn klant heeft de eerste keer toch volledig meegewerkt, hè? Daar zult u toch wel de nadruk op leggen?'
'Ik zal mijn uiterste best doen om onbevooroordeeld te zijn.'
'Hoor eens,' zei Montez, 'die juridische stappen waren het idee van Weider. U weet toch hoe ze is.'
'Eerlijk gezegd niet.'
'Doet er ook niet toe,' zei hij. 'Als u zich maar herinnert dat Rand volledig heeft meegewerkt.'
'Dat weet ik.'
'Mooi.' Zijn stem klonk gespannen. 'Hij is nogal gedeprimeerd.'
'Dat verbaast me niets.'
'Arme knul,' zei hij.
Ik gaf geen antwoord.
'De reden dat ik u bel, dokter Delaware, is omdat Weider net een voorstel heeft ingediend voor een gesplitste zitting. Weet u wat dat betekent?'
'Dat ze de verdediging van Troy wil loskoppelen van die van Rand.'

'Ze wil me nááien... Ze wil Rand naaien. Ik dacht dat we allemaal op één lijn zaten, maar nu levert ze me een rotstreek door de schuld helemaal op mijn cliënt te schuiven zodat die kleine psychopaat van haar een lichtere straf kan krijgen. Ik dacht dat ik u maar beter kon waarschuwen.'

'Bedankt.'

'Ik meen het,' zei hij. 'De waarheid ligt toch voor de hand.'

'Over welke waarheid hebben we het nu?'

'Dat een in de grond lieve, maar ontzettend domme jongen in aanraking is gekomen met een kille, wrede moordenaar. Ik weet dat u naar 415 City bent geweest en dat u dat van iedereen daar ook hebt gehoord.'

'Wat kan ik precies voor u doen, meneer Lauritz?' vroeg ik.

'Ik heb respect voor uw vakkundigheid en ik wil graag met u in contact blijven. Van die poging om u officieel de toegang te ontzeggen, moet u zich gewoon niets aantrekken. Goed? Als u echt nog een keer met Rand wilt praten, prima. Hij heeft berouw. Hij wordt vertéérd door berouw.'

Ik gaf geen antwoord.

'Goed,' zei hij. 'Wilt u nog een keer bij hem op bezoek?'

'Dan bel ik u wel.'

Dat deed ik niet.

Hij kwam er nooit meer op terug.

Toen ik drie dagen aan mijn rapport had gewerkt belde ik Tom Laskin op. 'Dit schiet niet echt op.'

'Wat niet?'

'Ik heb vanaf het begin tegen je gezegd dat de kans bestaat dat ik geen zinnige aanbeveling kan doen en dat is nu inderdaad het geval. Als je me op mijn honorarium wilt korten, vind ik dat prima.'

'Wat is het probleem?'

'Ik beschik niet over duidelijke gegevens om je met je keuze te helpen. Persoonlijk zou ik de voorkeur geven aan de jeugdrechter, omdat het nog kinderen zijn die niet over het bevattingsvermogen van een volwassene beschikken. Maar ik weet niet zeker of ik nog wel met een gerust hart zou kunnen slapen als ik verantwoordelijk was voor die keuze.'

'Waarom niet?'

'Omdat ze zoiets afschuwelijks hebben gedaan en ik betwijfel of je ze door ze een paar jaar ter beschikking te stellen van de CYA weer op het rechte pad krijgt.'

'Zijn ze nog steeds gevaarlijk?' vroeg hij.

'Bedoel je of ze weer zoiets afschuwelijks zouden doen? Rand Duchay in zijn eentje waarschijnlijk niet. Maar als hij vriendschap sluit met een dominante en gewelddadige persoon zou het best kunnen.'

'Vertoont hij tekenen van berouw?'

'Zo op het oog wel,' zei ik. 'Had hij ten tijde van de moord de gedachtegang van een volwassen mens? Nee. Zou dat over vijf of zelfs tien jaar anders zijn? Waarschijnlijk niet, als je rekening houdt met zijn IQ.'

'En dat is?'

Ik gaf de uitslag van de testen door.

Laskin floot. 'En hoe zit het met Turner?'

'Intelligenter… een stuk intelligenter. Hij is in staat om plannen te beramen. Sydney Weider heeft de bedoeling om te stellen dat Rand Duchay de aanzet gaf voor de misdaad en dat haar cliënt alleen maar een onschuldige toeschouwer was. Volgens de gerechtelijke medische dienst is dat niet waar, maar Rand heeft toegegeven dat hij Kristal heeft geslagen en als je niet beter weet, kan zijn postuur tegen hem werken.'

'Ik wil het nog even over dat berouw hebben,' zei Laskin. 'Heeft Turner dat ook getoond?'

'Hij praat over zonde, hij beweert dat hij de Bijbel leest, en er is een stel theologiestudenten die hem morele steun geven. Maar ik betwijfel of hij echt weet waar het om gaat. Hij ontkent dat hij Kristal zelfs maar heeft aangeraakt, ondanks het feit dat er sporen van Kristals huid onder zijn nagels zijn aangetroffen.'

'Weider heeft een dringend verzoek bij me ingediend om de zaak te splitsen. Het ziet ernaar uit dat het weer gewoon een NIMH-verdediging gaat worden.'

Niet Ik Maar Hij.

'Ben je van plan de splitsing toe te staan?' vroeg ik.

'Alleen als het niet anders kan. Hoe intelligent is Turner?'

'Ver boven het gemiddelde.' Ik gaf hem die uitslagen ook door.

'Dus geen sprake van verminderde toerekeningsvatbaarheid,' zei hij. 'Ook een volwassen bevattingsvermogen?'

'In intellectueel opzicht kan hij dingen beredeneren. Maar hij is dertien en dat is een interessante leeftijd. Er zijn wat bewijzen dat het adolescente brein op veertien-, vijftienjarige leeftijd wijzigingen ondergaat die het logisch redeneren stimuleren. Maar zelfs als je daar rekening mee houdt, weet je zelf ook wel hoe tieners zijn. Het duurt jaren voordat iemand echt rationeel leert denken.'

'En sommigen leren dat nooit,' zei hij. 'Dus je neigt naar een proces voor de jeugdrechter, maar dat wil je niet op papier vastleggen vanwege de ernst van de misdaad.'

'Ik geloof niet dat het een kwestie van psychologie is,' zei ik.

'Wat dan wel?'

'Een gerechtelijk probleem. Welke straf gerechtigheid het meest benadert.'

'Waarmee je wilt zeggen dat het mijn probleem is.'

Ik gaf geen antwoord.

'Ik weet dat tieners stom zijn,' zei hij. 'Maar als we tieners een speciale behandeling zouden geven, zitten we met het probleem dat heel veel echt gewelddadige boeven er met een naar verhouding lichte straf van af zouden komen. En ik heb nog nooit iets meegemaakt dat even gewelddadig was als deze misdaad. Ze hebben dat arme kind echt verschrikkelijk aangepakt.'

'Dat weet ik. Maar je hebt Turner gezien. Hij ziet eruit alsof hij twaalf is. Ik zie hem in gedachten al in San Quentin of een soortgelijke instelling zitten en daar word ik niet vrolijker van.'

'Klein en slim, maar hij heeft wel een tweejarig kind vermoord, Alex. Waarom zou een intelligente knul in vredesnaam zoiets doen?'

'Dat is weer een vraag waar ik geen antwoord op kan geven,' zei ik. 'IQ en morele ontwikkeling zijn twee verschillende dingen. Om met Walter Percy te spreken: "Je kunt allemaal tienen halen en toch voor het leven zelf zakken." '

'Wie is die meneer?'

'Een schrijver en psychiater.'

'Interessante combinatie,' zei hij. 'Dus wat je me eigenlijk vertelt, is dat ik ben opgezadeld met een sukkeltje en een intelligent psychopaatje die toevallig een tweejarig kind hebben vermoord. Hebben ze vaker asociaal gedrag vertoond?'

'Rand niet. Iedereen die Troy kent, beschrijft hem als gehaaid en sommige mensen uit het wooncomplex noemen hem zelfs wreed. Het is algemeen bekend dat hij jongere kinderen heeft bedreigd. Hij wordt ook verdacht van het doden van zwerfhonden en -katten, maar ik kon geen feiten vinden die daarop wezen, dus misschien is de geruchtenmachine op hol geslagen naar aanleiding van de moord. Er was een vrouw die insinueerde dat hij haar dochtertje aangerand had, maar ze wilde er niet op ingaan. Gezien zijn opvoeding zou het me niet verbazen als hij zelf ook misbruikt is.'

Ik gaf hem de voorgeschiedenis van de twee jongens in een notendop, met inbegrip van het hoofdletsel dat Rand Duchay als baby had opgelopen. 'Als je naar verzachtende omstandigheden zoekt, dan heb je genoeg keus.'

'Slachtoffers van de biologie?'

'En van de sociologie plus doodgewone pech. Die twee jongens zijn niet bepaald doodgeknuffeld, Tom.'

'Maar dat is geen excuus voor wat ze dat arme kleine meisje hebben aangedaan.'

'Zeker niet.'

'Heb je nog aanwijzingen gevonden voor een motief?' vroeg hij. 'Want daar begint niemand over, ook de smerissen niet.'

'Voor zover ik weet, gebeurde de ontvoering spontaan. Het duo was op weg naar het park om te gaan zitten roken en drinken, toen ze Kristal zagen rondlopen. Ze dachten dat het wel grappig zou zijn om haar te zien drinken en roken. Ze werd misselijk, begon lastig te worden, moest overgeven en vervolgens liep alles uit de hand. Niets wijst erop dat ze haar al langer in het vizier hadden.'

'Pech voor die kleine meid,' zei hij. 'Oké, dus het is gewoon een standaardvoorbeeld van een zinloze misdaad. Ik hoopte dat er iets meer zou zijn... iets wat psychologisch verhelderend zou werken. Maar daar hoef jij je niets van aan te trekken, je hebt vanaf het begin gezegd dat je niets beloofde. Vergeet dat gelul over het korten van je honorarium maar. Als de overheid bereid is je ergens voor te betalen moet je dat geld gewoon aanpakken... Dus je kunt me geen enkele hint geven over de toerekeningsvatbaarheid?'

'Wat gebeurt er als je ze als volwassenen berecht?'

'In eerste instantie krijgen ze dan lange straffen en worden ze naar San Quentin of een vergelijkbare gevangenis gestuurd. Als ik ze aan de jeugdrechter overlaat, komen ze bij de California Youth Authority, de jeugdzorg, terecht en dat verschilt tegenwoordig niet zoveel van een gevangenis voor volwassenen, behalve dat de gevangenen kleiner zijn. Maar ze kunnen niet langer dan tot hun vijfentwintigste ter beschikking van de CYA blijven.'

'Wat betekent dat ze op het hoogtepunt van hun criminele energie vrijgelaten worden.'

'Daar kun je vergif op innemen,' zei hij. 'In de lik bij de grote jongens zouden ze een gemakkelijke prooi zijn voor de Black Guerilla Army en Nuestra Familia en dan zouden ze waarschijnlijk hulp zoeken bij de Arische Broederschap. Dus op die manier maken we er een stel kleine nazi's van. Maar de meeste CYA-inrichtingen zijn ook vergeven van de gangs.'

'Waarom zei je dat ze "in eerste instantie" een lange straf zouden krijgen?'

'Omdat de kans groot is dat, als ik ze als volwassenen berecht, een hoger gerechtshof hun straffen zal verlagen en ze zal laten overplaatsen naar minder streng bewaakte instellingen. Wat betekent dat ze misschien uiteindelijk zelfs nog minder lang hoeven te zitten dan als ze ter beschikking worden gesteld van de CYA. Ik moet ook aan de familie van het slachtoffer denken. Je zei zelf al dat we bij benadering voor gerechtigheid kunnen zorgen en de hemel weet dat we hun nooit genoegdoening kunnen schenken, wat dat ook mag betekenen. Maar er moet een oplossing zijn die de minste schade berokkent.'

'Ik heb in de media niets gezien of gelezen over de familie.'

'Ze wilden niet aan de weg timmeren, maar de vader heeft de officier van justitie wel een paar keer gebeld en gerechtigheid geëist. Maar wat hij werkelijk wil, kan niemand hem geven: zijn kind terug. En twee andere kinderen hebben een puinhoop gemaakt van hun eigen leven. Het is voor alle betrokkenen een rotsituatie.'

'Meer dan rot.'

'Ze zijn nog zo verdomd jóng, Alex. Wat heeft ze in vredesnaam zo slecht gemaakt?'

'Ik wou dat ik je dat kon vertellen,' zei ik. 'Maar aan alle voorwaarden is voldaan: een slechte omgeving en mogelijk een erfelijke belasting. Toch gaan de meeste kinderen die onder dezelfde omstandigheden moeten opgroeien niet zover dat ze peuters vermoorden.'

'Nee, inderdaad niet,' zei hij. 'Oké, stuur me de dingen maar die je wel naar eer en geweten op papier kunt zetten. Dan zal ik ervoor zorgen dat de betalingsopdracht de molen in gaat.'

10

Uiteindelijk viel de beslissing op de manier zoals dat altijd gebeurt zodra het publiek de interesse voor een zaak verliest: door onderhandelingen in achterkamertjes en de poging om het minste van alle kwaden te vinden.

Vijf maanden na hun arrestatie bekenden beide jongens schuld, volgens de kranten 'een verrassende ontwikkeling', en werden ze ter beschikking gesteld van de California Youth Authority tot ze vijfentwintig waren of tot bewezen kon worden dat ze met succes hun heropvoeding hadden afgesloten.

Geen proces, geen mediacircus. Ik hoefde niet op te komen draven als getuige-deskundige en de cheque van de rechtbank arriveerde binnen een redelijke tijd.

Ik praatte er met niemand over, behalve met Milo, en deed net alsof het me geen uurtje slaap kostte.

Troy Turner werd naar het N.A. Chaderjian Camp in Stockton gestuurd en Rand Duchay kwam in de Herman G. Stark Youth Correctional Facility in Chino terecht. De CYA beloofde dat voor beide jongens psychiatrische hulp geregeld zou worden en voor Rand speciaal onderwijs.

De dag waarop de beschikking bekend werd gemaakt, werden de ouders van Kristal Malley bij het verlaten van de rechtszaal opgewacht door een tv-ploeg die wilde weten wat ze ervan vonden.

Lara Malley, een kleine fletse brunette, was in tranen. Haar man, Barnett, een lange grofgebouwde vent van een jaar of dertig, wierp hun een woedende blik toe en zei: 'Geen commentaar.'

De camera zoomde in op zijn gezicht, omdat boosheid leuker is om naar te kijken dan wanhoop. Hij had dun, zandkleurig haar, lange bakkebaarden en een scherp gezicht met opvallende botten. Geen spoor van tranen, de starre blik van een sluipschutter.

'Bent u van mening, meneer,' drong de verslagggever aan, 'dat de leeftijd van beide beklaagden dit tot een toepasselijke oplossing maakt, waardoor u zich bij de zaak kunt neerleggen?'

Barnett Malleys kaakspieren spanden zich en hij tilde met een ruk zijn hand op. De geluidsman ving schuifelende geluiden op en de verslaggever week achteruit. Malley had zich niet bewogen. De camera zoomde in op zijn vuist, die in de lucht was blijven hangen.

Lara Malley maakte een jammerend geluidje. Barnett bleef nog een seconde in de lens staren, voordat hij zijn vrouw bij haar arm pakte en buiten beeld meetrok.

Zes weken later belde Tom Laskin op. Het was even na twaalven 's middags en ik had net een consult achter de rug met een achtjarig jongetje dat bij het spelen met chemische zwembadproducten zijn gezicht had verbrand. Zijn ouders hadden de fabrikant voor de rechter gesleept en een zogenaamde specialist in 'milieugeneeskunde' had in de getuigenbank verklaard dat het kind kanker zou krijgen na verloop van tijd. De jongen had gehoord wat de kwakzalver zei, was getraumatiseerd geraakt en nu was het mijn taak om hem dat uit het hoofd te praten.
'Hallo, Tom.'
'Kunnen we een afspraak maken, Alex?'
'Waarover?'
'Dat vertel ik je liever onder vier ogen. Ik kom wel naar je praktijk toe.'
'Prima. Wanneer?'
'Ik ben hier over een uurtje klaar. Waar zit je precies?'

Hij arriveerde bij mijn huis in een camelkleurig colbert, bruine broek, wit overhemd en een rode das. De das hing losjes om zijn openstaande boord.
We hadden elkaar wel telefonisch gesproken, maar nooit ontmoet. Ik had zijn foto in de krant zien staan bij de verslagen van de zaak-Malley – midden vijftig, grijs haar in een strakke coupe, vierkant gezicht, een bril met stalen montuur en de behoedzame blik van een openbaar aanklager – en had de indruk gekregen dat hij een grote, imponerende vent was.
Maar hij bleek klein van stuk te zijn, rond de één meter vijfenzestig, zwaarder, weker en ouder dan op de foto's, met wit haar en kaken die de zwaartekracht niet meer konden weerstaan. Zijn colbert was goed gesneden maar afgedragen. Zijn schoenen moesten gepoetst worden en de kringen onder zijn ogen hadden een blauwe tint.
'Leuk huis,' zei hij, terwijl hij in de woonkamer op het puntje van de stoel ging zitten die ik hem aanbood. 'Het moet fijn zijn om vanuit je eigen woning te kunnen werken.'
'Het heeft z'n voordelen. Wil je iets drinken?'

Daar moest hij even over nadenken. 'Waarom niet? Bier, als je dat hebt.'

Ik liep naar de keuken om twee flesjes Grolsch te pakken. Toen ik terugkwam, had hij zich niet ontspannen. Zijn handen waren gebald en hij zag eruit als iemand die gedwongen wordt om zich onder behandeling te stellen.

Ik deed de dopjes van de flesjes open en overhandigde hem zijn bier. Hij pakte het aan, maar nam geen slok.

'Troy Turner is dood,' zei hij.

'O, nee.'

'Het is twee weken geleden gebeurd. De CYA vond het kennelijk niet nodig om mij te bellen. Ik hoorde het van de sociale dienst, omdat ze op zoek waren naar zijn moeder. Toen ze hem vonden, hing hij aan de standaard van een stootzak in een opslagruimte naast de fitnesszaal. Hij moest de apparaten opruimen, dat was de taak die ze hem gegeven hadden. Ze waren van oordeel dat hij te gevaarlijk was om in de keuken of in de groentetuin met gereedschap te werken.'

'Zelfmoord?'

'Dat dachten ze eerst, tot ze de plas bloed op de vloer zagen en hem omdraaiden. Zijn keel bleek doorgesneden te zijn.'

Ik heb me altijd veel te goed een beeld kunnen vormen van gebeurtenissen. Dat wrede tafereel – het kleine, bleke lichaam dat daar in zo'n donkere, zieloze ruimte bungelde – zou nog vaak in mijn dromen terugkeren.

'Weten ze wie het heeft gedaan?' vroeg ik.

'Ze gaan ervan uit dat het iets met gangs te maken heeft,' zei Laskin. 'Hij was daar... hoe lang zal het zijn geweest... een maand? Hij probeerde meteen zich aan te sluiten bij de Dirty White Boys, een of andere onderafdeling van de Arische Broederschap. Hij was nog in het onderhandelingsstadium en een van de voorwaarden was dat hij een Latino-jongen te pakken zou nemen. Dat kreeg hij tien dagen geleden voor elkaar. Hij verraste een van de kleinere Vatos Locos in de douche, sloeg hem op zijn hoofd met een zware haarborstel en verkocht het knulletje een paar schoppen toen hij op de grond lag. De knul had een hersenschudding en gekneusde ribben en werd uiteindelijk overgeplaatst naar een andere instelling. Bij wijze van straf kreeg Troy een week eenzame opsluiting. Hij was net drie dagen terug op zijn slaapzaal. De dag voor hij stierf hadden ze hem weer in het rooster van de fitnesszaal opgenomen.'

'Dus iedereen wist waar hij op een bepaald tijdstip zou zijn.'
Laskin knikte. 'Het bloed was nog niet opgedroogd en het wapen werd ter plekke achtergelaten. Zelfgemaakt van het handvat van een tandenborstel en een vlijmscherp geslepen stuk van een botermesje. De dader had de tijd genomen om zijn voetafdrukken uit te wissen.'
'Wie heeft het lichaam gevonden?'
'Een welzijnswerker.' Hij dronk zijn flesje leeg en zette het neer.
'Wil je er nog een?'
'Ja, maar laat maar.' Hij had zijn benen over elkaar geslagen, maar nu zette hij zijn beide voeten op de grond en stak zijn hand uit alsof hij om iets vroeg. 'Ik dacht dat ik mededogen toonde door hem naar Chaderjian te sturen. Een echt Salomonsoordeel.'
'Dat dacht ik ook.'
'Was je het eens met dat besluit?'
'Gezien de mogelijkheden,' zei ik, 'leek het mij de beste beslissing.'
'Dat heb je nooit gezegd.'
'Je hebt ook nooit iets gevraagd.'
'De Malleys waren niet blij met dat besluit. Meneer heeft me nog opgebeld om me dat te vertellen.'
'Wat had hij dan gewild?'
'De doodstraf.' Hij glimlachte zwak. 'Het lijkt erop dat hij zijn zin heeft gekregen.'
'Zou Troy minder gevaar hebben gelopen als hij naar een gevangenis voor volwassenen was gestuurd?' vroeg ik.
Hij pakte het lege flesje op en rolde het tussen zijn handen heen en weer. 'Waarschijnlijk niet, maar het deugt nog steeds niet.'
'Is zijn moeder al gevonden?'
'Uiteindelijk wel. Ze had net van de overheid toestemming gekregen om methadon te gebruiken en ze vonden haar bij een kliniek voor ambulante patiënten, waar ze in de rij stond voor haar shot. De directeur van Chaderjian zei dat ze in die hele maand maar één keer bij Troy op bezoek was geweest en dat had hooguit tien minuten geduurd.'
Hij schudde zijn hoofd. 'Die kleine smeerlap heeft nooit een schijn van kans gehad.'
'Kristal Malley ook niet.'
Hij keek me met grote ogen aan. 'Dat klonk alsof het voor op je tong lag. Ben je echt zo'n keiharde?'
'Ik ben helemaal niet hard. Ik heb jarenlang op de kankerafdeling

van het Western Kinderziekenhuis gewerkt en ik heb het opgegeven om te proberen overal begrip voor te hebben.'

'Ben je een nihilist?'

'Ik ben een optimist die zijn verwachtingen binnen de perken houdt.'

'Meestal kan ik al die rotzooi waarmee ik word geconfronteerd vrij goed aan,' zei hij. 'Maar deze zaak heeft iets... misschien wordt het tijd om met pensioen te gaan.'

'Je hebt je best gedaan.'

'Bedankt dat je dat zegt. Ik weet niet waarom ik jou moest lastigvallen.'

'Je hebt me helemaal niet lastiggevallen.'

We hielden allebei een tijdje onze mond, daarna begon hij over zijn beide studerende kinderen, wierp een blik op zijn horloge, bedankte me nog eens en vertrok.

Een paar weken later las ik dat er in het Biltmore, in het centrum, een feest was georganiseerd ter gelegenheid van zijn pensionering. De 'kindermoordzaakrechter' was zijn nieuwe titel en ik vermoedde dat die wel zou beklijven.

Zo te horen was het een leuk feestje geweest. Hij was door rechters, openbare aanklagers, advocaten en rechtbankmedewerkers in de bloemetjes gezet voor het goede werk dat hij in vijfentwintig jaar had verricht. Hij was van plan om de komende paar jaar met zeilen en golfspelen door te brengen.

De moord op Troy Turner liet me niet los en ik vroeg me af hoe het met Rand Duchay zou gaan. Ik belde naar de CYA-inrichting in Chino en werd een tijdje van het kastje naar de muur gestuurd voordat ik een verveeld klinkende hoofdwelzijnswerker aan de lijn kreeg, een zekere DiPodesta.

'En?' zei hij, toen ik hem op de hoogte bracht van de moord.

'Dat zou Duchay in gevaar kunnen brengen.'

'Daar zal ik een aantekening van maken.'

Ik vroeg of ik Rand aan de telefoon kon krijgen.

'Privételefoongesprekken mogen alleen met bloedverwanten en mensen van de lijst met goedgekeurde personen worden gevoerd.'

'Hoe kom ik op die lijst?'

'Door een verzoek in te dienen.'

'Hoe doe ik dat?'

'Door formulieren in te vullen.'

'Kunt u me die alstublieft toesturen?'

Hij noteerde mijn naam en adres, maar ik ontving de aanvraag-formulieren nooit. Ik overwoog om nog een poging te wagen, maar toen kreeg mijn gezonde verstand de overhand: ik had toch geen tijd – en geen zin – om me intensief met hem te bemoeien, dus wat schoot Rand dan met me op?

De weken daarna ploos ik de kranten uit op zoek naar slecht nieuws over hem. Toen dat uitbleef, prentte ik mezelf in dat hij op de plek zat waar hij hoorde.

Een plek waar hij de komende twaalf jaar psychologische hulp en onderwijs zou krijgen en verzorgd zou worden.

Nu was hij na acht jaar al vrij.

En wilde met me praten.

Ik nam aan dat ik inmiddels zover was dat ik naar hem wilde luisteren.

11

Ik vertrok van huis en ging op weg naar Westwood.

De naam van het restaurant was Newark Pizza. Een lichtreclame onder de driekleurige laars beloofde *Originele New Jersey Pasta plus Siciliaanse Lekkernijen!*

Achter de roze-met-wit geblokte gordijnen was licht te zien en de vage gestalten van klanten.

Er stond niemand buiten te wachten.

Ik liep naar binnen, waar een walm van knoflook en overjarige kaas me in het gezicht sloeg. De zijwanden waren bedekt met slech-te muurschilderingen van druivenplukkers met bolle ogen die on-der een galkleurige zon de chiantioogst binnenhaalden. Vijf ronde tafeltjes stonden op een rode linoleumvloer, bedekt met tafel-kleedjes van hetzelfde katoen als de gordijnen. Tegen de achter-wand was een afhaalbalie met daarachter een stenen pizzaoven waar naar gist ruikende dampen uit oprezen.

Twee Latino's met besmeurde witte schorten bedienden de gasten, die drie tafeltjes bezetten. De koks hadden Azteekse gezichten en namen hun werk serieus.

De klanten waren een Japans echtpaar dat een bijzonder klein uit-gevallen pizza pepperoni deelde, een jong bebrild echtpaar dat probeerde een stel uitgelaten en met tomatensaus volgesmeerde kinderen van een jaar of vijf in bedwang te houden en drie zwarte knullen van midden twintig in Fila-trainingspakken die zich te goed deden aan lasagne met salade.

Een van de mannen achter de balie vroeg: 'Kan ik u helpen?'

'Ik wacht op iemand. Een jonge vent van een jaar of twintig?'

Hij haalde zijn schouders op, gooide een slappe witte schijf van deeg om, strooide er bloem over en herhaalde de handeling.

'Is er iemand van die leeftijd hier geweest?'

Strooien. Omdraaien. 'Nee, amigo.'

Ik liep naar buiten en bleef voor het restaurant wachten. Het lag in een rustig blok, ingeperst tussen een fotokopieershop en een kantoorgebouw met maar één verdieping. Allebei donker vanwege het weekend. De lucht was zwart en twee straten verder op Pico kwam er maar weinig verkeer langs. L.A. is nooit een stad met een echt nachtleven geweest en dit deel van Westwood sukkelde in slaap als het winkelcentrum niet open was.

Het winkelcentrum.

Acht jaar nadat hij Kristal Malley op brute wijze om het leven had gebracht wilde Rand op twee straten van een winkelcentrum over die misdaad praten.

Ik ben niet slecht.

Maar ik was geen priester die hem de absolutie kon geven.

Misschien was het onderscheid tussen therapie en biechten wel te verwaarlozen. Misschien was hij zich bewust van het verschil. Misschien wilde hij alleen maar praten. Net als de rechter die hem naar een instelling had gestuurd.

Ik vroeg me af hoe het met Tom Laskin ging. Hoe het met alle betrokkenen zou gaan.

Ik bleef staan en zorgde ervoor dat de weerschijn van de laarsvormige lichtreclame op me viel, terwijl ik wachtte op de man die Randolph Duchay geworden was.

Hij was een grote knul geweest, dus hij was vast een lange vent geworden. Tenzij acht jaar instellingsvoer en god mocht weten wat voor andere onwaardige behandelingen zijn groei hadden geremd. Ik dacht aan de moeite die het hem had gekost om het woord 'pizza' te onderscheiden.

Een woord in zestig centimeter hoog, driekleurig neon.

Vijf minuten gingen voorbij. Tien. Vijftien.

Ik wandelde de straat door en lette goed op wie er achter me liep, alleen maar omdat er misschien een moordenaar naar me zocht.

Wat zou hij in vredesnaam willen?

Toen ik weer terug was bij Newark Pizza opende ik de deur op een kier voor het geval ik hem gemist had. Dat was niet zo. Dit keer namen de zwarte kerels me van top tot teen op en de kok met wie ik had gepraat wierp me een onaangename blik toe.

Ik ging weer naar buiten en bleef op drie meter van het restaurant nog vijf minuten staan wachten.

Niets. Ik reed terug naar huis.

Mijn antwoordapparaat was niet ingesproken. Ik vroeg me af of ik Milo moest bellen om hem te vragen of hij de bijzonderheden van het ontslag van Rand Duchay kon natrekken. Of ik hem moest lastigvallen met de vraag wat hij als rechercheur dacht van de reden waarom Rand me wilde spreken en waarom hij niet was komen opdagen.

Maar Milo had aan een kwarteeuw recherchewerk een onheilschip in zijn brein overgehouden en ik wist eigenlijk wel hoe hij zou reageren.

Eens een smeerlap, altijd een smeerlap, Alex. Waar maak je je druk over?

Ik maakte een broodje met tonijnsalade klaar, dronk een kopje cafeïnevrije koffie en ging op de bank in mijn spreekkamer zitten met de psychologievakbladen van de afgelopen twee maanden. Ergens in het donker jankte een coyote, een jodelende, krijsende a-capellasolo, het protest van een aaseter en tegelijkertijd de triomf van een roofdier.

De Glen is vergeven van die beesten. Ze voeden zich met de afval van de haute cuisine uit de vuilnisbakken van de Westside en sommige exemplaren zijn even glanzend en brutaal als huisdieren.

Vroeger had ik zo'n kleine Franse buldog en die durfde ik nooit alleen in de tuin te laten. Nu woonde hij in Seattle en was mijn leven een stuk eenvoudiger.

Ik schraapte mijn keel. Het geluid weergalmde door het hele huis. Overal klonken echo's.

De janksonate liet zich opnieuw horen. Uitgebreid tot een duet en vervolgens tot een heel koor van coyotes.

Een complete roedel, jubelend over een prooi.

Voedselketengeweld. Daar kon ik begrip voor opbrengen en ik vond het een geruststellend geluid.

Ik bleef tot twee uur lezen, viel op de bank in slaap en slaagde erin mezelf om drie uur 's nachts naar bed te slepen. Om zeven uur was ik weer op, wakker zonder uitgerust te zijn. Het laatste waar ik zin in had, was hardlopen. Maar ik trok toch mijn sportkleren aan en liep net naar de deur, toen Allison vanuit Greenwich belde.

'Goeiemorgen, lekker stuk.'

'Morgen, schoonheid.'

'Ik ben blij dat ik je te pakken heb.' Ze klonk een beetje terneergeslagen. Eenzaam? Maar misschien was ik dat wel.

'Hoe is het leven bij oma?'

'Je kent oma t...' Ze schoot in de lach. 'Nee, je kent haar niet, hè? Vanmorgen wilde ze per se, ondanks de vrieskou, een wandeling door het park maken om "bijzondere bladeren" te zoeken. Eenennegentig en ze baggert als een stroper door de sneeuw. Ze heeft aan Smith botanie gestudeerd en beweert dat ze haar studie vast en zeker had afgemaakt als ze niet op haar twintigste "het huwelijk was ingesleurd".'

'Hebben jullie nog iets gevonden?' vroeg ik.

'Nadat ik me een weg had gebaand door een sneeuwwal van één meter twintig hoog slaagde ik erin met één bruin verschrompeld ding op de proppen te komen dat ze "interessant" vond. Ik had geen gevoel meer in mijn vingers en ik had nota bene handschoenen aan. Uiteraard mijdt oma het dragen van die dingen, tenzij ze een lunch in de stad heeft.'

'Een fantastische generatie. Hoe groot is het landgoed?'

'Bijna vijf hectare, vol bomen en zeldzame planten die ze er in de loop der jaren zelf in gezet heeft.'

'Klinkt mooi.'

'Het raakt een beetje vervallen,' zei ze. 'En het huis is veel te groot voor haar. Ben je nog steeds bezig met het afwerken van je consulten?'

'Dat is inmiddels gebeurd.'

'Wat goed van je.'

Voordat ze wegging, had ik gevraagd of ze wilde dat ik haar daar zou komen opzoeken. 'Alex, als het aan mij lag, mocht je gewoon mee, maar oma eist al mijn aandacht op. Dit is een van haar rituelen: "een fijne tijd" met elk van haar kleinkinderen.'

Allison was met haar negenendertig jaar de jongste van de kleinkinderen.

'Bel ik ongelegen?'

'Helemaal niet,' zei ik terwijl ik me afvroeg of dat waar was.

'Zijn alle consulten goed verlopen?'

'Min of meer volgens verwachting.'

'Is er verder nog iets aan de hand, lieverd?'

Ik overwoog of ik haar zou vertellen dat Duchay had gebeld. 'Niets opwindends. Hoe laat komt je vlucht aan?'

'Dat is een van de redenen waarom ik bel. Oma heeft me gevraagd om nog twee weken langer te blijven. Ik vind het moeilijk om nee te zeggen.'

'Ze is eenennegentig,' zei ik.

'De kamers ruiken naar kamfer en ik heb het gevoel dat ík honderdtwintig ben. Ik begin echt last te krijgen van claustrofobie, Alex. Ze gaat om acht uur 's avonds naar bed.'

'Misschien kun je in de sneeuw gaan spelen.'

'Ik mis je,' zei ze.

'Ik jou ook.'

'Ik heb bedacht dat we daar misschien iets aan kunnen doen. Morgen krijgt Gram bezoek van een vriendin uit St. Louis en die zal haar drie dagen bezighouden. De hotels in New York hebben in verband met het nieuwe jaar een speciale aanbieding. Veel kortingen en duurdere kamers voor een lagere prijs.'

'Wanneer wil je dat ik kom?' vroeg ik.

'Echt waar?' zei ze.

'Echt waar.'

'Geweldig! Weet je het echt zeker?'

'Hoor eens,' zei ik, 'ik heb ook behoefte aan een fijne tijd.'

'Sjonge,' zei ze, 'je hebt me net een enorme opkikker gegeven, dat wil je gewoon niet weten! Zou het je misschien lukken om hier morgen te zijn? Als ik de trein neem, kan ik in het hotel zijn als jij aankomt.'

'Welk hotel?'

'Als ik op reis was met mijn ouders logeerden we altijd in het St. Regis. De ligging is perfect, op Fifty-fifth vlak bij Fifth Avenue, en ze hebben butlerservice op iedere verdieping.'

'Leuk idee, als de butler geen bemoeial is.'

'Daar krijgt hij de kans niet toe als we gewoon in bed klimmen en hem niet bellen.'

'Welk bed krijg ik?' vroeg ik. 'Het bovenste of het onderste?'

'Ik dacht eigenlijk dat we best samen tussen de lakens konden kruipen.'

'Dan breng ik een zaklantaarn mee, zodat we net kunnen doen als- of we in een tent zitten.'

'Alex, het is echt fantastisch dat je je zo aanpast.'

'Welnee,' zei ik. 'Het is puur eigenbelang.'

'Dat is het mooiste van alles,' zei ze.

Ik boekte een vlucht die om negen uur 's ochtends van LAX ver- trok, dook diep in mijn klerenkast om de tweed overjas die ik nooit droeg op te vissen, vond een al even verwaarloosd paar hand- schoenen en een sjaal, pakte een weekendtas in en ging een eind hardlopen.

Het was stralend weer en ruim eenentwintig graden in Beverly Glen, hiep hiep hoera voor de winter. Het weer is een triviale re- den om ergens te gaan wonen, tenzij je eerlijk bent.

Ik ging op pad in de hoop dat ik genoeg endorfine zou aanma- ken om me vredig te voelen. Maar mijn brein was het daar niet mee eens en ik moest steeds aan Rand denken. Mijn lichaam bleef gespannen en zwaar aanvoelen terwijl ik puffend doordraafde en mijn hersens me een splitscreen voortoverden waarop ik aan de ene kant een oogje kon houden op de auto's die me passeer- den en aan de andere kant beelden uit het verleden langs zag ko- men.

Toen ik weer thuis was, belde ik Milo's privénummer. Daar werd niet opgenomen. Vervolgens probeerde ik het bij het bureau West- side en vroeg naar inspecteur Sturgis. Het duurde even voordat Milo aan de lijn kwam, maar ik zat nog steeds te hijgen.

'Ik wist niet dat je zoveel van me hield,' zei hij.

'Haha.'

'Wat is er aan de hand?'

'Ik heb afgesproken met Allison in New York. Morgen.'

Hij zong een paar akkoorden van 'Leaving on a Jet Plane'.

'Waar logeren jullie?'

'In het St. Regis.'

'Leuk. De laatste keer dat ik voor de politie naar New York moest, was voor die conferentie over veiligheidsmaatregelen voor de alarmcentrale en toen hebben ze me in een of andere gore tent in de buurt van Thirtieth Street gestopt. Als je daar toch bent, koop dan een Knicks-shirt voor me in de NBA-shop.'

'Dat zal wel lukken.'

'Het was een grapje, Alex. De Knícks?'

'Optimisme is goed voor een mens,' zei ik.

'Dat geldt ook voor logica. Klopt mijn vermoeden dat je me niet alleen hebt gebeld om te pochen dat jouw hotel duurder is dan het mijne?'

'Daar ben je zelf over begonnen.'

'Als je echt zo'n begripvolle vent was als je beweert, dan zou je hebben gelogen.'

'Ze hebben ook butlerservice in het St. Regis,' zei ik.

'Ik pleng hete tranen over mijn stapel onopgeloste zaken. Die trouwens wel meevalt. We hebben een rondschrijven gehad dat we momenteel een officiële daling van het aantal misdrijven meemaken.'

'Gefeliciteerd.'

'Ik heb er niks mee te maken. Het zal wel aan karmakristallen liggen, of boventoonzingen, of het feit dat de maan in het teken van de Schorpioen staat, of aan de Grote Geest van het Toeval... Wat heb je op je hart?'

Ik vertelde hem wat me dwarszat.

'Die zaak,' zei hij. 'Je vond het niet leuk om daaraan mee te werken.'

'Het was geen lolletje.'

'Kon je niet uit Duchay lospeuteren wat hij precies wilde?'

'Hij klonk bezorgd.'

'Daar had hij ook echt reden toe. Acht jaar CYA voor de moord op een baby?'

'Zou je vanuit je beroep een reden kunnen verzinnen waarom hij niet is komen opdagen?'

'Hij is van gedachten veranderd, hij kon het niet opbrengen, wie zal het zeggen? Het is schorem, Alex. Hij was toch de stommeling?'

'Dat klopt.'

'Nou, voeg dan ook maar een gebrek aan concentratievermogen of hoe jij en je collega's dat tegenwoordig ook noemen toe aan het feit dat hij een schofterige sensatiemoordenaar is, die na acht jaar opsluiting in het gezelschap van een zootje gangbangers een doorgewinterde crimineel is geworden. Hoe oud is hij nu?'

'Eenentwintig.'

'Een stuk schorem op het hoogtepunt van zijn criminele hormoonspiegel,' zei hij. 'Ik zou er maar niet op rekenen dat zijn karakter aanzienlijk is verbeterd. Ik zou van nu af aan ook maar geen telefoontjes meer van hem aannemen. Waarschijnlijk is hij nu een stuk gevaarlijker dan acht jaar geleden. Waarom zou je je daarmee inlaten?'

'Blijkbaar doe ik dat ook niet,' zei ik. 'Hoewel dat telefoontje totaal niet dreigend of vijandig op me overkwam. Hij klonk eerder...'

'Bezorgd, ja ja. Hij belt je vanuit Westwood, wat niet echt ver van je huis ligt. Hij kan nauwelijks lezen, maar hij is er wel in geslaagd om je telefoonnummer te vinden.'

'Hij heeft geen enkele reden om wrok tegen mij te koesteren.'

Stilte.

'Ik had ergens anders een afspraak met hem,' zei ik, 'niet bij mij thuis.'

'Dat is tenminste iets.'

'Ik bagatelliseer niet wat hij gedaan heeft, Milo. Hij heeft zelf toegegeven dat hij Kristal heeft geslagen. Maar ik heb altijd het idee gehad dat Troy Turner de drijvende kracht was achter de moord en dat Rand bij toeval bij die situatie betrokken is geraakt.'

'Plaats hem in een andere situatie en hij raakt er opnieuw bij betrokken.'

'Ja, dat zal wel.'

'Hoor eens,' zei hij. 'Je hebt míj gebeld in plaats van een andere zielenknijper. Met andere woorden, je was op zoek naar de bittere waarheid en niet naar sympathie en begrip.'

'Ik weet niet waarnaar ik op zoek was.'

'Je had dringend behoefte aan het advies van een wijze rechercheur en de bescherming die oom Milo instinctief uitstraalt. Nu dat eerste is gebeurd zal ik mijn best doen om ook voor het tweede te zorgen terwijl jij met een beeldschone dame aan de arm over Fifth Avenue flaneert.'

'Dat zit wel snor...'

'Ik zal je vertellen wat ik van plan ben,' zei hij. 'Hoewel het niet in mijn takenpakket is opgenomen, zal ik op z'n minst één keer per dag langs je huis rijden, misschien zelfs wel twee keer als ik het voor elkaar kan krijgen, om je krant en de post op te halen en te controleren of er geen duistere figuren in de buurt rondhangen.'

'Flaneert,' zei ik.

'Je weet toch wel hoe dat gaat? Je zet gewoon de ene voet voor de andere... en dan maar pronken.'

Om één uur 's nachts belde hij terug. 'Wanneer was je van plan om naar New York te vertrekken?'

'Morgenochtend. Hoezo?'

'Omdat er gisteravond in Bel Air een lijk is gevonden, dat vlak bij de oprit van de 405 in noordelijke richting in de bosjes was gedumpt. Blanke vent, jong, één meter vijfentachtig, negentig kilo, kogel door het hoofd, geen portefeuille, geen identiteitsbewijs. Maar helemaal onder in het kleine zakje op de voorkant van zijn spijkerbroek zat een papiertje. Vettig en verfomfaaid, alsof iemand het constant in handen had gehad. Maar je kon nog steeds lezen wat erop stond en je raadt het nooit: het was jouw telefoonnummer.'

12

Ik had afgesproken met Milo in zijn kantoor op de tweede verdieping van het bureau Westside. Het is een hok zonder ramen dat vroeger een bezemkast is geweest en een heel eind verwijderd is van de collegiale drukte van de grote rechercheafdeling. Er is maar net genoeg ruimte voor een bureau met twee laden, een archiefkast, een stel vouwstoelen en een seniele computer. In het bureau mag niet gerookt worden, maar Milo wil nog wel eens een sigaartje opsteken, waardoor de muren geel zijn geworden en er een lucht van tien ouwe kerels hangt.

Hij is bijna één meter achtentachtig en net onder de honderdtwintig kilo, als hij tenminste op zijn gewicht let. Opgepropt achter dat veel te kleine bureau lijkt hij op een spotprent.

Het is een omgeving die niet past bij de rang van inspecteur, maar hij is geen doorsnee-inspecteur en beweert dat hij het best vindt. Misschien meent hij het nog ook, maar waarschijnlijk helpt het dat hij er nog een tweede kantoor op na houdt: een Indiaas restaurant dat een paar straten verder ligt en waar hij door de eigenaars als een vorst wordt behandeld.

De stap van rechercheur derdeklas naar een leidinggevende functie was het gevolg van een machtspositie die hij nooit had beoogd en die hij dankte aan de gore geheimen van de vorige commissaris van politie die hij had opgedoken.

De afspraak was dat hij het salaris van een inspecteur zou krijgen, ontslagen zou worden van de bestuurlijke verplichtingen waarmee die functie normaal gepaard ging en nog steeds gewoon aan zaken zou mogen werken. Zolang hij bij zijn werk maar niemand voor de voeten liep.

Die commissaris was inmiddels weg en de nieuwe leek van plan om alles op zijn kop te zetten. Maar tot dusver was de positie van Milo niet in gevaar geweest. Als de huidige leiding echt zo resultaatgericht was als beweerd werd, zou zijn percentage opgeloste gevallen hem misschien wat clementie op kunnen leveren.

Maar misschien ook niet. Een homoseksuele smeris werd niet langer van hogerhand geweerd, zoals wel het geval was toen hij bij de politie kwam, maar hij had de regels met voeten getreden toen het klimaat nog killer was en hij zou nooit echt geaccepteerd worden.

Zijn deur stond open en hij zat het rapport van een voorlopig onderzoek te lezen. Zijn zwarte haar moest nodig geknipt worden, want het hing over zijn voorhoofd, en de witte bakkebaarden, die hij zijn skunkstrepen noemde, waren pluizig en reikten tot minstens een centimeter onder zijn oorlelletjes.

Een dennengroen sportcolbert hing over de rugleuning van zijn stoel en lubberde over de grond. Zijn witte overhemd met korte mouwen zag er smoezelig uit en zijn smalle gele das had net zo goed een mosterdvlek kunnen zijn. Een grijze ribbroek en lichtbruine cowboylaarzen voltooiden het ensemble. Het kale peertje aan het plafond verspreidde een rozig licht dat aan zijn pokdalige wangen een bedrieglijk gebruinde tint verleende.

Hij wees met zijn duim naar de reservestoel, die ik openklapte. Toen ik zat, gaf hij me het rapport plus een paar foto's van de plaats van het misdrijf.

Het rapport was het gebruikelijke afstandelijke verslag, dat ter plekke was vastgelegd door rechercheur eersteklas S.J. Binchy. Sean was de voormalige bassist van een ska-band, die het licht had gezien, een gewillige knul die Milo af en toe gebruikte voor routineklusjes.

Een aardig joch, dat nog fatsoenlijk kon spellen ook. Het enige nieuwe feit dat ik te weten kwam, was dat een schoonmaakploeg van de snelweg het lichaam om veertien minuten over vier 's ochtends had gevonden.

De eerste foto was een frontale opname van het lijk, dat op de rug lag, met het gezicht omhoog toen de fotograaf van de gerechtelijke medische dienst het van bovenaf geschoten had.

Een gezicht dat in de duisternis zo bleek was dat de trekken nauwelijks te onderscheiden waren. Een opname van dichtbij toonde de openhangende mond en de halfgesloten ogen die ik zo vaak gezien had. Een leegte achter de irissen. De rechterwang was een tikje bol, maar niet zo vervormd als je kon verwachten met een kleinkaliberkogel die door het hoofd rondtolde.

Een paar vanaf de zijkant genomen foto's toonden een donkere inslagwond in de vorm van een ster met een zwart aureool van kruit, vlak voor het linkeroog, en een rafelige, veel grotere wond iets hoger op de rechterslaap waar de kogel was uitgetreden, met de gebruikelijke botsplinters, rode spiervezels en havermoutkleurig hersenweefsel.

'Het schot is dwars door zijn hoofd gegaan,' zei ik.

'De lijkschouwer denkt dat het pistool tegen zijn hoofd is gedrukt of er in ieder geval vlakbij werd gehouden. Een volledig metalen kogel, niet groter dan een punt-achtendertig, geen aanvullende lading.'

Zijn stem klonk afwezig. Hij hield afstand van dit slachtoffer.

De volgende foto was een close-up. 'Hoe komen die schaafwonden op zijn wang?'

'Toen hij werd gevonden lag hij op zijn buik. Misschien is hij versleept toen hij gedumpt werd. Geen verdedigingswonden, geen weefselsporen onder zijn nagels en ook geen andere tekens van verzet. Ter plekke werd niet veel bloed aangetroffen, dus hij werd ergens anders neergeschoten.'

'Hij is groot,' zei ik. 'Dus als er geen sprake was van verzet is hij waarschijnlijk verrast.'

'Ik had je willen vragen of je hem herkende, maar we hebben net via het computersysteem de bevestiging gekregen dat het inderdaad Duchay is.'

Ik bekeek de foto's nog een keer en probeerde door de verminkingen en de dood heen te kijken. Het jongensgezicht van Rand Duchay had tijdens de puberteit langere en hardere trekken gekregen. Zijn haar was donkerder dan ik me herinnerde, maar dat kon ook een kwestie van belichting zijn. Bij leven was hij een slome knul geweest, met een slap gezicht. De dood had daar geen verandering in gebracht, maar de dood heeft er een handje van om van iedereen de scherpe kantjes af te slijpen. Zou ik hem herkend hebben als we elkaar op straat tegen waren gekomen?

'Heb je enig idee wanneer het is gebeurd?' vroeg ik.

'Je weet hoe dat gaat met de tijd van overlijden, dat blijft altijd een gok. Het meest logische lijkt ergens tussen negen uur 's avonds en één uur 's nachts.'

Om negen uur was ik al lang en breed thuis geweest nadat Duchay niet was komen opdagen. Misschien was hij van gedachten veranderd over onze afspraak. Of iemand had hem op andere gedachten gebracht.

'Ben je er toevallig achter gekomen of was je naar hem op zoek?' vroeg ik.

Milo strekte zijn lange benen zover als de kamer dat toestond. 'Na jouw telefoontje besloot ik om Duchay toch even na te trekken en ik kwam erachter dat hij drie dagen geleden op vrije voeten kwam. Vier jaar vervroegd wegens goed gedrag.' Uit zijn opgetrokken neus bleek hoe hij daarover dacht.

'Ik kwam ook te weten aan wie hij was overgedragen, dat was een hele klus. Toen ik belde, werd er niet opgenomen en ik besloot dat het feit dat er een sensatiemoordenaar door de Westside ronddwaalde tegen mijn gevoel van ordelijkheid indruiste. Ik stuurde Sean een berichtje om alle meldingen van overlast en pogingen tot inbraak van de afgelopen drie dagen te bekijken. Daarna ben ik naar Westwood gereden en heb in een paar zijstraten rondgekeken.'

Hij duwde zijn tong in zijn wang. 'Ik was van plan om uiteindelijk naar jou toe te gaan om je een broodje af te troggelen en je goede reis te wensen. Maar toen belde Sean terug met de mededeling dat hij bij de gerechtelijke medische dienst was omdat er gisteravond een geval was binnengekomen waarvan de dader onbekend was en waarbij de jongens van de technische dienst iets over het hoofd hadden gezien wat de assistente in het mortuarium wel had gevonden toen ze het lichaam uitkleedde. Een stukje papier in een van de zakken van het slachtoffer. Sean was er vrijwel van overtuigd dat het jouw nummer was, maar voor alle zekerheid belde hij mij.'

'Sean heeft een goed geheugen,' zei ik.

'Sean wordt steeds beter.'

'Werk jij samen met hem aan de zaak?'

'Hij werkt er samen met mij aan.'

Toen we op weg waren naar buiten liep Sean Binchy ons bij de rechercheafdeling tegen het lijf. Hij heeft rood haar en sproeten, is achter in de twintig en net zo lang als Milo, maar heel wat pondjes lichter. Sean draagt het liefst pakken met vier knopen, knalblauwe overhemden, ingetogen dassen en Doc Martens. Oude tatoeages gaan schuil onder lange mouwen. De dreadlocks uit zijn muzikantentijd hebben plaatsgemaakt voor keurig kortgeknipt haar.

'Hoi, dokter Delaware,' zei hij opgewekt. 'Het ziet ernaar uit dat u bij dit geval betrokken bent.'

'Sean,' zei Milo, 'dokter Delaware is van plan om morgenochtend naar New York te vliegen. Volgens mij is het niet nodig om daar verandering in te brengen.'

'Tuurlijk niet... Eh, inspecteur, ik heb eindelijk die lui bij wie Duchay logeerde kunnen bereiken en ze hadden geen flauw idee dat hij de stad in was gegaan om dokter Delaware te ontmoeten. Hij had tegen hen gezegd dat hij op zoek ging naar een baan.'

'Waar?'

'Bij een bouwterrein,' zei Binchy. 'Daar in de buurt zijn flats in aanbouw en Duchay had een afspraak gemaakt met de opzichter.'

'Op zaterdag?'

'Dan zal er ook wel gewerkt worden.'

'Trek dat na, Sean.'

'Reken maar.'

'Hoe laat was hij vertrokken voor die zogenaamde afspraak?' vroeg Milo.

'Vijf uur 's middags.'

'Dus die vent gaat om vijf uur weg voor een kort wandelingetje, komt vervolgens de hele nacht niet thuis en zij maken zich niet ongerust?'

'Ze maakten zich wel ongerust,' zei Binchy. 'Ze hebben om zeven uur 's avonds de Van Nuys Divisie opgebeld om hem als vermist op te geven, maar aangezien hij meerderjarig was en er nog niet voldoende tijd was verstreken, is er geen officiële aangifte van gedaan.'

'Dus niemand maakte zich druk over het feit dat er een veroordeelde moordenaar rondzwierf?'

'Ik weet niet of ze dat ook bij Van Nuys gemeld hebben.'

'Probeer maar uit te vissen of dat het geval was, Sean.'

'Ja, meneer.'

'Bij wie logeerde hij?' vroeg ik.

'Een stel mensen die onderdak verlenen aan probleemjongeren,'
zei Binchy.
'Duchay was meerderjarig,' zei Milo.
'Dan gaat het misschien om mensen met problemen, inspecteur.
Het zijn predikanten of zo.'
'De Daneys?' vroeg ik.
'Kent u hen?'
'Ze waren jaren geleden ook bij die zaak van Rand betrokken.'
'Toen hij dat kleine meisje vermoord had,' zei Binchy. Er klonk
geen spoor van wrevel in zijn stem. Iedere keer dat ik hem ont-
moette, gedroeg hij zich op precies dezelfde manier: vriendelijk,
onaangedaan, geen spoor van onzekerheid. Misschien was het een
kwestie van stille waters en diepe gronden. Of God aan je zij was
de ultieme balsem voor je ziel.
'Op welke manier waren ze daarbij betrokken?' vroeg Milo.
'Geestelijk raadslieden,' zei ik. 'Het waren theologiestudenten.'
'Die heeft iedereen af en toe nodig,' zei Binchy.
'Kennelijk heeft Duchay er niet veel aan gehad,' zei Milo.
'Niet in deze wereld.' Binchy glimlachte even.
'Ze zijn allebei vermoord,' zei ik.
'Wie allebei, dokter?'
'Rand en Troy Turner.'
'Dat van Turner wist ik niet,' zei Milo. 'Wanneer is dat gebeurd?'
'Een maand nadat hij achter tralies verdween.'
'Dus daar zit acht jaar tussen. Wat is er met hem gebeurd?'
Ik beschreef hoe Troy een Vato Loco had overvallen, het vermoe-
den dat het om een onderlinge wraakactie van gangs ging en hoe
hij vervolgens in de opslagruimte bij de fitness was opgehangen.
'Ik weet niet of dat ooit is opgelost.'
'Een maand in de lik en hij denkt dat hij een zware jongen is,' zei
hij. 'Geen impulscontrole... ja, dat klinkt als een doorsneegevan-
genisafrekening. Zaten hij en Duchay in dezelfde inrichting?'
'Nee.'
'Mazzel voor Duchay. Als ze hem als het maatje van Turner hadden beschouwd, was hij daarna aan de beurt geweest.'
'Duchay is er in de gevangenis ook niet zonder kleerscheuren van
afgekomen. Volgens de lijkschouwer zaten er littekens van oude
steekwonden op zijn lichaam.'
'Maar hij is tot gisteravond in leven gebleven,' zei Milo. 'Hij was
groot en hard genoeg om voor zichzelf op te komen.'

'Of hij heeft geleerd om moeilijkheden uit de weg te gaan,' zei ik.

'Hij werd wegens goed gedrag vervroegd vrijgelaten.'

'Dat betekent alleen maar dat hij niemand onder de neus van een bewaker heeft verkracht of neergestoken.'

Stilte.

'Ik ga wel uitzoeken wat er precies tegen Van Nuys is gezegd, inspecteur. Ik wens u een goeie reis naar New York, dokter.'

Toen hij weg was, liepen wij de trap af naar de achterkant van het bureau en wandelden naar de plek waar ik de Seville had achtergelaten, een paar straten verder.

'Kerels als Turner en Duchay trekken gewoon altijd moeilijkheden aan,' zei Milo.

'Maar het is wel ironisch, vind je ook niet?' zei ik.

'Wat?'

'Dat Rand acht jaar lang in een inrichting van de CYA in leven kan blijven en drie dagen later dood is.'

'Dit raakt je wel, hè?'

'Jou niet dan?'

'Ik kies de lui voor wie mijn hart bloedt met zorg uit.'

Ik deed het portier open.

'Wat zit je nou eigenlijk zo dwars, Alex?' vroeg hij.

'Hij was een dom, gemakkelijk te beïnvloeden knulletje dat als baby zijn ouders had verloren bij een ongeluk waarbij hij zelf waarschijnlijk hersenletsel opliep. Vervolgens werd hij grootgebracht door een oma die alleen maar minachting voor hem koesterde en viel hij op school volkomen buiten de boot.'

'Hij heeft ook een tweejarig kind om het leven gebracht. En daarmee houdt mijn sympathie op.'

'Dat kan ik me wel voorstellen,' zei ik.

Hij legde zijn hand op mijn schouder. 'Laat het niet aan je vreten. Ga maar pret maken in La Manzana Grande.'

'Misschien kan ik beter hier blijven.'

'Waarom, voor de donder?'

'Stel nou dat ik nodig ben bij de zaak?'

'Dat ben je niet. Tot ziens.'

Onderweg naar huis dacht ik alleen maar aan de laatste ogenblikken van Rand Duchay. Het feit dat hij in zijn slaap was geschoten, hield misschien wel in dat hij recht voor zich had gekeken en het niet had zien aankomen. Misschien had hij geen laatste brandende opwelling van doodsangst en pijn gevoeld.

In gedachten zag ik hem op een of andere kille, donkere plek op zijn buik liggen, niet meer in staat om zich nog ergens iets van aan te trekken. Acht jaar oude tv-beelden schoten door mijn hoofd. Barnett en Lara Malley die de rechtszaal uit kwamen. Zij huilend. Hij met op elkaar geknepen lippen, ziedend. Zo verteerd door woede dat hij bijna een cameraman had neergeslagen.

Hij had de doodstraf geëist.

Nu waren de beide moordenaars van zijn dochter dood. Zou dat hem troost schenken?

Had hij er een rol in gespeeld?

Nee, dat was onzinnig en onlogisch. Wraak was een maaltijd die het best koud opgediend kon worden, maar acht jaar tussen de twee sterfgevallen zou het een diepvriesmaal maken. Milo had gelijk. Beschadigde jongens als Turner en Duchay trokken inderdaad geweld aan. In zekere zin was wat hun was overkomen het voorspelbare einde geweest van twee verspilde levens.

Drie.

Ik controleerde mijn weekendtas, stopte er de tandenborstel in die ik was vergeten en zorgde ervoor dat het huis in redelijke staat achter zou blijven. Toen ik op internet keek welk weer ik kon verwachten, kwam ik erachter dat ik de volgende dag midden in een sneeuwstorm zou aankomen.

Laagste temperatuur: min tien graden; hoogste: min twee. In gedachten zag ik witte luchten en trottoirs en het flikkeren van de lichtjes van Manhattan in de ramen van de behaaglijk warme suite met butlerservice waarin Allison en ik onder zouden duiken.

Waarom had Rand me in vredesnaam opgebeld?

De telefoon ging. 'Goddank dat ik je nog te pakken heb gekregen. Alex, dit geloof je gewoon niet.'

Haar stem klonk gespannen. Mijn eerste gedachte was dat er iets met haar grootmoeder was gebeurd.

'Wat is er aan de hand?'

'De vriendin van oma, die vanuit St. Louis hierheen zou komen, heeft vanmorgen een beroerte gehad. Oma heeft het er heel moeilijk mee, Alex. Het spijt me, maar ik kan haar nu niet alleen laten.'

'Nee, natuurlijk niet.'

'Het komt wel weer in orde met haar, dat weet ik zeker, ze komt er altijd weer bovenop... Kun je je ticket nog teruggeven? Ik heb het hotel al gebeld en de kamer geannuleerd. Het spijt me echt ontzettend.'

'Maak je maar geen zorgen,' zei ik. Mijn stem klonk kalm. En dat was niet eens gespeeld, ik was gewoon opgelucht dat ik niet weg hoefde. Wat moest ik daaruit opmaken?

'... ondanks die hele toestand ben ik toch niet van plan om nog twee weken te blijven, Alex. Hooguit één weekje, dan bel ik mijn neef Wesley op om te vragen of hij het van me wil overnemen. Hij geeft scheikunde aan Barnard, heeft een sabbatsjaar opgenomen en zit in Boston, dus die kan komen en gaan wanneer hij wil. Dat zou wel zo eerlijk zijn, vind je ook niet?'

'Ja, hoor.'

Ze was even stil om op adem te komen. 'Vind je het héél erg?'

'Ik wil je dolgraag weer zien, maar dat soort dingen gebeurt nu eenmaal.'

'Dat is waar... Nou ja, hier vriest het toch dat het kraakt.'

'In New York is het tussen de min twee en de min tien.'

'Je hebt het opgezocht,' zei ze. 'Je had je erop verheugd. Boehoe.'

'Boehoehoe,' zei ik.

'Er was ook een open haard in die suite. Verdomme.'

'Als je terugkomt, steken we die van mij aan.'

'Bij een temperatuur van boven de eenentwintig graden?'

'Ik koop wel wat ijs om rond te strooien.'

Ze lachte. 'Ik zie het al voor me... Ik kom zo gauw mogelijk terug. Hooguit nog één weekje... eh... O, wacht even, oma roept me... Wat nu weer? Ze wil nog een kopje thee... Sorry, Alex, ik spreek je morgen wel weer.'

'Dat lijkt me een prima idee.'

'Is alles goed met je?'

'Ja, hoor. Hoezo?'

'Je klinkt een beetje afwezig.'

'Ik ben gewoon teleurgesteld,' jokte ik. 'Alles komt wel weer in orde.'

'Lang leve het optimisme,' zei ze. 'Hoe speel je dat toch klaar met alles wat jij op je bord krijgt?'

Allison was nog geen dertig geweest toen ze weduwe werd. Haar instelling was heel wat zonniger dan de mijne. Maar ik kon beter toneelspelen.

'Het is een goeie manier van leven,' zei ik.
'Ja, dat zal wel.'

13

Maandagavond belde ik Milo thuis. Het was net tien uur geweest en zijn stem klonk dof van drank en vermoeidheid.
'Het is één uur 's nachts in New York, gabber.'
'Ik zit nog steeds op Pacific Standard.'
'Wat is er aan de hand?'
'Allisons grootmoeder had haar nodig.' Ik vertelde hem wat er gebeurd was.
'Wat vervelend voor je. En wat wil je nu?'
'Even horen hoe het ervoor staat.'
'Met Duchay? Het blijkt dat ze het weekend altijd gebruiken om dat bouwterrein op te ruimen, maar de opzichter zei dat hij Duchay nooit had ontmoet. Dus Duchay had dat verhaal uit zijn duim gezogen of hij was in de war. Voor de rest is er nada door te geven. De theorie waarvan ik uitging, was dat Duchay zich bij een van zijn collega-boeven van de CYA had aangesloten om iets vervelends uit te vreten. Ze kregen ruzie en zijn maatje heeft hem om zeep geholpen.'
'Waarom denk je dat hij van plan was om iets uit te vreten?'
'Omdat je na acht jaar in de lik een afgestudeerd misdadiger bent. Dat ik aan een maatje dacht, was omdat Duchay de gewoonte had om met iemand samen te werken als hij iets uitspookte.'
'Maakt één misdrijf een gewoonte?'
'Als het zo'n misdrijf is wel. En je moet één ding niet uit het oog verliezen, Alex. Jij kunt er heel goed iets mee te maken hebben gehad. Als doelwit.'
'Hoe kom je erbij,' zei ik.
'Bekijk het eens van een afstandje en probeer objectief te zijn,' zei hij. 'Een veroordeelde sensatiemoordenaar belt je zomaar ineens op en zegt dat hij met je over zijn misdaad wil praten, maar hij wil geen bijzonderheden aan je kwijt. Als het echt om iets als biecht en absolutie ging, waarom heeft hij dan acht jaar gewacht? Dan had hij je ook een brief kunnen schrijven. En waarom kiest hij jou

uit? Hij had geestelijk raadslieden – een stel wereldverbeteraars dat niets liever wilde dan hem absolutie schenken. Die hele toestand stinkt, Alex. Hij wilde je naar buiten lokken.'

'Maar waarom zou hij me kwaad willen doen?'

'Omdat jij onderdeel was van het systeem dat hem acht jaar achter tralies bracht. En uit zijn steekwonden kun je opmaken dat het geen lolletje is geweest. Negen steekwonden, Alex, en drie daarvan waren diep. Er zaten littekens op zijn lever en op een van zijn nieren.'

Margaret Sieff – de vrouw die Rand 'oma' had genoemd – had me duidelijk gemaakt in welk kamp ik thuishoorde.

De advocaat van Randolph zei dat we er niet op moesten rekenen dat u aan onze kant stond.

Misschien had ze dat ook tegen Rand gezegd. Of Lauritz Montez had dat gedaan. Hij had me beschouwd als een verlengstuk van het openbaar ministerie en had ook zijn handtekening gezet onder de petitie van Sydney Weider om mij weg te houden bij de jongens.

'Je zegt niets. Betekent dat dat ik wel eens gelijk kan hebben?'

'Alles is mogelijk,' zei ik. 'Maar hij klonk helemaal niet vijandig toen hij me belde.'

'Ja, ik weet het, alleen maar bezorgd.'

'Toen ik hem destijds moest onderzoeken was er geen sprake van vijandigheid, Milo. Hij was gedwee en bereid om mee te werken. In tegenstelling tot Troy heeft hij nooit geprobeerd me aan zijn kant te krijgen.'

'Hij heeft er acht jaar op kunnen broeden, Alex. En je moet één ding niet vergeten: hij heeft meegewerkt en desondanks kwam hij toch in de hel terecht. Jij weet toch ook hoe het bij de CYA is. Daar is geen ruimte voor patsertjes en onruststokers. Dit jaar zijn er zes moorden gepleegd in de diverse jeugdgevangenissen.'

'Littekens op zijn lever,' zei ik.

'Ondanks dat zullen de meeste mensen toch denken dat Duchay er gemakkelijk is afgekomen als je nagaat wat hij heeft gedaan. Maar probeer een vent die dat heeft doorgemaakt maar eens aan z'n verstand te brengen. Ik zie in gedachten een heel verbitterde eenentwintigjarige ex-bajesklant voor me. Misschien was hij wel van plan met een heleboel mensen af te rekenen en stond jij bovenaan op de lijst.'

'Waarom twijfel je nu of hij zich bij een van zijn gevangenismaatjes heeft aangesloten?'

'Hoe bedoel je?'

'Je zei dat het de theorie wás waarvan je uitgíng.'

'Goeie genade, ik word op mijn taalgebruik aangesproken,' zei hij.

'Nee, ik heb mijn oorspronkelijke idee nog niet opgegeven. Ik heb alleen nog geen maatjes kunnen vinden die Duchay in de lik heeft leren kennen. De vent van de CYA met wie ik heb gesproken, zei dat hij niet bij een gang was aangesloten en dat hij "sociaal geïsoleerd" was.'

'Hoe zag zijn conduitestaat er in disciplinair opzicht uit?'

'Rustig, gewillig.'

'Goed gedrag,' zei ik.

'Blablabla.'

'En nu?'

'We gaan praten met mensen die hem hebben gekend en proberen uit te vissen waar hij die dag heeft uitgehangen. Ik heb Sean naar elke winkel op Westwood gestuurd, tot en met drie straten ten noorden van Pico, om erachter te komen of iemand daar Duchay heeft zien rondhangen. Noppes. Hetzelfde geldt voor het Westside Pavilion, dus als hij daar binnen is geweest, heeft hij op niemand indruk gemaakt. Morgenochtend ga ik op bezoek bij dominee Andrew Daney en zijn vrouw.'

'Dominee en dominee,' zei ik. 'Ze studeerden allebei theologie.'

'Mij best. Ik heb haar al gesproken, Cherish. Wat een naam, hè? Ze klonk alsof ze er kapot van was. Al die goede bedoelingen naar de maan.'

'Waarom heb jij deze zaak aangepakt, grote jongen?'

'Waarom niet?'

'Je hebt niet veel op met het slachtoffer.'

'Wie ik wel of niet aardig vind, heeft er niets mee te maken,' zei hij. 'En ik ben diepbeledigd dat jij het tegendeel durft te suggereren.'

'Blabla en nog eens blabla,' zei ik. 'Serieus, je kunt zelf bepalen wat je wel en niet aanpakt. Waarom deze zaak dan wel?'

'Ik heb hem aangepakt om me ervan te verzekeren dat jou verder niets meer kan overkomen.'

'Dat stel ik op prijs, maar...'

'Een simpel dankjewel is al genoeg, hoor.'

'Dank je wel.'

'Graag gedaan. Ga nou maar van het zonnetje genieten tot dokter Gwynn weer terug is.'

'Hoe laat ga je morgen naar de Daneys toe?'
'Daar hoef jij je niet druk over te maken,' zei hij. 'Slaap maar lekker uit.'
'Moet ik je ernaartoe rijden?'
'Alex, die mensen stonden pal achter die jongens. Dus misschien zijn ze helemaal niet zo dol op jou.'
'Mijn rapport heeft niet meegespeeld bij het besluit dat ze via het jeugdrecht veroordeeld zouden worden. En, daar wil ik toch nog wel even op wijzen, dat was precies wat hun advocaten wilden. Het slaat nergens op om mij als doelwit te beschouwen.'
'Het wurgen en doodslaan van een tweejarig kind sloeg ook nergens op.'
'Hoe laat?' vroeg ik.
'Ik heb om elf uur een afspraak.'
'Ik rij wel.'

Ik pikte hem om halfelf op bij het bureau en reed via de Sepulveda Pass naar de Valley. Hij zei niets toen we Sunset overstaken en langs de plek kwamen waar het lichaam van Rand Duchay gevonden was.
'Ik vraag me af hoe hij vanuit de Valley in de stad is gekomen,' zei ik.
'Sean is nu bezig met het natrekken van de bussen, maar dat zal wel vergeefse moeite zijn. Zoals zoveel dingen die we doen.'

Het adres in Galton Street van waaruit Drew en Cherish Daney hun geestelijke adviezen gaven, was in een arbeiderswijk in het stadsdeel Van Nuys, een paar straten verwijderd van de 405. De lucht had de kleur van natte proppen krantenpapier. Het lawaai van de snelweg klonk als een constante uitbrander.
Het huis was omringd door een dichte houten schutting, maar het hek stond open en we liepen de tuin in. Een vierkante lichtblauwe bungalow stond vooraan op een lap grond van ongeveer twintig bij vijfentwintig meter. Erachter stonden twee kleinere bijgebouwen, waarvan het eerste een verbouwde garage was in een bijpassende kleur blauw en het andere, dat nog iets verder naar achteren stond, een ongeschilderde kubus van cementblokken. De ruimte ertussen was vrijwel helemaal geplaveid, onderbroken door een paar bloembedden met lage planten omringd door brokken lavasteen.

Cherish Daney zat in een ligstoel links van het huis in de volle zon te lezen. Toen ze ons zag, sloeg ze het boek dicht en stond op. Ik was zo dichtbij dat ik de titel kon lezen: *Levenslessen: omgaan met verdriet.* Een papieren zakdoekje stak boven de bladzijden uit.

Haar haar was nog steeds witblond en lang, maar niet meer tegengekamd zoals acht jaar geleden, en de vleugeltjes hadden plaatsgemaakt voor een simpele pony. Ze droeg een wit mouwloos bloesje, een blauwe broek, grijze schoenen en nog dezelfde ketting met het zilveren kruis die ze die dag bij de gevangenis ook om had. De meeste mensen worden dikker met de jaren, maar zij was afgevallen en had een hard, pezig lijf gekregen. Ze was nog steeds jong – midden dertig, gokte ik – maar vet trekt de rimpels glad en háár huid had wel iets weg van een wegenkaart.

Dezelfde zongebruinde huid, hetzelfde knappe gezicht. Ze liep opvallend krom, alsof ze een vreselijke last mee moest torsen.

Ze glimlachte met haar lippen stijf op elkaar. Roodomrande ogen. Als ze me herkende, liet ze dat niet blijken. Toen Milo haar zijn visitekaartje gaf, wierp ze er een blik op en knikte.

'Fijn dat u ons wilt ontvangen, dominee.'

'Natuurlijk,' zei ze. Een hordeur viel dicht en we draaiden ons alle drie om in de richting van het geluid.

Een meisje van een jaar of vijftien, zestien was uit het woonhuis gekomen en stond op de trap van de veranda aan de voorkant met iets wat op een werkschrift leek in haar hand.

'Wat is er, Valerie?' vroeg Cherish Daney.

De blik die het meisje haar bij wijze van antwoord toewierp, leek nukkig.

'Val?'

'Kun je me helpen met mijn wiskunde?'

'Goed, hoor, laat maar zien.'

Het meisje aarzelde voordat ze naar haar toe liep. Haar golvende zwarte haar viel tot over haar middel. Ze was vrij mollig, met een donker, rond gezicht, en ze bewoog zich stijf en verlegen.

Toen ze bij Cherish Daney was aangekomen, bleef ze af en toe stiekem naar ons gluren.

'Deze heren zijn van de politie, Val. Ze zijn hier naar aanleiding van Rand.'

'O.'

'We hebben allemaal veel verdriet om Rand, hè, Val?'

'Uh-huh.'

'Goed,' zei Cherish, 'laat maar eens zien wat het probleem is.'
Valerie sloeg het boek open. Rekenen voor groep zes. 'Deze. Ik maak ze precies zoals het moet, maar ik krijg steeds het verkeerde antwoord.'
Cherish klopte het meisje op de arm. 'We zullen eens even kijken.'
'Ik weet zeker dat ik ze goed doe.' Valerie kromde haar vingers en wiegde heen en weer. Opnieuw een blik op Milo en mij.
'Val?' zei Cherish. 'Probeer je te concentreren.' Met een klopje op Valeries wang dwong ze het meisje naar het boek te kijken.
Valerie trok haar hoofd terug, maar haar ogen bleven op de bladzijde gericht. Wij stonden toe te kijken hoe Cherish haar best deed om de geheimen van breuken te ontsluieren. Ze sprak langzaam en duidelijk, balancerend op het randje tussen geduldig en betuttelend. En ze verloor haar geduld ook niet als Valerie afgeleid werd. Wat regelmatig gebeurde.
Het meisje tikte met haar voeten op de grond, beklopte met haar handen diverse lichaamsdelen, wiebelde, rekte haar nek uit en zuchtte om de haverklap. Haar oogcontact was even schichtig als dat van een kolibri en haar blik dwaalde van ons naar de lucht en vervolgens naar de grond. Naar het boek. Naar het huis. Naar een eekhoorn die langs de houten schutting omhoogvloog.
Ik had te lang gestudeerd om de verleiding van een diagnose te kunnen weerstaan.
Cherish Daney liet zich niet afleiden en slaagde er uiteindelijk in om het meisje zich op één som te laten concentreren, tot ze succes had.
'Zie je nou wel! Geweldig, Val! Laten we er nog maar één doen.'
'Nee, dat hoeft niet. Ik snap het nou.'
'Het lijkt me toch beter om er nog eentje te proberen, Val.'
Ze schudde driftig nee.
'Weet je het zeker, Val?'
Zonder antwoord te geven holde Val weer terug naar het huis. Onderweg liet ze het boek vallen, slaakte een kreet van ergernis, bukte zich om het op te pakken, gooide de hordeur open en verdween.
'Sorry voor de onderbreking,' zei Cherish. 'Het is een fantastische meid, maar ze heeft veel leiding nodig.'
'ADHD?' vroeg ik.
'Dat ligt er dik bovenop, hè?' Nu keek ze me met grote blauwe ogen aan. 'Ik weet wie u bent. De psycholoog die Rand heeft bezocht.'

'Alex Delaware.' Ik stak mijn hand uit.

Ze pakte hem meteen aan. 'We hebben elkaar bij de gevangenis ontmoet.'

'Ja, dat klopt, dominee.'

'Onze wegen schijnen elkaar bij trieste gebeurtenissen te kruisen,' zei ze.

'Een beroepsrisico,' zei ik. 'Dat geldt voor ons allebei.'

'Ja, dat zal wel... Maar eerlijk gezegd ben ik geen dominee, gewoon onderwijzeres.'

Ik glimlachte. 'Gewoon?'

'Het komt goed van pas,' zei ze. 'Vanwege het thuisonderricht. We geven onze kinderen zelf les.'

'Pleegkinderen?' vroeg Milo.

'Dat klopt.'

'Hoe lang blijven ze bij u?' vroeg ik.

'Dat varieert. Val zou aanvankelijk maar twee maanden bij ons blijven, in die tijd zou worden besloten of haar moeder geschikt was om een ontwenningskuur te ondergaan. Maar toen nam haar moeder een overdosis en stierf. Alle familieleden die Val nog heeft, wonen in Arizona. Ze kent ze nauwelijks, omdat haar moeder van huis was weggelopen. Daar komt nog bij dat niemand er iets voor voelde om haar in huis te nemen. Dus ze is nu al bijna een jaar bij ons.'

'Hoeveel pleegkinderen hebt u in huis?'

'Dat varieert. Mijn man is boodschappen aan het doen bij de Value Club. We kopen alles in het groot in.'

'Wat was er afgesproken voor Rand Duchay?' vroeg Milo.

'Afgesproken?'

'Met de staat.'

Cherish Daney schudde haar hoofd. 'Er bestond geen officiële regeling met betrekking tot Rand, inspecteur. We wisten dat hij ontslagen zou worden en nergens naartoe kon, dus hebben wij hem onderdak geboden.'

'Dus het district vond het geen probleem dat hij hier zou wonen?' vroeg Milo. 'Met al die kinderen om hem heen?'

'Daar is niemand over begonnen.' Ze verstijfde. 'U bent toch niet van plan om daar moeilijk over te gaan doen, hè? Dat zou heel oneerlijk zijn ten opzichte van de kinderen.'

'Nee, mevrouw. Het was gewoon iets wat me door het hoofd schoot.'

'Er was echt helemaal geen gevaar,' zei ze. 'Rand was niet slecht.'
Precies wat hij tegen mij had gezegd. Milo en ik hielden allebei onze mond.

'Ik verwacht niet dat jullie me geloven,' zei Cherish Daney, 'maar die acht jaar hadden een ander mens van hem gemaakt.'

'Wat voor mens?'

'Een goed mens, inspecteur. In ieder geval zou hij niet lang bij ons blijven. Alleen maar tot hij een baan had gevonden en een plek waar hij kon wonen. Mijn man had al informatie ingewonnen bij een paar non-profitorganisaties, want hij ging ervan uit dat Rand misschien in een tweedehandswinkel zou kunnen werken of bij een hoveniersbedrijf of zo. Daarna nam Rand zelf het initiatief en stelde voor om in de bouw te gaan. Daar was hij die zaterdag naar op zoek.'

'Enig idee hoe hij uiteindelijk in Bel Air terecht is gekomen?'

Ze schudde haar hoofd. 'Hij had geen enkele reden om daarnaartoe te gaan. Het enige wat ik kan bedenken, is dat hij verdwaalde en door iemand is opgepikt. Rand kon heel goedgelovig zijn.'

'Heeft hij jullie niet gebeld?'

'Rand had geen telefoon,' zei ze.

Hij had mij vanuit een telefooncel gebeld.

'Hoe ver is het naar dat bouwterrein?' vroeg Milo.

'Dat ligt een paar straten verder, aan Vanowen.'

'Dat is een kort stukje om verdwaald in te raken.'

'Rand heeft zijn hele puberteit in de gevangenis doorgebracht, inspecteur. Toen hij werd vrijgelaten, was hij volledig gedesoriënteerd. Zijn wereld was één grote wolk van verwarring.'

'William James,' zei ik.

'Pardon?'

'Een pionier binnen de psychologie. Hij noemde de jeugd een bloeiende stofwolk van verwarring.'

'Dat zal ik dan wel gehoord hebben,' zei Cherish. 'Ik heb tijdens mijn studie theologie ook psychologie gedaan.'

'Dus toen Rand in de gevangenis zat, hebt u al die tijd contact met hem gehouden,' zei Milo.

'Ja, dat klopt,' zei ze. 'Meteen na de dood van Troy hebben we contact met hem opgenomen.'

'Waarom toen?'

'Aanvankelijk hadden we meer te maken met Troy, omdat we die al kenden voordat hij in moeilijkheden kwam.'

'En met moeilijkheden bedoelt u de moord op Kristal Malley,' zei Milo.

Cherish Daney wendde haar blik af. Ze zakte nog meer in elkaar.

'Hoe komt het dat u Troy al voor die tijd kende, mevrouw Daney?'

'Toen mijn man en ik nog studeerden, moesten we voor het vak openbare dienstverlening een onderzoek doen naar maatschappelijke behoeften. Ons appartement was niet ver van 415 City, dus we kenden de reputatie van die buurt. Het leek onze studiebegeleider een goede plek om kinderen te vinden die behoefte hadden aan begeleiding. We gingen met de sociale dienst praten en zij legden een paar voorstellen op tafel. Troy zat daar ook bij.'

'En Rand niet?' vroeg ik.

'Rands naam kwam op geen enkele lijst voor.'

'Lijsten van onruststokers?' vroeg Milo.

Ze knikte. 'We hadden Troy al een paar keer ontmoet en geprobeerd zijn interesse te wekken voor de kerk, of voor een sport of een hobby, maar we kregen nooit echt contact met hem. En toen, nadat... Kennelijk had hij het er met zijn advocaat over gehad, want ze nam contact met ons op en zei dat dit een heel goed moment was om hem als geestelijk raadslieden bij te staan.'

Een bijbel in de cel. Gladde babbels over zonde.

'Waarom konden jullie aanvankelijk geen contact met hem krijgen?' vroeg Milo.

'Ach, u weet toch hoe dat gaat. Jongeren hebben niet altijd zin om te praten.'

Ter bevestiging keek ze mij aan, maar voordat ik iets kon zeggen, zei Milo: 'Dus na zijn arrestatie was Troy gemakkelijker te benaderen?'

Ze zuchtte. 'U vindt ons naïef. Het was niet zo dat we niet beseften dat Troy iets verschrikkelijks had gedaan. Maar we wisten ook dat hij zelf een slachtoffer was. U hebt zijn moeder ontmoet, dokter.'

'Waar is ze?' vroeg ik.

'Dood,' zei ze. Het woord klonk als een snauw. 'Nadat Troys lichaam was vrijgegeven voor de begrafenis werden wij benaderd door de gerechtelijke dienst in Chino. Ze konden Jane niet vinden en wij waren de enigen die verder op zijn bezoekerslijst stonden. Wij zochten contact met mevrouw Weider, maar zij werkte niet langer als pro-Deoadvocaat. Troys lichaam bleef in het mortuarium tot onze rector ermee instemde om hem een graf te schenken op de begraafplaats waar een paar faculteitsleden begraven liggen. Daar hebben we een dienst gehouden.'

Ze raakte het kruis aan dat ze om haar nek droeg. Plotseling stroomden de tranen over haar wangen. Ze deed geen poging ze weg te poetsen. 'Wat een dag. Alleen mijn man en ik en onze rector, doctor Wascomb. Een schitterende, zonnige dag en we keken toe hoe grafdelvers dat zielige kistje in de grond lieten zakken. Een maand later werden we gebeld door rechercheur Kramer. Jane was gevonden onder een oprit naar de snelweg, zo'n plek waar allemaal dakloze mensen bivakkeren. Ze was gewikkeld in een slaapzak en een plastic zeil. Zo sliep ze altijd, dus de andere daklozen koesterden helemaal geen argwaan, tot ze om twaalf uur 's middags nog steeds niet tevoorschijn was gekomen. Ze was 's nachts neergestoken en de dader had haar weer in de slaapzak en het zeil gewikkeld.'

Ze huiverde, pakte het papieren zakdoekje dat als boekenlegger dienstdeed en veegde over haar gezicht.

'Hoe lang was Troy toen al dood?' vroeg Milo.

'Zes weken, twee maanden, wat maakt dat nou uit? Het enige wat ik duidelijk probeer te maken is dat deze jongens geen schijn van kans hadden. En nu Rand weer.'

'Hebt u enig idee wie Rand kwaad zou willen doen?'

Ze schudde haar hoofd.

'Hoe voelde hij zich?'

'Gedesoriënteerd, dat heb ik al gezegd. Hij wist niet wat hij met al zijn vrijheid aan moest.'

'Was hij niet blij dat hij weer op vrije voeten was?'

'Wilt u de waarheid weten? Nee, niet echt.'

'Had hij nog andere plannen behalve een baan zoeken?'

'We deden het rustig aan. Om hem te helpen vaste grond onder zijn voeten te krijgen.'

'Mogen we zijn kamer zien?'

'Natuurlijk,' zei ze. 'Als u het zo wilt noemen.'

We liepen achter haar aan door een kleine, keurig opgeruimde zitkamer, een schemerige, smalle keuken met daarnaast een eetkamer en ten slotte een lange, smalle gang. Alleen een ouderslaapkamer, met nauwelijks genoeg ruimte voor de meubels die erin stonden. Eén badkamer voor het hele huis.

Aan het eind van de gang was een kleine, vensterloze ruimte van tweeëneenhalve meter in het vierkant. 'Dit is het,' zei Cherish Daney.

De muren waren bedekt met goedkope lambrisering. Uit het vinyl op de vloer staken afgezaagde pijpen omhoog.

'Was dit vroeger een wasruimte?' vroeg Milo.

'Ja. We hebben de wasmachine en de droger weggehaald.'

Een ingelijst Bijbels tafereel – een Scandinavisch ogende Salomon en twee Walküreachtige dames die allebei een dikke, blonde baby claimen – hing boven een vouwbedje. Op een nachtkastje van onbewerkt hout stond een witte plastic lamp. Milo trok de laatjes open. In het bovenste een beduimelde bijbel, het onderste was leeg. Een gebutste dekenkist deed dienst als kledingkast. De inhoud bestond uit twee witte t-shirts, twee blauwe werkhemden en een spijkerbroek.

'We hebben niet eens de kans gekregen nieuwe kleren voor hem te kopen,' zei Cherish Daney.

We liepen naar de voorkant van het huis. Ze wierp een blik door het raam. 'Daar komt mijn man aan. Ik kan hem beter een handje gaan helpen.'

14

Drew Daney kwam door het hek met onder iedere arm een grote zak levensmiddelen. Een nog grotere baal met sinaasappels bungelde aan zijn rechterduim.

Cherish pakte het fruit aan en reikte naar een van de zakken.

Daney liet niet los. 'Het gaat wel, Cher.' Donkere ogen keken ons over de levensmiddelen heen aan. Hij bleef staan en zette de vracht op de grond.

'Dokter Delaware.'

'Dus u kent me nog.'

'Het is een ongebruikelijke naam,' zei hij, terwijl hij naar ons toe kwam. Zijn worstelaarsfiguur had er nog zo'n vijftien pond bij gekregen, hoofdzakelijk vet, en zijn dikke, golvende haar was grijs aan de slapen. Hij droeg inmiddels een baard, een borstelig zilverkleurig geval, dat langs de randen keurig bijgehouden was. Zijn witte polohemd was gestreken en om door een ringetje te halen. Hetzelfde gold voor zijn spijkerbroek. Dezelfde kleurencombinatie als zijn vrouw.

'Bovendien,' zei hij, 'heb ik uw rapport aan de rechter gelezen en uw naam bleef in mijn hoofd hangen.'

Cherish keek hem aan en liep naar binnen.

'Hoe komt het dat u dat hebt gelezen?' vroeg ik.

'Sydney Weider wilde weten hoe ik daar als Troys geestelijk raadsman over dacht. Ik heb tegen haar gezegd dat ik het een heel zorgvuldig document vond. U wilde kennelijk niet het risico nemen om iets controversieels te doen en misschien ondeskundig over te komen. Maar het was wel duidelijk dat u niet bereid was iets van de jongens door de vingers te zien.'

'Een moord door de vingers te zien?' vroeg Milo.

'Destijds hoopten we alleen maar op een wonder.'

'We?'

'De familie van de jongens, Sydney, mijn vrouw en ik. We hadden gewoon het idee dat er niets opgelost zou worden als de jongens voorgoed achter tralies verdwenen.'

'Voorgoed werd uiteindelijk acht jaar, dominee,' zei Milo.

'Rechercheur... wat is uw naam?'

'Sturgis.'

'Rechercheur Sturgis, acht jaar is een eeuwigheid in het leven van een kind.' Daney harkte met een hand door zijn haar. 'In het geval van Troy was voorgoed maar een maand. En nu Rand... Het is gewoon niet te geloven.'

'Hebt u enig idee wie Rand kwaad zou willen doen, meneer?'

Daney tuitte zijn lippen. Met zijn teen schoof hij een van de zakken met levensmiddelen opzij en hij liet zijn stem dalen. 'Ik wil niet dat mijn vrouw dit hoort, maar er is waarschijnlijk wel iets wat u zou moeten weten.'

'Waarschijnlijk?'

Daney keek naar de voordeur van zijn huis. 'Kunnen we straks niet ergens anders praten?'

'Maar dan wel zo snel mogelijk, meneer.'

'Oké, natuurlijk, ik begrijp wat u bedoelt. Ik heb om twee uur een vergadering van de jeugdraad in Sylmar. Als ik wat eerder van huis ga, zou ik u dan, zeg maar, over een minuut of tien ergens kunnen ontmoeten?'

'Dat lijkt me een goed idee,' zei Milo.

'De Dipsy Donut op Vanowen, een paar straten verder naar het westen?'
'We zullen er zijn, dominee.'
'U allebei?' vroeg hij.
'Dokter Delaware is adviseur in deze zaak.'
'Aha,' zei Daney, 'dat lijkt me vrij logisch.'

'Zie je nou wel?' zei Milo toen we wegreden. 'Je bent nog steeds de tegenpartij.'
'En jij?'
'Ik ben de smeris die de eer heeft om de moord op Duchay te mogen oplossen.'
'Zal ik maar in de auto wachten terwijl jullie vriendjes worden?'
'Best. Ik vraag me af wat de dominee voor zijn vrouw te verbergen heeft.'
'Hij klonk alsof het iets was dat haar bang zou maken.'
'Dingen die iemand bang maken,' zei hij, 'zijn altijd interessant.'

De donutkraam was een krakkemikkig wit hokje op een stukje grond waarvan het asfalt vol spleten zat. Boven op de kraam stond een manshoge, gedeeltelijk opgegeten donut met menselijke trekken. Bruin gips dat op diverse plekken afgebrokkeld was, moest chocola voorstellen. Een woeste vrolijkheid duidde erop dat het gefrituurde wezen het heerlijk vond om opgegeten te worden. Drie goor uitziende aluminium picknicktafels stonden lukraak verspreid over het asfalt. In de neonverlichting ontbraken een paar letters van de naam.

DI SY DON T

'En ik maar denken dat ze het wél deed,' zei Milo.
De tent was vol klanten. We gingen naar binnen, waar we suikeren vetdampen inademden en in de rij moesten wachten op drie knullen die het razend druk hadden en die de veel te grote baksels in zakken deden en aan de watertandende meute overhandigden. Milo kocht er tien in verschillende smaken en had al een exemplaar met jam en een met chocola achter de kiezen voordat we terug waren bij de auto.
'Ja, hoor eens,' zei hij, 'dat maakt deel uit van mijn taakomschrijving. En kauwen is goeie lichaamsbeweging.'

98

'Eet smakelijk.'

'Dat zeg je nou wel, maar de afkeuring druipt van je af.'

Ik pakte een exemplaar met appel dat zo groot was als een wieldop uit de zak en nam er een hap van. 'Ben je nu tevreden?'

'Creatieve mensen zijn nooit tevreden.'

We stapten in de Seville, waar hij er nog een met jam wegwerkte. 'Ik vraag me af wat Rand tussen halfzeven en negen uur heeft gedaan,' zei ik.

'Ik ook. Ik ben koffie vergeten, wil jij ook?'

'Nee, dank je.'

Hij liep net terug naar de donuttent, toen dominee Drew Daney aan kwam rijden in een al wat oudere, witte Jeep. Ik stapte uit de auto, net toen Milo terugkwam met twee bekertjes koffie.

Hij hield Daney de doos met donuts voor.

Daney, die een blauwe blazer aan zijn ensemble had toegevoegd, had zijn handen in zijn zakken. 'Zijn er ook met crèmevulling bij?'

We gingen met ons drieën aan een van de buitentafels zitten. Daney vond een donut met frambozencrème, nam er een hap van en zuchtte tevreden. 'Lekker om te zondigen, hè?'

'U slaat de spijker op z'n kop, dominee.'

'Ik ben niet benoemd, dus zeg maar gewoon Drew.'

'Heb je je studie niet afgemaakt?'

'Daar had ik geen zin meer in,' zei Daney. 'En dat geldt ook voor Cherish. We raakten beiden betrokken bij het jeugdwerk en kwamen tot de conclusie dat dat onze roeping was. Ik heb er nooit spijt van gehad. In een gemeente is het interne beleid meestal belangrijker dan goede werken.'

'Jeugdwerk,' zei Milo. 'Zoals het opnemen van pleegkinderen.'

'Pleegkinderen, thuisonderwijs, begeleiden en adviseren. Ik werk voor diverse non-profitorganisaties... vandaar die vergadering in Sylmar.' Hij wierp een blik op zijn horloge. 'Laten we maar ter zake komen. Het zal wel niets te betekenen hebben, maar ik vind toch dat ik dit moet vertellen.'

Hij at zijn donut op en veegde de kruimeltjes van zijn broek. 'Zes maanden geleden werd Rand in afwachting van zijn vrijlating overgeplaatst naar Camarillo. Donderdagavond reden mijn vrouw en ik daarnaartoe en namen hem mee naar huis. Hij zag eruit alsof hij op een andere planeet was beland.'

'Gedesoriënteerd,' zei ik, de term die zijn vrouw eerder had gebruikt.

'Meer dan dat. Verbijsterd. Ga maar na, dokter. Acht jaar lang had hij in een strak keurslijf geleefd, hij heeft zijn hele puberteit achter tralies doorgebracht, en nu werd hij ineens vrijgelaten in een vreemde, nieuwe wereld. We gaven hem iets te eten, lieten hem zijn kamer zien en hij ging rechtstreeks naar bed. We konden hem alleen een voormalig washok aanbieden, maar ik kan u wel vertellen dat die knul echt dankbaar leek te zijn dat hij weer in een kleine ruimte was. De volgende ochtend stond ik zoals gewoonlijk om halfzeven op en liep naar hem toe om te kijken hoe het met hem ging. Zijn bed was leeg en keurig opgemaakt. Ik trof hem buiten op de trap aan de voorkant. Hij zag er nog slechter uit dan de avond ervoor. Donkere kringen onder zijn ogen en zo zenuwachtig als wat. Ik vroeg hem wat er aan de hand was en hij zat alleen maar naar het hek aan de voorkant te kijken, dat wijd openstond. Ik zei tegen hem dat alles heus wel in orde zou komen en dat hij zichzelf wat tijd moest gunnen. Daarvan raakte hij alleen maar nog meer overstuur en hij begon met zijn hoofd te schudden, echt heel snel. Daarna sloeg hij zijn handen voor zijn gezicht.'
Daney liet zien wat hij bedoelde. 'Het was net alsof hij zich ergens voor verstopte. Een soort struisvogeltactiek. Ik trok zijn handen weg en vroeg wat er mis was. Hij gaf geen antwoord en ik vertelde hem dat het heel belangrijk was dat hij leerde zich te uiten. Uiteindelijk vertelde hij me dat iemand hem bespiedde. Dat overviel me, maar ik probeerde niets te laten merken. Ik vroeg hem wie het was. Hij zei dat hij dat niet wist, maar dat hij 's nachts een geluid had gehoord en dat er iemand buiten voor zijn raam had gestaan. Het is maar een klein huis en mijn vrouw en ik hadden niets gehoord. Ik vroeg hoe laat dat was geweest. Hij wist alleen maar dat het 's nachts was, want hij had geen horloge. Vervolgens zei hij dat hij het 's morgens vroeg weer had gehoord, vlak na zonsopgang, en toen hij was opgestaan, zag hij het hek openstaan en een pick-up snel wegrijden. We doen het hek altijd dicht, op de knip, maar als het niet goed gesloten is, wil de wind het nog wel eens open blazen. Dus dat maakte ook niet veel indruk op me.'
'Wat voor soort pick-up?' vroeg Milo.
'Volgens hem een donkere. Ik heb niet verder gevraagd omdat ik er niet te veel aandacht aan wilde schenken. Het leek niet echt belangrijk.'
'Dus u twijfelde aan zijn geloofwaardigheid,' zei Milo.
'Het is geen kwestie van geloofwaardigheid,' zei Daney. 'Dokter

Delaware, u hebt Rand getest. Hebt u de rechercheur ook verteld dat hij ernstige leerproblemen had?'

Ik knikte.

'Tel dat dan eens op bij de uitdaging van een vrijlating.'

'Had u wel eens eerder gemerkt dat hij fantaseerde over dingen die niet bestonden?'

'Hebt u het nu over hallucinaties?' vroeg Daney. 'Nee. Daar was vrijdag echt geen sprake van. Het was meer... een kwestie van overdrijven. Ik dacht dat hij een vogel of een eekhoorn had gehoord.'

'En nu begint u daaraan te twijfelen,' zei Milo.

'Als je nagaat wat er daarna is gebeurd,' zei Daney, 'zou het wel heel dwaas zijn als ik dat niet deed.'

'Is er verder tussen vrijdag en zaterdagavond nog iets gebeurd?'

'Hij heeft niet meer gezegd dat iemand hem bespioneerde en hij begon ook niet meer over die donkere pick-up,' zei Daney. 'Hij ging een eindje wandelen en toen hij terugkwam, zei hij dat hij op een bouwterrein was geweest en die middag terug zou gaan om met de baas te praten.'

'Hoe laat heeft hij dat eerste wandelingetje gemaakt?' vroeg Milo.

'We ontbijten vroeg... dus dat zal om een uur of acht, halfnegen zijn geweest.'

'Wat voor soort werk zocht hij?'

'Ik neem aan dat elk baantje goed was. Hij was nergens voor opgeleid.'

'Over CYA-reclassering gesproken,' zei ik.

Daneys forse schouders kropen naar elkaar toe. 'Breek me de bek niet open.'

'Uw vrouw zegt dat Rand om vijf uur 's middags vertrok voor een onderhoud met de opzichter, meneer,' zei Milo. 'Maar het bouwterrein wordt om twaalf uur 's middags gesloten.'

'Dan zal Rand het wel verkeerd begrepen hebben, inspecteur. Of iemand heeft hem misleid.'

'Waarom zou iemand dat doen?'

'Mensen zoals Rand worden wel vaker voor het lapje gehouden.' Hij keek opnieuw op zijn horloge en stond op. 'Sorry, maar ik moet er echt vandoor.'

'Nog één vraag,' zei Milo. 'Ik wil contact opnemen met de familie van Rand. Hebt u enig idee waar ik moet beginnen?'

'Die moeite kunt u zich besparen,' zei Daney. 'Er is niemand meer. Zijn grootmoeder is een paar jaar terug overleden aan de gevolgen van een hartkwaal. Ik heb het zelf aan Rand moeten vertellen.'

'Hoe reageerde hij?'

'Precies zoals je zou verwachten. Hij was compleet overstuur.' Hij wierp een blik op zijn Jeep. 'Ik weet niet of u er iets aan zult hebben, maar ik vond toch dat ik u dit moest vertellen.'

'Dat stel ik bijzonder op prijs, meneer,' zei Milo. 'En u wilde niet dat het uw vrouw ter ore zou komen, omdat...'

'Het heeft geen zin om haar ongerust te maken. Zelfs als het belangrijk blijkt te zijn, heeft zij er toch niets mee te maken.'

'Is er verder nog iets waar ik wat aan zou kunnen hebben, meneer?' vroeg Milo.

Daney propte zijn hand in zijn zak. Hij keek opnieuw naar de Jeep en wreef met zijn andere hand over de stugge haartjes van zijn baard. 'Dit is een beetje... netelig. Ik weet eigenlijk niet of ik er wel over moet beginnen.'

'Waarover, meneer?'

'Rand is zo ver van huis gevonden dat ik begon te denken dat zijn verhaal over die pick-up misschien... Als iemand hem nou écht opgepikt heeft?' Hij probeerde aan zijn baard te trekken, die nog geen halve centimeter lang was, en slaagde er uiteindelijk in om één haartje met zijn nagels vast te pakken en trok eraan tot zijn wang strak stond.

'Een donkere pick-up,' zei Milo. 'Ging er een belletje bij u rinkelen?'

'Dat is het nou juist,' zei Daney. 'Dat was inderdaad het geval, maar ik vind toch eigenlijk... ik weet dat dit een moordonderzoek is, maar als u wat discretie kunt betonen...'

'In welk opzicht?'

'Door niet door te geven dat de informatie van mij komt,' zei Daney. Hij beet op zijn lip. 'Er is nogal wat aan voorafgegaan.'

'Heeft het iets met acht jaar geleden te maken?'

Daney trok weer aan zijn wang. Zijn gefronste wenkbrauwen trokken scheef.

'Ik zal zo discreet mogelijk zijn, meneer,' zei Milo.

'Ja, dat weet ik wel...' Daney draaide zich om toen een pick-up vol zakken kunstmest het terrein opreed. Donkerblauw. Er zaten plakletters op die de tekst *Hernandez Hoveniers* vormden. Twee besnorde kerels in vuile spijkerbroeken en met honkbalpetjes op stapten uit en liepen de donuttent in.

'Kijk, dat bedoel ik nou,' zei Daney. 'Je ziet overal pick-ups rijden. Ik weet zeker dat het niets te betekenen heeft.'

'Vertel het ons toch maar, meneer Daney. Omwille van Rand.'

Daney zuchtte. 'Nou, goed dan...' Nog een zucht. 'Barnett Malley, de vader van Kristall, rijdt in een donkere pick-up. Dat was tenminste een tijdje geleden het geval.'

'Acht jaar geleden?' vroeg Milo.

'Nee, nee, minder lang geleden. Twee jaar. Toen liep ik hem tegen het lijf bij een ijzerhandel hier in de buurt. Ik was op zoek naar onderdelen voor een stortkoker en hij kocht gereedschap. Ik herkende hem meteen, maar hij zag mij niet. Ik probeerde hem te ontlopen, maar bij de kassa kwamen we elkaar opnieuw tegen. Ik liet hem voorgaan en keek hem na toen hij wegliep en in zijn pick-up stapte. Een zwarte.'

'Hebben jullie nog iets tegen elkaar gezegd?' vroeg Milo.

'Dat wilde ik wel,' zei Daney. 'Ik wilde hem vertellen dat ik zijn verdriet nooit echt zal kunnen begrijpen, maar dat ik voor zijn dochter gebeden heb. Ik wilde hem duidelijk maken dat het feit dat ik Troy en Rand de helpende hand had toegestoken niet betekende dat ik niet wist hoe tragisch de hele zaak voor hem was. Maar hij keek me aan alsof hij wilde zeggen: "Waag het niet om erover te beginnen." '

Hij sloeg zijn armen over elkaar.

'Een vijandige blik,' zei ik.

'Het was meer dan dat, dokter.'

'Hoezo meer?' vroeg Milo.

'In zijn ogen stond pure haat te lezen,' zei Daney.

We keken de witte Jeep na toen hij wegreed.

'Barnett Malley,' zei Milo. 'Daarmee is het nu officieel een wespennest geworden. Hoe zou een overval in het tijdsschema kunnen passen, rekening houdend met het feit dat hij anderhalf uur nadat hij uit het huis van de Daneys was vertrokken met jou heeft gebeld?'

'Misschien heeft Rand wel gelogen toen hij tegen de Daneys zei dat hij naar dat bouwterrein ging.'

'Waarom zou hij dat hebben gedaan?'

'Omdat hij voordat hij mij zou ontmoeten nog een andere afspraak had en niet wilde dat zij daarvan wisten. Met Barnett Malley.'

'Waarom zou hij die gemaakt hebben?'

'Ik heb je toch verteld dat hij bezorgd klonk. Als hij gebukt ging onder schuldgevoelens en wilde bewijzen dat hij niet slecht was, dan was Malley toch de eerste aan wie hij vergiffenis zou moeten vragen?'

'Daney zei dat hij helemaal over zijn toeren was van het idee dat iemand hem in de gaten hield.'

'Maar de volgende ochtend zag hij er veel beter uit. Misschien had hij op de een of andere manier contact gehad met Malley en besloten om een positieve daad te stellen. In deze staat is het wettelijk verplicht om de familie van een slachtoffer op de hoogte te stellen als de dader in vrijheid wordt gesteld, dus Malley kan best geweten hebben dat Rand uit de gevangenis was. Stel je nou eens voor dat Malley Rand in de gaten hield en hem aangesproken heeft toen Rand om acht uur 's ochtends de eerste keer naar dat bouwterrein liep? Ze spraken af om elkaar later te ontmoeten en Rand verzon die afspraak met de opzichter om een excuus te hebben.'

'Dus geen overval,' zei hij. 'Hij stapt vrijwillig in de pick-up van Malley en dat loopt verkeerd af.'

'Rand was goedgelovig, niet erg intelligent en op zoek naar absolutie. Als Malley zich vriendelijk heeft voorgedaan – vergevingsgezind – dan zal Rand daar onmiddellijk in getrapt zijn.'

'Oké, laten we dat idee dan eens verder uitwerken. Rand ontmoet Malley rond vijf uur 's middags, Malley rijdt hem naar de stad, zet hem af bij het winkelcentrum en dan belt Rand jóu op om nog een afspraak te maken? Waarom, Alex?'

Dat was de eerste keer dat hij het slachtoffer bij zijn voornaam noemde. Hij begon kennelijk zijn mening te herzien.

'Dat weet ik niet,' zei ik. 'Tenzij Rand en Malley vrede hadden gesloten en Rand besloot om op die voet verder te gaan.'

Hij wreef stevig over zijn gezicht, alsof hij het zonder water waste. 'Die vrede was niet veel waard als Malley hem doodgeschoten heeft. Denk je dan dat Malley hem eerst heeft afgezet en vervolgens weer oppikte?'

'Misschien wilde Malley nog verder praten.'

'Dus toen ze met hun tweetjes rondreden, smoezend over de slechte ouwe tijd, besloot Malley ineens om hem toch maar om zeep te helpen in plaats van hem samen met jou pizza te laten eten? Zelfs als we voor al die dingen een verklaring vinden, dan blijft de grote vraag toch waarom Malley acht jaar heeft gewacht voordat hij met hem afrekende.'

'Misschien was hij wel bereid om te wachten tot beide jongens op vrije voeten zouden komen, maar is een of ander ganglid hem in het geval van Troy te vlug af geweest.'

'En dus blijft hij kalm op Rand zitten wachten.' Hij nam een slok koffie. 'Volgens Daney was Malley twee jaar geleden nog ziedend.'

'Malley wilde dat ze de doodstraf zouden krijgen,' zei ik. 'Sommige wonden helen nooit.'

'Het blijft allemaal pure theorie. Wat moeten we nu doen? Moet ik een echtpaar dat hun kind heeft verloren op de vreselijkste manier die je je maar kunt voorstellen lastigvallen omdat manlief Daney twee jaar geleden op een vuile blik heeft getrakteerd en in een zwarte pick-up rijdt?'

'Dat zou wel eens gevoelig kunnen liggen,' zei ik.

'Er zou in ieder geval een grote hoeveelheid psychologische gevoeligheid aan te pas moeten komen.'

Ik nam een hap van mijn donut. Een paar minuten eerder smaakte die nog heerlijk. Nu was het gefrituurde rotzooi.

'Moet ik nog duidelijker zijn, Alex? Ik zou liever willen dat jij het deed en dat ik toekijk.'

'Ben je niet bang dat mijn aanwezigheid storend zal werken?'

'De verdediging beschouwde jou als een verlengstuk van de openbaar aanklager, dus misschien denken de Malleys om diezelfde reden wel met genegenheid aan je terug.'

'Ze hebben geen enkele reden om aan mij terug te denken,' zei ik. 'Ik heb ze nooit ontmoet.'

'Echt niet?'

'Daar was geen enkele reden toe.' Raar hoe afwerend dat klonk.

'Nou,' zei hij, 'die reden heb je nu wel.'

15

Milo belde met het bureau kentekenbewijzen om te vragen welke kentekens er momenteel op naam van Barnett en Lara Malley stonden.

Op haar naam stond niets. Barnett Melton Malley woonde op een adres in Soledad Canyon, helemaal in Antelope Valley.

'De geboortedatum klopt,' zei hij. 'Eén voertuig, een tien jaar oude Ford pick-up. Zwart ten tijde van de uitgifte van het kentekenbewijs.'

'Soledad ligt zo'n zeventig kilometer van Van Nuys,' zei ik. 'Ik kan best begrijpen dat ze na alles wat ze meegemaakt hebben de stad uit wilden. Maar in zo'n landelijke omgeving moet Lara toch ook een auto hebben, dus waarom heeft zij dan geen kentekenbewijs?'

'Misschien wonen ze niet meer bij elkaar en is zij naar een andere staat verhuisd.'

'Een dergelijke tragedie kan mensen inderdaad uit elkaar drijven.'

'Ik kan me voorstellen dat er een enorme kloof ontstond,' zei hij. 'Kristal werd onder haar neus ontvoerd. Misschien nam haar man haar dat kwalijk.'

'Of ze nam het zichzelf kwalijk,' zei ik.

Toen we terugreden naar de stad belde Sean Binchy. Bij de Van Nuys Divisie was niets te vinden over een telefoontje van de Daneys met de melding dat Rand verdwenen was.

'Dat verbaast me niets,' zei Milo. 'Hij was officieel nog niet vermist, dus er is geen proces-verbaal opgemaakt.'

'Hoe staat het met die theorie van jou over dat bajesmaatje?'

'Wil je weten of ik die helemaal heb laten varen omdat Barnett Malley een zwarte truck heeft? Daney heeft ook al gezegd dat er heel wat pick-ups rondrijden in de Valley. Maar Malley had een goede reden om Rand te haten. Het zou oerstom zijn als ik hem negeerde.'

'Wanneer was je van plan om hem op te zoeken?'

'Ik zat aan morgen te denken,' zei hij. 'Laat genoeg om de ochtendspits te vermijden en vroeg genoeg om ervoor te zorgen dat we op de terugweg niet vast komen te zitten. Maar eerst ga ik proberen uit te vissen waar hij werkt. Als ik geluk heb en het is ergens in de buurt, bel ik je wel.'

Hij krabbelde iets op zijn notitieblokje en stopte het weer in zijn zak. 'Of met nog een beetje meer geluk doen zich ineens verzachtende omstandigheden voor. Zoals een ijzersterk alibi voor Malley.'

'Je wilt niet dat hij de dader is,' zei ik.

'Hé,' zei hij, 'wat zou je ervan zeggen als we eens gingen lunchen? Ik zit te denken aan tandoori lamsvlees.'

We gingen eerst bij het bureau langs, waar hij zijn berichten ophaalde en de naam Barnett Malley opzocht in diverse computersystemen. Zonder resultaat. Hetzelfde gold voor Lara Malley.

Ik bleef staan, in de verwachting dat we elk moment naar Café Moghul zouden verkassen. Maar hij bleef gewoon zitten met zijn ogen dicht en pakte de telefoon van zijn ene hand in de andere tot hij het kantoor van de burgerlijke stand in het centrum belde en naar een ambtenaar vroeg die hem nog iets verschuldigd was. Het duurde even voordat hij doorverbonden werd, maar het gesprek dat daarop volgde, was kort. Toen hij de verbinding verbrak, zag hij er vermoeid uit.

'Lara Malley is overleden. Zeven jaar geleden, zelfmoord met behulp van een vuurwapen. Tegenwoordig plegen vrouwen steeds vaker zelfmoord door zichzelf dood te schieten, maar destijds was dat nog vrij zeldzaam, hè? Vrouwen kozen toen nog liever voor pillen.'

'Niet altijd, als ze tenminste vastberaden waren,' zei ik.

'Een jaar na de moord op Kristal gooit mammie het bijltje erbij neer. Lang genoeg om te weten dat het leven geen zin meer had. Zijn de Malleys ooit in therapie geweest, Alex?'

'Dat weet ik niet.'

Hij begon op het toetsenbord van zijn computer te rammen alsof het een sparringpartner was en riep het vuurwapenregister van de staat Californië op. Daarna zat hij met samengeknepen ogen naar het scherm te turen terwijl hij een paar dingen kopieerde en vertrok toen zijn mond in een vreemde, holle glimlach. Ik was blij dat ik geen vijand van hem was.

'Meneer Barnett Melton Malley heeft een heel arsenaal verzameld. Dertien geweren, jachtgeweren en pistolen, waaronder een paar van kaliber achtendertig.'

'Misschien woont hij alleen in een afgelegen gebied. Dat zou een reden kunnen zijn om meer dan normaal op zijn hoede te zijn.'

'Wie zegt dat hij alleen woont?'

'Dan nog,' zei ik. 'Als hij een nieuw gezin heeft, zou hij dat willen beschermen.'

'Een boze, verbitterde kerel,' zei hij, 'die door geweld zijn hele gezin heeft verloren, gaat ergens in de rimboe wonen met genoeg vuurwapens om een privélegertje uit te rusten. Misschien maakt hij wel deel uit van een militante groepering, zo'n stel mafkezen dat in de wildernis probeert te overleven. Vind je dat ik overdrijf als ik de term "uiterst gevaarlijk" gebruik?'

'Als hij van plan was iemand te vermoorden, waarom zou hij dan wapenvergunningen aanvragen?'

'Wie zegt dat hij al zijn wapens heeft aangegeven?' Hij rommelde in een bureaula, haalde er een sigaartje met een houten mondstuk uit en liet dat tussen zijn palmen heen en weer rollen.

'De manier waarop Rand is neergeschoten,' zei hij. 'Een contactwond aan de linkerkant van zijn hoofd, een moordenaar op ongeveer gelijke hoogte. Volkomen verrast, zoals je zelf al suggereerde. Zie je dat in gedachten al voor je?'

'De moordenaar zat links van hem,' zei ik. 'Vlakbij. Bijvoorbeeld achter het stuur van een auto.'

Hij wees met zijn sigaar naar me. 'Dat is precies de gedachtegang die in míjn hoofd op gang kwam. Het is best mogelijk dat het geen voorbedachte rade was en dat Malley het niet van tevoren gepland heeft. Misschien wilde hij aanvankelijk alleen maar met Rand praten. Oog in oog staan met de man die zijn leven had geruïneerd. We weten allebei dat de familie van een slachtoffer daar soms behoefte aan heeft.'

'Daar had Malley acht jaar de tijd voor gehad,' zei ik. 'Maar misschien waren oude herinneringen boven komen drijven door de vrijlating van Rand.'

'Malley pikt hem op, zet hem af, rijdt rond en komt erachter dat hij nog niet klaar is met Rand. Ze rijden de heuvels in en dan gaat er iets mis.'

'Rand kon niet goed uit zijn woorden komen. Hij heeft een verkeerde opmerking gemaakt tegen Malley, die daardoor in woede ontstak.'

'"Ik ben niet slecht,"' zei hij.

'Ik kan me voorstellen dat dat verkeerd is gevallen.'

Hij sprong overeind en probeerde door het minikantoortje te ijsberen, zette een aarzelende stap, die hem bij mijn stoel bracht en ging weer zitten. Ik zat hem in de weg. Mijn gedachten dwaalden af naar New York op een koude, besneeuwde dag. Flaneren.

'Maar als Malley gewapend naar de afspraak kwam, was er misschien toch sprake van voorbedachte rade,' zei ik.

'Hij stond op het punt de moordenaar van zijn dochter te ontmoeten. Zoals je net al zei, had hij reden genoeg om op zijn hoede te zijn.'

'Een beetje advocaat zou een heel eind komen met de bewering dat het een kwestie van zelfverdediging was.'

Hij smeet de sigaar op zijn bureau. 'Moet je ons horen, we zitten die arme klootzak psychologisch al door de mangel te halen terwijl we hem geen van tweeën ooit hebben ontmoet. Voor zover wij weten kan hij best een pacifistische zen-boeddhist zijn, een veganist die aan transcendente meditatie doet en in de bossen is gaan wonen omdat het daar zo vredig is.'

'Met dertien vuurwapens.'

'Nou ja, dat is wel een minpuntje,' zei hij. 'Lieve hemel, wat zou ik graag willen dat de technische dienst die zwarte pick-up van hem met de stofkam zou kunnen doorzoeken. Ik zou het gewoon héérlijk vinden om daar een gegronde reden voor te hebben... Alex, wat zou je ervan zeggen als we die lunch maar overslaan? Om de een of andere reden heb ik ineens niet zoveel trek meer.'

'Mij best,' zei ik.

Hij draaide zich om en ik vertrok.

Ik was al halverwege de gang, toen ik hem hoorde roepen: 'Die tandoori doen we gewoon een andere keer. Ik laat mijn personeel wel contact opnemen met het jouwe.'

Diezelfde avond om kwart voor acht hing hij alweer aan de telefoon.

'Wat is er met je personeel gebeurd?' vroeg ik.

'Dat staakt. Ik heb Malley nog eens verder nagetrokken. Acht jaar geleden had hij een eigen bedrijf dat zwembaden schoonmaakte, maar daar kwam een jaar later een eind aan.'

'Nadat Lara zichzelf had doodgeschoten. Misschien had hij genoeg van alles.'

'Hoe dan ook, omdat ik dus niet weet waar hij werkt, was ik van plan morgenochtend om tien uur te vertrekken. Die grijnzende mafkees van het weer op tv zegt dat er vanaf Hawaï warme lucht binnenstroomt. Een betere kans op een tropische vakantie krijg ik nooit meer. Wat denk je ervan?'

'Moet ik je komen ophalen?'

'Nee, jij mag de psychologie voor je rekening nemen, maar dit keer rij ik,' zei hij. 'Het wordt tijd om de zaak wat officiëler aan te pakken.'

Toen hij om kwart over tien kwam opdagen, zag hij er zo officieel uit als bij hem maar mogelijk was: een slobberig bruin pak, een wit overhemd en een das in de kleur van stopverf. Plus de cowboylaarzen. Ik had mijn rechtszaalkleren aan: een donkerblauw pak met een krijtstreepje, een colbert met drie knopen, een blauw overhemd en een gele das. Maar kleding zou geen verschil maken, of Barnett Malley nu een vuurwapenfanaat was die had gezworen wraak te nemen of een slachtoffer dat in stilte rouwde.

Milo pikte een oude bagel mee uit mijn keuken en zat die weg te kauwen terwijl hij naar Sunset reed en vervolgens rechts afsloeg om de 405 in noordelijke richting te nemen. Dit keer remde hij af en wees de plek aan waar het lichaam van Rand Duchay was gevonden. Een met struiken bedekt gedeelte op het talud dat aan de oostkant van de oprit omhoogrees. Geen hoge bomen, alleen ijsbloempjes, jeneverbesstruiken en onkruid. Er was niet echt geprobeerd om hem te verbergen.

Als je vanuit L.A. richting Soledad Canyon reed, zou je langs deze plek komen.

Milo verwoordde mijn gedachten. 'Doe wat je moet doen, gooi het lichaam uit de auto en rij naar huis.'

De tocht duurde achtenvijftig minuten, rustig rijdend onder een strakblauwe hemel. De weerman had gelijk gekregen: ruim zesentwintig graden, geen smog en zo'n zeldzaam, naar fruit geurend tropisch briesje dat eigenlijk veel te weinig binnenwaait.

We reden langs de noordgrens van Bel Air, malse groene heuvels bezaaid met huizen die zich niets van de hellingen leken aan te trekken. Vervolgens de verblindend witte kubussen van het Getty Museum. Dat is een door een louche miljardair gefinancierd architectonisch hoogstandje waarin derderangskunst tentoon wordt gesteld. L.A. ten voeten uit: schone schijn bedriegt, want het enige dat telt, is de verpakking.

Tijdens de hele rit door de Valley hadden we nauwelijks last van het verkeer. De randverschijnselen langs de snelweg maakten plaats voor de enorme emballagefabriek van Sunkist, kleinere fabrieken, groothandels en autodealers. Even ten oosten hiervan lag het huis van de Daneys, waar Rand drie nachtjes in zogenaamde vrijheid had geslapen. Tegen de tijd dat we op de 5 terechtkwamen, waren wij zo'n beetje de enige personenauto naast de gigantische vrachtwagencombinaties die allemaal naar het kruipspoor waren gezwenkt. Drie minuten later waren we op Cal 14 en reden met een vaartje in noordoostelijke richting naar Antelope Valley. De bergen werden majestueus en het malse groen maakte plaats voor gekreukeld bruin vilt. Het landschap naast de provinciale weg bestond uit autokerkhoven, steengroeven, hier en daar een bord met LUXE VILLA'S IN AANBOUW en niet veel meer. Mensen die het kunnen weten, zeggen dat L.A. zich naar het noordoosten zal uitbreiden en dat op een dag het weidse landschap het loodje zal moeten leggen. Ondertussen cirkelen er haviken en raven boven je hoofd en is er op het vlakke land niets te bekennen

Acht graden koeler. We draaiden de raampjes dicht en de wind floot door de tochtstrips.

Vijftien kilometer verderop nam Milo de afslag voor Soledad Canyon en sloeg links af, waardoor we de snelgroeiende nieuwbouwwijken van Santa Clarita achter ons lieten en de rust en stilte tegemoet reden. De weg liep kronkelend omhoog, met flauwe, scherpe en haakse bochten. Geïsoleerde groepjes naaldbomen en hier en daar een rijtje eucalyptussen die als windscherm dienden, stonden aan de westelijke kant van de weg, maar de boventoon werd gevoerd door Californische eiken die stonden te pronken in de droge aarde, met grijsgroene bladerkronen die glansden in de wind. Grote bossen met de vorstelijke bomen reikten tot de volgende bergrug. Het zijn taaie, oude exemplaren die goed gedijen op droge grond. Als je ze verwent en te veel water geeft, gaan ze dood.

Toen de begroeiing minder dicht werd, begon de weg moeilijker te worden, met haarspeldbochten die zich rond scherpe kale bergranden slingerden en puin dat van de hellingen omlaag was gestort, waardoor Milo zijn ogen geen moment van de weg durfde te halen. Het gefluit van de wind veranderde in een onophoudelijk gehuil. De grote vogels cirkelden lager boven de grond en werden steeds brutaler. Er was niets wat hun in de weg stond, behalve een incidentele elektriciteitsmast.

We waren al kilometers lang geen auto meer tegengekomen, toen een vrouw in een busje die gezellig in een mobiele telefoon zat te kletsen ineens de bocht om kwam zeilen en ons bijna het ravijn in reed.

'Geweldig,' zei Milo. En toen hij weer normaal kon ademhalen: 'Soledad. Dat betekent toch eenzaamheid? Je moet het wel echt fijn vinden om alleen te zijn als je hier gaat wonen.'

Driehonderd meter verder naar boven doken een paar boerderijen op, kleine, nietige en trieste bedrijfjes in inhammen van de hoofdweg en afgezet met in metaal gevatte rietmatten. Hier en daar een koe of een paard. Op een verweerde richtingaanwijzer die nergens naartoe leek te verwijzen werden weekendtochtjes per pony aangeboden. Er was geen beest te zien.

'Lees me het adres nog eens voor, Alex.'

Ik gehoorzaamde. 'We komen in de buurt,' zei hij.

Tien minuten later kwamen we bij een aantal 'privékampeerplaatsen' die aan de westkant van Soledad Canyon Road lagen. COZY BYE. SMITH'S OASIS STOP. LULU'S WELCOME RANCH.

De nummers die bij het adres van Barnett Malley hoorden, stonden gebrand in een blauw bord met de tekst: MOUNTAIN VIEW SOJOURN. RECREATIE- EN KAMPEERTERREIN.

'Misschien is hij bij nader inzien toch niet zo asociaal,' zei ik.

Milo reed de hard aangestampte oprit op. We hobbelden over een door eiken omzoomd pad tot we bij een krakkemikkige houten brug over een smal ravijn kwamen. Onder het blauwe bord met WELKOM! aan de overkant hing een witgekalkte plank met een waslijst van dingen die verboden waren: VERBODEN TE ROKEN, GEEN ALCOHOL, GEEN MOTOREN, GEEN OFF-THE-ROADVOERTUIGEN, GEEN HARDE MUZIEK. HUISDIEREN ALLEEN OP AANVRAAG, KINDEREN UITSLUITEND ONDER BEGELEIDING, HET ZWEMBAD IS ALLEEN TOEGANKELIJK VOOR GEREGISTREERDE GASTEN...

'Daar kun je het mee doen, Thoreau,' zei Milo en hij reed door.

De oprit kwam ongeveer honderd meter verder uit op een geplaveide open plek. Links stonden nog meer eiken – in een oud, dicht bos – en recht voor ons zagen we drie witte houten gebouwtjes. Aan de rechterkant was opnieuw een geplaveid terrein, groter en met behulp van witte lijnen in blokken verdeeld. Een stuk of zes met stickers beplakte kampeerwagens waren aangesloten op elektriciteitspalen. De achtergrond werd gevormd door berghellingen van puur goud.

We parkeerden de auto en stapten uit. Achter het terrein voor de kampeerwagens stond een generator ter grootte van een flinke schuur te zoemen en te klikken. 'Recreatie- en kampeerterrein' scheen in te houden dat je een parkeerplaats tot je beschikking had plus een rij chemische toiletten en een paar houten picknicktafels. Een ingegraven zwembad dat voor de winter leeg was gepompt leek op een enorme witte schaal van opgespoten beton. Erachter lag het met buizen afgezette weiland voor paarden er leeg en dor bij.

Een paar mensen, allemaal boven de zestig, zaten in vouwstoeltjes bij hun caravans te lezen, te breien en te eten.

'Het is kennelijk een halteplaats,' zei ik.

'Op weg waarheen?' vroeg Milo.

Dat snoerde me de mond en we liepen door naar de witte houten gebouwtjes. Vooroorlogse bungalows, stuk voor stuk met groene bitumen daken, grote ramen en een kleine veranda aan de voorkant. Het grootste stond een flink stuk van het kampeerterrein af. Een dertig jaar oude Dodge Charger, rood en met verchroomde wielen, stond op de met grind bestrooide oprit ernaast.

Palen met bordjes in de vorm van wijzende handen gaven de functies van de beide andere gebouwen aan: KANTOOR en KANTINE. Door het zonlicht konden we niet goed zien of er binnen licht brandde. We probeerden het eerst bij het kantoor.

De deur zat op slot en de gordijnen voor het raam waren gesloten. Op Milo's kloppen werd niet opengedaan.

Toen we naar de KANTINE liepen, ging de deur ervan open en een lange magere vrouw in een jurk met een bruin patroontje stapte de veranda op en zette haar handen in haar zij.

'Waarmee kan ik u van dienst zijn?'

Milo schonk haar zijn vriendelijkste glimlach toen we naar haar toe liepen. Dat veranderde niets aan de behoedzame uitdrukking op haar gezicht. Hetzelfde gold voor zijn penning en zijn visitekaartje.

'De politie van L.A.' Ze had de stem van een roker, pezige met sproeten bezaaide armen en een gegroefd, door de zon gebruind gezicht dat een paar decennia geleden misschien mooi was geweest. Wijd uit elkaar staande amberkleurige ogen met roze wimpers bestudeerden ons. Haar neus was stevig en recht en ze had gebarsten lippen die toch onwillekeurig deden denken aan de volle mond die ze vroeger moest hebben gehad. Gepermanent kastanjebruin haar viel om haar hoofd op een manier die de kwabben in haar hals enigszins verhulde. Aan de witte kroeskrulletjes vlak bij de haarlijn te zien was het weer hard toe aan een kleurspoeling. Een strakke kaaklijn voor een vrouw van haar leeftijd. Ik schatte haar op minstens vijfenzestig. Het boerse nichtje van Katherine Hepburn. Ze wilde Milo het kaartje teruggeven.

'Dat mag u houden, mevrouw,' zei hij en ze vouwde het zo klein op dat het helemaal in haar hand verdween. De bruine jurk was van gebloemde jersey en onder de stof waren haar knokige schouders en heupen goed zichtbaar. In de v-hals was het bovenste randje van haar door de zon aangetaste borstbeen te zien. Ze had platte borsten.

'Ik heb vroeger in L.A. gewoond,' zei ze. 'Een tijd geleden, toen ik nog niet beter wist. Maar dat verandert niets aan mijn vraag, inspecteur Sturgis. Waarmee kan ik u van dienst zijn?'

'Woont Barnett Malley hier?'

De amberkleurige ogen knipperden. 'Is alles goed met hem?'

'Voor zover ik weet wel, mevrouw. Maar dat verandert niets aan míjn vraag.'

'Barnett werkt hier en ik geef hem onderdak.'

'Hij werkt als...'

'Hij is mijn assistent en knapt alle karweitjes op.'

'Dus hij is een manusje-van-alles?'

De vrouw fronste, alsof hij langzaam van begrip was. 'Hij repareert alles, maar daar blijft het niet bij. Af en toe heb ik zin om naar Santa Clarita te rijden om een film te zien, al mag de hemel weten waarom want ze zijn allemaal even slecht. Dan past Barnett op het bedrijf en dat doet hij uitstekend. Waarom doet u navraag naar hem?'

'Woont hij op het terrein?'

'Daarginds.' Ze wees naar het eikenbos.

'In de bomen?' vroeg Milo. 'Is hij een soort Tarzan?'

Ze kon haar lachen nauwelijks bedwingen. 'Nee, hij heeft een blokhut, maar die is vanaf hier niet te zien.'

'Maar daar is hij nu dus niet.'

'Wie zegt dat?'

'U vroeg of alles met hem in orde was...'

'Ik bedoelde of alles goed met hem was met betrekking tot de politie, niet of alles goed met hem was omdat hij ergens daar was.' Haar blik gleed naar de snelweg. De blik in haar ogen zei dat het eigenlijk nauwelijks de moeite waard was om huis en haard te verlaten.

'Heeft Barnett wel eens moeilijkheden gehad, mevrouw...'

'Bunny,' zei ze. 'Bunny MacIntyre. En het antwoord is nee.'

'Dus u woonde vroeger in L.A.,' zei Milo.

'Gaan we nu over koetjes en kalfjes praten? Ja, ik woonde in Hollywood. Ik had een appartement op Cahuenga omdat ik vlak bij de studio's in Burbank moest zitten.' Ze gooide haar haar over haar schouders. 'Ik werkte als stuntvrouw bij de film. Ik ben een paar keer ingevallen voor miss Kate Hepburn. Ze was ouder dan ik, maar ze had nog een prachtig lijf, vandaar dat ze mij gewoon konden gebruiken.'

'Mevrouw MacIntyre...'

'Niet afdwalen, hè? Barnett heeft nog nooit moeilijkheden gehad, in geen enkel opzicht, maar als een stel smerissen uit L.A. helemaal hiernaartoe rijdt om een paar vragen te stellen, dan doen ze dat niet omdat ze een ijskoud flesje cola uit mijn automaat willen hebben. Die tussen twee haakjes heel goed werkt. Ik heb ook *nachos* en chips en geïmporteerd gedroogd buffelvlees.' Ze wierp een blik op Milo's taille. 'Buffelvlees is goed voor je, daar zit even weinig verzadigd vet in als in wit kippenvlees.'

'Waar komt dat dan vandaan?' vroeg hij.

'Uit Montana.' Ze draaide zich om en ging naar binnen. Wij liepen achter haar aan en kwamen terecht in een schemerig vertrek met een uit brede planken bestaande vloer, een bouclé kleed en de kop van een opgezette reebok tegen de achterwand. Het gewei van het dier was asymmetrisch, het puntje van een grijze tong stak uit de hoek van zijn bek en hij miste een van zijn glazen ogen.

'Dat is Bullwinkle,' zei Bunny MacIntyre. 'Dat idiote beest sloop altijd stiekem naar binnen om mijn tuin leeg te vreten. Destijds verkocht ik nog verse producten aan de toeristen. Tegenwoordig willen de mensen alleen nog maar junkfood. Ik heb hem nooit doodgeschoten, want hij was zo dom dat je vanzelf medelijden met hem kreeg. Op een dag is hij gewoon van ouderdom op mijn snijbieten in elkaar gezakt, dus toen heb ik hem naar een preparateur in Palmdale gebracht.'

Ze liep naar een oude, rode Coca-Cola-automaat met aan weerszijden een draairek met gebakken spul in plastic zakjes. Op een oude eiken tafel stond een kassa met daarnaast de *jerky*, het buffelvlees. Dikke, bijna zwarte repen gedroogd vlees in plastic bakken.

'Wilt u nu een cola-light?' vroeg ze aan Milo.

'Ja, hoor.'

'En die stille vriend van je?'

'Geef mij maar hetzelfde,' zei ik.

'Hoeveel buffeljerky's willen jullie? Ze kosten een dollar per stuk.'

'Straks misschien, mevrouw.'

'Hebt u gezien hoe 't hier gaat? Die verdomde ouwe zakken met hun olieverfschilderijen blijven hier de hele dag staan en eten alleen hun eigen spullen op. Dat komt door die verrekte draagbare vrieskastjes. Ik kan best wat klandizie gebruiken.'

'Geef me dan maar zo'n reep,' zei Milo.

'Ze gaan alleen per drie,' zei Bunny MacIntyre. 'Drie voor drie ballen en met de cola lights meegerekend is dat dus zeseneenhalf.' Zonder op antwoord te wachten drukte ze op de knoppen van de automaat, waardoor er twee blikjes in de la vielen, en wikkelde de reepjes jerky in papieren servetjes die ze met elastiekjes dichtmaakte voordat ze in een plastic zak werden gestopt. 'Er zit echt nauwelijks vet aan.'

Milo betaalde haar. 'Hoe lang werkt Barnett al voor u?'

'Vier jaar.'

'Waar heeft hij voor die tijd gewerkt?'

'Op de boerderij van Gilbert Grass. Die lag destijds een eindje verder aan Soledad, op nummer 7200. Gilbert heeft een beroerte gehad en zijn veestapel opgedoekt. Barnett is een lieve knul, ik snap niet wat jullie van hem moeten. En ik ga zijn gangen niet na.'

'Hoe komen we bij zijn blokhut?'

'Loop maar naar de achterkant van mijn huis, het gebouw waar geen bordje bij staat, en dan zien jullie vanzelf de open plek tussen de bomen. Ik heb die blokhut laten neerzetten om wat privacy te hebben. Eigenlijk moest het mijn atelier worden, maar ik ben nooit gaan schilderen. Ik gebruikte het als opslagplaats. Tot Barnett het opknapte zodat hij erin kon trekken.'

16

Het pad tussen de bomen was een bijna twee meter brede strook onder overhangende takken. De zwarte Ford pick-up stond voor de blokhut.

Het gebouwtje was van ruw cederhout met een deur van planken en een vierkant raampje aan de voorkant. Het zag eruit als een kindertekening van een huis. Links ervan stonden gasflessen onder een wasrek en een kleinere generator.

De raampjes van de truck zaten dicht en Milo liep ernaartoe om naar binnen te gluren. 'Keurig opgeruimd.'

Hij gebruikte een slip van zijn colbertje om de deurkruk te proberen. 'Op slot. Je zou toch denken dat hij hier niet bang hoeft te zijn voor autodieven.'

We liepen naar de blokhut. Het raam was bedekt met groen geolied doek. Voor de voordeur lag een vierkant stukje beton dat met een beetje fantasie als patio kon dienen. Op een kokosmat stond WELKOM.

Milo klopte. De planken waren massief en lieten bijna geen geluid door. Maar de deur ging binnen een paar seconden open.

Barnett Malley stond ons aan te kijken. Hij was langer dan hij op tv had geleken, een centimeter of drie langer dan Milo met zijn een meter achtentachtig. Hij was nog steeds slank en grofgebouwd en zijn lange grijzig blonde haar hing los om zijn hoofd. Pluizige bakkebaarden reikten tot de rand van zijn kaken en bogen daarna naar binnen in de richting van een mond zonder lippen. Zijn huid was verweerd en vlekkerig door de zon. Hij droeg een grijs werkhemd waarvan de mouwen tot aan de ellebogen opgerold waren. Brede polsen, onderarmen met dikke aderen en geel verkleurde nagels die recht afgeknipt waren. Een smerige spijkerbroek en juchtleren cowboylaarzen. Een zilveren halsketting bezet met turkooizen om zijn nek, vlak onder een uitstekende adamsappel.

Een vredesteken bungelde aan de middelste turkoois. Hij leek eerder op een overjarige hippie dan op een lid van een of andere burgerwacht.

Zijn ogen waren zilverblauw. Strakke blik.

Milo duwde hem zijn legitimatie onder de neus. Malley keek er nauwelijks naar.

'Meneer Malley, het spijt me dat ik u lastigval, maar ik zou u graag een paar vragen willen stellen.'

Malley gaf geen antwoord.

'Meneer?'

Het bleef stil.

'Bent u op de hoogte van het feit dat Rand Duchay zaterdagnacht is vermoord?' vroeg Milo.

Malley beet zijn tanden op elkaar. Week achteruit, zijn blokhut in, en sloot de deur.

Milo klopte en riep Malleys naam.

Geen reactie.

We liepen naar de zuidkant van het huisje. Geen ramen. Aan de achterkant was hoog in de noordwand een horizontale ruit ingezet. Milo stak zijn arm omhoog en klopte op het glas.

Vogelgezang, geritsel van bladeren. En dan: muziek.

Een honkytonkpiano. En een nummer van Floyd Cramer dat ik altijd leuk heb gevonden: 'Last Date'. Alleen piano, een opname die ik nooit eerder had gehoord.

Een korte aarzeling, toen begon de melodie van voren af aan. Een valse noot gevolgd door vloeiend spel.

Geen opname. Live.

Malley speelde het nummer nog een keer door en begon toen weer opnieuw, dit keer met een simpele maar goed gefraseerde solo.

De uitvoering werd herhaald. En tot een goed einde gebracht. Milo maakte gebruik van de stilte om nog eens op Malleys raam te kloppen.

Malley begon weer te spelen. Hetzelfde liedje. Andere improvisaties. Milo draaide zich met een ruk om en ik zag zijn lippen bewegen. Ik verstond niet wat hij zei, maar ik was zo verstandig om niets te vragen.

Toen we wegliepen van het kampeerterrein zagen we Bunny MacIntyre bij een kampeerwagen staan praten met een van de oudere echtparen. Ze stak haar hand uit en een paar bankbiljetten veranderden van eigenaar. Ze zag ons en draaide zich om.

'Gezellig, dat plattelandsvolk,' zei Milo terwijl we weer in de onopvallende politieauto stapten. 'Hoor ik daar de herkenningsmelodie van *Deliverance* door de naaldbossen zweven?'

'Ik had mijn gitaar mee moeten brengen.'

'Voor een duet met Barnett de Pianist? Was dat de reactie van een onschuldig man, Alex? Ik had gehoopt dat ik hem van mijn lijstje kon schrappen, maar het tegendeel is waar.'

'Ik vraag me af waarom hij die mat met WELKOM voor de voordeur laat liggen,' zei ik.

'Misschien zijn bepaalde mensen wel welkom.' Hij draaide het sleuteltje om en liet de motor stationair draaien. 'De bloedhond in me zou dolgraag willen rondsnuffelen, maar de zelfbenoemde beschermer van weduwen en wezen zou het ontzettend jammer vinden als Malley een moordenaar bleek te zijn. Het leven van die vent is echt volkomen naar de kloten geholpen. Ik ben niet Bijbelvast, maar tot op zekere hoogte kan ik wel begrip opbrengen voor dat oog-om-oog-gedoe.'

'Ik ook,' zei ik. 'Ook al is het nooit de bedoeling geweest dat oog om oog letterlijk werd opgevat.'

'Wie zegt dat?'

'Als je de oorspronkelijke Bijbeltekst leest, is het verband meteen duidelijk. Het is een civielrechtelijke uitspraak waarbij een bepaalde som geld wordt uitgekeerd voor toegebrachte schade.'

'Heb je dat zelf uitgevogeld?'

'Een rabbijn heeft me dat verteld.'

'Nou, die zal het wel weten.' Hij reed het kampeerterrein af, draaide de snelweg weer op en zette de politieradio aan. De hoeveelheid misdaden liep terug, maar de meldkamer bleef de ene na de andere overtreding doorgeven.

'De vooruitzichten,' zei hij, 'zijn belabberd.'

Donderdagochtend belde hij om kwart over elf. 'Tijd voor tandoori.'

Ik had net een gesprek met Allison achter de rug. We waren erin geslaagd om wat persoonlijke opmerkingen uit te wisselen voordat ze moest neerleggen omdat haar grootmoeder behoefte had aan een kopje thee en troost. De bedoeling was dat ze over twee of drie dagen terug zou komen. Afhankelijk van.

'Wat is er aan de hand?' vroeg ik.

'Daar zullen we het tijdens het eten wel over hebben,' zei hij. 'Eens kijken of je eetlust ertegen bestand is.'

Café Moghul ligt aan Santa Monica Boulevard, een paar straten ten westen van Butler, op loopafstand van het politiebureau. De eetzaal die aan de straat ligt, is versierd met gebeeldhouwde, gebroken witte nep-ivoren kroonlijsten, veelkleurige wandtapijten met tafereeltjes van het Indiase plattelandsleven en posters van Bollywood-films. De achtergrondmuziek is sitargejengel afgewisseld met ultrahoge sopraanuitvoeringen van Punjab-pop.

De vrouw die het restaurant beheert, ontving me met haar gebruikelijke glimlach. We begroeten elkaar altijd alsof we oude vrienden zijn, maar ik weet niet eens hoe ze heet. De sari die ze dit keer aanhad was van pauwblauwe zijde geborduurd met goudkleurige slingers. Ze had haar bril niet op en ze bleek grote, chocolakleurige ogen te hebben die me nooit eerder waren opgevallen.

'Contactlenzen,' zei ze. 'Om eens iets nieuws te proberen.'

'Wat fijn voor u.'

'Tot nu toe bevalt het wel... Hij zit daar.' Ze wees naar een tafeltje achterin, alsof ik die aanwijzing nodig had. In het restaurant stonden vier tafeltjes aan weerszijden van een gangpad. Een groep jongelui van tussen de twintig en de dertig zat rond twee aan elkaar geschoven tafeltjes stukjes naanbrood te dippen in schalen met chutney en chilipasta en op een of andere geslaagde onderneming te toosten met Lal Toofan-bier.

Behalve dat stel was Milo de enige gast. Hij zat gebogen over een enorme bak salade waaruit hij iets wat op stukjes vis leek tussen de slablaadjes uit viste. Een bewerkte glazen kan met gekoelde kruidnagelthee stond naast hem. Toen hij me zag, schonk hij een glas vol en schoof dat naar me toe.

'Dit is de specialiteit van de dag,' zei hij terwijl hij met zijn vork op de rand van de saladebak tikte. 'Zalm, gepaneerde kaas en kleine rijstbolletjes met groen spul dat is aangemaakt met citroenolie. Echt gezond, hè?'

'Ik begin me zorgen over je te maken.'

'Ga vooral zo door,' zei hij. 'Dit is wilde zalm uit de Stille Oceaan. Van die onverzettelijke jongens die tegen de stroom in zwemmen als ze geil worden. Het schijnt dat de vis uit kweekvijvers smakeloze, luie slapjanussen zijn die ook nog vol giftige smeertroep zitten.'

'De politici van de vissenwereld,' zei ik.

Hij spietste een stukje vis aan zijn vork. 'Ik heb voor jou hetzelfde besteld.'

Ik nam een slokje thee. 'Wat gaat een aanslag doen op mijn maagsappen?'

'De zelfmoord van Lara Malley. Ik heb het afsluitende proces-verbaal bij Van Nuys opgeduikeld. Het blijkt dat de zaak is behandeld door dezelfde rechercheurs die Turner en Rand gearresteerd hebben.'

'Sue Kramer en een mannelijke collega,' zei ik. 'Iets met een R.'

'Fernie Reyes. Ik ben diep onder de indruk.'

'Ik heb hun proces-verbaal over Kristal vaker gelezen dan me lief was.'

'Fernie is naar Scottsdale verhuisd en zit nu bij de beveiligingsdienst van een hotelketen. Sue is met pensioen gegaan en vervolgens in dienst getreden van een privédetectivebureau in San Bernardino. Ik heb haar gebeld en zit te wachten tot ze terugbelt. Daar komt jouw eten aan.'

De vrouw in de blauwe sari zette voorzichtig een schaal neer en liep ruisend weg. Mijn salade was half zo groot als die van Milo, maar dat was nog steeds meer dan genoeg.

'Lekker, hè?' zei hij.

Ik had mijn vork nog niet aangeraakt. Hij keek toe tot ik een hapje nam en bestudeerde me terwijl ik het wegkauwde.

'Heerlijk,' zei ik. Technisch gesproken was dat ook zo, maar de spanning had de zenuwverbinding tussen mijn smaakpapillen en mijn hersens geblokkeerd en ik had net zo goed op een papieren servetje kunnen kauwen. 'Hoe zit dat met die zelfmoord?'

'De doodsoorzaak was een enkel pistoolschot in de linkerslaap, een kaliber achtendertig. Ze was linkshandig en volgens de lijkschouwer bleek daaruit dat ze de hand aan zichzelf had geslagen.'

'Is de kogel dwars door haar hoofd gegaan?'

'Ja, en die belandde vervolgens in het rechter voorportier. Het pistool was een Smith & Wesson Double-Action Perfected revolver, die op naam stond van Barnett. Het wapen lag geladen in zijn nachtkastje. Hij kwam met het verhaal dat Lara die gevonden moest hebben toen hij aan het werk was, dat ze vervolgens naar een rustig plekje in het recreatiegebied aan Sepulveda reed en boem.'

'Heeft ze een briefje achtergelaten?'

'Als dat zo is, staat het niet in het rapport van de lijkschouwer.'

'Is het wapen aan Malley teruggegeven?'

'Ik zou niet weten waarom niet,' zei hij. 'Hij was de wettige eigenaar en er was geen sprake van een misdrijf.'

Hij begon zich vol te proppen met vis en gepaneerde kaasblokjes. 'Misschien was mijn twijfel omtrent Malley onterecht. Zijn leven is naar de kloten geholpen, maar het ziet ernaar uit dat hij zich daarin heeft geschikt door zich van iedereen te ontdoen die volgens hem schuld had aan de dood van Kristal. Hij begon met Lara, omdat ze het kind uit het oog had verloren. Daarna rekenden de omstandigheden binnen de CYA met Turner af. Dus de enige kreukel die nog gladgestreken moest worden was Rand.'

'Waarom heeft hij dan na de dood van Kristal nog een vol jaar gewacht voordat hij Lara vermoordde?' vroeg ik.

'Ik had me duidelijker moeten uitdrukken. Ze stierf zeven jaar en zeven maanden geleden. Precies één maand nadat Troy en Rand achter de tralies verdwenen. Wat zou de voor de hand liggende reden zijn?'

'Het verdriet om haar kind.'

'Precies. Een perfecte dekmantel.' Hij schoof zijn eten over het bord heen en weer. 'Malley is een rare snuiter, Alex. Zoals hij daar op die piano begon te bonken. Ik bedoel maar, als je een smeris aan de deur krijgt, is het toch het verstandigst om net te doen alsof je bereid bent om mee te werken. Als hij dat zou doen, zou ik hem misschien verder met rust laten.'

Hoogstonwaarschijnlijk, dacht ik. '"Last Date."'

'Hè?'

'Dat was het nummer dat hij speelde.'

'Wou je zeggen dat hij daarmee iets bedoelde? Dat Rand een laatste afspraak met het leven had of zo?'

Ik haalde mijn schouders op.

'Die vent doet zijn pick-up zelfs op slot, ondanks het feit dat hij in de rimboe woont en het kreng gewoon voor zijn eigen deur staat,' zei hij. 'Omdat hij weet dat het verdomd moeilijk is om alle sporen van een misdaad uit te wissen. Misschien is hij een aanhanger van de ouderwetse oog-om-oog-aanpak, zonder zich een reet aan te trekken van de juiste Bijbelse betekenis.'

'Waren er afgezien van de overeenkomsten met de moord op Rand nog meer vraagtekens rond de zelfmoord van Lara?'

'Niet volgens het proces-verbaal van Sue.'

'Was ze een goeie rechercheur?'

'Ja. En dat geldt ook voor Fernie. Normaal gesproken zou ik meteen hebben aangenomen dat ze verdraaid grondig te werk zijn gegaan. Maar in dit geval was Barnett in hun ogen misschien het slachtoffer en hebben ze er gewoon niet verder over nagedacht.' Hij fronste. 'Bunny MacIntyre mag hem graag, maar ze kon hem voor zondag geen alibi verschaffen.'

Hij schonk een glas thee in, maar dronk er niet van. 'Ik moet eerst het hele dossier van Lara hebben voordat ik met Sue praat. Dat wordt echt leuk... om een zaak op te rakelen die door een andere rechercheur allang als afgesloten wordt beschouwd. Misschien moet ik maar voor de hulpeloze aanpak kiezen: kijk eens wat ik op mijn bord heb gekregen, Sue. Ik zou best wat hulp kunnen gebruiken.'

Hij pakte zijn vork weer op en hield die boven de bak. 'Hoe is het nu met je eetlust?'

'Prima.'

'Ik ben trots op je.'

Hij sloeg twee Bengaalse pilsjes achterover, vroeg om de rekening en legde geld op tafel, toen zijn mobiele telefoon *de Vijfde* van Beethoven begon te snerpen.

'Sturgis. O, hoi. Ja. Fijn dat je belt, bedankt... Zou dat gaan? Ja, natuurlijk. Wacht even, dan schrijf ik het op.'

Met de telefoon tussen hoofd en schouder krabbelde hij iets op een servetje. 'Bedankt. Tot over twintig minuten.'

Hij stond op en gebaarde dat ik mee moest lopen naar de uitgang. Een paar van de twintigplussers hielden op met lachen en keken hem na terwijl hij met grote passen het restaurant uit beende. Een grote, angstaanjagend ogende man. Al die vrolijkheid. Daar paste hij helemaal niet bij.

'Dat was Sue Kramer,' zei hij toen we op het trottoir stonden. 'Ze zit hier in de stad. Het toeval wil dat ze bezig is met een geval van zelfmoord en dat ze best bereid is om over Lara te praten. Dus dat doorlezen van het dossier laat ik maar zitten.'

'Dit is L.A.,' zei ik. 'Je zult moeten improviseren.'

17

Het was een adres in Beverly Hills, op Rexford Drive, aan de zuidkant van de stad, tussen Wilshire en Olympic, waar voornamelijk appartementsgebouwen stonden.

'Dat is ze,' zei Milo, wijzend op een slanke, donkerharige vrouw die aan de westkant van de straat een champagnekleurig dwergpoedeltje uitliet.

Hij stopte langs het trottoir en Sue Kramer lachte, zwaaide en pakte het hondje op.

'Je bent toch niet allergisch, hè, Milo?'

'Alleen voor administratieve rompslomp.'

Kramer stapte achter in de onopvallende politieauto. Toen Milo wegreed, snoof ze de lucht op. 'De oude vertrouwde vieze-man-chettenlucht. Dat is lang geleden.'

'Waar rij je nu dan in, mevrouw Privéonderneming? In een Jaguar?'

'In een Lexus. En een Range Rover.' Kramer was in de vijftig, met een strak lijf en lange benen, die nog benadrukt werden door een

zwarte broek met een krijtstreepje en smalle pijpen, een goed gesneden grijs jasje en een witzijden mouwloos bloesje. Ze had git-
zwart, kortgeknipt, rechtopstaand haar. Geen sieraden. Een zwarte handtas van Kate Spade.

'Sjonge jonge,' zei Milo.

'De Lexus heb ik zelf verdiend,' zei Kramer. 'Mijn nieuwe man zit
in de beurshandel of iets dergelijks. Hij heeft bij wijze van verrassing die Rover voor me gekocht.'

'Dat is dan een leuke nieuwe man.'

'Het kan ook een geval zijn van drie keer is scheepsrecht.' De hond
begon te hijgen. 'Hou je koest, Fritzi, dit zijn brave jongens... Volgens mij ruikt ze hier achterin een lucht van vuilakken.'

'De laatste die achterin heeft gezeten was plaatsvervangend commissaris Morales,' zei Milo. 'Ik was de klos om hem naar een vergadering op Parker te rijden.'

'Zie je wel.'

Milo reed de kruising van Rexford en Olympic op en sloeg links
af naar Whitworth. 'Hoe gaat het ermee, Sue?'

'Geweldig. Rustig nou maar, Fritz.'

'Bevalt het je in San Bernardino?'

'Die smog vind ik minder, maar Dwayne en ik hebben een fantastisch weekendhuis in Arrowhead. En hoe is het met jou?'

'Prima. Wat brengt je naar Beverly Hills?'

'Om met Willie Sutton te spreken: daar ligt het geld voor het op-
rapen,' zei Kramer. 'Maar eerlijk gezegd gaat het om een vrij triest
geval. Een scheiding, een Koreaans echtpaar, het gebruikelijke ge-
harrewar over geld en voogdij. De man besloot zelfmoord te plegen en wel zo dat hij zeker wist dat zijn vrouw hem zou vinden.'

'Met een pistool?'

'Een mes. Hij liet een bad vollopen en sneed zijn polsen door. Maar
pas nadat hij zijn ex had gebeld met de mededeling dat ze de auto en de kinderen kon krijgen plus de alimentatie die ze had geëist.
Hij wilde alleen maar dat ze naar hem toe zou komen om nog een
keer als twee volwassen mensen met elkaar te praten. Ze kwam
binnen en zag het bloederige water door het hele appartement lopen. Volgens de lijkschouwer is het zelfmoord, maar zijn advocaat
heeft ons voor alle zekerheid in de arm genomen.'

'Is het een verdacht geval?' vroeg Milo.

'Helemaal niet, maar je weet hoe die advocaten zijn. Dit exemplaar wil nog een paar uurtjes extra in rekening brengen voordat

hij het dossier afsluit. En dat vindt Bob, mijn baas, best. Wij bepalen niet of iets moreel verantwoord is, wij doen gewoon wat ons wordt gevraagd. Het appartement waar het is gebeurd ligt daarginds. Ik moet het een paar dagen in de gaten houden om te zien of er misschien interessante mensen naar binnen of naar buiten gaan. Tot nog toe heb ik niets gezien en ik word er knettergek van. Ik ben blij dat je belde.'

Ze boog zich voorover om mij beter aan te kunnen kijken. 'Hoi, ik ben Sue.'

'Alex Delaware.'

Ik draaide me om en gaf haar een hand. Milo vertelde haar wie ik was.

'Die naam ken ik wel,' zei Kramer. 'Jij hebt Turner en Duchay toch onderzocht?'

'Dat klopt.'

'Over triest gesproken.'

'Duchay is dood, Sue,' zei Milo. 'Daarom zijn we hier.'

Kramer streelde het poedeltje. 'Echt waar? Vertel op.'

Toen hij klaar was, zei ze: 'Dus jij denkt: als Malley echt een door wraak verteerde moordenaar is, heeft hij misschien Lara ook wel te pakken genomen.'

'Ik weet zeker dat je in goed vertrouwen hebt gehandeld, maar je weet hoe dat gaat als er iets aan het licht komt...'

'Je hoeft me niet te paaien, Milo. In het omgekeerde geval zou ik precies hetzelfde doen.' Ze leunde achterover. De hond begon rustiger te ademen en Kramer fluisterde het diertje iets in het oor. 'Fernie en ik hebben goed werk geleverd bij Lara. De lijkschouwer bevestigde dat het om zelfmoord ging en er was geen enkele reden om dat in twijfel te trekken. Lara was wat jullie psychologen zwaar gedeprimeerd noemen, dokter. Sinds de dood van Kristal was ze afgevallen, ze slikte medicijnen, ze lag de hele dag te slapen en ze wilde niemand zien.'

'Heb je dat van Barnett gehoord?'

'Ja, dat klopt.'

'Ik vond hem nogal een zwijgzaam type.'

'Hij gedroeg zich inderdaad als zo'n standaard Clint Eastwood-type,' zei Kramer. 'Maar Fernie en ik konden goed met hem opschieten omdat we die twee monstertjes hadden opgepakt.'

'Wat was zijn reactie op de dood van Lara?'

'Verdrietig, kapot, schuldig. Hij zei dat hij die depressie van haar serieuzer had moeten nemen, maar ze hadden nogal wat problemen gehad en hij had zich op zijn werk gestort.'

'Wat voor soort problemen?'

'Huwelijksmoeilijkheden,' zei Kramer. 'Ik heb niet verder aangedrongen. Die vent was echt alles kwijtgeraakt.'

'Dus hij voelde zich schuldig omdat hij niet genoeg aandacht voor haar had gehad.'

'Dat gebeurt altijd bij zelfmoord. Dat klopt, hè, dokter? Ze blijven achter met stapels schuldgevoelens. Precies zoals bij de zaak die ik momenteel onder handen heb. Die vrouw had echt een hekel aan haar man en ze deed wat ze kon om hem tijdens de scheiding het vel over de oren te halen. Maar ze werd niet goed toen ze hem daar bloedend in die badkuip zag liggen en nu kan ze zich alleen nog maar fantastische dingen van hem herinneren en heeft ze het gevoel dat het allemaal haar schuld is geweest.'

'Heeft Barnett ooit gezegd dat hij zich schuldig voelde omdat Lara zijn pistool had gebruikt?' vroeg Milo.

'Nee,' zei Kramer. 'Met geen woord. Ik heb Lara's moeder ook gesproken en die zei eigenlijk hetzelfde.'

'Kon zij met Barnett opschieten?' vroeg ik.

'Ik had het idee van niet, maar ze heeft het nooit laten merken en ook nooit iets onaardigs over hem gezegd,' zei Kramer. 'Wat ik van haar te horen kreeg, was dat Lara het echt heel moeilijk had gehad na Kristals dood en dat zij zelf niet bij machte was geweest daar iets aan te doen, de arme vrouw. Ze heette Nina. Nina Balquin. En ze was er echt kapot van. Maar dat kan toch ook niet anders?'

'Lara slikte medicijnen,' zei ik. 'Had ze die van haar huisarts gekregen?'

'Lara wilde niet naar een psychiater, dus had Nina haar wat van haar eigen pillen gegeven.'

'Dus mama was ook depressief.'

'Vanwege Kristal,' zei Kramer. 'Maar misschien was er wel meer aan de hand. Ik kreeg de indruk dat dit gezin de laatste paar jaar behoorlijk wat voor de kiezen had gekregen.'

'Zoals wat bijvoorbeeld?' vroeg Milo.

'Het was gewoon een gevoel... Dat hebt u vast ook wel eens gehad, dokter. Bij sommige gezinnen is het net alsof ze het constant zwaar te verduren hebben. Maar het kan best zijn dat ik niet helemaal onbevooroordeeld was, want ik zag ze natuurlijk niet op hun best.'

'Twee keer zelfs,' zei ik.

'Dan ga je vanzelf bij de pakken neerzitten. Als ik erover na ga denken krijg ík zelfs een spontane depressie,' zei Kramer. Ze lachte zacht en streelde het poedeltje. 'Fritzi is mijn therapeut. Ze vindt het heerlijk als we iemand moeten schaduwen.'

'Ze wijkt geen meter van het pad af en zegt niets,' zei Milo. 'De volmaakte partner.'

'En ze hoeft zich ook nooit af te zonderen om te piesen.'

Milo grinnikte. 'Is er verder nog iets wat mij verder kan helpen, Sue?'

'Nee, dat was het wel zo'n beetje, jongens. Die beide zaken bezorgden me zo'n ellendig gevoel dat ik niet kon wachten tot ze afgesloten werden. Dus misschien heb ik bij Lara wel iets over het hoofd gezien, ik zou het niet weten. Maar er was echt niets wat erop wees dat Barnett er iets mee te maken had.' Ze zuchtte.

'Ik zou het precies zo aangepakt hebben, Sue,' zei Milo.

'Denk je echt dat hij haar kan hebben vermoord?'

'Jij kent hem beter dan ik.'

'Ik kende hem als een treurende vader.'

'Een boze, treurende vader.'

'Maar zo reageren mannen toch altijd?'

We gaven geen van beiden antwoord.

'Als Barnett het Lara al kwalijk nam dat ze niet beter opgelet had,' zei Sue Kramer, 'dan heeft hij daar tegen mij nooit iets over gezegd. Kan ik me voorstellen dat hij wacht tot Duchay vrijkomt om vervolgens wraak op hem te nemen? Ja, ik denk het wel. Ik weet dat hij blij was toen dat knulletje van Turner in de gevangenis aan het mes werd geregen.'

'Heeft hij dat gezegd?' vroeg Milo.

'Jawel. Ik belde hem om te vertellen wat er gebeurd was. Ik dacht dat het misschien in de krant zou komen en ik vond dat hij het niet op die manier te weten moest komen. Hij luisterde naar me zonder iets te zeggen en toen viel er een lange stilte. Ik zei: "Barnett?" En hij zei: "Ik heb het begrepen." Ik vroeg: "Is alles in orde?" En hij zei: "Bedankt dat je gebeld hebt. Boontje komt om z'n loontje." Toen verbrak hij de verbinding. Ik moet toegeven dat het me wel een paar koude rillingen bezorgde, want Turner was pas dertien en de manier waarop hij de dood vond, was echt walgelijk. Maar hij had niet mijn kind vermoord. Hoe langer ik nadacht over het verdriet van Barnett, des te meer ik vond dat hij in zijn recht stond.'

'Heeft Barnett wel eens iets over Rand gezegd?' vroeg Milo.

'Alleen voordat het vonnis werd uitgesproken. Hij zei dat hij wilde dat ze hun verdiende loon zouden krijgen. En ik denk dat het daar uiteindelijk ook van is gekomen.'

Milo stopte voor een stoplicht op Doheny.

'Ik weet nog dat er een bericht over de dood van Turner in de krant stond,' zei Sue Kramer, 'maar ik heb niets over Duchay gelezen. Heeft dat er echt in gestaan?'

'Nee,' zei Milo.

'Je zou toch verwachten dat ze zoiets wel mee zouden nemen.'

'Dan moet er wel een verslaggever zijn die loopt rond te neuzen,' zei Milo.

'Dat is waar,' zei Kramer. 'Die lui vallen altijd terug op persberichten.' Ze was een moment stil. 'In tegenstelling tot ons, hè, Milo? Wij blijven maar achter de moeilijkheden aan lopen. Om allerlei gaten te dichten terwijl de hele wereld onderloopt.'

Milo bromde bevestigend.

'Het lijkt me beter dat ik nu weer terugga, jongens,' zei Kramer. 'Anders heb ik nog de pech dat er net iets opwindends gebeurt terwijl ik weg ben. En Fritzi moet ook nodig weer een plasje doen.'

Hij reed terug naar Rexford.

'Zet me maar af in het steegje aan de achterkant, Milo. Ik heb een stukje plakband op de onderkant van de deur van het appartement geplakt en ik wil even controleren of er niemand naar binnen is gegaan.'

'Een echte superspeurder,' zei Milo.

'Ik kan niet wachten tot deze klus erop zit. Als ik klaar ben, neemt Dwayne me mee naar Fidji.'

'Aloha,' zei Milo.

'Jij zou ook best wat zon kunnen gebruiken, Milo.'

'Ik word toch niet bruin.'

'Goed, zet me hier maar af, lekker stuk van me.'

Milo stopte achter een appartementengebouw dat wel iets weg had van een witte schoenendoos met daarachter keurig afgebakende parkeerplaatsen. Kramer stapte uit, zette het poedeltje neer, boog zich vooorover naar zijn raampje en tikte hem even op zijn schouder. 'Word je wel netjes behandeld door de bobo's?'

'Ze laten me met rust,' zei hij.

'In zekere zin is dat ook best oké.'
'In zekere zin is dat een vorm van nirwana.'

'Wat denk jij ervan?' vroeg hij aan mij toen we het steegje uit kwamen en in westelijke richting Gregory Drive opreden.
'Ze heeft keurig werk geleverd, zonder echt het onderste uit de kan te halen.'
'Wat vond je van die opmerking over een gezin dat het constant zwaar te verduren heeft?'
'Het leek me de werkelijkheid.'
Hij bromde. 'Laten we maar eens op bezoek gaan bij dat andere familielid dat Lara heeft achtergelaten. Eens kijken hoe haar werkelijkheid eruitziet.'

18

Volgens het telefoonboek woonde Nina Balquin op Bluebell Avenue in North Hollywood.
Niet ver van de plek waar haar dochter zelfmoord had gepleegd.
En ook niet ver van het Buy-Rite-winkelcentrum of het park waar haar kleindochter was.
En het was ook maar een kort ritje naar het huis van de Daneys in Van Nuys.
Met uitzondering van Barnett Malley, die de wijk had genomen naar het platteland, was iedereen die iets met de zaak van doen had ergens in de buurt.
Milo toetste het nummer in, bleef even praten en sloot het gesprek af met: 'Dank u wel, mevrouw, dat komt in orde.'
'Vooruit met de geit,' zei hij. 'Ze is verbaasd dat ik met haar over Barnett wil praten, maar niet geschrokken. Integendeel, ze is zo eenzaam als de pest.'
'Heb je dat al door na een gesprek van dertig seconden?'
'Daar hoefde ik geen moeite voor te doen,' zei hij. 'Ze begon er meteen over. "Ik ben een eenzame vrouw, inspecteur. Gezelschap is altijd welkom." '

Het huis was een bruinoranje bungalowranch aan een lichte, zonovergoten straat. Het gazon bestond uit groene steentjes. Een tuinslang lag los opgerold naast de trap naar de voordeur, misschien om de olifantsoor die de halve voorgevel bedekte water te geven. Op de kokosmat voor de deur stond DJB boven een heraldische helm. De bel klingelde do-re-mi.

De vrouw die de deur opendeed, was heel klein, van een onbestemde middelbare leeftijd, met smalle blauwe ogen en een glimmende, strak gespannen huid rond de jukbeenderen die een soort ode leek aan het scalpel van de plastisch chirurg. Ze droeg een nauwsluitende blouse van oranje crèpe op een zwarte legging en rode Chinese slippers met geborduurde draken. Haar bruine haar was in een kort jongenskopje geknipt, met pluizige bakkebaardjes die naar voren krulden. In haar rechterhand had ze een afstandsbediening en in haar linkerhand een sigaret, waarvan de rook omlaag kringelde en verdween voordat het pluimpje haar knie had bereikt.

Ze stopte de afstandsbediening onder haar arm. 'Inspecteur? Dat hebt u snel gedaan. Ik ben Nina.' Haar mond glimlachte, maar de doorschijnende huid eromheen deed niet mee, waardoor elke vorm van emotie ontbrak.

Het huis had geen hal en we stapten meteen een met hout betimmerde kamer binnen, voorzien van een schuin plafond met balken. Al het hout was geloogd eiken dat in de loop der jaren een gele tint had gekregen. De vloerbedekking was roestkleurig met blauw, de meubels beige en de kussens waren nog zo dik en strak dat het leek alsof alles zo uit de showroom kwam. Een barmeubel met paneeldeurtjes stond vol flessen en glazen en op het met bruine tegels ingelegde blad prijkte een flatscreen televisie. Het toestel stond aan. Een discussie in een of andere rechtszaal, met uitgeschakeld geluid. Boze mensen die hun agressie niet onder stoelen of banken staken en een kale, kwaad kijkende rechter die met zijn hamer tekeerging op een manier waardoor meteen allerlei freudiaanse theorieën boven kwamen drijven.

'Ik ben dol op dat soort programma's,' zei Nina Balquin. 'Het is leuk om te zien hoe al die idioten krijgen wat hun toekomt.' Ze richtte haar afstandsbediening op het toestel en schakelde het uit. 'Iets te drinken, heren?'

'Nee, dank u wel.'

'Het is anders knap warm buiten.'

'Het hoeft echt niet, mevrouw.'

'Nou, ik pak er wel een.' Ze liep naar de bar en schonk een glas vol met een helder drankje uit een chroomkleurige kan. 'Maak het u gemakkelijk.'

Milo en ik gingen op een van de beige banken zitten. De stof was ruw en oneffen en ik voelde de bobbels tegen de achterkant van mijn benen. Nina Balquin deed er een hele tijd over om ijsblokjes aan haar drankje toe te voegen. Ik zag dat haar handen trilden. Milo zat de kamer in zich op te nemen en ik volgde zijn voorbeeld. Een paar familiefoto's hingen scheef tegen een achterwand, te ver weg om ze goed te onderscheiden. Glazen schuifdeuren boden uitzicht op een klein, rechthoekig zwembad. Plukjes blad en ander afval dreven op het groenige water. De rest van de tuin werd in beslag genomen door betonnen randen, die te smal waren voor een zitje.

Je kon naar buiten lopen, een duik nemen en dan meteen weer naar binnen.

Nina Balquin ging schuin tegenover ons zitten en nam een slokje van haar drankje. 'Het is een troep, ik weet het, maar ik zwem nooit. Ik heb Barnett ook nooit gevraagd om het zwembad schoon te houden. Misschien had ik dat wel moeten doen, dan was hij nog ergens goed voor geweest.' Ze nam weer een slok.

'U bent niet dol op Barnett,' zei Milo.

'Ik kan hem niet uitstaan. Vanwege de manier waarop hij Lara heeft behandeld. En mij. Waarom stelt u een onderzoek naar hem in?'

'De manier waarop hij Lara voor de moord op Kristal behandelde of daarna?'

Bij het horen van de naam van haar kleindochter vertrok Balquins gezicht. 'U stelt de vragen en ik mag alleen antwoord geven? Prima, maar één ding wil ik toch weten. Is die klootzak op de een of andere manier in moeilijkheden?'

'Dat zou kunnen.'

Balquin knikte. 'Het antwoord is dat hij Lara zowel voor als na de moord op een rotmanier behandelde. Ze had hem leren kennen bij een rodeo... dat hou je toch niet voor mogelijk? Ze heeft altijd op goede scholen gezeten, haar vader was tandarts. De bedoeling was dat ze naar de universiteit zou gaan. En toen haalde ze op de middelbare school geen enkele voldoende meer. Maar goed, we hadden nog altijd plan B om op terug te vallen: Valley College. Dus wat doet ze na haar eindexamen? Ze neemt een baan

aan op een toeristenranch in Ojai, ontmoet Cowboy Buckaroo en voor ik er erg in heb, belt ze op met de mededeling dat ze getrouwd zijn.'

Ze nam een grote slok van haar drankje, liet het in haar mond ronddraaien, slikte het door en stak haar tong uit. 'Lara was achttien, hij vierentwintig. Ze ziet hem bezig met een lasso om paarden of honden of god mag weten wat te vangen en ineens staan ze met hun tweetjes in zo'n goedkoop drive-in-kapelletje in Vegas. Haar vader had ze wel... kunnen vermoorden.' Ze glimlachte een beetje onbehaaglijk. 'Om het zo maar te zeggen.'

'Ik kan hem niet kwalijk nemen dat hij van streek was,' zei Milo. 'Ralph was des duivels. Wie zou dat niet zijn? Maar hij heeft nooit iets tegen Lara gezegd, hij kropte alles op. Een jaar later werd er maagkanker bij hem geconstateerd en vier maanden daarna was hij weg.' Ze keek om naar het vuile zwembad. 'Pardon, niet weg. Dóód. Op het moment dat er kanker bij hem werd geconstateerd, hadden we net een optie genomen op een ander huis, in Encino, ten zuiden van de boulevard, een zalig groot huis. Goddank had Ralph een fatsoenlijke levensverzekering.'

'Heeft Lara ook broers en zussen?' vroeg ik, terwijl ik nog steeds de foto's probeerde te onderscheiden.

'Mijn oudste, Mark, is accountant in Los Gatos. Hij werkte eerst voor een internetbedrijf, maar nu is hij voor zichzelf begonnen en hij doet het fantastisch. Sandy, de benjamin, is aan haar laatste jaar bezig op de universiteit van Minnesota. Sociologie. Wat haar betreft, komt er nooit een eind aan studeren. Ze heeft al een andere studie voltooid. Maar ze heeft me nooit ook maar de minste moeilijkheden bezorgd.'

Ze stopte een ijsklontje in haar mond, zoog er even op en beet het kapot. 'Lara was de wildste van het stel. Pas nu durf ik me te realiseren hoe pissig ik eigenlijk op haar ben.'

'Vanwege dat huwelijk met Barnett?'

'Dat ook, maar om alles... omdat ze zelfmoord heeft gepleegd.' Haar hand begon te beven en ze zette haar trillende glas op een bijzettafeltje. 'Mijn psychotherapeut heeft tegen me gezegd dat er niets zo agressief is als zelfmoord. Lara had dat helemaal niet hoeven doen, echt niet. Ze had ook met iemand kunnen praten. Ik heb nota bene tegen haar gezegd dat ze met iemand moest gaan praten.'

'Ze had in therapie moeten gaan,' zei Milo.

'Ik ben een groot voorstander van therapie.' Ze pakte haar glas weer op. 'Van therapie, Tanqueray, tonic en prozac.'

'Dus Lara was de rebel van het stel,' zei ik.

'Als je, zelfs toen ze nog klein was, tegen haar zei dat iets zwart was, vond zij het wit. Op de middelbare school koos ze de verkeerde vrienden. Daardoor haalde ze geen goeie cijfers meer. Ze was de intelligentste van de drie, ze had er alleen iets voor moeten doen. In plaats daarvan trouwt ze met hém. In Vegas, nota bene. Het leek wel een B-film. Hij was... hebben jullie zijn tanden gezien?'

In de paar seconden dat Malley voor onze neus stond, had hij zijn mond niet opengedaan.

'Zien ze er niet goed uit?' vroeg Milo.

'Een achterbuurtgebit,' zei Nina Balquin. 'Jullie kunnen je wel voorstellen wat Ralph daarvan vond.' Om het contrast te benadrukken lachte ze al haar porseleinen kronen bloot. 'Hij was vullis, hij had niet eens familie.'

'Helemaal geen familie?'

'Hij begon altijd over iets anders als ik hem vroeg naar zijn ouders en waar hij was opgegroeid. Ik bedoel maar, hij was voor ons toch een nieuw familielid, dan is het toch logisch dat je dat soort dingen vraagt? Nou, vergeet het maar. Het sterke, zwijgzame type. Alleen was hij niet sterk genoeg om zijn eigen gezin te kunnen onderhouden.'

Ze dronk haar glas leeg en ondersteunde haar ene hand met de andere. 'Wij zijn een ontwikkeld, beschaafd gezin. Ik heb op de kunstacademie gezeten en mijn man was een van de beste tandheelkundigen in de Valley. En wie krijgen we erbij? Een Beverly Hillbilly.'

'Lara heeft hem op een toeristenranch leren kennen,' zei Milo.

'Lara's opwindende vakantiebaantje.' Balquin trok een gezicht. 'Híér maakte ze haar bed niet eens op, maar dáár kon ze kamers schoonmaken voor een minimumloontje. Ze beweerde dat ze zelf geld wilde verdienen om een duurdere auto te kopen dan Ralph haar wilde geven.'

'Beweerde?'

'Ze kapte er al na twee weken mee, om samen met hem naar Las Vegas te gaan. Ze heeft zelfs nooit een eigen auto gehad tot wij een tweedehands Taunus voor haar kochten. Dat ze naar Ojai ging, was gewoon weer een vorm van rebellie, net als al die andere keren.'

'Zei u dat Barnett deel uitmaakte van een rondreizend rodeocircus?'

'Voor zover ik weet, heeft hij mijn dochter veroverd door allerlei trucjes met een lasso uit te halen. Ik ben allergisch voor paarden... Ze is als een donderslag bij heldere hemel getrouwd en vertelt me dat ze heel veel kinderen wil. Niet gewoon kinderen, maar heel veel kinderen. Toen ik vroeg wie voor al die kinderen ging betalen, had ze meteen haar antwoord klaar. Cowboy Buckaroo zou zijn sporen en de rest van die troep aan de wilgen hangen en een echte baan aannemen.'

Balquin snoof. 'Op een toon alsof ze verwachtte dat ik zou gaan applaudisseren. En wat hield die geweldige carrière in? Een baantje bij een firma die zwembaden schoonmaakt.'

'Ze waren al een tijd getrouwd voordat Kristal kwam,' zei ik.

'Zeven jaar,' zei Balquin. 'Maar daar zat ik niet over in. Ik dacht dat Lara eindelijk verstandig was geworden en eerst wat geld opzij wilde leggen. Ze ging werken, al was het dan als caissière bij Vons, de supermarkt. En Cowboy kocht een voorraadje chloor en begon voor zichzelf.'

'Zag u hen vaak?'

'Nauwelijks. Maar op een dag dook Lara ineens op, nerveus en een beetje bedeesd. Ik wist dat ze iets van me wilde. Dat bleek geld te zijn, voor een vruchtbaarheidsbehandeling. Het bleek dat ze al jaren probeerden een kind te krijgen. Ze zei dat ze een paar keer zwanger was geweest, maar steeds een miskraam had gehad. En daarna lukte het niet meer. Haar dokter dacht dat een van beiden misschien niet in staat was om kinderen te krijgen. Toen ze ineens opdook, wist ik meteen dat ze iets van me wilde.'

'Waarom was er zo weinig contact?' vroeg ik.

'Dat was hún keuze. We nodigden hen altijd uit als er een familiefeestje was, maar ze kwamen nooit opdagen. Destijds dacht ik dat het aan hem lag, maar nu ben ik daar niet meer zo zeker van. Omdat mijn psychotherapeut zegt dat ik mijn ogen niet mag sluiten voor de mogelijkheid dat Lara deel uitmaakte van een destructief duo. Als onderdeel van het proces.'

'Het proces?'

'Het genezingsproces,' zei Balquin. 'Om te proberen alles weer op een rijtje te krijgen. Ik heb last van hormoonschommelingen die mijn stemmingen beïnvloeden, maar ik moet wel mijn verantwoordelijkheid nemen voor de manier waarop ik spanningen het hoofd bied. Mijn nieuwe psychotherapeut begrijpt wat het is om mensen te verliezen en ze heeft me inmiddels zover dat ik met betrekking tot Lara de oogkleppen heb afgelegd. Vandaar dat uw telefoontje zo goed uitkwam. Nadat u had gebeld, heb ik mijn therapeut verteld dat ik een gesprek met u zou hebben. Volgens haar was het puur karma.'

Milo knikte en sloeg zijn benen over elkaar. 'Hebt u Lara het geld voor die behandeling gegeven?'

'Ze hadden geen van beiden een ziektekostenverzekering. Ik weet trouwens niet eens of een vruchtbaarheidsbehandeling wel onder zo'n verzekering valt. Ik had medelijden met haar, ik wist dat het haar niet gemakkelijk viel om haar hand op te moeten houden. Ik heb tegen haar gezegd dat ik wel met haar vader zou praten en ze bedankte me. Ze omhelsde me zelfs.'

Balquin knipperde met haar ogen. Ze stond op en schonk haar glas weer vol. 'Ik kan wel wat frisdrank voor jullie pakken.'

'We hoeven echt niets, mevrouw. Dus uw man was bereid om voor die behandeling te betalen?'

'Het heeft hem tienduizend dollar gekost. Hij zei eerst dat hij er niet over piekerde, maar natuurlijk ging hij toch overstag. Ralph was gewoon een echte liever. Lara heeft de cheque geïnd en dat was het laatste wat ik erover heb gehoord. We waren weer terug bij af en ze belde niet weer. Volgens mijn psychotherapeut moet ik rekening houden met de mogelijkheid dat ze misbruik van me heeft gemaakt.'

'In welk opzicht?'

'Het is heel goed mogelijk dat ze dat geld nooit aan een dokter heeft besteed.'

'Waarom denkt u dat, mevrouw?'

De hand waarmee Balquin haar glas vasthield, werd wit. 'Ik heb Lara negen maanden bij me gedragen en soms mis ik haar zo ontzettend dat ik er gewoon niet aan kan denken. Maar voor mijn eigen geestelijke gezondheid is het nodig objectief te zijn. Ik heb altijd vermoed dat die twee dat geld aan iets anders hebben besteed, want vlak nadat ze het van ons hadden gekregen, verhuisden ze naar een groter huis en er kwam nog steeds geen baby. Lara zei dat Barnett ruimte nodig had voor zijn piano. Ik vond het geldverspilling, want hij speelde alleen maar country-and-westernnummers en niet eens echt goed. Kristal werd pas jaren later geboren, toen Lara zesentwintig was.'

'U moet wel heel blij met haar zijn geweest,' zei ik.

'Met Kristal?' Ze knipperde opnieuw met haar ogen. 'Het was een schatje, een beeldschoon kindje. Hoewel ik haar nauwelijks te zien kreeg. Ik was oma geworden, maar mijn kleinkind kreeg ik nooit te zien. Het was Lara's keuze, maar ik weet zeker dat híj er ook iets mee te maken had. Hij hield haar bij ons vandaan.'

'Waarom?'

'Dat weet ik niet,' zei ze. 'Die man heeft nooit een vriendelijk woord met ons gewisseld. Toen ze terugkwamen uit Las Vegas hadden we een feestje voor ze georganiseerd in de Sportsman's Lodge. Op de uitnodiging stond "formele kleding". Híj dook op in een smerige spijkerbroek met zo'n cowboyoverhemd, compleet met drukknopen. Hij had lang en onverzorgd haar, terwijl mijn Ralph zoals u zich wel kunt voorstellen juist heel keurig was. Lara had het ook altijd leuk gevonden om zich chic aan te kleden, maar dat was voorbij. Ze had een spijkerbroek aan die minstens even vuil was als de zijne en een goedkoop uitziend haltertopje.'

Ze schudde haar hoofd. 'We schaamden ons dood. Maar dat was typisch Lara. Ze deed altijd onverwachte dingen.'

'Mevrouw,' zei Milo, 'zou het te pijnlijk zijn om over de zelfmoord te praten?'

Nina Balquin sloeg haar ogen ten hemel. 'Als ik ja zeg, zou u dat onderwerp dan laten varen?'

'Natuurlijk.'

'Nou, het is inderdaad een pijnlijk onderwerp, maar ik wil er toch met u over praten. Want het was mijn schuld niet, wat andere mensen ook beweren. Lara heeft haar leven lang haar eigen beslissingen genomen en ze maakte een eind aan dat leven met een afschuwelijk stom rotbesluit.'

'Wie zegt dat het uw schuld was?' vroeg ik.

'Niemand,' zei ze. 'En tegelijkertijd zinspeelt iedereen erop. Als je een kind kwijtraakt door een ongeluk of door ziekte heeft iedereen medelijden met je. Als je een kind kwijtraakt door zelfmoord kijken de mensen naar je alsof je de afschuwelijkste moeder ter wereld bent.'

'Hoe reageerde Barnett op de zelfmoord?'

'Dat zou ik niet weten, we hebben er nooit over gepraat.' Ze kneep haar ogen dicht en deed ze weer open. 'Hij heeft Lara laten cremeren. Hij heeft zelfs nooit het fatsoen gehad om een dienst voor haar te laten opdragen. Geen begrafenis, geen herdenkingsdienst.

Hij heeft me gewoon een loer gedraaid, de klootzak. Mag u me niet vertellen waar hij van wordt verdacht? Gaat het soms om drugs?'

'Gebruikte Barnett drugs?' vroeg Milo.

'Ze rookten allebei pot. Misschien kon Lara daarom niet zwanger worden... Marihuana is toch slecht voor je eileiders of zo?'

'Hoe weet u dat ze drugs gebruikten?'

'Ik herkende de verschijnselen, rechercheur. Lara was al een shit-kikker toen ze nog op de middelbare school zat. Ik heb nooit het bewijs gezien dat ze ermee was gestopt.'

'De verkeerde schoolvrienden die ze uitkoos,' zei ik.

'Een stel verwende apen,' zei ze. 'Altijd maar rondrijden in de BMW's van hun ouders, met die bonkende muziek, en net doen als-of ze "getto" waren. Mijn andere twee hebben nooit aan dat soort onzin meegedaan.'

'Dus volgens u bleef Lara drugs gebruiken nadat ze getrouwd was.'

'Dat weet ik wel zeker. De paar keer dat ik op bezoek ben geweest in hun appartement, of liever de paar keer dat ze me binnenlieten, was het er één grote rotzooi en je kon de walm gewoon ruiken.'

'Hebben ze wel eens iets sterkers gebruikt dan marihuana?' vroeg Milo.

'Dat zou me niets verbazen.' Balquin keek hem aan. 'Dus het gaat inderdaad om drugs. Dealt Barnett?'

'Hebt u hem er wel eens op betrapt dat hij drugs verkocht?'

'Nee, maar het is gewoon een kwestie van logisch nadenken. Ge-bruikers gaan toch vaak dealen om genoeg geld te krijgen voor hun verslaving? En dan al die vuurwapens van hem... Daar was Lara niet mee opgevoed, wij hebben zelfs nooit een luchtdrukge-weer in huis gehad. En nu hebben ze ineens geweren, pistolen, al-lemaal van die walgelijke dingen. Hij liet ze ook open en bloot lig-gen, in een houten kast... Zoals beschaafde mensen hun boeken opbergen. Als je je niet bezighoudt met duistere zaakjes, waarom heb je dan al die vuurwapens nodig?'

'Hebt u hem dat nooit gevraagd?'

'Ik heb het er een keer met Lara over gehad. Ze zei dat ik me met mijn eigen zaken moest bemoeien.'

Ik keek om me heen, op zoek naar boekenplanken in haar eigen voorkamer. Niets anders dan geloogd eiken lambrisering en de fo-to's aan de achterwand.

'Lara heeft een van zijn pistolen gebruikt om zichzelf dood te schieten,' zei ze. 'Ik hoop dat hij nu gelukkig is.' Ze balde haar handen tot vuisten. 'Als hij dealt dan hoop ik dat jullie hem te pakken krijgen en hem voorgoed opsluiten. Want het laatste waar mijn dochter behoefte aan had, was nog een verkeerde vriend.'

Ze krabde met een nagel over een van haar snijtanden, zette het glas aan haar mond en begon rustig maar stevig door te drinken. Ze sloeg het tweede glas achterover zonder zelfs maar een keer adem te halen.

'Is er verder nog iets wat u aan ons kwijt wilt, mevrouw?'

'Eigenlijk moet ik er niet over beginnen, maar... ach, wat dondert het ook, ze is er niet meer en Kristal ook niet en ik moet nu alleen maar proberen mijn eigen leven weer in het gareel te brengen.'

Haar gezicht verstrakte weer en dit keer hield de spanning zo lang aan dat zelfs de ingekorte spieren van haar wangen en haar kin het niet meer hielden.

'Ik heb me altijd afgevraagd of het door de drugs kwam dat Lara Kristal uit het oog verloor. Ze hield vol dat het hooguit een seconde was, dat het mudvol was in de winkel, dat ze zich heel even had afgewend en dat ze toen ineens weg was. Maar drugs zorgen er toch voor dat je reflexen afnemen?'

Milo zette zijn benen naast elkaar. Hij pakte zijn aantekenboekje, maar schreef niets op.

'Het is vreselijk om zoiets van je eigen kind te moeten zeggen,' zei Nina Balquin, 'maar er is toch geen andere verklaring voor? Ik heb drie kinderen grootgebracht en als kleuter was Mark een echte handenbinder, hij nam voortdurend de benen en kon geen moment stilzitten. Maar ik ben hem nooit kwijtgeraakt. Hoe kun je een kind nou kwijtraken?'

Haar stem klonk bijna als een schreeuw. Ze liet zich achterovervallen en wreef over haar linkerslaap. 'Die verdomde zenuwhoofdpijn... Het laatste wat ik wil, is mijn eigen dochter beschuldigen, maar als je het objectief bekijkt... Misschien voelde Lara zich daarom wel zo schuldig dat ze deed wat ze... O, gooi het er nou maar uit, Nina! Misschien heeft ze dáárom zelfmoord gepleegd!'

Haar beide handen begonnen heftig te trillen. Ze ging erop zitten en kneep haar ogen dicht. Een hoog gejammer ontsnapte uit haar gesloten mond.

'We weten hoe moeilijk dit is, mevrouw,' zei Milo. 'We stellen het op prijs dat u zo openhartig bent.'

138

Nina Balquin deed haar ogen weer open. Er lag een lege blik in. 'Begrip,' zei ze. 'Je kunt er kapot aan gaan.'

Terwijl Milo haar bedankte, liep ik de kamer door om de foto's te bekijken. Een echtpaar van in de dertig met twee kinderen onder de tien: de accountant met zijn gezin. Een vrouw die op Lara Malley leek, met een baret op en een toga aan. Een dikker gezicht dan dat van Lara, rood haar dat onder de stijve rand uit krulde. Zus Sandy.

Geen foto van Lara, maar onder de foto's van haar broer en haar zusje hing een goedkoop lijstje met een kiekje van Kristal. Een babyfoto. Aan de manier waarop ze steun nodig had om te blijven zitten was te zien dat ze nog geen jaar oud was. Ze droeg een roze cowgirljurkje met een bijpassende hoed. Steigerende paarden en cactussen op de achtergrond, een prairie met daarboven een maansikkeltje. Fondant met behulp van een airbrush. Waarschijnlijk uit zo'n automaat voor kinderfoto's die je in elk winkelcentrum aantreft.

Een lachende meisjesbaby, mollig en met blozende wangen. Grote bruine ogen die vast op de camera waren gericht. Haar kin was vochtig... kwijl van doorkomende tandjes.

'Die heb ik gekregen toen ik een keer bij ze binnen kwam vallen met een kerstcadeautje voor Kristal,' zei Nina. 'Ze hadden er een hele stapel van. En ik moest erom vrágen.'

Ze deed ons uitgeleide naar de deur, met een verse borrel in haar hand.

Milo reed weg en mompelde: 'Af en toe lijkt die idiote familie van mij toch wel mee te vallen.'

'Mam heeft de pest aan Barnett,' zei ik, 'maar ze is niet op het idee gekomen dat hij Lara wel eens vermoord zou kunnen hebben.'

'Die vrouw is zo labiel dat ik gewoon zat te wachten tot ik de stukken bij elkaar moest rapen,' zei hij. 'Ik vraag me af hoe ze zal reageren als we erachter komen dat Barnett een nog veel grotere boef is dan zij zich ooit heeft kunnen voorstellen.'

Hij besloot om niet over de snelweg, maar door de stad terug te rijden en nam Van Nuys Boulevard tot we bij de kruising met Beverly Glen waren. Terwijl we over de kronkelweg door de canyon reden, zei hij: 'Dit lijkt wel wat op de omgeving waar Malley woont, hè? Afgezien van de peperdure huizen, de tennisbanen, de buitenlandse auto's, veel meer groen en het ontbreken van kampeerterreinen.'

'Sprekend,' zei ik.

'Zei Balquin nog iets wat je een beter psychologisch inzicht heeft gegeven in Malley?'

'Als ze de waarheid heeft gesproken, hield hij Lara weg bij haar familie, was hij niet bereid om over zijn eigen afkomst te praten en gebruikte hij drugs. We weten dat hij inderdaad een hele verzameling vuurwapens heeft. Tel daar de manier bij op waarop hij zich tegenover ons gedroeg en de uitkomst zou wel eens heel kwalijk kunnen zijn.'

'Het is toch zo dat een vent die zijn vrouw isoleert haar ook meestal mishandelt?'

'Dat risico bestaat,' zei ik. 'Als Malley zich in het leven opstelde met een houding van "wij tegen de rest", dan zou de moord op Kristal dat alleen maar erger hebben gemaakt.'

'De wereld is een aaneenschakeling van ellende en gevaar, dus zorg dat je gewapend bent en op alles voorbereid.'

'En sla terug. Wat ik interessant vind, is Nina's vermoeden dat Lara niet goed heeft opgelet omdat ze onder de drugs zat. Dat is een bitter besef als het om je eigen kind gaat. Al ben je nog zo intensief onder behandeling.'

'Dat zou voor Barnett een reden kunnen zijn om de schuld bij Lara te zoeken. Ook al gebruikt hij zelf ook.'

'Lara was haar moeder,' zei ik. 'En moeders krijgen altijd de schuld. Nadat Troy en Rand achter tralies waren verdwenen, begonnen Lara en Barnett over hun eigen leven na te denken. Het gaat om een echtpaar dat al problemen heeft gehad om een kind te krijgen. Als dat dan ten slotte toch is gelukt, wordt het op de meest afschuwelijke manier die je je kunt indenken van ze weggerukt. Over spanningen binnen een relatie gesproken. Misschien werd de stress uiteindelijk ondraaglijk en vielen er harde woorden. Met een voorgeschiedenis van isolement, drugs en mishandeling moest dat wel uit de hand lopen. Misschien had Lara er genoeg van om mishandeld te worden.'

'Ze had geen zin meer om alles van de cowboy te slikken.' Hij richtte zijn vinger als een pistool op de voorruit. 'Piefpafpoef.'

'Wat je zegt: piefpafpoef.'

19

Gedurende het grootste deel van de rit terug naar de stad was Milo in de slag met de bureaucratie van het LAPD om te proberen het complete dossier over de zelfmoord van Lara Malley in handen te krijgen.

Ik liet mijn gedachten de vrije loop en dat leverde verrassende resultaten op.

Hij stopte voor mijn huis. 'Bedankt. Voorwaarts mars. Op weg naar weetikveel.'

'Ben je in een stemming voor een paar proefballonnetjes?'

'Zoals?'

'Nina Balquist heeft het vermoeden dat Malley in drugs handelt. Als dat waar is, moet hij een aantal knap vervelende mensen kennen. Het soort figuren dat in de lik wel iets kan regelen.'

Hij draaide zich om en keek me aan. 'De moord op Troy Turner? Hoe kom je dáár nou weer op?'

'Vrije associatie.'

'De dood van Turner is afgedaan als een kwestie tussen gangs. Hij had een Vato Loco aangevallen.'

'Het zou best kunnen dat het zo is gegaan,' zei ik.

'Waarom zou dat niet zo zijn, Alex?'

'Waarom hangt een dertienjarig joch een uur lang in een kast dood te bloeden voordat iemand iets in de gaten heeft?'

'Omdat het nou eenmaal een zootje is bij de CYA.'

'Oké,' zei ik.

Hij schoof zijn stoel met een driftig gebaar achteruit en strekte zijn benen. 'Malley slaagt erin om Turner binnen een maand na het vonnis om zeep te laten brengen, maar wacht acht jaar voordat hij met Rand afrekent?'

'Dat is een probleem,' zei ik.

'Dat kun je wel stellen.'

'Ik kan er wel een verklaring voor verzinnen, maar dat zou puur giswerk zijn.'

'In plaats van een proefballonnetje?'

'Malley had behoefte om de dood van zijn dochter onmiddellijk te wreken. Hij beschouwde Troy als de voornaamste moordenaar, dus Troy kreeg het meteen voor zijn kiezen. Dat gaf Malley voldoening en suste zijn woede. Misschien had hij niet eens besloten dat Rand ook de doodstraf verdiende. Maar toen ze elkaar uiteindelijk ontmoetten, sloegen de stoppen door.'

'Malley maakt zijn eigen vrouw direct een kopje kleiner, maar hij laat Rand acht jaar lang lopen?'

'Als hij vond dat Lara schuldig was aan de dood van Kristal, dan gaat het om een heel ander soort woede.'

'Je vermoordt alleen de mensen van wie je houdt? Ik weet het niet, Alex. Dat is wel heel vergezocht.'

'Lara's eigen moeder is ook nog steeds boos op haar. Ze had een foto van Kristal aan de muur hangen, maar niet een van Lara. Stel je eens voor dat jij Barnett was. Een jarenlange worsteling met onvruchtbaarheid en dan maakt zij er een enorme puinhoop van.'

'Ja, dat zal wel,' zei hij.

'En er zou ook een praktische reden zijn om Rand niet meteen na Troy om zeep te laten brengen. Als beide jongens zo vlak achter elkaar het hoekje om zouden gaan, zou dat vast argwaan wekken. Lara was iets anders, er was geen enkele reden om aan te nemen dat haar dood iets anders was dan zelfmoord.'

'Sue had geen enkele argwaan. En zij was een slimme smeris. Misschien...'

'Als Malley Lara heeft vermoord en erin is geslaagd om zowel de lijkschouwer als de smerissen bij de neus te nemen, dan is hij een geslepen vogel die goed kan plannen. En dat is in overeenstemming met het vermogen om rustig af te kunnen wachten. Hetzelfde geldt voor Malleys manier van leven: ascetisch. Misschien heeft hij wel jarenlang zitten piekeren over welk lot Rand verdiende en besloot hij om eerst te controleren of Rand wel echt berouw toonde.'

'Als je zakt voor dat examen, ben je er geweest,' zei hij. 'Een kaliber achtendertig revolver. Het pistool van een cowboy... Maar toch is acht jaar wel een verdomd lange tijd om af te wachten.'

'Misschien werden die acht jaar onderbroken door regelmatig contact... een soort verlengde proeftijd voor Rand.'

'Zou Malley bij Rand in de lik op bezoek zijn geweest? Om de schoft die zijn dochtertje vermoord had te leren kennen?'

'Op bezoek, of via brieven of telefoontjes,' zei ik. 'Dat heb je toch zelf ook wel meegemaakt, dat slachtoffers en daders na het vonnis met elkaar in contact komen? Het is best mogelijk dat Rand het initiatief heeft genomen. Hij ging gebukt onder schuldgevoelens en heeft de eerste stap gezet.'

'En jij denkt echt dat Malley daarop reageerde? We hebben het nou niet bepaald over een softie.'

'Mensen veranderen in de loop van acht jaar. En het feit dat hij vuurwapens verzamelt, betekent nog niet dat hij geen verdriet heeft.'

'Nou klink je echt als een advocaat.' De politieradio begon te kraken. Zijn hand schoot uit en hij draaide de knop om. 'Nou ja, het zou oliedom zijn als ik de bezoekerslijst van Rand niet zou natrekken. Maar dat zal niet eenvoudig zijn, want de CYA is echt een grote puinzooi. En als ik toch met die administratieve rompslomp bezig ben, kan ik net zo goed proberen alles over de dood van Turner boven tafel te krijgen. En laten we niet vergeten dat we ook nog eens gezellig het privéleven van Barnett Malley binnenstebuiten moeten keren.'

'Het doet me altijd deugd als ik je een plezier kan doen.'

'Hoor eens,' zei hij, 'het is in ieder geval meer dan ik had voordat jij vrijelijk begon te associëren.'

Vijf boodschappen op mijn antwoordapparaat. Vier keer reclamerotzooi en een opgewekt klinkende Allison.

'Ik ben vrij! Ik pak morgenochtend om zeven uur de vlucht van JetBlue. Dan kom ik ongeveer halfelf in Long Beach aan.'

Ik belde haar mobiel. 'Ik heb net het goeie nieuws gehoord.'

'Ik heb neef Wesley een hele hoop schuldgevoelens bezorgd,' zei ze. 'Eindelijk eens praktisch nut van mijn studie gehad. Hij komt vanavond vanuit Boston hierheen. Ik heb al gepakt en sta te trappelen om weg te gaan.'

'Hoe reageerde oma daarop?'

'Met een paar beschaafde snikjes, maar verder gedraagt ze zich keurig.'

'Als je morgenochtend zo vroeg vanaf New York vliegt, dan zul je in het donker vanuit Connecticut moeten vertrekken.'

'Ik laat me door een auto van een verhuurbedrijf om halfvier oppikken,' zei ze. 'Daaruit kun je wel opmaken hoe gemotiveerd ik ben, hè? De dag na mijn aankomst heb ik alweer afspraken met patiënten, maar als je morgen tijd hebt, kunnen we nog even iets gezelligs doen.'

'Dat lijkt me een goed idee,' zei ik. 'Ik kom je wel halen.'

'Ik heb ook een auto met chauffeur in Long Beach besteld.'

'Dan bestel je die maar weer af.'

'Ooo,' zei ze. 'Stoere bink.'

Om negen uur 's avonds belde mijn boodschappendienst. Ik had een sandwich en een biertje op en wilde net onderuitzakken met een paar tijdschriften.

'Het gaat om Clarice Daney, dokter,' zei de telefoniste.

'Cherish Daney?'

'Pardon?'

'Ik ken wel een Cherish Daney.'

'O, dat kan best, dit is het handschrift van Loretta... Ja, dat zal wel kloppen, dokter. Moet ik haar nummer noteren of wilt u haar te woord staan? Ze zei dat het niets dringends was.'

'Geef maar door.'

Ze schakelde het gesprek door.

'O,' zei Cherish Daney. 'Sorry, hoor, ik was van plan om een boodschap achter te laten. Ze hadden u op dit tijdstip niet hoeven te storen.'

'Dat maakt niets uit. Wat is er aan de hand?'

'Ik probeerde eigenlijk inspecteur Sturgis te bereiken, maar ze zeiden dat hij de stad uit was. Daarom dacht ik dat ik u maar moest bellen. Ik hoop dat u dat niet erg vindt.'

De stad uit?

'Dat is prima. Wat hebt u op uw lever, mevrouw Daney?'

'Nadat u was vertrokken, drong het ineens tot me door dat ik geen kans had gehad om iets over Rand te zeggen. Mijn man heeft wel met u gesproken, maar ik vind dat ik er toch iets aan toe moet voegen.'

'Ga uw gang.'

'Goed dan,' zei ze. 'Het zal wel niets te betekenen hebben, maar ik vind toch dat u moet weten dat Rand het hele weekend echt van slag was. En dat is nog maar zwak uitgedrukt. Hij was helemaal over zijn toeren.'

'Volgens uw man was hij bang.'

'Heeft Drew ook verteld waarom?'

Ik herinnerde me hoe Daney haar in bescherming had genomen. Maar per slot van rekening was ze volwassen en ik wilde wel eens weten hoe ze daarop zou reageren. 'Hij zei dat Rand het idee had dat er iemand 's nachts bij zijn raam had rondgehangen. En dat Rand 's morgens had gezien hoe een donkere pick-up bij jullie huis wegreed, wat hem om de een of andere reden zorgen had gebaard.'

'Die donkere pick-up,' zei ze. 'Ja, daar heeft Drew me alles over verteld, maar ik bedoel eigenlijk iets anders. Iets waar Rand al over liep te piekeren vóórdat hij vrijkwam. Het begon zelfs al een paar weken daarvoor. Ik wilde Rand aansporen er met me over te praten, maar ik had het gevoel dat ik het rustig aan moest doen omdat hij al zoveel had doorgemaakt.'

'Aansporen,' zei ik.

'Ik ben geen psycholoog, maar ik heb wel een opleiding als geestelijk raadsvrouw gehad. De nonverbale tekens waren allemaal aanwezig, dokter. Gebrek aan concentratievermogen, gebrek aan eetlust, slapeloosheid en rusteloosheid in het algemeen. Ik dacht eerst dat hij zenuwachtig werd van het idee dat hij op vrije voeten zou komen, maar nu ben ik daar niet meer zo zeker van. En het begon al lang voordat we Rand mee naar huis namen, dus ik denk niet dat het iets te maken had met iemand in een donkere pick-up die hem in de gaten hield.'

'Kunt u me daar iets meer over vertellen?' vroeg ik.

'Ik zei al dat hij al een poosje zenuwachtig was. Maar toen we hem in Camarillo ophaalden, zag hij er echt verschrikkelijk uit. Bleek, bibberend, heel anders dan normaal. Tijdens de rit naar huis stopten we om te tanken en mijn man moest naar de wc, waardoor ik een paar minuutjes met Rand alleen was. Gedurende die tijd kon hij nauwelijks stilzitten. Ik vroeg hem wat er aan de hand was, maar hij gaf geen antwoord. Ik besloot om een ietsjepietsje aan te dringen en ten slotte zei hij dat er iets was waarover hij wilde praten. Ik vroeg waar het om ging en na veel vijven en zessen zei hij uiteindelijk dat het ging over wat er met Kristal was gebeurd. Daarna begon hij te huilen. En toen schaamde hij zich weer ontzettend, waardoor hij zijn tranen terug probeerde te dringen en zichzelf dwong om te glimlachen. Voordat ik de kans kreeg om wat meer te weten te komen, was Drew weer terug met de drankjes en iets te eten en ik kon merken dat Rand niet wilde dat ik erover door zou gaan. Ik was van plan om er in het weekend op terug te komen, maar om de een of andere reden was het steeds niet het juiste moment. Ik wou nu maar dat ik het toch had gedaan, dokter.'

'Iets over wat er met Kristal is gebeurd,' zei ik. 'Hebt u enig idee wat hij bedoelde?'

'Ik ging ervan uit dat hij er behoefte aan had om zijn hart uit te storten. Omdat hij alles wat er gebeurd was nooit echt verwerkt had. De keren dat we bij hem op bezoek zijn geweest, had hij wel wat berouw getoond. Maar misschien was hij, nu de vrijheid lonkte, in staat om wat meer verantwoordelijkheid te tonen.'

'Hoe dan?'

'Door zich er bewust mee te verzoenen. Misschien wel door wat initiatief te tonen.'

'Ik begrijp niet goed wat u bedoelt.'

'Ja, dat weet ik,' zei ze. 'Het zal u wel als geklets in de oren klinken. En ik weet zelf niet eens precies wat ik bedoel. Ik denk dat ik eigenlijk het gevoel heb dat Rand wilde praten over iets waar hij nooit eerder over was begonnen. Ik kan mezelf wel voor mijn kop slaan dat ik het niet uit hem los heb kunnen peuteren.'

'Het klinkt alsof u meer voor hem hebt gedaan dan iemand anders.'

'Dat is heel vriendelijk van u, dokter, maar eerlijk gezegd eisen de andere pleegkinderen ook een groot deel van mijn aandacht op. Ik had wat... positiever moeten reageren.'

'Bedoelt u dat Rands schuldgevoelens iets te maken hebben met het feit dat hij vermoord is?'

'Ik weet niet wat ik bedoel. Om eerlijk te zijn voel ik me nu een beetje stom. Dat ik u hiermee lastig heb gevallen.'

'Dat maakt niet uit,' zei ik. 'Wat had Rand u eerder verteld?'

'Aanvankelijk beweerde hij dat hij zich helemaal niets kon herinneren. Het kan best waar zijn geweest, hoor, dat hij het verdrongen heeft. Maar zelfs als dat zo was, dan zou dat in psychodynamisch opzicht toch geen verschil hebben gemaakt, hè, dokter? Zijn misstap was zo ernstig dat zijn ziel dat niet aankon, dus sloot hij zich af en stelde zich verdedigend op. Dat zou toch kunnen?'

'Absoluut,' zei ik.

'Ik bedoel maar, het was de enige manier waarop die jongen het leven nog aankon. Ze noemen het een jeugdinrichting, maar dat is helemaal niet waar.'

'Rands lichaam zat vol oude littekens,' zei ik.

'O, ja, dat weet ik.' Haar stem brak. 'Ik werd van iedere aanval op de hoogte gebracht, maar ik mocht hem nooit opzoeken in de ziekenboeg. Toen we thuiskwamen, trok hij schone kleren aan en ik nam de oude mee om ze in de was te gooien. Toen hij zijn t-shirt uittrok, kon ik snel een blik op zijn rug werpen. Eigenlijk had het niet zo'n schok voor me moeten zijn, maar het was echt afschuwelijk.'

'Vertelt u me eens iets meer over de aanvallen.'

'De ergste was toen hij door een stel gangleden overvallen werd die hem zonder enige reden een paar steekwonden toebrachten.

Rand was helemaal geen vechtersbaas, integendeel zelfs. Maar dat heeft ze niet tegengehouden.'

'Was hij echt ernstig gewond?'

'Hij heeft meer dan een maand op de ziekenzaal gelegen. En een andere keer werd hij ineens van achteren besprongen terwijl hij onder de douche stond en kreeg hij een klap op zijn hoofd. En ik weet zeker dat er nog andere voorvallen zijn geweest, waar hij nooit iets over heeft gezegd. Hij was een grote, sterke knul, dus hij kwam er steeds weer bovenop. Lichamelijk, dan. Na die steek-partij heb ik een klacht ingediend bij de directeur, maar ik had me-zelf de moeite kunnen besparen. De cipiers slaan de gevangenen ook. Weet u hoe ze zichzelf noemen? Welzijnswerkers. Nou, dat zijn ze echt niet.'

'Van dat soort ervaringen zou iemand behoorlijk nerveus kunnen worden,' zei ik.

'Ja, natuurlijk,' zei ze. 'Maar Rand had zich aangepast en hij be-gon die symptomen pas te vertonen toen de datum van zijn in-vrijheidsstelling in zicht begon te komen. Hij was echt een verras-sende kerel, dokter. Ik weet niet of ik acht jaar lang in die inrichting had kunnen zitten zonder stapelgek te worden. Ik wou dat ik hem beter had kunnen begeleiden... Maar als je met mensen werkt, is er één ding waar je constant aan wordt herinnerd: dat alleen God volmaakt is.'

'Bent u ook bij Troy op bezoek geweest?'

'Twee keer. Zoveel tijd hadden we daar niet voor, hè?'

'Heeft Troy wel eens blijk gegeven van schuldgevoelens?'

Stilte. 'Troy heeft geen tijd gehad om geestelijk volwassen te wor-den, dokter. In deze wereld had dat kind geen schijn van kans. Maar goed, dat wilde ik u dus vertellen. Ik weet niet of het rele-vant is.'

'Ik zal het doorgeven aan inspecteur Sturgis.'

'Dank u wel. Nog één ding, dokter.'

'Ja?'

'Uw rapport over de jongens. Destijds heb ik nooit de kans gehad om het tegen u te zeggen, maar ik vond dat u prima werk had ge-leverd.'

Bij Milo thuis nam Rick Silverman de telefoon op. 'Ik sta op het punt om weg te gaan, Alex. De Bink heeft een paar uur geleden een vlucht naar Sacramento genomen.'

'Waar logeert hij?'
'Ergens in Stockton, in de buurt van een of andere jeugdgevangenis. Nu moet ik er echt vandoor, een auto-ongeluk, meerdere gewonden. Ik heb geen dienst, maar het ziekenhuis heeft extra artsen nodig.'
'Ga maar gauw.'
'Leuk dat ik je weer eens gesproken heb,' zei hij. 'Als je hem te pakken krijgt voordat ik hem spreek, zeg dan maar dat ik Maui wel zal regelen.'
'Vakantieplannen?'
'Het schijnt zo.'

20

Gezelligheid.
Een vrouwenlichaam tegen je aan, de geur van haar huid en haar haar in je neus.
Je hand over de welving van haar heup, je vingers die de xylofoon van ribben bespelen, de kop van een schouder.

Ik steunde op mijn elleboog en keek naar Allison die sliep. Ik nam het ritme van haar ademhaling in me op en zag hoe de roze gloed die zich over haar borst had verspreid langzaam afnam.
Ik stapte uit bed, trok een onderbroek en een t-shirt aan en glipte de kamer uit.

Tegen de tijd dat ze in mijn aftandse gele badjas de keuken binnen kwam slenteren had ik al koffie gezet, contact gehad met mijn boodschappendienst en lang nagedacht over het telefoontje van Cherish Daney.
Rand die over Kristal had willen praten. Hetzelfde wat hij tegen mij had gezegd.
Nee, dat was eigenlijk niet waar. Hij had iets gemompeld, en toen ik erover was begonnen, had hij dat beaamd.
Aansporen erover te praten.
Allison mompelde iets wat best 'hoi' kon zijn geweest. Ze stond onvast op haar benen en haar zwarte haar hing los op die leuke

slonzige manier die alleen bij echt dik haar mogelijk is. Ze knipperde een paar keer met haar ogen, die ze maar met moeite open kon houden, en liep naar het aanrecht om de kraan open te draaien en haar gezicht nat te maken. Nadat ze de ceintuur van de badjas stijf had aangetrokken, depte ze zich droog met een stukje keukenpapier en schudde zich als een jong hondje.

Ze gaapte uitgebreid. Haar hand kwam net te laat om haar mond te bedekken. 'Sorry.'

Toen ik haar in mijn armen nam, leunde ze zo zwaar tegen me aan dat ik me afvroeg of ze weer in slaap was gevallen. Zelfs op hoge hakken is ze niet groot en op blote voeten komt ze nauwelijks tot aan mijn schouder. Ik drukte een kus op haar kruin. Zij klopte even op mijn rug, een eigenaardig platonisch gebaar.

Ik zette haar in een stoel, schonk een mok vol koffie en legde een paar gemberkoekjes op een schaal. Die had ze zelf een paar weken geleden gekocht, maar ik had het pak nooit opengemaakt. Ik blijf mezelf maar steeds voorhouden dat ik eigenlijk eens echt moet leren koken, maar als ik alleen ben, hou ik het altijd zo simpel mogelijk.

Ze zat naar de koekjes te kijken alsof het een exotisch gerecht was. Ik hield er eentje bij haar mond en ze knabbelde er een stukje af, kauwde moeizaam en slikte het met veel misbaar door.

Daarna liet ik haar wat koffie naar binnen werken en ze glimlachte slaperig naar me. 'Hoe laat is het?'

'Twee uur 's middags.'

'O... waar ben je geweest?'

'Gewoon hier.'

'Kon je niet slapen?'

'Ik heb een tukje gedaan.'

'Ik heb geslapen alsof ik bezopen was,' zei ze. 'Ik weet niet eens in welke tijdzone ik nu zit...'

Ze wierp een blik op de mok. 'Nog een kop koffie? Graag. Dank je wel.'

Een halfuur later was ze gedoucht en opgemaakt, met haar haar glad op haar rug en gekleed in een witte linnen blouse, een zwarte broek en halfhoge laarsjes met naaldhakken die nog te dun waren om een chihuahua te houden.

Ze had niet meer gegeten sinds de avond ervoor bij haar grootmoeder en vroeg zich hardop af hoe ze de nodige proteïnen binnen zou kunnen krijgen. De keuze was niet moeilijk en we waren het er roerend over eens: het steakhouse in Santa Monica waar we altijd naartoe gingen als we behoefte hadden aan rust. Prima vlees en een goede bar. Bovendien was het de tent waar we elkaar voor het eerst hadden ontmoet.

Buiten was het bijna vierentwintig graden en we namen haar zwarte Jaguar xjs omdat daarvan het dak open kon. Ik reed en zij zat de hele rit met haar ogen dicht en haar hand op mijn bovenbeen. Het was een schitterende dag. Ik vroeg me af hoe het weer in Stockton zou zijn.

Ik was daar één keer geweest, jaren geleden, om in opdracht van de rechtbank een van de gevangenen te onderzoeken. Het is een leuk, landelijk stadje ten oosten van Sacramento, een rivierhaven midden in de San Joaquin Valley. Zo ver in het binnenland, midden tussen al dat vlakke land, zou het vast warmer zijn.

Inmiddels zou Milo al wel zweten en waarschijnlijk lopen te vloeken.

Zou hij aan Maui denken?

De zaak waarvoor ik destijds naar Stockton moest, was een voogdijkwestie. Een pas gescheiden Kroatische taxichauffeur was er met zijn drie kinderen vandoor gegaan, maar al na drie maanden weer opgepakt toen hij even buiten Delano een avondwinkel probeerde te beroven, waarbij hij de kinderen op de uitkijk had gezet. Nadat hij tot tien jaar was veroordeeld, had hij zijn intrek genomen in de gevangenis en gedeelde voogdij en een omgangsregeling geëist. Het feit dat de moeder in kwestie verslaafd was aan methadon en zich had aangesloten bij een stel criminele Hell's Angels gaf zijn eis voldoende grond om de radertjes van de wet in beweging te zetten.

Ik had mijn best gedaan om de kinderen in bescherming te nemen. Maar een stomme rechter had daar korte metten mee gemaakt…

Allison nam haar hand van mijn been en drukte die tegen mijn wang. 'Waar zit je over te piekeren?'

Robin had er altijd een hekel aan gehad als ik over nare dingen begon. Allison vindt het prachtig. Ze loopt rond met een minipistooltje in haar handtas, maar ik heb toch altijd de neiging om haar in bescherming te nemen.

'Alex?'

'Ja?'

'Het was geen strikvraag, lieverd.'
Het restaurant was in de volgende zijstraat. Ik begon te praten.

We lasten een korte pauze in om een T-bonesteak voor twee personen en een fles Franse rode wijn te bestellen.
'Het klinkt alsof meneer en mevrouw Daney niet al te best communiceren,' zei ze.
'Waarom zeg je dat?'
'Meneer heeft geheimpjes voor mevrouw en vertelt jou dat Rand niet alleen bang was voor iemand die hem in de gaten zou houden, maar ook voor een zwarte pick-up. En kennelijk met reden, want Rand werd inderdaad vermoord. Maar mevrouw wuift dat weg en stuurt je de andere kant op.'
'Ze stuurde me niet echt een andere kant op,' zei ik. 'Het was voornamelijk een hoop psychologisch gezwets.'
'Ze voelde zich schuldig omdat ze hem niet "aangespoord had te praten". Zei ze dat letterlijk zo?'
Ik knikte.
'Is ze een soort therapeut?'
'Ze heeft een of andere opleiding tot geestelijk raadsvrouw gehad.'
'Binnenkort is het zover dat iedereen therapie gééft, zodat niemand meer tijd zal hebben om in therapie te gáán. Misschien moet ik me maar laten omscholen tot dierenarts.'
'Dus nadat je kennis hebt gemaakt met Spike durf je daar nog steeds aan te denken?'
'Je houdt van Spike alsof het je eigen broertje is. Geef het maar toe.'
'Gaat er geen belletje bij je rinkelen als ik de namen Kaïn en Abel laat vallen?'
Ze lachte, schonk nog een glas wijn in en klonk bedachtzaam toen ze weer begon te praten. 'Het klinkt alsof Rand voor die vrouw een project was. Ze heeft kennelijk gedacht dat ze hem zou kunnen genezen. Nu hij dood is, kwelt ze zichzelf met het idee dat hij een duister geheim had dat eigenlijk aan het licht had moeten komen. En dat kan best waar zijn, want hij zei tegen jou ongeveer hetzelfde. De grote vraag is of zijn geheim ook verband hield met het feit dat hij vermoord is. Ik krijg niet de indruk dat mevrouw Daney daarover iets zinnigs te vertellen heeft. Ze wordt voornamelijk in beslag genomen door haar eigen schuldgevoelens.'

'Maar waarom zou ze dan proberen Milo te bereiken?'
'Om het gevoel te hebben dat ze haar burgerplicht heeft gedaan.'
Ze speelde met mijn vingers. 'Daar staat tegenover dat Rand een reden had om jou te bellen en dat hij een paar uur later dood was.'
Ons eten werd gebracht.
'En je hebt geen flauw idee waar Rand over wilde praten?' vroeg Allison.
'Hij sloot af met de opmerking dat hij geen slecht mens was. Ik nam aan dat hij in zekere zin op zoek was naar absolutie.'
'Dat klinkt logisch, we hebben wel wat gemeen met priesters.'
'Wat mij zo verbaast,' zei ik, 'is dat hij zich tot mij wendde. Ik heb in die zaak toch nauwelijks een rol gespeeld.'
'Misschien zag hij dat anders, Alex. Of misschien wilde hij gewoon alles rechtzetten tegenover iedereen die erbij betrokken was geweest. En dat zou zeker gelden voor de vader van Kristal. Die toevallig in een zwarte pick-up rondrijdt.'
'Waarmee we weer terug zijn bij Barnett,' zei ik.
'Wat weet je van die vent?'
'Lara's moeder is ervan overtuigd dat ze drugs gebruikten en vermoedt dat Barnett eveneens dealde. Ze zegt ook dat Barnett Lara weghield bij haar familie, waardoor ik automatisch aan mishandeling ga denken. Hij woont ergens in de rimboe, met een hele verzameling vuurwapens.'
'Klinkt echt als een schatje.'
'Lara's moeder vroeg zich ook hardop af of Lara misschien high was toen ze Kristal kwijtraakte.'
'Kwijtraakte,' zei ze. 'Alsof je je sleutelbos hebt laten rondslingeren.'

Nadat we een dessert en een kop koffie hadden gehad, bleven we nog een tijdje natafelen. Allison ging met me in de clinch om de rekening te mogen betalen en won. Haar wangen waren rood van opwinding.
'Wat fijn dat je weer terug bent,' zei ik. 'Ook al mag ik niet eens voor je betalen.'
'Ik ben ook blij dat ik weer terug ben... Er zit me toch iets dwars, Alex. Ik snap best dat haar man kwaad was over het feit dat Lara misschien aan de drugs had gezeten, maar waarom zou Rand zich daar druk over maken? Hoe zou hij dat trouwens te weten moeten zijn gekomen?'

Ik zat met mijn mond vol tanden.

Ze speelde met mijn mouw. 'Zit ik te drammen? Sorry, hoor, maar mijn nieuwsgierigheid is gewekt.'

'Dat vind ik juist prima. Ga door.'

'Dit was toch puur een gelegenheidsmisdrijf? De jongens kenden Kristal helemaal niet voordat ze haar ontvoerden.'

'Ze zeiden dat ze haar toevallig in haar eentje hadden zien rondbanjeren. Hoezo?'

'Ik vind het zo'n raar idee,' zei ze. 'Zo'n klein meisje in een winkelcentrum vol winkelende mensen. Je zou toch denken dat ze binnen de kortste keren door iemand opgemerkt zou worden.'

'Het was tijdens de nieuwjaarsuitverkoop,' zei ik. 'Iedereen was uit op koopjes. Misschien heeft niemand iets gezien omdat er geen sprake was van een worsteling. Een toevallige voorbijganger kan best het idee hebben gehad dat een stel tieners op hun kleine zusje moest letten.'

'Ja, dat zal wel,' zei ze.

'Wat zit je nou dwars?'

'Kristal was toch twee jaar?'

'Op een maand na.'

'Op die leeftijd is de verlatingsangst heel sterk. Waarom zou ze zich niet verzet hebben?'

'Sommige kinderen zijn minder eenkennig dan andere,' zei ik.

'En sommige verwaarloosde en mishandelde kinderen zijn totaal niet bang voor vreemden. Waren er aanwijzingen dat ze mishandeld werd?'

'Tijdens de lijkschouwing zijn geen oude breuken of littekens gevonden en het lichaam was weldoorvoed. Maar als wat Nina zei over drugs en isolement waar was, kan er best sprake zijn geweest van enige verwaarlozing.'

'Woonden de Malleys dicht bij dat winkelcentrum?'

'Op nog geen kilometer afstand.'

'Dus Lara ging daar waarschijnlijk vaak boodschappen doen.'

'Ja, dat klopt.'

'Hoe ver woonden ze van dat socialewoningbouwproject?'

'Dat zal ongeveer even ver zijn geweest. Denk je soms dat de jongens Kristal wel kenden, ook al beweerden ze van niet?'

'Als ze vaak bij die speelhal rondhingen, dan is de kans groot dat ze haar eerder hadden gezien. Misschien was hun opgevallen dat Lara's aandacht snel afgeleid was en hadden ze wel eens met haar gepraat. Dan zou het voor hen ook gemakkelijker zijn om haar mee te nemen.'

'Voorbedachte rade,' zei ik. 'Dus de jongens zouden alles van tevoren bekokstoofd hebben, maar daarover hun mond hebben gehouden omdat dat de zaak verergerd zou hebben? Denk je dat Rand daarover inzat?'

'Of juist het tegendeel, Alex. Rand zei tegen jou dat hij niet slecht was. Hij probeerde zijn schuld te bagatelliseren en de beste manier om dat te doen is toch om het grootste deel ervan op anderen af te wentelen? Op Troy bijvoorbeeld. Maar ook op Lara, omdat Rand al eerder had gezien dat ze niet goed op Kristal lette. Lara zou dat natuurlijk nooit hebben toegegeven, maar het is best mogelijk dat het haar dwars bleef zitten en mede aanleiding was voor haar depressie en haar besluit om zelfmoord te plegen. Barrett had dat inmiddels allemaal verwerkt. Tot Rand ineens alles weer oprakelde. Dat is pas... iemand tot razernij brengen.'

Mijn spijsvertering stokte en de biefstuk lag me zwaar op de maag.

'Rand was niet bepaald intelligent. Ik neem aan dat het best mogelijk is dat hij de situatie verkeerd heeft ingeschat en zich als een sukkel heeft gedragen. Je hebt vruchtbare gedachten.'

'Ik zit gewoon hardop te denken, lieverd. Net zoals jij altijd doet.'

'Wat zijn we toch een gezellig stel,' zei ik.

'Dat zijn we inderdaad, Alex. Over koetjes en kalfjes kan iedereen praten.'

21

'Belachelijk warm,' zei Milo. 'In tegenstelling tot de ontvangst die ik bij Chaderjian kreeg.' Zijn brede rug kromde zich toen hij zijn hoofd in de koelkast stak.

Hij was een uur eerder uit Stockton teruggekomen en rechtstreeks naar mijn huis gereden, waar hij meedeelde dat alle luchtvaartmaatschappijen erop uit waren om hem de hongerdood te laten sterven. Op het aanrecht lag al een heel brood naast een pot pindakaas. Hij had een half pak melk leeggedronken zonder de moeite te nemen een glas te pakken.

'Je voorraad begint uitgeput te raken,' zei hij. Zijn stem klonk gesmoord door het metaal om hem heen. 'Het is schandalig, maar er is niet eens jam of zo.'

'Wil je soms ook nog een zakje chips en een gevulde koek mee naar school in je lunchtrommeltje, jochie?'

'Huh.' Hij vervolgde zijn strooptocht, ging rechtop staan en masseerde zijn onderrug met zijn vlakke hand. 'Hier zal ik het mee moeten doen.' Ik kon niet zien wat hij in zijn grote hand had toen hij ermee naar het aanrecht liep. Hij zette het naast het brood neer. Een pakje perzikyoghurt. Dat was ook iets wat Allison had meegebracht... en dat moest inmiddels weken geleden zijn.

'Dat zou wel eens bedorven kunnen zijn,' zei ik.

'Dat geldt ook voor mij.' Hij trok het deksel eraf, rook eraan, fronste en schepte een paar lepels vol glimmende beige prut in de gootsteen, die hij vervolgens met zo'n harde straal water wegspoelde dat de spetters op zijn das terechtkwamen.

Hij rook er opnieuw aan. 'De gelei onderin is nog wel goed.' Een lepel vol oranje blubber belandde op een boterham. Een ander sneetje werd bedolven onder een laag pindakaas en daarna legde hij de twee boterhammen op elkaar. Hij vouwde de sandwich dubbel en at hem staande op.

'Bon appétit.'

'Geen Frans alsjeblieft, daar heb ik vandaag geen geduld voor. Mon ami.'

'Wenste de CYA niet mee te werken?' vroeg ik.

'Je zou toch denken,' zei hij, 'dat cipiers en de rest van het gevangenispersoneel een bepaalde sympathie voor smerissen kunnen opbrengen, als je nagaat dat we ons allemaal bezighouden met de openbare veiligheid.' Hij veegde zijn lippen af. 'Maar dan vergis je je. Het is ons werk om boeven achter de tralies te krijgen, waardoor zij constant veel te vol zitten en niet alleen rottigheid voor hun kiezen krijgen, maar ook nog eens allerlei beledigingen moeten slikken. Dus hun voornaamste doel is om onverlaten juist weer de straat op te schoppen. Ze gaven me het gevoel dat ik een soort enge bacil was, Alex.'

'Dus welzijnswerk, ho maar?' vroeg ik.

'Wat?'

'Zo noemen ze de bewakers van de CYA. Welzijnswerkers.'

Hij lachte. 'Je krijgt de kriebels in die tent, Alex. Het is er doodstil en je kunt de spanning voelen. Toen ik later de plaatselijke krant inkeek, zag ik dat er allerlei geruchten gaan dat de hele werkwijze van de CYA door justitie aan de kaak zal worden gesteld. Veel te veel dode pupillen. En daar komt bij dat hun archiefsysteem slechter is dan dat van de politie. Maar het was niet allemaal vergeefs... heb je nog meer yoghurt?'

'*Mi* koelkast *es su* koelkast.'

'Nu weer Spaans? Je moet bij de VN solliciteren.'

'Over onverlaten gesproken.'

Hij produceerde een tweede dubbele boterham, nu met honing om zijn behoefte aan suiker te stillen, en at die in een wat rustiger tempo op.

Vier grote happen en hij ging zitten.

'Je kunt zeggen wat je wilt, maar soms heeft vraatzucht z'n nut,' zei hij. 'Ik had al vierentwintig uur lang niets meer te eten gehad, want die tent waar ik logeerde, had geen roomservice en toen ik de straat op ging, rammelde ik van de honger. De eerste plek waar ik terechtkon, was een eetkroeg op twee straten van de gevangenis. De barkeeper gaf de kok opdracht een bord met spareribs in de magnetron te zetten en we raakten in gesprek. Toen bleek dat hij vroeger als kok in de gevangenis had gewerkt en zeven jaar geleden zijn baan had opgezegd.'

'Een jaar na de moord op Troy?'

'Tien maanden om precies te zijn. Hij kon zich de moord op Troy nog goed herinneren, hij was erbij toen ze het lichaam naar buiten brachten. Een stel van die "welzijnswerkers" droeg het dwars door de keuken naar een laadstation. Ze hadden niet eens de moeite genomen het te bedekken, ze hadden dat knulletje gewoon op een plank gelegd en hem met riemen vastgesjord om te voorkomen dat hij in de soep terecht zou komen. Volgens de barkeeper leek Turner nauwelijks groter dan een geplukte kalkoen en hij had ongeveer dezelfde kleur.'

Hij liep met grote stappen naar de koelkast, trok er een flesje bier uit, maakte het open en ging weer zitten.

'Er ontging die barkeeper niet veel,' zei ik.

'Het hielp dat de verstandhouding tussen hemzelf en de gevangenis niet al te best was. Hij beweert dat ze hem zonder gegronde reden op straat hebben gezet. Wat hij zich verder nog duidelijk herinnerde, was dat er een hoofdverdachte voor de moord was. Geen Vato Loco, maar een onafhankelijke messentrekker die Nestor Almedeira heette. De VL's en de andere gangs gebruikten hem of soortgelijke knullen als ze niet in beeld wilden komen. En je raadt het nooit, maar de desbetreffende held is een paar maanden geleden uit de gevangenis ontslagen en zijn laatst bekende adres is hier in L.A., in het Westlake District.'

'Heeft Almedeira ook wel eens voor andere cliënten dan de gangs gewerkt?'

'Zoals voor Barnett Malley? Wie zal het zeggen? Voor zover ik kan nagaan, is Malley daar nooit op bezoek geweest. Ook niet bij Rand. Troy heeft maar drie keer privébezoek gehad, één keer van zijn moeder en twee keer van Drew en Cherish Daney. Telefoongesprekken werden niet bijgehouden.'

'Waarom zat Nestor Almedeira in Chaderjian?' vroeg ik.

'Hij heeft op zijn vijftiende twee andere knullen doodgestoken in MacArthur Park. Hij moest zes jaar zitten wegens doodslag en werd toen ontslagen.'

'Is het doodslag als je twee andere knullen doodsteekt?'

'Wel als ze zelf ook met messen gewapend zijn en net zo'n strafblad hebben als de vent die ze om zeep heeft gebracht. De pro-Deoadvocaat van Nestor beweerde dat hij uit zelfverdediging had gehandeld en de rechter accepteerde dat.'

'En in de gevangenis ging Nestor prompt als freelancer werken.'

'Wat had jij dan verwacht? De barkeeper zei dat Nestor écht een boef was. Heel opvliegend en iedereen beschouwde hem als knettergek. Dat lijkt me aardig overeen te stemmen met de manier waarop Troy om zeep is geholpen.'

'Gebruikte Nestor ook drugs?'

'Heroïne.'

'Als Malley inderdaad dealde, kenden ze elkaar misschien.'

Hij sjokte terug naar de koelkast, haalde het pak melk eruit en dronk het leeg.

'Ben je van plan om binnenkort naar Westlake te gaan?' vroeg ik.

'Eigenlijk wilde ik nu meteen gaan. Nestor heeft een baantje gekregen bij een eettent op Alvaredo. Leuk idee, hè? Met bloed besmeurde handen die je chimichanga's vullen?'

Een toerist op weg naar L.A. die op de computer een kaart van 'Westlake' probeert op te roepen zou best eens in de war kunnen raken.

Om te beginnen heb je Westlake Village, aan de uiterste westgrens van de Valley, een ruim bemeten slaapstad met keurige industriegebieden, chique winkelcentra en vanillekleurige huizen met rode dakpannen die op mooie, met eiken begroeide heuvels liggen, plus een aantal grote stoeterijen. Mensen met geld en weinig interesse voor stadse geneugten verhuizen naar Westlake Village op de vlucht voor misdaad, files, smog en mensen die anders zijn dan zij. Allemaal dingen die in het Westlake District de gewoonste zaak van de wereld zijn.

Westlake ligt net ten westen van het centrum en is vernoemd naar de kunstmatige waterplas die in de plaats is gekomen van het moeras dat ooit MacArthur Park was en heeft de bevolkingsdichtheid van een hoofdstad van een derdewereldland. Alvarado is de voornaamste verkeersader, volgestampt met kroegen, danstenten, geldwisselkantoren, goedkope winkels en fastfoodtentjes. Een paar van de ooit zo chique apartementengebouwen die uit de jaren twintig van de vorige eeuw dateren, staan nog overeind, verdwaald tussen de monsterlijke, naoorlogse blokkendozen die alles wat naar historie en architectuur rook, hebben verdreven en Westlakes reputatie als een gebied met dure huurhuizen met de grond gelijk hebben gemaakt. Sommige van die gebouwen waren opnieuw ingedeeld en veranderd in pensions met slaapzalen. De statistische gegevens omtrent het aantal bewoners boden geen enkele houvast.

Het park was in de eerste decennia van zijn bestaan een leuke plaats voor zondagse uitstapjes. Daarna werd het er ongeveer even veilig als in Afghanistan, omdat het er wemelde van de junks en de dealers, agressieve figuren die je bij het minste geringste op je bek sloegen, pedofielen en mensen met een verwilderde blik in de ogen die in gesprek waren met God. Wilshire Boulevard loopt dwars door het groengebied en beide delen zijn via een tunnel met elkaar verbonden. Vroeger was het levensgevaarlijk om door de grauwe, met graffiti bedekte doorgang te lopen. Nu worden de schreeuwerige teksten van de gangs verhuld door muurschilderingen en de voornamelijk arme Latijns-Amerikaanse mensen die in het district wonen, gaan zondags na de kerk aan de rand van het water picknicken en hopen er het beste van.

Milo was vanaf San Vicente Sixth Street in gereden. Linksaf en in zuidelijke richting naar Alvarado. Op de verkeersader was het zoals gewoonlijk druk en op de kruispunten wemelde het van voetgangers, van wie sommigen duidelijk een doel in het leven hadden en anderen maar een beetje rondslenterden. Je kon beter buiten zijn en de gore lucht opsnuiven, dan in je eentje op die stinkende kamer te zitten die je met acht vreemden deelde.

De onopvallende politieauto kroop in het gezapige tempo van het verkeer vooruit. Spaanse uithangborden, goedkope snuisterijen werden op de trottoirs aan de man gebracht. Plastic zakken vol fruit en bossen anjers in onnatuurlijke tinten werden aangeboden door kleine, kaneelkleurige mannen die de dood hadden geriskeerd om de grens over te steken. Achter ons lag het park.

'Smelt het in de regen?' vroeg Milo.

'Het heeft al een tijdje niet meer geregend,' antwoordde ik.

'Nou, misschien ligt het dan te smelten in de smog... Moet je dat nou zien.' Hij knikte met zijn hoofd naar het raampje in het linkervoorportier.

Ik draaide me om en zag niets bijzonders. 'Wat is er dan?'

'Voor de etalage van die fotograaf werd net een heroïnedeal afgehandeld. Die schurken namen niet eens de moeite om het stiekem te doen... Oké, we zijn er.' Hij stopte onder een parkeerverbod. Voor de afhaalbalie van het Taqueria Grande stond een lange rij mensen. Het was een blauw gestuct gebouw, met witte schilfers langs de hoeken. Als ze het trottoir erbij zouden trekken, zou het ongeveer het formaat van een garage voor één auto hebben.

'Ik zou het *Taqueria Pequeña* wel eens willen zien,' zei Milo, terwijl hij de band van zijn schouderholster verschoof, zijn colbert aantrok en uitstapte.

We gingen in de rij staan. De geur van varkensvlees, maïs en uien dreef vanuit het afhaallokaal de straat op. De prijzen waren redelijk en de porties groot. Klanten betaalden met verfomfaaide dollarbiljetten en munten en telden het wisselgeld zorgvuldig na. De snackbar werd door twee mensen bemand, een jongeman die voor de bakken met olie stond en een kleine, ronde vrouw van middelbare leeftijd die de klanten te woord stond.

De kok was een jaar of twintig, mager en met een puntige kin. Hij droeg een blauw sjaaltje om zijn hoofd. Zijn haar, voor zover we dat konden zien, was heel kortgeknipt en zijn armen zaten vol tatoeages. Overal om hem heen spetterde en spatte vet. Er stonden geen schermen voor de bakken en ik kon zien dat het vet op zijn armen en in zijn gezicht terechtkwam. Dat moest pijn doen, maar hij werkte rustig door, zonder een spier te vertrekken.

De klant voor ons nam zijn *tamales*, zijn rijst en zijn *agua de tamarindo* in ontvangst en wij schoven door. De mollige vrouw droeg haar haar opgestoken. De make-up die ze die ochtend had opgedaan moest het afleggen tegen het zweet. Ze hield haar potlood in de aanslag zonder op te kijken. *'Que?'*

'Mevrouw,' zei Milo en hij duwde haar zijn identiteitsbewijs onder de neus.

Het duurde even voordat ze begon te glimlachen. 'Ja, meneer?'

'Ik ben op zoek naar Nestor Almedeira.'

De glimlach verdween onmiddellijk, als een zeeanemoon die wordt aangeraakt. Ze schudde haar hoofd.

Milo wierp een blik op de man met het sjaaltje. 'Dat is hem niet?'

De vrouw wiebelde van haar ene voet op de andere en keek zenuwachtig langs Milo's brede gestalte. Er hadden een paar klanten achter ons gestaan, maar die maakten zich een voor een uit de voeten. 'Dat is Carlos.'

'Mogen we het identiteitsbewijs van Carlos even zien?'

'Hij heeft geen rijbewijs.'

'Als hij iets anders heeft, is het ook goed, mevrouw.'

Ze draaide zich om en schreeuwde iets in het Spaans. Het Sjaaltje verstrakte, trok zijn hand terug van de bakplaat en wierp een blik op de achterdeur.

'Zeg maar tegen hem dat er niets aan de hand is als hij Nestor niet is,' zei Milo. 'Helemaal niets.'

De vrouw begon nog harder te schreeuwen en de jongeman verstarde. Ze zette drie wankele stapjes om de afstand tussen hen te overbruggen terwijl ze druk doorpraatte, met handen en voeten. Ten slotte stak ze haar hand uit. De jongeman trok een geel stukje papier uit zijn zak.

De vrouw pakte het aan en gaf het aan Milo. Een ontvangstbewijs van Western Union, waaruit bleek dat Carlos Miguel Bermudez vijfennegentig dollar en drieënvijftig cent had overgemaakt naar een wisselkantoor in Mascota, Mexico. De datum van de transactie was gisteren.

'Is dat alles wat hij heeft?' vroeg Milo.

'Hij is niet Nestor,' zei de vrouw.

'Is Nestor ontslagen?'

'Nee, nee.' De vrouw leek moeite te hebben om hem recht aan te kijken. 'Nestor is dood.'

'Wanneer is dat gebeurd?' vroeg Milo.

'Paar weken geleden,' zei de vrouw. 'Geloof ik.'

'Hoezo, gelooft u?'

'Nestor liet zich niet vaak zien toen hij nog wel leefde.'

'Hoe bent u erachter gekomen dat hij dood is?'
'Van zijn zusje. Ik heb hem die baan gegeven omdat ik haar aardig vind. Een lief meisje.'
'Hoe is Nestor gestorven?'
'Dat heeft ze niet gezegd.'
'Hoe lang heeft Nestor hier gewerkt... Officieel?'
Ze fronste. 'Misschien een maand.'
'Dus hij was onberekenbaar, hè?'
'Onbetrouwbaar.' Ze keek opnieuw langs hem heen. Geen andere klanten. 'Wilt u niet eten?'
Milo gaf haar het papiertje terug en ze stopte het in haar schortzak. Carlos de kok stond nog steeds zenuwachtig om zich heen te kijken. 'Nee, bedankt,' zei Milo. Hij glimlachte langs haar heen. Carlos beet op zijn lip. 'Hoe heet de zus van Nestor, mevrouw?'
'Anita.'
'Waar woont ze?'
'Ze werkt bij de *dentista*... Drie straten verder.'
'Weet u hoe die tandarts heet?'
'Een chinees,' zei ze. 'Het gebouw is zwart. Iets te drinken?'
Milo bestelde een flesje citroenlimonade en toen ze hem zijn wisselgeld had gegeven, liet hij een biljet van vijf dollar op de balie liggen. Dat ontlokte haar een glimlach.
Tegen de tijd dat we weer in de auto zaten, stond er alweer een hele rij lunchklanten.

22

De tandartsenpraktijk van Chang, Kim, Mendoza en Quinones was gevestigd in een pand van maar één verdieping hoog dat aan de buitenkant met glanzende zwarte tegels was afgewerkt. Onder aan de gevel maakte witte graffiti de indruk dat er een pastagevecht had plaatsgevonden. Op een bord boven de deur stond: GESPREIDE BETALING, PIJNLOZE BEHANDELINGEN, OOK VOOR ZIEKENFONDSPATIËNTEN.
Binnen was een wachtkamer vol lijdende mensen. Milo liep langs hen heen en klopte op het loket van de receptioniste. Toen dat openging vroeg hij naar Anita Almedeira.

De Aziatische receptioniste zette haar bril af. 'De enige Anita die we hier hebben, is Anita Moss.'

'Dan zou ik haar graag willen spreken.'

'Ze is aan het werk, maar ik ga wel even voor u kijken.'

De wachtkamer rook naar dennengeur, vuil wasgoed en tapijtreiniger. De tijdschriften in de houder aan de muur waren allemaal in het Spaans en het Koreaans.

Achter de balie van de receptioniste dook een bleke vrouw van eind twintig op. Ze had lang, steil zwart haar en haar ronde gezicht was glad en rustig. Haar roze uniform benadrukte een vol en stevig lichaam. Op haar naamplaatje stond A. MOSS, MONDHYGIËNISTE. Toen ze lachte, bleek ze prachtige witte tanden te hebben. Het werk had zijn voordelen.

'Ik ben Anita. Waarmee kan ik u van dienst zijn?'

Milo toonde zijn politiepenning. 'Bent u de zus van Nestor Almedeira, mevrouw?'

Anita Moss klemde haar lippen op elkaar. Toen ze begon te praten, gebeurde dat bijna op fluistertoon. 'Hebben jullie ze te pakken?'

'Wie, mevrouw?'

'De mensen die Nestor vermoord hebben.'

'Sorry, nee,' zei Milo. 'Dit gaat ergens anders over.'

Het gezicht van Anita Moss verstrakte. 'Over iets wat Nestor heeft gedaan?'

'Dat zou kunnen, mevrouw.'

Ze wierp een blik op de wachtkamer. 'Ik heb het nogal druk.'

'Het hoeft niet zo lang te duren, mevrouw Moss.'

Ze maakte de deur open en liep de wachtkamer in, naar een oude man in werkkleding. Hij had ingevallen kaken en zat de noteringen voor de paardenrennen te bestuderen. 'Meneer Ramirez? Ik kom zo bij u, goed?'

De man knikte en richtte zijn aandacht weer op het wedformulier.

'Komt u maar,' zei Anita Moss, terwijl ze door de kamer liep. Tegen de tijd dat Milo en ik bij de uitgang waren, stond zij al buiten.

Ze tikte met haar voet op het trottoir en stond aan haar haar te friemelen. Milo vroeg of ze misschien in de auto wilde zitten.

'Daar zit ik net op te wachten,' zei ze, 'dat iemand me in een politieauto ziet zitten.'

'En ik dacht nog wel dat we helemaal niet opvielen,' zei Milo.

Anita Moss begon te glimlachen, maar veranderde van gedachten. 'Laten we maar hier om de hoek gaan staan. Als u ernaartoe rijdt, loop ik dat stukje wel, dan kan ik daar instappen.'

Het was warm geworden in de auto en Milo draaide de raampjes open. We stonden in een zijstraat vol goedkope appartementen. Anita Moss zat stram op de achterbank. Een paar vrouwen met kinderen kwamen voorbij en een stel straathonden zwierf van het ene luchtje naar het andere.

'Ik weet dat dit moeilijk voor u is, mevrouw...' zei Milo.

'U hoeft zich over mij geen zorgen te maken,' zei Moss. 'Vraag maar wat u wilt weten.'

'Wanneer is uw broer vermoord?'

'Vier weken geleden. Ik werd gebeld door een rechercheur en dat is het enige wat ik ervan gehoord heb. Ik dacht dat u meer nieuws voor me had.'

'Waar is het gebeurd?'

'In Lafayette Park, 's avonds laat. De rechercheur zei dat Nestor heroïne kocht, toen iemand hem neerschoot en zijn geld inpikte.'

'Kunt u zich nog herinneren hoe de rechercheur heette die u gebeld heeft?'

'Krug,' zei ze. 'Rechercheur Krug. Zijn voornaam heeft hij er niet bij gezegd. Ik kreeg het gevoel dat hij er niet al te veel tijd aan wilde besteden.'

'Waarom dacht u dat?'

'Zo klonk hij gewoon. Ik dacht dat het lag aan wie en wat Nestor was.' Ze ging rechtop zitten en keek strak naar de achteruitkijk-spiegel.

'Nestor was verslaafd,' zei Milo.

'Sinds zijn dertiende,' zei Moss. 'Niet altijd aan de heroïne, maar hij was altijd wel ergens aan verslaafd.'

'Wat gebruikte hij dan behalve heroïne?'

'Toen hij nog klein was, snoof hij verf en lijm. Daarna kwamen marihuana, pillen, speed, noem maar op. Hij is de jongste van het gezin en ik ben de oudste. We gingen niet echt vertrouwelijk met elkaar om. Ik ben hier wel opgegroeid, maar ik woon hier niet meer.'

'In Westlake.'

Ze knikte. 'Ik heb mijn opleiding op Cal State L.A. gehad en daar heb ik mijn man leren kennen. Hij is nu vierdejaars student tandheelkunde aan de universiteit. We wonen in Westwood. Meneer Park is een van Jims docenten. Ik verdien de kost tot Jim afgestudeerd is.'

'Nestor is drie maanden geleden uit de jeugdgevangenis ontslagen,' zei Milo. 'Waar woonde hij?'

'Aanvankelijk bij mijn moeder en waar hij daarna is gebleven, weet ik niet,' zei Anita Moss. 'Ik zei al dat we geen sterke band hadden. Maar dat was niet alleen met mij zo: Nestor liet ons hele gezin links liggen. Mijn andere twee broers zijn brave jongens. Niemand begrijpt waarom Nestor het verkeerde pad op is gegaan.'

'Hij was waarschijnlijk een moeilijk kind,' zei ik.

'Meteen al, vanaf het begin. Hij wilde niet slapen, hij zat nooit stil, hij maakte alles altijd kapot. En hij was gemeen tegen onze hond.' Ze wreef in haar ogen. 'Eigenlijk moet ik niet zo over hem praten, hij was toch een broer van me. Maar hij was een kwelling voor mijn moeder... Niet letterlijk, maar hij bezorgde haar een ellendig leven. Twee maanden geleden heeft ze een beroerte gehad en ze is er nog lang niet overheen.'

'Het spijt me om dat te horen.'

Ze fronste. 'Ik kan er niets aan doen, maar ik geloof toch dat het feit dat Nestor weer thuis woonde daaraan bijgedragen heeft. Ze heeft last van hoge bloeddruk en wij zeiden tegen Nestor dat hij haar niet lastig moest vallen en haar niet zenuwachtig mocht maken. Maar hij luisterde nooit. Mijn moeder was niet naïef. Ze wist precies wat Nestor uitspookte en daar zat ze echt over in.'

'Drugs.'

'En alles wat daarbij komt kijken. Nachtenlang op pad en de hele dag slapen. Hij werkte één week bij een autowasserij en werd toen prompt ontslagen. Hij verdween zonder iets te zeggen en dan kwam hij ineens weer boven water met veel te veel geld op zak. Mijn moeder was heel religieus en ze had erg veel moeite met geld waar je geen verklaring voor had.'

Ze plukte aan haar naamplaatje. 'Hij heeft mijn man ook een keer bedreigd.'

'Wanneer is dat gebeurd?' vroeg ik.

'Ongeveer een week nadat hij vrijgekomen was. Hij kwam laat op de avond bij ons langs en wilde dat we hem onderdak boden. Jim was bereid hem wat geld te geven, maar hij wilde hem niet binnenlaten. Nestor werd kwaad en greep Jim bij zijn overhemd tot

ze bijna neus aan neus stonden. Toen zei hij dat hij daar spijt van
zou krijgen. Vervolgens spuugde hij naar Jim en ging ervandoor.'
'Hebt u de politie gebeld?'
'Dat wilde ik wel, maar Jim niet. Hij dacht dat Nestor wel een
toontje lager zou gaan zingen. Jim is heel evenwichtig, hij raakt
nooit van zijn stuk.'
'En ging Nestor een toontje lager zingen?'
'Hij viel ons niet meer lastig en een week later kwam hij ineens bij
de praktijk opdagen en smeekte letterlijk om vergeving. Hij beweerde dat hij clean was, dat hij nu echt op het rechte pad zou
blijven en dat hij een baan nodig had. Ik ken een vrouw die verderop in de straat een afhaalcentrum heeft en ik heb haar gevraagd
of ze hem een kans wilde geven. Ze vond het goed, maar hij maakte er een puinhoop van.'
'In welk opzicht?'
'Hij was brutaal en hij kwam bijna nooit opdagen. Nu durf ik daar
niet eens meer mijn lunch te halen.'
'Het moet een hele opgave zijn geweest om de zus van Nestor te
zijn,' zei ik.
Ze zuchtte en trok een haartje uit haar wimpers. 'Waarom stellen
jullie al die vragen?'
'Hebt u enig idee waar Nestor woonde vlak voordat hij vermoord
werd en met wie hij optrok?' vroeg Milo.
'Geen flauw idee,' zei Moss. 'Vlak nadat hij vrijkwam, heeft hij
een hoop mooie kleren gekocht. Ik ging ervan uit dat hij dealde.
Een paar weken later woonde hij weer bij onze moeder en waren
al die mooie kleren verdwenen.'
'We stellen een onderzoek in naar iets wat Nestor wellicht heeft
gedaan toen hij nog achter de tralies zat. Misschien heeft hij er wel
eens iets over gezegd.'
Stilte.
'Mevrouw?'
'O, dat,' zei Anita Moss.

Ze leunde achterover tegen het kussen en wreef met haar hand
over haar ogen. 'Ik heb geprobeerd er iets aan te doen.'
'Waaraan, mevrouw?'
'U hebt het toch over dat blanke knulletje, hè? Dat jochie die dat
kleine meisje vermoord had.'
'Troy Turner,' zei Milo.

De schouders van Anita Moss verstrakten. Een gebalde hand trommelde op de zitting. 'En daar komt u nu mee?'

'Wat bedoelt u daarmee, mevrouw?'

'Vlak nadat Nestor me dat had verteld, heb ik geprobeerd om de autoriteiten op de hoogte te brengen. Maar niemand wilde naar me luisteren.'

'Welke autoriteiten?'

'Om te beginnen in Chaderjian. Ik heb ze gebeld en gevraagd of ik iemand aan de lijn kon krijgen die belast was met het oplossen van misdaden die in de gevangenis worden gepleegd. Ik kreeg een of andere therapeut of welzijnswerker aan de lijn, ik weet niet precies wat hij was. Hij hoorde me aan en zei dat hij nog contact met me zou opnemen, maar dat heeft hij nooit gedaan. Dus heb ik de politie gebeld, het bureau in Rampart, omdat Nestor daar woonde. Daar zeiden ze dat het onder de jurisdictie van Chaderjian viel.'

Haar ogen schoten vuur.

'Wat vervelend, mevrouw,' zei Milo.

'Ik heb alleen maar gebeld omdat Nestor me de stuipen op het lijf joeg. Hij woonde toen bij onze moeder en ik wilde niet dat hij gekke streken uit zou halen.'

Ze had tranen in haar ogen. 'Het viel me zwaar om hem te verraden, want per slot van rekening was hij toch mijn broer. Maar ik moest aan mijn moeder denken. Op dat moment was niemand geïnteresseerd en nu Nestor dood is, staat u ineens voor mijn neus. Dat lijkt me verspilde moeite.'

'Wat heeft Nestor u precies verteld?'

'Dat hij in Chaderjian een huurmoordenaar was. Dat hij betaald werd om mensen pijn te doen of te vermoorden en dat hij in de gevangenis een paar jongens om zeep had gebracht.'

'Wanneer heeft hij u dat verteld?'

'Vlak nadat hij op vrije voeten was gekomen… een paar dagen later. Dat was op de verjaardag van mijn broer Antonio en we waren allemaal bij mijn moeder om er een soort familiedineetje van te maken, samen met mijn broers en hun gezinnen en Jim en ik. Mijn moeder voelde zich niet lekker, ze zag er ook helemaal niet goed uit, maar ze had een heerlijk diner klaargemaakt. Nestor kwam pas laat opdagen, met een fles dure tequila en een dozijn Cubaanse sigaren. Hij stond erop dat alle mannen mee naar buiten gingen om te roken. Jim raakt geen tabak aan, dus hij sloeg het af, maar mijn broers gingen mee naar het balkon. Maar al snel daarna kwam mijn oudste broer, Willy, weer binnen en zei dat Nestor honderduit stond te kletsen over allerlei rare dingen, geweiddadige dingen, en omdat hij niet wilde dat mijn moeder dat zou horen moest ik Nestor maar tot de orde roepen.'

Ze fronste.

'Dus u kon beter met Nestor overweg dan de anderen,' zei ik.

'Ik was de enige die hem de waarheid durfde te zeggen en hij gedroeg zich tegenover mij ook nooit vijandig. Misschien omdat ik een vrouw ben en altijd lief voor hem ben geweest, ook toen hij nog zo'n kleine wildebras was.'

'Dus u ging met Nestor praten.'

'Hij stond een enorme sigaar te roken en een stinkende walm te produceren. Ik zei dat hij de rook de andere kant op moest blazen en daarna zei ik dat hij die gore kletspraatjes voor zich moest houden. Toen zei hij: "Het zijn geen kletspraatjes, Anita, het is allemaal écht waar." Daarna glimlachte hij op zo'n rare manier en zei: "Het is eigenlijk iets christelijks." Ik vroeg wat hij bedoelde en hij zei: "Als je kerels ophangt en laat bloeden, dan maak je toch een soort Jezus van ze, hè? Daarom heb ik het zo gedaan, Anita. Ik had geen spijkers, maar ik heb een vent vastgebonden en neergestoken tot hij leegbloedde."

Ik werd er kotsmisselijk van en zei dat hij zijn mond moest houden, omdat ik niet van die gore praatjes hield. Als hij zich niet wilde gedragen moest hij maar weggaan. Hij bleef maar doorkletsen over alles wat hij had gedaan, alsof het heel belangrijk voor hem was om het aan iemand te vertellen. Hij bleef op dat christelijke thema hameren en zei dat hij net Judas was en twintig zilverlingen had gekregen om die klus op te knappen. En toen zei hij: "Maar hij was Jezus helemaal niet, hij was de duivel die zich als een klein jongetje had vermomd, dus heb ik een goede daad verricht." Ik vroeg waar hij het in vredesnaam over had en hij zei dat de vent die hij had opgehangen een klein blank joch was geweest dat een ander blank kind vermoord had. Daarna trok hij iets uit zijn zak en liet het me zien. Het was een pasje van Chaderjian, precies zo eentje als Nestor had, maar hierop stond de foto van een andere jongen.'

'Troy Turner.'

'Dat was de naam die erop stond. Ik zei dat je die dingen overal kon laten maken. Nestor werd helemaal gek en zei: "Ik heb het gedaan, echt waar! Ik heb die vent opgehangen en hem laten bloeden. Kijk het maar na op je computer, je bent toch zo'n knappe meid, je vindt er vast wel iets over." '

Er gleed een rilling over de keel van Anita Moss. 'Ik werd echt kotsmisselijk van hem. Mam had een heerlijk diner voor ons gekookt, met allemaal lekkere dingen, en ik had het gevoel dat alles eruit zou komen. Ik rukte de sigaar uit Nestors mond en drukte die onder mijn voet uit. Toen zei ik dat hij zijn mond moest houden, dat ik het echt meende, en liep weer naar binnen. Nestor ging weg en kwam niet meer terug, maar daar had niemand moeite mee. Toen ik die avond in slaap probeerde te vallen, bleef ik steeds maar denken aan de foto van dat jochie op die identiteitskaart. Hij leek zo ontzettend jong. En hoewel Nestor altijd liep te pochen en op te snijden, had hij me nu de stuipen op het lijf gejaagd. Met al die bijzonderheden.'

'Welke bijzonderheden?' vroeg Milo.

'Hij stond erop om me precies te vertellen hoe hij het had gedaan. Hoe hij dat jongetje dagenlang gevolgd had. "Ik heb die vent opgejaagd als een konijn." Hij kwam erachter hoe Troy Turner zijn dagen vulde en kreeg hem uiteindelijk in een toestellenhok naast de fitnessruimte te pakken.'

Ze vertrok haar gezicht. 'Ik word er zelfs nu nog misselijk van. Nestor zei dat hij hem in zijn gezicht had geslagen om hem in bedwang te krijgen. En daarna...' Ze moest weer iets wegslikken. 'Die avond ben ik, nadat Jim in slaap was gevallen, uit bed gestapt, naar de computer gelopen en heb de naam Troy Turner ingevoerd. Ik kwam terecht bij een kort artikeltje uit de *Times* en een wat langer stuk uit een krant in de buurt van Chaderjian. Wat daarin stond, klopte precies met alles wat Nestor me had verteld. Maar misschien heeft Nestor het toch niet gedaan, misschien heeft hij alleen geruchten gehoord en dat pasje toevallig te pakken gekregen.'

'Maar u kende Nestor goed genoeg om te geloven dat hij het best kan hebben gedaan,' zei ik.

'Hij was er trots op!'

'Nestor zei dat hij betaald werd om andere jongens te vermoorden,' zei Milo. 'Heeft hij nog meer namen genoemd?'

Ze schudde haar hoofd. 'Hij wilde alleen maar over Troy Turner praten. Alsof hij daarmee een bijzondere prestatie had geleverd.'

'Omdat Troy een bekende figuur was?' vroeg ik.

Ze knikte. 'Dat heeft hij ook gezegd. "Die vent dacht dat hij een dijk van een moordenaar was, maar ik heb hem toch maar mooi te grazen genomen." '

'Heeft hij gezegd wat hij ervoor gekregen heeft?'

Anita Moss schudde haar hoofd en sloeg haar ogen neer. 'Ik ben Nestor gaan haten, maar om nu zo over hem te praten...'

'Heeft Nestor gezegd wie hem daarvoor betaald heeft, mevrouw?'

Haar hoofd was nog steeds gebogen toen ze zacht zei: 'Het enige wat hij me vertelde, was dat het een blanke vent was en dat de reden was dat Troy een baby had vermoord.'

'Heeft hij u geen bijzonderheden verteld over die blanke vent?' vroeg Milo.

'Nee, dat was alles. Dat heb ik allemaal ook doorgegeven aan die welzijnswerker. Toen hij me niet terugbelde, heb ik de politie gewaarschuwd. Maar niemand was geïnteresseerd.'

Ze krulde haar lippen naar binnen en schudde haar hoofd.

'Dat jochie,' zei ze. 'Die foto. Hij zag er zo ontzettend jong uit.'

23

Milo en ik zaten op een bank achter in een koffieshop op Vermont even ten noorden van Wilshire en dronken cola terwijl we op rechercheur Philip Krug van het district Rampart zaten te wachten. Krug had in zijn auto gezeten toen we hem belden en hij had de gelegenheid aangegrepen om niet alleen te hoeven lunchen.

Hij had de tent uitgekozen, een grote, lichte ruimte met paarsrode vinyl zitjes en beslagen ramen die op het eerste gezicht aan een speelgoedruimtevaartschip deed denken.

Hij was twintig minuten te laat en in die tijd begon ik over de opmerkingen die Allison had gemaakt.

'Het idee van voorbedachte rade is wel interessant, maar ik zie niet in wat we daarmee opschieten,' zei Milo. 'Het feit dat Rand de schuld op Lara probeerde af te wentelen om zichzelf minder schuldig te voelen zou wel eens belangrijk kunnen zijn. Stel dat hij dat ook bij Malley heeft geprobeerd. Wat denk jij van die grootspraak van Nestor?'

'Het klonk mij authentiek in de oren. Hij kende alle bijzonderheden,' zei ik.

'Ik dacht aan de blanke vent die hem in de arm had genomen.'
'Moord uit wraak. Dat klopt precies.'
Hij wierp een blik op zijn Timex.
'Troy zat ook heel stoer te doen toen ik in de gevangenis met hem sprak,' zei ik. 'Hij zei dat hij van plan was om rijk te worden.'
'Denk je dat hij er ook van droomde om een huurmoordenaar te worden?'
'Ik kan me niet voorstellen dat hij van plan was om naar de universiteit te gaan. Misschien beschouwde hij Kristal wel als geschikt oefenmateriaal.'
'Al die verdomde kleine wilden. Wat moeten we daar toch mee beginnen?'

Phil Krug was een stevig gebouwde man van in de veertig met dun rood haar en een rossige, draadharige snor die zo dik was dat hij verder uitstak dan zijn ingedeukte neus. Hij droeg een grijs pak met een donkerblauw overhemd en een lichtblauwe das. De serveerster kende hem en vroeg: 'Het gewone recept?' voordat hij de kans had gekregen om te gaan zitten.
Krug knikte tegen haar en knoopte zijn colbert los. 'Aangenaam, jongens. Vertel Elise maar wat jullie willen eten.'
We bestelden hamburgers. 'Phil wil daar altijd graag schimmelkaas bij hebben,' zei de serveerster.
'Dat is "het gewone recept",' zei Krug.
'Prima,' zei Milo.
Afwijkend gedrag leek onverstandig. 'Doe mij maar hetzelfde,' zei ik.

Tussen de happen van de met een dikke laag kaas bedekte fijngemalen blubber op een smakeloos broodje door vertelde Krug de weinige bijzonderheden die hij te weten was gekomen over de moord op Nestor Almedeira. Een onbekende dader, geen aanwijzingen, korreltjes heroïne in het zand vlak bij het lichaam.
Eén pistoolschot door het hoofd, van dichtbij, dwars door de slapen, volgens de lijkschouwer vermoedelijk uit een .38, en omdat de kogel en de huls niet waren gevonden, had de moordenaar die waarschijnlijk opgeraapt of hij had een revolver gebruikt.
Ik wierp een zijdelingse blik op Milo. Hij vertrok geen spier.
'Lafayette Park,' zei hij.

Krug veegde de kaas uit zijn snor. 'Ik zal jullie eens iets vertellen over Lafayette Park. Een paar maanden geleden kreeg ik een oproep om zitting te nemen in een jury bij een civielrechtelijk proces dat zou dienen in het gerechtsgebouw op Commonwealth, vlak naast het park. Ik wist dat ik afgewezen zou worden, maar ik was verplicht om op te draven en me als een goede burger te gedragen en zo. Op een gegeven moment was het tijd voor de lunchpauze en de griffier las zo'n van tevoren in elkaar geflanst praatje voor om de juryleden te vertellen waar ze konden gaan eten. Daarna stak ze nog een preek af om iedereen op het hart te drukken weg te blijven uit Lafayette Park, zelfs op klaarlichte dag. We hebben het over een gerechtsgebouw dat er maar een paar meter vanaf ligt en waar het wemelt van de ordehandhavers. Desondanks werd toch gewaarschuwd dat je er weg moest blijven.'

'Dus zo erg is het,' zei ik.

'In ieder geval wel voor onze Nestor,' zei Krug. 'Maar waarom is West L.A. daarin geïnteresseerd?'

Milo vertelde hem alles over de moorden op Rand Duchay en Troy Turner, maar repte met geen woord over de zelfmoord van Lara Malley en de gelijkenis tussen de schietpartijen.

'Die kan ik me nog wel herinneren, de ontvoerders van dat kleine kind,' zei Krug. 'Heel deprimerend, ik was blij dat ik er niets mee te maken had. Dus de kans bestaat dat Nestor Turner om zeep heeft gebracht?'

'Dat heeft hij in ieder geval aan zijn zus verteld.'

'Daar heeft ze het tegen mij nooit over gehad.'

'Ze heeft de CYA direct nadat Nestor daarover had staan opscheppen op de hoogte gebracht, maar daar had niemand interesse en hetzelfde geldt voor Rampart.'

'Waarschijnlijk heeft ze iemand van het kantoorpersoneel aan de lijn gekregen,' zei Krug. 'We hebben niet echt de slimste figuren in dienst en die idioten halen wel vaker dat soort streken uit. Opscheppen. Hoeveel zaken lossen jullie op die manier op? Ook zoveel?'

'Meer dan genoeg,' zei Milo.

'En wat denk je nu? Dat iemand op wraak uit is en die andere kindermoordenaar te pakken heeft genomen? Terwijl er zoveel tijd tussen zit? Hoe lang is het nou geleden, tien jaar?'

'Acht,' zei Milo.

'Dat is een hele tijd,' zei Krug.

'Het is wel een probleem, Phil, maar we hebben geen andere aanwijzingen.'

'Ik ging ervan uit dat Nestor gewoon zo'n doorsneedrugsgeval was. Agenten in uniform herkenden hem als een van de kleine jongens, een lastig portret. Hij werkte voornamelijk in Lafayette, MacArthur en de straten eromheen.'

'Een kleine jongen die zelf ook verslaafd was?'

Krug deed net alsof hij aan een bel trok. 'Bingo. Zijn armen en benen zaten vol littekens en hij had sporen van drugs in zijn bloed. Je weet hoe dat gaat als ze dat stadium bereikt hebben. Dan dealen ze alleen om in leven te blijven.'

Milo knikte. 'Hoeveel heroïne zat er in zijn lijf?'

'Ik weet niet meer precies hoeveel,' zei Krug, 'maar het was genoeg om high te worden. Ik ging ervan uit dat hij daardoor gemakkelijker te vermoorden was. Ze vonden wel een mes bij hem, maar dat was in zijn zak blijven zitten.'

'Dus de moordenaar heeft hem eerst volgestopt en vervolgens koud gemaakt?' zei Milo.

'Of Nestor heeft zichzelf getrakteerd en vervolgens pech gehad. Als ik het op een vent als Nestor had voorzien, zou ik het op die manier doen. En zo'n vent als Nestor moet vijanden hebben gehad.'

'Een lastig portret,' zei Milo.

'Lastiger kan niet,' zei Krug. 'Maar we hebben nooit geruchten gehoord over wie hij op de tenen had getrapt.'

'Waar woonde hij?' vroeg Milo.

'In een gore keet op Shatto, waar je per week moet betalen. Je kunt er wel naartoe gaan, maar je zult er niets meer vinden. Alles wat Nestor bezat, paste in één doos en daar zat niets interessants bij. Misschien staat die nog steeds bij de lijkschouwer, maar je weet zelf ook hoe nijpend het ruimtegebrek in het mortuarium is. Volgens mij hebben ze die doos gewoon weggegooid.'

'Nestors zus vertelde dat hij haar het pasje van Turner heeft laten zien.'

'Dat zat niet bij zijn spullen.'

'Wat dan wel?'

'Goedkope kleren, naalden en lepels.'

'Was er in dat huis nog iemand die je iets kon vertellen?'

'Neem je me nou in de maling?' vroeg Krug. 'We hebben het wel over een stel zwervers en een beheerder die net doet of hij blind en doofstom is.'

Hij nam een hap van zijn hamburger. 'Lekker, hè? Die Fransen weten wel hoe ze kaas moeten maken... Maar goed, Nestor mag dan een opschepper zijn geweest, maar hij heeft nu geen reden meer om zich op de borst te slaan.'

Hij stak zijn hand in zijn zak en haalde een foto tevoorschijn van een dode met een ingevallen gezicht. Verwarde haren, bleke huid, in de dood verglaasde ogen met grijze kringen eronder. Verdwaalde baard- en snorharen leken op een soort grauwe huiduitslag.

Nestor Almedeira had een rond gezicht gehad, net als zijn zus. Maar elke andere gelijkenis was door zijn manier van leven verdwenen.

Ik stak mijn hand uit naar de foto en bekeek hem wat aandachtiger. Nestor was de jongste van het gezin geweest, maar hij leek wel tien jaar ouder dan Anita. Zijn hoofd was opzij gedraaid door de fotograaf van het lijkenhuis om de inslagwond te tonen. Linkerslaap, een zwart-met-robijnrood gat met scherpe randjes en uitstekende huidflarden, omringd door een pointillistische ring van kruit.

'Zat hij toen hij werd neergeschoten?' vroeg Milo.

'Op een bankje in het park,' zei Krug. 'Zat die kindermoordenaar van jou ook?'

'Waarschijnlijk in een auto. Zit er nog beweging in die zaak, Phil?'

'Alleen wat jij mij te vertellen hebt,' zei Krug, terwijl hij het laatste hapje van zijn hamburger nam en zijn lippen afveegde. 'Vergeet niet om het door te geven als je iets nieuws te weten komt. Het zou leuk zijn om deze zaak af te kunnen sluiten, ook al maakt het niemand iets uit.'

'Dus de familie maakt zich niet druk,' zei Milo.

'Je hebt die zus toch ontmoet. Zij vindt Nestor zelf ook uitschot. De familie deed ook geen enkele poging om het lichaam op te eisen, de lijkschouwer moest ze achter de vodden zitten. Uiteindelijk heeft een van de broers betaald om hem uit het lijkenhuis weg te laten halen.'

Krug stak zijn hand op en de serveerster bracht de rekening, die ze midden op het tafeltje legde. Hij nam ruim de tijd om zijn snor af te vegen en viste een stalen tandenstoker uit het borstzakje van zijn overhemd om zijn gebit te bewerken.

'Goed.' Hij glimlachte.

Milo pakte de rekening op.

'Daarmee maak je mijn hele dag goed,' zei Krug en hij wandelde de deur uit.

Toen de serveerster het geld kwam halen, zei Milo: 'Wij willen graag nog een kopje koffie.'

Ze keek met misnoegen naar de opgemaakte rekening. 'Dan zal ik alles opnieuw moeten optellen.'

Milo overhandigde haar een stapeltje bankbiljetten. 'Hou het wisselgeld maar.' Ze liet het geld door haar vingers glijden en gaf hem een knipoogje. 'Die zijn dan van de zaak.'

Terwijl ze terugliep naar het buffet zei hij: 'Als Malley de blanke man was die Nestor heeft betaald om Troy Turner koud te maken, was Nestor een struikelblok dat uit de weg geruimd moest worden. Daar staat tegenover dat Nestor een grote mond had en dat hij in al die jaren in de CYA Malley nooit verraden heeft.'

'Omdat hij weer vrij wilde komen,' zei ik. 'Maar zodra hij op vrije voeten was – en onder de drugs zat – verdwenen al die remmingen. Hij schepte erover op tegen Anita, dus de kans zit er dik in dat hij ook tegen anderen zijn mond voorbij heeft gepraat. Het probleem is dat het waarschijnlijk allemaal mensen waren wie het geen bal kon schelen.'

'Andere junkies en mislukkelingen,' zei Milo. 'Die zouden hem gewoon als de zoveelste mafkikker met kapsones beschouwen. Anita vond het wel belangrijk en probeerde het aan te geven, maar zij ving overal bot.'

Hij trok aan zijn bovenlip. 'Weer iets voor het politieapparaat om trots op te zijn... De omstandigheden waaronder het lichaam van Nestor werd aangetroffen lijken erg veel op die van Rand. En van Lara. Nou ja, daarmee is Malley meteen de hoofdverdachte.'

'Er is nog een andere onnatuurlijke dood waar we rekening mee moeten houden. Jane Hannabee werd een paar maanden na Troy vermoord. Tijdens mijn gesprek met haar voorspelde ze al dat Troy het niet zou overleven. Ze zei dat hij zo berucht was dat hij een aantrekkelijk doelwit zou vormen. Volgens Anita was dat ook precies de manier waarop Nestor hem bekeek.'

'Denk je dat Hannabee erachter was gekomen wie de opdracht had gegeven om Troy te vermoorden?'

'Ze kan ook uit de weg zijn geruimd uit wraak, omdat zij Troy het leven heeft geschonken,' zei ik.

'Als jij mijn gezin kapotmaakt, maak ik jou een kopje kleiner. Jezus, dat is keihard.'

'Het is ook keihard als je zes maanden nadat ze haar enige kind

heeft verloren je vrouw doodschiet en net doet alsof het om zelfmoord gaat.'

Er verschenen rimpels in zijn voorhoofd. 'Hannabee is niet doodgeschoten.'

'Troy ook niet,' zei ik. 'Want Troy zat achter de tralies en de CYA
mag dan veel problemen hebben, ze slagen er toch in vuurwapens
buiten de deur te houden. En het is best mogelijk om iemand midden in de nacht in een opvangcentrum voor daklozen dood te schieten, maar dan zou je wel erg veel risico nemen. De moord op Hannabee gebeurde zo tersluiks dat er uren overheen gingen voordat
het ontdekt werd. Ze werd uit haar slaapzak getrokken, doodgestoken en in plastic gewikkeld weer teruggelegd.'

'Waarmee je wilt zeggen dat de manier waarop voor Malley niet
uitmaakt.'

'Hij vertoont geen structureel dwangmatig gedrag, omdat hij niet
uit is op seksuele bevrediging. Zijn doel is een grote schoonmaak.
Maakt niet uit hoe hij dat voor elkaar kan krijgen.'

'Alex, als Malley echt al die mensen om zeep heeft gebracht, is hij
een seriemoordenaar. Ik neem aan dat Rands grootmoeder van geluk mag spreken dat ziékte een eind aan haar leven heeft gemaakt.'

De koffie arriveerde. De serveerster zette Milo's mok overdreven
voorzichtig neer, terwijl ze zich vooroverboog en hem een blik gun-
de op een driehoekje van een sproetige borst. Tussen haar borsten
zaten fijne rimpeltjes. Ze bleef een seconde zo staan voordat ze
zich weer oprichtte.

'Verder nog iets?' vroeg ze zangerig.

'Nee, dank je, Elise.'

'U bent heel vriendelijk,' zei ze.

'Dat heb ik wel vaker gehoord.'

We gingen terug naar West L.A., opnieuw via Sixth. Milo remde
even af om een blik te werpen op Lafayette Park. Bomen, gras-
velden, bankjes waarop een paar mannen zaten, een paar rondlo-
pende mannen. Daarnaast rees het gerechtsgebouw op Commonwealth omhoog. Wie zou hebben gedacht dat er zoveel gevaar
school in een lege, groene ruimte?

'Iedereen die naar het kampeerterrein rijdt waar Malley woont,
valt vanuit beide richtingen op Soledad meteen op,' zei hij. 'Er is
nergens langs de weg een plek waar je je schuil kunt houden, dus
surveilleren kunnen we vergeten. Niet dat ik daar iets mee op zou

schieten. Ik krijg niet de indruk dat Malley regelmatig naar de kroeg gaat om zijn hart uit te storten bij zijn trawanten.'

Hij wreef over zijn gezicht en veranderde abrupt van rijstrook, wat hem nijdig getoeter opleverde. 'Ja, ja,' mopperde hij.

De Toyota van de toeteraar dook met een snelle beweging voor ons. Op de achterbumper zat een sticker met OORLOG IS NIET DE OPLOSSING.

Milo gromde. 'Op die manier hebben we anders in Amerika een eind gemaakt aan de slavernij en in Duitsland aan de nazi's.'

'Als Malley zich nog steeds bezighoudt met de handel in drugs zal hij toch van tijd tot tijd het kampeerterrein moeten verlaten,' zei ik.

'Maar als ik hem niet in de gaten kan laten houden, hoe moet ik daar dan achter komen?'

'Misschien weet zijn werkgeefster wel meer van zijn komen en gaan dan ze wilde toegeven.'

'Bunny, de stuntvrouw? Denk je dat er meer tussen hen is dan een zakelijke relatie? Ik had het gevoel dat ze alles nogal persoonlijk opnam.'

'Dat zou kunnen. Ze zei wel erg nadrukkelijk dat ze Malley niet in de gaten hield. Terwijl je daar helemaal niet naar gevraagd had.'

'Dus de dame maakte te veel misbaar?' zei hij. 'Als ze het vriendinnetje van Barnett is, zal hij alleen maar argwanend worden als we haar opnieuw ondervragen. Ik zal de lijkschouwer bellen om te vragen wat er met de spullen van Nestor is gebeurd en navraag doen in die keet van hem op Shatto, ondanks wat Krug heeft gezegd. Anita had gelijk met betrekking tot Krug. Het kan hem geen donder schelen. Ik ken ook een agent in Rampart die me misschien een paar straatjunks aan kan wijzen. Met een beetje geluk kom ik er zo achter of Nestor nog tegen meer mensen heeft staan opscheppen. En ik zal ook eens wat dieper in die moord op Jane Hannabee duiken. Dolle pret allemaal, hè?'

'Ga je gillen als ik nog meer complicaties aandraag?'

'Alles waar ik niet dood van ga, maakt me sterker.'

'Als Malleys woede zich uitstrekt tot iedereen die volgens hem aan de kant van de jongens heeft gestaan en die woede door de moord op Rand weer is opgerakeld, dan zijn de Daneys misschien ook in gevaar. Als Malley die nacht voor het raam van Rand heeft gestaan, dan bespioneerde hij hen misschien ook wel.'

Daar moest hij even over nadenken. 'Ja, ze moeten eigenlijk gewaarschuwd worden, maar dat is vrij riskant. Stel je voor dat ze naar Malleys huis rijden om te proberen alles uit te praten? Vanwege hun spirituele instelling en hun positieve houding ten opzichte van de wezenlijke goedheid van de mens en zo. Als we gelijk hebben met betrekking tot wat Rand is overkomen, dan zijn intieme gesprekken met Cowboy Barnett niet het juiste recept voor een lang leven.'

'Je kunt toch zeggen dat ze geen contact met hem moeten opnemen,' zei ik.

'Denk je dat ik met God kan concurreren?'

'Daar zit wat in,' zei ik. 'Met name Cherish heeft er misschien behoefte aan om dingen uit te praten. Ze beschouwt zichzelf als een soort therapeut.'

'God zegene de trouwe aanhangers van God. Hou jij van dat soort blij-blij-blij-religie, Alex? Met de bijbehorende gezegende menselijke geest, de eeuwige vergiffenis en de zekerheid van een hiernamaals waar alles helder en stralend is?'

'Iedereen heeft behoefte aan troost.'

Hij lachte grimmig. 'Geef mij het ouderwetse geloof maar, broeder. En dan heb ik het niet over het zingen van psalmen en het gewauwel in tongen. Mijn jeugd bestond uit nonnen die mijn handen kapotsloegen en priesters die vervuld waren van schuld, hel en bloedoffers.'

'Bloedoffers zijn heel populair in films,' zei ik.

'Sterker nog, bij hele beschavingen.'

'Dus optimisme is iets voor watjes?'

'Hoor eens, als je ermee kunt leven is het geweldig,' zei hij. 'Blind Vertrouwen 101.'

Nadat hij me thuis had afgezet, leunde Milo even uit het raampje. 'Zit je door dat starre negativisme van mij nu helemaal in de put? Want er is eigenlijk wel iets wat je voor me kunt doen terwijl ik in die zaak-Nestor duik.'

'Geen probleem.'

'Wat zou je er dan van zeggen als jíj de Daneys waarschuwde? Dan kun je je psychologische voelhorens uitsteken en alles voor je houden als je het idee hebt dat ze iets stoms zullen doen. En als we het toch over waarschuwen hebben, hoe zit het dan met de advocaten van de jongens? Als iemand Malley tegen de haren in heeft gestreken, dan waren zij het wel. Weet je nog wie dat waren?'

'Sydney Weider voor Troy en Lauritz Montez voor Rand.'
'Daar hoefde je niet lang over na te denken. De zaak is je bijge-
bleven.'
'Tot Rand belde, had ik echt het idee dat ik alles vergeten was.'
'Over optimisme gesproken, beste kerel. Maar goed, ik vind het
best als je ook met dat stel wilt gaan kletsen. Ik heb een hekel aan
praten met advocaten.'

24

Op maandag belde ik de Daneys thuis. Niemand nam op, dus richtte ik mijn aandacht op Sydney Weider en Lauritz Montez.
Weider werkte niet langer als pro-Deoadvocaat en ik kon geen
privé- of zakennummer in het telefoonboek vinden. Lauritz Montez werkte nog wel pro Deo, maar inmiddels had hij een kantoor
in Beverly Hills.
Hij nam zijn eigen buitenlijn op, precies zoals hij jaren geleden had
gedaan. Maar dit keer volgde er een stilte toen ik zei wie ik was.
Toen ik hem vroeg of hij het nieuws over Rand had gehoord, zei
hij: 'O, u bent die psycholoog. Nee, wat is er met hem?'
'Hij is vermoord.'
'Shit,' zei hij, 'wanneer?'
'Negen dagen geleden.'
Zijn stem klonk vlak toen zijn professionele behoedzaamheid de
kop opstak. 'Maar u belt niet alleen om me dat te vertellen.'
'Ik zou graag even met u willen praten. Kunnen we een afspraak
maken?'
'Waarover?'
'Dat kan ik u beter onder vier ogen vertellen,' zei ik.
'Juist... Wanneer had u dat willen doen?'
'Het liefst zo gauw mogelijk.'
'Oké. Hoe laat is het nu... halfvijf. Ik moet nog wat administra-
tie afhandelen, maar ik moet ook eten. Kent u de Bagel Bin op Lit-
tle Santa Monica?'
'Die vind ik wel.'
'Daar twijfel ik niet aan. Klokslag vijf uur.'

Het was zo'n typisch moderne zaak: glazen vitrines vol gerookte vis- en vleesschotels en allerlei hippe salades, maar de inrichting met roestvrij staal en vinyl deed denken aan het lab van de lijkschouwer. Misschien was dat wel zo eerlijk: heel wat wezens hadden het leven gelaten voor de klanten die vroeg wilden eten.

Ik was op tijd, maar Lauritz Montez stond al bij het buffet om zijn bestelling op te geven. Ik bleef staan en wachtte tot hij klaar was.

Zijn haar was inmiddels helemaal grijs, maar hij droeg het nog steeds in een lange paardenstaart. Zijn hoekige gezicht werd nog steeds gesierd door een met wax behandelde snor, maar het sikje was verdwenen. Hij was gekleed in een gekreukt, crèmekleurig linnen pak met een roze overhemd en een groen vlinderdasje. Zijn smalle voeten waren gehuld in instappers van olijfkleurige suede en bruin leer en de linkerschoen roffelde tegen de grond.

Hij betaalde, kreeg een bonnetje, draaide zich om en knikte naar me.

'U ziet er nog bijna hetzelfde uit,' zei hij, terwijl hij gebaarde dat ik mee moest lopen naar het enige vrije tafeltje.

'U ook.'

'Bedankt voor het leugentje.'

We gingen zitten en hij zette het zout- en pepervaatje en het suikerpotje in een stram driehoekje bij elkaar. 'Ik heb navraag gedaan en ben erachter gekomen dat de moord op Rand onder de moordafdeling van West L.A. ressorteert, maar niemand wilde me iets vertellen. Kennelijk hebt u goeie relaties met de politie.'

'Ik werk als adviseur mee aan de zaak.'

'Wie is de rechercheur?'

'Milo Sturgis.'

'Die ken ik niet.' Hij bestudeerde me. 'Dus u danst nog steeds naar de pijpen van de officier van justitie, hè? Hoe lang was Rand op vrije voeten toen hij vermoord werd?'

'Drie dagen.'

'Jezus. Wat is er gebeurd?'

'Hij kreeg een kogel in het hoofd en werd in Bel Air achtergelaten in de buurt van de 405.'

'Dat lijkt op een executie.'

'Ja, dat klopt.'

'Zijn er tastbare bewijzen?' vroeg hij.

'Dat zou u aan rechercheur Sturgis moeten vragen.'

'Wat een toonbeeld van discretie. Wat wilt u van mij weten?'
Een jonge knul met een papieren mutsje op en een schort voor
kwam zijn bestelling brengen. Een doormidden gesneden bagel van
roggebrood met gebakken zalm, koolsla en witte bonen in tomatensaus, plus een piepschuimen bekertje met thee.
'Echte verdachten zijn er niet,' zei ik, 'maar er wordt wel gewerkt
vanuit een bepaalde veronderstelling. En nu we het toch over discretie hebben...'
'Ja, hoor, mij best. Dus u werkt echt fulltime voor de tegenpartij?'
'De tegenpartij?'
'Dat zelfingenomen stel mensen aan de andere kant van de rechtszaal. Bent u een vaste getuige-deskundige van het openbaar ministerie of bent u gewoon freelancer?'
'Ik treed af en toe op als adviseur.'
'Zolang Freud eraan te pas komt, ben ik je man?' Hij legde zijn
bestek kaarsrecht langs zijn bord. Daarna pakte hij een zakje sui-
ker uit de schaal en streek een omgevouwen hoekje recht voordat
hij het weer teruglegde. 'Welke veronderstelling is dat?'
'Ze houden de vader van Kristal Malley in de gaten,' zei ik.
'Die vent,' zei hij. 'Ik heb altijd het idee gehad dat hij de pest aan
me had. Denkt u echt dat hij zo verknipt is?'
'Ik zou het niet weten.'
'Maar het is toch uw werk om aan te geven wanneer iemand geschift is?'
'Ik ken Malley niet goed genoeg om die diagnose te stellen,' zei ik.
'Ik heb hem tijdens mijn onderzoek niet ontmoet en daarna heb
ik hem ook nooit gesproken. En u?'
Hij streek over zijn snor. 'De enige keer dat ik hem in levenden lij-
ve heb gezien was tijdens de uitspraak.'
'Maar u had toch het gevoel dat hij de pest aan u had.'
'Niet alleen een gevoel, ik weet het gewoon zeker. Die dag in de
rechtszaal had ik net mijn zegje gedaan en toen ik terugliep naar
de tafel van de verdediging zag ik dat hij woedend naar me zat te
kijken. Ik deed net alsof ik niets merkte, maar ik bleef zijn ogen
in mijn nek voelen. Ik wachtte tot de officier van justitie begon te
babbelen voordat ik me omdraaide, omdat ik ervan uitging dat
Malleys aandacht toen wel afgeleid werd. Maar hij zat nog steeds
naar me te kijken. Ik kan u wel vertellen dat ik hier nu niet zou
zitten als die ogen vuurwapens waren geweest.'
'Hij heeft een heleboel echte vuurwapens,' zei ik.

'Ik ook,' zei Lauritz. Hij trok even aan zijn vlinderdasje. 'Kijkt u daarvan op?'

'Moet dat dan?'

'Ik ben echt zo'n geitenwollensokkenfiguur.' Alleen aan het feit dat zijn snor iets omhoogwipte, was te zien dat hij lachte. 'Maar zolang ik van de wet mijn eigen blaffers mag hebben, doe ik ze niet weg.'

'Uit het oogpunt van zelfverdediging?'

'Mijn vader zat in het leger en het enige wat we samen deden, was weerloze dieren naar de andere wereld schieten.' Hij wreef over zijn linkerwenkbrauw. 'Ik was zelfs zo goed dat ik in het schoolteam mocht.'

'Bent u wel eens bedreigd vanwege uw werk?' vroeg ik.

'Nou, ik zou het niet precies zo willen noemen, maar het is een baan met risico's, dus ik blijf op mijn hoede.' Hij pakte weer een zakje suiker, streek het glad en pakte het van zijn ene in zijn andere hand.

'De wet brengt orde,' zei hij. 'En een verrekte hoop wanorde. Ik ben er allang mee opgehouden mezelf een rad voor ogen te draaien. Ik ben onderdeel van het systeem, dus ik heb drie sloten op al mijn deuren om ze 's avonds af te sluiten.'

'Heeft Malley meer gedaan dan alleen maar boos naar u kijken?'

'Nee, maar het was wel een ontzettend boze blik. Hij was écht woedend. Ik kon het hem niet kwalijk nemen. Zijn kind was dood, het systeem is helemaal toegesneden op de wij-zij-aanpak en ik hoorde bij de tegenpartij. Hij maakte me niet bang en ik ben nóg steeds niet bang. Waarom zou ik? Het is inmiddels al zo lang geleden en hij heeft nooit een vinger naar me uitgestoken. Denken de smerissen echt dat hij Rand heeft doodgeschoten?'

'Het is maar een...'

'Ja, ik weet het, een veronderstelling.' Hij veegde wat korreltjes zout van de bovenkant van het zoutvaatje. 'Ik neem aan dat u weet dat Troy Turner ook vermoord is.'

Ik knikte.

'Denkt u dat er een verband is tussen die twee zaken?' vroeg hij.

'Troy werd binnen een maand nadat hij veroordeeld was vermoord,' zei ik.

'En nu zijn we acht jaar verder. Ja, in het geval van Malley zou ik, als ik op wraak uit was, alles zo gauw mogelijk achter de rug willen hebben. Dat is iets wat me wel door het hoofd schoot toen ik hoorde dat Turner dood was. Ik maakte me zorgen over Rand en belde de directeur van de instelling waar hij zat om te vragen of ze hem extra bewaking wilden geven. Die klootzak zei dat hij het in overweging zou nemen. Hij probeerde me echt met een kluitje in het riet te sturen.'

'Had u Barnett Malley in gedachten toen u hem belde?'

'Misschien wel,' zei hij. 'Maar zelfs in het algemeen had ik het idee dat Rand een mooie prooi zou zijn voor een of andere van testosteron vergeven psychopaat die zijn reputatie wilde opkrikken.' Hij keek naar zijn eten, maar nam er geen hap van. 'Enfin, ik stel de waarschuwing op prijs, maar als ik echt in de zenuwen zou zitten over ieder familielid van een slachtoffer dat me misschien te pakken zou willen nemen, dan zou ik rijp zijn voor een psychiatrische inrichting.'

Hij stak zijn handen uit, handpalmen omhoog, ze trilden niet. 'Ziet u wel, geen spoortje angst.'

Alleen maar dwangmatig in de weer met alles wat op tafel stond.

'U zit tegenwoordig in Beverly Hills,' zei ik. 'Dan zult u ook wel een ander soort cliënten krijgen.'

'In B.H. krijgen we niet alleen beroemde winkeldieven voorgeschoteld. We behandelen ook veel zware misdaden uit West Hollywood, dus ik ben niet bepaald ingedut.'

'Dat bedoelde ik ook helemaal niet.'

Hij deed er een hele tijd over om een broodje zalm klaar te maken. De kappertjes werden een voor een opgepakt en langs de rand van het met witte crème besmeerde onderste deel van de bagel gelegd. Nadat hij het resultaat uitgebreid had bestudeerd klapte hij het broodje dicht, maar hij nam er geen hap van.

'Hebt u nog vaak contact gehad met Rand nadat hij werd opgeborgen?' vroeg ik.

'Ik heb hem nog een paar keer gebeld,' zei Montez. 'Daarna zette ik het geval uit mijn hoofd. Hoezo?'

'Hij belde mij op de dag dat hij stierf met de mededeling dat hij over Kristal wilde praten, maar hij wilde via de telefoon geen bijzonderheden geven. We maakten een afspraak, waar ik me wel aan hield, maar hij niet. Een paar uur later werd hij gevonden... dood. Hebt u enig idee wat hij aan me kwijt wilde?'

Hij speelde met het broodje op zijn bord en duwde er met zijn duim tegen tot het precies in het midden lag. Toen hij opkeek, had hij zijn tanden op elkaar geklemd. 'Dus het is helemaal niet de bedoeling om mij te waarschuwen, hè? U wilt mij alleen maar uit-horen.'

'Het een zowel als het ander,' zei ik.

'Juist.'

'U hoeft zich niet aangevallen te voelen, meneer Montez.'

'Ik ben advocaat,' zei hij. 'Iedereen probeert altijd me aan te val-len.'

'Dat kan best, maar we staan nu aan dezelfde kant.'

'Aan welke kant dan?'

'De kant die probeert gerechtigheid voor Rand te krijgen.'

'Door zijn moordenaar achter slot en grendel te zetten?'

'Zou dat geen goed begin zijn?' vroeg ik.

'In uw wereld wel,' zei hij.

'In de uwe soms niet?'

'Zal ik u eens iets vertellen?' zei hij. 'Als de smerissen erachter ko-men wie Rand heeft doodgeschoten en er moet een pro-Deoadvo-caat voor de dader opdraven, dan zou ik onmiddellijk bereid zijn die zaak op me te nemen.'

'Zelfs als de schutter uiteindelijk Barnett Malley blijkt te zijn?'

'Als Malley me zou willen hebben, zou ik mijn uiterste best doen om hem uit de gevangenis te houden.'

'Dat is behoorlijk ruimdenkend,' zei ik.

'Overlevingsdrang gaat verder dan vuurwapens,' zei hij.

'Had u, toen u Rand vertegenwoordigde, het gevoel dat hij iets voor u verborgen hield?'

'Hij hield álles voor me verborgen. Hij weigerde om met me te communiceren, hij speelde stommetje. Hoe vaak ik hem ook ver-telde dat ik aan zijn kant stond. Het zou heel frustrerend zijn ge-weest als de uitslag niet van tevoren vast had gestaan. Ik heb nooit de kans gekregen hem zelf door een psychiater te laten onderzo-ken, omdat we het op een akkoordje hebben gegooid. Maar ja, ik had graag willen weten wat er in het hoofd van dat joch omging. En dat kon ik uit uw rapport niet opmaken. Dat was een fraai staaltje van weglatingen. Het enige wat u zei, was dat hij dom was.'

'Hij was niet intelligent,' zei ik, 'maar er gebeurde van alles in zijn hoofd. Ik had het idee dat hij berouw voelde en dat heb ik ook vermeld. Ik betwijfel of uw deskundige iets zou hebben gevonden waar u houvast aan had gehad.'

'Dus hij was gewoon een stommeling? Slechte genen?'

Ik zei niets.

'Ja, ik had ook het gevoel dat hij berouw had,' zei hij. 'In tegenstelling tot zijn kompaan. Dat was me het exemplaar wel. Wat een vals klein kreng. Als Rand niet met hem in contact was gekomen, was zijn leven misschien heel anders gelopen.'

'Troy was de hoofdschuldige,' zei ik. 'Maar Rand heeft toegegeven dat hij Kristal heeft geslagen.'

'Rand was een domme, passieve meeloper die vriendschap sloot met een kille kleine psychopaat. Bij een proces zou ik de nadruk hebben gelegd op het feit dat hij alleen maar een meeloper was. Maar dat zou niets hebben uitgemaakt, dat zei ik net al.'

'Omdat alles van tevoren vaststond.'

'Precies.'

'Wie had dat bepaald?'

'Het systeem,' zei hij. 'Je kunt geen lief blank kindje vermoorden en verwachten dat je vrijuit gaat.' Zijn hand raakte het botermesje aan en hij legde het recht. 'Weider beweerde dat ze een gezamenlijke verdediging wilde voeren en ik was zo groen dat ik daarin trapte. Dat zegt wel iets over het systeem, hè? Ik was net één jaar afgestudeerd en moest als eenmanslegertje voor Rand opkomen.' Hij schudde met zijn vinger. 'Gerechtigheid voor allen.'

'Waarom veranderde ze van gedachten?'

'Omdat ze me alleen maar had willen uithoren. Zodra we in de rechtszaal waren, zou ze als een blad aan de boom omdraaien en alle schuld op mijn cliënt schuiven. In haar eerste stukken had ze de nadruk al gelegd op de lengte en de kracht van Rand en ze had allerlei onderzoeksgegevens klaarliggen waaruit bleek dat bij psychopaten met een laag IQ de kans groter is dat ze gewelddadig worden. Maar gelukkig is ons dat bespaard gebleven. De zaak werd in der minne geschikt.'

'Niet wat de Malleys betrof,' zei ik.

Hij hief zijn hand op. 'In zulke termen denk ik niet. En als Barnett Malley daar geen begrip voor wil opbrengen, kan hij op een warme ontvangst rekenen. Het was leuk om u weer eens te zien, dokter.'

Ik stond op en vroeg of hij wist waar ik Sydney Weider zou kunnen vinden.

'Wilt u haar ook waarschuwen?'

'En haar uithoren.'

Montez trok een zonnebril tevoorschijn, hield die omhoog en gebruikte de glazen als spiegels. Zijn vlinderdasje was een beetje scheefgezakt. Hij fronste en zette het recht.

'U zult haar waarschijnlijk kunnen vinden op de tennisbaan,' zei hij. 'Of op de golfbaan, of achter een Cosmopolitan op het terras van de countryclub.'

'Welke countryclub?'

'Het was overdrachtelijk bedoeld. Ik heb geen flauw idee of ze lid is van een countryclub, maar het zou me niets verbazen. Sydney was destijds al rijk, dus waarschijnlijk is ze nu nog rijker.'

'Een rijk meisje dat advocaatje speelt?' vroeg ik.

'Dat hebt u goed gezien, u bent vast psycholoog. Als je Sydney voor het eerst ontmoette, zorgde ze er altijd goed voor dat je wist met wie je te maken had. Zwaaiend met haar handtas van Gucci vuurde ze dan alle belangrijke gegevens als een soort machinegeweer op je af. Alsof jij nog een studentje was en zij een college "De eerste beginselen van Sydney" gaf.'

'Praatte ze over het feit dat ze zoveel geld had?'

'Over haar pappie, de filmbons, over haar echtgenoot, de filmbons, over al die filmfeestjes die ze "verplicht" moest bijwonen. Zoontjes die op Harvard-Westlake zaten, het huis in Brentwood, het weekendhuis in Malibu, de BMW en de Porsche die ze afwisselend gebruikte.' Hij maakte een gebaar alsof hij moest kotsen.

'Wanneer is ze opgehouden met het pro-Deowerk?' vroeg ik.

'Eigenlijk al vrij snel nadat de zaak-Malley was afgerond.'

'Hoe snel?'

'Een maand of zo. Dat weet ik niet precies.'

'Denkt u dat het iets met die zaak van doen had?'

'Misschien indirect. Haar naam had in de krant gestaan en vlak daarna kreeg ze een vet contract aangeboden van Stavros Menas.'

'De advocaat van belangrijke en machtige mensen,' zei ik.

'Dat klopt als een bus. Wat Menas doet, lijkt meer op public relations dan op het verdedigen van misdadigers. En dat maakt hem bij uitstek geschikt voor L.A. Híj heeft de keuze tussen een Bentley en een Aston Martin.'

'Werkt ze nog steeds voor hem? Ik kon geen kantoornummer van haar vinden.'

'Dat komt omdat ze nooit voor hem heeft gewerkt,' zei hij. 'Voor zover ik weet, is ze van gedachten veranderd en heeft in plaats daarvan voor een lui leventje gekozen.'

'Waarom?'

Hij keek naar zijn bord. 'Dat zou ik u niet kunnen vertellen.'
'Een burnout?'
'Sydney kon niet voldoende betrokkenheid opbrengen om een burn-out te krijgen. Waarschijnlijk had ze er gewoon genoeg van. Ze had zoveel geld dat het niet nodig was al die ellende over zich heen te laten komen. Toen ik hoorde dat ze het bijltje erbij neer had gegooid, dacht ik aanvankelijk dat ze zou proberen om een filmdeal te sluiten naar aanleiding van de zaak. Maar dat is niet gebeurd.'
'Dacht u dat omdat haar man een filmbons is?'
'Omdat het echt iets voor haar was. Ze wilde iedereen naar haar hand zetten en ze dacht alleen aan zichzelf. Soms vloog ze voor een weekend in een privéjet naar Aspen, om dan op maandag weer in een Chanelpakje aan het werk te gaan en te proberen gerechtigheid te krijgen voor een of andere vent uit Compton. Tijdens de lunch kreeg je alle namen voorgeschoteld van de lui die in The Palm naast haar hadden gezeten.' Hij lachte. 'Ik zou graag aannemen dat ze eigenlijk ongelukkig is, maar dat zal wel niet kloppen.'
'Hebt u bepaalde geruchten over een filmdeal gehoord?' vroeg ik.
'Ik weet alleen dat ze zich in allerlei bochten heeft gewrongen om de zaak te krijgen.'
'Hoe dan?'
'Door te slijmen bij de baas. Bij pro-Deozaken gaat een nieuwe cliënt normaal naar degene die boven aan de lijst staat. Tenzij de baas zelf iemand voor een bepaald geval aanwijst. Ik weet heel zeker dat Sydney voor Troy Turner nog niet aan de beurt was, want de vent die bovenaan stond, heeft me zelf verteld dat hij gepasseerd was. En het was niet zo dat hij zich daarover beklaagde, want hij moest niets hebben van al die publiciteit. "Het kreng heeft me een dienst bewezen," zei hij letterlijk.'
'Kon ze zo'n zaak wel aan?'
Montez beet zijn tanden op elkaar. 'Ik zou het liefst nee zeggen, maar ja, ze was er intelligent genoeg voor. Ze had toen inmiddels ook al drie of vier jaar ervaring en haar percentage gewonnen zaken was net zo hoog als dat van de anderen.'
'Drie of vier jaar ervaring?' zei ik. 'Voor zover ik me herinner, was ze al wat ouder.'
'Dat was ook zo. Nadat ze haar bul had gehaald, is ze getrouwd, moeder geworden en ze heeft gewacht tot de kinderen wat groter

waren.' Hij veegde zijn mond af en vouwde zijn servet op. 'Als u haar ziet, doe haar dan maar de groeten.'

'Dat zal ik doen.'

'Het was een grapje.'

Vanuit de auto belde ik Milo op het bureau. Hij was er niet en ik vroeg naar rechercheur Binchy.

'Ha, die dokter Delaware,' zei Sean.

'Kun je me het adres geven van iemand die niet in het telefoonboek staat?'

'Dat weet ik niet, dok, want eigenlijk is het tegen de regels.'

'Milo heeft gevraagd of ik met die persoon wilde gaan praten, dus in zekere zin doe ik het voor de politie.'

'Voor de... nou ja, dan zal het wel goed zitten. U bent toch niet van plan om iemand dood te schieten, hè?'

'Alleen maar als ze me tegen de haren in strijken.'

Stilte.

'Haha,' zei hij toen. 'Oké, momentje, graag.'

Toen Lauritz Montez Sydney Weiders manier van leven op de korrel nam, had hij het gehad over huizen in Brentwood en Malibu, maar misschien had hij dat ook alleen maar overdrachtelijk bedoeld. Of ze had niet voldaan aan zijn verwachting dat ze alleen maar rijker was geworden en was op bescheidener voet gaan leven.

Het huis waar ze volgens de telefoonmaatschappij woonde was een vrij kleine bungalow aan La Cumbre Del Mar aan de westkant van Pacific Palisades. Een zonnige straat die gekoeld werd door de oceaanlucht met een uitzicht op zee waarvoor minstens een bedrag met zes nullen neergeteld moest worden, maar een paleis was het zeker niet. De wit bepleisterde voorgevel was voorzien van half vergaan vakwerk. Zieltogende sagopalmen en slappe varens stonden aan het eind van een gazon dat vermengd was met wild duingras. Een zielige oude eucalyptusboom met blauwe bladeren veroorzaakte veel grauw afval op het gras. Op de oprit stond een gedeukte grijze Nissan Pathfinder, die onder de meeuwenstront zat.

Toen ik naar de deur liep, kon ik de oceaan ruiken en ik hoorde de langzame ademhaling van de bruisende branding. Op mijn kloppen werd niet opengedaan en er verscheen ook niemand nadat ik twee keer op de bel had gedrukt. Een jonge vrouw aan de overkant van de straat deed haar voordeur open en bleef naar me staan kijken. Toen ik me naar haar omdraaide, ging ze weer naar binnen.

Ik bleef nog even wachten, pakte vervolgens een visitekaartje en schreef op de achterkant het verzoek aan Sydney Weider om me te bellen. Ik duwde het door de brievenbus. Toen ik terugliep naar mijn auto zag ik haar door de straat aan komen lopen.

Ze had een groen joggingpak aan met witte gympen en een zonnebril en ze liep op een stijve manier, waarbij haar heup steeds op een vreemde manier uitstak. Haar haar was kortgeknipt en ze had het wit laten worden. Ze was nog steeds mager, maar haar lichaam zag er slap, slungelig en onaantrekkelijk uit.

Ik stapte op het trottoir voor haar huis. Toen ze me zag, bleef ze abrupt staan.

Ik zwaaide.

Ze reageerde niet.

Ik liep naar haar toe en glimlachte. In een zielig, zinloos gebaar strekte ze haar armen uit alsof ze zichzelf probeerde te verdedigen. Ze leek op iemand die te veel films over oosterse vechtsporten had gezien.

'Mevrouw Weider...'

'Wat wilt u van me?' Het advocatentoontje was verdwenen, haar stem klonk schril van angst.

'Alex Delaware. Ik heb meegewerkt aan de Malley...'

'Wie bent u?'

Ik herhaalde mijn naam.

Ze stapte dichterbij. Haar lippen trilden en haar kin beefde. 'Ga weg!'

'Kunnen we misschien heel even met elkaar praten? Rand Duchay is vermoord. Ik werk samen met de politie aan die zaak en als u een minuut de tijd...'

'Een minuut waarover?' Ratatat.

'Over wie Rand vermoord kan hebben. Hij is vorige week...'

'Hoe moet ik dat weten?' schreeuwde ze.

'Mevrouw Weider,' zei ik. 'Ik wil u niet aan het schrikken maken, maar het kan zijn dat uw persoonlijke veiligheid in gevaar is.'

Ze klauwde met één hand door de lucht. De andere hing gebald langs haar zij. 'Waar hebt u het over? Waar hebt u het in vredesnaam over?'

'De kans bestaat dat...'

'Maak godverdomme dat je wegkomt!' Ze schudde heftig met haar hoofd, alsof ze zich daarmee van haar bezoeker kon ontdoen.
'Mevrouw Weider...'
Haar mond ging wijd open. Heel even bleef het stil, toen begon ze te gillen.
Een zeemeeuw krijste de tweede stem. Aan de overkant kwam dezelfde buurvrouw weer naar buiten.
Sydney Weider begon nog harder te gillen.
Ik ging weg.

25

Op weg naar huis bleef de opgejaagde blik in de ogen van Sydney Weider me door het hoofd spoken.
Ik liep naar mijn kantoor en dook in de zoekmachines. 'Sydney Weider' leverde dertig resultaten op, maar slechts een daarvan had iets te maken met het feit dat ze had meegewerkt aan het proces tegen Turner en Duchay. Het was een alinea uit het *Western Legal Journal* van een maand voor de laatste zitting, waarin gespeculeerd werd over een oprekking van het jeugdrecht.
Weider werd geciteerd omdat ze gezegd zou hebben dat er meer dan genoeg 'grensverleggende consequenties' zouden zijn. Geen opzienbarende mededelingen van Lauritz Montez. Hij had zich onthouden van commentaar of niemand had hem gevraagd wat hij ervan dacht.
De overige resultaten dateerden uit de jaren voordat Weider als pro-Deoadvocaat was gaan werken. Uit een overlijdensbericht bleek dat Weiders vader Gunnar Weider was geweest, een producer van goedkope griezelfilms en later van tv-series. Sydney werd genoemd als zijn enige nabestaande en als de echtgenote van Martin Boestling, een filmagent in dienst van CAA.
Vroeger, voordat het begrip 'politiek correct' allesbepalend werd, had de *Times* een pagina gehad met societynieuws. Ik logde in bij het archief van de krant en vond een aankondiging van de bruiloft van Weider en Boestling, twintig jaar geleden. De receptie had plaatsgevonden in het Beverly Hills Hotel. Sydney was drieëntwintig geweest, haar bruidegom twee jaar ouder. Een grootse brui-

loft, die bezocht was door een heleboel Bekende Gezichten.

Ik voerde de naam Boestling in. Een paar jaar nadat hij met Sydney was getrouwd, was hij van CAA verkast naar ICM en vervolgens naar William Morris. Daarna moest zijn zakelijke post verstuurd worden naar Miramax, waar hij bleef tot een jaar voor de Malley-moord toen hij ontslag nam om MBP Ltd. op te richten, zijn eigen productiemaatschappij.

Volgens het persbericht in *Variety* zou het nieuwe bedrijf zich concentreren op 'kwalitatief verantwoorde speelfilms met een bescheiden budget'. Maar de enige MBP-producten die ik kon vinden, waren drie voor tv gemaakte niemendalletjes, waaronder een remake van een komische serie die in de oorspronkelijke versie al niet te pruimen was geweest.

Lauritz Montez had het gehad over een verfilming van de zaak. Zou dat echt het geval zijn geweest en zou Boestling voor zichzelf zijn begonnen om daar een slaatje uit te slaan?

Voor mijn gevoel was de zaak-Malley helemaal niet geschikt om verfilmd te worden – geen happy end, geen berouw, geen karakteropbouw – maar wat wist ik ervan?

Misschien zou er een prul van gemaakt kunnen worden dat geschikt was voor kabel-tv. Ik bleef verder zoeken. Maar ik kon niemand vinden die het project had opgepakt, ook Martin Boestling niet.

De andere resultaten waren vermeldingen over het feit dat Sydney en Martin bijeenkomsten hadden bijgewoond van de voor de hand liggende liefdadige doelen: de Vereniging voor Behoud van de Santa Monica Mountains, Red de Baai, Het kuuroord voor Vrouwen, het Burgerinitiatief voor Beperking van Vuurwapens en de Vrienden van de L.A. Dierentuin.

De enige foto die ik vond, toonde het echtpaar bij een gelegenheid ten bate van het kuuroord voor Vrouwen. Weider leek sprekend op de vrouw die ik me van acht jaar geleden herinnerde: slank, blond, dure kleren. Martin Boestling was donker en gezet, met de houding van een agressieve hond.

Ze was altijd over haar eigen tong gestruikeld, maar nu had haar koele, bedachtzame houding plaatsgemaakt voor een hysterische manier van spreken en rauwe angst. Van privéjets en de keuze tussen een BMW en een Porsche naar een Nissan vol vogelpoep.

Zou het feit dat er maar één auto op de oprit stond betekenen dat Boestling naar zijn werk was? Of zou Weider alleen wonen?

Ik belde Binchy. Nu was hij er niet, maar Milo wel.

Ik vertelde hem hoe het gesprek met Montez was verlopen en de manier waarop Weider me ontvangen had, compleet met een beschrijving van haar huis en haar auto.

'Dat klinkt als een ongelukkige vrouw,' zei hij.

'Een zenuwachtige vrouw en ik maakte haar nog nerveuzer. Ik heb haar de stuipen op het lijf gejaagd.'

'Misschien wil ze niet herinnerd worden aan haar vorige leven. Dat gebeurt wel vaker als mensen armer worden. Al heb ik geen medelijden met haar, want ze woont nog steeds in de Palisades.'

'Kun jij erachter komen of zij en Boestling uit elkaar zijn?' vroeg ik.

'Hoezo?'

'Omdat ze minder geld lijkt te hebben. En ze gaf me het gevoel dat ze alleen woonde.'

'En?'

'Haar reactie was echt bizar.'

'Blijf maar even hangen.' Hij legde de telefoon neer en meldde zich een paar minuten later weer. 'Ja, ze zijn gescheiden. De scheiding werd zeven jaar geleden aangevraagd en drie jaar later uitgesproken. Dat is het enige wat ik te weten kan komen zonder naar het hoofdbureau te rijden. Het zal niet lollig zijn geweest om drie jaar lang in scheiding te liggen en het kan best zijn dat ze niet heeft gekregen wat ze wilde. En mag ik nu even vertellen wat mij is overkomen? Ik ben naar die keet van Nestor Almedeira op Shatto gegaan. Meer kakkerlakken dan je dood kunt trappen. En het was precies zoals Krug zei, niemand die zich ook maar iets van Nestor kan herinneren. Toen ik een beetje begon aan te dringen dacht de beheerder dat het best mogelijk was dat Nestor af en toe optrok met een andere junk, een zekere Spanky, maar hij had geen flauw idee hoe Spanky in werkelijkheid heette. Een blanke man tussen de vijfentwintig en de vijfenveertig, lang, met donker haar en een snor. Vermoedelijk.'

'Vermoedelijk?'

'Het haar kon ook best donkerblond of rossig of kastanjebruin zijn geweest. De snor kon ook best een baard zijn geweest. De beheerder is ongeveer één meter vijfenvijftig, dus ik neem aan dat vrijwel iedereen een lange indruk op hem maakt. Om acht uur 's ochtends had hij al een kegel vanjewelste, dus echt betrouwbaar lijkt hij me niet. Nestors spullen zijn nergens te vinden. Ik heb ook navraag gedaan naar Krug en hij staat bekend als een lui varken. Ik durf te wedden dat hij nooit de moeite heeft genomen Nestors schatten te bekijken en dat hij gewoon heeft gewacht tot de andere junks het hele dopekoffertje van Nestor hadden geplunderd om alles van enige waarde in te pikken of te verkopen. De rest zullen ze wel weggegooid hebben.'

'Met inbegrip van Troy Turners gevangenispasje,' zei ik. 'Daar krijg je op straat niets voor. Of misschien had Nestor het wel bij zich en heeft de moordenaar het als een soort souvenir meegenomen.'

'Als het de bedoeling was om Nestor voorgoed de mond te snoeren, dan kun je daar vergif op innemen. Zou het niet leuk zijn als ik een bevel tot huiszoeking voor die blokhut van Cowboy Barnett kon krijgen om dat verdomde ding daar dan in een la te vinden? Het volgende punt: Jane Hannabee. Op het hoofdkantoor schijnen ze het dossier niet te kunnen vinden, de ene rechercheur die aan de zaak heeft gewerkt is dood en de ander is naar Portland in Oregon verhuisd. Ik zit te wachten tot hij me terugbelt. Ik heb wel het rapport van Hannabees lijkschouwing boven water gekregen, dat kunnen ze me ieder moment faxen. En ten slotte heb ik ook nog navraag gedaan naar onze oude stuntmadam, Bunny MacIntyre. Ze is een brave burgeres en al vierentwintig jaar eigenaar van die kampeerplaats. Goed, dat was het wat mij betreft. Heb jij nog ideeën?'

'Bij gebrek aan opzienbarende aanwijzingen zou ik me op Sydney Weider concentreren.'

'Op haar? Waarom zou dat zo belangrijk zijn?'

'Je had erbij moeten zijn,' zei ik. 'De manier waarop haar behoedzaamheid omsloeg in regelrechte paniek. Bovendien heeft ze acht jaar geleden echt moeten hengelen om die zaak te krijgen en Montez suggereerde min of meer bij wijze van grap dat zij en Boestling er een film over wilden maken. Ik weet dat het allemaal als los zand aan elkaar hangt, maar op de een of andere manier voel ik nattigheid.'

'Als je met haar ex wilt gaan praten, vind ik dat best. Hoe zit het met de Daneys? Hoe reageerden zij op die waarschuwing?'

'Ze waren niet thuis.'

'Oké,' zei hij. 'Laten we het volgende afspreken. Jij probeert nog een keer of je de Daneys kunt bereiken en... aha, de fax met het lijkschouwingsrapport van Hannabee komt net binnen... Dat is een flinke stapel papier, dus die zal ik eerst even doornemen. Als ik iets interessants tegenkom, bel ik je wel.'

Ik deed nog twee pogingen om de Daneys te bereiken. De telefoon bleef overgaan.

Geen antwoordapparaat. Gezien het grote aantal pleegkinderen dat ze in huis hadden, leek dat een beetje vreemd.

Om kwart voor zes belde ik Allison op haar praktijk.

'Nog één patiënt, dan ben ik vrij,' zei ze. 'Zullen we eens iets anders gaan doen?'

'Zoals wat?'

'Hoe zou je het vinden om te gaan bowlen?'

'Ik wist niet dat je bowlde.'

'Dat doe ik ook niet,' zei ze. 'Daarom is het weer eens iets anders.'

We reden naar bowlingcentrum Culver City Champion Lanes. Binnen was het donker, met blacklights en bonkende dancemuziek en stampvol magere jongelui met haren vol gel die eruitzagen alsof ze net waren afgewezen voor een realityshow. Veel drank, gelach en billenknijperij, ballen van vijf kilo die in de goot terechtkwamen en een paar klinkende successen.

Alle banen waren bezet.

'Studioavond,' zei de bedrijfsleider. Middelbare leeftijd, dikke wallen onder zijn ogen. 'Metro Pictures heeft een deal met ons. Eén keer paar maand mogen de slaven zich een keertje uitleven. Dat verdienen we weer terug met de drank.' Hij wierp een blik op de cocktailbar aan de andere kant van de ruimte.

'Wie zijn de slaven?' vroeg Allison.

'Loopjongens, manusjes-van-alles, assistent-regisseurs en de assistenten van de assistent-regisseurs.' Hij trok een spottend gezicht. 'Het werkvolk.'

'Hoe lang duurt dat nog?' vroeg ik.

'Een uur.'

'Wil je wachten?' vroeg ik aan Allison.

'Ja, hoor,' zei ze. 'Laten we maar een spelletje gaan doen bij die automaat waar je allerlei leuke dingen uit kunt vissen.'

Ik verpatste vijf dollar aan diverse vergeefse pogingen om met een krakkemikkige robotarm iets op te vissen uit een stapel speelgoeddingetjes die hooguit een kwartje hadden gekost. Uiteindelijk slaagde een klein vlossig roze trolletje met een ziekelijk lachje erin met een arm in de grijper te blijven zitten.

'Wat schattig,' zei Allison. Ze liet het in haar tas vallen en drukte haar lippen even tegen de mijne. Daarna gingen we naar de cocktailbar en kozen een bank helemaal aan het eind uit. Met rood vilt beklede wanden en een schimmelige vloerbedekking die zo dun was dat ik het ruwe beton eronder kon voelen. Allison bestelde een broodje tonijn en een gin-tonic en ik nam een biertje.

'Wat heb je vandaag allemaal uitgespookt?' vroeg ze.

Ik bracht haar op de hoogte.

'Ik kon die tussenperiode van acht jaar maar niet uit mijn hoofd krijgen,' zei ze. 'Wat denk je hiervan: alleen het feit dat Rand ontslagen werd, was al genoeg om Malley overstuur te maken. Gebruikt hij amfetamines of coke?'

'Ik zou het niet weten.'

'Als dat het geval is, zou het zijn woede alleen maar groter maken. Hij moet toch op de hoogte zijn gebracht van Rands ontslag, hè?'

'Op z'n minst dertig dagen van tevoren,' zei ik. 'Dus hij heeft het puur uit stress gedaan?'

'Dat is een normaal verschijnsel bij patiënten die aan verdovende middelen verslaafd zijn. Mensen die proberen hun impulsen en hun slechte gewoonten te onderdrukken en daar heel goed in slagen. Dan krijgen ze een klap en vervallen weer in hun oude fouten.'

Moord als slechte gewoonte. Af en toe kwam het daar gewoon op neer.

26

Maandagnacht bleef ik bij Allison slapen. Op dinsdag had ze acht patiënten en ik ging even voor acht uur weg. Onderweg naar huis probeerde ik opnieuw de Daneys op hun privénummer te bereiken. Nog steeds geen gehoor.

Op vakantie met de pleegkinderen? Het feit dat ze thuisonderwijs kregen, betekende dat ze een flexibel werkschema hadden, dus het zou kunnen.

Of was hun iets overkomen dat weinig met vrijetijdsbesteding van doen had?

Ik reed door Brentwood naar Bel Air en sloeg op Sunset af naar Beverly Glen. Daarna negeerde ik de afslag die naar mijn huis voerde en reed in noordelijke richting door naar de Valley.

Galton Street bood een vredige aanblik. Een man die zijn gazon stond te besproeien, een paar kinderen die tikkertje speelden en rondfladderende vogels. Het lawaai van de snelweg klonk alsof iemand constant zijn keel stond te schrapen. Ik stopte op enige afstand van het huis van de Daneys. Het hardhouten hek zat dicht en door de schutting kon ik niets anders zien dan het topje van het dak.

Ik kon me nog goed herinneren dat de drie gebouwen bijna het hele terrein in beslag namen. Er was geen parkeerruimte over, dus alle auto's zouden op straat moeten staan. De witte Jeep van Drew Daney was nergens te zien en ik had geen flauw idee waar Cherish in reed.

Ik liet de Seville iets verder rollen, op zoek naar een zwarte pick-up of iets anders dat niet in orde leek. Twee huizen verder stond een donkere pick-up voor de deur.

Zwart? Nee, donkerblauw. Langer dan die van Barnett Malley, met een extra stoel, vijftig centimeter brede banden en verchroomde randen.

Er waren heel wat pick-ups in de Valley.

Op drie meter van het hek kwam ik weer tot stilstand en ik wilde net de motor uitzetten, toen een kleine beige auto, die aan de overkant van de straat had gestaan, wegreed en langs me heen stoof met alle vaart die vier cilinders konden opbrengen.

Een Toyota Corolla, vol deuken en krassen en met een paar reparatieplekken op de deuren. Ik ving nog net een glimp van de persoon achter het stuur op.

Een vrouw met lang blond haar, de vingers om het stuur geklemd. Cherish Daney had een felle blik in de ogen.

Ze reed naar de hoek, remde af, sloeg rechts af en verdween uit het zicht.

Ze had een kleine voorsprong, maar tegen vier cilinders kon ik het wel opnemen.

Het ochtendverkeer viel mee en ik kon haar zonder veel moeite inhalen terwijl ze hard in westelijke richting over Vanowen reed. Verborgen achter een langzaam rijdende kampeerauto bleven mijn ogen strak gericht op de scheefhangende bumper van de kleine auto, die naar de Ventura Freeway East reed.

Ze tufte de oprit op, maar die was zo steil dat ze snelheid verloor en nog langzamer ging rijden. Ik passeerde de camper, reed naar het begin van de oprit en wachtte tot ze over de top was. Als de politie me in de gaten kreeg, zou ik heel wat uit te leggen hebben. Maar er was geen smeris te zien. Er waren maar heel weinig mensen te zien. Toen de Corolla eindelijk uit het zicht was verdwenen, trapte ik snel het gaspedaal in.

Cherish Daney voegde nerveus in tussen het langzaam rijdende verkeer op de rechterrijbaan en zwabberde een beetje toen ze uitweek naar de middelste baan. Ze had een hand aan haar oor en zat kennelijk in een gsm te praten. Het kostte haar bijna een kilometer om een snelheid van rond de honderdvijftien te bereiken en die hield ze aan terwijl ze via North Hollywood en Burbank naar Glendale reed, waar ze de afslag voor Brand Boulevard nam.

Misschien ging ze gewoon winkelen in de Galleria en dan stond ik mooi voor gek.

Nee, het winkelcentrum was op dit tijdstip nog niet open. En uit de uitdrukking die ik op haar gezicht had gezien kon ik opmaken dat haar hoofd niet naar koopjes stond.

Ik bleef op Brand twee auto's achter de Corolla en reed mee naar het zuiden.

Langs de Galleria. Anderhalve kilometer, twee, tweeëneenhalf.

Plotseling gaf Cherish Daney zonder haar knipperlicht aan te zetten een ruk aan het stuur van de Corolla en hobbelde het parkeerterrein op van een koffieshop met een met grind bestrooid dak, Patty's Place. Een reclameposter op het raam lonkte met ONTBIJTSPECIAL: DE LEKKERSTE HUEVOS RANCHEROS IN DE STAD! En daaronder: TAP EEN KOP UIT ONZE ALTIJD VOLLE KOFFIEPOT! ONZE WARME WAFELS ZIJN VURRUKKULUK!

Ondanks al die culinaire verlokkingen leek Glendale nog niet echt overtuigd. Er stonden maar drie andere auto's op het brede, zonnige parkeerterrein.

Twee kleine personenwagens. En een zwarte pick-up.

Cherish stopte naast de pick-up. Voordat ze uit kon stappen, stond Barnett Malley al naast haar. Hij droeg dezelfde kleren als bij ons bezoek aan de blokhut, plus een leren hoed met een brede rand. Grijsblond haar hing over zijn kraag. Hij had zijn duimen achter zijn riem gehaakt en hij had o-benen.

Cowboy Buckaroo.

Cherish Daney was van top tot teen een meisje uit de stad: een strak geel topje, een zwarte broek en hooggehakte sandaaltjes. Haar witblonde haar, dat in de auto los had gehangen, was nu opgestoken in een knotje.

Ze liepen naar elkaar toe alsof ze elkaar in de armen wilden vallen, maar bleven staan zonder de ander aan te raken. Zwijgend liepen ze precies in de pas naast elkaar naar het restaurant toe. Toen Malley de deur voor Cherish openhield, stapte ze zonder aarzelen langs hem heen naar binnen.

Ze was op bekend terrein.

Ze bleven bijna een uur binnen en toen ze weggingen, hield hij haar elleboog vast. Ik had schuin tegenover Patty's Place een plekje gevonden om de wacht te houden, maar ik was te ver weg om de uitdrukking op hun gezicht te zien.

Barnett Malley deed het portier van haar auto voor Cherish open en wachtte tot ze achter het stuur zat voordat hij in de zwarte pickup stapte. Zij reed weg, opnieuw in zuidelijke richting over Brand en hij reed vlak achter haar aan. Ik was de derde in de optocht en zorgde dat ik steeds minstens een straatlengte achterbleef.

Ze reden naar een Best Western in de buurt van Chevy Chase Boulevard. Door de glazen voorgevel van het motel waren boven het felverlichte zwembad twee verdiepingen met kamers te zien.

Barnett Malley ging naar binnen en Cherish Daney bleef in haar auto zitten wachten. Er gingen zeven minuten voorbij voordat ze uit de Corolla stapte, om zich heen keek en haar haar gladstreek. De Seville was een van vele auto's op de parkeerplaats van het motel en dit keer was ik zo dichtbij dat ik haar gezicht wel kon zien. Het stond strak en ze likte voortdurend haar lippen. Met een blik op haar horloge streek ze opnieuw over haar haar, trok haar blouse recht en liet een vinger over haar onderlip glijden. Nadat ze de vinger had bekeken, veegde ze hem af aan haar broekspijp. Vervolgens sloot ze haar auto af, slaakte een diepe zucht, trok haar schouders recht en stapte grimmig op de ingang van het motel af. Zou ze aan zondige dingen denken? Of zou dat een nietszeggend begrip zijn geworden?

Drie kwartier later dook ze weer op. Nog steeds gespannen en iets voorovergebogen, precies zoals de eerste keer dat ik haar had ontmoet. Met de armen stram langs haar lichaam liep ze rap naar de Corolla toe, reed achteruit en stoof er met een vaartje vandoor.

Ik liet haar gaan en bleef wachten.

Malley kwam negen minuten later tevoorschijn. Hij had zijn hoed in zijn hand, hij liep losjes en ontspannen en hij rookte een lange, dunne sigaar.

Ik volgde hem naar de 134 West. Na ongeveer anderhalve kilometer sloeg hij af naar de 5 North, en toen hij na dertig kilometer de Cal 14 nam, remde ik af en zorgde ervoor dat er een stel trucks met oplegger tussen ons in kwam rijden. Hij reed bijna honderddertig en de volgende vijfendertig kilometer werden met razende vaart afgelegd. Toen hij de afslag naar Crown Valley nam, bleef ik doorrijden tot de volgende afslag, waar ik omkeerde en weer terugreed naar L.A.

Zoals Milo al had gezegd: dit was zijn terrein en er was nergens een plek om je te verstoppen.

Om één uur 's middags was ik weer thuis. Ik had Milo een paar keer met mijn mobiel gebeld, maar op zijn privénummer kreeg ik zijn antwoordapparaat en hij zat niet achter zijn bureau.

Allison zou pas over een paar uur klaar zijn. Het was de bedoeling dat we elkaar om vijf uur weer zouden zien om misschien een bioscoopje te pikken. Ik voerde mijn vissen, probeerde me te ontspannen en pakte de telefoon weer op.

'Hoi,' zei Milo.

'Malley komt wel degelijk zijn huis uit,' zei ik. 'Hij heeft alleen een klein zetje nodig.'

Ik vertelde hem wat ik had gezien.

'Dat verandert de hele zaak,' zei hij.

27

Om twee uur 's middags kwam Milo met grote stappen naar binnen door de voordeur, die ik open had gelaten. Terwijl hij een pak sinaasappelsap meegriste, zei hij: 'Ik heb behoefte aan frisse lucht.'

We liepen omlaag naar de vijver.

'Ik heb mijn best gedaan om me keurig te gedragen,' zei hij, 'zoals aan de petunia's ruiken. Rick had vrij, dus zijn we een eind gaan wandelen in Franklin Canyon en vervolgens lekker samen gaan brunchen in het Urth Café. Allemaal mooie bekende mensen bij wie ik ontzettend afstak.' Hij klopte op zijn buik. 'Volkoren wafels... Op die manier is het helemaal niet leuk om je vol te proppen.'

Hij zette het pak aan zijn mond.

'Sorry dat ik je in je vrije tijd lastig heb gevallen,' zei ik.

'Welke vrije tijd? Rick moest komen opdraven om een knul die uit een boom was gevallen dicht te naaien en ik bleef toch constant aan de zaak denken terwijl ik net deed alsof ik me ontspande.' Hij gooide wat korreltjes voer in het water en mompelde: 'Kom maar bij oom Milo.' De koikarpers kwamen aanzwemmen en spetterden. 'Fijn dat ze me leuk vinden.'

Hij bleef doordrinken tot het sap op was en knielde toen op de grond om een paar sprietjes te plukken van de slangebaard die tussen de stenen rond de vijver groeit. Hij wreef ze tussen zijn vingers kapot voordat hij ging zitten. 'Malley en Cherish die samen tussen de lakens kruipen. Die goeie ouwe betrouwbare menselijke zwakheden.'

'Het klopt met wat Allison zei. Volgens haar communiceerden de Daneys niet al te best. Omdat ze alle opmerkingen over die zwarte pick-up wegwoof. Ze vond dat Barnett geen echte verdachte was.'

'Om de aandacht van haar vriendje af te leiden,' zei hij. 'Hoe denk je dat ze elkaar hebben gevonden?'

'Dat zal wel iets met Kristal te maken hebben gehad.'

'Ze behoorden anders tot verschillende kampen.'

'De liefde is ondoorgrondelijk,' zei ik.

'Wou je soms zeggen dat ze elkaar in de gang tegenkwamen en dat het meteen klikte? Uit alles wat we hebben gehoord bleek dat Malley de pest had aan iedereen die voor de verdediging werkte.'

'Maar kennelijk niet aan Cherish.'

Hij krabde aan zijn neus. 'Denk je dat dit al acht jaar aan de gang is?'

'Het is in ieder geval niet vers,' zei ik. 'Ze voelden zich op hun gemak bij elkaar.'

'Die brave ouwe Cherish, onze geestelijke raadsvrouw. Ondertussen laat ze zich in een of ander goor motel door de cowboy pakken.'

'Om eerlijk te zijn was het best een leuke tent,' zei ik. 'Goedgekeurd door de bond voor toerisme, compleet met zwembad...'
'Ja ja, en met waterbedden die meedeinen op het ritme van overspelige passie. Wat is dat toch met die gelovige types, Alex?'
'Er zijn meer dan genoeg fatsoenlijke gelovige mensen die goed werk verrichten. Sommige mensen voelen zich aangetrokken tot het geloof omdat ze worstelen met verboden neigingen.'
'En anderen beschouwen het als een mooie manier om veel poen te verdienen. Hoeveel krijg je van de staat als je de zorg voor pleegkinderen op je neemt?'
'Vroeger was dat ongeveer vijf- of zeshonderd dollar per kind.'
'Daar word je niet echt rijk van,' zei hij.
'Acht kinderen à vijfhonderd dollar is vierduizend per maand,' zei ik. 'Geen bedrag waarvoor een mislukte theologiestudent zijn of haar neus zou ophalen. En zeker niet als daar nog andere verdiensten bij opgeteld kunnen worden.'
'Die andere baantjes van Daney. Hoe zei hij dat ook alweer? Hij werkte voor diverse non-profitorganisaties. Hij loopt de kerken af en ondertussen verkent vrouwlief de plaatselijke motels.'
'Plus dat ze misschien in aanmerking komen voor bepaalde tegemoetkomingen. Ik ben niet echt ingevoerd in de regels, maar de kans bestaat dat ze een vergoeding krijgen voor thuisonderwijs. Of extra geld voor kinderen met ADHD.'
'Dus ze kunnen een behoorlijk bedrag binnenhalen.' Hij stak zijn onderkaak naar voren. 'Oké, Cherish en Malley hebben een verhouding. Maar wat heeft dat in vredesnaam met de moorden te maken?'
'Het enige wat ik kan bedenken is dat Troy driemaal bezoek heeft gehad voordat hij vermoord werd. Eén keer van zijn moeder en twee keer van de Daneys. In theorie had Cherish dus in contact kunnen komen met Nestor Almedeira.'
Hij zette de zak met visvoer neer. Daarna maakte hij een knoopje van zijn overhemd los, schoof zijn hand onder de stof en wreef over zijn borst.
'Voel je je niet goed?' vroeg ik.
Hij keek me aan. 'Dominee Blondie als afgevaardigde van Malley die de huurmoordenaar in dienst neemt? Dus ze doet net alsof ze geestelijke steun verleent aan een dertienjarig jochie en regelt ondertussen dat hij als een varken afgeslacht wordt? Jezus, dan zou ze echt een viersterrenmonster zijn.'

'Het is maar een hypothese. Net zo logisch als het idee dat Barnett Nestor kende omdat ze allebei dealden.'

'Dus Cherish pleegt alleen maar overspel.' Hij wreef opnieuw over zijn borst.

'Heb je jeuk?' vroeg ik.

'Ik geef mezelf een hartmassage. Als Cherish en Malley elkaar niet hebben leren kennen tijdens de zes maanden die eroverheen gingen voordat de jongens gevonnist werden, waar zouden ze elkaar dan ontmoet kunnen hebben?'

'Ze woonden vroeger vlak bij elkaar.'

'Dus ze zijn elkaar gewoon in de supermarkt tegen het lijf gelopen? Eén blik op Cherish was genoeg om Barnett van een woedende vader in een hartstochtelijke minnaar te veranderen?'

Ik haalde mijn schouders op.

'Oké, laten we dat maar even vergeten en nadenken over het derde slachtoffer: Lara. Daarvoor kan onze theorie nog steeds opgaan: Malley gaf haar de schuld van wat Kristal was overkomen en hun huwelijk stond op instorten. Maar als er een nieuw liefje in beeld komt, dan wordt het motief meteen een stuk sterker. Ik vraag me af of er een levensverzekering op Lara was afgesloten.'

'Als dat zo was, dan heeft Malley het geld niet gebruikt om het er goed van te nemen.'

Hij krabbelde iets in zijn opschrijfboekje voordat hij de zak met voer weer oppakte en de vissen nog een paar korrels toegooide.

'Dat nieuwe liefje hoeft niet per se Cherish te zijn geweest,' zei ik.

'Barnett als Don Juan?'

'Hij zag er behoorlijk opgewekt uit toen hij dat motel uitkwam en je voelde zelf ook dat er een bepaalde aantrekkingskracht was tussen hem en Bunny MacIntyre. Cherish daarentegen maakte een behoorlijk gespannen indruk.'

'De cowboy is een versierder,' zei hij. 'Wel ja, waarom ook niet. Die opmerking van MacIntyre dat ze nooit weet waar hij uithangt, was pure lulkoek. Je hebt zelf gezien hoe die huizen daar liggen. Zou het haar echt niet opvallen als hij in zijn pick-up tussen de bomen door rijdt? En dan het volgende lijk: Hannabee. Ik ben er eigenlijk nog steeds niet van overtuigd dat zij er ook bij hoort. Geeft het feit dat Cherish het heeft aangelegd met Barnett daar ook een nieuwe draai aan?'

'De Daneys hebben Jane tijdens het proces gesteund. Cherish kan best geweten hebben waar Jane 's nachts sliep.'

'Weer die rol van tussenpersoon. Oké, laten we er dan eens van uitgaan dat Cherish erelid is van de Club van Superslechte Meiden. Wat houdt dat in voor de zaak waarover ik tegen betaling van hogerhand mijn licht moet laten schijnen?'

'Het wijst op een andere samenzwering,' zei ik. 'Als Cherish niet te vertrouwen is, heeft Drew de waarheid verteld met zijn verhaal over Rand die geluiden onder zijn raam hoorde en de zwarte pick-up heeft gezien. Barnett Malley heeft Rand te pakken genomen omdat Rand iets wist van de moord op Kristal dat een bedreiging voor hem vormde. Iets wat Rand aan Cherish had verteld omdat hij haar vertrouwde.'

'En dan brieft ze dat meteen door aan haar vriendje. Wat zou Rand acht jaar later nog kunnen vertellen dat een bedreiging voor Barnett vormde?'

'Dat antwoord ligt voor de hand. Barnett had iets te maken met de dood van zijn eigen dochter.'

'Die jongens hebben Kristal geslagen en gewurgd, dat wordt door niemand in twijfel getrokken. Op welke manier kan Barnett daar iets mee te maken hebben gehad?'

'Ik zou het niet weten.' We zaten met ons tweeën te staren naar de vissen die ik in de vijver heb gedaan omdat ik dacht dat ik me dan beter zou kunnen ontspannen. Soms helpt het inderdaad.

'Zelfs als dat zo zou zijn, waarom dan wachten tot er acht jaar is verlopen?' vroeg Milo. 'Waar hebben we het over? Een onderdrukte herinnering die ineens weer boven is komen drijven?'

'Of een jongeman die ineens iets begrijpt dat hem jarenlang dwars heeft gezeten. Misschien had Rand het al lang voordat hij werd vrijgelaten ontdekt, maar aan wie had hij dat moeten vertellen? De leiding van de gevangenis schonk totaal geen aandacht aan hem, ze hebben niet eens geprobeerd hem te leren lezen. De enige die hij vertrouwde, was Cherish. Maar dat vertrouwen was misplaatst.'

'Zodra hij op vrije voeten was, dacht hij aan iemand anders,' zei hij. 'Een man met een universitaire opleiding die hem altijd eerlijk, vriendelijk en objectief had behandeld.'

Hij keek me aan. 'De afspraak waarvoor hij niet kwam opdagen. Misschien was dat wel de reden om hem te vermoorden.'

We liepen terug naar het huis, maakten een paar flesjes bier open en gingen aan de keukentafel zitten.

Milo dronk zijn flesje leeg en zette het opzij. 'Wat zou je van deze smerige opzet denken, Alex? Stel je eens voor dat Cherish en Malley elkaar helemaal niet tijdens het proces hebben leren kennen. Ze rotzooiden al met elkaar vóórdat Kristal vermoord werd. Ze wilde met hem trouwen en de concurrentie uit de weg hebben. Al zijn gezinsleden dus. Vandaar dat ze een kleine huurmoordenaar in de arm nam en begon met het kind.'

'Dus Cherish zou Troy betaald hebben om Kristal te vermoorden?'

'Ze kende Troy al. Ze heeft psychologie gedaan, dus ze ging op zoek naar een kleine psychopaat met kille ogen en vond die ook. Troy heeft je zelf verteld dat hij rijk zou worden. Cherish hield hem aan het lijntje door hem te beloven dat hij al snel weer op vrije voeten zou zijn en dan een pot met goud aan het eind van die regenboog zou vinden. In plaats daarvan liet ze hem om zeep brengen. Zes maanden later was het tijd voor fase twee: Lara wordt uit de weg geruimd.'

'Lara werd met een pistool van Barnett doodgeschoten,' zei ik.

'Dus heeft Barnett het zelf gedaan of anders had Cherish, als zijn liefje, meer dan genoeg kans een van de .38's uit zijn collectie te pakken. Ik gok erop dat ze allebei vuile handen hebben. Weet je nog hoe pissig Nina Balquist was dat Barnett Lara had laten cremeren in plaats van een begrafenis te regelen? Waarom zou hij zoveel haast hebben gehad als er niets te verbergen was? En als Barnett Rand ontvoerd heeft, dan moet hij ook hebben geweten wat er aan de hand was.'

'Het enige probleem is,' zei ik, 'dat we inmiddels acht jaar verder zijn en dat Cherish en Barnett niet getrouwd zijn. Waarom zouden ze al die moeite doen voor een buitenechtelijke relatie?'

'Hoor eens,' zei hij, 'relaties zijn problematisch. De hartstocht zal wel bekoeld zijn of zo.'

'Niet genoeg om een eind te maken aan de motelafspraakjes.'

'Nou ja, dan zijn ze tot de ontdekking gekomen dat het leuker is om elkaar in het geniep te ontmoeten dan een gezinnetje te stichten. Of Cherish heeft geen zin om al dat overheidsgeld en het inkomen van Drews bijbaantjes op te geven. Bij een scheiding is het toch meestal de vrouw die moet inleveren? Kijk maar naar Weider. Cherish heeft nog steeds het huis, de kinderen en haar status als heilig boontje en zet daarnaast stiekem de bloemetjes buiten.'

'Dat zou kunnen,' zei ik. 'Dat klopt in ieder geval met het vermoeden van Allison dat het om voorbedachte rade gaat. Troy werd betaald en nam voor alle zekerheid Rand mee. Rand was aanvankelijk niet op de hoogte van alle bijzonderheden, maar is daar op de een of andere manier toch achter gekomen.'

Hij wreef hard over zijn gezicht. 'Toch valt het me zwaar om Barnett de moord op Kristal in de schoenen te schuiven. We hebben het wel over een vent die jaren heeft moeten wachten voordat hij vader werd. Hij ging zelfs zover dat hij geld leende voor een vruchtbaarheidsbehandeling.'

'Nina Balquin vermoedt dat het geld daar nooit voor is gebruikt.'

'Barnett en Lara moeten toch iets hebben ondernomen, Alex. Ze hebben een kind gekregen. Als Cherish de boze stiefmoeder is, dan kan ik me wel voorstellen dat ze heeft geprobeerd om het kind van die ander om zeep te brengen. Maar zou Barnett echt zijn eigen kind voor haar vermoord hebben?'

Ik hoorde wat hij zei, maar ik zat aan iets heel anders te denken. Door zijn opmerking over Nina Balquin was ik in gedachten ineens weer bij haar thuis. De achterwand.

'O, lieve hemel,' zei ik.

'Wat is er?'

'Die babyfoto van Kristal. Haar ogen. Grote bruine ogen. Barnett heeft blauwe ogen en dat gold ook voor Lara. Ik kan me nog herinneren dat ik haar in de rechtszaal zag met van die grote grijsblauwe ogen waar ze constant in zat te wrijven omdat ze steeds weer begon te huilen. Twee bruinogige ouders kunnen wel een kind met lichte ogen krijgen, maar het tegendeel komt slechts hoogst zelden voor, als gevolg van spontane mutatie.'

'Dus Kristal was niet het kind van de cowboy?'

'Lara werd pas zes jaar nadat ze het geld geleend hadden zwanger.'

'Lara heeft voor een ander soort vruchtbaarheidsbehandeling gekozen.' Hij glimlachte vals. 'Ze zijn allebei met iemand anders gaan rotzooien, maar bij Lara had dat tastbare gevolgen en dat kon Barnett niet verteren.'

'Barnett domineerde Lara en zonderde haar af,' zei ik. 'Dat was ook een reden om elders liefde te zoeken. Elke echtgenoot zou woedend worden als zijn vrouw een kind van iemand anders kreeg, maar bij zo'n vent als Barnett – asociaal, driftig en gek op vuurwapens – zou je op een gewelddadige reactie kunnen wachten. Hij strafte Lara twee keer. Eerst door de vrucht van haar ontrouw uit de weg te ruimen. En toen dat de woede in zijn binnenste nog niet bekoelde, heeft hij haarzelf koud gemaakt. En als hij nog een zet-je nodig had, was Cherish wel bereid dat te geven.'

'Bedbabbels,' zei hij. '"Ik weet wel wat je daaraan kunt doen, lie-verd." Ja, dat klinkt wel logisch, hè?'

'Het is een logica waar ik kotsmisselijk van word.'

'Maar hoe is Rand erachter gekomen?' vroeg hij.

'Hij moet zich iets herinnerd hebben uit de tijd rond de moord,' zei ik. 'Misschien heeft hij Troy vlak voor de moord in het gezel-schap van Cherish gezien. Of hij heeft Cherish en Barnett samen gezien. Voor zover wij weten, kan een van beiden die dag best in het winkelcentrum zijn geweest om er zeker van te zijn dat alles volgens plan verliep. Of Barnett was er direct bij betrokken. Lara zei dat ze Kristal maar heel even uit het oog had verloren voordat ze verdween. Als iemand die Kristal kende en vertrouwde haar nou eens meegelokt heeft?'

'Kom maar bij papa,' zei hij. 'En dan geeft papa haar over aan Troy en Rand. Jezus... en dat alles kwam spontaan bij Rand op, nadat hij jaren in de lik had gezeten?'

'Rand wist dat hij achter de tralies zat omdat hij meegedaan had aan iets verschrikkelijks. De afzondering en het feit dat hij vol-wassen werd, zetten hem aan het denken. Hij begon zijn eigen schuldgevoelens te analyseren omdat hij zich toch een goed mens wilde voelen. Barnett en Cherish hoefden zich over hem geen zor-gen te maken, omdat hij niet op de hoogte was geweest van het plan. Tot hij zijn mond tegen Cherish opendeed. Troy was daar-entegen wel een direct gevaar en werd al snel uit de weg geruimd.'

'Hoe heet dat seminarie waaraan zij gestudeerd heeft?'

'Fulton?'

'Heb je enig idee waar dat is?'

Ik schudde mijn hoofd. 'Volgens Cherish ligt Troy daar begraven. Ze wist de rector over te halen om hem een plekje te bezorgen.'

'O, dat wil ik onmiddellijk geloven.' Hij lachte en liet zijn knok-kels kraken. '"Cherish" is per slot van rekening een woord dat "koesteren" betekent...'

'Maar toch,' zei ik.

'Wat bedoel je?'

'We hebben een leuk kaartenhuis gebouwd, maar het enige wat we zeker weten over Cherish is dat ze met Barnett Malley naar bed gaat.'

Zijn gezicht werd hard. 'Dan moeten we meer te weten zien te komen. Dat is immers het doel van het leven? Verder leren kijken dan je neus lang is.'

28

Ik liep met Milo mee naar zijn auto. 'Is Kristal begraven of gecremeerd?'
'Vanwege het DNA, bedoel je.'
'Als je ooit het DNA van Barnett te pakken krijgt, zou je meteen kunnen achterhalen of hij wel haar vader was.'
'Ik zal je eens vertellen hoe het in werkelijkheid met DNA gaat. Vroeger stuurden we dat spul altijd naar het gerechtelijk lab van de sheriff, maar daar hebben ze een wachtlijst tot in het volgende millennium en het district weigert hun bovendien het geld te geven voor de nieuwste apparatuur, dus af en toe moeten ze zelfs dingen doorsturen. De politie heeft net een contract afgesloten met Orchid Cellmark in New Jersey, maar daarbij wordt wel een rangorde gehanteerd. Het eerst zijn de seksuele moorden aan de beurt, dan verkrachtingen en dan vergrijpen tegen minderjarigen. Het duurt op z'n minst twee tot vier maanden voordat je iets terugkrijgt. En dat is pas nadat je verzoek is goedgekeurd door de witte boorden. In dit geval, als Kristal zou zijn begraven, zou ik eerst een verzoek moeten indienen om haar op te graven en dat zou zelfs nog langer kunnen duren dan een DNA-analyse, zeker zonder toestemming van de directe nabestaanden. En als ik die aanpak zou volgen, zou Malley meteen begrijpen dat hij onder verdenking staat.'
'Het was maar een idee,' zei ik.
'Aan de andere kant bestaat de mogelijkheid dat de lijkschouwer bij Kristals autopsie iets achtergehouden heeft en dan zou ik dat naar Cellmark kunnen sturen... Ik rij rechtstreeks naar het lijkenhuis om te zien of ze iets kunnen vinden. Ciao.'

Ik liep weer naar binnen om te achterhalen wat in L.A. County de vergoeding was voor een pleegkind en om iets meer te weten te komen over het Fulton Seminary.
De eerste taak was simpel. Ik belde het privénummer van Olivia

Brickerman. Zij is professor aan de faculteit voor Sociale Wetenschappen van de oude, chique universiteit aan de andere kant van de stad. Ze was een in de strijd geharde veteraan, die voortdurend in een loopgravenoorlog was verwikkeld met de sociale dienst in Californië, weduwe van een schaakgrootmeester, een rots in de branding, die oud genoeg was om mijn moeder te zijn en een van de intelligentste mensen die ik ooit heb ontmoet.

'Je belt alleen als je iets van me nodig hebt,' zei ze.

'Ik ben een slechte zoon.'

Ze lachte en snakte meteen naar adem.

'Is alles in orde met je?' vroeg ik.

'Alsof jou dat iets kan schelen.'

'Ja, natuurlijk…'

'Ik ben nog steeds mobiel, liever. Alles in aanmerking genomen is dat een goed teken. En hoe gaat het met dokter Sneeuwwitje?'

'Met Allison?'

'De ivoorkleurige huid, het zwarte haar, die zachte stem, dat hele verrukkelijke uiterlijk? De vergelijking ligt voor de hand. Of ga ik nu te ver?'

'Met Allison gaat het prima.'

'En met Robin?'

'Robin zit in Seattle,' zei ik.

'Dat is geen antwoord op mijn vraag.'

'De laatste keer dat ik haar sprak, ging het prima met haar, Olivia.'

'Dus zo staan de zaken?' vroeg ze.

Ik gaf geen antwoord.

'Ik ben een ongeneeslijke bemoeial, Alex. Tik me maar op mijn vingers. In Seattle, hè? Daar ging ik samen met het Genie ook altijd naartoe. Voordat de computers en al die koffie hun intrede deden. Het Genie kon aardig overweg met een roeiboot en we maakten vaak tochtjes op Lake Washington… Is Robin nog steeds met die Stemmen-vent?'

'Ja.'

'Meneer Tralala,' zei ze. 'Ze is hier een paar maanden geleden op een zondag met hem komen brunchen. In tegenstelling tot sommige andere mensen die nooit tijd hebben.'

'Allison en ik hebben je mee uit eten genomen in Bel Air.'

'Wijsneus. Wat ik eigenlijk wil zeggen, is dat ik hem niet mocht.'

'Robin wel.'

'Hij is veel te rustig,' ging ze verder. 'Gereserveerd, als je het mij vraagt. Niet dat iemand dat heeft gedaan.'

'Ik ben altijd bereid om naar jouw goede raad te luisteren, Olivia.'

'Haha. Maar wat wilde je eigenlijk weten?'

'Hoeveel betaalt de staat iemand die een pleegkind in huis neemt?'

'Ik had eigenlijk gehoopt dat het iets spannenders zou zijn, schat. Om te beginnen bepaalt de staat wie er naar een pleeggezin moet en wat de basisvergoedingen zijn, maar de districten verdelen het geld. Districten hebben ook het recht om de staatsvergoedingen aan te vullen. Maar doorgaans zijn ze niet al te gul. De vergoedingen variëren, maar niet veel. Over welk district hebben we het?'

'L.A.'

'Wat je verder ook nog moet weten is dat pleegouders officieel niet betaald worden. Er wordt per kind een vast bedrag gereserveerd en de volwassene die dat kind onder zijn of haar hoede heeft, bepaalt hoe het wordt uitgegeven.'

'Wat inhoudt dat de pleegouders worden betaald,' zei ik.

'Precies. Het basistarief is afhankelijk van de leeftijd van het kind. Van vierhonderdvijfentwintig per maand tot vijfhonderdzevenennegentig. Oudere kinderen krijgen meer.'

'Ik had eigenlijk het tegendeel verwacht,' zei ik. 'Baby's hebben meer nodig.'

'Ja, maar jij denkt logisch, schat. We hebben het wel over de overheid. Ongetwijfeld heeft een of andere pennenlikker een formule bedacht die is gebaseerd op lichaamsgewicht.'

'Welke leeftijdsgroep krijgt het meest?'

'Ouder dan vijftien. Twaalf tot veertien krijgt vijfzesenveertig enzovoort, tot je uitkomt bij de baby's, die viervijfentwintig krijgen. Daar kun je niet veel babyvoedsel en luiers voor kopen. Het komt er vaak op neer dat familieleden zo'n kind in huis nemen en zich dan tot voogd laten benoemen. Gaat het daar in dit geval ook om?'

'Nee, dit zijn geen familieleden,' zei ik. 'Zijn er ook nog aanvullingen op dat basistarief?'

'Kinderen die speciale zorg behoeven komen in aanmerking voor een extra vergoeding. Momenteel tot een maximum van honderdzeventig per maand. Dat wordt via bureau Jeugdzorg uitgekeerd, maar er zijn ook andere instellingen waar je kunt aankloppen als je de weg weet. Er is van alles mogelijk.'

'Zouden kinderen met ADHD voor zo'n extra vergoeding in aanmerking komen?'

'Absoluut. Dat is een erkende afwijking. Heeft het zin om te vragen waarom je dat allemaal wilt weten?'

'Het gaat om mensen op wie verdenking is gevallen,' zei ik. 'Milo wil weten of ze zich verrijken door overheidsgeld op te strijken.'

'Die lieve Milo. Is hij al afgevallen?'

'Een beetje misschien.'

'Niet dus. Nou, ik ook niet. Weet je wat ik zeg tegen mensen die van nature mager zijn? Ga weg. Maar goed, als je wilt, kun je me de namen geven van die verdachte individuen, dan zal ik ze als ik weer op kantoor kom even door de computer halen.'

'Drew, dus waarschijnlijk Andrew, en Cherish Daney.' Ik spelde hun achternaam en bedankte haar.

'Cherish zoals in "ik hou van je"?'

'Precies.'

'Alleen houdt ze misschien te veel van geld?'

'Dat zou kunnen.'

'Wil je verder nog iets aan me kwijt?'

'Hoeveel pleegkinderen kan één gezin in huis nemen?'

'Zes.'

'Deze mensen hebben er acht.'

'Dat is heel stout van ze, al zal er waarschijnlijk geen haan naar kraaien. Er is een groot tekort aan wat volgens de staat fatsoenlijke adressen zijn en er zijn veel te weinig welzijnswerkers die de boel in de gaten houden. Als er niets verschrikkelijks gebeurt, zal niemand er iets van zeggen.'

'Wat houdt een fatsoenlijk adres in?' vroeg ik.

'Twee ouders, het liefst uit de middenklasse, al is dat niet per se noodzakelijk. Geen strafblad. In het gunstigste geval is er één kostwinner en één die thuisblijft om voor de kinderen te zorgen.'

'De Daneys voldoen aan al die voorwaarden,' zei ik. 'Betaalt de staat ook voor thuisonderwijs?'

'Hetzelfde antwoord. Dat hangt af van de manier waarop je de formulieren hebt ingevuld. Er bestaat niet alleen een kledingtoelage maar ook een aanvullende kledingtoelage en er zijn allerlei medische vergoedingen die aangevraagd kunnen worden. Wat is er aan de hand, schat? Is het weer zo'n stel oplichters?'

'Het is nogal ingewikkeld, Olivia.'

Ze zuchtte. 'Dat is het bij jou altijd.'

Het Fulton Seminary had maar één academische titel in de aanbieding, doctor in de godsgeleerdheid. Volgens de website werd bij het seminarie de nadruk gelegd op 'de Bijbelse, verkondigende en dienstverlenende aspecten van de evangelische beroepsopleiding'. Studenten hadden de mogelijkheid om een reeks 'intellectuele vakken' te volgen waaronder christelijk leiderschap, het uitdragen van het evangelie en het begeleiden van programma's.

Een aantal alinea's was gewijd aan de filosofische uitgangspunten van de school: God was volmaakt, het geloof in Jezus ging boven alle dadendrang, mensen waren verdorven tenzij ze bekeerd waren, belijdenis en erediensten waren essentiële elementen voor het herstel van een wereld die daar dringend behoefte aan had.

De campus besloeg iets meer dan een hectare heuvelachtig land aan de noordgrens van Glendale. Vanaf dat punt was het ongeveer een kwartier rijden naar het motel op Chevy Chase.

Ik scrolde door pagina's vol foto's. Kleine groepen keurig uitziende, glimlachende studenten, glooiende gazons en op elk kiekje een uit de jaren zestig daterend gebouw met een glazen voorgevel. Nergens werd melding gemaakt van een eigen begraafplaats.

De faculteit telde zeven predikanten. Rector was dominee Crandall Wascomb, doctor in de theologie, de filosofie en de rechten. Uit Crandalls foto bleek dat hij rond de zestig was, met een smal gezicht, een glad hoog voorhoofd, zilverwit haar dat tot over zijn oren viel en met rimpeltjes omgeven ogen van precies dezelfde blauwe kleur als zijn zachtblauwe colbert.

Ik belde zijn toestelnummer. Een ingeblikte vrouwenstem vertelde me dat dr. Wascomb niet op kantoor was, maar dat hij veel belang stelde in wat ik hem te vertellen had. 'Laat alstublieft een uitgebreid bericht achter waarin u uw naam en telefoonnummer minstens één maal herhaalt. Dank u wel, god zegene u, ik wens u nog een prettige dag.'

Mijn bericht bevatte geen bijzonderheden, maar ik vermeldde wel mijn connecties met het politieapparaat. Waarschijnlijk had ik het wat officiëler doen voorkomen dan het in werkelijkheid was, maar dankzij zijn opleiding zou dr. Wascomb wel voorbereid zijn op kleine misstappen.

Nadat ik mijn naam en telefoonnummer nog een keer herhaald had, verbrak ik de verbinding, peinzend over de menselijke verdorvenheid.

Vlak na negen uur 's avonds belde dr. Crandall Wascomb terug, maar toen was ik uit eten met Allison. 'Het was een ontzettend aardige man,' zei de telefoniste van mijn boodschappendienst voordat ze me een ander nummer gaf dan zijn kantoornummer. Het was bijna elf uur, maar ik belde toch en een vrouw met een zachte stem nam op.

'Ik zou dr. Wascomb graag willen spreken.'

'Mag ik uw naam alstublieft?'

'Delaware. Ik ben psycholoog.'

'Moment.'

Een paar seconden later kwam Wascomb aan de telefoon en begroette me alsof we oude vrienden waren. Hij had een opgewekte, vrij hoge stem die jeugdig klonk. 'Als ik het goed begrepen heb, bent u een politiepsycholoog.'

'Ik dien de politie van advies, dr. Wascomb.'

'Ik begrijp het. Gaat het over Baylord Patterman?'

'Pardon?'

Het bleef heel even stil. 'Doet er niet toe,' zei hij. 'Waarmee kan ik u van dienst zijn?'

'Het spijt me dat ik u op dit late uur nog moet lastigvallen, maar ik zou graag met u willen praten over een voormalige studente van Fulton.'

'Een studente... Een vrouw, dus.'

'Cherish Daney.'

Hij zweeg even. 'Is alles in orde met Cherish?'

'Tot nog toe wel.'

'Dus ze is niet het slachtoffer geworden van iets verschrikkelijks,' zei hij met opgeluchte stem.

'Nee. Heeft u reden om zoiets te verwachten?'

'De politie is doorgaans geen brenger van goed nieuws. Waarom houdt u zich bezig met Cherish?'

'Ik heb het verzoek gekregen om meer te weten te komen over haar achtergrond...'

'In verband waarmee?'

'Dat is een beetje ingewikkeld, dr. Wascomb.'

'Tja,' zei hij, 'via de telefoon kan ik zeker niet met u over iets ingewikkelds praten.'

'Kunnen we misschien een afspraak maken?'

'Om over Cherish te praten.'

'Ja.'

'Ik moet wel zeggen dat ik u niets dan goeds over Cherish kan vertellen. Ze was een van onze beste studenten. Ik kan me niet voorstellen waarom de politie meer over haar achtergrond zou willen weten.'

'Waarom heeft ze haar opleiding niet afgemaakt?' vroeg ik. *En wie is Baylord Patterman?*

'Misschien kunnen we maar beter een afspraak maken,' zei Wascomb.

'Ik wil met alle plezier naar uw kantoor komen.'

'Ik heb een overvolle agenda,' zei hij. 'Ik zal eens even kijken... Ja, ik heb morgen nog wel een plekje. Om één uur 's middags, hoewel ik dan normaal gesproken ga lunchen.'

'Dat is prima, dr. Wascomb.'

'Ik zou het niet erg vinden om even van het terrein af te gaan,' zei hij. 'Maar het moet wel ergens in de buurt zijn, want ik heb maar drie kwartier...'

'Ik ken een tentje dat even ten zuiden van u aan Brand ligt,' zei ik. 'Patty's Place.'

'Patty's Place... daar ben ik in geen eeuwen geweest. Een tijd geleden, toen de school opgeknapt werd, sprak ik daar wel eens met studenten af... Wist u dat soms, meneer?'

'Nee,' zei ik. 'Ik hou gewoon van pannenkoeken.'

Baylord Patterman leverde op Google vijf resultaten op. Hij was een in Burbank gevestigde advocaat die een jaar geleden was opgepakt voor verzekeringsfraude, omdat hij een organisatie had gehad die opzettelijk verkeersongelukken veroorzaakte. De arrestatie was het gevolg van een onschuldige aanrijding op Riverside Drive waarbij een vijfjarig meisje de dood vond als gevolg van problemen met een airbag. Patterman, de chauffeurs die hij in dienst had, een stel malafide fysiotherapeuten en diverse administratieve medewerkers werden aangeklaagd wegens moord met behulp van een voertuig. De meeste leden van de organisatie werden alleen veroordeeld wegens fraude. Patterman kreeg een veroordeling aan zijn broek wegens doodslag, werd uit zijn ambt ontzet en moest vijf jaar de gevangenis in.

Zijn connectie met het Fulton Seminary werd in twee van de vijf artikelen vermeld. Patterman was de zoon van een van de oprichters van de school en schonk nog steeds geld aan de goede zaak. Dr. Crandall Wascomb had verklaard dat hij 'niet op de hoogte en ontzet' was geweest over de duistere kant van zijn weldoener.

Mocht dat echt zo zijn geweest, dan had ik medelijden met hem. Hij had zich al die jaren ingezet om het goede in de mens boven te halen en nu wachtte hem opnieuw een teleurstelling.

29

Het was mijn week voor koffieshops.

Patty's Place rook naar boter en eieren, vlees op de bakplaat, pannenkoekenbeslag en de frisse zeep-en-watergeur van een opgewekte jonge Latijns-Amerikaanse serveerster die volgens haar naambordje Heather heette en zei dat ik mocht gaan zitten 'waar u maar wilt'.

Het restaurant zat halfvol met vastberaden eters van pensioengerechtigde leeftijd. Grote porties, grote glazen, kinnen die glommen van het vet. De ballen met de kookpolitie. Mijn aanwezigheid zorgde ervoor dat de gemiddelde leeftijd meteen met tien jaar omlaag ging. Ik koos een plekje waar ik de ingang in de gaten kon houden en Heather het zonnetje bracht me een kop gloeiend hete koffie die niet verpest werd door een aanstellerige benaming.

Dr. Crandall Wascomb kwam om zeven minuten over één opdagen, friemelend aan de knoop van zijn das terwijl hij zijn witte haar gladstreek. Hij was klein en heel mager, met een grote zwarte bril die veel te breed was voor zijn scherpe, smalle gezicht. Hij droeg een bruin tweed colbert met een wit overhemd, een broek van een iets lichtere tint bruin en beige instappers. Zijn knalblauwe das was even opvallend als de spinaker van een zeilboot.

Toen zijn ogen mijn kant op dwaalden, stak ik even mijn hand op. Hij kwam naar me toe, gaf me een hand en ging zitten.

Het haar was korter en dunner dan op zijn officiële foto. Zijn gladde voorhoofd was getekend door evenwijdig lopende rimpels. Ik schatte hem op een jaar of zeventig. Hij paste precies bij de cliëntèle.

'Bedankt dat u even tijd voor me hebt gemaakt, dr. Wascomb.'

'Geen dank,' zei hij. 'Hebt u bedenkingen tegen evangelische christenen, meneer Delaware?'

'Ik beoordeel mensen naar hun gedrag, niet naar hun geloofsovertuiging.'

'Dat is heel aardig van u.' Zijn ogen bleven star. Blauwer dan op de foto. Of misschien weerkaatsten ze iets van het schreeuwende blauw van zijn stropdas. 'Ik neem aan dat u inmiddels het onderwerp Baylord Patterman hebt nagetrokken.'

'Dat klopt.'

'Ik wil geen excuses maken, maar ik zal u uitleggen wat er is gebeurd. Baylords vader was een fantastische man, die ons heeft geholpen om de school van de grond te krijgen. Dat was tweeëndertig jaar geleden. Ik kwam oorspronkelijk uit Oklahoma City en werkte bij een oliemaatschappij voordat ik weer ging studeren. Ik wilde mijn stempel op de wereld zetten. Gifford Patterman was een van die zeldzame rijke mensen met een groot, warm hart. Ik was zo naïef om te denken dat hetzelfde voor zijn zoon gold.'

Heather dook op met haar bestellingenblokje in de aanslag.

'Het is alweer een hele tijd geleden dat ik hier ben geweest,' zei Wascomb. 'Zijn de pannenkoeken nog net zo lekker?'

'Ze zijn verrukkelijk, meneer.'

'Geef me die dan maar.'

'Een hele of een halve portie?'

'Een hele, compleet met boter, stroop, jam en noem maar op.' Wascomb lachte een crèmekleurig gebit bloot. 'Er gaat niets boven een ontbijt in de middag om je het gevoel te geven dat de dag net is begonnen.'

'Wilt u er ook iets bij drinken, meneer?'

'Warme thee... kamille, als je dat hebt.'

'En u, meneer?'

'Doe mij ook maar die pannenkoeken.'

'Dat is een goeie keuze,' zei Heather. 'U zult van uw maaltijd smullen.'

Wascomb keek haar niet na toen ze wegliep. Zijn ogen waren op zijn servet gericht.

'Dus Baylord Patterman heeft u een hak gezet,' zei ik.

'Hij heeft Fulton een hak gezet. Het onderzoek naar zijn activiteiten was voor ons een klap in het gezicht, omdat het grootste deel van zijn kwalijk verworven rijkdom naar ons ging. U kunt zich wel voorstellen hoe een paar van onze andere belangrijke donateurs reageerden.'

'Ze namen meteen de benen.'

'Het leek wel een op hol geslagen kudde,' zei Wascomb. 'En dat deed pijn. We zijn maar een klein instituut en we moeten de eindjes echt aan elkaar knopen. Ik noem ons het seminarie dat meer doet met minder. Eigenlijk bestaan we alleen nog maar omdat de grond waarop de school staat ons eigendom is en omdat de onderhoudskosten net gedekt worden door de nalatenschap van een brave christelijke dame. De grootmoeder van Baylord Patterman.'

Zijn thee werd gebracht. Hij vouwde zijn handen, boog zijn hoofd en bad zwijgend voordat hij een slok nam.

'Het spijt me dat u zoveel problemen hebt,' zei ik.

'Dank u wel. Maar we beginnen er weer bovenop te komen. Daarom besloot ik ook dat ik u liever hier wilde ontmoeten dan op school. Ik kan me gewoon niet nog meer slechte publiciteit veroorloven.'

'Het was niet mijn bedoeling om u die te bezorgen.'

Hij bleef me over zijn thee aankijken. 'Dank u. Ik zal u met open vizier tegemoet treden, want zo ben ik nu eenmaal. En omdat privacy eigenlijk niet meer bestaat. Niet in het tijdperk van de computer. Maar toch wil dat nog niet zeggen dat ik vrijuit over een van onze voormalige studenten kan praten zonder dat die student daar toestemming voor heeft gegeven. Althans niet zonder goede reden.'

Met zijn kop in zijn hand leunde hij achterover.

'Wat zou een goede reden zijn?' vroeg ik.

'Waarom vertelt u me niet wat u precies wilt weten?'

'Ik moet ook oppassen met wat ik zeg, dr. Wascomb. Er zijn bepaalde bijzonderheden die de politie voor zich wil houden.'

'Dus het gaat om een geval van moord?' Hij glimlachte om mijn verbaasde blik. 'Ik heb de vrijheid genomen om u na te trekken, meneer Delaware. Als u de politie als adviseur terzijde staat, gaat het vrijwel altijd om moord. Daar ben ik van geschrokken. Ik kan me niet voorstellen dat Cherish betrokken is bij iets misdadigs, laat staan moord. Ze is heel zachtaardig. En, zoals ik u al vertelde, een van onze beste studenten.'

'Maar ze heeft haar studie niet afgemaakt.'

'Dat was een nare samenloop van omstandigheden,' zei hij. 'Maar daar kon zij niets aan doen.'

Ik wachtte.

Wascomb keek naar het buffet, waar Heather met de caissière stond te praten.

'Doctor?' zei ik.

'De pech die Cherish heeft gehad leek wel wat op de mijne,' zei Wascomb. 'Met betrekking tot Baylord Patterman.'

'Had ze iets te maken met dat verzekeringsschandaal?'

'Nee, ik bedoelde alleen maar dat het iets dergelijks was. In de Bijbel staan de nodige waarschuwingen dat je moet oppassen met wie je omgaat. Cherish en ik hebben die waarschuwingen niet ter harte genomen, maar ik was de docent en zij was de student, dus ik veronderstel dat ik gedeeltelijk verantwoordelijk ben voor de fouten die zij heeft gemaakt.'

'Dus Cherish kreeg de schuld van iets wat een van haar vrienden heeft gedaan.'

'Cherish kwam in een moeilijke situatie terecht zonder dat haar iets te verwijten viel.'

Heather kwam onze bestelling brengen. 'Hier zijn ze dan, jongens!'

Wascomb glimlachte naar haar. 'Het ruikt heerlijk, liefje.'

Ze trok haar linkerwenkbrauw op. 'Eet smakelijk.'

Hij bad opnieuw even in stilte en sneed toen zijn hele stapel pannenkoeken doormidden. Daarna draaide hij zijn bord om en herhaalde de procedure, tot alle pannenkoeken in acht stukken waren gesneden. Lauritz Montez zou goedkeurend hebben geknikt.

Montez en Wascomb hadden er allebei voor gekozen om zondaars tot steun te zijn. Ik veronderstelde dat ik het hun niet kwalijk kon nemen dat ze de illusie probeerden te wekken dat de wereld een plek is waar orde heerst.

Wascomb zat zo smakelijk te eten dat het bijna jammer was om hem daarbij te storen. Ik begon aan mijn eigen pannenkoeken en zei na een poosje: 'Wie was de vriend van Cherish die in de fout is gegaan?'

Hij legde zijn vork neer. 'Moet u dat voor uw onderzoek absoluut weten?'

'Die vraag kan ik pas beantwoorden als ik uw antwoord weet, doctor.'

'Bedankt dat u zo eerlijk bent.' Hij depte zijn lippen, zette zijn bril af en drukte zijn vingertoppen tegen zijn slapen. 'Het was geen vriend. Het was haar man.'

'Drew Daney.'

Hij knikte langzaam.

'Op wat voor manier heeft hij haar in problemen gebracht?' vroeg ik.

'O,' zei Wascomb, alsof hij al moe werd van de herinnering, 'met betrekking tot hem had ik al vrij snel mijn bedenkingen. We zijn klein en we komen constant geld te kort, dus we moeten scherp opletten wie we toelaten. Onze gemiddelde student is meestal cum laude geslaagd aan een respectabele christelijke hogeschool en opgeleid volgens de evangelische traditie. Dat gold ook voor Cherish. Zij was de beste van haar jaar aan het Viola Mercer College in Rochester, New York.'

'En Drew?'

'Drew beweerde dat hij op een zeer degelijke school in Virginia had gezeten. In werkelijkheid had hij niet eens de middelbare school afgemaakt. Dat was zijn hele schoolopleiding.'

'Dus hij heeft bij zijn toelatingsaanvraag gelogen.'

'Hij heeft vervalste papieren ingeleverd.' Wascomb zuchtte. Hij duwde zijn bord opzij, hoewel hij nog maar een derde van zijn pannenkoeken op had. 'Nu denkt u natuurlijk dat ik een goedgelovige sukkel ben. Of slonzig. Maar zonder direct in de verdediging te gaan, zou ik toch willen benadrukken dat dit echt een uitzondering was. De grote meerderheid van onze afgestudeerde studenten is de wereld in getrokken om op uitmuntende wijze het werk van de Heer te verrichten.'

'Drew moet wel heel goed zijn geweest om u zo te kunnen bedriegen.'

Hij glimlachte. 'Dat is heel vriendelijk van u. Ja, hij zei precies de goede dingen en leek uitstekend op de hoogte van de Heilige Schrift. Maar inmiddels is gebleken dat hij alleen als begeleider in diverse christelijke zomerkampen religieuze ervaring heeft opgedaan.'

'Hij heeft zich het jargon eigen gemaakt,' zei ik.

'Precies.'

'Wanneer kwam dit allemaal aan het daglicht?'

'Zeveneneenhalf jaar geleden.'

Aan zijn geheugen mankeerde niets. Zes maanden na de moord op Kristal Malley.

'Waarom bent u eigenlijk zijn verleden gaan natrekken?' vroeg ik.

'Iemand anders heeft zijn verleden nagetrokken,' zei Wascomb. 'Een ontzettend boze man die beweerde dat Drew overspel pleegde met zijn vrouw.' Zijn gezicht vertrok. 'Een bewering die juist bleek te zijn.'

'Vertelt u me daar eens iets meer over.'

Hij schudde zijn hoofd. 'Er zijn andere dingen waarmee ik rekening dien te houden. De onschuldige mensen die erbij betrokken zijn…'

'Een halfjaar voordat u achter het bedrog van Drew kwam, waren hij en Cherish door het maatschappelijk werk dat ze voor Fulton deden betrokken geraakt bij een moordzaak. Ze steunden een jongen die een peuter vermoord had. Ik weet zeker dat u zich dat nog wel kunt herinneren, dr. Wascomb.'

Hij knipperde twee keer met zijn ogen en wilde iets zeggen, maar bedacht zich.

'Meneer?'

'Dat arme kleine meisje.' Zijn stem klonk schor. 'Zijn er dan nieuwe ontwikkelingen in die zaak? Na al die tijd?'

'Een van de jongens die Kristal Malley hebben gedood, is zelf ook vermoord.'

Wascombs gezicht vertrok. 'O, lieve hemel. Ja, dan zal ik wel openhartig moeten zijn.' Hij liet zijn gebit klikken. 'Drew heeft overspel gepleegd met een van de juristen in die zaak. Een van de verdedigers.'

'Sydney Weider.'

Een knikje. 'Het was haar man die met een stel doktersverklaringen mijn kantoor binnen kwam stormen en woedend tekeerging over de school, mijn incompetentie, hoe ik zo iemand een opleiding kon geven, dat ik een hypocriet was en dat hetzelfde gold voor al die "bijbelfreaks".'

Hij wendde zijn blik af. 'Ik ben bang dat ik geen trek meer heb.'

'Dat spijt me,' zei ik. Maar het speet me niet zo erg dat ik bereid was om de zaak te laten rusten. 'We hebben het nu dus over Martin Boestling. Een filmproducer.'

'Een bijzonder luidruchtige man. Destijds vond ik hem erg lomp. Maar nadat de eerste schok voorbij was en ik tijd had gehad om na te denken, besefte ik wat hij had doorgemaakt en toen kon ik wel sympathie voor hem opbrengen. Ik heb hem gebeld en geprobeerd mijn verontschuldigingen aan te bieden. Toen gedroeg hij zich hoffelijk, voor zover mogelijk.'

'Wat hij had doorgemaakt,' zei ik. 'Dat was dus meer dan overspel.'

Hij keek me met grote ogen aan.

'U zei dat Boestling doktersverklaringen bij zich had. Waren dat uitslagen van bepaalde onderzoeken?'

Een langzaam knikje. 'Van hem en zijn vrouw.'

'Dus hij had iets opgelopen. Aids?'

'Nee, dat niet,' zei Wascomb, 'maar het was wel heel ernstig. Gonorroe. Hij had het van zijn vrouw gekregen en Boestling beweerde dat Drew haar besmet had.'

Wascomb schudde zijn hoofd. 'De directe gevolgtrekking was uiteraard overspel. Ik ging Drew in de gaten houden, ontdekte dat hij had gelogen en stuurde hem van school. Sindsdien hebben we geen contact meer met elkaar gehad.'

'En Cherish ging met hem mee,' zei ik. 'Omdat ze een plichtsgetrouwe echtgenote was?'

'Omdat ze zich schaamde. Ik zei al dat we een vrij kleine gemeenschap vormen.' Hij speelde met zijn vork. 'Hoe gaat het tegenwoordig met Cherish? Zijn ze nog steeds bij elkaar?'

'Ja.'

'Heeft Drew berouw getoond?'

'Dat zou ik u niet kunnen zeggen.'

'Ik heb altijd gehoopt dat ze een vredig bestaan zou krijgen... en nu zit u hier naar haar te informeren.'

'Dat zou best op niets kunnen uitlopen, meneer.'

'Is ze... Is ze in staat geweest om zich staande te houden als een vrouw met karakter, dr. Delaware? Of is haar ziel onder invloed van Drew bezoedeld geraakt?'

U moest eens weten. 'Voor zover ik kan nagaan houdt ze zich nog steeds met pastoraal werk bezig,' zei ik.

'En hij? Wat doet hij?'

'Hetzelfde.'

Hij kreeg een felle blik in zijn ogen. 'Daar kunt u lering uit trekken, dr. Delaware. Het volstaat niet altijd om iemands karakter te beoordelen. Het gaat om wat zich onder de oppervlakte bevindt.'

'En hoe moeten we dat beoordelen, meneer?'

'Dat kunt u niet,' zei hij. 'Dat kunnen wíj niet.'

Hij stond op. 'God is degene die dat beoordeelt.'

'Nog één vraag, dr. Wascomb. Cherish vertelde me dat Troy Turner op het terrein van uw school begraven ligt.'

Hij leunde met zijn hand op het tafeltje, alsof hij steun zocht. 'Dat is gedeeltelijk waar.'

'Hoezo?'

'Cherish heeft me dat gevraagd. Ze smeekte er zelfs om. We hebben een kleine begraafplaats in San Bernardino. Voor faculteitsleden en behoeftige personen die worden aanbevolen door donateurs en andere betrouwbare mensen. Wij beschouwen het als een vorm van welzijnswerk.'

'En Cherish was een betrouwbaar iemand.'

'Dat is ze nog steeds, dr. Delaware. Tenzij u me iets vertelt waaruit het tegendeel zou blijken.'

Ik gaf geen antwoord.

'We hebben die gewijde grond alleen maar uit medelijden met een zondaar voor die jongen beschikbaar gesteld. Ik moest er wel even over nadenken, maar het leek me toch toepasselijk. We hebben ook een dienst voor de jongen opgedragen.'

'Wie waren daarbij?'

'Cherish en ikzelf met mijn vrouw.'

'Dus Drew niet.'

'Drew was er ook bij,' zei hij. 'Hij wilde de dienst leiden maar ik besloot om dat zelf te doen.'

'Was Troys moeder er niet?'

'Nee,' zei Wascomb. 'Cherish zei dat ze had geprobeerd om de vrouw te bereiken, maar dat was niet gelukt. Het was aan het eind van de lente, mooi weer, alles rook fris. Een kleine doodskist, je hoorde nauwelijks iets toen ze die in het graf lieten zakken.' Hij legde geld op tafel.

'Ik betaal de rekening wel,' zei ik.

'Nee, geen denken aan.'

'Laten we dan maar fifty-fifty doen.'

'Prima.' Hij glimlachte naar me.

'Het spijt me als ik u van streek heb gemaakt, dr. Wascomb.'

'Nee, nee, u doet belangrijk werk.' Hij wilde weglopen, maar bleef nog even staan en raakte mijn schouder aan. 'Die jongen had iets verschrikkelijks gedaan, dr. Delaware, maar dat zou je niet zeggen als je naar dat doodskistje keek.'

30

Heather kwam langs en keek naar de pannenkoeken die dr. Wascomb had laten liggen. 'Wilt u dat ik ze voor u inpak?'

'Nee, dank je wel.'

Haar ogen volgden dr. Wascomb, die langzaam naar de uitgang liep. 'Hij heeft nauwelijks iets gegeten. Voelt hij zich wel goed?'

'Hij voelt zich prima.'

'Is hij uw vader?'

'Nee,' zei ik. Ik betaalde voor ons beiden en gaf haar tien dollar extra. 'Het wisselgeld mag je houden.' Ze glimlachte van oor tot oor.

'Heb je gisteren ook gewerkt?'

'Hier?' vroeg ze. 'Volgens mij wel. Ja, hoor, gisteren was ik ook hier.'

'Heb je twee baantjes?'

'Drie. Hier, dan vanaf vijf uur bij KFC en op donderdag- en vrijdagavond pas ik op de kinderen van een arts die op de spoedeisende hulp van Glendale Memorial werkt.'

'Dat hakt er stevig in.'

'Dat zegt mijn vader ook altijd. Hij blijft me maar aan mijn kop zeuren dat ik iets moet laten vallen en plezier moet gaan maken.' Ze stak haar tong uit. 'Ik spaar om naar de modevakschool te kunnen.'

'Heel verstandig van je,' zei ik. 'Heb jij gisterochtend om een uur of negen toevallig een stel gezien dat hier kwam ontbijten? Zij had lang blond haar en hij was groot en droeg een cowboyhoed.'

'O die,' zei ze. 'Ja, hoor, die heb ik bediend. Ik kan me hem herinneren omdat hij me deed denken aan een acteur op wie mijn vader nogal dol was. Peter... Peter nog wat.'

'Peter Fonda?'

'Die bedoel ik. Er is zo'n oude film waar mijn vader maar geen genoeg van kan krijgen. Jack Nicholson doet er ook in mee, maar hij was toen veel jonger en veel magerder.'

Easy Rider.

'Uh-huh. Jack en nog een vent en die andere vent – Peter – spelen een soort motorhippies.' Ze giechelde. 'Peter is best een lekker ding als je op dat retro-hippiegedoe valt. Daar deed die vent – die vent met die hoed – me aan denken.'

'Retro.'

'Alsof hij in de jaren zestig was blijven steken. Zijn haar hing halverwege zijn rug en hij had een overhemd met drúkknopen. Dat bracht me op het idee voor een jurk. Een soort cowboy-punkgeval.'

'Origineel.'

'Dank u wel. Waarom vroeg u naar hen?'

'Ik werk voor de politie.'

Haar ogen werden groot. 'Bent u een smeris?'

'Een adviseur van de politie.'

'Sjonge,' zei ze. 'Hebben ze iets akeligs gedaan?'

'Het zijn gewoon mensen in wie we geïnteresseerd zijn.'

'Als getuigen?'

'Zoiets. Kun je je verder nog iets van hen herinneren?'

'Niet echt. Ze zeiden niet veel.'

'Tegen elkaar?'

'Of tegen mij. Zo'n kletskous als ik zult u niet vaak tegenkomen. Ik praat altijd met de klanten, want dat geeft ze het gevoel dat je belangstelling voor hen hebt en dat merk je aan de fooien. Maar bij die twee werkte dat niet, ze zaten daar alleen maar, alsof ze ruzie hadden gehad.'

'Hebben ze iets gegeten?'

'Ze hebben wel besteld, maar alleen hij heeft het opgegeten. Eieren met spek. Zij vroeg om een koffiebroodje en een glas melk, maar die heeft ze niet aangeraakt… Net als die oude man met wie u was. Ik ging ervan uit dat het niet veel zou opleveren, en ik had gelijk. Tien procent fooi, dat is niet meer van deze tijd. Zij betaalde.'

'Heb je iets van hun gesprek opgevangen?'

'Volgens mij was er helemaal geen gesprek.'

'Zijn ze hier wel eens eerder geweest?'

'Eén keer,' zei ze. 'Vorige week. Toen heeft Lauren hen bediend. Het was etenstijd en mijn dienst zat erop.'

'Wanneer vorige week?'

'Eens even nadenken.' Ze drukte een vinger tegen haar onderlip. 'Lauren werkt op dinsdag, donderdag en vrijdag en vrijdag was het niet, want ik ben vrijdags vrij en dinsdag was het ook niet, want toen had ze zich ziek gemeld omdat haar vriendje kaartjes had voor het concert van Jason Mraz.' Ze nam even de tijd om adem te halen. 'Dus moet het donderdag zijn geweest.'

'Rond welke tijd?'

'Een uur of vijf. Sjonge, dus dit is een echt onderzoek?'

'Uh-huh.'

'Maar u kunt me niet vertellen wat ze hebben gedaan?'

'Het spijt me, Heather.'

'Cool, dat snap ik best.'

'Dus ze zijn hier maar twee keer geweest.'

'Voor zover ik weet.'

'Hoe lang werk je hier al?'

'Drie jaar, met onderbrekingen.'

'Hoe gedroegen ze zich donderdag?'

'Hetzelfde. Vandaar dat ik me dat herinner. Lauren zei dat ze niets tegen elkaar zeiden en daar alleen maar zaten. Hij at, zij niet.'

'En tien procent fooi.'

'Acht procent om precies te zijn.' Ze grinnikte. 'Dat zal wel aan mijn charme liggen.'

Ik bedankte haar en gaf haar nog een tientje.

'O, sjonge, dat hoeft helemaal niet, hoor,' zei ze, maar ze maakte geen aanstalten me het geld terug te geven. 'Als u wilt, kan ik mijn ogen wel openhouden om u te bellen als ze weer opdagen.'

'Dat wilde ik je net vragen.' Ik gaf haar mijn visitekaartje.

'Psycholoog,' zei ze. 'Gaat het om verknipte misdadigers zoals Hannibal Lecter?'

'Zo opwindend is het lang niet altijd.'

'Mijn zus liep ook bij een psycholoog. Ze was behoorlijk geschift en ze had een stel ontzettend foute vrienden.'

'Heeft het haar geholpen?'

'Niet echt. Maar ze is in ieder geval het huis uit gegaan, dus hoef ik niet meer naar al dat geschreeuw te luisteren.'

'Volgens mij kun je dat als een gedeeltelijk succes beschouwen,' zei ik.

'Ja,' zei ze afwezig. Ik zag dat ze haar geld nog eens natelde toen ze terugliep naar de kassa.

Ik reed de 134 West weer op en controleerde of er boodschappen waren toen het verkeer iets afnam.

Olivia Brickerman had gebeld. Ik verliet de snelweg bij Laurel Canyon, reed naar Ventura Boulevard, vond een plekje tegenover een peesmotel en belde haar kantoor.

'Jouw meneer en mevrouw Daney zijn goed in administratieve spelletjes,' zei ze. 'Als pleegouders innen ze per maand ongeveer zevenduizend dollar. Ze nemen nu iets meer dan zeven jaar kinderen in huis en hebben nooit onder stoelen of banken gestoken dat ze er twee meer hebben dan officieel is toegestaan. Daaruit kan ik opmaken dat het om een stel veteranen gaat dat weet dat het een puinhoop is bij de pleegzorg. Mevrouw Daney heeft ook een erkenning aangevraagd als opvoedkundig expert, wat inhoudt dat ze daar extra geld voor vangt. Over het algemeen is daarvoor een opleiding vereist, maar die regels worden niet streng toegepast omdat er zo'n gebrek is aan pleegouders. Schiet je daar iets mee op?'

'Een heleboel. Hoe erg is de puinhoop bij de pleegzorg?'

'De briljante geesten in het staatsparlement hebben net een verzoek voor meer maatschappelijk werkers afgewezen en de districten hebben nu al veel te weinig personeel. Nog een paar bijzonderheden over de Daneys: ze nemen altijd tieners met leermoeilijkheden in huis. Wat mij bijzonder opviel, is dat al hun pleegkinderen meisjes waren. Dat is heel ongewoon, omdat er meer dan genoeg jongens aangeboden worden.'

'Kunnen pleegouders zelf uitkiezen hoe oud en van welk geslacht een kind moet zijn?' vroeg ik.

'We gaan uit van de veronderstelling dat de pleegzorg en de zorgverlener het daarover eens worden. Dat is in het belang van het kind.'

'Dus je kunt om een meisje vragen.'

'Alex,' zei ze, 'als je op dit moment blank bent, tot de middenklasse behoort en geen strafblad hebt, kun je min of meer vragen wat je wilt en je krijgt het.'

Ik bedankte haar en vroeg of ik een lijst kon krijgen van alle pleegkinderen van de Daneys.

'Ik heb alleen maar de laatste paar jaar kunnen vinden,' zei ze. 'Zodra ik vrij ben, fax ik alles naar je. Doe de groeten aan Allison. Ik hoop dat ik niet te vrijpostig was met dat Sneeuwwitje-gedoe.'

'Helemaal niet,' zei ik. 'Een genie kan zich dat soort dingen veroorloven.'

'Je laat me blozen, schat.'

De enige Martin Boestling die ik in het telefoonboek kon vinden, was een 'handel in noten en zoetwaren' op Fairfax Avenue. Dat leek onwaarschijnlijk, maar via Laurel Canyon was ik er zo.

The Nut House bleek een winkel te zijn met een dubbele etalage, een stukje ten noorden van het Farmer's Market/Grove-complex. Het bordje met PARKEERGELEGENHEID AAN DE ACHTERZIJDE bleek te kloppen en ik vond een plekje naast een groen busje met de naam, het adres en de website van de winkel onder een gigantische cashewnoot die op een blinde larve leek. De laadruimte was afgesloten met een hordeur die op slot zat. Ik belde aan en een zware vrouw van een jaar of zestig met een hoofddoekje om gluur-

224

de naar buiten, draaide de sleutel om en liep zonder iets te zeggen terug naar de winkel aan de voorkant.

De verkoopruimte was één groot vertrek met langs de muren bakken vol snoepgoed, koffie, thee, gedroogde producten in alle kleuren van de regenboog, al even felgekleurde spullen in gelei, en noten. Er waren wel tien verschillende soorten amandelen. Op een bordje stond WEES NIET BANG ALS U ALLERGISCH BENT, WIJ HEBBEN GEEN PINDA'S.

De klanten, allemaal vrouwen, dwaalden door de gangpaden en schepten allerlei lekkernijen in groene zakken die op rollen boven hun hoofd hingen. De met een groen schort uitgedoste man achter de kassa was midden vijftig, gezet, met ronde schouders en donker golvend haar. Zijn gezicht zag eruit alsof hij bij een confrontatie met een muur aan het kortste eind had getrokken. Zijn handen waren heel groot en vierkant en hij zat gezellig te kletsen met twee vrouwen die afrekenden. Op de internetfoto die ik had gevonden had hij een smoking aangehad en arm in arm met Sydney Weider gestaan. Zij was heel erg veranderd. Martin Boestling niet.

Ik schepte wat gerookte amandelen in een zak, wachtte tot het wat rustiger was in de winkel en liep naar hem toe.

Boestling sloeg het bedrag aan. 'Deze zult u vast lekker vinden, ze zijn van een Indische familie in Oregon die ze zelf rookt.'

'Geweldig,' zei ik, terwijl ik betaalde. 'Meneer Boestling?'

Hij kneep zijn ogen tot spleetjes. 'Hoezo?'

'Ik ben op zoek naar een zekere Martin Boestling, die vroeger films produceerde.'

Hij stopte de amandelen in een papieren zak die hij over de toonbank schoof en maakte aanstalten om me de rug toe te keren.

Ik duwde hem mijn legitimatie van de politie onder de neus.

'Een politiepsycholoog?' zei hij. 'Waar gaat het om?'

'Ik adviseer...'

'En dan komt u in een snoepwinkel terecht. Logisch.' Zijn blik richtte zich op de vrouw die achter me stond. 'Volgende klant.'

Ik stapte opzij en wachtte tot ze afgerekend had.

'Kan ik verder nog iets voor u betekenen? Wat aankopen betreft?' vroeg Martin Boestling.

'Het heeft betrekking op Sydney Weider,' zei ik. 'En op Drew Daney.'

Zijn grote handen werden vlezige knuppels. 'Wat wilt u nu eigenlijk precies?'

'Een paar minuten van uw tijd, meneer Boestling.'

'Waarom?'

'Er wordt een onderzoek ingesteld naar Daney.'

Stilte.

'Het zou wel eens om iets ernstigs kunnen gaan,' zei ik.

'U wilt dat ik de vuile was buiten hang.'

'Als u die hebt.'

Hij wenkte de vrouw met het hoofddoekje. 'Neem het maar even over, Magda. Een oude vriend komt net binnenvallen.'

We liepen Fairfax op tot we bij een leeg bankje van een bushalte kwamen en gingen zitten. Martin Boestling was vergeten zijn schort af te doen. Of misschien kon het hem niets schelen.

'Sydney was een kreng dat zo uit de hel kwam en hij was een verrekte klootzak,' zei hij. 'Meer valt er niet te vertellen.'

'Ik weet van de gonorroe.'

'Weet je ook hoe lang mijn lul is?'

'Als het relevant is, kan ik daar waarschijnlijk wel achter komen.'

Hij grinnikte. 'Je zou bijna gaan denken dat het er echt iets toe doet, dat de grootte meetelt en zo. Ik ben met Sydney getrouwd omdat ze intelligent was, rijk, mooi en dol op neuken. Uiteindelijk bleek dat ze me belazerd heeft vanaf de dag dat we in het huwelijksbootje stapten.'

'Dus ze was overspelig.'

'Als ze zich ook maar enigszins had ingehouden, had je haar overspelig kunnen noemen. Op onze trouwdag liet ze zich door een van mijn zogenaamde vrienden pakken.' Hij begon op zijn vingers af te tellen. 'De jongen die het zwembad schoonmaakte, haar tennisleraar, de vent die het aquarium bijhield, een hele club advocaten met wie ze samenwerkte. Pas veel later, na de scheiding, kwamen de mensen naar me toe om me dat te vertellen, met zo'n blik vol gespeeld medeleven. *Sorry, Marty, maar we wilden geen problemen veroorzaken.* Ik heb het nooit kunnen bewijzen, maar ik ben ervan overtuigd dat ze ook met een paar van haar cliënten geneukt heeft. Je weet toch wat voor soort cliënten ze had?'

'Armlastige personen.'

'Moordenaars, dieven en ander tuig van de richel. Denk daar maar eens over na: zij maakt lange werkdagen om op haar rug te gaan liggen voor allerlei tuig terwijl ik me uitsloof om haar het soort leven te kunnen bieden waaraan ze gewend is geraakt. Ik had de pest aan de filmindustrie, maar ik bleef erin werken omdat ik niets liever wilde dan indruk op haar maken. Weet je waar we elkaar hebben leren kennen?'

'Nou?'

'Dus zover ben je voor je onderzoek niet teruggegaan? We ontmoetten elkaar bij de Palisades Vista Country Club, waar haar familie lid van was en ik badmeester om mijn studie te kunnen betalen. Rijkelui besproeien met water uit flesjes terwijl ze zich als kippen aan het spit rondwentelden. Ik had meteen moeten begrijpen hoe laat het was toen Sydney haar rijke vriendje in het restaurant liet zitten om zich in een badhokje door mij te laten pakken. We gingen af en toe met elkaar uit, tot ik afstudeerde, een baantje kreeg in de postkamer van CAA en haar wist over te halen met me te trouwen.'

'Was het haar idee dat je beter in de filmindustrie kon gaan werken?' vroeg ik.

'Ik had mijn kandidaats Engels, en dat heeft ongeveer evenveel nut als een tweede blindedarm. Het klonk interessant en ik was er ook heel goed in. Maar ik deed het voornamelijk voor Sydney. Ik was stapelgek op haar.'

Hij plukte aan zijn schort. 'Haar vader had me dat baantje in de postkamer bezorgd, maar ik heb zelf het recht verdiend om te mogen blijven. Ik heb gewerkt als een paard en me laten ringeloren door de meest afschuwelijke mensen die je ooit hebt ontmoet. Ik presteerde meer dan al die dilettanten van dure universiteiten die het alleen maar voor de lol deden, maakte snel promotie en verdiende een boel geld terwijl Sydney haar universitaire studie afmaakte. Ze kon altijd goed leren, studeerde cum laude af, laste een pauze in om kinderen te krijgen en daarna verhuisden we met ons allen naar Berkeley zodat zij rechten kon gaan studeren. Ik bleef door de week in L.A. en vloog in het weekend naar huis om bij haar en de jongens te kunnen zijn. Ik had het allemaal piekfijn voor elkaar, de vlucht van vier uur vrijdagmiddag naar Oakland om de mist te vermijden en 's zondagsavonds laat weer terug. Met de jongens is alles toch goed gekomen. Ze hebben de pest aan haar. Het duurde niet lang voordat het scheef ging in ons huwelijk... We verveelden elkaar. Maar bij andere getrouwde stellen leek het van hetzelfde laken een pak, dus het zei me niet veel.'

'Tot je de uitslag van dat medische onderzoek kreeg,' zei ik.

'Dat medische onderzoek kwam pas later. Het kwam tot een uitbarsting omdat ik haar met Daney betrapte. In mijn eigen huis, in mijn bed, met mijn kamerjas op de stoel en mijn slippers eronder.' Hij lachte. 'Helemaal cliché. Ik had een afspraak bij Fox-TV over een scenario. De dombo die erover ging, kapte alles af omdat ze had gehoord dat mijn demografische gegevens niet klopten. Dat houdt in dat mijn producten bestemd waren voor mensen met een IQ dat net iets boven dat van volslagen debielen lag. Ik had verwacht dat het veel langer zou duren en had de schrijver ook meegenomen, de arme stakker. Maar goed, ik sta dus binnen de tien minuten weer buiten, in een humeur om op te schieten, en besluit naar huis te gaan om een duik te nemen en even lekker te zweten in de gloednieuwe sauna die ik had laten aanleggen. Toen ik thuiskwam, hoorde ik gekreun en gesteun van boven en ik liep naar onze slaapkamer, die ik net voor een flinke bom duiten had laten renoveren. Dat huis van ons in Brentwood was helemaal volgens de laatste mode ingericht, dat geef ik je op een briefje. De deur stond wijd open en Sydney en die goorlap geven een imitatie van het beest met twee ruggen.'

Zijn stem was inmiddels zo luid geworden dat voorbijgangers ons aankeken. Hij streek zijn schort glad en liet zijn knokkels kraken. 'Toen ik begon te schreeuwen, deed Sydney haar ogen open. Daarna deed ze die weer dicht en ging gewoon door. Ik holde naar ze toe en begon Daney op zijn rug en zijn nek te timmeren, zodat hij wel van haar af wilde rollen, maar ze had hem in een beenklem. Ik sta op zijn rug, zijn hoofd en waar ik hem maar kan raken te rammen en hij worstelt om los te komen, maar Sydney wil hem nog steeds niet laten gaan. Uiteindelijk komt ze klaar en duwt hem van zich af, waarop die klootzak zijn kleren grijpt en wegrent alsof zijn ballen in brand staan.'

Hij lachte tot de tranen hem in de ogen sprongen. 'Ik kan er nu om lachen. Ik heb zelfs een beetje medelijden met die idioot.'

Ik glimlachte.

'Over ingehouden reacties gesproken,' zei hij. 'Help me eraan herinneren dat ik jou nooit in het publiek zet. Maar goed, dat is het verhaal.'

'Enig idee hoe lang dat al aan de gang was?'

'Nee, want we hebben er nooit met een woord over gesproken. Sydney sloot zichzelf op in de badkamer, ging onder de douche en toen ze weer tevoorschijn kwam, was ik klaar om een flinke rel te schoppen. Ze liep zo langs me heen, stapte in haar auto en vertrok. Ze bleef de hele nacht weg, maar gelukkig zaten de jongens op school. Ik bleef als een standbeeld op haar zitten wachten, tot ik uiteindelijk een kamer in het Bel-Air Hotel heb geboekt. Een paar dagen later liep de etter uit mijn pik. Maar ik heb haar goed te pakken genomen. Weet je hoe?'

'Het zal wel iets met geld te maken hebben.'

'Via onze huwelijkse voorwaarden. Die haar vader had opgesteld om háár te beschermen. De afspraak was dat ze alle bezittingen zou mogen houden die ze bij het huwelijk had ingebracht. Het probleem voor Sydney was dat die ouwe behoorlijk op zijn bek was gegaan op de beurs en haar hele trustfonds had leeggehaald. Haar eigen bezittingen waren nul komma nul waard, waardoor alleen onze gezamenlijke bezittingen overbleven. En dat was ook niet zoveel als we allebei hadden gedacht, omdat we ver boven onze stand leefden. Voor mij was dat niet zo erg, want mijn vader werkte voor zijn brood, hij handelde in noten. Dat vond ik aanvankelijk niet spannend genoeg, tot ik de filmwereld leerde kennen.'

'Maar Sydney had moeite om zich daarbij aan te passen,' zei ik.

'Sydney was een verwend kreng dat alleen maar advocaat was geworden vanwege de status en uit róéping. Nadat we uit elkaar waren gegaan, heeft ze geprobeerd een baan te krijgen bij een advocatenkantoor, maar dat werd een mislukking. Ondertussen werden we helemaal uitgekleed door de advocaten die onze scheiding regelden. Toen ging haar moeder eindelijk dood en die liet haar genoeg na voor een huis in de Palisades en een kleine maandelijkse toelage. De omgeving is top, maar het is een krot en ze onderhoudt het niet. Ze was altijd al hyper, maar ik heb me laten vertellen dat ze inmiddels regelrecht hysterisch is geworden.'

Hij keek me aan om te zien of ik dat kon bevestigen. 'Waarom mislukte die baan bij dat advocatenkantoor?' vroeg ik.

'Ach, dat,' zei Boestling glimlachend. 'Helaas kreeg die baas van haar een kopie van dat vervelende medische onderzoek. En hetzelfde gold voor alle andere belangrijke advocatenkantoren in de stad. Wie zou er nou zo wraakzuchtig zijn geweest?' Hij gaapte.

'En u hebt het seminarie van Daney ook op de hoogte gebracht.'

'Ik ging ervan uit dat de Here mij dat had opgedragen. Bedankt dat ik even gezellig herinneringen kon ophalen, dok. Maar nu is het hoog tijd om weer terug te keren naar het heden.'

'U zei dat Daney u eigenlijk dankbaar zou moeten zijn.'

'Verdomd als het niet waar is. Ik heb ervoor gezorgd dat hij en

Sydney afspraken kregen met een paar belangrijke figuren.'

'Om een film te maken.'

'Nee, om Poolse worstjes te maken. Ja, natuurlijk. Een bioscoopfilm, niet voor tv. Sydney legde daar bijzonder de nadruk op, zij wees me er altijd weer op dat ik maar voor de tv werkte en dus laag op de ladder stond. Haar project zou de grootste sterren aantrekken en over een ruim opnamebudget beschikken. Ze dachten allebei dat ze het mooiste verhaal hadden dat er ooit was verteld. Maar naar wie kwamen ze toe toen ze een kruiwagen nodig hadden?'

'Was dat het verhaal over de moord op Kristal Malley?' vroeg ik.

'Yep,' zei Boestling. 'Twee kinderen die een klein kind vermoorden en in de gevangenis terechtkomen. Niet bepaald van het kaliber *Titanic*.'

'Wie was er op het idee gekomen?'

'Dat weet ik niet precies, maar ik gok erop dat Daney echt zo'n type was met dat soort waanideeën en dat hij Sydney heeft aangestoken.' Hij grinnikte. 'En niet alleen in dat opzicht.'

'Weet u wel zeker dat zij die druiper bij hem had opgelopen?'

'Of bij een van de andere vijfduizend lullen waarop ze heeft gezeten. Hij is de enige die ik heb gezien, dus heb ik er zijn gezicht opgeplakt... bij wijze van spreken dan.' Hij haalde zijn schouders op. 'Voor zover ik weet, kan het ook best de advocaat van die andere knul zijn geweest, een of andere Latino.'

'Lauritz Montez,' zei ik. 'Is ze ook met hem naar bed geweest?'

'Zeker weten.'

'Maar hoe bent u...'

'Toen Sydney aan die zaak begon, had ze geen goed woord over voor Montez. Hij was stom, hij had geen ervaring, hij was een kluns die haar alleen maar voor de voeten zou lopen. Maar na een paar weken begon ze steeds 's avonds afspraken met hem te maken. De ene na de andere afspraak. Om aan een gezamenlijke verdediging te werken. Dat slikte ik tot ik haar met die smeerlap van een Daney betrapte en eindelijk doorkreeg dat ik echt de grootste stommeling in dit zonnestelsel was. Er was alleen sprake van een gezamenlijke verdediging als Montez zijn pik weer in zijn broek stopte.'

Ik zei niets.

'Enfin, dat was weer zo'n herinnering aan die goeie ouwe tijd. Als je me nu zou willen...'

'Heeft Sydney wel eens iets over die zaak-Malley gezegd dat u vreemd voorkwam?'

'Gaat het dáárom? Na al die tijd?' vroeg hij. 'Waar wordt Daney van verdacht?'

'Ik mag helaas niet in bijzonderheden treden. Het spijt me.'

'Dan wordt dit wel een eenzijdig gesprek.'

'Helaas wel.'

'Nou ja, helaas voor jóú heeft Sydney me alleen maar verteld dat haar cliënt een moordlustig monstertje was en dat er geen schijn van kans was dat ze hem vrij zou kunnen pleiten. Heb je haar onlangs nog gesproken?'

'Dat heb ik een paar dagen geleden geprobeerd. Ze raakte helemaal overstuur...'

'En toen werd ze ter plekke hysterisch en begon als een gek te gillen, hè?'

'Dat klopt.'

'Die goeie ouwe Sydney,' zei hij. 'Hysterie was altijd haar redmiddel. In de rechtszaal was ze heel beheerst, maar daarbuiten kegelde ze iedereen die haar probeerde te dwarsbomen omver met een muur van geluid waar de Indy 500 een puntje aan kon zuigen. Ze deed het bij mij, bij de jongens en bij haar ouders.' Hij schudde zijn hoofd. 'Het is gewoon niet te geloven wat ik allemaal heb geslikt. Mijn tweede vrouw was een heel ander verhaal. Heel zachtaardig, liever kon je je niet voorstellen. Maar een dood vogeltje in bed. Uiteindelijk zal ik er wel in slagen om de juiste combinatie te vinden.'

Hij stond op en liep terug naar zijn winkel. Ik liep met hem mee en probeerde hem meer bijzonderheden te ontfutselen over de film. 'Ik heb nooit een scenario gezien. Ik ben er ook nooit direct bij betrokken geweest. Vergeet niet dat ik maar zo'n vent van de tv was.'

'Maar u was wel goed genoeg om afspraken te regelen,' zei ik.

'Precies.' Hij krabde aan zijn kin. 'Ik heb destijds een hoop stommiteiten uitgehaald. Ik gebruikte iets te veel stimulerende middeltjes om een helder oordeel te kunnen vellen. Dat ik nu met je praat, komt ook in de eerste plaats omdat mijn hulpverlener zegt dat ik tegen iedereen eerlijk moet zijn.'

Ongeveer hetzelfde had Nina Balquist gezegd. Hoeveel van wat tegenwoordig voor eerlijkheid doorging, waren in feite pogingen om zich met de werkelijkheid te verzoenen?

'Dat stel ik op prijs,' zei ik.

'Ik doe het voor mezelf,' zei Boestling. 'Toen het er werkelijk om ging, had ik veel egoïstischer moeten zijn.'

Ik reed naar Beverly Hills en liep Lauritz Montez tegen het lijf op het moment dat hij het gerechtsgebouw op de hoek van Burton en Civic Center uit kwam. Terwijl hij naar de parkeergarage achter het gebouw liep, zakte zijn rechterschouder scheef onder het gewicht van de dubbele aktetas die hij meezeulde.

'Meneer Montez.'

Hij trok zijn wenkbrauwen op, maar bleef niet staan. Ik liep naar hem toe.

'Wat is er nu weer?'

'Ik heb uit betrouwbare bron vernomen dat er tussen u en Sydney meer was dan een strikt zakelijke verhouding.'

'En van wie hebt u dat dan wel gehoord?'

'Dat mag ik u niet vertellen.'

Geen antwoord.

'Vertel me eens iets over de filmaspiraties van Sydney,' zei ik.

'Waarom zou ik daar iets van weten?'

'Grappig,' zei ik. 'U vroeg niet "welke film".'

We liepen de parkeergarage in en hij liep naar een tien jaar oude grijze Corvette en zette zijn tas op de grond. 'U begint me de keel uit te hangen.'

'Rechter Laskin is met pensioen, maar hij heeft nog steeds veel vrienden. Ik weet zeker dat het juridische wereldje en de orde van advocaten het heel interessant zouden vinden om te horen hoe u zich tijdens een belangrijke zaak hebt gedragen.'

'Is dat een dreigement?'

'Ik zou niet durven,' zei ik. 'Hoewel, misschien zou u er de voorkeur aan geven om de komende twintig jaar in Compton akten van beschuldiging in te vullen.'

'U bent echt een geniepig stuk vreten,' zei hij zonder zijn stem te verheffen. 'Ik durf te wedden dat de politie geen flauw idee heeft wat u allemaal uitspookt.'

Ik duwde hem mijn mobiele telefoon onder de neus. 'Druk maar op de vijf.' Dat zou hem in contact hebben gebracht met mijn tandarts.

Hij pakte de telefoon niet aan. Een smeris van het district Beverly Hills reed voorbij in een gloednieuwe Suburban. Eén agent in zo'n zware wagen. Ze bezuinigen niet echt op benzine in 90210.

Ik stopte de telefoon weer in mijn zak.

'Wat wilt u nu eigenlijk echt?' vroeg Montez. Zijn stem trilde bij de laatste twee woorden.

'Wat u van die film weet en alles wat u me verder kunt vertellen over Sydney en de Daneys.'

Hij liep achteruit tot hij tussen de motorkap van de Corvette en de muur van de parkeergarage stond.

'De Daneys,' zei hij met een kille glimlach. 'Dat heb ik altijd echt zo'n stel hypocriete Jezusfreaks gevonden. En terecht.'

'Hoezo terecht?'

'Daney pakte Sydney waar en wanneer hij wilde.'

'Hoe bent u daarachter gekomen?'

'Ik heb zelf gezien hoe ze zich in haar auto op hem stortte. Op het parkeerterrein, in het donker. Toen ik haar de volgende dag vroeg wat dat te betekenen had, schreeuwde ze dat ik op kon rotten en haar met rust moest laten.'

'Welk parkeerterrein?'

'Van de gevangenis.'

Dezelfde plek waar ze mij haar lichtblauwe BMW had geleend voor het gesprek met Jane Hannabee. 'Dan nam ze wel een groot risico,' zei ik.

'Dat vond Sydney juist opwindend.'

'Dus Daney heeft het achtste gebod overtreden,' zei ik. 'Waarom was zijn vrouw hypocriet?'

'Hou nou op,' zei Montez, 'dat moet ze toch geweten hebben? Sydney en Daney waren constant met elkaar aan het rotzooien, hoe kan ze dat nou niét geweten hebben?' Hij vertrok zijn lippen alsof hij wilde spugen en veegde zijn mond af met de rug van zijn hand. 'Ze streek me tegen de haren in, die zweefkees met haar psychologische lulkoek. Troy was de enige in wie ze geïnteresseerd was, ik kon haar niet eens zover krijgen dat ze met Rand ging praten. Een echte hulpverlener staat voor iedereen klaar.'

'Waarom wilde je haar erbij hebben?'

'Zodat ze kon getuigen dat hij een goed karakter had.'

'Waarom gaf ze de voorkeur aan Troy?'

'Dat gold voor allebei. Omdat ze Troy al kenden,' zei hij. 'Hij was een van hun liefdadigheidsprojecten in 415 City. Daaruit kun je meteen opmaken hoe doeltreffend die waren.'

'En Rand was geen project.'

'Rand heeft nooit echte problemen veroorzaakt tot hij Troy leer-

de kennen, dus hij heeft ook nooit van hun wijze raad kunnen profiteren. Maar dat zou toch niets hebben geholpen, dat heb ik u al
verteld.'

'Omdat alles van tevoren vaststond.'

'Als u niet gelooft dat alles van tevoren vaststaat, hebt u geen recht
op die academische titel.'

'Wat is er eigenlijk met het echte scenario gebeurd?'

'Het scenario van Sydneys film? Wat denkt u? Er is helemaal níéts
mee gebeurd. Dit is L.A.'

'Wat was het verhaal dat ze wilden vertellen?'

'Hoe moet ik dat weten?'

'Hebt u het nooit gelezen?'

'Absoluut niet, het was strikt geheim. Ik weet niet eens of er wel
een scenario was.' Hij pakte een afstandsbediening en schakelde
het alarm van de Corvette uit. Daarna liep hij om me heen en trok
het portier open.

'Wat was er dan wel?'

Hij gaf geen antwoord.

'Dan moet u het zelf maar weten,' zei ik, en ik klapte mijn telefoon open.

'Ik heb alleen maar een korte samenvatting gezien, oké?' zei hij.
'Een "opzetje", noemde Sydney dat. Ik weet alleen maar van het
bestaan af omdat ik het in haar bureau vond toen ik op zoek was
naar lucifers.' Met een flauw glimlachje: 'Ik vind het lekker om na
afloop een sigaret op te steken.'

'Hebben jullie liggen rotzooien in haar kantoor?'

'Die goedkope overheidsbureaus zijn in ieder geval ergens goed
voor.'

'Wat stond er in dat opzetje?'

'De namen waren veranderd, maar het kwam in feite neer op de
zaak-Kristal Malley. Behalve dan dat in haar verhaal de jongens
door haar vader waren aangezet om haar te vermoorden.'

'Wat was zijn motief?'

'Dat stond er niet in, het waren hooguit twee alinea's. Toen Sydney terugkwam van de plee en zag dat ik het stond te lezen, rukte ze het uit mijn hand en begon weer te krijsen. Ik zei: "Dat is
een interessante theorie, misschien kunnen we die ook bij de echte zaak gebruiken." Ze werd helemaal gek en gaf me een schop tegen mijn kont. Letterlijk.' Hij wreef over zijn achterste. 'Ze had
pumps met van die puntige neuzen aan en het deed hartstikke zeer.'

'Dus dat opzetje was al geschreven voordat de zaak afgesloten was.'

'Voordat het officiële vonnis was uitgesproken, maar iedereen wist toch hoe het zou aflopen.'

'Wie is er op het idee gekomen om het op een akkoordje te gooien?' vroeg ik.

'Sydney kwam met het voorstel en Laskin accepteerde het. Ze vertelde hem dat ik het ermee eens was, maar dat was gelogen. Uiteindelijk ging ik er toch mee akkoord, omdat me dat het beste leek voor Rand.'

'Laat de jongens maar gauw de gevangenis indraaien, dan kunnen de beide advocaten gezellig samen op stap gaan,' zei ik.

'Zo was het helemaal niet,' zei hij. 'Die avond, bij haar op kantoor, hadden we het grootste deel van het werk al achter de rug. Pas toen begon de relatie tussen Sydney en mij echt op gang te komen. Daarvóór was er eigenlijk weinig aan de hand. We zagen elkaar nooit op kantoor.'

'In motels?'

'Dat gaat je geen barst aan.'

'Of in haar auto?'

'Als je per se meteen met je oordeel klaar wilt staan, mij best. Het is niet verboden om plezier te maken.'

'Tot ze je een schop onder je kont gaf.'

'Ze was gestoord,' zei hij, 'maar geloof me, ze kon er wat van.'

31

'Een nymfomane,' zei Milo. 'Om maar eens een grappige ouderwetse term te gebruiken.'

Hij blies de rook van zijn sigaar uit. Maar het was die dag zo benauwd dat het net leek alsof hij voor frisse lucht zorgde. 'Hoewel ik niet echt terugverlang naar grappige ouderwetse termen. Die hebben ze genoeg naar mijn hoofd geslingerd.'

'"Nicht" is tegenwoordig geen scheldwoord meer,' zei ik.

'Datzelfde geldt voor "nikker", als je tenminste Snoop Dogg heet. Zeg het maar eens tegen een vent op de hoek van Main en Sixtyninth, dan merk je vanzelf wel hoe leuk ze dat vinden.'

Rookkringetjes dreven omhoog, waaierden uit en losten op. We waren twee straten van het bureau verwijderd en slenterden langzaam verder terwijl we zwijgend nadachten en af en toe een opmerking maakten.

'Dus iedereen heeft iedereen genaaid,' zei hij. 'Niet alleen letterlijk, maar ook op andere manieren. Denk je dat de plot van Weider waarin ze Malley als schuldige liet opdraven een verzinsel was? Of hebben zij en Daney acht jaar geleden ergens lucht van gekregen? Bijvoorbeeld dat Malley Kristals vader niet was. Of omdat Troy Weider verteld heeft dat Malley hem ertoe had aangezet.'

'Montez zei voor de grap tegen Weider dat ze best gebruik konden maken van dat idee en toen werd ze helemaal gek. Misschien ging het wel om meer dan het geheimhouden van haar briljante idee.'

'Dus ze beschikt over bewijsmateriaal waaruit iemands onschuld blijkt, maar dat houdt ze voor zich. Omdat haar voornaamste doel niet de verdediging van Troy is, maar het sluiten van een filmdeal. IJskoud. En het past precies bij wat in Hollywood voor moraliteit doorgaat.'

'Als Weider verontschuldigingen voor haar gedrag zocht, dan lagen die voor de hand,' zei ik. 'Malley trok aan de touwtjes, maar de jongens hadden de moord gepleegd en zouden toch een hele tijd achter tralies verdwijnen, wat ze ook zou doen. Iets dergelijks heeft ze ook tegen Marty Boestling gezegd. Ze zou Troy hebben geadviseerd zijn mond te houden, omdat zij er wel voor zou zorgen dat hij snel weer vrij zou komen en dan zou hij rijk zijn. Dat zou een verklaring zijn voor zijn gefantaseer over rijkdom.'

'Troy was een gehaaide kleine schooier, Alex. Denk je echt dat hij daarin zou trappen?'

'Hij was ook een dertienjarig joch zonder toekomst,' zei ik. 'Iedere dag stromen er massa's kinderen richting Hollywood die heilig in dat soort dingen geloven. Rijk en beroemd worden. Maar goed, omdat hij nog zo jong was, konden ze er niet van op aan dat hij zijn geduld zou bewaren. Misschien had Malley bij nader inzien toch niets met de dood van Troy te maken.'

Hij beet op zijn sigaar. Sliertjes rook gaven hem een verfomfaaid aureool. Hij plukte een stukje tabak van zijn tong, spuugde en fronste. 'Weider was een pro-Deoadvocaat. Ze moet geweten hebben hoe ze in contact kon komen met iemand als Nestor Almedeira.'

'En dat gold waarschijnlijk ook voor Daney,' zei ik. 'Door zijn werk met achterstandskinderen. Hij en Cherish zijn allebei bij Troy op bezoek geweest.'

'Dus Daney was die blanke vent over wie Nestor het had en niet Malley? Jezus.' Puf puf. 'Ja, het kan best zo gegaan zijn, zonder van Cherish een soort Jacqueline the Ripper te maken. Voornamelijk omdat ik geen enkel bewijs heb voor een van beide theorieën.'

Hij liet de sigaar vallen, trapte hem uit op het trottoir, wachtte tot de peuk afgekoeld was en stopte die toen in zijn zak.

'Wat een voorbeeldig burger,' zei ik.

'Deze stad is al smerig genoeg. Maar hoe past de moord op Rand dan in dat complot tussen Weider en Drew?'

'Daar geldt hetzelfde voor als bij het koppel Cherish-Barnett. Rand wist nergens van, dus mocht hij blijven leven. Maar op de een of andere manier is hij toch achter de waarheid omtrent Kristals dood gekomen en daardoor werd hij automatisch een doelwit.'

'En die waarheid komt erop neer dat Malley uit was op wraak, omdat hij niet Kristals vader was.'

'Dat lijkt de enige constante factor,' zei ik. 'Heb je al iets gehoord over dat DNA?'

'Ik heb een verzoek ingediend en zit nu te wachten op antwoord van de pennenlikkers. Ik zou toch graag willen weten wanneer Cherish voor het eerst met Barnett naar bed is gegaan. Maar misschien weten we nu wel waarom ze dat heeft gedaan: om het Drew betaald te zetten dat hij maar bleef rondneuken.'

'Dat klinkt logisch. Volgens de serveerster van Patty's waren Cherish en Barnett daar nog maar één keer eerder geweest en ze werkt er al jaren. Cherish heeft Patty's uitgekozen omdat ze die tent nog kende uit de tijd dat ze op het seminarie zat. Wascomb sprak daar wel eens met studenten af. Maar misschien lopen ze ook nog wel andere tenten af.'

'Hun belangrijkste ontmoetingsplaats was het motel. Ik ga daar wel even langs om te zien wat de receptionisten te vertellen hebben.'

'De mogelijkheid bestaat ook,' zei ik, 'dat Cherish Rand heeft verlinkt aan Drew en niet aan Barnett.'

'Ze besodemietert Drew. Waarom zou ze hem dan in vertrouwen nemen?'

'Ze hoefde hem niet in vertrouwen te nemen, ze hoefde alleen maar

te zeggen dat Rand toch wel ontzettend nerveus leek en met allerlei suggesties omtrent Troy kwam. Omdat ze het vermoeden had
dat Drew betrokken was geweest bij de moord op Troy en als ze
hem zover kon krijgen dat hij Rand uitschakelde, kon Barnett zich
die moeite besparen.'

'Het plichtsgetrouwe vriendinnetje dat zich voordoet als een
plichtsgetrouwe echtgenote,' zei hij. 'Op die manier zou ze er gewoon een kunst van maken om mensen naar haar pijpen te laten
dansen. Wascomb zei dat ze een fijnbesnaard meisje was.'

'De subtielere aspecten van cynisme ontgaan Wascomb volledig.'
Hij pakte een nieuwe sigaar, maar liet het plastic eromheen zitten
terwijl hij hem handig van de ene vinger naar de andere liet rollen. Een leuk trucje, dat ik hem nooit eerder had zien doen.

'We moeten niet vergeten dat er misschien nog iemand is die heeft
geprobeerd anderen naar zijn hand te zetten,' zei ik. 'We zijn alleen maar serieus naar Barnett Malley gaan kijken door dat verhaal van Drew over de zwarte pick-up. Maar na alles wat we over
hem te weten zijn gekomen, moeten we ook rekening houden met
het feit dat hij ons misschien expres op het verkeerde been heeft
gezet.'

'Dus hij was helemaal niet bang voor Malley, hij wilde alleen maar
onze aandacht op Malley vestigen.'

'Helaas voor Drew was het resultaat dat we ook meer aandacht
voor hem kregen.'

'Drie dode kinderen,' zei hij. 'En de mogelijkheid dat we met twee
moordkoppels te maken hebben.'

We liepen een hoek om. 'Alex, ik begin toch te denken dat ik serieus in overweging moet nemen dat de moord op Jane Hannabee
hier verband mee hield. Als Troy met zijn mammie over die film
had gepraat en zij daar ook een rol in wilde spelen, kan ze Sydney en Drew behoorlijk in de wielen hebben gereden.'

'Een verslaafde op de schobberdebonk,' zei ik. 'Ze zou zich er zeker mee hebben bemoeid.'

'We hebben al eerder gezegd dat Cherish kan hebben geweten waar
Jane sliep omdat zij Janes pastoraal werkster was, maar hetzelfde
geldt voor Drew.' Hij propte zijn handen in zijn zakken. 'Dit begint een soort kankergezwel te worden. Heb jij nog geprobeerd
om uit te vissen hoeveel vergoeding de Daneys opstrijken?'

'Zevenduizend per maand.'

'Niet gek voor een stel uit hun ambt gezette kniesoren.'

'Een deel daarvan is frauduleus,' zei ik. 'Olivia zei dat niemand zich aan de regels houdt, maar als het nodig is, zou je dat als breekijzer kunnen gebruiken. Ik heb haar gevraagd om me de namen te faxen van alle pleegkinderen die ze in huis hebben gehad. Drew heeft zich in het verleden aan valsheid in geschrifte bezondigd, dus misschien is hij wel vaker stout geweest.'

'Slim bedacht. Hoe zit het met Hotpants Weider? Vind je dat ik haar aan moet pakken?'

'Boestling en Montez zeiden allebei dat hoe ze tegen mij tekeerging haar normale manier van doen is als iets haar niet bevalt. Het enige wat jij tegen haar hebt, is overspel en dat komt ook nog uit de tweede hand. Ze werkt niet als juriste, dus het heeft geen zin om met uitzetting uit haar ambt te dreigen.'

'Ik zou het haar toch lastig kunnen maken.'

'Na de wijze waarop ze door Boestling is vernederd kan ik me niet voorstellen dat ze nog een greintje eigendunk bezit.'

'Dan kun je haar juist nog meer raken,' zei hij. 'En haar helemaal de vernieling in trappen.'

'Je kunt het proberen.'

'Maar jij zou het niet doen.'

'Nu nog niet,' zei ik. 'Het zou veel te weinig opleveren.'

'Op wie moet ik me dan richten?'

'Niet op wie,' zei ik. 'Op wat... Papierwerk.'

Ik liep samen met hem naar de parkeerplaats tegenover het bureau, waar hij zijn onopvallende politieauto ophaalde en achter me aan naar mijn huis reed. Op Westwood Boulevard haalde hij me in, dus hij was er eerder dan ik.

De fax van Olivia zat in mijn apparaat. Een velletje vol namen, sofinummers, geboortedata en data van verblijf in pleeggezinnen. Twaalf meisjes tussen de leeftijd van veertien en zestien. Acht woonden er nog steeds bij de Daneys. Eén naam had ik eerder gehoord. *Quezada, Valerie.* Het rusteloze, nukkige meisje dat door Cherish was geholpen met haar wiskunde. Cherish had als een toonbeeld van geduld stap voor stap het probleem met haar doorgenomen. Een paar tellen later had ze haar tranen niet kunnen inhouden toen ze over Rand begon...

De lijst besloeg een periode van niet meer dan vijfentwintig maanden. Bovenaan stond een aantekening in het handschrift van Olivia. *Verder terug ging niet. Het archiefsysteem van de genieën is één grote puinhoop. Het zal wel niet meer te redden zijn.*

'Laten we eerst de vier die niet langer bij hen wonen maar eens met elkaar vergelijken,' zei Milo.

'In welk opzicht?'

'We gaan om te beginnen maar uit van het ergste wat hun had kunnen overkomen.' Hij belde naar het lijkenhuis, vroeg of hij 'Dave' aan de lijn kon krijgen en zei: 'Nee, vandaag niet, maar uiteindelijk zal het er wel van komen. En zorg alsjeblieft dat ik de volgende keer een beter masker krijg. Ik heb wel eens vaker lijken in staat van ontbinding geroken, maar... ja, water maakt het allemaal nog erger. Hoor eens, Dave, ik zou graag willen dat je voor mij even in jullie archief duikt... Ja, ik weet dat je meteen opkikkert als je mijn stem hoort.'

Vijf minuten later werden we teruggebeld door David O'Reilly, medewerker van de gerechtelijke medische dienst. Geen van de vier namen kwam voor op de lijst die het lijkenhuis bijhield van personen die een onnatuurlijke dood waren gestorven. Milo belde de burgerlijke stand en werd een tijdje aan het lijntje gehouden tot hij eindelijk toegang kreeg tot het bevolkingsregister en het archief van natuurlijke sterfgevallen.

Hij legde de telefoon neer. 'Ze schijnen allemaal nog te leven. Dat is dan de vrolijke noot voor vandaag.'

Ze konden ook best buiten L.A. County zijn gestorven, dacht ik. 'En nu?'

'Heb jij een idee?'

'Je zou kunnen proberen om ze op te sporen en na te gaan of ze iets over de Daneys te melden hebben. Ik zou me op deze twee concentreren, die zijn nog steeds minderjarig. Misschien heeft het leven hen toegelachen en hebben ze geen pleeggezin meer nodig. Maar het tegendeel zou ook waar kunnen zijn...'

'Dat bevalt me wel,' zei hij. 'Constructief pessimisme.'

Olivia gaf ons het nummer van iemand van het archief en om drie uur 's middags hadden we alle gegevens.

Leticia Maryanne Hollings, zeventien, stond nog steeds onder toezicht van de kinderbescherming en woonde bij een 'verwante voogd', een tante in Temecula. De telefoon werd niet opgenomen en Milo schreef het nummer op om het eventueel later nog eens te bellen.

Wilfreda Lee Ramos, zestien, stond niet meer bij de kinderbescherming ingeschreven. Haar laatst bekende contactadres was een vijfentwintigjarige broer, George Ramos.

Zijn telefoonnummer stond wel in het dossier, maar het adres ontbrak. Zijn woonplaats was 'L.A., Ca.' en zijn beroep 'student'. Aan de hand van het kengetal, 825, gokte ik erop dat hij aan de universiteit studeerde.

Ik belde het nummer. Afgesloten. Een telefoontje naar de administratie van de universiteit leverde twee George Ramossen op die daar momenteel studeerden. De eerste was achttien jaar en eerstejaars. De ander, zesentwintig, was een eerstejaarsstudent rechten, en meer kwam ik niet te weten.

Milo pakte de telefoon over, schermde met zijn naam en functie en kreeg ook niets meer los. Bij de faculteit rechten was het van hetzelfde laken een pak.

We reden naar de campus, lieten de auto aan de noordkant achter en liepen naar de faculteit, waar Milo een babbeltje maakte met een beminnelijke witharige secretaresse die zei: 'U hebt net ook gebeld. Het antwoord blijft hetzelfde. Bescherming van persoonsgegevens.'

'We willen alleen maar even met meneer Ramos praten, m'vrouw.'

'"M'vrouw." Net als in een cowboyfilm,' zei ze lachend. 'Dat zal ongetwijfeld waar zijn, inspecteur, maar u moet niet vergeten waar u zich bevindt. U kunt zich toch wel voorstellen hoeveel mensen hier het prachtig zouden vinden om u een proces aan te doen wegens inbreuk op hun privacy?'

'Daar heeft u een punt,' zei hij. 'Zou het helpen als ik u vertel dat meneer Ramos niet in moeilijkheden verkeert, maar zijn zusje misschien wel? Ik weet zeker dat hij dat graag zou willen weten. M'vrouw.'

'Het spijt me. Ik wou dat ik u kon helpen.'

Hij ontspande zijn schouders. Heel nadrukkelijk en heel langzaam, zoals hij altijd doet als hij moeite heeft om zijn geduld te bewaren. Een brede glimlach. Hij streek het zwarte haar van zijn voorhoofd en drukte zijn dikke lijf tegen de balie. De secretaresse week onwillekeurig achteruit.

'Waar zijn de eerstejaarsstudenten nu?'

'Ze hebben net een college... jurisprudentie gehad. Waarschijnlijk buiten, op het grasveld.'

'Om hoeveel personen gaat het?'

'Driehonderdzeven.'

'Een Latijns-Amerikaanse man,' zei Milo. 'Halen jullie tegenwoordig de minderheidsquota of zou dat een groot deel van de studenten uitschakelen?'

'Hij ziet er niet echt Latijns-Amerikaans uit,' zei de secretaresse. Milo keek haar strak aan. Ze bloosde, boog zich voorover en fluisterde: 'Als iemand erg lang is, valt hij vanzelf op.'
Milo glimlachte op zijn beurt. 'Lang genoeg voor het basketbalteam?'
'Misschien als guard.'

George Ramos bewoog zich met lange, lome passen over het gras via een grillig, maar doelbewust pad. Hij leek op een waadvogel – een reiger – die zich een weg baant door een moeras. Ik schatte hem op één meter tweeënnegentig. Bleek en kalend, met een kromme rug en een stapel boeken en een laptop onder zijn arm. Het beetje haar dat hij nog had was lichtbruin en dun en viel over zijn oren. Hij droeg een blauwe trui met een v-hals met daaronder een wit T-shirt, een gestreken kaki broek en bruine schoenen. Een brilletje met kleine glazen prijkte op zijn haakneus. De jonge Benjamin Franklin nadat hij op de pijnbank had gelegen.
Toen we hem de weg versperden, knipperde hij een paar keer en probeerde langs ons heen te lopen. Maar hij bleef abrupt staan toen Milo zei: 'Meneer Ramos?'
'Ja?'
Een politiepenning werd onder zijn neus geduwd. 'Hebt u een moment om met ons over uw zus, Wilfreda, te praten?'
Er verscheen een harde blik in de bruine ogen achter de brillenglazen. Zijn knokkels werden wit. 'U meent het echt.'
'Ja, meneer.'
Ramos mompelde iets binnensmonds.
'Meneer?'
'Mijn zus is dood.'
'Dat spijt me, meneer.'
'Hoe bent u in vredesnaam bij mij terechtgekomen?'
'We doen een onderzoek naar een aantal pleegkinderen en...'
'Lee heeft drie maanden geleden zelfmoord gepleegd,' zei Ramos. 'Zo werd ze door iedereen genoemd. *Lee*. Als u iets van haar wist, zou u geweten hebben dat ze een ontzettende hekel had aan "Wilfreda".'
Milo zei niets.
'Ze was zestien,' zei Ramos.
'Ik weet het, meneer,' zei Milo. Het komt niet vaak voor dat hij naar iemand op moet kijken. Het beviel hem helemaal niet.

'Wat zijn dat voor ouders die hun kind Wilfreda noemen?' zei Ramos.

We gingen met ons drieën op een bank aan de westkant van het grasveld zitten.

'Wat wilt u weten?' vroeg George Ramos.

'Lee's ervaringen in pleeggezinnen.'

'Is er soms sprake van een schandaal?'

'Daar zou het wel op kunnen uitdraaien.'

'Haar ervaringen,' zei Ramos. 'Lee had het in haar pleeggezin een stuk gemakkelijker dan thuis. Haar vader – mijn stiefvader – is een fascist. Die dominees bij wie ze in huis was, letten helemaal niet op haar. Dat was een eitje voor iemand zoals Lee.'

'Hoe bedoelt u?' vroeg Milo.

'Lee was al een rebel voordat ze geboren werd, ze deed altijd precies wat ze zelf wilde. Ze werd zwanger toen ze bij die pleegouders zat en heeft een abortus ondergaan. Dat kregen we na de autopsie van de lijkschouwer te horen. Die dominees konden mooie praatjes ophangen, maar ik heb toch het gevoel dat ze het geld opstreken zonder een poging te doen om Lee onder de duim te houden.'

'Van welke lijkschouwer hebt u dat gehoord?'

'Die van Santa Barbara County. Lee woonde samen met een stel junks in Isla Vista toen ze…' Ramos zette zijn bril af en wreef in zijn ogen.

'Maar toen viel ze al niet meer onder het gezag van de kinderbescherming,' zei Milo.

Ramos knikte. 'De fascist gaf haar eindelijk toestemming om weer thuis te komen, op voorwaarde dat ze zich aan al zijn regels hield. Ze is twee dagen thuis geweest voordat ze wegliep. De fascist zei dat ze zelf de consequenties van haar gedrag moest dragen en mijn moeder zit volledig bij hem onder de plak. Dus niemand bekommerde zich om Lee. We kwamen er pas achter waar ze had gezeten toen ze al dood was. Een of andere keet in Isla Vista, waar tien jongeren als een stel beesten woonden.'

'De fascist is uw vader niet, maar u en Lee hadden wel dezelfde achternaam,' zei ik.

'Dat is niet zo. Zij heet Monahan. Toen ze hem zo ver de keel uithing dat hij haar overdroeg aan de kinderbescherming, verbrandde hij al haar kleren, sloot haar buiten en zei dat hij haar niet langer als zijn dochter erkende. Ze zei dat hij kon doodvallen en ging zich Ramos noemen.'

'Fijne kerel,' zei Milo.

'Ja, een echte parel,' zei Ramos terwijl hij zijn knokkels liet kraken. 'Ze belde me vanuit Isla Vista omdat ze wilde dat ik haar naam officieel zou laten veranderen. Toen ik haar vertelde dat ik dat niet voor elkaar kon krijgen omdat ze minderjarig was, verbrak ze de verbinding.'

'De naam "Ramos" staat in alle officiële papieren,' zei ik.

Ramos lachte. 'De staat weet van voren niet dat ze van achteren leeft. Vrijwel alles aan het systeem moet hoognodig veranderd worden.'

'Bent u daarom rechten gaan studeren?' vroeg Milo.

Ramos keek hem met bijziende ogen aan. 'Is dat een grapje of zo?'

Milo glimlachte.

'Ja, ik werk me echt uit de naad om de rest van mijn leven geconfronteerd te worden met zinloze bureaucratie en een hongerloontje te verdienen,' zei Ramos. Hij lachte. 'Als ik klaar ben, ga ik het zakenleven in.'

We bleven nog een kwartier met hem praten. Uiteindelijk was ik het meest aan het woord, omdat het onderwerp meer op mijn terrein thuishoorde.

Wilfreda Lee Monahan/Ramos had zolang haar broer zich kon herinneren ernstige leermoeilijkheden gehad en zich onhandelbaar gedragen. De vader van George Ramos stierf toen hij vijf jaar was en een paar jaar later was zijn moeder getrouwd met een ex-marinier die dacht dat het opvoeden van kinderen net zoiets was als het drillen van recruten voor het leger.

Voor Lee was de puberteit een aaneenschakeling geweest van vrije liefde, drugs en zulke hevige stemmingswisselingen dat ik durfde te wedden dat die niet alleen het gevolg waren geweest van drugsgebruik. Op haar veertiende had ze twee keer geprobeerd zelfmoord te plegen, kreten om hulp vermomd als een overdosis. Er volgden vluchtige pogingen om haar therapie te laten volgen, terwijl ze thuis bedolven werd onder de verwijten. Toen haar vader haar betrapte terwijl ze in haar slaapkamer met een jongen lag te neuken, schopte hij haar het huis uit.

George Ramos was zich niet bewust van opvallende problemen in de zes maanden dat ze onder de hoede was geweest van de Daneys, maar hij erkende met neergeslagen ogen dat hij nooit bij haar op bezoek was geweest.

Lee Ramos had zich een maand voordat ze zestien werd onttrokken aan het gezag van de kinderbescherming. Op haar verjaardag was ze om middernacht thuisgebleven terwijl haar huisgenoten gingen stappen. Kort daarna sneed ze haar polsen door met een verroest stanleymes en ging op een goor matras liggen om langzaam dood te bloeden.

32

Het gesprek over zijn zusje had George Ramos zo aangegrepen dat hij er bleek en uitgeput uitzag.

Milo bood zijn verontschuldigingen aan voor zijn opdringerige gedrag, maar Ramos zei: 'U doet alleen maar uw werk' en bleef naar het gras staren.

'Hebt u nog contact opgenomen met de Daneys?' vroeg ik.

'Ik heb ze een keer gebeld nadat Lee was overleden. Vraag me niet waarom. Misschien dacht ik dat ze het zouden willen weten.'

'Was dat dan niet zo?'

'Ik heb met de vrouw gesproken... Charity... Chastity... zo'n soort naam...'

'Cherish.'

'Ja, dat was het,' zei hij. 'Het was een hele schok voor haar, ze begon te huilen en werd verdomme bijna hysterisch. Het kan wel cynisch van me zijn, maar dat vond ik toch een beetje overdreven.'

'Deed ze maar alsof?' vroeg Milo.

'Ze hadden Lee maar een paar maanden in huis gehad en het lijkt me duidelijk dat ze hun werk niet goed gedaan hebben.'

'Hebt u dat ook tegen haar gezegd?'

'Nee,' zei Ramos. 'Ik was niet... ik had geen zin om met haar te praten.'

'Heeft Cherish iets gedaan waardoor u op het idee kwam dat haar verdriet gespeeld was?'

'Nee, maar wie zal het zeggen?' zei Ramos. 'Is er iemand die dat soort dingen weet?'

'Hebt u wel eens met haar man gesproken?'

'Nee, alleen met haar.' Ramos stond op en pakte zijn boeken en zijn laptop.

'Heeft Lee zich ooit iets laten ontvallen over het feit dat ze zwanger was geweest?'

Er verscheen een verdrietige trek op het lange gezicht van Ramos. 'Is het dan nog niet tot jullie doorgedrongen? We praatten helemáál niet met elkaar.'

Hij propte de boeken onder zijn arm, drukte zijn laptop tegen zijn borst en maakte zich met zijn vogelpassen uit de voeten. Andere rechtenstudenten kwamen nog steeds naar buiten, sommige in kleine groepjes die heftig liepen te discussiëren, maar er waren ook een paar verstrooide eenlingen bij die hun eigen weg zochten.

Milo stond op en rekte zich uit. 'Ik ben gekraakt.'

'Ik heb anders niets gehoord.'

'Dus de Daneys hebben te veel pleegkinderen in huis, maar ze letten niet op ze. Dat past bij een moreel laakbare houding.'

'Ja, dat is zo.'

'Ga je mee?'

Ik bleef op de bank zitten.

'Alex?'

'Stel je nou eens voor...' zei ik.

Hij ging weer zitten.

Een groep studenten liep langs ons heen. Toen ze weg waren, zei hij: 'Wat voor kwalijke gedachten zijn er nu weer in dat brein van je opgekomen?'

'George Ramos gaat ervan uit dat Lee buitenshuis zwanger is geraakt. Maar het kan ook in huis zijn gebeurd. Letterlijk.'

'Daney?'

'Hij was de enige man in dat huis. De hele toestand daar doet bij nader inzien aan een harem denken. Al die tienermeisjes uit probleemgezinnen. Misschien is dat de reden waarom de Daneys alleen maar vrouwelijke pleegkinderen willen hebben.'

'O, man.'

'We weten dat Daney een oplichter en een rokkenjager is en we zijn net tot de conclusie gekomen dat hij misschien betrokken is geweest bij diverse moordzaken. Hij zou vast en zeker een eind hebben willen maken aan die zwangerschap en dat klopt met het feit dat Lee Ramos een abortus heeft gehad. Dat zou ook een verklaring kunnen zijn voor haar zelfmoord. We hebben het over een bijzonder getroebleerd meisje, dat een vijandige relatie had met haar vader. Ze moet behoefte hebben gehad aan een plaatsvervanger die wel medeleven toonde. De staat heeft gezorgd dat ze die kreeg, maar als hij haar misbruikt heeft en haar vervolgens heeft gedwongen om het bewijs daarvan weg te laten halen, moet dat een traumatische ervaring zijn geweest.'

'Surrogaatincest.'

'Precies het soort grensoverschrijdend gedrag dat een diepe depressie kan hebben veroorzaakt.'

'Waardoor ze op haar verjaardag haar polsen doorsneed,' zei hij. 'Als het tenminste zelfmoord was.'

'Was het dat volgens jou dan niet?'

'Ik laat mijn fantasie de vrije loop.'

Hij belde de gerechtelijke medische dienst van Santa Barbara, sprak met de lijkschouwer die de autopsie op Lee Ramos uitgevoerd had, zat een hele tijd naar hem te luisteren en verbrak hoofdschuddend de verbinding.

'Kennelijk twijfelen ze er niet aan dat het zelfmoord was. Ze heeft zichzelf in de kamer ingesloten, muziek opgezet en het enige raam was dichtgeschilderd. Geen sporen van een worsteling, geen verwondingen die op verzet duidden, alleen diepe overlangse sneden in haar armen... ze was vastbesloten. Vooraf heeft ze een halve liter Southern Comfort achterovergeslagen en een heel flesje valiumpillen geslikt. Als dat mes het werk niet had gedaan, zouden die pillen haar wel om zeep geholpen hebben. De jongelui met wie ze samenwoonde, zeiden dat ze de laatste paar weken diep in de put had gezeten. Ze hadden geprobeerd om haar over te halen met hen te gaan stappen, want ze wilden haar verjaardag vieren. Maar Lee haakte op het laatste moment af en zei dat ze zich niet lekker voelde.'

Mijn ogen begonnen te branden. Een meisje dat ik nooit had ontmoet. 'Zelfmoord op haar verjaardag,' zei ik. 'De gedachte aan een nieuw jaar was onverdraaglijk.'

Milo leunde breeduit tegen de bank, wendde zijn hoofd van me af en sloeg zijn armen over elkaar. Een briesje liet de bomen achter ons ritselen. Het gras reageerde een paar seconden later.

'Ze had altijd contant geld, dus de huisgenoten vermoedden dat ze tippelde. Zestien jaar. En dat gaan ze niet van de ene op de andere dag doen, hè?'

Voordat ik antwoord kon geven sprong hij overeind en beende weg, terwijl hij met zijn notitieboekje tegen zijn dijbeen sloeg. De manier waarop híj liep, had niets vogelachtigs.

Een beer op rooftocht. Een beer, geen twijfel mogelijk.

Ik liep achter hem aan, zonder te weten waarop ik leek.

We stapten weer in de auto en reden langzaam langs de oostkant van het universiteitsterrein.

'Daney profiteert in alle opzichten van de maatschappij,' zei ik. 'Ik vraag me af of hij een abortus uit eigen zak zou betalen.'

Milo remde af. 'De klootzak maakt een van zijn pleegkinderen zwanger en stuurt dan de rekening naar de staat? Ach, hij heeft al die andere dingen ook voor elkaar gekregen, dus waarom niet?'

'Maar dit is tenminste een theorie die we op waarheid kunnen toetsen,' zei ik.

'Officieel is de informatie in die dossiers vertrouwelijk,' zei Olivia, 'dus ik weet niet of je die bij een rechtszaak kunt gebruiken.'

'Laten we eerst maar eens kijken of er iets is dat we kunnen gebruiken,' zei ik.

'Je zegt het maar, schat. Maar het kan wel even duren.'

'Ik ben altijd bereid om op jou te wachten.'

'O ja,' zei ze. 'Mijn vrouwelijke aantrekkingskracht.'

Mijn gsm begon al te snerpen toen we de Glen opreden, anderhalve kilometer voordat we bij mijn huis waren. 'Even' had vijf minuten geduurd.

'Onder "Ramos" was niets te vinden,' zei Olivia. 'Maar het afbreken van de zwangerschap van Wilfreda Lee *Monahan* is inderdaad voor rekening van de belastingbetaler gebeurd. Bij een kliniek in North Hollywood. Het Vrouwengezondheidscentrum.'

Ze gaf ons een adres door op Whitsett, in het blok met nummers in de 6000. Op korte afstand rijden van Daneys huis, waaruit opnieuw bleek hoe strak alles georganiseerd was.

'Werd ze vergezeld door een volwassene?' vroeg ik.

'Dat zou toch niet in het dossier hebben gestaan. Het hooggerechtshof van de staat heeft al in 1998 bepaald dat toestemming van de ouders niet nodig is.'

'Zelfs niet als ze onder toezicht staat van de kinderbescherming?'

'Zelfs dan niet. Omdat het meisje toch al in de boeken stond, zou

het indienen van de rekening een fluitje van een cent zijn geweest, je hoeft er alleen maar een nieuwe code op te zetten. Een van de vele. Zo te zien heeft ze ook nog een lichamelijk onderzoek gehad, een gynaecologisch onderzoek, voorlichting over geboortebeperking en voorlichting over aids.'
'Wat een grondige aanpak,' zei ik.
'Het begint erop te lijken dat iemand wel heel brutaal is geweest.'
'Breek me de bek niet open, Liv. Zou je me een genoegen willen doen en nog een naam willen controleren? Leticia Maryanne Hollings, zeventien jaar.'
'Nog een,' zei ze. 'Dus het is veel erger dan brutaliteit.'

De abortus van Leticia Hollings had een maand voor die van Lee Monahan plaatsgevonden. Dezelfde uitgebreide rekening.
Van dezelfde kliniek.
Het Vrouwengezondheidscentrum deed een belletje bij me rinkelen, maar waarom wist ik niet. Ik vroeg Olivia om ook de beide andere meisjes te controleren die bij de Daneys hadden gewoond en inmiddels volwassen waren.
Een van hen, een meisje dat Beth Scoggins heette en inmiddels negentien was, had ook een zwangerschap laten afbreken in het Vrouwengezondheidscentrum. Twee jaar geleden, toen ze nog onder toezicht van de kinderbescherming stond.
'Dit begint knap walgelijk te worden,' zei Olivia.
Ik gaf de informatie over Scoggins door aan Milo. Zijn ogen schoten vuur en ik kon hem horen tandenknarsen toen hij de telefoon uit mijn hand griste. Maar aan niets was dat te merken toen hij Olivia allervriendelijkst bedankte.

We lieten de auto voor mijn huis staan en ik liep met grote stappen voor hem uit, rechtstreeks naar mijn kantoor.
Achtendertig resultaten voor het Vrouwengezondheidscentrum. De meeste artikelen betroffen legitieme afdelingen van grote ziekenhuizen. Drie ervan gingen over de kliniek in North Hollywood. De eerste verklaarde waarom de naam me zo bekend voorkwam. Ik was er al eerder op gestuit, tijdens mijn onderzoek naar Sydney Weider. Een feestje om geld in te zamelen voor de kliniek, acht jaar geleden. Weider en Martin Boestling waren mededonateurs geweest. Een publiciteitsfoto uit gelukkiger tijden.
De twee andere artikelen waren twee jaar later gedateerd en be-

troffen ook feestjes om geld bij elkaar te krijgen voor de 'barm-hartige non-profitwerkzaamheden' van de kliniek. De namen Wei-der en Boestling ontbraken, want die waren inmiddels uit elkaar en hadden een duikeling gemaakt op de maatschappelijke ladder. Wat die twee artikelen wel opleverden, was een lijst met namen van de professionele medewerkers van het Vrouwengezondheids-centrum.

Een alfabetische lijst. En een naam die als een zere vinger afstak tussen al die artsen, fysiotherapeuten, welzijnswerkers, pedagogen en specialisten op het gebied van massage.

Drew Daney, Ds., Pastoraal werker.

Mijn nekharen gingen overeind staan van het gegrom achter me.

'Ik werk voor diverse non-profitorganisaties,' zei Milo. 'Natuur-lijk, kerel. Je bent godverdomme een halve heilige.'

'Misschien krijgt hij wel smeergeld,' zei ik. 'Een percentage van al-les wat in rekening wordt gebracht. Een extra motief om ze zwan-ger te maken en te laten aborteren.'

'Extra?'

'Dat soort dingen gaat nooit alleen om geld.'

We verhuisden naar de keuken en ik ging koffie zetten.

'Op z'n minst misbruikt die vent jonge meisjes,' zei Milo. 'Als hij alles heeft gedaan wat we denken, is hij een soort mini-Manson. Het probleem is dat ik er geen donder aan kan doen, omdat ik of-ficieel geen toegang heb tot de medische dossiers van die meisjes. En zelfs mét die dossiers valt nog niet te bewijzen dat Daney ze zwanger heeft gemaakt.'

'Als psycholoog ben ik verplicht om aangifte te doen van misbruik,' zei ik. 'Daarvoor tellen de regels met betrekking tot het verkrijgen van bewijsmateriaal niet.'

'Maar hoeveel bewijs heb je nodig om aangifte te doen?'

'Volgens de wet is een vermoeden al voldoende. Wat dat precies inhoudt, is niet duidelijk. Ik heb al een paar keer geprobeerd om daar uitsluitsel over te krijgen – bij de medische tuchtraad, bij mijn advocaat en bij de bond van psychologen in deze staat – maar ik kreeg iedere keer nul op het rekest. Ik ken collega's die moeilijk-heden hebben gekregen omdat ze aangifte doen, maar ook lui die aangepakt zijn omdat ze dat niet hadden gedaan.'

'De wet is gelul,' zei hij, terwijl hij de koffie liet staan en een bier-tje uit de koelkast pakte. 'Maar één ding snap ik niet, Alex. Zelfs als hij een percentage van de winst krijgt, zou het toch knap link zijn voor Daney om al die meisjes zwanger te maken. Het zou veel gemakkelijker zijn om ze de pil te geven of zelf een voorbehoedsmiddel te gebruiken, dan te riskeren dat ze hun mond voorbijpraten.'

'Ze hebben het nog aan niemand verteld,' zei ik. 'Of misschien hebben ze dat wel gedaan en heeft niemand willen luisteren.'

'Dat arme meisje Ramos.'

Ik knikte. 'Ook al heeft Daney niemand anders vermoord, als hij de vader van haar kind was, is hij toch tot op zekere hoogte verantwoordelijk voor haar dood.'

Hij trok zijn flesje bier open, maar nam geen slok. 'Hoe kom ik daarachter?'

'Wat dacht je ervan als ik eens met Leticia Hollings en Beth Scoggins ging praten? Ik kan net doen alsof het een algemeen onderzoek over pleeggezinnen betreft. Als zij zeggen of suggereren dat ze misbruikt zijn, is het zonder meer mijn plicht de politie op de hoogte te brengen.'

'Moet je dan bij een bepaalde afdeling van de politie zijn?'

'Als het kritiek wordt, kan het wel bij jou.'

Hij lachte even. 'Maar het probleem is dat je toch blijft zitten met het feit dat die gegevens vertrouwelijk zijn als je hen als een soort verlengstuk van de politie benadert, Alex.'

'Dat hoeft niet,' zei ik. 'Ik kan zeggen dat ik begon in mijn functie van adviseur van de politie, maar dat ik daarna aan een eigen onderzoek ben begonnen.'

'Maar dat was toch alleen maar een smoesje?'

'Ik zou het best hard kunnen maken.'

Hij keek op. 'Hoe dan?'

'Doordat ik met jou samenwerkte, hoorde ik dat Lee Ramos zelfmoord had gepleegd en dat wekte mijn professionele belangstelling.'

'Belangstelling voor wat?'

'Het verband tussen opname in pleeggezinnen en zelfmoord. Dat zou in het verlengde liggen van de artikelen die ik jaren geleden heb gepubliceerd over stress en misbruik.'

'Hou je je nog steeds bezig met research?'

'Dat is alweer een tijdje geleden, maar ik heb een volledige aanstelling als hoogleraar en dan mag je doen wat je wilt.'

'Wanneer heb je die aanstelling gekregen?'

'Vorig jaar.'

'Dat heb je me nooit verteld.'

'Zo belangrijk was het ook niet,' zei ik. 'Het is een formaliteit. Waar het op neerkomt, is dat ze me af en toe zullen vragen om een coassistent of een ouderejaarsstudent te begeleiden, plaats te nemen in een ad-hoccommissie, of aanvragen voor het subsidiëren van bepaalde studies door te lezen.'

'Krijg je daarvoor betaald?'

'Nee,' zei ik. 'Het is gewoon mijn manier om iets terug te doen.' Ik hield mijn handen boven mijn hoofd bij wijze van aureool.

'Wat een vent,' zei hij. 'En je ziet er geen dag ouder uit dan een gewone docent.'

Zijn telefoon ging. 'Sturgis. O hoi... ja, dat is een hele tijd geleden... Hou je me nou voor de gek? Geweldig. Hartstikke bedankt. Ik sta bij je in het krijt.'

Een brede glimlach. Het was een hele tijd geleden dat ik die gezien had.

'Dat was iemand van de gerechtelijke medische dienst, verpleegkundige Nancy Marino. Zij heeft een aantal weefselproeven van de autopsie op Kristal Malley ergens in een koelkast gevonden. Delen van de nieren en de maag. Een gedeelte ervan lijkt aangetast, maar er is waarschijnlijk genoeg voor een DNA-analyse. Ze houden ze vast tot ik ze een seintje geef.'

'Gefeliciteerd,' zei ik.

'Als we er al iets mee opschieten.' Zijn glimlach verdween.

'Wat is er nu weer?'

'Wat schieten we nou eigenlijk op met dat DNA, Alex? Het zal alleen maar bevestigen wat we al uit de kleur van de ogen konden opmaken: dat de cowboy niet Kristals vader was. Ik kom geen stap dichter bij het bewijs dat Malley Rand vermoord heeft. En het biedt me ook niet de kans om Daney op te pakken voor alle rotdingen die hij heeft uitgespookt.'

Hij tikte een calypsoritme tegen het bierflesje. 'Twee boeven, geen enkele aanwijzing, o wat is het leven mooi.'

'Twee boeven is beter dan geen boef.'

'Wat een geruststellende gedachte,' zei hij. 'Je lijkt wel een therapeut.'

33

Ik nam het telefoonnummer van Leticia Hollings in Temecula over en Milo vroeg het laatst bekende adres van Elisabeth Mia Scoggins op bij het bureau kentekenbewijzen in Santa Monica. Het stemde overeen met een vermelding in het telefoonboek onder Scoggins, E.

Nadat hij zijn bierflesje had weggekeild, ging hij ervandoor.

Beth Scoggins woonde in een appartement in Twentieth Street in de omgeving van Pico. Het was een wijk van de badplaats met alleen goedkope huurhuizen, maar ik putte moed uit de gedachte dat ze tot op zekere hoogte zelfstandig was geworden.

Het was kwart over zeven in de avond. Allisons praktijk was op Montana, in het dure gedeelte van Santa Monica. Ik wist dat ze tot negen uur patiënten had, maar meestal ging ze rond een uur of acht eten. Als ik erin slaagde om een afspraak te maken met Beth Scoggins, kon ik misschien daarna bij haar langsgaan...

De man met het aureool.

Een jonge vrouw nam de telefoon op. Op haar hoede.

'Mevrouw Scoggins?'

'U spreekt met Beth.'

Ik noemde mijn naam en mijn functie en vroeg of ze bereid was om over haar ervaringen in pleeggezinnen te praten.

'Hoe bent u in vredesnaam aan mijn naam gekomen?' vroeg ze.

Ze klonk zo panisch dat ik het liefst teruggekrabbeld was. Maar dan zou ze misschien nog banger worden. 'Ik ben bezig met een onderzoek...'

'Is dit... probeert u me af te zetten, of zo?'

'Nee, ik ben echt psychol...'

'Wat voor onderzoek? Waar hebt u het in hemelsnaam over?'

'Het spijt me als ik...'

'Wat voor onderzoek?'

'De spanningen waarmee het verblijf in een pleeggezin gepaard gaat.'

Stilte.

'Ik ben adviseur van de politie en een jonge vrouw die werd verzorgd door dezelfde mensen die voor u gezorgd hebben, blijkt...'

'Voor mij gezorgd hebben? Zei u dat? Gezorgd hebben? Hoe heet u?'

Ik noemde opnieuw mijn naam.

Krassende geluidjes. Ze schreef het op.

'Mevrouw Scog...'

'U had me helemaal niet mogen bellen. Hier klopt niets van.'

Klik.

Ik hield er een smerige smaak in mijn mond aan over. Nu had ik meer dan genoeg tijd om bij Allison langs te gaan, maar ik had geen zin om gezellig te doen. Ik logde in bij mijn account van de medische faculteit en gaf een zoekopdracht met als trefwoorden 'zelfmoord' en 'pleeggezin', maar ik vond geen objectieve studies, alleen de veronderstelling dat kinderen die uit huis geplaatst waren een vergrote kans hadden op allerlei problemen.

Toch nooit weg, zo'n studie.

Ik overwoog om Beth Scoggins terug te bellen. Maar ik kon niets bedenken wat de hele toestand niet nog erger zou maken. Misschien morgen. Of overmorgen, als ze de tijd had gehad om erover na te denken...

Om acht uur begon ik behoefte te krijgen aan eten. Ik had geen honger, het was meer een soort plicht om mijn bloedsuiker op peil te houden. Misschien kon ik iemand nog van nut zijn.

Net toen ik zat te piekeren of ik een blik soep of een blik tonijn open zou maken, belde Robin.

Bij het geluid van haar stem begon mijn hoofdhuid te prikken.

'Hoi,' zei ik. Het toonbeeld van welsprekendheid.

'Bel ik ongelegen?'

'Nee, hoor.'

'Oké,' zei ze. 'Ik weet niet precies hoe ik je dit moet vertellen, Alex, maar ik vond dat je het toch moest weten. Het gaat helemaal niet goed met Spike.'

'Wat is er met hem aan de hand?'

'Ouderdomsverschijnselen. Hij heeft artritis in zijn achterpoten... Je weet toch nog wel dat zijn linkerachterpootje altijd een beetje zwakker was? Nu is dat echt heel opvallend. Bovendien werkt zijn schildklier te langzaam en hij heeft steeds minder energie. Ik moet iedere dag zalf in zijn ogen doen en hij is bijna volkomen nachtblind. De andere uitslagen van het onderzoek waren normaal, hij heeft alleen een iets vergroot hart. Volgens de dierenarts is dat heel normaal, gezien zijn leeftijd. Voor een Franse buldog is hij echt een ouwe knar.'

De laatste keer dat ik Spike had gezien, had hij met zijn elf kilo luchtsprongen van bijna een meter hoog gemaakt en was zonder problemen geland. 'Ach, dat arme kereltje.'

'Het is niet meer de hond die jij je herinnert, Alex. Hij ligt vrijwel de hele dag en er is eigenlijk niemand die hem iets interesseert. Zelfs vreemde mannen niet.'

'Dat is dan een hele verandering.'

'Ik vond gewoon dat je het moest weten. Hij wordt goed verzorgd, maar... Nou ja, geen maar. Dat is alles. Ik vond dat je het moest weten.'

'Dat vind ik lief van je,' zei ik. 'Ik ben blij dat je daarginds een goede dierenarts hebt gevonden.'

'Ik had het over dokter Rich.'

'Zit je dan weer in L.A.?'

'Al een tijdje,' zei ze. 'Een maand.'

'Definitief?'

'Misschien... maar daar wil ik nu niet op ingaan. Ik weet echt niet hoe lang Spike het nog zal maken. Dit leek me een beter idee dan dat ik je op een dag moet bellen met slecht nieuws waar je helemaal niet op voorbereid bent.'

'Bedankt,' zei ik. 'Dat meen ik.'

'Als je wilt, kun je wel een keertje bij hem op bezoek komen. Of ik kan met hem naar jou toe komen.' Stilte. 'Als Allison dat tenminste niet erg vindt.'

'Dat vindt Allison helemaal niet erg.'

'Nee, ze is erg aardig.'

'Hoe gaat het met jou?' vroeg ik.

'Niet zo best.' Ze zweeg een ogenblik. 'Het is uit met Tim.'

'Wat naar voor je.'

'Het is beter zo,' zei ze. 'Maar daarom belde ik echt niet, ik belde over Spike en als je hem wilt zien...'

'Dat zou ik heel prettig vinden, als je tenminste denkt dat hij er iets aan heeft. De laatste keer dat ik bij je langskwam, eiste hij wel heel nadrukkelijk al je aandacht op.'

'Maar dat is al eeuwen geleden, Alex. Het is echt een heel andere hond geworden. En diep in zijn hart is hij dol op je. Volgens mij was de strijd met jou om mijn aandacht zijn lust en zijn leven. De uitdaging van een ander alfa-mannetje.'

'Dat en voer,' zei ik.

'Ik wou maar dat hij nog zo'n schrokop was. Nu moet ik allerlei slinkse maniertjes bedenken... Het rare is dat hij eigenlijk nooit aandacht heeft gehad voor Tim. Hij gedroeg zich niet vijandig, hij negeerde hem gewoon. Maar goed...'

'Ik kom gauw eens langs,' zei ik. 'Waar woon je?'

'Nog op dezelfde plek,' zei ze. 'In letterlijke zin tenminste. Tot ziens, Alex. Pas goed op jezelf.'

Via iene miene mutte werd het een blik soep. Kippensoep. Vreemd dat ik daar een kwartier over na moest denken. Ik stond net het blik open te maken, toen de telefoon ging.

'Hoi, met mij,' zei Allison. 'Ik heb een probleem.'

'Heb je het druk? Ik liep net te denken dat ik naar je toe wilde gaan, maar morgen is ook prima.'

'Je moet inderdaad hiernaartoe komen,' zei ze. 'Nu meteen. Dat is het probleem.'

Twintig minuten later zat ik al in haar wachtkamer. Het vertrek was leeg en gedempt verlicht. Ik drukte op de rode knop naast het bordje met DR. GWYNN en ze kwam meteen tevoorschijn.

Er kon geen knuffel, geen kus en geen lachje af en ik wist waarom niet. Ze had haar haar opgestoken en in de loop van de dag was het grootste deel van haar make-up verdwenen. Ze nam me mee naar het kantoortje naast haar spreekkamer dat eigenlijk bestemd was voor haar assistente.

Ze ging op de rand van het bureau zitten en frunnikte aan een gouden armband. 'Ze zegt dat ze er klaar voor is.'

'Een van jouw patiënten,' zei ik. 'Ik kan het nog steeds niet geloven.'

'Geloof het maar gerust,' zei ze. 'Ze is al vijf maanden in therapie.'

'Kun je me vertellen hoe ze bij jou terechtkwam?'

'Ik kan je alles vertellen,' zei ze. 'Ze heeft me carte blanche gegeven. Waar ik overigens geen gebruik van zal maken, want in haar huidige toestand kun je er niet van op aan dat ze de juiste beslissingen neemt.'

'Het spijt me, Al...'

'Ze werd doorverwezen door een van de vrijwilligers van de kerk. Ze was op zoek geweest naar een therapeut, stootte een paar keer haar neus en kwam uiteindelijk terecht bij iemand met genoeg gezond verstand om haar door te verwijzen. Ze is een veerkrachtige meid en oppervlakkig bezien redt ze zich best. In een researchstudie zou gesteld worden dat ze het "uitmuntend" doet, want ze gebruikt geen verdovende middelen en ze werkt voor de kost, ze heeft een baantje bij Gap. Ze is de trotse eigenaar van een vijftien jaar oud wrak dat meestal wel wil starten en ze deelt een eenkamerflat met drie andere meisjes.'

'Behandel je haar gratis?'

'Voor niets gaat de zon op,' zei ze. 'Ik verkoop geen gebakken lucht.'

Allison werkte eenmaal per week op vrijwillige basis in een ziekenhuis. En ze was een van de weinige drukbezette psychotherapeuten in de Westside die patiënten tegen sterk gereduceerde tarieven behandelde.

Vandaar dat ik vermoedde dat de aanwezigheid van Beth Scoggins ook geen puur toeval was.

'Het heeft me eerst drie maanden gekost om haar vertrouwen te winnen. Daarna begonnen we om de problemen heen te draaien. Natuurlijk was het van cruciaal belang dat ze in de steek gelaten was, maar ze bleef weerstand vertonen. En ze wilde ook niet over de tijd in het pleeggezin praten, ze zei alleen dat het niet leuk was geweest. De laatste paar weken begon er wat meer lijn in te komen, maar het ging stapje voor stapje. Ze had pas weer een afspraak over vier dagen, maar een uur geleden kreeg ik een dringend telefoontje. Ze was helemaal overstuur en zat te huilen. Ik had haar nog nooit in die toestand meegemaakt, ze is altijd erg gereserveerd. Toen ik haar uiteindelijk had gekalmeerd vertelde ze me dat iemand die beweerde dat hij psycholoog was haar zonder enige waarschuwing had gebeld, iemand die bezig was met een onderzoek naar spanningen als gevolg van het verblijf in een pleeggezin. Ze was ervan in de war en geschrokken, ze wist niet wat ze ervan moest denken. Toen gaf ze me de naam van de man die had gebeld.'

Ze sloeg haar benen over elkaar. 'Ze is met een noodvaart hierheen gekomen, Alex. En voordat ze zat, begon ze haar hart al uit te storten.'

'Wat een toestand. Het spijt me, Al...'

'Als puntje bij paaltje komt, heeft het misschien wel een positief effect.' Ze keek me strak aan. Koele, vorsende blauwe ogen. 'Ben je echt bezig met een onderzoek?'

'In zekere zin.'

'Doe je dat soms voor Milo?'

Ik knikte.

'Daar was ik al bang voor,' zei ze. 'Was het nou echt nodig om haar onder valse voorwendsels te benaderen?'

Ik vertelde haar waarvan we Drew Daney inmiddels verdachten. De zwangerschap, de abortus en de zelfmoord van Lee Ramos. Het spoor van bedrog en oplichting dat me naar Beth Scoggins had geleid.

'Je zult vast het gevoel hebben gehad dat het heel dringend was,' zei ze. 'En momenteel zit er een bijzonder kwetsbaar negentienjarig meisje in mijn spreekkamer. Ben je zover?'

'Lijkt je dat echt een goed idee?'

'Voordat je wist dat ze een van mijn patiënten was, ging je er zelf van uit dat het een gewéldig idee was.'

'Allison...'

'Laten we het daar nu maar niet over hebben, Alex. Ze zit te wachten en over veertig minuten komt mijn volgende patiënt. Zelfs als ik het géén goed idee zou vinden, dan zou ik haar er toch niet meer van af kunnen brengen. Jij hebt een soort doos van Pandora opengemaakt en ze is een bijzonder vastberaden jongedame. Soms zelfs op het obsessieve af. Ik heb niet geprobeerd dat de kop in te drukken, omdat ze die vastberadenheid op dit punt in haar leven misschien ook voor andere dingen kan gebruiken.'

Ze gleed van het bureau af. 'Ben je zover?'

'Zijn er nog dingen waaraan ik me moet houden?' vroeg ik.

'Meer dan genoeg,' zei ze. 'Maar die hoef ik je niet voor te kauwen.'

Beth Scoggins zat stram in een van Allisons zachte witte stoelen. Toen ik binnenkwam, deinsde ze achteruit, maar vervolgens bleef ze me effen aankijken. Allison stelde ons aan elkaar voor en ik stak mijn hand uit.

Die van Beth was smal, bezaaid met sproeten en koud. Afgekloven nagels. Een nijnagel schraapte langs mijn huid toen ze haar hand terugtrok.

'Fijn dat je me te woord wilt staan,' zei ik.

Ze haalde haar schouders op. Ze had strohaar dat in een pagekopje was geknipt. Een smalle mond, bezorgd dichtgeknepen. Grote bruine ogen. Onderzoekend.

Verkoopster bij Gap, maar vandaag had ze geen gebruikgemaakt van haar personeelskorting. Haar blauwe pakje leek van echte ouderwetse kunststof. En een maat te groot. Grauwe kousen omhulden magere benen. Platte blauwe schoenen met vierkante neuzen, een blauwe plastic handtas die op de vloer naast haar stond. Een namaakparelsnoertje rustte op haar borst.

Ze had zichzelf uitgedost als een saaie vrouw van middelbare leeftijd uit een ander tijdperk.

Allison ging achter haar bureau zitten en ik nam de andere witte stoel. De kussens waren warm en roken naar Allison. Op die manier zat ik nog geen meter van Beth Scoggins af.

'Neem me niet kwalijk dat ik de verbinding zomaar verbrak,' zei ze.

'Eigenlijk zou ik me moeten verontschuldigen.'

'Misschien hebt u me wel een dienst bewezen.' Ze keek even naar Allison. 'Dokter Gwynn zei dat u samenwerkt met de politie.'

'Dat klopt.'

'Dus dat onderzoeksverhaal dat u tegen mij ophing, was niet waar?'

'De kans bestaat dat ik in de toekomst onderzoek zal gaan doen naar kinderen die in een pleeggezin geplaatst zijn, maar op dit moment ben ik met name geïnteresseerd in een specifiek pleeggezin, dat van Cherish en Drew Daney.'

'Drew Daney heeft mij misbruikt,' zei ze.

Ik wierp een blik op Allison. Haar ogen waren op Beth gevestigd. Daardoor moest ik ineens denken aan de tijd dat ik nog coassistent was. Gesprekken met patiënten, terwijl mijn studiebegeleiders vanachter een doorzichtige spiegel toekeken.

'In het begin was hij heel aardig en beschaafd,' zei Beth. 'Ik dacht dat ik bij iemand terecht was gekomen die echt eerlijk was.'

Er verscheen een glazige blik in haar ogen. Toen ze zich weer concentreerde, keek ze Allison aan. 'Moet ik hem alle bijzonderheden vertellen?'

'Wat jou het beste lijkt, Beth.'

Beth haalde diep adem en trok haar schouders recht. 'Mijn vader is bij mijn moeder weggegaan toen ik anderhalf was. Hij is een soort dakdekker, maar veel weet ik niet van hem en ik heb geen broers of zusjes. Mijn moeder verhuisde van Texas naar Willits, dat ligt ergens in het noorden, en toen ik acht jaar was, liet ze mij in de steek om paarden te gaan fokken in Kentucky. Ik heb ernstige leermoeilijkheden. Ze zei altijd tegen me dat ik een moeilijk kind was om groot te brengen en toen ze wegging, dacht ik dat het mijn schuld was.'

Haar knieën, stijf tegen elkaar gedrukt, leken in de grijze nylons op zilverglanzende knobbels.

'Ze hield altijd al van paarden. Mijn moeder. Meer dan van mij en dat zeg ik niet zomaar. Vroeger dacht ik altijd dat het kwam omdat ik voor zoveel moeilijkheden zorgde. Nu weet ik dat ze gewoon lui was en alleen maar een dier wilde dat gemakkelijk af te richten was.'

34

Beth Scoggins hield op met praten en staarde naar het plafond.

'Lieverd?' zei Allison.

Beth liet haar hoofd zakken en gaf de handtas op de vloer een zetje met haar schoen. Een diepe zucht, toen ging ze met een zachte, vlakke stem verder met het verhaal over hoe ze in de steek gelaten was.

Haar grootmoeder van moederskant, een weduwe die een karige boterham verdiende met een winkel in tweedehandsartikelen, zorgde voor haar. Ze doorliep de school zonder veel op te steken. Op haar twaalfde ontdekte ze jongens, drugs, alcohol en spijbelen en toen ze dertien werd, was ze al een notoire wegloopster.

'Oma werd boos, maar ze nam me altijd terug. De politie zei tegen haar dat ze me onhandelbaar kon laten verklaren, maar zij vond dat ze verantwoordelijk voor me was.'

Als ze mijn patiënt was geweest, had ik misschien geopperd dat haar grootmoeder om haar gaf.

Maar dit was geen consult. Wat was het dan wel?

'De laatste keer ging ik helemaal naar Louisville. Ik nam de bus, ik liftte en na een week had ik haar eindelijk gevonden. Mijn moeder. Ze had een ander kapsel, was afgevallen, getrouwd met een andere stalknecht en ze hadden een snoezige baby, een meisje dat Amanda heette. Ze leek helemaal niet op mij. Mijn moeder kreeg het zo ongeveer op haar zenuwen toen ik ineens voor haar neus stond. Ze kon niet geloven dat ik al zo groot was. Ze zei dat ik mocht blijven. Ik heb daar een paar dagen rondgehangen, maar ik hou niet van paarden en er was niets voor mij te doen, dus ben ik teruggegaan. Oma dronk zo veel dat ze een leverkwaal kreeg en overleed. Daarna hebben ze al haar spullen uit de winkel in dozen gedaan en weggebracht. Een paar mensen van de overheid wilden met me praten, maar ik maakte me uit de voeten.'

Ze zweeg opnieuw.

Een levensverhaal dat wel iets weg had van dat van Troy en Rand. Zij hadden een kind vermoord. Deze jonge vrouw probeerde zichzelf te redden. En dat was haar aardig gelukt, tot ze ineens was gebeld door een vreemde man.

'Je doet het prima, Beth,' zei Allison.

Beths sproetige handen klauwden in de stof van haar rok. 'Ik ging helemaal naar Oregon en daarna terug naar Willits. Toen vatte een stel mensen het plan op om naar L.A. te gaan. Voor een concert in de Anaheim Pond en ze zeiden dat ze ook kaartjes voor mij zouden regelen. Dat gebeurde niet, maar ik was hier toch dus ben ik maar gebleven. In Hollywood. Daar leerde ik andere mensen kennen.'

Ze knipperde een paar keer met haar ogen. 'Ik kwam uiteindelijk terecht in een opvangtehuis dat onder leiding stond van mensen van een of andere bijbelschool. Ik werd toegewezen aan mevrouw Daney en zij was heel aardig, ze had net zulk haar als mijn moeder. Ze zei dat ik wel bij haar mocht komen wonen in plaats van in het opvangtehuis, ze had nog meer meisjes in huis en alles was heel gaaf. Ik mocht alleen geen drugs gebruiken. Ik trok bij hen in en het ging best goed, alleen werd er veel te vaak gebeden en die andere meisjes waren voornamelijk Mexicaans. Mevrouw Daney gaf ze allemaal thuisonderwijs en ze had allerlei boeken en leerplannen. Ik was zeventien en ik vond leren vreselijk. Maar mevrouw Daney zei dat iedereen iets moest doen, dus werd ik uiteindelijk de assistente van meneer Daney. Dat hield in dat ik met hem meeging naar al die andere plaatsen om te helpen.'

'Wat voor plaatsen waren dat?' vroeg ik.

'Sportverenigingen, kerken en door de kerk georganiseerde kampen. Daar reed hij langs om allerlei werk te doen.'

'Religieus werk?'

'Soms ging hij wel eens voor in het gebed of hij leidde een kerkdienst,' zei ze. 'Maar meestal was hij een soort adviseur of coach. Of hij gaf bijbelles. Dat deed hij omdat hij het geld nodig had.'

'Heeft hij je dat verteld?'

'Nadat hij het idee had opgegeven om dominee te worden verdiende hij volgens hem niet genoeg om er maar één baan op na te houden. Hij zei dat al het geld van de pleegzorg opging aan de kinderen. Ze gaven ons goed te eten en we hadden altijd schone kleren, ook al was het voornamelijk goedkoop spul. Ik was ongeveer een maand zijn assistente geweest, toen hij me begon te misbruiken.'

Ze staarde naar het vloerkleed.

'Je kunt stoppen wanneer je wilt, hoor,' zei Allison.

Beth beet op haar onderlip. 'Volgens mij heeft hij op een gegeven moment iets in mijn Seven-Up gedaan, Rohypnol of zoiets.'

'Heeft hij je verdoofd?' vroeg ik.

'Dat weet ik wel bijna zeker. We waren vanaf een kamp in de auto op weg naar huis, het was al laat, en hij zei dat hij honger had. We stopten bij een Burger King waar hij een cheeseburger voor zichzelf kocht en twee Seven-Ups. Nadat ik de mijne had opgedronken, begon ik me slaperig te voelen. Toen ik wakker werd, stonden we ergens geparkeerd, op een ontzettend donkere weg. Ik lag achter in de auto, hij lag naast me, ik had geen broek meer aan en ik kon ruiken dat we het gedaan hadden.'

Ze boog zich voorover alsof ze buikpijn had. Twee diepe zuchten. 'Daarna begonnen we het vrij regelmatig te doen. Hij vroeg nooit iets, hij zette de auto gewoon langs de kant van de weg en nam me mee naar de achterbank. Hij hield mijn hand vast, deed het portier voor me open, zei allerlei lieve dingen en deed me nooit pijn. Het ging altijd heel snel, waardoor het net was alsof het niet veel om het lijf had. Soms zei hij zelfs dank je wel. Het leek niet alsof het... Ik bedoel... Ik had destijds niet zoveel gevoelens.'

Haar ogen werden vochtig. 'Volgens mij dacht ik dat hij om me gaf, want af en toe vroeg hij of alles in orde was met me, of ik het fijn vond en of hij iets kon doen om het nog lekkerder te maken.' Ze frunnikte aan haar ketting. 'Dan loog ik en zei dat het geweldig was. Een paar maanden nadat we ermee waren begonnen, was ik over tijd. Toen ik hem dat vertelde, begon hij zich raar te gedragen.'

Met twee handen trok ze haar rok tot boven haar knieën op. Ze streek hem haastig glad en betastte haar oogleden met haar vingers.

'Hoezo raar?' vroeg ik.

'Alsof een deel van hem blij was en een ander deel helemaal over de toeren.'

'Blij omdat...'

'Omdat hij me zwanger had gemaakt. Alsof hij... Hij heeft nooit gezegd "fantastisch dat je zwanger bent", maar er was iets... in de manier waarop hij naar me keek. Alsof hij... dokter Gwynn?'

'Alsof hij met zichzelf ingenomen was?' zei Allison.

'Ja, hij vond zichzelf geweldig. Zo van: kijk nou eens wat ík heb gedaan.'

'Maar tegelijkertijd was een ander deel van hem boos.'

'Ja, precies, dokter G. Zo van: kijk nou eens wat jíj hebt gedaan, sufferd. "Het probleem" noemde hij het. Het is jouw probleem, Beth, maar ik zal je wel helpen om het op te lossen. Ik zei dat ik misschien gewoon te laat was, want dat was wel vaker gebeurd.' Haar blik dwaalde naar de vloer. 'Wat ik hem niet vertelde, was dat ik al eerder zwanger was geweest, jaren geleden, maar dat ik die baby had laten weghalen. Het was eigenlijk geen baby, alleen maar een propje bloed. Ik heb het zelf in de wc gezien. Dat was in Portland. De mensen met wie ik omging, brachten me naar een gratis kliniek. Daar hebben ze me leeggezogen en dat deed pijn, alsof ik kramp had. Ik wilde dat niet nog eens laten doen, tenzij ik het zeker wist. Maar hij wilde niet luisteren.'

'Hij eiste dat je je probleem zou oplossen,' zei Allison.

'"We kunnen ons niet veroorloven te wachten, Bethy," zei hij. Zo noemde hij me altijd. Bethy. Ik vond het vreselijk, maar ik wilde hem niet voor het hoofd stoten.'

Ze keek Allison aan. 'Stom, hè?'

'Helemaal niet, Beth. Hij had je in de waan gebracht dat hij een lieve man was.'

De tranen sprongen Beth in de ogen. 'Ja, precies. Zelfs als hij het over het oplossen van mijn probleem had, klonk hij nog heel geduldig. Maar hij duldde geen tegenspraak. Hij drukte zijn vinger tegen mijn lippen als ik probeerde te zeggen dat ik liever wilde wachten. Want ik wilde niet weer leeggezogen worden. Maar goed, de volgende dag zei hij tegen mevrouw Daney dat we naar een sportavond ergens ver weg gingen. Volgens mij was het Thousand Oaks. In plaats daarvan gingen we naar die inrichting, een kliniek vlak bij het huis. Het was avond en het leek net alsof ze dicht waren, maar de dokter zei dat we binnen mochten komen. Ze bracht me naar een kamer en ik werd heel snel geholpen.'

'Weet je nog hoe die dokter heette?' vroeg ik.

'Dat heeft ze me nooit verteld. Ze had een accent. Ze was klein en donker en een beetje... niet dik maar... u weet wel, gezet. Alsof ze nooit een echt strakke spijkerbroek aan zou kunnen, alleen stretchbroeken, als u snapt wat ik bedoel. Er was niemand om haar te helpen, maar ze was heel snel, alles was zo voorbij. Na afloop had Drew honger en zijn we donuts gaan halen. Ik had wel een beetje last van kramp, maar niet zo erg. Een paar dagen later mocht ik ineens niet meer mee naar die liefdadigheidsinstellingen en hij benoemde een ander meisje tot zijn assistente. Een nieuwe, ze was er nog maar een paar dagen. Ik denk dat ik jaloers was. Wat ik in ieder geval zeker weet, is dat ik me begon te vervelen en daarom heb ik geld uit zijn portefeuille gepakt en ben naar Fresno gegaan. Daar heb ik andere mensen leren kennen. Dokter G? Ik heb dorst.'

Ze dronk twee glazen water achter elkaar. 'Dank u wel, dat was lekker.' En tegen mij: 'U mag me vragen stellen als u dat wilt.'

'Weet je de naam nog van het meisje dat de nieuwe assistente van meneer Daney werd?'

'Miranda. Haar achternaam weet ik niet. Ze was jonger dan ik, misschien een jaar of zestien. Mexicaans. Ik zei al dat de meeste meisjes Mexicaans waren. Ze dacht dat ze heel bijdehand was, maar ze was alleen maar verwend... en verwaand. Toen ze zijn assistente werd, had ze zoiets van: Ik ben het helemaal.'

Ze draaide zich om en keek Allison aan. 'Misschien had ik het haar wel moeten vertellen, dokter G. Wat het inhield om assistente te zijn. Maar hoewel ze er pas een paar dagen was, had ze toch heel gemeen tegen me gedaan en ik vond dat als ze zich zo gedroeg ze dat ook wel aan zou kunnen.'

'Je had genoeg aan je hoofd. Je was echt niet verplicht om iemand anders in bescherming te nemen,' zei Allison.

'Nee, dat zal wel niet. En eigenlijk besefte ik ook niet echt dat ik misbruikt werd, zoals u al eerder zei. Naar mijn idee was het...'

'Aandacht.'

Beth keek me aan. 'Mijn gevoel werkte destijds niet, dus het leek echt op aandacht.'

De tranen biggelden over haar wangen en ze keerde zich weer om naar Allison. 'Wat zei u vorige week ook alweer, dokter G? Dat iedereen op zoek is naar iemand bij wie je hoort? Dat zal het wel zijn geweest.'

Allison liep om haar bureau heen, ging naast Beth staan en pakte de hand die Beth naar haar uitstak.

'Het gaat wel, hoor. Echt waar, meneer... Dokter. U mag me vragen stellen.'

'Weet je het zeker?' vroeg ik.

'Ja.'

Allison gaf Beth een klopje op haar arm en ging weer op haar stoel zitten.

'Denk je dat mevrouw Daney wist wat meneer Daney uithaalde?' vroeg ik.

'Dat weet ik niet. Hij loog altijd tegen haar. Kleine leugentjes, alsof het leuk was om haar voor de gek te houden.'

'Wat voor leugentjes?'

'Over de donuts en de snoep die hij kocht en in zijn Jeep verstopte. Dan zei hij zoiets als: "Cherish wil niet dat ik geld uitgeef aan ongezonde dingen, maar we zeggen gewoon lekker niets tegen haar, hè?" Dan gaf hij me een knipoogje. Alsof ik ook in het... nou ja, je kunt het wel een complot noemen, denk ik. Maar hij deelde de donuts en de snoep nooit met mij. Hij zei altijd: "Je moet zuinig zijn op dat fantastische figuurtje, Beth." '

Ze lachte. 'Alsof ik een of ander supermodel was. Mevrouw Daney was de strengste van de twee. Zij bepaalde wat er moest gebeuren en zorgde dat de kinderen hun huiswerk maakten. Af en toe was ze wel een beetje bazig. Ik had het idee dat ze niet veel plezier in het leven had.'

'Hoezo?'

'Ze moest altijd thuisblijven om te koken en schoon te maken, terwijl hij op pad ging naar zijn liefdadigheidsorganisaties. "Cherish vindt er niets aan om plezier te maken," zei hij tegen me. En dan kwam er zoiets als: "Ik ben zo blij dat ik jou heb, Bethy, want je bent zo mooi en zo jong en je hebt zo'n heerlijk figuur. En jij geeft wél om plezier maken." En daarna ging hij weer op de religieuze toer.'

'Praatte hij over het geloof?'

'Het leek wel alsof hij in de kerk stond te preken. Zo van: "Plezier is geen zonde, Bethy. God heeft een prachtige wereld geschapen en als wij daar niet van genieten, dan is dát zonde, Bethy." '

Ze glimlachte. 'Dat was meestal vlak voordat hij zijn rits opentrok. Het was net alsof hij... zichzelf ervan moest overtuigen dat God het niet erg vond wat hij deed.'

Ze maakte een ongeduldig gebaar. 'Hij vond het prachtig om van die lange stomme preken over God en plezier af te steken. Over God die geen wraakzuchtige God was zoals in het Oude Testament staat. God was in principe een toffe vent die wilde dat iedereen het naar de zin had.'

De Schepper als feestnummer. Hollywood zou het prachtig vinden.

Beth Scoggins produceerde een schor lachje. 'Het was alsof hij zichzelf wilde inprenten dat hij een aardige vent was. Maar toen werd ik zwanger en ineens was het: "Jij hebt een probleem." Volgens mij genoot hij ervan.'

'Waarvan?'

'Dat hij me een abortus liet ondergaan. Op weg ernaartoe was hij heel stil, maar hij was gewoon uitgelaten toen het achter de rug was. Laten we maar lekker donuts gaan halen. Alsof het gewoon een lolletje was geweest.'

Ik vroeg of ze zich de naam van de abortuskliniek nog herinnerde.

'Het vrouwenhuis of zoiets.'

'Het Vrouwengezondheidscentrum?'

'Ja, dat klopt. Er hingen allemaal posters over aids en veilig vrijen en het maken van de juiste keuzes.'

'Heeft de dokter nog meer gedaan, behalve de abortus?'

'Zoals wat?'

'Je bloed laten nakijken, of je onderzoeken.'

'Nee, niets. Ik zei al dat ze heel snel werkte. Ik kreeg eerst iets tegen de pijn, toen schraap, schraap... en klaar was Kees. Hier heb je nog wat Midol voor het geval je pijn krijgt.'

Ze huiverde. 'Het was gewoon een beetje eng, er was verder niemand en het hele gebouw was donker. En ik was alleen. Drew leverde me bij de dokter af en ging ervandoor. Hij stond in de straat geparkeerd toen ik naar buiten kwam.'

'Ben je nog terug geweest voor controle?'

'Uh-uh,' zei ze. 'Ik heb alleen maar die Midol geslikt. Drew heeft me nog andere pillen aangeboden, ik geloof Demerol. Maar die heb ik niet genomen. Ik heb eigenlijk niet meer gebruikt of gedronken vanaf het moment dat ze me naar dat opvanghuis stuurden.'

Behalve een rohypnol om de zaak op gang te brengen. 'Beth, weet

je of hij nog andere meisjes heeft misbruikt behalve jou en Miranda?'
'Dat heb ik nooit gezien, maar waarschijnlijk wel. Want hij was heel... hij was absoluut niet zenuwachtig. Het leek alsof hij gewénd was om het te doen, snapt u wat ik bedoel? En hij had alleen maar meisjes in huis. Waarom stelt u een onderzoek naar hem in?'
Ik keek Allison aan. 'Ga je gang,' zei ze.
'Een meisje voor wie hij de zorg op zich had genomen heeft zelfmoord gepleegd.'
Beth verblikte of verbloosde niet. 'Hoe?'
'Ze heeft haar polsen doorgesneden.'
'Wat afschuwelijk,' zei ze. 'Dat heeft vast pijn gedaan.'

Ik vroeg of ze verder nog iets wilde weten.
'Nee, hoor.'
Ik bedankte haar nog eens, stond op en gaf haar opnieuw een hand. Nog steeds ijskoud.
'Ik ben zo weer terug, lieverd,' zei Allison terwijl ze met me de kamer uit liep. Het was bijna negen uur en er slenterden voetgangers over Montana Avenue.
'Wat mij betreft,' zei ze, 'voel ik me niet verplicht om aangifte te doen, want ze is negentien. Hij is een monster, maar daar kan ik me nu even niet druk over maken. Misschien verandert ze nog van gedachten, maar ondertussen sta ik erop dat je haar buiten elk politieonderzoek houdt.'
'Daar heb ik niets tegen in te brengen.'
Ze raakte mijn hand even aan. Haar lippen waren heel droog. 'Ik moet weer naar binnen. We praten later wel.'
'Ik kan wel terugkomen als je klaar bent.'
'Nee,' zei ze. 'Ik ben bekaf en ik heb nog twee patiënten. En morgen wordt het ook heel druk. Ik bel je wel.'
Ik boog me naar haar toe om haar een kus te geven.
Ze kneep in mijn hand en bood me haar wang aan.

35

Terug in mijn kantoor zocht ik de uitdraaien op van de artikelen die ik had gevonden over het Vrouwengezondheidscentrum.

De enige arts in vaste dienst was de medisch directeur, dr. Marta A. Demchuk.

Haar naam leverde vier resultaten op. Het oudste, van vijf jaar geleden, was een lijst van de medische tuchtraad met namen van artsen die een proces aan hun broek hadden gekregen of geschorst waren wegens onethisch handelen. De aanklacht jegens Demchuk betrof declaratiefraude.

Vijf jaar geleden, maar ze oefende nog steeds haar beroep uit. Ik kreeg geen gehoor bij Milo thuis, dus belde ik zijn mobiele nummer.

'Ben je aan het stappen, bink?'

'Voor zover dat gaat in Van Nuys,' zei hij. 'Ik heb net een gesprek achter de rug met een enge vrouwelijke arts over de bijzonderheden van haar gynaecologische praktijk.'

'Marta Demchuk?'

Het bleef even stil. 'Verdorie nog aan toe, hoe weet je dat nou weer? Als je stiekem ergens in een hoekje zat, heb ik je niet gezien.'

Ik vertelde hem wat ik van Beth Scoggins te horen had gekregen.

'Een patiënte van Allison?' zei hij. 'Over karma gesproken.'

'Jammer genoeg is ze niet meer aanspreekbaar voor verdere inlichtingen.'

'Waarom niet?'

'Allison neemt haar in bescherming.'

'Maar misschien kun jij...'

'Nee.'

Stilte. 'Oké.'

'Hoe ben jij bij Demchuk terechtgekomen?' vroeg ik.

'Toen ik langer over die kliniek nadacht, begon het hele zaakje te stinken. Daney laat daar abortussen uitvoeren op minderjarigen, de rekeningen zullen wel veel te hoog zijn en hij staat bij het bestuur vermeld met de titel van dominee, terwijl hij daar geen recht op heeft. Ik heb dezelfde zoekactie gedaan als jij, kwam erachter wie de baas was en ook dat ze was aangeklaagd wegens declaratiefraude. Ik ben nog wat dieper gaan graven en kwam erachter

dat ze afkomstig is uit de Oekraïne en dat ze drie keer haar art-
senexamen moest afleggen, voordat ze aan de slag mocht. Dus toen
voelde ik nattigheid en had het idee dat ik met de Russische maffia te maken zou krijgen, vandaar dat ik een vent van de tuchtraad
heb gebeld, die ik toevallig ken. Voor zover ik heb begrepen heeft
Demchuk zich altijd beziggehouden met abortus, ze begon ermee
zodra ze haar vergunning had. Eerst in andere klinieken, die ook
door Oekraïners gerund werden, tot ze negen jaar geleden voor
zichzelf begon.'
'Met het Vrouwengezondheidscentrum.'
'Nou, vooral voor haar financiële situatie is dat centrum erg gezond. Ze heeft alleen ziekenfondspatiënten, en het is lopende-
bandwerk, dus het geld stroomt binnen.'
'Maar ze doet net alsof ze een liefdadigheidsinstelling is. Kijk maar
naar al die inzamelingsacties.'
'Dat betekent alleen maar dat Demchuk officieel een non-profit-
organisatie aangemeld heeft en zichzelf op de loonlijst heeft gezet.
Zij verdient een enorm salaris en de kliniek maakt nooit winst.
Zes jaar geleden is ze in de problemen gekomen omdat haar administratie zo slordig werd bijgehouden dat er af en toe dubbele
rekeningen werden verstuurd. Ze voerde aan dat haar kantoor-
medewerkers fouten hadden gemaakt, beweerde dat ze geen flauw
idee had wat haar staf precies deed en mocht gedurende zestig dagen geen rekeningen bij het ziekenfonds indienen.'
'Dus ze werd alleen maar op de vingers getikt,' zei ik. 'Heeft ze
soms de juiste vrienden?'
'Haar man heeft een drukke praktijk als advocaat voor immigra-
tiezaken en steunt bepaalde politici.'
'Vandaar al die inzamelingsacties.'
'Precies. Ik ben een uur geleden bij haar langsgegaan. Ze verdient
een bedrag van zeven cijfers per jaar, maar het is een aggenebbisj
omgeving.'
'Waarschijnlijk spreekt dat de mensen die haar financieel steunen
juist aan,' zei ik. 'Was ze nog aan het werk toen je langskwam?'
'Het licht was aan en de Mercedes van Demchuk was de enige wagen op de parkeerplaats. Ik zou wel doorgereden zijn, maar op
datzelfde moment zag ik een auto die een eindje verderop in de
straat stond. Een witte Jeep.'
'Hing Daney daar rond?'
'Nou en of. Hij zat lekker onderuitgezakt voorin iets te eten en aan

het bewegen van zijn hoofd te zien naar muziek te luisteren. Ik reed een rondje en ging een eindje achter hem staan. Twintig minuten later komt Demchuk naar buiten met een meisje dat een beetje wankel op de benen staat. Daney stapt uit de Jeep, legt zijn arm om het kind, helpt haar instappen en rijdt weg. Ik herkende haar. Het was het meisje dat van Cherish hulp kreeg bij haar wiskunde.'

'Valerie Quezada. Zestien jaar en ADHD.'

'Kennelijk heeft hij ze graag jong en kwetsbaar. Het probleem is dat uit haar lichaamstaal duidelijk bleek dat ze hem ook graag mag. Ze legde haar hoofd op zijn schouder en voordat ze in de Jeep stapte, kuste ze zijn hand. En ze had nota bene net een abortus achter de rug.'

'Volgens Beth Scoggins gedroeg hij zich altijd lief, zorgzaam en complimenteus. Tot ze zwanger werd, toen werd hij ineens streng en verbrak de relatie.'

'Nou, hij heeft nog niet met Valerie gebroken. En dat betekent dat zelfs als ik de kans zou krijgen om met haar te praten ze haar mond toch niet open zou doen. En aangezien jij me net hebt verteld dat Scoggins ook niet mee wil werken, sta ik voor het blok.'

'Beth zei dat een zekere Miranda haar opvolgster was. Staat die naam niet in de lijst met pleegkinderen?'

'Dat zal ik morgen meteen nakijken,' zei hij. 'Dus Allison was niet onder de indruk van al die vuile streken die deze klootzak op zijn geweten heeft?'

'Allison mag in eerste instantie alleen maar aan de geestelijke gezondheid van Beth Scoggins denken,' zei ik. 'Bovendien moet ze op dit moment niet veel van me hebben.'

'Waarom niet?'

'Ze heeft me in een andere hoedanigheid gezien en dat beviel haar niet.'

'Wat voor hoedanigheid?'

'Iemand die zich niet aan de waarheid houdt.'

'Een vrouw die nog steeds denkt dat mannen nooit liegen?' zei hij. 'Ik dacht dat ze al dat politiewerk juist leuk vond.'

'Tot het te dichtbij kwam,' zei ik.

'Denk je echt dat het geen zin heeft om nog eens met haar te praten? Over een paar dagen bijvoorbeeld?'

'Ik zie wel hoe het loopt. Uiteindelijk kan Beth best besluiten om de waarheid naar buiten te brengen. Maar op dit moment denkt Allison dat ze dat nog niet aankan.'

'Uiteindelijk zal Daney nog meer meisjes zwanger maken.'
Ik gaf geen antwoord.
'Prima,' zei hij. 'Enfin, nadat Daney was weggereden bleef Demchuk buiten staan en stak een sigaret op. In een witte doktersjas en maar paffen, jongens. Ik besloot om het risico te nemen, liep in het donker naar haar toe en duwde haar mijn politiepenning onder de neus. Ze schrok zich een ongeluk en liet haar rokertje vallen, waardoor haar hele jas meteen onder de as zat. Maar ze herstelde zich snel, werd argwanend, zei dat ze me niets te vertellen had en ging weer naar binnen. Ik liep achter haar aan en ze begon meteen een verhaal op te hangen over haar rechten als burger, gelardeerd met loze dreigementen, maar ik gaf lik op stuk en het draaide er ten slotte op uit dat we een onderwerp vonden dat ons allebei na aan het hart lag. Want zij moet ook niets van Daney hebben. Volgens haar is hij ontzettend inhalig.'
'Betaalt ze hem smeergeld? Heeft ze dat toegegeven?'
'Ze beweerde van *njet*, dat was nooit de bedoeling geweest, het was gewoon een voor beide partijen gunstige afspraak. Het begon toen ze zijn naam op verzoek van Sydney Weider op de lijst van adviseurs van de kliniek zette. Ze had het erover dat Weider hem wat geloofwaardigheid wilde geven in verband met een contract voor een of andere film. Al vrij gauw daarna begon hij meisjes naar haar toe te brengen.'
'Heeft Demchuk nooit het vermoeden gehad dat hij iets anders was dan een bezorgde pleegvader?'
'Ze beweerde van niet, maar na al die abortussen? Doe me een lol.'
'Al die abortussen?'
'We werden het er ten slotte over eens dat ik mijn best zal doen om de naam Demchuk erbuiten te houden als ik Daney in zijn kraag vat. Als tegenprestatie moet zij voor mij op schrift zetten bij welke pleegdochters van Daney ze een zwangerschap heeft beëindigd en ook bereid zijn om andere inlichtingen te verstrekken als daarom wordt gevraagd. Ze had het gewoon in de computer staan en kon het zo voor me uitprinten. Negen meisjes in acht jaar.'
'Mijn god,' zei ik.
'Je hebt het al eerder over de minderjarige harem van Daney gehad. Die vent is echt een klootzak eersteklas.'
'Hij heeft een legertje volmaakte slachtoffers gewoon onder zijn eigen dak wonen. In de steek gelaten meisjes met weinig gevoel van eigenwaarde, leerproblemen en waarschijnlijk ervaring op sek-

sueel gebied. Hij maakt ze opzettelijk zwanger en krijgt geld toe om de foetus af te laten drijven. En de belastingbetaler krijgt de rekening gepresenteerd.'

'Maar Alex, als we dat gedoe van wanneer-het-leven-precies-begint nou even overslaan, zou je hem gewoon een prenatale seriemoordenaar kunnen noemen, hè? Waarom heeft hij daar lol in?'

Daar moest ik even over nadenken. 'Scheppen en vernietigen. Doen alsof je God bent.'

'Negen meisjes,' zei hij. 'En niet een van hen heeft een aanklacht ingediend.'

'Hij is lief... hij dwingt ze niet, hij verleidt ze. Dat ligt direct in het verlengde van het feit dat hij in zijn rol als vader vertrouwen oproept. En als hij overstapt op een ander meisje, denken ze dat het aan hen ligt. Beth erkende dat ze jaloers was geweest. Om dat niet te voelen nam ze de benen.'

'Dat huis van hem,' zei hij. 'Het woonhuis, die omgebouwde garage en dat rare, uit cementblokken opgetrokken gebouwtje? Er staat wel een heleboel op dat lapje grond. Ik ging ervan uit het slaapplaatsen voor de kinderen waren. Maar wie zal zeggen wat zich daar allemaal afspeelt. En dan moet Cherish daar toch ook van op de hoogte zijn, hè?'

'Beth zegt dat Drew het prachtig vond om Cherish een hak te zetten. Dat ging van kleinigheden zoals het stiekem eten van donuts, tot het feit dat hij haar voor al het vuile werk liet opdraaien terwijl hij met zijn "assistentes" op pad ging.'

'Oké,' zei hij, 'dat kan wel een tijdje goed zijn gegaan, maar uiteindelijk kreeg ze het toch door.'

'En begon een verhouding met Barnett Malley.'

'Haar manier van zondigen.'

'Op wat voor manier kwam de inhaligheid van Daney bij Demchuk ter sprake?' vroeg ik.

'Hij had al een tijdje gesuggereerd dat hij wel een deel van de omzet wilde hebben. Demchuk leende hem af en toe wat geld om van het gezeur af te zijn, kleine bedragen die hij nooit terugbetaalde. Ze schatte dat het om zo'n drie- of vierduizend in totaal ging. Maar de laatste tijd wordt hij dwingender en eist hij rechtstreeks zijn deel op. Hij benadrukt dat hij haar de meeste "klanten" bezorgt. Hij impliceert dat hij net zo goed naar iemand anders kan gaan. Maar Demchuk is niet het type om alles te delen. En Daney heeft wel een heel ongelukkig tijdstip uitgekozen, want Demchuk wil met pensioen gaan en de kliniek verkopen. Ze dacht dat ze hem wel voor een habbekrats af zou kunnen kopen. Ik zei dat het helemaal niet zo gemakkelijk zou zijn om die tent te verkopen als alle kwalijke informatie over Daney bekend werd. Ik deed net alsof dat erger was dan het in werkelijkheid is. Demchuk probeerde beheerst te blijven, maar ik kon zien dat ik haar aan het schrikken had gemaakt. Daarom was ze bereid om hem voor de wolven te gooien. Ze heeft mij de geaborteerde foetus van Valerie Quezada meegegeven.'

'Bewaart ze die?'

'Nee, ze gooit ze in de container achter de kliniek, waarmee ze de regels voor medisch afval overtreedt. In opdracht van mij heeft ze alles weer opgevist en in droog ijs verpakt, zodat ik het naar de gerechtelijke medische dienst kon brengen waar het samen met de weefselproeven van Kristal Malley bewaard kan worden. En daar zit ik nu nog, de lucht van ontbindende lijken op te snuiven achter een van staatswege verstrekt kopje koffie. Ik heb nog niets gehoord over mijn aanvraag voor een DNA-onderzoek, maar het ziet ernaar uit dat ik nog een pakje heb om naar Cellmark te sturen. Als ze het DNA van Daney in de foetus aantreffen, heb ik een mooi cadeautje voor de jeugdafdeling zedenmisdrijven waarmee ze net op het hoofdbureau zijn begonnen.'

'Ben je van plan hen erbij te betrekken?'

'Nog niet,' zei hij. 'Niet tot ik wat meer bewijzen heb dat Daney bij moord is betrokken. Maar dat pedofiliegedoe zou wel eens een mooie stok achter de deur kunnen zijn.'

'Hoe lang kun je dat nog voor je houden?'

'Het feit dat er acht meisjes in Galton Street wonen, zal me wel wat uurtjes slaap kosten, maar ik kan het risico niet nemen dat ik de boel verknal door zonder geldig bewijsmateriaal actie te ondernemen. Nu moet ik eerst wat DNA van Daney te pakken zien te krijgen. Heb jij enig idee hoe ik dat voor elkaar kan krijgen?'

'Maak een afspraak door zijn ego te strelen. Je zegt gewoon dat je gelooft dat zijn verdenking tegen Barnett Malley terecht is, maar dat hij één groot raadsel blijft. Vraag of hij nog andere suggesties heeft.'

'Dat is voor een deel nog waar ook. Het onderzoek naar Malley loopt gewoon door, maar ik kan geen moer vinden. Oké, op naar een gezellig rendez-vous met de dynamische Drew. En dan? Moet ik een paar haren uit zijn tandenborstel plukken?'

'Dat is nog het minste probleem,' zei ik. 'Hij houdt erg veel van donuts.'

36

De volgende ochtend regende het en de temperatuur zakte tot rond de vijftien graden. L.A. maakte eindelijk aanstalten om de winter binnen te halen. Toen Milo om tien uur 's ochtends de parkeerplaats van de Dipsy Donut opreed, was de lucht betrokken en Vanowen Boulevard rook naar nat wasgoed.

Drew Daney was er al en zat koffie te drinken aan hetzelfde aluminium tafeltje, op precies dezelfde plek als hij de vorige keer had gezeten. Een man van gewoontes.

Hij droeg een bruin corduroy jasje en zat met zijn in spijkerstof verpakte billen op een krant die hij op de vochtige bank had gelegd. Toen hij ons zag, begon hij te lachen en te zwaaien.

Een brede glimlach, die zijn zilverkleurige baard openspleet. Er verschenen rimpeltjes om zijn ogen.

Zo zag het kwaad eruit. Hij had als model kunnen dienen voor een gereedschapscatalogus.

Milo schudde zijn hand alsof ze elkaar al jaren kenden. 'Morgen. Had je geen honger?'

Daney knipoogde. 'Ik zat op jullie te wachten.'

'Wat zou je ervan zeggen als ik eens een voorraadje van diverse smaken ga halen?'

'Dat klinkt goed, inspecteur.'

Milo verdween en ik ging tegenover Daney zitten. Mijn opdracht, als ik daar tenminste iets voor voelde, was om te letten op nonverbale signalen en alle 'psychologische trucjes' te gebruiken die maar bij me opkwamen.

Voor zover ik kan nagaan, Alex, zal het feit dat jij erbij bent zijn ego alleen maar strelen. Geef hem het gevoel dat hij je gelijke is... Al kan er natuurlijk niemand in je schaduw staan.

Ik keek toe hoe Daneys tanden verdwenen toen zijn brede grijns in een glimlach veranderde. 'Fijn dat u ons al zo snel te woord kunt staan.'

'Ik ben maar al te graag bereid om te helpen.' Onder zijn korte jas droeg hij een smetteloos geel poloshirt, dat strak om zijn brede borst zat. Hij had goed ontwikkelde spieren. Zijn huid glansde en zijn ogen stonden helder.

Een toonbeeld van vitaliteit. Soms – maar al te vaak – zijn het de verkeerde mensen die van al het goede profiteren.

'Hoe gaat het met uw vrouw?' vroeg ik.

Hij knipperde met zijn ogen bij die vraag. 'In welk opzicht?'

'Met betrekking tot Rand. Ze leek zich zijn dood nogal aan te trekken.'

'Ja, natuurlijk,' zei hij. 'Dat geldt voor ons allemaal. Zoiets... daar ben je niet meteen overheen.'

'Waren jullie pleegkinderen ook overstuur?'

'Zeker weten. Rand was er nog niet lang, maar hij was opvallend aanwezig. Daar weet u zelf alles van.'

'Het verwerken van iemands dood?'

'Ja, en van kinderen in het algemeen,' zei hij. 'De ontwikkelingsfases die ze doormaken.'

'In welke leeftijdsgroep zitten uw pleegkinderen?'

'Het zijn allemaal pubers.'

'Dat is een hele opgave.'

'Nou en of.'

'Hebt u daar vrijwillig voor gekozen?'

'We zijn echte masochisten,' zei hij grinnikend. 'Maar serieus, veel mensen willen niets te maken hebben met de problemen die tieners meebrengen, dus Cherish en ik vonden dat we ons daarvoor het best konden inzetten.' Hij trok zijn schouders jongensachtig op. 'Af en toe vraag ik me wel eens af of dat echt waar is. Soms worden we er helemaal gek van.'

'Dat kan ik me best voorstellen.'

Hij keek naar de donutkraam. Het was er net zo druk als de eerste keer.

'Rand was zijn tienertijd nog maar net ontgroeid,' zei ik. 'Misschien speelde dat bij uw kinderen ook mee.'

'Ja, vast,' zei hij, maar ik zag aan zijn ogen dat hij me niet kon volgen.

'Ze beschouwden hem als een van hen,' vervolgde ik. 'Er is een stortvloed aan gegevens over de gevoelens van sympathie die dat opwekt.'

'Wat hem is overkomen, kan mij ook overkomen?' zei hij. 'Ja, dat klinkt heel logisch. Maar wat ik eigenlijk bedoelde, zijn de standaardproblemen waarmee ze worstelen. De zoektocht naar hun identiteit en het streven naar zelfstandigheid. En uiteraard denken ze dat ze onsterfelijk zijn.' Een wrang glimlachje. 'Zo waren wij op die leeftijd toch ook? Al die dingen die we voor onze ouders verborgen hielden.'

Ik moest mezelf dwingen om ook te lachen, terwijl ik mijn best deed om niet te denken aan hoe deze vent met de zelfstandigheid van jonge meisjes omsprong.

En aan een dertienjarig joch dat in een opslagruimte in de gevangenis doodbloedde.

'Goddank zijn mijn ouders nooit achter bepaalde dingen die ik uitspookte gekomen,' zei ik.

'Was u zo'n wildebras?' vroeg hij, terwijl hij iets dichterbij schoof en me met die warme bruine ogen aankeek. Alsof ik de belangrijkste persoon ter wereld was.

Daar waren de tanden weer.

Charisma. Voor de handigste psychopaten is dat een instrument dat ze kunnen bespelen alsof het een gitaar is. Af en toe slagen de intelligentste exemplaren erin om de top van het bedrijfsleven te bereiken, of de hoogste politieke functies. Maar uiteindelijk gaat hun nietszeggende toneelspel vaak ten onder aan luiheid en slonzigheid.

Het plegen van overspel met de vrouw van een ander in de echtelijke sponde.

Het schrijven en uitventen van een nauwelijks uitgewerkt scenario in de verwachting dat het je van de ene op de andere dag miljonair zal maken.

Het bij wijze van hobby zwanger maken van minderjarige meisjes en de kosten van hun abortus doorberekenen aan de staat.

Hij mocht dan een eersteklas ritselaar zijn, Daney was mijlenver verwijderd van wat hem voor ogen stond, de manier van leven waarvan hij een glimp had opgevangen toen hij het met Sydney Weider had aangelegd: Brentwood, Aspen, privéjets, dromen over rode lopers die werden uitgerold. Al die bedpraatjes over dure hobby's waren hem door het hoofd blijven spoken.

Kijk mij nou kijk mij nou kijk mij nou!

Maar acht jaar later was hij een vent van middelbare leeftijd die zich bezighield met het zingen van liedjes bij het kampvuur en pogingen geld los te kloppen van dokter Martha Demchuk.

Dat was een stomme zet geweest. Demchuk had haar op de tan-

den en Daneys flemerige charme werkte alleen bij zwakke slacht-
offers.
Hij boog zijn brede pols en haalde zijn hand door zijn dikke, gol-
vende haar.
'Ik ben nooit wild genoeg geweest om echt in de problemen te ko-
men,' zei ik, 'maar ik heb me wel uitgeleefd.'
'Dat geloof ik graag.'
'En u?'
Hij aarzelde even. 'Nee, ik ben altijd een brave jongen geweest.
Misschien wel te braaf.'
'Een koorknaapje?'
'Ik ben grootgebracht met het idee dat plezier maken hetzelfde was
als goeddoen.'
'Als zoon van een dominee?'
'U slaat de spijker op de kop...' Zijn gezicht betrok.
Daarna viel de schaduw van iets wat op een beer leek over ons
heen, waardoor het aluminium tafelblad de kleur van tin kreeg.
Daney draaide zich om en keek op naar Milo, die boven hem uit-
torende met een vettige kartonnen doos in de hand. 'Vers uit het
vet.'
'Dat ruikt lekker, rechercheur.'

Milo liet hem de eerste keuze.
Een met jam gevuld exemplaar. Net als de vorige keer.
Terwijl hij het broodje met zichtbaar genoegen weg zat te kauwen,
prentte ik mezelf in dat ik eens moest ophouden met dat geanaly-
seer. Misschien hield hij gewoon van met jam gevulde donuts.
Hij veegde zijn baard af en nam opnieuw een hap. 'Vinden jullie
ze ook zo lekker?'
'Zondige genoegens, dominee,' zei Milo en hij slikte een hap donut door.
Ik nam een hap van een exemplaar met ahornsiroop. Auto's reden
af en aan op de parkeerplaats. Het werd warmer. Een vlucht dui-
ven kwam vanaf Vanowen aanvliegen en begon de restanten te in-
specteren. Milo gooide ze een stukje toe en ze fladderden als een
stel paparazzi door elkaar.
'Dat was uw goede daad voor vandaag,' zei Daney.
We lachten.
Gewoon een stel kerels die zich op een vochtige dag in de Valley
zaten vol te proppen met junkfood.

'Zijn er nog bepaalde ideeën bij u opgekomen, dominee?' vroeg Milo.

Drew Daney inspecteerde de doos met donuts en plukte er een glimmend roze ding uit, bestrooid met chocoladekorrels. 'Bent u helemaal niets te weten gekomen over Malley?'

'Helaas niet. De vent schijnt een raadsel te zijn.'

'Dat kan volgens mij wel kloppen,' zei Daney.

'Hoezo?'

'Als hij zich vroeger asociaal heeft gedragen, zal hij dat niet aan de grote klok hangen.'

'Nou ja,' zei Milo, 'als het echt om serieuze dingen gaat, komen we daar wel achter.'

'Dat klinkt erg zelfverzekerd, inspecteur.'

'Meestal krijgen we de onderste steen wel boven. Het is gewoon een kwestie van tijd... Geef mij die met chocola maar.'

Milo kon gemakkelijk bij de doos, maar Daney stak zijn hand uit en deed wat hem gevraagd werd. 'Maar goed,' zei hij, 'nadat u gisteravond had gebeld heb ik een tijdje zitten nadenken over de vraag waarom Malley na al die jaren ineens gewelddadig is geworden. Het enige wat ik kan bedenken, is dat Rand op de een of andere manier een bedreiging voor hem was geworden. Of Malley dacht dat alleen maar. Dat zou dus betekenen dat die twee op de een of andere manier contact met elkaar moeten hebben gehad, dus heb ik mijn telefoonrekening gecontroleerd om te zien of Rand in het weekend heeft gebeld. Dat was niet het geval. Misschien heeft hij een telefooncel gebruikt, of vanuit de gevangenis met Malley gesproken, anders zou ik het niet weten.'

'Waar is de telefooncel die het dichtst bij uw huis staat?' vroeg Milo.

Daney keek even naar links. 'Kunt u dat dan controleren?

'Zeker.'

'Nou,' zei Daney, 'ik geloof dat er een eindje verderop een staat.' Hij wees naar het oosten. 'Ik heb er eigenlijk nooit op gelet. Wie gebruikt er nog een telefooncel tegenwoordig, met al die mobiele telefoons?'

'Mensen die geen geld hebben,' zei Milo.

'Hmm... ja, dat zal wel.'

'Volgens mij is het "waar" helemaal niet belangrijk,' zei ik. 'We moeten het "wat" zien te vinden. Wat Rand tegen Malley gezégd heeft.'

278

Daney legde zijn roze donut neer. 'Ik zat maar een beetje te speculeren. Omdat u mij dat gevraagd hebt. Voor zover wij weten, ging Malley gewoon door het lint toen hij hoorde dat Rand vrij zou komen. Oude wonden gingen weer open.'

'Of wonden die nooit zijn geheeld,' zei Milo. 'Denk maar aan de manier waarop hij in die ijzerwinkel naar u stond te kijken.'

'Dat is waar,' zei Daney. 'Dat was behoorlijk heftig. Maar toch...'

'Hebt u die zwarte truck nog gezien?'

Daney schudde zijn hoofd. 'Maar ik ben niet vaak thuis.'

Milo draaide zich om alsof hij door iets werd afgeleid. Daney keek hem aan en pakte toen zijn roze donut weer op, zonder ervan te eten.

Ik liet een korte stilte vallen en zei toen: 'Laten we nu eens aannemen dat Rand iets tegen Malley heeft gezegd wat hem woest heeft gemaakt. Wat kan dat volgens u dan zijn geweest?'

'Hmm,' zei Daney. 'Ik denk niet dat het iets gemeens is geweest. En ik kan me ook niet voorstellen dat Rand zich agressief heeft gedragen. Hij was op zich een aardige knul.'

Hij wachtte op Milo's reactie, maar die bleef uit.

'Het enige wat ik kan bedenken,' zei hij, 'is dat ze elkaar verkeerd begrepen hebben.'

'In welk opzicht?' wilde Milo weten.

'Dat zou ik eigenlijk niet weten,' zei Daney. 'Het zijn allemaal maar theorieën, dat heb ik al gezegd.'

'Dat begrijp ik wel,' zei Milo. 'Maar doet u eens een poging, want we hebben geen andere aanwijzingen.'

'Nou ja,' zei Daney, 'toen we Rand mee naar huis namen, was het duidelijk dat hem iets dwarszat. Dat heb ik u al verteld. De enige verklaring die ik daarvoor kan verzinnen, is dat hij zich nog steeds schuldig voelde. Misschien heeft hij geprobeerd om van die schuldgevoelens af te komen door een afspraak met Malley te maken en onder vier ogen zijn verontschuldigingen aan te bieden.'

'Of Malley heeft Rand aangesproken en een verontschuldiging geëist,' zei ik.

'Ja, dat kan natuurlijk ook.'

'Dat lijkt me logischer, dominee,' zei Milo. 'Malley volgt Rand als hij vanuit uw huis naar de bouwplaats loopt en krijgt hem zover dat hij in de pick-up stapt. Misschien door zich vriendelijk voor te doen of met het pistool in de hand. Dan gaat er iets mis... wellicht dat Malley een excuus heeft geëist of iets anders. Wat denk jij daarvan, dok?'

'Zou kunnen,' zei ik.

'Rand kon niet gemakkelijk uit zijn woorden komen, rechercheur,' zei Daney. 'Ik kan me goed voorstellen dat hij iets verkeerds heeft gezegd, iets wat helemaal fout viel bij Malley en zijn woede wekte. Ik bedoel maar, dat is toch de oorzaak van veel misdaden?'

'Gebrekkige communicatie?'

'Twee kerels in een kroeg en een woordenwisseling die uit de hand loopt,' zei Daney. 'Dat is toch een groot deel van het politiewerk?'

'Absoluut,' zei Milo.

Daney nam een hap van de roze donut. Hij at hem half op en legde het restant neer. 'Er is nog iets anders. Het lijkt een beetje vergezocht, maar als we toch met allerlei theorieën op de proppen komen...'

'Wat dan?'

Daney aarzelde.

'Meneer?'

'We moeten een heel eind terug in de tijd, rechercheur. Naar de tijd dat de jongens voorkwamen. Ik besteedde veel tijd aan de zaak, omdat de verdediging mij had gevraagd ze bij te staan. Cherish en ik zijn bij elke zitting geweest en ik heb al het bewijsmateriaal onder ogen gehad.'

'Klopte er iets niet met het bewijsmateriaal?' vroeg Milo.

'Nee, nee, dat was het niet. Wat ik eigenlijk wil zeggen, is dat je in mijn werk leert observeren. Mensen en hun reacties inschatten. Ongeveer hetzelfde wat u doet, dokter.'

Ik knikte.

'Ik vind het eigenlijk een beetje moeilijk om hierover te beginnen,' zei Daney. 'Ik zou er mijn naam niet onder willen verwedden en ik zou het ook ontzettend vervelend vinden als bekend werd dat het van mij komt. Maar als u er zelf aanwijzingen voor zou kunnen vinden...'

Hij hield abrupt zijn mond, krabde in zijn baard en schudde zijn hoofd. 'Sorry dat ik zo zit te zeveren, maar het is...'

Hij beet zijn kaken op elkaar en schudde opnieuw zijn hoofd. 'Ik weet het niet, misschien is het toch niet zo'n goed idee.'

'We zitten echt vast met deze zaak, dominee,' zei Milo. 'Alles wat u ons kunt vertellen is meegenomen. En als het iets is waarvoor ik zelf het bewijs kan vinden, dan zal ik dat zeker doen.'

'Oké,' zei Daney. 'Laat ik om te beginnen zeggen dat ik hier nooit over begonnen ben, omdat het als een paal boven water stond dat de jongens schuldig waren. Maar dat betekende nog niet dat ik vond dat ze geen mededogen verdienden. Iedereen had echter al zoveel leed te verwerken gekregen, dat het gewoon zinloos leek.' Hij pakte opnieuw een donut. Op goed geluk en dit keer een met appel. Terwijl hij het broodje in zijn hand hield, keek hij toe hoe er kruimels op de tafel vielen.

'De kleur van de ogen,' zei hij zo zacht dat we hem nauwelijks verstonden. 'De kleine Kristal had bruine ogen. Dat zou me anders nooit zijn opgevallen, maar tussen het bewijsmateriaal zaten foto's van dat arme meisje. Levend en dood. Ik kon mezelf er niet toe brengen om de postmortemfoto's te bekijken. De andere waren babyfoto's die de officier van justitie wilde gebruiken om sympathie te wekken. Hij wilde de nadruk leggen op hoe klein ze was geweest en hoe lief... maar goed, dat slaat nergens op. Het punt is dat ik die foto's toen heb gezien, maar destijds zei het feit dat Kristal bruine ogen had me nog niet veel. Tot me opviel dat zowel Lara als Barnett lichte ogen had. Die van haar waren blauw of groen, dat weet ik niet meer. En die van hem zijn absoluut blauw. Ik ben geen geneticus, maar ik weet wel dat bruine ogen dominant zijn en dat ouders die allebei lichte ogen hebben meestal geen donkerogige kinderen kunnen krijgen. Het maakte me argwanend, maar ik zei al dat er geen reden was om in dat wespennest te gaan porren, want daar schoot toch niemand iets mee op. Maar nadat u gisteravond had gebeld en gevraagd of ik nog eens goed over de zaak wilde nadenken, heb ik het op internet nog eens nagezocht en het is hoogstonwaarschijnlijk – en bijna onmogelijk – dat twee ouders met blauwe ogen een kind met bruine ogen krijgen.'

Hij was steeds sneller gaan praten en bij de laatste woorden was zijn stem weggezakt tot een haast onverstaanbaar gefluister. Hij zuchtte diep, blies de lucht weer uit en legde de appeldonut neer. 'Ik wil niet met modder smijten maar...'

'Kristal was niet het kind van Malley,' zei Milo. 'Sjonge jonge.'

'Dat is de enige logische conclusie, inspecteur. En dat kan ook best de oorzaak zijn voor de woede van meneer Malley.'

'Kristal was bijna twee,' zei Milo. 'Je zou toch gedacht hebben dat Malley daar wel eerder achter was gekomen.'

'Hij maakte op mij een vrij onontwikkelde indruk. Hij werkte bij rodeo's of zo.'

'Rodeo's?'

'Paarden en lasso's, van die dingen. Dat heb ik tenminste gehoord,' zei Daney. 'Van de verdediging.'

'Het lijkt erop dat mevrouw Weider zich grondig in de personen heeft verdiept.'

'Nou en of. Ze werkte ontzettend hard en ze ging echt tot op de bodem. Ik was blij toen zij de zaak kreeg.'

'Was u er al bij betrokken voordat de zaak aan haar werd toegewezen?' vroeg ik. 'Ik dacht dat zij u erbij had gehaald om steun te verlenen.'

'Integendeel zelfs,' zei Daney. 'Ik heb háár erbij gehaald. Niet officieel, maar wel indirect.'

'Hoe dan?'

'Ik kende Troy, omdat ik in 415 City al met hem had gewerkt. En ik kende mevrouw Weider weer van ander jeugdwerk waarbij ik betrokken was. Op mijn seminarie liep een programma waarbij geprobeerd werd om tieners uit de binnenstad te betrekken bij allerlei zomeractiviteiten. Toen ik daarbij zat, was ik in contact gekomen met medewerkers van de afdeling die de toewijzing van pro-Deoadvocaten verzorgt, want veel van onze kinderen kwamen daar uiteindelijk terecht. Ik kende een aantal advocaten, maar mevrouw Weider leek me geknipt voor de jongens. Omdat ze zo grondig te werk ging. Ik belde haar en vroeg of ze ons kon helpen. Ze zei dat er een bepaalde regeling gold, maar dat ze zou zien wat ze kon doen.'

'Om u een dienst te bewijzen.'

'Gedeeltelijk,' zei Daney. 'Om eerlijk te zijn vond ze het een aantrekkelijke zaak omdat er zoveel publiciteit aan te pas kwam. Ze was ontzettend ambitieus.'

'En daarna heeft ze gevraagd of u wilde blijven om geestelijke steun te verlenen.'

'Precies.'

'Hebt u het met haar gehad over de kleur van die ogen?'

'Nee, ik zei al dat ik de zin daarvan niet inzag.'

Milo blies voor zich uit. 'Sjonge... dat is inderdaad een donderslag bij heldere hemel. Bedankt, dominee.'

'Ik hou niet van roddelen, maar...'

'Dus u vermoedt dat Rand wist dat Kristal niet Malleys kind was en dat hij dat tegen Malley heeft gezegd.'

'Nee, nee,' zei Daney. 'Zover heb ik er nog niet over nagedacht.'

'Maar zo kan het best zijn gegaan.'

'Nee, dat denk ik echt niet, inspecteur. Hoe had Rand dat moeten weten?'

'Precies zoals u erachter bent gekomen. Het was hem opgevallen.' Daney schudde zijn hoofd. 'Zo opmerkzaam was Rand niet. Maar zelfs als hij het had geweten, had hij geen enkele reden gehad om Malley dat onder de neus te wrijven.'

'Wat denkt u dan?'

'Wat ik eigenlijk wil zeggen... en nu steek ik écht mijn nek uit... is dat Barnett Malley misschien meer was dan alleen maar een slachtoffer.'

Daney trok een gezicht en duwde de donut van zich af. 'Ik heb echt het gevoel alsof ik... me nu iets op de hals haal waar ik me niet prettig bij voel. Sorry.' Hij schoof zijn corduroy mouw omhoog en wierp een blik op een sportief horloge met een zwarte wijzerplaat. Milo legde een hand op zijn arm en schonk hem zijn bekende wolfachtige glimlachje. Daney verstarde even. Zijn schouders zakten en hij wierp ons een verdrietige blik toe.

'Jongens, ik heb nu het akelige gevoel dat ik te ver ben gegaan. Jullie weten toch wel wat ik bedoel, hè?'

'U zegt dat Malley erachter was gekomen dat Lara hem bedrogen had,' zei ik. 'En dat hij daardoor uiteindelijk zo woedend is geworden dat hij besloot om zich af te reageren op Kristal.'

'Ik wil verder niets zeggen,' zei Daney. 'Want ik ben bang en ik schaam me niet om dat toe te geven.'

'Bang voor Malley?' vroeg Milo.

'Er zijn een boel mensen afhankelijk van me, rechercheur. Vandaar dat ik niet aan skydiven doe, niet op een motor rijdt en geen bergen beklim.'

'Mist u die dingen?'

'Nu niet meer,' zei Daney. 'Maar goed, ik moet er echt vandoor...'

'Dat geeft een heel andere kijk op de zaak, Milo,' zei ik. En tegen Daney: 'Kende Malley Troy en Rand al voor de moord?'

'Dat zou ik niet weten,' zei Daney.

'Lara kwam vaak in het winkelcentrum en dat gold ook voor de jongens. Dus de kans bestaat dat Barnett ze daar eveneens heeft ontmoet.' Ik keek Milo weer aan. 'Ze hingen daar altijd rond bij die speelhal. Misschien hield Malley ook wel van videospelletjes. Als hij zo'n onontwikkeld persoon was.'

We keken allebei naar Daney.

'Die kans zit erin,' zei hij.

'Hebben Troy en Rand nooit gezegd dat ze Malley kenden? Nadat ze gearresteerd waren?' vroeg Milo.

'Troy in ieder geval niet,' zei Daney. 'Ik heb niet echt met Rand gepraat, hij zei destijds niet zoveel. Dat klopt, hè, dokter?'

'Zeker weten,' zei ik. 'Maar ik had altijd het gevoel dat hij dingen verzweeg.'

'Afwerend,' zei hij. 'Ja, dat gevoel had ik ook.'

'Heel frustrerend.'

'Ik probeerde hem aan het praten te krijgen,' zei Daney. 'Maar omdat ik geen psycholoog ben, durfde ik me niet op onbekend terrein te wagen. Uiteindelijk maakte het ook niet uit, omdat de zaak op een bevredigende manier tot een einde kwam. Dat vond ik toen althans.'

'Hoe bedoelt u?' vroeg Milo.

'Nou ja, kijk maar wat er met Troy is gebeurd. En met Rand.'

'Ik begrijp precies wat u bedoelt, dominee. Dat Rand niet bepaald opmerkzaam was. Maar als hij echt dacht dat Malley in zekere zin schuldig was, zou hij dat dan acht jaar lang voor zich hebben gehouden?'

'Misschien was hij een beetje in de war,' zei Daney. Hij stond snel op. 'Het spijt me, maar dit wordt me allemaal veel te ingewikkeld en ik kan u verder echt niets meer vertellen. Als u er iets mee bent opgeschoten, mooi. Maar hou mijn naam er alstublieft buiten.'

Hij liet zijn handen over zijn shirt glijden alsof hij ze schoonveegde.

Milo stond ook op en keek hem aan, profiterend van zijn lengte. 'Zeker weten, meneer Daney. Ik zou me er maar niet al te druk over maken, want eerlijk gezegd lijkt het me zinloos om hier dieper op in te gaan.'

Daney keek met grote ogen naar hem op.

'U hebt zelf al gezegd dat het alleen maar theorieën zijn.'

Daney knikte. 'Veel succes.' Hij draaide zich om en wilde weglopen.

'Ik wil maar zeggen dat het alleen relevant is,' zei Milo, 'als we een betrouwbaar, tastbaar bewijs tegen Malley vinden en hem achter slot en grendel kunnen zetten. Dan zouden we u kunnen vragen om een verklaring af te leggen.'

Daney bleef staan. Hij glimlachte flauw. 'Als het zover is, rechercheur, zal ik graag aan dat verzoek voldoen.'

37

Milo keek de witte Jeep na toen hij wegreed. 'Ik wou dat er een douche in de buurt was.'

Hij pakte een zak voor bewijsmateriaal uit zijn koffer, trok handschoenen aan, deed het deksel op Daneys koffiebeker en stopte die in de zak. De half opgegeten roze donut verdween in een andere zak.

'Die griste hij weg vlak voordat hij met zogenaamde gezonde tegenzin aan zijn verhaal over de kleur van de ogen begon,' zei ik.

'Hij had trek omdat hij opgewonden was door het spelletje dat hij met ons wilde spelen.'

'Om ons aan het verstand te brengen dat de cowboy niet Kristals vader was. Hij dacht dat hij subtiel was.'

'Het was een dubbele beloning: hij krijgt de heldenrol toebedeeld omdat hij jou vitale informatie doorspeelt én hij vestigt nog eens extra de aandacht op Malley.'

'Al dat aarzelende gedoe over onze ouwe Barnett, maar hij begint met ons te vertellen dat Malley asociaal is en zich aan alle kanten heeft ingedekt.'

'Misschien was dat niet alleen bedoeld om ons op een zijspoor te manoeuvreren,' zei ik. 'Hij heeft gewoon, bewust of onbewust, zijn eigen gedrag op Malley geprojecteerd.'

'Hij weet zelf maar al te goed wat indekken is.'

'De leugens begonnen niet met zijn verzoek om toegelaten te worden tot het seminarie. Het beeld dat hij ons wil voorschotelen is dat van de "gezellige gozer met een gevoelige, gelovige kant". Terwijl jij die donuts haalde, vertelde hij me dat hij een braaf jochie was geweest, dat gelovig was opgevoed. Het zou interessant zijn om na te gaan hoe zijn jeugd in werkelijkheid is geweest.'

Hij stopte de zakken in zijn koffertje. 'Hoog tijd om hem eens serieus na te trekken. Het zou leuk zijn als dat meer oplevert dan mijn naspeuringen naar Malley. Ik kan geen verzekeringspolissen op naam van Lara of Kristal vinden, de cowboy schijnt zijn eigen naam en sofinummer te gebruiken, hij is nooit gearresteerd geweest, hij is niet in dienst geweest en hij bezit geen onroerend goed. Ik ben er wel achter gekomen dat hij geboren is in Alamogordo, New Mexico, maar de politie daar kan zich niets van hem herinneren en er wonen geen andere Malleys meer. Misschien zie ik wel iets over het hoofd, er zijn tegenwoordig allerlei nieuwe computersnufjes waarover de politie niet beschikt...'

Hij griste zijn telefoon van het tafeltje, toetste een nummer in en vroeg naar Sue Kramer.

Twee seconden later: 'Nancy Drew? Met Joe Hardy. Luister eens, ik weet niet of je het erg druk hebt, maar... O ja? Prima... Moet je horen, Sue, al die dingen die jij als privédetective wel en ik niet kan doen... die moderne technische snufjes... Ja, precies. Ik moet inlichtingen hebben over een stel kerels... ja, die en ook die geestelijk raadsman, Daney... Laten we het erop houden dat hij interessant begint te worden... Alle gewone dingen plus alles wat je te binnen schiet... Hoe eerder, hoe beter, ik zal je wel uit eigen zak betalen... Nee, nee, je moet me gewoon het volle pond berekenen... dat meen ik echt, Sue... Oké, prima dan, maar stuur me in ieder geval iets... Bedankt. Een fijne dag verder, ik hoop dat de wind gunstig staat.'

Terwijl hij de verbinding verbrak, zei hij: 'Haar surveillance in Beverly Hills zit er net op. Ze zag hoe de Koreaanse dame het appartement binnenging en vond de dame biddend bij een of ander altaartje, snikkend dat ze zoveel van manlief had gehouden en waarom moest hij nou de hand aan zichzelf slaan. Dus het was echt zelfmoord en Sue zal morgen beginnen met graven, als ze terug is van haar uitstapje.'

'De wind,' zei ik. 'Gaat ze zeilen?' Ik dacht aan de korte periode dat hij zelf als privédetective had gewerkt, toen het LAPD hem geschorst had. Het gestegen inkomen. De verveling die toesloeg. Toen de politie bereid was om hem terug te nemen, was hij als een postduif teruggevlogen naar het oude nest.

'Een tochtje op haar nieuwe boot,' zei hij. 'Over de woelige baren.'

'Mis je dat zelfstandige bestaan nooit?'

'Het gebrek aan bureaucratie en paramilitaire starheid? De kans om behoorlijk veel geld te verdienen? Waarom zou ik dat in vredesnaam missen?' Hij staarde naar zijn telefoon en klapte het toestel dicht. 'Die opmerking van Daney dat ik zo zelfverzekerd klonk. Probeerde hij me voor gek te zetten?'

'Of hij zat te vissen. Of allebei,' zei ik. 'Hij zat duidelijk te vissen toen hij het gesprek op telefooncellen bracht. Toen jij beweerde dat je in staat was om de gesprekken vanuit cellen te traceren puilden zijn ogen uit zijn hoofd.'

'Ja, dat viel mij ook op.'

'Rand heeft mij vanuit een telefooncel gebeld, maar dat kon Daney nooit weten, tenzij hij erbij was.'

Hij kneep zijn ogen samen tot ze op de incisies van een chirurg leken. 'Daney was in het gezelschap van Rand op de dag dat hij stierf.'

'Of vlakbij en zag hij dat Rand iemand belde,' zei ik. 'En dat brengt mij weer op het volgende idee. Stel je voor dat hij dat verhaal over die zwarte pick-up alleen maar heeft verzonnen om de aandacht af te leiden van het feit dat híj Rand heeft gevolgd en niet Barnett. Cherish heeft ons verteld dat hij die middag niet thuis was.'

'Hij was weer eens op stap voor een goed doel.' Hij pakte zijn telefoon over van zijn linker- naar zijn rechterhand, tikte op de tafel en wreef over zijn gezicht.

Ten slotte zei hij: 'Daney heeft Rand koud gemaakt, niet Malley.'

'De enige reden dat we onze aandacht op Malley hebben gevestigd, is omdat Daney ons in die richting heeft gestuurd.'

'Plus het feit dat Malleys schoonmoeder zei dat hij een vuile drugsdealer was die Lara slecht behandelde.'

'Een vuile drugsdealer die nog nooit gearresteerd is, die geen schuilnamen heeft en zijn eigen sofinummer gebruikt,' zei ik. 'Die zijn vuurwapens keurig heeft aangegeven. In zekere zin bevestigde Nina Balquin dat Malley een goed karakter heeft. Ze heeft de pest aan hem, maar ze heeft hem er nooit van verdacht dat hij Lara heeft vermoord.'

Hij stopte de telefoon in zijn zak, trok de plastic handschoenen uit, pakte weer een donut en nam er een hap uit zodat de kruimels in het rond spatten. 'Maar we zitten nog steeds met die kleur van de ogen. Malley moet hebben geweten dat hij niet Kristals vader was.'

'Misschien heeft Daney wel gelijk en is hij niet ontwikkeld genoeg om zelf tot die conclusie te komen. Maar zelfs als hij het wel wist, moeten we toch echt iets psychotisch in zijn achtergrond vinden om de stap naar de moord op een peuter geloofwaardig te maken.'

'Terwijl we van Daney zeker weten dat hij een eersteklas smeerlap is.'

Ik knikte. 'Het kan ook best zijn dat Malley wist dat hij Kristals vader niet was, maar dat hij zich daar niets van aantrok.'

Hij legde zijn donut neer. 'Dus die vent vond het geen enkel probleem om het kind van iemand anders groot te brengen? Dat is op z'n minst even ongeloofwaardig.'

'De Malleys hadden al jaren vruchtbaarheidsproblemen. Lara werd uiteindelijk toch zwanger, maar stel je nu eens voor dat de oorzaak van hun problemen bij Barnett lag en dat hij zich uiteindelijk had neergelegd bij het idee van een donor?'

'Hij vond het goed dat Lara door een andere vent werd bevrucht?'

'Of Lara is gewoon met iemand anders naar bed gegaan, werd zwanger en Barnett heeft dat geaccepteerd. Als Balquins vermoedens kloppen en ze echt drugs gebruikten, is het best mogelijk dat Lara en Barnett er een losse levensstijl op na hielden. Vrije liefde, partnerruil. Of doodgewoon overspel.'

'Zij raakt zwanger tijdens een orgie en Barnett zegt: laat maar komen? Dat is toch wel verdomd tolerant, Alex.'

'Je zult wel gelijk hebben. Maar hoe dan ook, nu we weten hoe Daney werkelijk in elkaar zit, kunnen we hem voor de moord op Rand niet uitsluiten. Hij heeft ons echt niet uit burgerplicht op het spoor van Malley gezet.'

Hij nam nog een hap van zijn donut, trok een gezicht en legde het broodje weg.

Ik dronk mijn koffie op. Die klotste in mijn maag en begon te branden als een chemisch reinigingsmiddel, terwijl ik mijn gedachten de vrije loop liet. 'Daney heeft ons nog iets verteld dat hij helemaal niet kan weten. Het feit dat Malley meedeed aan rodeo's. Hij beweert dat Sydney Weider hem dat heeft verteld en dat is misschien ook wel zo. Maar ik heb alle gerechtelijke stukken gelezen en dat werd nergens vermeld. In feite had ik juist het gevoel dat Weider geen enkele aandacht had voor het echtpaar Malley. Daney zit ons wat op de mouw te spelden, Milo. En daarbij gaat hij als het standaardvoorbeeld van een psychopaat in de fout, omdat hij gewoon te slim probeert te zijn.'

'Daney heeft Rand koud gemaakt,' zei hij met de blik op oneindig. 'Ik zie geen reden waarom dat niet zou kunnen.'

'Er is nog iets. Het blijft de vraag of de jongens Lara of Barnett kenden. Maar het staat vast dat een van hen Daney kende. Troy was een psychopaat in de dop. Daney is een volgroeid exemplaar. Breng die twee samen en het lijdt geen twijfel wie de touwtjes in handen neemt.'

'Heeft Daney Troy ertoe aangezet om Kristal te vermoorden?'

'En nu is hij bereid om jou te helpen de zaak "op te lossen".'

'Man,' zei hij, 'jij zit vol slechte gedachten.'

'Dat heb ik wel vaker gehoord.'

'Het zal wel net zoiets zijn als brandstichters die teruggaan naar de plek des onheils om mensen te redden. Of zo'n Munchhausen-moeder die met een noodgang naar het ziekenhuis rijdt om haar kinderen te redden.'

'Het klopt met het beeld dat Daney probeert op te hangen,' zei ik. 'Uiterlijke schijn is belangrijk voor hem. Op het eerste gezicht is hij een gelovig man, een onvermoeibare jeugdwerker die de zorg voor verwaarloosde tieners op zich heeft genomen. Terwijl jij de donuts bestelde, vertelde hij me dat hij en Cherish hadden besloten om tieners in huis te nemen omdat niemand anders die wilde. Als ik niet beter had geweten, was ik er met open ogen in getrapt. Ondertussen licht hij de overheid op, verleidt minderjarige meisjes en maakt ze opzettelijk zwanger. En hij krijgt er een kick van om die zwangerschappen af te laten breken en te proberen een deel van de vergoedingen in zijn eigen zak te steken.'

'Wat een kanjer... Maar als de uitslag van de DNA-test binnenkomt, kunnen we hem in ieder geval in de kraag grijpen voor het verkrachten van de minderjarige Valerie Quezada.' Hij schudde zijn hoofd. 'We praten voor de tweede keer met hem en hij is gelijk onze nieuwe boeman. Zegt dat ook iets over de schuld of onschuld van Cherish?'

'Dat weet ik niet. Hun relatie blijft een groot vraagteken.'

'Ik kan me best voorstellen dat Daney een schoft is,' zei hij. 'Maar als we het toch over vraagtekens hebben, wat was dan de reden dat hij Kristal liet vermoorden?'

'Kristal bleef leven,' zei ik.

'Wanneer?'

'Gewoon. Ze bleef leven. Daney doet juist zijn uiterste best om te voorkomen dat zijn nageslacht in leven blijft.'

'Was Daney de vader van Kristal? Hoe kom je daar nou weer op?'

'Dat is gewoon een van de slechte gedachten die hier rondspoken.' Ik tikte op mijn voorhoofd. 'Denk er maar eens even over na. Daney doet niets liever dan voor God spelen. Hij schept leven en beëindigt het. We weten dat zijn seksuele escapades zich niet beperkten tot tienerpleegdochters; Sydney Weider. Waarom dan niet andere getrouwde vrouwen? En waarom zou hij dat zwangerschapsspelletje dan niet ook met hen spelen? Jij sloeg de spijker op z'n kop toen je hem een prenatale seriemoordenaar noemde. En seriemoordenaars hebben steeds sterkere prikkels nodig.'

'Van foetus tot voldragen slachtoffer,' zei hij.

'Je hebt ook dat soort moeders,' zei ik. 'Ze worden achter elkaar zwanger, maar het ouderschap spreekt ze niet aan. En het geldt ook voor vaders. Hoeveel zaken hebben we niet gehad waarbij het vriendje of de vader de baby te hard door elkaar rammelde? We gaan er altijd van uit dat het impulsief gedrag is, onbeheerste woede. Maar dat hoeft niet zo te zijn. Het komt in ieder geval voor bij primaten. Vrouwtjeschimpansees moeten hun baby's constant tegen agressieve mannetjes beschermen.'

'Ik schep en ik vernietig... Alleen is het één ding om kwetsbare tieners te verleiden, Alex, maar het zwanger maken van een getrouwde vrouw houdt toch wel in dat er diverse mensen heel onvoorzichtig zijn geweest.'

'Een gaatje in het condoom of een ander trucje. Beth Scoggins denkt dat Daney haar verdoofd heeft. Misschien was dat wel een gewoonte van hem. En in zekere zin zou een getrouwde vrouw een gemakkelijker doelwit zijn dan tienermeisjes. Want die zou minder moeite hebben met het beëindigen van een zwangerschap. Tot Daney tegen een getrouwde vrouw op liep die dat weigerde. Omdat ze al jarenlang naar een kind verlangde.'

'Lara,' zei hij.

'Daney heeft bruine ogen. Hij wil ons graag doen geloven dat hij zo'n opmerkzaam baasje is, maar hij kwam niet bij toeval op die genetische kwestie.'

'En nu drukt hij mij daar met de neus op, terwijl hij net doet alsof hij het niet over zijn lippen kan krijgen. Sjongejonge.'

Ik stak mijn hand uit en tikte op zijn koffertje. 'Nu je toch bezig bent, heb ik nog wel een paar suggesties voor DNA-testen.'

We namen de 101 naar de 5 in zuidelijke richting en gingen op weg naar de afslag Mission Street. Milo reed veel te hard en maakte een afwezige indruk. 'Maar als Malley onschuldig is, waarom wilde hij dan niet met me praten?'

'Omdat hij zich in de steek gelaten voelt door de maatschappij... of hij kan het niet meer opbrengen... Weet ik veel. Diezelfde logica kan ook in zijn voordeel spreken: zou hij wel argwaan willen wekken als hij iets te verbergen had?'

'Ja, dat zal wel,' zei hij. 'Maar ik wil hem toch nog niet helemaal laten lopen. Zelfs als blijkt dat Daney Kristals vader is.'

'Hoor eens,' zei ik, 'je hoeft je eigen ideeën niet meteen bij het grofvuil te zetten.'

Hij lachte en greep het stuur nog wat steviger vast. Nadat hij een blik had geworpen op zijn koffertje dat op de achterbank stond, trapte hij het gaspedaal verder in. 'Ineens doemen overal mogelijke oplossingen op. Ik moet je iets bekennen: als die Daney echt alles heeft gedaan waar jij hem van verdenkt, dan heb ik een vorm van het kwaad leren kennen die me koude rillingen bezorgt.'

'Dus je bent menselijk.'

'Alleen op oneven dagen.' Hij keek weer naar het koffertje, maar de onopvallende politieauto veranderde niet van koers. 'Hoe dan ook,' zei hij, 'het motief voor Rand blijft hetzelfde, namelijk het verdoezelen van de waarheid over Kristal. Maar we weten nog steeds niet hoe Rand daarachter is gekomen. En het feit dat Kristal bijna twee jaar was. Dat maakt het wel een heel late abortus. Als Daney die zieke behoefte heeft om zijn eigen zaad om zeep te helpen, waarom heeft hij dan zo lang gewacht?'

'Misschien bleef hij Lara wel aan haar hoofd zeuren dat ze abortus moest plegen. Dat maakte haar kwaad, ze weigerde en gaf hem de bons. Daney moest een stapje achteruit doen, maar hij wilde zijn verlies niet accepteren. Hij bleef fantaseren en plannen maken. Toen kwam hij een dertienjarig jochie tegen dat tegen betaling die moord wel wilde plegen.'

'Omdat Lara altijd boodschappen deed in het winkelcentrum waar de jongens bij de speelhal rondhingen.'

'De kans bestaat ook,' zei ik, 'dat Lara's relatie met Barnett steeds moeilijker werd, zodat ze besloot bij hem weg te gaan. Want zij had zo haar eigen fantasietjes.'

'Het strikken van onze ouwe Drew.'

'De vent die haar in biologisch opzicht niet teleur had gesteld. Maar het zou een fatale fout zijn geweest om Drew onder druk te zetten.'

'Hij laat het kind koud maken. En hij helpt Lara ook om zeep.'

'Of ze heeft echt zelfmoord gepleegd. Ze had een vermoeden waarom Kristal vermoord was, maar moest haar mond houden omdat ze zichzelf anders in een kwaad daglicht zou stellen. Daardoor raakte ze nog meer gedeprimeerd en sloeg de hand aan zichzelf.'

'Door zichzelf in een auto een kogel door het hoofd te schieten?'

zei hij. 'Net als Rand? Ik maak daaruit op dat ze allebei door dezelfde persoon zijn vermoord.'

'Of de persoon die Rand doodschoot, imiteerde de zelfmoord van Lara.'

Hij wreef met zijn knokkels over zijn slaap, veranderde abrupt van rijbaan en ging nog sneller rijden. 'Daney mag dan nog zo'n beroerd karakter hebben, Malley is nog steeds de vent met al die vuurwapens en een daarvan is gebruikt om Lara dood te schieten. En hij valt ook op getrouwde vrouwen.'

Hij liet zijn hand met een klap op het dashboard terechtkomen. 'Wat dacht je van dit scenario: de Malleys waren niet het enige echtpaar dat graag de bloemetjes buiten zette. En tijdens een feestje met partnerruil hebben ze Drew en Cherish leren kennen. Drew en Lara kregen genoeg van elkaar, maar Malley en Cherish hebben nog steeds een relatie.'

Daar moest ik even over nadenken. 'Het zou verklaren waarom Barnett Lara's zwangerschap accepteerde. Als die het gevolg was van een groepsgebeuren, dan zou de dreiging niet van één specifieke persoon komen.'

'Misschien is er wel een heel dorp aan te pas gekomen,' zei hij. 'Hoe het ook zij, ik pieker er niet over om de cowboy van mijn lijst te schrappen.'

We zetten de auto op de parkeerplaats van de gerechtelijke medische dienst en gingen het noordelijke gebouw binnen. Milo sprak Dave O'Reilly aan, een magere witharige man met een rood gezicht en een alert, scherp verstand en vroeg om de weefselproeven van Kristal Malley en de geaborteerde foetus van Valerie Quezada.

'Je hebt dat materiaal van Quezada net gebracht,' zei O'Reilly. 'Is er iets aan de hand?'

'Dat wil je niet weten.'

'Nee, vast niet. Oké, ik bel wel naar beneden om alles in koeltassen te laten stoppen. Die gaan dan in een piepschuimverpakking voor medisch afval.'

'Precies volgens het boekje,' zei Milo. 'Daar hou ik van.'

'Ik hou van lange, magere brunettes met grote tieten van zichzelf.'

We liepen terug naar de auto. Milo zette de doos in de kofferbak, samen met zijn koffertje, en startte de motor. Een wit busje van de gerechtelijke medische dienst kwam vanaf de achterkant van het gebouw tevoorschijn en reed met een sukkelgangetje over de parkeerplaats om uiteindelijk de afrit naar Mission te nemen.

'Ik vraag me af hoe het werk bij de politie was toen je nog gebruik mocht maken van een stuk rubber,' zei hij.

'En dan Daney in een klein kamertje voor jou alleen hebben?'

'Iedereen die ik verdomme alleen wíl hebben in een klein kamertje.' Hij liet zijn tanden zien. 'Denk je dat Daney de waarheid sprak toen hij zei dat hij Weider al voor de moord kende?'

'Waarom zou hij daarover liegen?'

'Om zichzelf op de borst te slaan en nog meer de held uit te hangen en dat soort onzin,' zei hij. 'Net doen alsof hij zulke goeie contacten had met de rechtbank en in feite de hele verdediging geregeld heeft.'

'Dat is heel simpel te controleren,' zei ik. 'En als hij echt met tieners uit de binnenstad heeft gewerkt, zou ik wel eens willen weten of daar behalve Troy nog een andere jeugdige delinquent bij was.'

'Nestor Almedeira.'

'En de toegewijde advocaat die opkwam voor zijn rechten.'

Maar het bleek toch niet zo simpel te controleren.

We zaten nog steeds op de parkeerplaats bij het lijkenhuis en Milo belde de afdeling pro-Deo. Hij werd een paar keer doorverbonden en kwam uiteindelijk bij een coördinator terecht. Ik zag hoe vriendelijkheid veranderde in gefleem en vervolgens ontaardde in bedekte dreigementen. Grommend verbrak hij de verbinding.

'Het enige wat ik wil weten, is wat in een normaal procesverslag zou hebben gestaan als Nestor niet minderjarig en dat dossier niet verzegeld was geweest. Ik kan het wel in handen krijgen als ik maar lang genoeg soebat bij het gemeentearchief en dat gaat me tijd kosten. Eigenwijze klootzakken. Ze hebben de pest aan smerissen en aan alles wat goed en echt is.'

'Probeer het eens bij Lauritz Montez,' zei ik.

'Kan hij wel met smerissen opschieten?'

'Hij is kwetsbaar en een slappeling.'

Het telefoontje naar het kantoor van Montez in Beverly Hills kwam terecht bij een antwoordapparaat.

Ik pakte hem de telefoon af, belde inlichtingen en vroeg het nummer van de tandartsenpraktijk van dokter Chang op Alvarado op.

En medisch personeel zet de deur wijd open als iemand zich als 'dokter' voorstelt. Binnen luttele seconden had ik Anita Moss aan de lijn.

'Waarmee kan ik u van dienst zijn, dokter?'

'Mevrouw Moss, ik was onlangs bij rechercheur Sturgis...'

'Bíj hem? Bent u dan niet van de politie?'

'Ik ben psycholoog. Ik werk als adviseur van de politie...'

'Het spijt me, ik heb het heel druk...'

'Ik heb maar één vraag, daarna zal ik u niet meer lastigvallen. Welke advocaat heeft Nestor verdedigd bij dat proces wegens doodslag?'

'Hoezo?'

'Dat kan heel belangrijk zijn. We komen er toch wel achter, maar u kunt ons veel moeite besparen.'

'Oké, oké,' zei ze. 'Een blonde dame. Met een rare naam... Sydney nog iets.'

'Sydney Weider.'

'Ze drong er bij mijn moeder sterk op aan dat ze iedere zitting bijwoonde, ook al had mijn moeder problemen met haar gezondheid. Ze beval dat ze op een plek moest gaan zitten waar de rechter haar kon zien en veel moest huilen. Ze zei tegen mam dat ze als getuige zou moeten verschijnen tegen de tijd dat het vonnis tegen Nestor uitgesproken zou worden om te liegen dat hij zo'n brave zoon was en dat ze dan weer in tranen zou moeten uitbarsten. Ze kauwde haar alles voor, alsof mam een sufferd was. Alsof mam niet al constant in tranen was.'

'Ze koos voor een agressieve verdediging.'

'Ja, dat zal wel,' zei ze. 'Ik heb altijd het gevoel gehad dat ze het meer voor zichzelf deed... om te winnen, begrijpt u wel? Als ze ook maar iets om mijn moeder had gegeven, zou ze haar niet zo gekoeioneerd hebben. Het maakte trouwens niets uit. Nestor was schuldig, dus hebben ze het met de officier van justitie op een akkoordje gegooid. En dat vond ik prima. Ik wilde niet dat mijn moeder voor een stel vreemden moest gaan zitten huilen.'

'Was er ook een man die Drew Daney heette betrokken bij Nestors zaak?'

'Die naam klinkt me bekend in de oren, maar...'

'Een theologiestudent die jongerenwerk deed...'

'O, die. De vent van de kerk,' zei ze. 'Een paar maanden voordat Nestor die dealer vermoordde, was hij naar een of andere ont-

wenningskliniek gestuurd en daar werkte die vent van de kerk. Heeft hij iets verkeerds gedaan? Daar zou ik namelijk echt van op-kijken.'
'Hoezo?'
'Ik vond hem aardig. Hij leek Nestor oprecht te willen helpen. Hij heeft zelfs een brief naar de rechter gestuurd voor Nestor.'

'Zo zijn alle stukjes van de legpuzzel aardig op hun plaats te-rechtgekomen, hè?' zei Milo terwijl hij de parkeerplaats afreed.
'Daney gaat op bezoek bij Troy in Stockton,' zei ik, 'en hij maakt gebruik van de gelegenheid om even bij Nestor aan te wippen en de moord op Troy te regelen.'
'En ondertussen zit Rand in Chino. Zou Daney hem daarom met rust gelaten hebben? Omdat daar geen jeugdige huurmoordenaar voorhanden was?'
'Het lijkt me waarschijnlijker dat Rand geen bedreiging vormde. Tot hij dat wel werd.'
Hij reed de snelweg weer op. 'Voel je er iets voor om je beroep uit te oefenen?'
'Op wie?'
'Een vrouw die niet goed wijs is.'

38

Sydney Weider deed haar voordeur open in een vuil wit t-shirt met het logo van de Surfside Country Club, een vliegende dolfijn, op haar linkerborst, een sportbroekje van grijze stretchstof en op blo-te voeten. Van dichtbij was haar gezicht bleek, met verticale groe-ven die bij haar ooghoeken begonnen en haar mond omlaag trok-ken. Haar benen waren wit en vol spataderen, haar voeten ruw en onverzorgd en de huid rond haar enkels was goor.
Haar mond zakte open van verbazing.
'Mevrouw,' zei Milo en hij duwde haar zijn penning onder de neus. Ze sloeg hem hard in zijn gezicht.

Terwijl hij haar meesleurde naar de onopvallende politieauto en haar, terwijl ze sputterde en kronkelde, de handboeien omdeed, hoorden we aan de overkant van de straat het geluid van een slot dat opensprong en een vrouw kwam haastig een leuk landhuisje met zwarte luiken uit lopen.

Dezelfde buurvrouw die had staan kijken toen Weider een paar dagen geleden een keel tegen me opzette.

'O nee, hè?' mompelde Milo. 'Alleen de videocamera ontbreekt nog, verdomme.'

Weider gromde en ramde haar hoofd tegen zijn arm terwijl ze probeerde hem te bijten. Hij hield haar met een gestrekte arm van zich af. 'Doe dat portier open, Alex.'

Terwijl ik gehoorzaamde, kwam de vrouw van de overkant naar ons toe hollen.

Achter in de dertig, een blonde paardenstaart, een goed gevormd lichaam in een zwarte wielrenbroek en een zeegroen hemdje. Een gezicht met Grace Kelly-trekjes. Sydney Weider in jongere, gelukkiger tijden.

Ze zag er woedend uit. Hoera voor de buurtwacht.

Toen ze dichterbij kwam, zei Milo: 'Mevrouw...'

'Goed zo!' zei ze. 'Dat kreng schreeuwt altijd tegen kinderen en jaagt ze de stuipen op het lijf! Iedereen wordt doodziek van haar! Wat heeft ze gedaan om jullie eindelijk zover te krijgen dat er iets tegen wordt gedaan?'

Sydney Weider spuugde in haar richting. De klodder belandde op het trottoir. 'Wat ben je toch een walgelijk mens,' zei de vrouw. 'Zoals gewoonlijk.'

Voordat Weider kon reageren drukte Milo haar hoofd omlaag en slaagde erin om haar de auto in te duwen en het portier dicht te slaan. Zijn gezicht was rood aangelopen.

'Wat heeft ze dan gedaan?' vroeg de vrouw opnieuw. 'Jullie zeiden zelf dat er niets aan te doen...'

'Daar kan ik niets over zeggen, mevrouw. Als u nu zo vriendelijk wilt zijn...'

Boem boem boem. Weider schopte tegen het raampje.

'Zie je nou wel?' zei de vrouw met de paardenstaart. 'Ze is niet goed wijs. Ik heb een hele lijst voor jullie. Geef me maar een faxnummer.'

'Heeft ze voor zo veel problemen gezorgd?' vroeg ik.

'Iedereen zal dolblij zijn als ze weg is. Dan maken we er verdorie een buurtfeest van. Als een kind haar grasveldje aanraakt, komt ze naar buiten en begint als een viswijf te schreeuwen. Vorige maand heeft ze een keukenmes naar Poppy gegooid en Poppy is niet zo'n agressieve sharpei, hij is een echte schat, vraag het maar, dan zult u dat van iedereen horen. Ze holt op en neer door de straat, krijsend als een waanzinnig spook... Ze is krankzinnig, echt waar, compleet krankzinnig. Ik weet zeker dat iedereen in de buurt bereid zal zijn een verklaring af te leggen of te getuigen of zo.'

'Dat zullen we zeker op prijs stellen, mevrouw,' zei Milo.

'Die zijn we gelukkig kwijt,' zei de vrouw met een boze blik door het raampje. Sydney Weider lag op haar rug, met haar voeten omhoog. Ze begon opnieuw tegen de ruit te schoppen. Met blote voeten, maar hard genoeg om het glas te laten trillen.

'Jullie zouden haar eigenlijk moeten knevelen,' zei de vrouw. 'Net als in *Cops.*'

Toen we wegreden, gingen ook andere deuren open, maar er kwam niemand naar buiten.

Sydney Weider bleef krijsen zonder een zinnig woord uit te brengen en begon weer tegen het raampje te schoppen. Milo stopte, pakte een stel plastic banden uit de kofferbak en moest zichzelf tegen Weiders knarsende kaken en felle voeten verweren terwijl hij worstelde om haar enkels vast te binden. Ik stapte uit en hield Weiders hielen vast. Weer een handeling die niet in het handboek van de psycholoog voorkomt.

Uiteindelijk slaagde hij erin om haar op haar buik te rollen en de banden aan te trekken. Ze lag met het schuim op haar mond te kronkelen en met haar hoofd tegen het portier te bonzen toen de auto optrok. Het enige wat ze uitsloeg, was gore kindertaal. Al die uren die ze tijdens haar rechtenstudie had besteed aan het ontleden en formuleren van keurige zinnen waren verspilde moeite geweest.

Ik had medelijden met haar.

Toen Milo bij Sunset was, werd ze stil. Er klonk gehijg door de auto en vervolgens gesnuf. Ik keek om. Nog steeds op haar buik. De ogen stijf dicht, bewegingloos.

Ik ging ervan uit dat hij haar naar het cellenblok van bureau-Westside zou brengen, maar hij reed in oostelijke richting door de Palisades en draaide het Will Rogers State Park in.

'Hier ging ik vroeger altijd paardrijden,' klonk het met de stem van een klein meisje van de achterbank.

'Gefeliciteerd,' zei Milo.

Even later: 'Waarom ben je zo boos op me?'

'Wat zou u zeggen van het aanvallen van een ambtenaar in functie?'

'O...' zei ze. 'Het spijt me echt waar ik weet niet wat er gebeurde ik wou alleen maar ik schrok zo van u want ik dacht dat u door mijn man was gestuurd met alweer zo'n dagvaarding hij wil het maar niet opgeven op Halloween heeft hij zelfs een keer een als kobold verklede deurwaarder gestuurd en toen ik de deur opendeed om naar een liedje te luisteren en snoepjes uit te delen duwde die kobold me een gerechtelijk bevel onder de neus en toen ik hem dat in zijn gezicht gooide raakte hij mijn arm en dat was echt agressief gedrag geloof me maar veel erger dan wat ik deed ik ben advocaat en ik weet heus wel wat mishandeling is maar hoor eens ik wilde u helemaal niet slaan eigenlijk verdedigde ik mezelf want u maakte me echt bang.'

Zonder adempauze. De buurvrouw had verteld dat Weider af en toe door de buurt rende. Ik kon me nog goed herinneren hoe snel ze vroeger praatte en Marty Boestling had haar hysterisch genoemd.

Maar de marathon vond plaats in haar hoofd.

'Echt waar,' zei ze. 'Ik weet wat ik heb gedaan ik begrijp het heel goed en het spijt me zo ontzettend.'

We zetten de auto op de bijna verlaten parkeerplaats tegenover de polovelden.

'Er zijn geen paarden meer, alles gaat naar de verdommenis in deze stad alstublieft,' zei Sydney Weider. 'Doe die dingen alsjeblieft af ik vind het afschuwelijk om gebonden te zijn echt vreselijk.'

Milo zette de motor uit.

'Alstublieft, alstublieft, ik beloof dat ik me netjes zal gedragen.'

'Waarom zou ik je geloven, Sydney?'

'Omdat ik een eerlijk mens ben ik weet dat ik me onverstandig heb gedragen maar ik heb u al uitgelegd dat het door mijn ex komt die weet van geen ophouden hij blijft maar doorgaan en maakt mijn leven tot een hel.'

'Hoe lang doet hij dat al?' vroeg ik.

'In ieder geval die dingen om mijn voeten alstublieft? Ze doen pijn want nu zitten mijn benen gebogen in een verkeerde houding en ik ben helemaal verkrampt ik krijg geen adem meer.'

Milo stapte uit, maakte de plastic banden los en hielp haar overeind, waarbij hij ervoor waakte dat hij niet in de buurt van haar tanden kwam.

Weider glimlachte, schudde haar haar naar achteren en leek gedurende een triest onderdeel van een seconde zelfs aantrekkelijk.

'Dankjewel bedankt u bent een engel hartelijk bedankt en kunnen de boeien nu ook af?'

Milo ging weer achter het stuur zitten. 'Hoe lang is uw ex u al aan het pesten?'

'Constant maar ik bedoel eigenlijk sinds de scheiding zeven jaar geleden zeven jaar lang een onophoudelijke martelgang nadat hij alles heeft ingepikt alles wat mijn vader me nagelaten had mijn vader was een filmproducent een van de belangrijkste figuren in Hollywood en die klootzak wist precies waar alles werd bewaard hij heeft me geplunderd geplunderd alsof het om de rellen in Watts ging we hadden een huis auto's meubels van Angelo Donghia Sarouktapijten noem maar op zo op het eerste gezicht hadden we een fantastisch leven...'

'Waarom is meneer Boestling zo boos op u?'

'Wat dacht u dan hij is een jood,' zei Weider. 'Wraakzuchtig oog om oog ze houden niet op tot ze je helemaal leeggezogen hebben.'

'Waarom wil hij dan wraak op u nemen?'

'Omdat ik superieur aan hem ben omdat ik... het is nogal ingewikkeld hij zal nooit gelukkig zijn hij is bezeten. Waarvan? Om me maar keer op keer te laten betalen bij dat soort mensen gaat het alleen om geld hij maakt me zwart hij vertelt iedereen dat ik gek ben manisch-depressief alleen maar omdat ik veel meer energie heb dan hij kan opbrengen hij zou nooit...'

Ze hield abrupt op. 'Jij. De psycholoog. Jij ziet toch ook wel dat er niets met me aan de hand is.'

De waanzin straalde uit haar ogen.

'Natuurlijk,' zei ik.

Milo's oogleden trilden. De rode plek op zijn gezicht die Weider hem had bezorgd begon weg te trekken.

Ze glimlachte opnieuw. 'Zie je nou wel u weet waarover u het hebt dus zegt u nu maar tegen deze ontzettend aardige meneer van de politie dat ik advocaat ben getrouwd en moeder en dat ik twee prachtjongens heb die ik in mijn eentje heb grootgebracht u zou het aanbod moeten zien dat Microsoft hun heeft gedaan hun allebei maar ze hebben het niet aangenomen ze willen hun eigen software ontwikkelen waarom zou iemand rijk worden van wat zij hebben gepresteerd?'

'Maar ondanks alles is Marty Boestling nog steeds wraakgierig,' zei ik.

'Waanzinnig wraakgierig hij is een nul die...'

'Misschien,' viel Milo haar in de rede, 'was het niet zo'n leuke ervaring voor hem om jou in het gezelschap van Drew Daney aan te treffen.'

Weiders mond zakte open. Ze zakte achterover. 'Dus ik krijg de schuld omdat hij nergens toe in staat was dachten jullie soms dat als hij wel... Wacht eens even jullie hebben met hem gepraat zijn jullie echt van de politie of zijn jullie in dienst van een deurwaarder die hij...'

'Nee,' bulderde Milo. 'Ik ben inspecteur van het LAPD en jouw huwelijk of je seksleven interesseert me geen mallemoer. Wat me wél interesseert, is wat je me over Drew Daney kunt vertellen.'

Weider rilde, trok haar schouders op en staarde naar het poloveld. 'Wat is er met hem?'

'Wat voor soort man is hij?'

'Wat voor soort man hij is nou een onderkruipsel of nog erger de gore griezels die je op de bodem van een put...'

'Waren jullie geliefden en hebben jullie ruzie gekregen?' vroeg Milo.

'Ha. Hahahahaha. Het had niets met een geliefde of liefde te maken dit was gewoon regelrecht jeweetwel hij betekende niets voor me dat gold voor het hele stel.'

'Wie?'

'Je hoeft niet net te doen alsof Marty dat niet verteld heeft maar heeft hij jullie ook verteld dat hij ermee begonnen is want hij vond het zo leuk om te zien hoe ik het met die andere kerels deed het werd pas een probleem toen ik het ook zelfstandig begon te doen ik bedoel als hij niet keek heeft hij jullie dat ook verteld?'

'Ik heb je al eerder gezegd, Sydney, dat je seksleven mij geen bal...'

'Juist ja je wilt over Daney praten nou Daney was voor mij alleen maar een geslachtsorgaan en nog niet eens zo'n grote ook neem maar van mij aan dat hij een mislukkeling is en een leugenaar hij dacht dat hij zo slim was dat hij mij voor zijn karretje kon spannen.'

'Welk karretje?'

'Jij bent inspecteur van politie vertel jij me dus maar waarom iemand zoiets stoms zou willen uithalen zeg jij het maar.'

'Wat was dan zo stom?'

'Met een speld in een condoom prikken ik gebruikte altijd condooms ik kocht ze ook altijd zelf want als mannen achter hun lul aan lopen worden ze een stel debielen en ik piekerde er niet over om me op die manier in moeilijkheden te laten brengen en ik moet niks van de pil hebben ze zeggen dat die zo goed is voor je huid maar het maakte een puinhoop van de mijne ik kreeg er puisten van en mijn moeder is aan kanker gestorven wie zit daar nou op te wachten dus voor mij waren het altijd kapotjes.' Een glimlach die langzaam breder werd. 'Met van die kriebeldingen.'

'Hoe weet je dat Daney er eentje lek had geprikt?'

'Ik ging achter hem aan toen hij stiekem de badkamer in was geglipt,' zei ze. 'Hij dacht dat ik bezig was met het aantrekken van die gore dingen die hij bij zo'n goedkope lingeriezaak had gekocht al die stomme clichédingen alsof ik me ooit voor hem zou willen opdoffen ha geen denken aan dus ik was al uit mijn badkamer toen hij nog in Marty's badkamer was en ik hoorde hem daar rommelen en liep naar binnen en zei wat spook jij daar nou uit verdomme en hij kwam met zo'n stom smoesje dat hij er voor alle zekerheid eentje wilde uitproberen om te zien of ze wel sterk genoeg waren maar toen ik dat zag heb ik hem een rotklap verkocht...'

Ze zweeg.

'Hij had je kwaad gemaakt,' zei Milo.

'Zou jij niet kwaad worden als er iemand om jou heen hing die dat soort streken uithaalde?' Weider lachte. 'Maar zo gemakkelijk is hij er niet van afgekomen hoor ik heb een nieuwe gepakt en nadat ik die had gecontroleerd moest hij die voor mijn neus omdoen terwijl ik grapjes stond te maken over dat ik eigenlijk beter de kleinste maat had kunnen nemen nou dat maakte hem een stuk minder enthousiast helemaal niet erg hoor ik maakte uit wat er gebeurde hij pakte mij niet ik pakte hem.'

'Betekende dat het eind van de relatie?' vroeg Milo.

'Wat voor relatie hij was een gebruiksvoorwerp wat er een eind aan maakte was Marty die als een echte mislukkeling een filmvergadering liet lopen eerder naar huis kwam en ons vond niet dat ik me iets van Marty aantrok het was alleen de manier waarop hij reageerde Daney maakte zich gewoon uit de voeten met zijn jeweetwel tussen zijn benen.' Ze woelde door haar haar. 'Mijn motto was geen sukkels geen mislukkelingen geen complicaties.'

'Hoe reageerde Daney toen je het had uitgemaakt?'

'Hij belde me op en bleef bellen tot hij het eindelijk opgaf.'
'Waarom heeft hij volgens jou dat condoom lek geprikt?' vroeg ik.
'Zeg jij het maar jij bent de psycholoog,' zei Weider.
'Kan het zijn dat hij je zwanger wilde maken?'
'Nee want hij hield niet van kinderen.'
'Heeft hij je dat verteld?'
'Ja hoor meer dan eens hij zei dat zijn vrouw ze wel wilde maar ze niet kon krijgen hij zei geen denken aan hij moest al die poespas niet.'
'Hij nam je in vertrouwen.'
'Hij praatte over van alles ik kon hem nooit zover krijgen dat hij zijn mond hield wat heeft hij trouwens gedaan?'
'Heb je hem wel eens gevraagd waarom hij eigenlijk probeerde een gat in dat condoom te prikken?'
'Ik heb je al verteld wat hij me probeerde wijs te maken en dat ik hem een klap voor zijn kanis verkocht want het interesseerde me geen bal wat hij allemaal uitvrat zolang hij maar deed wat ik wilde.' Ze schudde opnieuw haar haar naar achteren. 'Ik denk niet dat hij me per se zwanger wilde maken volgens mij ging het om het sperma.'
'Pardon?'
'S-P-E-R-M-A hij dacht dat zijn zaad godenelixer was hij stak altijd hele redevoeringen af over zijn je weet wel want dat was de magische toverstaf van de toekomst met een theelepeltje vol kon je steden landen hele continenten bevolken daar begon hij altijd over als hij zijn drie minuutjes glorie achter de rug had het enige wat hij na afloop wilde was mijn koelkast leegroven en kwekken.'
'Magisch sperma,' zei Milo.
'Daar was hij als een idioot door geobsedeerd wat is die andere uitdrukking ook alweer... gefixeerd dat is toch een term uit de psychologie jullie zeggen dat zo iemand een fixatie heeft hè?'
Ik knikte.
'Dus Daney was gefixeerd op zijn sperma,' zei Milo.
'Zal ik je eens vertellen wat Daney volgens mij was ik denk dat hij een op sperma gefixeerde egotripper was alles aan hem was reuzebelangrijk hij begon zelfs te denken dat hij een jurist was en dat hij mij wel even kon vertellen hoe ik mijn zaak moest afhandelen maar geloof me ik heb hem binnen de kortste keren op zijn nummer gezet.'
'De zaak-Malley?' vroeg ik.

'Hij had veel te veel films gezien hij kwam met allerlei ideeën uit slechte tv-series zoals politiemensen net zolang aan een kruisverhoor onderwerpen tot ze bekaf waren of de schuld proberen af te wentelen op de vader van het kind wat dan weer aanleiding tot gerede twijfel moest geven ik zei hou je bek dit is Perry Mason niet die twee klootzakjes werden betrapt bij het lijk ze hebben al bekend dat ze het gedaan hebben dus ik zal mijn best doen om ze een lichte straf te bezorgen maar ze komen er echt niet onderuit en zo ging het ook.'

'Daney wilde de schuld afwentelen op Barnett Malley.'

'Hij zei dat ik in Malleys achtergrond moest duiken om erachter te komen of het wel boterde tussen Malley en de moeder en of er misschien een of ander conflict was dat mij de kans gaf om te suggereren dat Malley zijn vrouw en zijn kind haatte en die twee klootzakjes in de arm had genomen om dat kind te vermoorden ik zei je bent niet goed wijs zoiets stoms heb ik nog nooit gehoord maar volgens hem was dat niet waar als Troy het verhaal zou bevestigen en ik kan wel met Troy gaan praten Troy vertrouwt mij en Troy zal alles zeggen wat ik wil want we hebben een bepaalde verstandhouding...'

'Kende Daney Troy dan zo goed?'

'Hij kende hem van zijn baan als jongerenwerker echt een lachertje een jongerenwerker die helemaal niet van kinderen houdt hij bleef me maar lastigvallen met zijn stomme verhaal tot ik uiteindelijk dreigde dat ik niet meer met hem naar bed zou gaan ik zei wat jij wilt is dat ik meineed pleeg klungel de feiten zijn zo klaar als een klontje het enige waar we op kunnen hopen zijn verzachtende omstandigheden moeilijke jeugd misbruik verwaarlozing dat soort dingen als jij me het bewijs kunt leveren dat er misbruik is gepleegd echt misbruik dan wil ik daarmee wel naar die verdomde rechter toe maar voor de rest hou je je erbuiten... mogen die handboeien nu af?'

'Zul je je gedragen?' vroeg Milo.

'Heb ik dat dan niet gedaan?'

'Je had weinig keus, Sydney.'

'Zelfs zonder handboeien had ik toch geen schijn van kans je bent drie keer zo groot als ik in jouw armen ben ik maar een klein meisje.'

Ze schudde haar haar naar achteren.

'Zo gauw je me belazert, gaan ze weer om,' zei Milo.

'Prima ik had al begrepen dat jij graag de baas speelt.'

Hij liep opnieuw naar de achterbank. 'Hèhè,' zei Sydney Weider, 'het is precies zoals Joni Mitchell heeft gezegd je weet pas wat je hebt tot je het kwijt bent maar waarom stel je eigenlijk al die vragen over Daney is hij uiteindelijk echt in de fout gegaan?'

Milo liep om de auto heen, stapte achterin in en ging naast haar zitten. 'In tegenstelling tot een beetje in de fout gaan, bedoel je?'

'Precies hij wilde nooit echt deugen.'

'Hoe heb je hem eigenlijk leren kennen?'

'Bij een andere zaak,' zei ze. 'Ook zo'n psychopaatje voor wie Daney zogenaamd de jongerenwerker uithing hij belde en zei dat hij bereid was om alles te doen wat mogelijk was ik dacht waarom niet misschien kan hij een brief schrijven voor het dossier voordat er vonnis wordt gewezen.'

'Hetzelfde wat hij ook voor Troy heeft gedaan,' zei ik.

'Zo gaat dat bij die pro-Deozaken vijfennegentig procent van het werk bestond uit het begeleiden van schuldige mensen bij hun proces en proberen er zo veel mogelijk voor hen uit te slepen...'

'Weet je de naam van dat andere psychopaatje nog?'

'Een of andere Latijns-Amerikaanse junk die ergens in het centrum een paar andere junks had doodgeschoten ik ben erin geslaagd om het om te zetten in doodslag Nestor nog wat... Almodovar dat was het Nestor Almodovar.'

Milo verbeterde haar niet. 'En Daney heeft ook een brief geschreven voor Nestor.'

'Een prima referentie waarin stond dat Nestor eigenlijk een lieve jongen was met een moeilijke jeugd verzachtende omstandigheden blablabla.'

'En toen bleek Daney toevallig ook betrokken te zijn bij een van je andere zaken?'

'Nee nee nee,' zei Weider. 'Daney belde me om te vragen of ik Troy wilde verdedigen aanvankelijk had ik daar geen zin in want geloof me ik had het druk zat ik zat niet te wachten op nog meer rompslomp maar hij bleef me bewerken en zeggen dat ik de beste van alle pro-Deoadvocaten was wat toevallig nog waar was ook dus toen dacht ik waarom ook niet het kan best interessant zijn.'

'In welk opzicht?' vroeg ik.

'Interessant...' herhaalde Weider. Daarna keek ze me strak aan en zei niets meer, hoewel haar mond constant bleef bewegen alsof het gebrek aan geluid gecompenseerd moest worden.

'Interessant vanwege alle publiciteit,' zei Milo. 'Vanwege de mogelijkheid om je naam in de krant te krijgen.'

Weider keek hem aan. 'Waarom zou ik niet zo'n belangrijke zaak kunnen krijgen je beult jezelf af dus daar mag toch wel wat publiciteit tegenover staan?'

'En een filmcontract,' zei Milo.

Weider zat opnieuw geluidloos te mummelen. Gecombineerd met gehijg en veel acrobatiek met de lippen. Ze wendde haar hoofd met een ruk van Milo af en keek strak uit het raampje. 'Dat was nadat de zaak was afgesloten daar was niets onwettigs aan dat gebeurt heel vaak.'

'Was die film jouw idee of dat van Daney?'

'Van hem,' zei ze iets te snel. 'Hij zei altijd kijk nou naar Marty zo'n complete mislukkeling maar hij rijdt wel in een Mercedes en gaat constant lunchen met het hoofd van de studio maar ondanks al die kansen heeft hij nooit iets beters weten te produceren dan ondermaatse rotzooi voor tv.'

'Dus Daney ging ervan uit dat hij het beter zou doen dan...'

'Hij ging ervan uit dat hij eigenaar van een studio zou zijn als hij dezelfde kansen had gehad als Marty.'

'Grootheidswaanzin,' zei Milo.

'Dat houdt anderen in Hollywood ook niet tegen,' zei Weider. 'Breek me de bek niet open trouwens ik wist waarom hij zichzelf zo de hemel in prees.'

'Waarom dan?'

Een zelfingenomen glimlach. 'Om een stijve te krijgen want als hij daar problemen mee had begon hij zichzelf altijd een veer in de reet te steken en Marty omlaag te halen dat is het enige wat telt voor kerels die denken dat ze in bed beter zijn dan de rest.'

'Maar jij nam dat geprat over een film wel serieus,' zei ik.

'Hoe bedoel je?'

'Je hebt samen met Daney toch met bepaalde mensen gesproken?'

'Iedereen praat met bepaalde mensen als dat niet meer gebeurt dan zakt de hele filmindustrie als een pudding in elkaar precies zoals de jeweetwel van Daney als hij zenuwachtig werd.'

'Iedereen mag dat dan doen, maar jij deed het ook.'

'Ja hoor ik heb er een tijdje heel serieus over gedacht waarom niet wat had ik te verliezen hebben jullie iets te drinken bij je ik sterf van de dorst.'

'Sorry, nee,' zei Milo.

'Verdomme ik ben uitgedroogd daarom heb ik ook de pest...' Haar hoofd zakte naar voren. Ze staarde naar haar benen.

'Waar heb je de pest aan?'

'Pillen drugs vergif ik weiger om iets te slikken die stomme dokters kunnen het heen en weer krijgen het beste tegen stress is om in beweging te blijven en de gifstoffen uit te zweten en nu ik het daar toch over heb ik begin me echt opgesloten te voelen kunnen we niet een eindje gaan lopen...'

'Wie had die gesprekken geregeld?' vroeg Milo.

'Ik en Daney ging mee met het idee dat hij echt zo'n gladde jongen was...'

'Marty niet?'

'Marty heeft ons een paar namen gegeven maar dat stelde niets voor die had ik al van mijn vader die had een adressenboekje waar je een moord voor zou plegen je moet niet luisteren naar de dingen die Marty je vertelt hij is knettergek...'

'Heb je een kopie van de opzet?' vroeg ik.

'Nee waarom zou ik?'

'Heb je de auteursrechten officieel geregeld?'

'Nee waarom zou ik?'

'Moet je daar niet altijd mee beginnen?'

'Als je dat nodig vindt,' zei ze. 'Na een paar afspraken kon het me allemaal gestolen worden je kon uit de reacties opmaken dat niemand erop zou springen zo gaat dat in de filmindustrie of je slaat in als een bom of je kunt het schudden een stomme vergissing mijn enige vergissing.'

'Wat?'

'Dat ik die door Daney had laten schrijven hij had er diezelfde onzin in gezet die ik van hem bij Troy had moeten gebruiken.'

'Hij liet Barnett Malley ervoor opdraaien,' zei ik.

'Hij liet Barnett Malley ervoor opdraaien maar hij blies het belachelijk op door ineens van Malley een soort seriemoordenaar te maken die helemaal geobsedeerd werd door gezag en macht en lichaamsdelen.'

'Dat lijkt wel een beetje op Daney zelf,' zei ik.

'Hé,' zei ze vrolijk. 'Jij bent vast een soort pychiater.'

39

'Ik zal je naar huis brengen, Sydney,' zei Milo.

'Ik heb nog steeds dorst kunnen we onderweg ergens stoppen?'

'Als we langs een tentje rijden, haal ik wel een cola voor je.'

'Ik wil liever naar een Joya Juice er is er een vlak bij mijn huis.'

Toen we het park uit reden, hield ze haar mond en begon te friemelen.

'Wat was je indruk van Cherish Daney?' vroeg ik.

'Drew zei dat ze echt heel gelovig was en graag kinderen wilde een heel stel kinderen een kudde zei hij altijd maar ze kon geen kinderen krijgen ze was onvruchtbaar en dat was een heel probleem.'

'Dat ze geen kinderen hadden?'

'Adoptie ze had eindelijk geaccepteerd dat ze zelf geen kinderen kon krijgen dus had ze in haar eentje besloten ze te adopteren ze was helemaal geobsedeerd door het idee om een kind te adopteren of het nu uit China Bulgarije of Bolivia kwam dat soort landen maar hij wilde niet hij wilde die verplichtingen niet dus zei ik waarom neem je dan geen pleegkinderen op die manier kan ze moedertje spelen tot ze weer weggaan en jij bent nergens verantwoordelijk voor en je krijgt er nog voor betaald ook.'

'En het idee van pleegkinderen beviel Drew wel?'

'Hij vond het een prachtidee geweldig Syd je bent een genie zei hij zo noemde hij me *Syd* daar ergerde ik me wild aan ik viel er constant over maar hij bleef het zeggen de klungel als we bij de Joya zijn wil ik graag iets met ananas, oké?'

Ze wees hem de weg naar de fruitbar, even ten noorden van Sunset in Palisades Village. Hij liet haar geboeid zitten en ging naar binnen.

We waren omringd door vrouwen die er net zo uitzagen als Weider. Ze gleed onderuit en ging plat op de achterbank liggen. Ik vroeg haar naar Barnett Malley, maar ze beweerde dat ze niets van hem wist.

'Heeft hij geen bepaalde indruk op je gemaakt?'

'Hoezo hij hoorde toch bij de tegenpartij?'

'Hebben al die theorieën van Daney je nooit nieuwsgierig gemaakt?'

'Dat was pure kolder.'

'En hoe zit het dan met Malley de rodeoruiter?'
'Waar heb je het in vredesnaam over?'

Milo kwam terug met een enorme beker, compleet met een rietje. Ze ging zitten en zei: 'Doe die boeien af, anders kan ik hem niet vasthouden.' Hij boog zich voorover de auto in en hield het rietje voor haar mond. 'Hè toe,' zei ze, maar ze begon zo gretig te drinken dat ze haar wangen naar binnen zoog. Toen ze even ophield om adem te halen bleef er een belletje op haar onderlip zitten. Milo veegde het weg.
Ze keek angstig naar hem op. 'Mag ik het alsjeblieft zelf vasthouden?'
'Maak je geen problemen meer?'
'Nee dat beloof ik echt.'
'Zul je voortaan ook geen ruzie meer maken met de buren?'
Ze moest lachen. 'Wat kan jou dat nou schelen jij gaat alleen over belangrijke zaken je zit achter Daney aan omdat hij kennelijk iets ergs heeft gedaan al kan het me niet schelen wat dat is.'
'Ben je helemaal niet nieuwsgierig?'
'Ik leef niet in het verleden het verleden is dood het is een rottend lijk dat blijft stinken mag ik alsjeblieft nog een slokje en wil je me nu alsjeblieft die boeien afdoen?'
'Praat je nooit meer met Drew?'
Een schorre lach. 'Ik heb al zeven jaar geen woord meer met die klungel gewisseld denk je soms dat ik hem ga bellen om te vertellen dat je bij mij bent geweest van m'n levensdagen niet als hij ooit weer probeert bij me in de buurt te komen hak ik hem zijn jeweetwel af.'
'Ik wed dat je het nog zou doen ook,' zei Milo. Hij maakte haar handen los en gaf haar de beker. Ze nam een slokje, zei niets meer en gedroeg zich rustig tijdens de rit terug naar haar huis.
Toen we daar aankwamen, hielp Milo haar uitstappen. Ze stond naar de voordeur te kijken alsof ze die nooit eerder had gezien. Milo pakte haar bij de elleboog en liep met haar de oprit op. Halverwege bleef hij staan. Ze stopte ook, schudde haar haar naar achteren, lachte haar tanden bloot en zei iets waarom hij moest lachen. Ze ging op haar tenen staan en gaf hem een kusje op zijn wang.
Hij keek haar na terwijl ze naar de deur liep en bleef staan tot ze over de drempel was gestapt. Hoofdschuddend kwam hij teruglopen.

'Wat was er zo grappig?' vroeg ik.

'Grap... O, dat. Ze zei: "Je geeft me het gevoel dat ik een vogel-tje ben dat net is uitgevlogen... twiet twiet twiet." ' Hij ramde het sleuteltje in het contactslot. 'Ze overviel me. Heel even leek ze best lief.' Hij fronste. 'Die kus. Ik moet mijn gezicht wassen.'

Een straat verder zei hij: 'Ze is volslagen geschift, maar alles wat ze vertelde, klopt als een bus. Wat maak jij op uit die sperma-ob-sessie van Daney?'

'Het hoort allemaal bij zijn egofixatie. Wat ik interessant vind, is dat Daney meteen vanaf het begin de schuld op Malley wilde schui-ven. Waarom? Tenzij hij Malley al van voor de moord op Kristal kende en om de een of andere reden een hekel aan hem had. Ik liet het woord rodeo tegenover Weider vallen en ze keek me aan alsof ík niet goed wijs was. Dus loog Daney toen hij zei dat hij dat van haar had gehoord. Hij kende Barnett acht jaar geleden al of hij heeft navraag naar hem gedaan.'

'Misschien hebben ze elkaar in een parenclub ontmoet, zoals je al eerder suggereerde.'

'Of er is een wat minder opwindende verklaring,' zei ik. 'Vooral nu we weten dat we te maken hebben met twee echtparen met vruchtbaarheidsproblemen.'

'Een kliniek,' zei hij. 'Hebben ze elkaar verdomme in zo'n vrucht-baarheidskliniek leren kennen?'

'Weider zei dat Cherish "eindelijk" had geaccepteerd dat ze zelf geen kinderen kon krijgen. Dat betekent dat ze toch een tijd ge-probeerd heeft om zwanger te worden. En dat houdt weer in dat ze medische begeleiding heeft gehad.'

'Gezellig babbelen in de wachtkamer, van dat "gedeelde smart is halve smart"-gedoe.'

'Tot Drew en Lara een stapje verder gingen dan vriendschap,' zei ik. 'De twee echtelieden die toevallig wel vruchtbaar waren. Het is best mogelijk dat ze dat geen van beiden wisten en dat Lara's zwangerschap hen overviel. Drew moest wel denken dat ze die af zou breken omdat ze anders moeilijkheden zou krijgen met Bar-nett. Maar ze weigerde. Een baby betekende meer voor haar dan haar huwelijk.'

'Dus ineens hebben de Malleys een baby en de Daneys niet.'

'En dat bezorgde Cherish een heleboel ergernis en verdriet. Drie keer raden bij wie ze ging uithuilen.'

'Ze begint Drew aan zijn kop te zeuren en wil opnieuw behandeld worden.'

'En dat zou niet alleen een smak geld kosten maar ook weer een enorme heisa geven voor iets wat Drew in feite helemaal niet wilde. Misschien heeft hij toegestemd en is het mislukt, of hij weigerde. Hoe dan ook, Cherish ging zich op adoptie concentreren en raakte volledig geobsedeerd.'

'Die klungel denkt dat hij de slimste vent ter wereld is en ineens wordt zijn hele leven overhoop gegooid door een probleem waaraan hij zelf medeschuldig is. Hoezo van de wal in de sloot.'

'Dus besloot hij om de bron van alle ellende te elimineren,' zei ik. 'Hij gebruikte Kristal om Cherish een lesje te leren. "Zie je nou hoe lollig het is om een baby te hebben, schat?" Tegelijkertijd kon hij weer fijn voor God spelen en ervoor zorgen dat Lara hem in de toekomst met rust zou laten. En als hij toch bezig was met een grote schoonmaak, waarom zou hij dan niet proberen er een filmcontract uit te slepen?'

Hij kromp in elkaar, wierp me een boze blik toe en klemde zich op de lekker ontspannen manier van iemand die rijles heeft aan het stuur vast. Door de open raampjes van de auto woei zilte lucht naar binnen. Wat een leuke buurt. Hoe lang zou het duren voordat Sydney Weider implodeerde?

'Het was echt een grote schoonmaak,' zei Milo. 'Eerst Kristal, toen Troy omdat hij Kristal vermoord had, daarna Nestor omdat híj Troy vermoord had. En Lara misschien omdat ze een serieuze verhouding met hem wilde of omdat ze erachter was gekomen dat hij iets met de moord op Kristal te maken had.'

'Plus Jane Hannabee, omdat Daney niet zeker wist of Troy iets tegen zijn moeder had gezegd.'

'En ten slotte Rand... Denk je dat Drew die zelf om zeep heeft gebracht of zou hij iemand opdracht hebben gegeven?'

'Rand is door dezelfde persoon vermoord als Lara. Ik gok op Daney. Van Hannabee weet ik het niet zeker.'

'Zes doden,' zei hij. 'En er is iets wat ik je nog niet verteld heb. Ik heb op de lijst met pleegkinderen van Daney gekeken of er een Miranda bij zat. Niets wat erop lijkt.'

'Waarom zou Daney een pleegkind in huis nemen zonder door de staat betaald te worden?'

'Goeie vraag.'

'O,' zei ik.

'En hoe moet ik dat allemaal bewijzen zonder het onderlinge verband aan te kunnen tonen?'

Ik moest hem het antwoord schuldig blijven en vertelde hem dat.

'Ja,' mopperde hij. 'Ik was al bang dat je dat zou zeggen.'

Hij zette me iets over half een 's middags thuis af. Allison had me niet op mijn mobiel gebeld en er stonden geen berichten op mijn antwoordapparaat.

Nog een paar minuten en ze zou even pauze tussen haar afspraken hebben. Ik keek naar de klok, dronk een kop koude koffie en belde haar kantoor precies op het moment dat de grote wijzer op de negen sprong.

'Ha,' zei ze. 'Ik ben druk bezig. Bel je zo snel mogelijk.'

'Noodgeval?'

'Zoiets.'

'Alles goed?'

Stilte. 'Zeker.'

Het was halfacht toen ze zich meldde.

'Is het noodgeval opgelost?'

'Vanmorgen stapte Beth Scoggins op haar werk een van de kleedhokjes in en deed de deur op slot. Het duurde even voordat iemand het in de gaten kreeg. Toen ze haar vonden, zat ze in elkaar gedoken op de grond op haar duim te zuigen. Ze reageerde nergens op en had in haar broek geplast. De winkelchef belde het alarmnummer en een ambulance bracht haar naar het universiteitsziekenhuis. Daar werd ze onderzocht en gecontroleerd op drugs, waarna een paar coassistenten psychologie haar als onderwerp voor een les informatievergaren gebruikten. Ten slotte slaagde ze erin om iemand duidelijk te maken dat ze bij mij in therapie was en de psychiater van dienst belde mij. Ik zat net met hem te praten toen jij belde. Ik heb al mijn middagpatiënten afgezegd en ben ernaartoe gegaan. Ik ben net terug op mijn praktijk.'

'Hoe gaat het met haar?'

'Ze is er nog lang niet bovenop, maar ze begint te praten. Allemaal dingen waar ze het nooit eerder over heeft gehad.'

'Ook meer over Daney of...'

'Daar mag ik met jou niet over praten, Alex.'

'Natuurlijk niet,' zei ik. 'Allison, als het door mij...'

'Ze heeft kennelijk een enorme hoeveelheid problemen opgekropt... Ze is een soort vulkaan. Ik heb haar waarschijnlijk te slap aangepakt, ik had haar moeten aanzetten om tegen me te gaan praten.'

Dat was bijna woordelijk wat Cherish Daney over Rand had gezegd.

Maar dit was iets anders. Allison was ervoor opgeleid, Cherish Daney had maar een beetje aangerommeld.

Niet in haar element.

Of misschien juist wel.

Een wespennest vol vragen zoemde in mijn hoofd.

'Ik weet zeker dat je alles hebt gedaan wat mogelijk was,' zei ik.

Dat klonk nietszeggend.

'Dat zal wel. Luister eens, ik moet al die afgezegde patiënten bellen, mijn agenda op orde brengen, extra uren inlassen en dan weer terug naar het ziekenhuis. Het zal wel een tijdje duren voordat ik weer tijd heb voor... gezelligheid. En laat Milo maar weten dat hij een gesprek met dit meisje kan vergeten.'

'Dat maakt niets uit.'

'Ik weet hoe belangrijk het is, Alex, maar in dit geval staan we lijnrecht tegenover elkaar. Het spijt me, maar het is niet anders.'

Drie uur later stond ze voor de deur, met haar autosleutels in de hand. Haar haar was opgestoken op een nonchalante manier die ik nooit eerder had gezien en even zwart als de nachtelijke hemel achter haar. In een van haar kousen zat een ladder van haar knie tot halverwege haar scheenbeen, haar nagellak was hier en daar beschadigd en haar lipstick was half verdwenen. Op een van de revers van haar zwarte katoenen pakje zat een identiteitsplaatje met foto. Tijdelijke bevoegdheden, Afdeling Psychiatrie. Haar ogen, die normaal gesproken al diepliggend waren, leken verzonken in door vermoeidheid overschaduwde kassen.

'Het was niet mijn bedoeling om zo afstandelijk te doen,' zei ze. 'Hoewel ik nog steeds problemen heb, grote problemen, met dat leugenachtige gedoe.'

'Heb je al gegeten?'

'Ik heb geen honger.'

'Kom binnen.'

Ze schudde haar hoofd. 'Ik ben te moe, Alex. Ik kwam alleen maar om dat te zeggen.'

'Kom toch maar binnen.'

Haar kin trilde. 'Ik ben bekaf, Alex. Geen goed gezelschap.'
Ik raakte haar schouder aan. Ze wrong zich langs me heen alsof
ik een sta-in-de-weg was. Ik liep achter haar aan naar de keuken,
waar ze de sleutels en haar tas op de tafel liet vallen en naar de
gootsteen ging zitten staren.

Ze wilde niets eten, maar wel een kop hete thee. Ik gaf haar een
mok met een paar sneetjes geroosterd brood.
'Drammertje,' zei ze.
'Dat heb ik wel vaker gehoord.' Ik ging tegenover haar zitten.
'Het is gewoon belachelijk,' zei ze. 'Ik heb patiënten gehad die er
veel erger aan toe waren. Veel erger. Het zal de combinatie wel
zijn van deze patiënt – de kans bestaat dat ik mezelf te veel met
haar geïdentificeerd heb – en het feit dat jij erbij betrokken bent.'
Ze zette de mok aan haar lippen. 'Toen ik je leerde kennen en
hoorde wat je deed... dat vond ik opwindend. Al dat gedoe met
de politie, die heldenstatus... Eindelijk iemand op mijn vakgebied
die meer deed dan in een spreekkamer zitten en luisteren. Ik heb
je dat nooit verteld, maar ik heb er wel eens van gedroomd om
dat soort heldendaden te verrichten. Waarschijnlijk naar aanleiding van wat me is overkomen. Ik denk dat ik een beetje dóór jou
geleefd heb. Bovendien ben je zo sexy als wat, zeker weten. Ik heb
me als een sukkel gedragen.'
Wat haar was 'overkomen', was dat ze op haar zeventiende verkracht was. En dat ze jaren later met succes een poging tot bero-
ving en een groepsverkrachting had weten te voorkomen.
Ze keek naar haar handtas en ik wist dat ze aan het glimmende
pistooltje zat te denken. 'Ik vind wat je doet nog steeds opwindend, maar ik ben wel ruw wakker geschud. Het dringt nu pas tot
me door dat bepaalde aspecten ervan niet deugen.'
'Zoals de valse voorwendsels.' En de enkels van een vrouw vasthouden, zodat een rechercheur ze aan elkaar kan binden.
Haar ogen kregen de kleur van gasvlammen. 'Je hebt ronduit tegen haar gelogen, Alex. Tegen een meisje dat je niet kende, zonder rekening te houden met de risico's. Ik geloof meteen dat het
in het merendeel van de gevallen geen bal uitmaakt, dat het gewoon een leugentje om bestwil is bij het handhaven van de wet en
dat niemand er iets aan overhoudt. Maar nu... misschien zal ze er
op de lange duur wel baat bij hebben. Maar op dit moment...'
Ze zette de mok neer. 'Ik blijf mezelf voorhouden dat als ze zo op

het randje balanceerde ze uiteindelijk toch wel in die afgrond was gestort. Het kan ook zijn dat mijn ego gekwetst is. Het heeft me overvallen...'

Ik legde mijn hand op de hare. Ze reageerde niet.

'Milo mag wat mij betreft best gebruikmaken van valse voorwendsels, ik weet met wat voor soort mensen smerissen doorgaans te maken krijgen. Maar jij en ik hebben allebei hetzelfde examen afgelegd en we weten aan welke beroepscode we ons moeten houden.'

Ze maakte haar hand los. 'Heb je daar goed over nagedacht, Alex?'

'Ja.'

'En?'

'Ik weet niet of mijn antwoord je wel zal bevallen.'

'Dat risico moet je dan maar nemen.'

'Als ik patiënten in een therapeutische setting zie, hou ik me aan die code. Bij mijn samenwerking met Milo horen andere regels.'

'Anders in welk opzicht?'

'Ik zal nooit iemand opzettelijk kwetsen, maar van beroepsgeheim kan geen sprake zijn.'

'Of van waarheidsgetrouw zijn.'

Ik gaf geen antwoord. Het had geen zin om over de man te beginnen die ik een paar jaar geleden gedood had. Pure zelfverdediging. Af en toe doemde zijn gezicht in een droom weer op. Soms verzon ik zelfs de gezichten van zijn ongeboren kinderen.

'Het is niet mijn bedoeling om je aan te vallen,' zei Allison.

'Ik voel me niet aangevallen. Het is een zinnige discussie. Misschien hadden we hier al veel eerder over moeten praten.'

'Misschien wel,' zei ze. 'Dus in principe heb je twee petten op. Gaat dat niet aan je vreten?'

'Ik heb er geen problemen mee.'

'Omdat slechte mensen soms hun verdiende loon krijgen.'

'Dat helpt.' Ik moest me inspannen om mijn stem vlak te houden. En de juiste antwoorden te geven, ook al voelde ik me wel degelijk aangevallen. Terwijl ik ondertussen aan zes, misschien zelfs zeven lijken moest denken. En aan Cherish Daney, op een manier die ik niet van me af kon zetten.

'Maak je vaak gebruik van valse voorwendsels bij wat je doet?' vroeg Allison.

'Nee,' zei ik. 'Maar het komt wel eens voor. Ik doe mijn best om geen mooie praatjes te verkopen, maar als dat nodig is, heb ik daar

314

geen moeite mee. Wat Beth is overkomen, vind ik heel naar, maar ik ben niet van plan om me te verontschuldigen. De enige leugen die ik haar heb verteld is dat ik onderzoek deed naar pleegoudergezinnen in het algemeen. Ik denk niet dat ze daardoor is ingestort.'

'Door het hele onderwerp aan te kaarten heb je haar instorting versneld, Alex. Ze is een bijzonder kwetsbaar meisje, dat om te beginnen al nooit betrokken had mogen raken bij een politieonderzoek.'

'Maar dat kon ik niet weten.'

'Precies. Daarom hebben ze ons ook geleerd om discreet te zijn, overal de tijd voor te nemen en goed over de dingen na te denken. Om geen schade aan te richten.'

'Getuigen zijn vaak kwetsbaar,' zei ik.

Het bleef lang stil.

'Dus jij vindt dit helemaal geen probleem,' zei ze.

'Zou ik Beth rechtstreeks benaderd hebben als ik had geweten dat ze helemaal in zou storten? Natuurlijk niet. Zou ik een andere benadering hebben geprobeerd... zoals via jou bijvoorbeeld? Reken maar. Want er staat heel veel op het spel, nog veel meer dan ik je al verteld heb, en de kans bestond dat zij ons cruciale informatie zou kunnen geven.'

'Wat staat er dan nog meer op het spel?'

Ik schudde mijn hoofd.

'Waarom niet?' vroeg ze.

'Dat hoef je niet te weten.'

'Nu geef je me lik op stuk omdat je boos bent.'

'Ik ben niet boos, ik wil je alleen niet alle nare dingen vertellen.'

Precies zoals ik vroeger bij Robin deed.

'Omdat ik er toch niets van begrijp.'

Dat dacht ik eerst wel. Maar het is veel te erg.

'Er is geen enkele reden om jou erbij te betrekken, Allison.'

'Ik ben er al bij betrokken.'

'Als therapeut.'

'Dus ik moet maar opstappen, me bij mijn therapietjes houden en me niet met jouw zaken bemoeien?'

Dat zou alles een stuk gemakkelijker maken.

'Het is een van de smerigste zaken waaraan ik ooit heb meegewerkt, Al. Jij krijgt de hele dag al de ellende van andere mensen op je brood. Waarom zou je je ziel nog meer willen vervuilen?'

'En jij dan? Hoe zit het met jouw ziel?'

'Als ik die al heb.'

'Ik weiger te geloven dat het jou niet raakt.'

Ongeboren kinderen...

Ik gaf geen antwoord.

'Maar jij kunt het aan en ik niet?' zei ze.

'Ik vraag jou ook niet naar jouw patiënten.'

'Dat is iets anders.'

'Misschien wel niet.'

'Prima,' zei ze. 'Dus nu hebben we een nieuw taboe in onze relatie. Wat bindt ons dan nog? Hete seks?'

Ik wees naar het geroosterde brood. 'En haute cuisine.'

Er kon met moeite een lachje vanaf. Ze stond op en liep met de mok naar de gootsteen, waar ze hem leeggoot en omspoelde. 'Ik kan er maar beter vandoor gaan.'

'Blijf.'

'Waarom?'

Ik ging achter haar staan en liet mijn armen om haar middel glijden. Ik voelde haar buikspieren trillen toen ze haar lichaam spande. Ze duwde mijn hand weg, draaide zich om en keek naar me op. 'Ik heb waarschijnlijk een soort wig tussen ons gedreven. Misschien denk ik morgen als ik wakker word dat ik me als een volslagen idioot heb gedragen, maar op dit moment gloei ik nog helemaal van verontwaardiging.'

'Wat er nog meer in het geding is, zijn zes moorden, misschien wel zeven,' zei ik. 'Als je het meisje meerekent dat Beth als Daneys assistente is opgevolgd. Ze schijnt verdwenen te zijn en ze staat nergens als pleegkind in de boeken.'

Ze maakte zich los uit mijn armen, hield zich vast aan het aanrecht en staarde door het keukenraam naar buiten.

'Plus een peuter,' ging ik verder, 'twee tienerknullen, drie vrouwen en een zwakbegaafde jongeman. En tot dusver kunnen we het met geen mogelijkheid bewijzen.'

Ze ging met haar hoofd boven de gootsteen hangen, haalde diep adem en begon te kokhalzen.

Ze rilde en ik probeerde haar in mijn armen te nemen.

'Sorry,' piepte ze en ze duwde me weg. Nadat ze water in haar gezicht had geplensd, veegde ze het droog met haar mouw. Daarna griste ze haar tas en haar sleutels van tafel en holde de keuken uit.

Ik haalde haar in toen ze de voordeur opendeed. 'Je bent doodmoe. Blijf nou maar. Ik slaap wel op de bank.'

Haar lippen waren droog en ze had rode vlekjes op haar wangen. Gesprongen adertjes van het kokhalzen. 'Dat is lief aangeboden. Je bent een lieve man.'

'Ik zou liever een goede man willen zijn.'

Ze wendde haar ogen af. 'Ik wil alleen zijn.'

40

Ik liep terug naar de keuken, nam een hap van de toast die ik voor Allison gemaakt had en dacht na over wat er net was gebeurd.

Als ik morgen wakker werd, zou ik me waarschijnlijk belazerd voelen. Als ik tenminste een oog dichtdeed. Op dit moment was ik blij dat ik alleen was en me weer kon richten op de mogelijkheden die door mijn hoofd speelden.

Het was kwart over elf. Ik ging ervan uit dat Milo ook niet zou kunnen slapen. En als hij al in bed lag, dan was dat jammer.

'Hoe laat is het?' vroeg hij schor.

'Cherish Daney zei tegen me dat ze had geprobeerd om Rand zover te krijgen dat hij met haar wilde praten en dat ze wenste dat ze meer succes had gehad. Maar stel je nou eens voor dat ze daar een andere reden voor had? Stel je eens voor dat ze erachter was gekomen wat Drew had gedaan en dat ze wilde dat Rand zou toegeven dat Drew betrokken was bij de moord op Kristal?'

Hij begon blaffend te hoesten en schraapte zijn keel. 'Ook goeienavond. Hoe kom je daar nou weer ineens bij?'

'Jij hebt er constant op gehamerd dat Cherish meer moest weten. Misschien vermoedde ze wel wat, maar was ze in staat om zichzelf een rad voor ogen te draaien tot ze op iets stuitte waar ze niet omheen kon.'

'Zoals?'

'Trofeeën. Iemand die zo obsessief probeert alles naar zijn hand te zetten zou die er best op na kunnen houden. Hij vond het leuk om Cherish voor het lapje te houden, dus een geheime bergplaats zou pas echt opwindend zijn. Maar arrogantie leidt tot achteloosheid. Misschien heeft hij een steek laten vallen en iets laten rondslingeren dat zij heeft gevonden. Of al die tochtjes met zijn "assistentes" wekten haar argwaan en maakten dat ze in huis ging rondneuzen. Als ze zelf geen al te groot monster is, zou het bewijs dat Drew die misdaden had begaan haar afschuw opwekken. En dan zou ze ook voor zichzelf gaan vrezen. Als de waarheid ooit aan het licht kwam, zou zij waarschijnlijk verdacht worden van medeplichtigheid. Een manier om daar van tevoren mee af te rekenen was om met het bewijsmateriaal op de proppen te komen en het met de officier van justitie op een akkoordje te gooien. Als Rand de betrokkenheid van Drew bij de moord op Kristal kon bevestigen, zou dat een stap in de goeie richting betekenen.'

'Daney verkracht en moordt al jarenlang en daar heeft zij tot voor kort geen flauw idee van?'

'Tot dusver hebben we geen aanwijzingen gevonden dat zij iets ergers heeft gedaan dan het omzeilen van het maximumaantal pleegkinderen dat iemand mag hebben. Beth Scoggins zei dat ze de hele dag bezig was met koken, schoonmaken en lesgeven. Ik durf te wedden dat ze zo hard werkte om niet te hoeven nadenken.'

'Om nog maar te zwijgen van zeven mille per maand.'

'Bij Drew ging het alleen om het geld,' zei ik. 'Misschien bij haar ook wel. Maar ze rijdt in een oude rammelkast en ze leeft eenvoudig. Bovendien heb je zelf gezien hoe ze met Valerie omging. Geduldig, ondanks de tegenzin van Valerie.'

'De plichtsgetrouwe huisvrouw,' zei hij. 'En ondertussen is Drew buitenshuis en met zijn sperma aan het stoeien... Ik ben er nog steeds niet van overtuigd dat ze brandschoon is, maar goed, laten we er maar van uitgaan dat het zo is. Ze wil dat Rand Drew verlinkt, praat met hem om alles uit hem los te krijgen en dan?'

'Het lukt haar niet. De meest voorkomende fouten die onbevoegde therapeuten maken, is dat ze te snel resultaten willen zien en te veel praten. Voeg daar de angst van Cherish nog eens bij, dan moet ze veel te sterk hebben aangedrongen. Ze wilde dat Rand zou "inzien" dat Drew Troy had ingehuurd om Kristal te vermoorden. Of hij dat nou wel of niet begreep.'

'Probeerde ze hem dat in het hoofd te prenten?'

'Het begon al toen ze hem in de gevangenis opzocht. Ze liet allerlei hints doorschemeren, in de hoop dat het Rand wakker zou schudden. Rand was een meelopertje, een goedgelovige jongen, dus misschien herinnerde hij zich echt iets. Bijvoorbeeld dat hij Drew vlak voor de moord met Troy had zien praten of een losse opmerking van Troy over Drew. Of hij dacht dat alleen maar. Omdat een volwassen meesterbrein welkom nieuws voor hem zou zijn. Daardoor zou hij zich meteen minder schuldig voelen.'

'"Ik ben niet slecht." '

'"Ik ben niet slecht want Daney zat erachter en Troy knapte het vuile werk voor hem op, dus ik was alleen maar op de juiste tijd op de verkeerde plek." Cherish kan hem dat zelfs wel zo voorgespiegeld hebben.'

'Als hij dat geloofde, waarom heeft hij dan zijn mond niet opengedaan?'

'Na acht jaar in de gevangenis waarin hij was afgetuigd, neergestoken en voor zichzelf had moeten opkomen, had hij geleerd om op zijn hoede te zijn. Desondanks sloeg het idee dat Cherish hem ingegeven had aan en het maakte hem doodsbang. Hij zou het huis moeten delen met de duivel die zijn leven geruïneerd had. Dáárom was hij zo benauwd toen hij bij zijn vrijlating met de Daneys mee moest.'

'Maar waarom ging hij dan met ze mee?'

'Hij had geen alternatief. Geen familie, geen geld, geen idee hoe de wereld buiten de gevangenis eruitzag. Hij moest er ook voor zorgen dat hij Drews argwaan niet zou wekken door plotseling van plan te veranderen. Maar ik durf te wedden dat hij van plan was om daar zo gauw mogelijk weg te gaan. Zodra hij iemand had gevonden die zijn verhaal wilde aanhoren.'

'Jij.'

'De opdringerigheid van Cherish maakte misschien dat hij nog meer op zijn hoede was. Lauritz Montez had een puinhoop van zijn verdediging gemaakt. En hij zou van de officier van justitie of van de politie zeker geen sympathie verwachten. Dus bleef ik over.'

'Bescheidenheid siert de mens,' zei hij. 'Dus hij speldt de Daneys iets op de mouw, gaat ervandoor, slaagt er op de een of andere manier in om aan de andere kant van de berg te komen en belt jou vanuit Westwood.'

'Ik denk niet dat hij in zijn eentje de berg is overgestoken. Hij slaagde er niet in om zijn angst te beheersen en Drew kreeg inderdaad door dat er iets mis was. Drew was er niet toen Rand van huis ging. Misschien zat hij ergens in de buurt en hield hij Rand in de gaten. Of hij belde en kreeg van Cherish te horen dat Rand naar het bouwterrein was. Dat maakte hem nog argwanender, omdat Drew wist dat er op zaterdag alleen maar een schoonmaakploeg aanwezig was op het terrein. Hij ging achter Rand aan, zag hem lopen en pikte hem op met de Jeep.'

'En bracht hem vervolgens naar de stad? Waarom?'

'Om de angst van Rand te sussen,' zei ik. 'Rand sjokt over straat, gedesoriënteerd en op zoek naar een telefooncel, of hij probeert gewoon zijn gedachten op een rij te krijgen. Daney komt langstuffen, hangt de toffe peer uit en zegt spring erin dan gaan we een hapje eten. Dat overviel Rand en hij speelde het spelletje mee omdat hij niet wilde laten merken hoe zenuwachtig hij was. Daney reed de berg over en ontwapende Rand helemaal met allerlei kletspraatjes. Hij zette hem af bij de ingang van het Westside Pavilion en gaf hem een paar centen mee plus de mededeling dat hij zich maar moest amuseren en dat hij hem later wel weer zou oppikken. Niemand in het winkelcentrum kan zich Rand herinneren, misschien is hij helemaal niet naar binnen gegaan. We hebben het over een domme, verwarde knul die achter tralies is opgegroeid. Hij moet het gevoel hebben gehad dat hij op Mars was afgezet.'

'Waarom zou Daney al die moeite hebben genomen? Waarom is hij niet gewoon meteen naar een afgelegen plekje gereden om hem daar te vermoorden?'

'Daney had zijn vermoedens, maar op dat moment was hij er nog niet zeker van of het wel nodig was om Rand te vermoorden. Nog een aan Kristal gelieerde dode zou wel eens een kettingreactie op gang kunnen brengen die hij niet meer tegen kon houden. En dat is dan ook gebeurd. Nadat hij Rand had afgezet, bleef hij rondhangen om hem in de gaten te houden. Hij zag dat Rand wegliep bij het winkelcentrum en naar de telefooncel liep. Rand klonk geagiteerd toen hij mij belde, dus zijn lichaamstaal moet hem verraden hebben. Toen Rand de telefooncel uit kwam, is Drew achter zijn prooi aan gegaan.'

'En heeft hem opnieuw opgepikt,' zei hij. 'Dit keer moet hij zijn pistool hebben getrokken, want Rand zou nooit vrijwillig mee zijn gegaan.'

'Je moet niet vergeten hoe geslepen Drew is. Ik kan me heel goed voorstellen dat hij een verhaal heeft opgehangen... bijvoorbeeld dat Cherish ineens ziek was geworden en dat ze snel terug naar huis moesten. Misschien ging Rand ervan uit dat ik alarm zou slaan als hij niet bij die pizzatent kwam opdagen en dat iemand hem te hulp zou komen.'

Als dat zo was, had hij me overschat.

'Oké,' zei Milo, 'op de een of andere manier stapt hij weer in de Jeep en Drew rijdt naar een afgelegen plekje. Als je nagaat waar hij zich van het lijk ontdaan heeft, was dat waarschijnlijk ergens in Bel Air, in de uitlopers van de berg. Rand, die de stad niet kende, merkte niet dat Drew een omweg nam. Drew ziet een rustig plekje en stopt daar. En dan?'

'Rand was groot en sterk, dus Drew moest vriendelijk blijven om een worsteling te voorkomen. Hij had al voorbereidselen getroffen door het rechterraampje van de Jeep te laten zakken. Hij moet kalm en vaderlijk hebben geklonken, misschien zelfs bemoedigend. Rand zat waarschijnlijk strak voor zich uit te kijken, bang en verward, maar hij deed zijn best om kalm te blijven. Toen zette Drew het pistool tegen zijn slaap en haalde de trekker over. Drew had tijd genoeg om de Jeep schoon te maken en op zoek te gaan naar de kogel. Toen het donker was geworden tufte hij op zijn gemak terug naar Sunset, reed de oprit op, verzekerde zich ervan dat niemand hem zag en ontdeed zich van het lichaam. De volgende dag zal hij de Jeep wel gewassen hebben. Maar er zijn misschien toch sporen achtergebleven, bloed, restanten kruit, kleine botfragmenten.'

'Dat verhaal zit goed in elkaar, Alex. Een mooi verhaal ook, dat heel logisch klinkt. Maar een slimme plot is niet genoeg voor een gerechtelijk bevel.'

'Je hebt al voldoende reden voor een bevel tot huiszoeking,' zei ik. 'De verkrachtingen waaraan Drew zich volgens de wet schuldig heeft gemaakt. Maak het jeugdteam uit het centrum attent op hem, haal het huis overhoop en zorg dat de Jeep ook onder het bevel valt.'

'Dan moet ik eerst via DNA kunnen aantonen wat Daney met Valerie heeft gedaan,' zei hij. 'Of een van de andere meisjes moet haar mond open willen doen.'

'Jij hebt hem samen met Valerie bij die kliniek gezien.'

'Ik heb gezien dat hij stond te wachten en haar oppikte. Dat lijkt een bewijs, maar dat is het niet. Ben je al wat verder met Beth Scoggins?'

'Nee.'

'En daar moet ik het mee doen.'

'Daar moet je het mee doen.'

'Dus Allison houdt voet bij stuk?'

'Laten we het er maar op houden dat je het daarmee moet doen,' zei ik.

Stilte. 'Heb je nog andere suggesties?'

'Ga onder vier ogen met Cherish praten. Begin niet meteen over de moorden, vertel haar alleen dat je weet dat Valerie een abortus heeft gehad en dat je vermoedt dat Drew de vader was. Misschien is ze bereid om toe te geven dat ze vermoedde dat er verkrachting in het spel was of ze gaat nog verder en begint over Kristal.'

'Als ze haar onschuld zo graag wil bewijzen, waarom is ze na de moord op Rand dan niet naar ons toe gekomen?'

'Net als Rand woont ze onder één dak met Drew. Misschien is ze bang dat ze niet genoeg bewijsmateriaal heeft om ervoor te zorgen dat hij de gevangenis indraait.'

'Dat klinkt logisch,' zei hij. 'Maar we zijn nog iets vergeten: Cherish en Malley. Als hij haar minnaar is, waarom heeft ze het dan niet aan hem verteld? En als ze dat wel heeft gedaan, waarom wilde hij dan niet met mij praten? Er zit nog steeds iets scheef, Alex. Ik ben nog niet zover dat ik Barnett of Cherish nu al onder het kopje "onschuldig" wil rangschikken.'

'Maar we weten wel waar je Drew onder rangschikt en hij woont in één huis met acht minderjarige meisjes. En dan hebben we Miranda nog.'

'Ik weet heus wel hoe urgent het is.'

'Ik bedoelde ook niet dat je dat niet weet.'

'Ik slaap er nog een nachtje over. Om het zo maar eens te zeggen. Ik zal ervoor zorgen dat Binchy het huis van de Daneys morgen in alle vroegte in de gaten gaat houden. En dat zal niet meevallen in die rustige Galton Street. Als Cherish het eerst vertrekt, zal Sean haar volgen en haar aan mij overdragen. Als Drew weggaat, blijft Sean hem schaduwen en dan ga ik op bezoek bij Cherish.'

'Wat er ook gebeurt, laat het me wel weten.'

'De kans is groot dat je er gewoon bij bent.'

41

Om zeven uur 's ochtends werd ik wakker van de bel, gevolgd door driftig gebons op de deur. Mijn slaperige brein wist precies wat er aan de hand was: Allison was voordat ze aan het werk ging langsgekomen om het weer goed te maken.

Ik kroop uit bed, strompelde in mijn boxershorts naar de deur en trok die met een hartelijke glimlach open.

Milo stond op de stoep in een afgedragen groene blazer, een grijze ribbroek, een geel overhemd en een bruine das. Hij had een doos van Daffy Donuts in zijn ene hand en twee extra grote bekers koffie van dezelfde tent in zijn andere. Hij stond me met samengeknepen ogen aan te kijken alsof ik een zeldzaam en onaantrekkelijk insect was.

'Is dit je wraak?' vroeg ik.

'Waarvoor?'

'Omdat ik je gisteravond wakker heb gebeld.'

'Hè... O, dat. Nee, ik zat gewoon in een stoel te dommelen. Ik ben pas om drie uur naar bed gegaan, omdat ik nog een paar scenario's door wilde nemen.'

Hij liep langs me heen. Ik liet hem achter in de keuken en ging mijn badjas aantrekken. Toen ik terugkwam, was de doos open, met daarin een bijeengeraapt assortiment felgekleurde baksels. Milo had een beker koffie in zijn knuist en was al een aardig eind op weg met een donut ter grootte van een jong hondje. Dezelfde smaak die hij had uitgekozen tijdens onze tweede ontmoeting met Drew Daney en dat zei ik ook.

'Ja, die heeft me geïnspireerd,' zei hij terwijl de kruimels in het rond vlogen. 'Vet is toch wel ergens goed voor.' Hij wees naar de andere beker. 'Drink maar op, kerel, dan word je vanzelf wakker.'

'Daffy in plaats van Dipsy?'

'Mijn plaatselijke donutboer, een kleine zelfstandige. Ik probeer de vrije ondernemers zo veel mogelijk te steunen.'

Ik nam een slokje koffie en proefde koper, afwaswater en iets wat in de verte op koffie leek. Terwijl ik me moest bedwingen om het niet uit te spugen zei ik: 'Heb je nog voor een nieuw scenario gekozen?'

'Nee, ik heb besloten om me te houden aan het verhaal dat jij me hebt voorgeschoteld: dat Cherish heeft geprobeerd voor psycholoog te spelen en de zaak te geforceerd aanpakte, waardoor ze Rand de stuipen op het lijf joeg en Drew dat in de gaten kreeg.'

Hij stopte het laatste stukje van zijn donut in zijn mond. Zijn besuikerde lippen krulden om. 'En ik maar denken dat dat bedachtzame tempo dat jullie therapeuten eropna houden – maandenlang alleen maar "uh-huh" en "ik begrijp het" – bedoeld was om het geld binnen te laten stromen.'

'En ik maar denken dat smerissen niet altijd hun alvleesklier naar de vernieling helpen met suiker.' Ik gaapte. 'Gaan we vanmorgen nog ergens naartoe of hebben we nog iets te bespreken?'
'We stappen op als Sean belt.'
'Wanneer gebeurt dat?'
'Ik heb tegen hem gezegd dat hij het huis vanaf zeven uur in de gaten moest houden en ieder uur contact met de basis moest opnemen. Drink je koffie op en ga je dan wassen en aankleden.'
'Twee van de drie moet lukken,' zei ik en ik liet de beker op de tafel staan.

Toen ik terugkwam, lag hij languit in een stoel in de zitkamer met zijn gsm tegen zijn oor te knikken en met zijn voet op de grond te tikken. 'Bedankt, geweldig, dat is echt fantastisch.' Hij klapte de telefoon dicht en stond op. 'Je ziet eruit alsof je nog steeds niet goed wakker bent.'
'Jij niet,' zei ik. 'Waar haal je de energie vandaan?'
'De geringe kans dat alles uiteindelijk toch voor elkaar komt. Dat was Sue Kramer, geweldig mens. Zij is ook al zo'n vroege vogel en heeft in andere tijdzones naar aanwijzingen zitten speuren. Als ik hetero was, zou ik haar ten huwelijk vragen.'
'Ze is al getrouwd.'
'Je hoeft niet op alle slakken zout te leggen. Maar goed, ze is een paar dingen aan de weet gekomen over onze twee jongens. Kom op, we gaan, de rest vertel ik je wel in de auto.'

Hij vroeg of ik wilde rijden en toen ik de Seville had gestart zakte zijn kin op zijn borst. Terwijl ik via de Glen naar de Valley reed, lag hij uitbundig te snurken. Op Mulholland richtte hij met een ruk zijn hoofd op en vervolgde zijn verhaal alsof er geen onderbreking was geweest.
'De cowboy werd geboren in Alamogordo, dat had ik al gezegd. Hij verhuisde op zijn tiende naar Los Alamos omdat de ranch waar zijn vader werkte opgedoekt werd en paps een baantje kreeg als beheerder bij het lab voor kernfysica. Daar heeft het gezin tien jaar gewoond. Hij heeft een ouder zusje, dat getrouwd is en kinderen heeft. Ze is gemeenteambtenaar in Cleveland. Na de middelbare school heeft Barnett een paar jaar als vrachtwagenchauffeur gewerkt en daarna bij de politie in Santa Fe.'
'Is hij smeris geweest?'

'Hij heeft anderhalf jaar straatdienst gedaan tot een paar klachten wegens het ontoelaatbaar gebruik van geweld door hem en de politie in der minne werden geschikt.'

'Als hij ontslag nam, zou hij niet vervolgd worden.'

Hij knikte. 'Daarna volgden een paar jaar waarin hij geen aangiftebiljet inkomstenbelasting heeft ingevuld en, voor zover Sue kon achterhalen, als seizoensarbeider zijn brood verdiende. Tien jaar geleden kreeg hij zijn eerste baantje bij zo'n toeristenranch en verhuisde naar Californië. Na zijn huwelijk stapte hij over op het onderhoud van zwembaden. Afgezien van een gebrek aan geduld met verdachte personen op zijn eenentwintigste is er eigenlijk niets op hem aan te merken. De eerste indruk schijnt de juiste te zijn: een zwijgzame eenling wiens leven niet bepaald op rolletjes heeft gelopen.'

'In tegenstelling tot Daney.'

'Dat zíjn antecedenten nergens te vinden waren, komt doordat hij zijn naam veranderd heeft. Hij werd geboren als Moore Daney Andruson en is vijf jaar ouder dan op zijn rijbewijs vermeld staat. Hij is opgegroeid op het platteland van Arkansas in een gezin met zeven kinderen van wie er zeker drie in de gevangenis zijn beland wegens geweldsmisdrijven. Zijn ouders waren rondreizende predikers in het hillbillycircuit.'

'Dus wat hij vertelde over opgroeien in de kerk was waar,' zei ik.

'Het was meer opgroeien in kermistenten. Compleet met slangen. Zijn vader was zo'n ratelslangbezweerder die beweerde dat religieuze extase hem beschermde tegen het gif. Tot het tegendeel bleek.'

'Hoe is Sue dat allemaal te weten gekomen?'

'Ondanks het feit dat hij een schooier is, was die naamsverandering volkomen legaal en Daney heeft wel sinds zijn achttiende met enige regelmaat zijn belastingformulier ingediend. In financieel opzicht viel Moore D. Andruson twaalf jaar geleden door de mand. Hij liet een spoor na van onbetaalde rekeningen en is een paar keer failliet verklaard.

'Ik vraag me af waarom hij een belastingformulier invulde,' zei ik.

'Hij had niet veel keus. Zijn eerste baantjes waren allemaal in loondienst, dus toen werd automatisch belasting ingehouden. Nu hij rekeningen indient bij de staat is dat een heel ander verhaal.'

'Over wat voor soort baantjes hebben we het?'

'Raad eens.'

'Jongerenwerk.'

'Kampleider, welzijnswerker in een afkickcentrum, invalleerkracht, zondagsschoolonderwijzer en gymnastiekleraar, altijd in kleine plaatsen. Hij voegde bij zijn sollicitaties niet-bestaande diploma's bij en dat kostte hem uiteindelijk drie baantjes in drie verschillende stadjes. Daarna probeerde hij het in de voorsteden en werd chauffeur op een schoolbus van een meisjesinternaat in Richmond, Virginia.'

'Nee maar!'

'Op die manier heeft hij Cherish leren kennen. Inmiddels was hij al Drew Daney. Zij had het diploma van een bijbelschool op zak en gaf op een andere school les aan verstandelijk gehandicapte kinderen.'

'Hij heeft geen zuidelijk accent,' zei ik. 'Dus dat heeft hij ook bijgeschaafd. En pas nadat ze hem in dienst hadden genomen ontdekten zijn werkgevers dat hij had gesjoemeld met zijn papieren. Dat betekent dat iets anders hun argwaan had gewekt, waardoor ze zijn antecedenten nagingen.'

'Ja, dat zal wel, maar niemand wilde daar verder op ingaan. Sue moest ze behoorlijk bewerken voordat ze zelfs maar wilden toegeven dat ze hem kenden.'

'Dat betekent dat ze er geen ruchtbaarheid aan hebben gegeven. Heeft niemand hem aangegeven wegens het verstrekken van valse persoonsgegevens?'

'Nee, ze hebben hem gewoon de laan uit gestuurd.'

'Richting zijn volgende slachtoffer.'

'Sta je daarvan te kijken?' zei hij. 'Hij heeft onderweg wel een strafblad opgelopen, maar niet van het soort dat hem een vermelding zou bezorgen in het nationale opsporingsregister of in andere nationale computerfiles. Exhibitionisme werd in Vivian, Louisiana, afgezwakt tot aanwezigheid op verboden terrein, ongedekte cheques werden achteraf toch betaald zodat hij in Keswick, Virginia, aan een gevangenisstraf ontsnapte, en in het geval van een verkrachting in Carrol County, Georgia, werd de aanklacht ingetrokken. De sheriff zei dat hij zeker wist dat Andruson het gedaan had, maar het meisje dat hij volgens de aangifte had aangerand was spastisch en kon nauwelijks praten. Ze gingen ervan uit dat ze toch niet als getuige zou kunnen optreden en ze wilden haar die hele toestand besparen.'

'Dus de moraal van het verhaal is: probeer de zwakken te pakken.'

'Ik heb Sue gevraagd zo veel mogelijk te achterhalen over dat vermiste meisje, Miranda. Ik heb haar het nummer van Olivia gegeven. Over gelijkgestemde zielen gesproken.'

Er klonk een blikkerig muziekje uit zijn jaszak. Geen Beethoven, een of andere latinbeat. Hij stak zijn hand in zijn zak en haalde zijn gsm tevoorschijn. Het toestel tangode vrolijk door terwijl hij de nummerweergave inspecteerde. Hij had een nieuwe ringtone gekozen. Ik dacht eigenlijk dat alleen jongeren dat deden.

'Sturgis... ja, hoi. Nee, binnen de hekken is geen parkeergelegenheid. Echt niet, Sean. Weet je zeker dat je niets gemist hebt? Nou, dat maakt alles een stuk ingewikkelder... ik hoop het niet. Ja, ja, controleer dat maar, wij zijn er over een kwartier of zo. Ik bel jou wel, tenzij je urgent nieuws hebt.'

Klik. 'Sean zit al sinds kwart voor zeven op wacht. Maar Daneys Jeep en de Toyota van Cherish zijn in geen velden of wegen te zien. Hetzelfde geldt voor de zwarte pick-up van Malley. Het hek is dicht, dus hij kan niet zien of er iemand thuis is. Hij ziet of hoort geen kind, maar hij staat er dertig meter vanaf. Ik heb tegen hem gezegd dat hij de kentekens van alle auto's in de straat moet natrekken.'

'Dus ze zijn allebei weg, in aparte auto's,' zei ik.

'Misschien zijn ze donuts gaan halen. Kun je niet wat sneller rijden?'

Ik stoof de canyon over en reed met zo'n vaart door de ochtendspits dat we even na acht uur bij Vanowen waren. Milo pakte zijn telefoon weer en vroeg Binchy hoe het met de kentekens stond. 'Nee, ga maar door, nee, nee... wacht even, zeg dat nog eens... interessant. Oké, blijf maar staan tot je ons ziet opdagen. Hartstikke bedankt, kerel.'

'Heeft hij iets gevonden?' vroeg ik.

'Een crèmekleurige Cadillac DeVille, die recht voor het huis staat,' zei hij. 'En raad eens wie de wegenbelasting betaalt.'

Dominee Dr. Crandall Wascomb zag eruit alsof zijn geloof op de proef was gesteld en hij niet zeker wist of hij dat examen wel had gehaald.

Milo had nog maar net op het hek gebonsd toen hij het al opendeed en verbijsterd achteruitstapte.

'Dr. Delaware?'

Bij het zien van Milo's politiepenning zakten zijn schouders. Niet van ontzetting, maar van opluchting. 'Politie. Goddank. Heeft Cherish jullie ook gewaarschuwd?'

'Wanneer heeft ze u gebeld, meneer?' vroeg Milo.

'Vanmorgen vroeg,' zei Wascomb. 'Even na zessen.'

Zijn witte haar hing over zijn voorhoofd en hij had zich haastig aangekleed. Zijn grijze vest was oneven dichtgeknoopt zodat het halverwege zijn borst in een plooi viel, een van de punten van zijn witte boord wees omhoog en de knoop van zijn kastanjebruine das hing een stuk onder zijn kin. Achter de bril met het zwarte montuur waren zijn ogen waterig en onzeker.

'Wat wilde ze van u, dominee?'

'Ze zei dat ze mijn hulp dringend nodig had. Mevrouw Wascomb voelt zich niet lekker, daarom staat mijn telefoon in de hal en niet naast het bed. Anders wordt ze er misschien wakker van. Ik schrok wakker toen het toestel overging, maar ik ging ervan uit dat het op dat uur iemand moest zijn die een verkeerd nummer belde, dus ben ik niet opgestaan. Toen er opnieuw werd gebeld heb ik wel opgenomen en het was Cherish, die zich verontschuldigde omdat ze me stoorde. Ze zei dat er iets was gebeurd en smeekte me om zo snel mogelijk naar haar huis te komen. Ik vroeg haar wat er precies aan de hand was, maar ze zei dat ze geen tijd had om het uit te leggen, ik moest haar op haar woord geloven, ze was toch altijd een betrouwbare studente geweest.'

Wascomb knipperde met zijn ogen. 'En dat was ook zo.'

'Was ze overstuur?' vroeg ik.

'Eerder... bezorgd, maar dan op een efficiënte manier. Alsof ze met een plotselinge uitdaging was geconfronteerd en zich opmaakte om die het hoofd te bieden. Ik dacht dat een van de kinderen of Drew misschien ziek was geworden en vroeg opnieuw wat er aan de hand was en ze zei dat ze me dat meteen bij aankomst zou vertellen. Als ik tenminste zou komen. Ik bevestigde dat en ging me aankleden. Mijn vrouw was toch wakker geworden en ik vertelde haar dat ik een aanval van slapeloosheid had en dat ze weer gauw moest gaan slapen. Daarna heb ik tegen de huishoudster gezegd dat ze een oogje op haar moest houden, heb mezelf aangekleed en ben hiernaartoe gereden.'

Zijn ogen vernauwden toen ze van Milo naar mij dwaalden. 'Toen ik hier aankwam, stond het hek open, maar er was niemand in het huis. De voordeur zat niet op slot, dus ik nam aan dat Cherish wilde dat ik zou doorlopen. Binnen was niemand te vinden. Ik keek om me heen en ging weer naar buiten. Ik begon echt bezorgd te worden, toen daar ineens een jonge vrouw opdook.'

Hij knikte in de richting van de bijgebouwen. Een verbouwde garage die blauw geschilderd was in dezelfde kleur als het huis en daarnaast het vreemd uitziende vierkante brok beton.

De deur van de blokkendoos stond open.

'Die heb ik open laten staan om te voorkomen dat de meisjes zich opgesloten voelden,' zei Wascomb. 'Er is maar één raam en dat zit op slot. Twee van hen waren in dat andere gebouw, het blauwe, maar ik heb ze allemaal bij elkaar gezet tot er hulp zou komen opdagen.'

'Hebt u om hulp gebeld?' vroeg Milo.

'Ik liep me net af te vragen wie ik zou moeten bellen toen u arriveerde. Er schijnt niet veel aan de hand te zijn, behalve dat Cherish en Drew weg zijn.' Hij keek opnieuw naar de blokkendoos. 'Ze weten kennelijk geen van allen wat er aan de hand is, maar misschien wilde ze hen niet overstuur maken.'

'De kinderen, bedoelt u.'

'Ja, het stel.'

'Het stel?'

'Zo noemt Cherish hen in de instructies.'

'Welke instructies?'

'O, lieve hemel,' zei Wascomb. 'Ik loop op de zaken vooruit, maar het is ook zo'n...' Hij viste twee velletjes papier uit de zak van zijn vest. Ze waren opgevouwen tot het formaat van een ansichtkaart. Milo vouwde ze open, las wat erop stond en duwde zijn onderlip naar voren. 'Waar hebt u dit gevonden, meneer?'

'Toen ik in het huis rondkeek, heb ik ook een blik in de slaapkamer geworpen en zag ze op het bureau liggen.' Wascomb liet zijn tong over zijn lippen glijden. 'Ze vielen me op omdat ze precies in het midden lagen, op een vloeiblad. Alsof ze wilde dat ik ze zou zien.'

'Opgevouwen?'

'Nee, open. Het leek echt alsof het haar bedoeling was dat ik ze zou lezen.'

'Lag er verder nog iets op het bureau?'

'Pennen en potloden,' zei Wascomb. 'En een geldkistje. Zo'n kluisje als banken gebruiken om dingen veilig op te slaan. Dat heb ik uiteraard niet aangeraakt.'

Milo gaf de papieren aan mij. Twee velletjes in een keurig, vooroverhellend schuinschrift.

Het stel: Instructies voor dagelijkse verzorging

1. Patricia: lactoseallergie (sojamelk in de koelkast). Heeft speciale hulp nodig bij lezen en schrijven.
2. Gloria: Ritalin 10 mg voor het ontbijt, 10 mg voor het avondeten, is erg onzeker, reageert goed op alle maatregelen maar heeft veel behoefte aan verbale aanmoedigingen.
3. Amber: Ritalin 15 mg voor het ontbijt, 10 mg voor het avondeten, Allegra 180 mg tegen hooikoorts, allergisch voor antibiotica en schaaldieren, houdt niet van vlees, maar moet aangemoedigd worden om af en toe kip te eten. Wiskunde, lezen, schrijven...

'Het ziet ernaar uit dat ze al een tijdje wist dat ze weg zou gaan,' zei Milo.
'Als studente had Cherish alles altijd keurig voor elkaar,' zei Wascomb. 'Als ze voor langere tijd weg is, heeft ze daar vast een goede reden voor.'
'Zoals?'
'Dat zou ik u niet kunnen vertellen, inspecteur. Maar ik heb bijzonder veel respect voor haar.'
'In tegenstelling tot Drew.'
Wascomb beet zijn tanden op elkaar. 'Ik weet zeker dat u van de dokter hebt gehoord welke problemen wij met Drew hebben gehad.'
'Hij is ook weg,' zei Milo.
'Ze zijn getrouwd.'
'Dus u denkt dat ze samen weg zijn gegaan.'
'Ik weet niet wat ik ervan moet denken, meneer,' zei Wascomb.
'Heeft Cherish gezegd dat ze weg moest toen ze u belde, dominee?'
'Nee... is het inspecteur? Nee, daar heeft ze niets van gezegd, inspecteur. Ik verwachtte gewoon dat ik haar hier zou aantreffen. Mag ik u vragen waarom u hier bent, als Cherish u niet heeft gebeld, meneer?'
'Als direct gevolg van mijn politietaken, dominee.'
'Juist,' zei Wascomb. 'Hebt u me hier nog nodig? Ik wil u graag de steun van Fulton aanbieden om in eerste instantie voor de kinderen te zorgen. Maar...'
'Kunt u nog even blijven?' vroeg Milo. 'En me dat kluisje laten zien?'

'Het staat gewoon op het bureau, inspecteur. Ik moet terug naar mijn vrouw.'

Milo legde zijn hand op de mouw van Wascomb. 'Blijf nog even, dominee.'

Wascomb probeerde zonder succes zijn haar glad te strijken. 'Natuurlijk.'

'Dat stel ik op prijs, meneer. Laten we nu maar eens bij het stel gaan kijken.'

De blokkendoos was van binnen drieëneenhalve meter in het vierkant, met een rode betonnen vloer en muren van cementblokken die in een rozeachtig beige tint waren geschilderd. Tegen de zijwanden stonden drie houten stapelbedden, twee links en eentje aan de rechterkant. De hoek rechts achterin was afgeschermd met witte platen fiberglas waar een bordje met TOILET op hing. De deur was versierd met bloemenstickers.

Een stukje van de muur werd in beslag genomen door drie dubbele, gedeukte metalen archiefkasten. Op een van de kasten zat onderaan een sticker met het opschrift *Restmateriaal L.A. Schooldistrict* en op een andere stond *Steek eens een hand uit naar je medemens.*

Er was één raam, in de achterwand, en dat was voorzien van een hor. Het zat op slot. De ruit was breed genoeg om een strook gedempt, stoffig licht naar binnen te laten vallen. Met diermotieven bedrukte gordijnen waren opengeschoven. Het raam bood uitzicht op de achtermuur van het terrein en op het met bitumen bedekte garagedak van de buren.

Onder de vensterbank stond een vierkante kast met zes lades. Op het blad zaten pluchen beesten naast tubes, flesjes en potjes met make-up. Aan de zijkant lag een stapeltje bijbels.

Op de drie onderste bedden zaten acht meisjes, gekleed in pastelkleurige pyjama's en donzige witte sokken.

Acht paar tienerogen namen ons op. De leeftijden lagen vlak bij elkaar, ik schatte het hele stel tussen de vijftien en de zeventien. Zes meisjes waren Latijns-Amerikaans, één zwart en één blank.

De kamer rook naar hormonen, kauwgom en crème.

Valerie Quezada zat vooraan op het achterste bed aan de linkerkant. Ze zat te wiebelen, met haar schouders te draaien en aan haar lange, golvende haar te frunniken. Twee andere meisjes schoven onrustig heen en weer. De anderen zaten kalm te wachten.

'Goedemorgen, jongedames,' zei Crandall Wascomb. 'Deze heren zijn van de politie en ze zijn erg aardig. Deze meneer is een inspecteur van politie en hij is hiernaartoe gekomen om jullie te helpen, beide heren zijn hier om jullie te helpen...' Hij wierp ons een hulpeloze blik toe en zijn stem stierf weg.

'Hallo, meiden,' zei Milo.

Valerie wees naar hem. 'U bent hier al eerder geweest.'

Milo gaf me een seintje met zijn hoofd.

'Ja, wij zijn hier al eens geweest, Valerie,' zei ik.

'U weet hoe ik heet.' Het klonk beschuldigend.

Een paar meisjes begonnen te giechelen.

'Waar is Cherish, Valerie?' vroeg ik.

'Weg.'

'Wanneer is ze weggegaan?'

'Toen het donker was.'

'Hoe laat ongeveer?'

Haar strakke blik vertelde me hoe belachelijk die vraag was.

Er was geen klok in de ruimte, geen radio en geen tv. Het licht dat door het raam naar binnen viel, was de enige manier om te zien hoe laat het ongeveer was.

Het vertrek was schoon, om door een ringetje te halen, en de betonnen vloer was net aangeveegd. Alle zes slaapplaatsen waren identiek uitgerust met twee vrij kleine kussens en een wit laken dat over een roze deken was teruggeslagen.

De bedden waren zo strak opgemaakt dat ze in een legerslaapzaal hadden kunnen staan.

Ik kon me niet voorstellen dat Wascomb de meisjes opdracht had gegeven om hun bed recht te trekken. Ze waren gewend aan regelmaat.

'Heeft iemand anders enig idee wanneer Cherish is weggegaan?' vroeg ik.

Een paar hoofden schudden van nee. Keurig verzorgde hoofden. De meisjes zagen er weldoorvoed uit. Hoe vaak zouden ze het terrein verlaten? Of deze kamer? Werden de maaltijden gezamenlijk gebruikt in het huis of aten ze hier? Hield thuisonderwijs ook in dat ze af en toe een uitstapje maakten? Misschien was er daarom niemand geweest om de telefoon op te nemen toen ik een paar dagen geleden gebeld had. Of...

Wat zou het voor invloed hebben op je realiteitszin als je in deze strakke, steriele ruimte moest wonen?

'Is er iemand anders die misschien een idee heeft?' vroeg ik.

'Zij weten nergens van,' zei Valerie. 'Ik ben degene die zag dat ze wegging. Alleen ik.'

Ik liep naar haar toe. Opnieuw gegiechel. 'Heb je haar gesproken, Valerie?'

Stilte.

'Heeft ze iets tegen je gezegd?'

Ze knikte met tegenzin.

'Wat dan?'

'Dat ze weg moest en dat er iemand zou komen om voor ons te zorgen.'

Een van de andere meisjes stootte haar buurvrouw aan. 'Is er iets?' vroeg Valerie.

'Nee, niks.' Een kribbig antwoord, maar een gedwee stemmetje.

'Dat is maar goed ook.'

'We moeten wel kalm blijven, jongedames,' zei Wascomb.

'Hoe zit het met meneer Daney?' vroeg Milo. 'Wanneer is hij weggegaan?'

'Drew was al weg,' zei Valerie.

'Voordat Cherish vertrok?'

'Gisteren. Ze was kwaad op hem.'

'Cherish?'

'Uh-huh.'

'Waar was ze kwaad over?'

Ze haalde haar schouders op.

'Hoe wist je dat ze kwaad was?' vroeg ik.

'Ik zag het aan haar gezicht.' Valerie keek de andere meisjes hulpzoekend aan. Ze wees naar een meisje met een bril en dun steil haar. Het meisje begon met haar tong piepende geluidjes te maken tegen haar tanden. De boze blik van Valerie maakte daar geen eind aan. Mijn glimlach wel.

'Dus Cherish was boos op Drew,' zei ik.

Valerie stampte met haar voet. 'Trish?' Ze wees naar een knap meisje met lange benen, jongensachtig kort haar en een fijngevormd gezichtje dat werd ontsierd door acne.

Een afkorting voor 'Patricia'. *Patricia: lactoseallergie. Heeft speciale hulp nodig bij lezen en schrijven.*

Ze gaf geen antwoord.

'Je kunt aan haar gezicht zien dat ze boos is,' zei Valerie. 'Vertel ze dat maar.'

Trish glimlachte met dromerige ogen. Haar pyjama was hemels-
blauw met een rand van witte vetergaatjes.
'Zeg jij het dan,' drong Valerie aan. 'Haar gezícht.'
Trish gaapte. 'Ze is nooit pissig op mij geweest.'
'Alleen maar op Drew,' zei ik.
'Hij is gisteravond niet thuisgekomen,' zei een van de andere meis-
jes. 'Daarom was ze vast kwaad.'
'Ze vond het niet leuk als hij niet thuiskwam,' zei ik.
'Nee.'
'Gebeurde dat vaak?'
Schouderophalen.
Valerie draaide een dikke streng zwart haar om haar vinger en liet
die weer los. Ze keek hoe het haar tot over haar middel viel.
Ik richtte me weer tot haar. 'Misschien één keer per week of
zo?'
Ze keek omhoog naar het matras hooguit tien centimeter boven
haar hoofd. Wiebelde met haar schouders, speelde met haar vin-
gers en tikte ritmisch met haar voet op de grond.
'Valerie?'
'Het is tijd om te gaan douchen,' zei ze.
'Waar douchen jullie?'
'In het andere gebouw.'
'In het woonhuis?'
'Het ándere gebouw.'
'Het gebouw hiernaast?'
'Uh-huh.'
Ik probeerde het weer bij Trish. 'Was Drew vaak weg?'
'Hij was hier, behalve als hij op stap ging.' En tegen Valerie: 'Met
jou-hou bijvoorbeeld.' Haar glimlach werd langzaam breder.
Valeries ogen schoten vuur.
'Vertel het hem maar,' zei Trish. 'Jullie waren constant op stap.
Daarom moest je altijd zo nodig douchen.'
Valerie sprong op van het bed en stortte zich op haar. Trish maai-
de zonder resultaat met haar lange armen in het rond. Ik ging tus-
sen hen in staan en trok Valerie achteruit. Een zachte taille, maar
haar armen waren gespannen en haar schouders voelden aan als
steenklompen.
'Het is wel waar, hoor,' zei een van de meisjes.
'Hij ging aldoor met jou uit,' deed ook een ander een duit in het
zakje, 'en dan móést je echt onder de douche.'

En vanaf een bed aan de andere kant zei een stem: 'Jij mag in het andere gebouw slapen.'

'En douchen wanneer je wilt.'

'Omdat je een smeerlap bent.'

Val kreunde en probeerde zich uit mijn greep los te rukken. Ze zweette en de druppeltjes die van haar gezicht spatten, kwamen op het mijne terecht.

'Ze wordt weer gek.'

'Alsof dat iets nieuws is.'

'Hij gaat constant met jou stappen!' zei Trish.

Valerie braakte een stroom vloeken uit.

Wascomb deinsde achteruit.

'Ze staat midden in de nacht op,' zei Trish, 'en dan loopt ze rond te zwerven als... als een soort vampierdinges. Vandaar dat ze Cherish heeft gezien.'

'Ze maakt ons altijd wakker. Maar goed dat ze in het andere gebouw slaapt.'

'Vertel jij het maar, Monica. Jij slaapt nu ook in het andere gebouw.'

Het enige blanke meisje, met een bol gezicht en rossig haar, bleef strak naar haar knieën kijken.

'Monica gaat ook stappen.'

'Monica moet ook onder de douche.'

'Kreng!' schreeuwde Valerie. Ze verzette zich niet langer, maar schudde met haar vuist, eerst naar de ene groep meisjes en toen naar de andere. Haar ogen waren hard, droog en vastberaden.

'Hou je bek!'

'Geef het maar toe, Monica! Jij moet ook altijd zo nodig onder de douche!'

Monica liet haar hoofd hangen.

De losse commentaren versmolten tot een dreun. *'Geef maar toe, geef maar toe, geef maar toe!'*

Monica begon te huilen.

'Krijg de klere!' schreeuwde Valerie.

'Dat soort taal kan echt niet...' zei Wascomb.

'Krijg zelf de klere,' zei Trish. 'Jij en Monica neuken iedere avond met hem en daarna moeten jullie onder de douche.'

'Valerie neukt! Monica neukt! Valerie neukt! Monica neukt!'

Wascomb zocht steun tegen de muur. Zijn huid was doodsbleek geworden. Zijn mond bewoog, maar wat hij zei, werd overstemd door de herrie.

Val gaf een ruk en slaagde er bijna in zich los te trekken.

Milo kwam naar ons toe en met ons tweeën duwden we haar de blokkendoos uit.

Het scanderen ging nog even door en stierf toen weg. De ijle en bibberige stem van Crandall Wascomb achtervolgde ons door de morgenlucht: '... even bidden. Of zullen we zingen? Heeft een van jullie een lievelingspsalm?'

42

Ik leidde Valerie naar een tuinstoel die buiten stond. Dezelfde stoel waarin Cherish Daney had gezeten toen we hier de eerste keer kwamen. Ernstig en met vochtige ogen, met een boek over verliesverwerking.

Haar verdriet had echt geleken. Nu vroeg ik me af waar ze in werkelijkheid om had zitten huilen.

'Ik wil douchen.'

'Zo meteen, Valerie.'

'Ik wil heet water!' Ze drukte haar knieën tegen elkaar en krabde aan de ene. Daarna keek ze naar de lucht en kneep haar mond samen. Een blik op de blokkendoos, waar het inmiddels rustig was geworden. 'Het is verdomme mijn water, ik wil eerst. Die krengen mogen niet alles opgebruiken.'

'Wat naar voor je dat ze dat gedaan hebben, Valerie.'

'De krengen.' Ze pakte een streng haar van haar schouder, liet die voor haar mond langs glijden en likte eraan.

'Jij weet meer dan de anderen,' zei ik. 'Heb je enig idee waar Drew en Cherish naartoe zijn?'

'Dat héb ik al verteld.'

'Jij zei dat Drew het eerst weg is gegaan en dat Cherish boos was.'

'Ja.'

'Maar waar zijn ze naartoe, Valerie? Dat is heel belangrijk.'

'Waarom?'

'Cherish is boos op hem. Als ze hem nou eens gaat uitschelden?'

'Met hem is het wel in orde,' zei ze. 'Hij kan overal naartoe.'

'Waarheen dan?'

'Allerlei plaatsen.'

'Wat voor plaatsen?'

'Liefdadigheidsorganisaties.'

'Dus hij neemt jou mee naar liefdadigheidsorganisaties.'

Stilte.

'Jij helpt hem en dat maakt de andere meisjes jaloers,' zei ik.

'De kréngen.'

'Hij vertrouwt jou.'

'Hij geeft het míj.'

'Wat geeft hij je?'

Stilte.

'Je helpt hem omdat je iets van hem krijgt,' zei ik.

'Uh-huh.'

'Wat krijg je dan?'

Lange stilte.

'Valerie? Wat krijg je...'

'Liefde.'

'En jij weet alles van liefde.'

'Hij zal wel naar een kerk zijn,' zei ze. 'Ik weet niet hoe die heten. Ik wil onder de douche...'

'Een kerk.'

Stilte.

'Valerie, ik weet dat je gek wordt van al die vragen, maar het is echt heel belangrijk. Was Cherish vaak boos op Drew?'

'Af en toe.'

'Waarover?'

'Dat hij geen geld verdiende.' Ze liet haar haar los, stak haar vuist op en keek naar het woonhuis.

'Dus zij vond dat hij niet genoeg geld verdiende.'

'Ja.'

'Waar had ze dat voor nodig?'

'Ze wilde een reisje naar Vegas maken.'

'Heeft ze je dat verteld?'

Stilte.

'Dat heeft Drew je verteld.'

De streng haar moest het weer ontgelden.

'Drew heeft je verteld dat Cherish naar Vegas wilde.'

Ze trok haar schouders op.

'Dat klinkt alsof hij alles met je besprak,' zei ik.

'Uh-huh.'

'Had hij ook geld nodig?'

Ze keek me aan. 'Helemáál niet. Hij ging voor de ziel.'
'De ziel.'
'Het werk van God,' zei ze, terwijl ze een van haar borsten aanraakte. 'Hij was uitverkoren.'
'En Cherish?'
'Zij deed het voor het geld, maar jammer dan, dat kreeg ze toch niet van hem.'
'Dus Drew heeft geld dat hij niet aan haar wil geven?'
Er verscheen een glimlach om haar lippen.
'Geheim geld,' zei ik.
Ze deed haar ogen dicht.
'Valerie?'
'Ik móét echt onder de douche.'

Ze sloeg haar armen stijf over elkaar, hield haar ogen dicht en als ik begon te praten ging ze neuriën. We hadden zwijgend een paar minuten naast elkaar gezeten, toen Milo samen met Crandall Wascomb de blokkendoos uit kwam. Terwijl hij de oude man naar het hek begeleidde, keek hij me even aan.
Daarna kwam hij met opgetrokken wenkbrauwen naar ons toe.
'Is alles in orde?'
'Valerie is heel behulpzaam geweest, maar op dit moment hebben we niets meer te bespreken.'
Onder de oogleden van het meisje was beweging te zien.
'Behulpzaam?' zei Milo.
'Valerie zegt dat Drew geld heeft waarvan Cherish niets weet.'
Valeries ogen vlogen open. 'Dat is van hém. Daar mogen jullie niet aankomen.'
'Heb je wel eens gehoord van eerlijke vinders?' vroeg Milo.
Ze gaf geen antwoord en kneep haar ogen weer dicht.
Maar ze gingen weer open toen ze vóór het huis iets hoorde.
Een agent in uniform kwam door het hek naar binnen.
'Nu krijgen we herrie,' zei Milo.

De agent van de Van Nuys Divisie werd gevolgd door zijn partner. Daarna doken zes in donkerblauwe politiejacks gehulde leden op van het team misdrijven tegen jongeren dat nog niet zo lang geleden in het centrum was opgericht. Vijf vrouwelijke rechercheurs en een man, stuk voor stuk met een opgewonden en hitsige blik in de ogen, klaar om iemand in de kraag te vatten. Kort daarna ver scheen een rechercheur van de zedenpolitie van Van Nuys, een zekere Sam Crawford, die er een beetje verongelijkt uitzag. Hij stond even te praten met de leider van het jeugdteam en ging er weer vandoor.

De leiding was in handen van een gezette brunette van in de veertig met borstelig haar. Milo bracht haar op de hoogte, ze gaf een sein en haar hele ploeg ging de blokkendoos binnen, met uitzondering van een wat jongere rechercheur. Die stelde zichzelf voor als Martha Vasquez en nam Valerie onder haar hoede. 'Tuurlijk mag je dat, meiske,' hoorden we haar zeggen toen het meisje vroeg of ze onder de douche mocht. Ze liep samen met haar naar de verbouwde garage, terwijl ze de rest van het terrein in zich opnam.

Milo wenkte me, stelde de brunette voor als Judy Weisvogel en vertelde haar wie ik was.

'Psycholoog,' zei ze. 'Dat kan van pas komen.'

Milo vertelde haar wat meer bijzonderheden en legde de nadruk op het feit dat Drew Daney de meisjes misbruikt had. Hij zei ook dat hij vermoedelijk een paar moorden had gepleegd, maar hield de details voor zich.

'Goedemorgen, dat zou wel eens ingewikkeld kunnen worden,' zei Weisvogel. 'Heeft zich daar een misdrijf afgespeeld?' Ze wees naar het huis.

'Ik heb nog geen tijd gehad om rond te kijken,' zei Milo. 'In ieder geval gaat het om iemand die voortvluchtig is.'

'Een voortvluchtige viespeuk en zijn vrouw. Twee auto's, dat weet je zeker?'

'Het meisje zei dat ze afzonderlijk van elkaar zijn weggegaan en beide auto's zijn verdwenen.'

'Hoeveel tijd zat ertussen dat ze de benen namen?'

'Volgens de meiden een dag of zo.'

'Oké, ik vraag telefonisch wel een bevel tot huiszoeking aan, dan kunnen we de technische recherche oppiepen om het huis overhoop te halen. Ik zal ook een stel maatschappelijk werkers nodig hebben, maar die komen pas om negen uur op kantoor.'

'Burgers,' zei Milo.

'Wat een feest, hè?' zei Weisvogel. 'Geen idee waar meneer en mevrouw Viespeuk naartoe zijn?'

'Nee. Zij is waarschijnlijk geen viespeuk.'

'Maakt niet uit.' Weisvogel pakte haar opschrijfboekje. 'Geef me de namen maar, voor een opsporingsbericht.'

Milo dreunde ze op. 'Drew Daney. Hij kan ook onder de naam Moore Daney Andruson onderweg zijn.'

'Anderson met e-n of o-n?'

Hij spelde de naam. 'Hij rijdt in een witte Jeep. Zij in een Toyota. C-H-E-R-I-S-H.'

'Wat een naam. Denk je niet dat ze ergens afgesproken hebben om er samen vandoor te gaan?'

'Volgens een van de meisjes was ze boos op hem.'

'Omdat ze er eindelijk achter was gekomen wat hij uitvrat?'

'Dat weet ik niet. De meisjes zijn er wel van op de hoogte. Ze pestten de beide meisjes die een seksuele verhouding met hem hadden.'

'Als mevrouw er nu pas achter is gekomen, dan heeft ze daar wel de tijd voor genomen, hè?' zei Weisvogel. 'Wat denkt u, dokter, zou ze zo'n pathologisch "ik wens alleen de goede kanten van iemand te zien"-geval zijn?'

'Dat zou best kunnen,' zei ik.

'Toen ik die kamer binnenliep en al die meisjes zag, was "harem" het eerste woord dat me te binnen schoot. God mag weten wat we vinden als ze onderzocht worden.'

'Het ziet ernaar uit dat hij vrij kieskeurig was. Hij koos een of twee meisjes uit die speciale privileges kregen. Het meisje met wie ik heb gesproken denkt dat ze van hem houdt.'

Weisvogel zette haar handen in haar zij. Haar polsen waren even breed als die van een man. 'Hoe lang hou je die voorbeeldige burger al in de gaten, Milo?'

'Ik hou hem al ongeveer een week in de gaten in verband met een moordzaak. Dat andere gedoe zijn we net pas te weten gekomen.'

'Dat andere gedóé?' zei Weisvogel. 'Nou ja, het zit er dik in dat het de nodige tijd gaat kosten om alles tot op de bodem uit te zoeken. Nu ik het daar toch over heb, dokter, bestaat de kans dat u zich beschikbaar houdt als er behoefte blijkt te zijn aan opvang? Het maakt me niet uit met hoeveel meisjes hij in feite rotzooide, ze zullen er vast allemaal de gevolgen van ondervinden, hè? De psychologen van de politie zijn allemaal druk bezig met personeelsevaluaties en we zouden best wat hulp kunnen gebruiken.'

'Natuurlijk,' zei ik.

Ze leek verrast te zijn dat ik daar helemaal niet moeilijk over deed. 'Oké, goed dan, bedankt. Ik neem nog wel contact met u op. Ondertussen moeten wij elkaar wel op de hoogte houden, Milo.'

'Dat komt in orde, Judy. En trouwens, er staat een kluisje op een

bureau in de slaapkamer. Cherish heeft het daar open en bloot laten staan, naast haar instructies. En die lagen weer midden op een
vloeiblad, alsof ze tentoongesteld werden. Wat mij betreft, is dat
een uitnodiging om alles daaromheen ook goed te bekijken.'
'Die instructies,' zei Weisvogel, 'deden mij denken aan die stomme memo's die je op het werk ook krijgt. Ze laat die meiden in de
steek, maar schrijft wel een handleiding. Meneer verkracht de meiden, maar ze moeten wel op tijd hun medicijnen hebben en hun
voedzame ontbijtje. Wat een ziek mannetje.'
'Het zou interessant zijn om te zien wat er in die kluis zit, Judy.'
Ze schudde haar hoofd. 'Nog voordat de TD is gearriveerd met een
bevel tot huiszoeking? Nou nou.'
'Daney wordt verdacht van zes, misschien wel zeven moorden. Ik
kan wel een paar dringende redenen ophoesten.'
Weisvogel keek hem weifelend aan.
'Judy,' zei Milo, 'hij ging met die meisjes het terrein af om ze te
misbruiken, dus de belangrijkste delicten vonden niet in het huis
plaats, maar in zijn Jeep. We moeten hem zo snel mogelijk vinden
en misschien zit er iets in die kluis dat ons op weg kan helpen.'
'Wat, dacht je dat dat zieke mannetje een kaart had achtergelaten?'
'Er zijn allerlei soorten kaarten, Judy.'
'Doe niet zo verdomd raadselachtig, Milo. Ik vind het geen prettig idee dat er te snel met spullen wordt gerotzooid. Ik zit er niet
op te wachten dat een of andere advocaat begint te zeiken over de
manier waarop er met bewijsmateriaal is omgesprongen.'
'Het staat gewoon open en bloot op het bureau, waar iedereen het
kan zien, hoewel het net zo goed opgeborgen had kunnen worden,' zei Milo. 'Is dat dan geen uitnodiging om erin te kijken?'
Weisvogel lachte. 'Je had rechten moeten gaan studeren. Da's stukken beter dan gewoon eerlijk handwerk.'
'Ik had die kluis al open kunnen hebben voordat jij kwam opdagen, Judy.'
'Dat staat vast.' Weisvogel keek naar hem op. Haar ogen waren
groen, lichter dan die van Milo, bijna kakikleurig, met blauwe
spikkeltjes langs de randen. Ze staarden hem strak aan. 'En als die
kluis nou op slot zit?'
'Daar heb ik gereedschap voor.'
'Dat vroeg ik niet.'
Milo lachte.

'Ach, verdorie, en als het nou eens tikt...' zei Weisvogel. 'Lamaar zitten, ik weet het al, dan laat je een robot komen. Maar even serieus, Milo, het zou problemen kunnen geven als je het als bewijsmateriaal wilt gebruiken.'

'Problemen zijn er om opgelost te worden. Laten we die klootzak nou eerst maar oppakken voordat hij nog meer schade kan aanrichten, daarna kunnen we ons druk maken over de bijzonderheden.'

Weisvogel keek naar het huis. Ze knarste met haar tanden en haalde een hand door haar terrierhaar. 'Dus jij, als mijn meerdere, geeft me opdracht om die zogenaamde kluis open te maken.'

'Ik vraag alleen maar of je een beetje soepel wilt zijn...'

'Het klinkt mij anders in de oren alsof jij je op je rang wilt laten voorstaan. Aangezien ik maar een rechercheur tweede klas ben en jij bij de bobo's hoort.'

Weisvogel glimlachte op haar beurt. Nicotinetanden.

'Ben ik een bobo?' zei Milo, alsof hij te horen had gekregen dat hij een enge ziekte had.

'Sorry dat ik je dat zomaar voor de voeten gooi,' zei Weisvogel. 'Maar ik heb wel gelijk vanuit het oogpunt van hiërarchie, hè?'

Ze lachte nog steeds.

'Ja, hoor,' zei Milo. 'Als iemand begint te zeiken, dan was het mijn idee.'

'Dan zal ik me daar wel bij neer moeten leggen,' zei Weisvogel. 'Inspecteur.'

Ze liep weg om zich bij haar rechercheurs in de blokkendoos te voegen en Milo zei tegen mij: 'Op naar de auto.'

'Waarvoor?'

'Gereedschap.'

'Ik heb helemaal niets bij me.'

'Je hebt een koevoet. En ik heb dit.' Hij stak zijn hand in de zak van zijn colbert en haalde een zaklantaarntje en een sleutelring met stalen inbrekersgereedschap tevoorschijn.

'Heb je die altijd bij je?'

'Af en toe,' zei hij. 'Als ik het vermoeden heb dat er belangrijke voorwerpen open en bloot op me staan te wachten.'

Het huis was even keurig als het de eerste keer was geweest. De keukenvloer was gedweild en er was een stofzuiger door de gangen gehaald.

Toen we de ouderslaapkamer in liepen, wierp ik een blik op de raamloze, verbouwde wasruimte aan het eind van de gang waar Rand had geslapen.

Milo liep de kamer in en ik volgde. Het bureau stond links van het tweepersoonsbed. Het was een simpel, gammel geval dat bruingeschilderd was, kennelijk afkomstig uit een kringloopwinkel. Het paste nauwelijk in de overvolle slaapkamer van Drew en Cherish Daney.

Milo trok handschoenen aan en keek in de kast.

'Zijn kleren hangen hier wel, maar de hare niet. Het lijkt erop dat ze echt voorgoed de benen heeft genomen.'

'En hij niet.'

'Dat geeft wel te denken, hè?' Hij schuifelde naar het bureau toe. De poten wiebelden en het blad liep naar voren af. Pennen en potloden in een glazen jampot. Het groene vloeiblad dat Cherish had gebruikt als omlijsting voor haar instructies lag er nog steeds. Een van de hoeken werd op de plaats gehouden door het kistje.

Een dofgrijs metalen kluisje. Extra groot, zo'n ding dat banken gratis aan hun beste klanten geven.

Milo bekeek het slot, tilde de kluis op en keek naar de bodem.

'Een sticker van de Columbia Spaarbank. Die is al jaren geleden opgeheven.'

'Overtollig materiaal, net als die schoolkasten,' zei ik. 'Ze zijn zuinig.'

Hij fronste. 'Ze krijgen een smak geld van de staat, maar toch leven ze op deze manier.'

'Als Valerie de waarheid heeft gesproken, was er vaak ruzie over geld. Misschien omdat Drew geld overhevelde naar een andere rekening.'

'Zijn geheime schat. Dat kan ook pure lulkoek zijn geweest, om dat meisje te imponeren.'

'Ik denk dat het gewoon de waarheid was. Hij bevond zich al vanaf het eerste moment in een machtspositie tegenover Valerie, hij hoefde zichzelf niet te bewijzen.' Ik wees naar de kluis.

Hij zette het kistje neer en keek opnieuw naar het slot. Daarna pakte hij zijn inbrekersgerei en koos een van de haakjes uit. Hij pakte de kist op om het gewicht te schatten. 'Hij voelt vrij licht aan. Misschien heeft Cherish de poen gevonden, alles ingepikt en de benen genomen. Blijft de vraag waar híj is gebleven, want al zijn kleren hangen nog hier.'

'Misschien was hij wel als eerste bij het geld. Hij merkte dat Cherish argwanend werd, begon het benauwd te krijgen en ging ervandoor.'

'Zonder kleren?'

'Hij heeft geen bagage nodig. Ik vermoed dat hij naar Vegas is, want hij heeft tegen Valerie gezegd dat Cherish daarnaartoe wilde.'

'Kwestie van projecteren? Ja, Vegas zou helemaal bij hem passen, zo'n smeerlap als hij zou daar niet opvallen. Oké, dat zijn voorlopig genoeg speculaties. Geef me dat ding maar even aan.' Hij stopte het inbrekersgerei weer in zijn zak en stak zijn hand uit naar de koevoet.

Hij zette de punt onder het deksel van de kluis en leunde er met zijn volle gewicht op. Het deksel sprong zonder noemenswaardige tegenstand open, waardoor hij zijn evenwicht verloor. Terwijl hij zijn best deed om op zijn benen te blijven staan, moest ik opzij springen om geen klap met de koevoet te krijgen.

'Ze heeft het niet eens op slot gedaan,' zei hij.

'Dat is pas echt een uitnodiging om erin te kijken.'

Bovenop lag zo'n grijze vilten doek, die meestal gebruikt wordt om zwart geworden zilver schoon te maken. Er lag geen geld onder, maar de kluis zat halfvol.

Milo pakte de voorwerpen er stuk voor stuk uit en legde ze op het bureaublad.

Er was niets zwaars bij.

Een vergeeld knipsel van een krant uit Stockton, zeveneneenhalf jaar oud. Het verslag uit de plaatselijke krant over de gevangenismoord op Troy Turner. Troys naam was met een rood potlood onderstreept, samen met de zin die hem in verband bracht met de zaak-Malley. De naam Kristal Malley was dubbel onderstreept.

Een stel lange vrouwenoorbellen van jade.

'Heb je enig idee?' vroeg hij.

'Misschien waren die van Lara.'

Een harde, zwarte brillenkoker. De inhoud bestond uit de helft van een zwartgeblakerde lepel, een goedkope aansteker, een soort injectiespuit gemaakt van een pipetje en een injectienaald. Er zat bruine smurrie op het glas. In de rode, fluwelen voering van de koker stond in gouden lettertjes het adres van een opticien op Alvarado gedrukt.

344

Onder dat adres zat een stukje papier aan het deksel vastgeplakt. *Eigendom van Maria Teresa Almedeira.*

'De moeder van Nestor,' zei ik. 'Nestor heeft die koker gepikt om zijn spullen in te bewaren. En nadat Daney hem had vermoord, nam hij hem mee als souvenir.'

Milo stak opnieuw zijn hand in de kluis en haalde er een dun truitje uit, koningsblauw met een rode dwarsstreep. Terwijl hij het aan de mouwen omhooghield, bekeek hij het label. '*Made in Malaysia*, maat S. Dit kan ook wel van Lara zijn geweest.'

'Nee, van Jane Hannabee,' zei ik. 'Ze had het aan op de dag dat ik haar bij de gevangenis ontmoette. Toen was het gloednieuw. Weider had geprobeerd haar wat op te tutten.'

'En Daney maakte haar er alleen maar lelijker op...' Hij bestudeerde het kledingstuk. 'Er lijkt geen bloed op te zitten.'

'Hij heeft haar in haar slaap doodgestoken. Toen had ze vast niet iets nieuws aan. Hij heeft haar weer in dat plastic gewikkeld, in haar spullen gesnuffeld en dat als souvenir meegenomen.'

'Oké, misschien kan haar moeder bevestigen dat die oorbellen echt van Lara zijn... moet je dit zien.'

Een fotokopie van een staatsformulier. Aanvraag om als pleeggezin voor een kind op te treden.

Het kind in kwestie was een zestienjarig meisje dat Miranda Melinda Shulte heette. Drew en Cherish hadden de papieren allebei ondertekend, maar ze waren nooit ingediend.

'Nummer zeven,' zei ik.

Milo wreef in zijn ogen. 'Er is niets wat erop wijst dat hij ook andere meisjes heeft vermoord. Waarom dan wel dit kind, Alex?'

'Ze was hier pas een week, maar Beth Scoggins beschreef haar als een agressief type, dat meteen probeerde Beth van haar troon te stoten. Voor Daney moeten ze passief zijn. Misschien heeft ze zichzelf te veel opgedrongen. Of ze dacht dat zijn avances wel welkom zouden zijn, maar toen puntje bij paaltje kwam, heeft ze zich verzet.'

'Ze speelde het spelletje niet mee,' zei hij. 'Misschien is er ergens een gezin dat zich zit af te vragen wat er met haar is gebeurd.'

Of, nog erger, misschien is er wel niemand.

'Als we hem vinden, kunnen we misschien te weten komen waar hij haar heeft begraven,' zei ik.

'Wat ben je toch een zalige optimist.' Hij legde het aanvraagformulier op het bureau en bleef er even naar staren, voordat hij zijn aandacht weer op de kluis richtte.

Een doosje met een doordrukstrip voor pillen. Negen vakjes, zeven ervan leeg. Twee ronde witte pilletjes met dwars erover een inkeping. Boven de streep stond 'Hoffman', eronder '1'.

Het doosje was voorzien van een etiket met de tekst: Rohypnol, 1 mg (flunitrazepam).

'Partypillen,' zei ik.

'We gaan gewoon door,' zei Milo.

Het volgende wat tevoorschijn kwam, was Rand Duchays identiteitspasje van de CYA. De foto toonde een verbijsterd kijkende Rand.

Helemaal onderin lag een bruin envelopje, niet veel groter dan een speelkaart en dichtgemaakt met een touwtje door een oogje. Milo's in handschoenen gestoken handen friemelden aan het touwtje. Hij vloekte, maar uiteindelijk kreeg hij het toch los. Hij hield het envelopje vlak boven het bureaublad en schudde het voorzichtig leeg.

Er viel een armbandje uit. Vierkante, witte plastic blokjes aan een roze draadje geregen.

Zeven blokjes. Op elk ervan stond een letter.

KRISTAL

43

Net als in de betonnen blokkendoos was er in de verbouwde garage maar één raam. Er was niet meer ruimte dan in de blokkendoos, maar omdat er slechts twee bedden stonden, leek het vertrek veel groter.

'Valerie,' zei ik, 'waar bewaarde Drew zijn geld? Dat is heel belangrijk.'

Zij zat op haar bed, ik zat een meter van haar af in een roze plastic stoel.

Een echt bed, geen stapelbed. Voorzien van een hoofdeinde van geperst hout, versierd met slingerende takken en bloemen. Een bijpassende ladekast met hetzelfde motief. De betonnen vloer werd vrijwel helemaal bedekt door een versleten grijs kleed.

Met behulp van schotten was een badkamer gemaakt, compleet

met een douche, shampoo, hotelzeepjes en flesjes lotion die nog dichtzaten.

Op het bed van Valerie zat een hele verzameling pluchen beesten. Op dat van Monica, aan de andere kant van de kamer, zat alleen een blauwe teddybeer.

Een duidelijke rangorde. Het onderkomen van de favoriete pleegdochter plus haar opvolgster. Wat was de reden die Drew Cherish op de mouw had gespeld? Waar had haar verstand gezeten?

Valeries zwarte haar was glimmend nat. Ze speelde met een handdoek met het logo 'Sheraton Universal'. Haar ogen leken op doffe kiezels.

'In een kluis?' vroeg ik. 'Bewaarde hij zijn geld in een grijs metalen kistje?'

De kiezels werden rond toen ze haar ogen afwendde. Haar pupillen waren klein. Haar handen trommelden op haar knieën.

'We hebben het kistje gevonden, Valerie, maar er zat geen geld in, dus ik denk dat Drew het allemaal gewoon verzonnen heeft.'

'Nee! Ik heb het zelf gezien.'

'Heb je het geld gezien?'

Ze keek me niet aan.

Ik haalde m'n schouders op. 'Nou, dan zal het wel waar zijn.'

'Het zat er echt in.'

'Nu niet meer.'

'Dat kréng!'

'Dus jij denkt dat Cherish het gepakt heeft.'

'Ze heeft het gestólen.'

'Was het dan niet van haar?'

'Wij hebben het zelf opgehaald! Bij de liefdadigheidsinstellingen!'

Haar ogen schoten vuur. Volledige toewijding. Beth Scoggins had verteld hoe Daney zich na de abortus van haar had afgekeerd. De abortus van Valerie was nog maar een paar dagen geleden en zij dacht dat Daney nog steeds om haar gaf.

'Cherish zal wel ontdekt hebben waar hij het verstopt had, hè?' Stilte.

'Hoe denk jij dat ze erachter is gekomen?'

Schokschouderen.

'Heb je echt geen idee, Valerie?'

'Bij 't poetsen. Dach ik.'

'Waar was ze dan aan het poetsen?'

Ze stond op, liep dwars door de kamer en begon langs de wanden te ijsberen. Toen ze langs Monica's bed kwam, stopte ze een hoekje van de deken in.

Alsof ze een huismoedertje was.

Opnieuw liep ze het vertrek rond.

'Waar was ze dan aan het poetsen?' vroeg ik. 'Als we jullie geld willen vinden, moeten we weten waar het lag.'

Ze bleef staan, drentelde opnieuw heen en weer en zei iets wat ik niet verstond.

'Wat zei je?'

Opnieuw dat onverstaanbare gefluister.

Ik liep naar haar toe. 'Waar lag het, Valerie?'

'Hieronder.'

'Onder het huis?'

Stilte.

'Is hier echt een bergruimte onder, Valerie?'

'Hier!' Ze holde naar haar eigen bed en liet haar handen op de dekens neerkomen. Met een klap. Ze begon te trommelen. 'Ik hield alles altijd netjes aan kant, maar ze kwam stiekem kijken! Dat kreng!'

Ik stelde haar weer onder de hoede van Judy Weisvogel. Milo gaf me een stel handschoenen en samen trokken we het bed weg uit de hoek. De cementvloer langs de noordwand van de garage was al jaren geleden gerepareerd door alle gaten en spleten ruimschoots met een of ander grijsachtig afdichtmiddel te bewerken. Olievlekken die door het wit heen schemerden, wezen op de oorspronkelijke bestemming van het vertrek. In de hoek was een plek met afdichtmateriaal omgeven door vier rechte snijlijnen. Het resultaat had wel iets van een vierkant weg. Zestig bij zestig centimeter stonden afgetekend op de vloer.

Geen uitsteeksels, geen handvat of andere overbodigheden, dus als je er niet naar op zoek was, zou je het nooit opmerken.

Maar het was Cherish Daney wel opgevallen. Er waren allerlei manieren om een huis schoon te houden.

Milo ging op zijn hurken zitten en tuurde naar de naden. 'Iemand heeft eraan zitten wrikken.'

Hij zette de koevoet op de plek en kon het cementblok zonder moeite optillen. Eronder was een donkere ruimte, ongeveer een meter diep.

'Leeg,' zei Milo. 'Nee, wacht even, dat is niet waar...'

348

Hij ging op de grond liggen, stak zijn arm in het gat en tilde er een stoffige houten doos uit.

In het deksel zat een etiket met *Smith & Wesson*. De bodem was van schuimrubber waarin een vorm was uitgespaard. De vorm van een revolver.

Hij prikte met zijn in plastic gehulde wijsvinger in het schuimrubber. 'Ik vraag me af wie de eerste geluksvogel was.'

We verlieten het terrein, dat inmiddels met politielinten afgezet was. Judy Weisvogel stond naast de blokkendoos zacht tegen Valerie te praten. Het meisje stond met haar haar te spelen en wiebelde van haar ene voet op de andere. Weisvogel pakte een papieren zakdoekje en depte Valeries ogen. Toen ik langskwam, kruisten onze blikken elkaar en Valerie kneep haar ogen minachtend dicht. Ze stak haar middelvinger naar me op. Judy Weisvogel fronste en trok haar mee.

Wat zou Allison van mijn aanpak vinden?

Waar maakte ik me druk over?

Toen ik wegreed, moest ik steeds denken aan een plastic baby-armbandje.

'Het lijkt erop dat je daarginds echt een fan hebt gevonden,' zei Milo.

'Ze is nog steeds pissig omdat Cherish de kamer is binnengekomen. En ze is woest dat ik dat uit haar heb gepeuterd. Dat beschouwt ze ook als een schending van haar domein.'

'Haar domein. Alsof ze een huisvrouwtje is. Om misselijk van te worden.'

'Het zal heel lang duren voordat ze beseft wat hij haar heeft aangedaan.'

'O ja, hoor,' zei hij. 'Jouw werk is veel zwaarder dan het mijne.'

Ik reed de hoofdweg op en trapte het gaspedaal van de Seville diep in. 'Volgens mij krijg je geen moeilijkheden vanwege het openmaken van dat kluisje. Het was duidelijk de bedoeling van Cherish dat iemand die souvenirs zou vinden. Ze had de kluis op het bureau gezet in de hoop dat Wascomb erin zou kijken. Ze wist dat hij uiteindelijk toch wel de politie zou waarschuwen, ook al zou hij niet rondneuzen, en dan zou de waarheid aan het licht komen.'

'Ik denk niet dat ze zich daar erg druk over maakte, Alex. Ze laat die meiden alleen achter, neemt al haar kleren mee en smeert hem.

Misschien heeft ze ook het geld en het pistool meegenomen, tenzij Drew haar voor was. En bij nader inzien ligt dat eigenlijk wel voor de hand. Zo'n schooier als hij heeft vast een neus voor onraad. Voor zover wij weten, kan hij nu al wel bezig zijn in Caesar's Palace de bloemetjes buiten te zetten. Onder een valse naam.'

'Valerie zei dat hij weggeroepen was om ergens zwart een klusje op te knappen. Bij een kerk. Je kunt proberen uit te vissen waar hij allemaal werkte om te zien of je hem kunt lokaliseren. Als dat telefoontje tenminste echt was.'

'Hoezo als?' zei hij.

'Er is nog een andere mogelijkheid,' zei ik. 'Dat Cherish het geld en het pistool heeft. En Cherish heeft ook een vriendje.'

De rit naar Soledad Canyon nam veertig minuten in beslag. Ik liet de auto een eind verder langs de weg staan en we liepen naar het kampeerterrein. Milo deed de flap van zijn holster open, maar liet zijn pistool erin zitten.

Geen raven, geen haviken, geen spoor van leven in een grauwe grijze lucht zo strak als een flanellen lap. Ondanks het feit dat ik plankgas had gereden, was het een saaie rit geweest, gelardeerd met lange stiltes. En de steengroeves, de sloperijen en de eenvormige huizen omgeven door stoffige velden waren vandaag nog deprimerender. Projectontwikkelaars zouden aan de woestijn blijven knabbelen als niemand er een stokje voor stak. Gezinnen zouden in de huizen trekken en kinderen krijgen die opgroeiden tot pubers. Verveelde tieners zouden zich kapotergeren aan de hitte, de rust en de dagen die elkaar naadloos opvolgden. Te veel niets zou alleen maar moeilijkheden veroorzaken. En mensen als Milo zouden nooit om werk verlegen zitten.

Hetzelfde gold voor mensen zoals ik.

Toen we in de buurt kwamen van de ingang naar Mountain View Sojourn bleef Milo staan, pakte zijn telefoon en belde om te horen of het opsporingsbevel voor de Jeep van Drew Daney al iets had opgeleverd.

'Nog niets.' Hij leek bijna opgelucht door het gebrek aan resultaat.

Op het recreatie- en kampeerterrein was vrijwel niets te doen. Er stonden twee campers op de parkeerplaats, maar de generator werkte niet. Dat zorgde er, samen met een verse laag stof en de grauwe hemel, voor dat de plek een troosteloze indruk maakte.

Bunny MacIntyre was in geen velden of wegen te zien. We liepen meteen het pad tussen de bomen af.

De zwarte pick-up van Barnett Malley stond op precies dezelfde plek waar we de wagen eerder hadden gezien, voor de blokhut.

De raampjes zaten dicht.

Milo had zijn pistool getrokken. Hij gebaarde dat ik achter hem moest blijven en liep langzaam verder. Nadat hij van alle kanten in de auto had gekeken wandelde hij naar de voordeur van de hut. Klop klop.

Geen 'Wie is daar?'

De uitnodigende mat lag nog steeds voor de deur, bedekt met dode bladeren en vogelpoep. Milo verdween achter de zuidkant van de hut, precies zoals hij de eerste keer had gedaan. Toen hij terugkwam, probeerde hij de voordeur, die meteen openzwaaide. Hij ging naar binnen en riep even later: 'Kom maar.'

Een rustiek, met hout betimmerd vertrek, schoongeboend en stinkend naar lysol. Even leeg als de geheime schuilplaats van Drew Daney.

Alleen de piano stond er nog. Een gehavende, bruine Gulbransen. De bladmuziek op de standaard werd op de plaats gehouden door een wasknijper.

Vooraan stond 'Last Date' van Floyd Cramer. Erachter: *Country-liedjes voor beginners*. 'Desperado' van de Eagles, 'Lawyers, Guns and Money' van Warren Zevon.

Aan de muur een leeg wapenrek. De geur van het desinfecterende middel kon de lucht van mannenzweet, oude kleren en machineolie niet maskeren.

Achter ons zei een stem: 'Wat spoken jullie hier verdomme uit!'

Bunny MacIntyre stond in de deuropening. Haar kastanjebruine permanent ging schuil onder een oranje sjaal en ze droeg een blauw geblokt cowboyhemd op een spijkerbroek met rechte pijpen. Om haar kwabbige nek zat een ketting. Zilver met turkooizen. Aan de middelste steen bungelde een vredesteken.

Het was de halsketting die Barnett Malley had gedragen op de dag dat we hadden geprobeerd hem aan de tand te voelen.

MacIntyre wierp een blik op Milo's pistool en zei: 'Pfff. Stop dat stomme ding weg.'

Milo gehoorzaamde.

'Ik heb jullie iets gevraagd,' zei ze.

'Het lijkt erop dat u een kamer vrij hebt, mevrouw.'

'En dat blijft ook zo.'

'Verdorie, mevrouw. En ik begon net te denken dat ik best op het platteland zou willen wonen.'

'Ga dan maar ergens anders heen. Dit is mijn huis en het wordt een schildersatelier,' zei MacIntyre. 'Dat had ik al veel eerder moeten doen. Maak nu maar dat je wegkomt, ik heb jullie geen toestemming gegeven om naar binnen te gaan. Wegwezen.'

Ze woof ons weg.

Nog steeds glimlachend beende Milo naar haar toe. Toen hij bijna op haar tenen stond, was de glimlach verdwenen en zijn gezicht voorspelde niet veel goeds.

MacIntyre bleef staan waar ze stond, maar het kostte haar duidelijk moeite.

'Wanneer is Malley vertrokken en waar is hij naartoe gegaan?' vroeg Milo. 'En geen gelul, alsjeblieft.'

De roze wimpers van MacIntyre trilden. 'Je maakt mij echt niet bang,' zei ze, maar haar rokerige stem klonk ijl van de spanning. 'Ik wil helemaal niemand bang maken, mevrouw, maar ik sla u echt in de boeien en pak u op wegens het hinderen van een ambtenaar in functie als u me weer zo'n grote bek geeft.'

'Dat kun je niet maken.'

Hij draaide haar rond en trok haar arm op haar rug. Heel voorzichtig. Er stond een berouwvolle blik in zijn ogen.

Een blik die zei: *Een oude vrouw. Zover is het al gekomen.*

Bunny MacIntyre schreeuwde het uit. 'Verdomde bullebak! Wat wil je nou eigenlijk van me?'

Haar stem was schril van de spanning en klonk een octaaf hoger. Milo liet haar arm los en draaide haar om tot ze hem weer aankeek.

'De waarheid.'

Ze wreef over haar arm. 'Flinke kerel, hoor. Ik dien een aanklacht tegen je in.'

'Het zal vast heel leuk zijn geweest om hem in de buurt te hebben,' zei Milo. 'Zo'n jonge vent, van mij zul je daar geen kwaad woord over horen. Maar nu is hij weg – met een vrouw van zijn eigen leeftijd – en daarginds in de echte wereld zijn de zaken behoorlijk uit de hand gelopen, dus nu is het hoog tijd om al die fantasieën over rijpe vrouwen en groene blaadjes uit je hoofd te zetten en mij te helpen de waarheid te achterhalen.'

Bunny MacIntyre keek hem met open mond aan, voordat ze begon te lachen. Ze sloeg zich op haar dij en brulde.

Toen ze eindelijk weer op adem was, zei ze: 'Dus jij dacht dat hij mijn toyboy was? Man, wat ben jij een stommeling!' Gevolgd door een nieuwe lachbui.

'Maar jij dekt hem,' zei Milo. 'Alleen omdat jullie een platonische verhouding hadden?'

MacIntyre lachte haar keel schor. 'Oen, oen, oen! Hij is familie van me, sukkel. De zoon van mijn zus. Zij is aan kanker gestorven, net als Barnetts vader. En de autoriteiten kunnen zeggen wat ze willen, maar je zult mij nooit uit mijn hoofd praten dat het niet aan al die straling lag.'

'Los Alamos.'

Ze knipperde met haar ogen. 'Moet je horen, er gebeuren daar allerlei rare dingen. Een paar jaar geleden was er een enorme brand waarbij duizenden hectaren in de as werden gelegd, terwijl het lab ongeschonden bleef. Vind jij dat logisch? Er werd beweerd dat het opzettelijk was aangestoken door een stel van die boswachters om bosbranden onder controle te kunnen houden en dat het door de wind uit de hand was gelopen.' Ze snoof. 'Maak dat de kat wijs.'

'Barnett is je neef.'

'Volgens mij noem je de zoon van je zus nog steeds zo, ja. Ik ben de enige die hij nog heeft, meneer. Hij is een wees, begrijp je wel? Ik was meteen bereid om hem in huis te nemen, maar hij wilde geen liefdadigheid, dus heb ik hem naar Gilbert Grass gestuurd. Toen Gilbert met pensioen ging, heb ik tegen hem gezegd dat ik zijn hulp echt nodig had. En dat was nog waar ook. Is het tegenwoordig soms bij de wet verboden je familie te helpen?'

'Hij heeft een zus in Ohio.'

MacIntyre trok een pruilmondje. 'O, die. Ze is getrouwd met een bankier, een rijke snob. Ze heeft altijd neergekeken op Barnett, omdat hij op school niet goed mee kon komen. Hij was niet dom, om de dooie dood niet. Hij had moeite met lezen, maar als je hem een kapotte pomp gaf die gerepareerd moest worden of iets om in elkaar te zetten, dan was de klus binnen de kortste keren geklaard.'

'Dat is dan mooi. Maar waar hangt hij uit?'

'Hij is een lieve jongen,' zei MacIntyre. 'Waarom laten jullie hem niet gewoon met rust?'

'Waar is hij, mevrouw?'

'Ik zou het niet weten.'

'Mevrouw MacIntyre...'

'Ben je soms doof?' Ze wreef over haar pols. 'Je kunt me de godganse dag aftuigen alsof ik Rodney King in eigen persoon ben, maar ik weet het echt niet. Hij heeft me niets verteld.'

'Is hij zonder iets te zeggen weggegaan?'

'Voordat hij ging, heeft hij me bedankt voor alles wat ik voor hem heb gedaan en zei dat het tijd was om op te stappen. Ik heb hem niets gevraagd, omdat ik er niet van hou om vragen te stellen en Barnett houdt er niet van om vragen te beantwoorden. Hij heeft al genoeg meegemaakt. Bovendien is hij vegetariër, zegt dat niet genoeg?'

'Dus hij houdt van dieren.'

'Hij is een vreedzaam type.'

'Wanneer is hij vertrokken?'

'Drie dagen geleden.'

'Zijn pick-up staat hier.'

'Goh,' zei MacIntyre, 'Sherlock Holmes is kennelijk een paar pondjes aangekomen.'

'Waar rijdt hij dan nu in?'

Stilte.

'Mevrouw?'

'Hij heeft er nog een.'

'Nog een pick-up?' vroeg Milo. 'Die staat niet op zijn naam.'

'Nee, die staat op mijn naam.'

'Dan bent u er dus verantwoordelijk voor, niet hij.'

'Dat zal wel.'

'Wat voor merk?'

MacIntyre gaf geen antwoord.

'Als er iets gebeurt,' zei Milo, 'bent u aansprakelijk. En als die auto echt op uw naam staat, dan hoef ik maar één telefoontje te plegen.'

Ze vertrok haar mond.

'En als dat niet zo is,' zei hij, 'dan zit u in de nesten.'

'Ik heb nog geen tijd gehad om hem op mijn naam te laten zetten. Het was de auto van Gilbert. Ik heb hem van zijn weduwe gekocht.'

'Wat voor merk?'

'Ook een Ford.'

'Kleur?'

'Ook zwart.'

'Waar heeft Barnett hem staan?'

'Ergens in Santa Clarita en vraag me nou niet waar, want dat weet ik niet.'

'Staat hij bij een garage?'

'Nee, bij een of ander carrosseriebedrijf. Hij laat er wat dingen aan doen. De motor opvoeren, grotere banden, je weet wel... van die typische mannendingen. Vind je niet dat hij het recht heeft om zich ook eens een keer uit te leven?'

'Is hij alleen weggegaan?'

'Je hebt net zelf gezegd dat hij een meisje had.'

'Wist u dat al voordat u het van mij hoorde?' vroeg Milo.

'Hij heeft wel gezegd dat hij een vriendin had, maar meer ook niet. Ik weet niet eens hoe ze heet.'

'Hebt u haar nooit ontmoet?'

'Nee, maar ze is lief voor Barnett en dat is het enige wat mij interesseert.'

'Hoe weet u dat ze lief voor hem is?'

'Hij begon eindelijk een beetje gelukkiger te worden.'

44

We liepen terug naar de weg en terwijl ik de Seville startte, belde Milo opnieuw om te vragen of het opsporingsbevel al resultaat had gehad. Hij schudde zijn hoofd. 'Nu gebruik ik al geweld tegenover oude wijven.'

'Ze zal het heus wel overleven.'

'Bedankt voor de morele steun,' zei hij. 'Wat is er met je gevoelige kant gebeurd?'

'In slaap gesust. Wil je dat ik naar Santa Clarita rij om de garage te zoeken waar Barnetts andere truck is opgeknapt?'

'Dat zou veel te veel moeite kosten en weinig opleveren. Malley en Cherish zijn allang op weg. De vraag is op welke weg.'

'En dan is er ook nog de Toyota van Cherish.'

'Denk je dat ze apart reizen? Je hebt toch gehoord wat MacIntyre zei. Barnett is gelukkig.'

'Liefde alleen is niet genoeg om hem weer vreugde in het leven te bezorgen.'

'Wat bedoel je?'

'Misschien wilde hij niet met jou samenwerken omdat hij zelf al een plan had. Het woord "verwerken" zou eigenlijk uit het woordenboek geschrapt moeten worden, maar een vent in zijn omstandigheden zou best kunnen denken dat zijn verdriet minder zou worden bij een bepaalde vorm van bevrediging. En Cherish zou hem daarbij kunnen helpen.'

'Vergelding.'

'Zo kun je het ook noemen.'

Tegen de tijd dat ik terug was in de Valley begon de zon al onder te gaan. Ik reed rechtstreeks naar het park waar Kristal Malley was vermoord, alleen maar in de hoop dat er sprake zou zijn van een bepaalde symmetrie. In plaats van Drews lijk vonden we alleen een smerige, trieste bedoening vol zwerfvuil.

Milo pakte zijn kleine zaklantaarn en richtte het dunne straaltje op de openbare toiletten uit Sue Kramers politieverslag en de container, die nu naar afval rook.

De schommels waarop twee jonge moordenaars rokend een paar biertjes hadden gedronken.

Vanavond waren er geen jongeren. Er was zelfs geen mens te zien. In de verte werden de vervallen woningen van 415 City met hun platte daken van boven af fel verlicht door schijnwerpers. Een politiesirene jankte en viel toen stil. Geschreeuw, gelach en tromgeroffel verbraken de avondstilte. Het was benauwd en drukkend weer, als een stel handen dat zich om een keel had gesloten.

Milo stopte de zaklantaarn weer in zijn zak. 'Leuk geprobeerd. Maar ze kunnen overal zijn. Misschien wilde Cherish werkelijk naar Las Vegas.'

'Waar is Lara precies gevonden?' vroeg ik.

Hij ging op een van de schommels zitten. De ketting protesteerde piepend. Nadat hij Sue Kramer had gebeld, stelde hij haar dezelfde vraag en luisterde geconcentreerd. Hij schreef iets op, verbrak de verbinding en gaf de aanwijzingen aan mij. 'Of we er iets mee opschieten, weet ik niet.'

Het Sepulveda Basin Wildlife Reserve is een stuk land van iets minder dan honderd hectare dat in L.A. voor vrije natuur doorgaat.

356

Het is ontstaan door een kunstmatig meer middels een dam te vullen met ondrinkbaar water dat wordt aangevoerd via door het leger gegraven afwateringskanalen en de omgeving te beplanten met inheemse bomen en planten. Het park ligt ingeklemd tussen twee snelwegen, maar is desondanks beeldschoon. Het is een toevluchtsoord voor vogels en een paar honderd soorten verblijven er tijdelijk of vast. Mensen zijn welkom, maar onder bepaalde voorwaarden. Jagen is verboden, net als vissen en fietsen. De eendjes mogen niet gevoerd worden. En het is verboden de wandelpaden te verlaten.

Ik volgde de aanwijzingen van Sue Kramer op en reed het park binnen via de ingang aan Balboa Boulevard, vlak na de Birmingham High School, en reed rustig over een stuk weg zonder bomen. Even later kwam de L.A. River in zicht, een lege, met graffiti vervuilde trog in deze door droogte geplaagde winter.

'Daar had ze haar auto neergezet,' zei Milo. Hij wees naar een plek naast de rivier, half verborgen door een aanplant van eucalyptusbomen.

Er was geen voertuig te zien.

Ik reed door.

'En waarheen nu?' vroeg hij.

'Misschien wel nergens heen.'

'Waarom ga je dan niet terug?'

'Heb jij iets beters te doen?'

Terwijl ik naar het zuiden richting Burbank reed, sloeg ik links af en reed langs de zuidelijke grens van het park. Hier waren meer dan genoeg bomen. Bordjes gaven de richting naar de dam aan. Niet meer vogels dan we in Soledad Canyon hadden gezien. Misschien wisten die iets.

We zagen de auto op hetzelfde moment.

Een witte Jeep, helemaal achteraan op een klein parkeerterrein aan de kant van Burbank.

Het was de enige wagen die er stond. Op de borden was aangegeven dat het parkeerterrein een uur geleden officieel was gesloten.

'Zomaar open en bloot,' zei Milo. 'Of hoe je een opsporingsbevel aan je laars kunt lappen. Waar zitten die parkeermafioso als je ze nodig hebt?'

Ik stopte achter de Jeep.

'Hij staat hier gewoon zonder dat het iemand is opgevallen,' zei Milo.

'Het is als het ware een uitnodiging om er een kijkje in te nemen,' zei ik.

Een nieuw stel plastic handschoenen kwam tevoorschijn. Hoeveel paar had hij bij zich? Hij liep om de Jeep heen en controleerde eerst de onderkant en toen de raampjes. De portieren zaten op slot en de auto was leeg. Door de achterruit was de kofferruimte achterin duidelijk te zien. Niets.
'Zin in een wandeling?' vroeg Milo.

Boven op de dam liep een zandpad. De bomen stonden hier dichter op elkaar, nog meer eucalyptus, knoestige notenbomen, wilde eiken die van droogte hielden en naaldbomen waarvoor dat niet gold. We kwamen diverse geplaveide paden tegen die naar Burbank en Victory liepen, maar wij bleven op het zandpad. Twintig meter verder werd de begroeiing nog dichter, het pad werd donkerder en Milo's minizaklantaarn produceerde een zielig straaltje dat niet verder dan een meter reikte.
Rotsen, zand en rondscharrelende insecten.
'Je bent echt op alles voorbereid,' zei ik.
'Ik heb bij de padvinderij gezeten,' zei hij. 'Ik heb het zelfs tot verkenner geschopt. Ze zouden eens moeten weten.'

We hadden het halve park al doorgezwalkt zonder iets te vinden. De opwinding die mijn hart sneller had doen kloppen toen we de auto vonden, begon af te nemen.
En we stonden net op het punt om weer terug te gaan, toen het geluid onze aandacht trok.
Een laag, onophoudelijk gezoem, dat bijna overstemd werd door de herrie van de snelweg.
Vliegen.
Milo maakte gebruik van zijn lange benen en was binnen een paar seconden ter plekke.
Toen ik me bij hem voegde, was het smalle straaltje van de zaklantaarn gericht op een twaalf meter hoge notenboom.
Een stevig exemplaar met een dikke stam en knobbelige, verkleurde takken. Kaal, met uitzondering van een paar verdroogde bruine blaadjes, in tegenstelling tot de naaldbomen en de wilde eiken eromheen.
Drew Daney, gehuld in een donker joggingpak en gympen, hing

aan een van de onderste takken, met zijn voeten ongeveer vijf centimeter boven de grond. Zijn hoofd was opzij gedraaid, zijn ogen puilden bijna uit de kassen en zijn tong stak als een aubergine uit zijn scheve mond.

Milo richtte de bundel op zijn hoofd. Eén schotwond in de linkerslaap. Een stervormige inslagwond. Het gat op de plek waar de kogel het hoofd had verlaten was groter. Kleine, bedrijvige mieren kropen in en uit beide gaten. De vliegen schenen een voorkeur te hebben voor de grootste wond.

Het duurde even, maar hij vond het gat in de boom waar de kogel terecht was gekomen.

Aan Daneys ogen en tong was te zien dat hij eerst was opgehangen. 'Bovenmatig geweld,' zei ik. Denkend aan Daney die daar bungelde en zich net niet in veiligheid kon brengen. Hoe hij zich aan het touw had vastgeklemd in een poging zichzelf op te hijsen.

Met dat grote sterke bovenlichaam. Misschien was het hem een paar seconden gelukt. Of zelfs een paar minuten.

Maar uiteindelijk had hij het moeten opgeven. En gevoeld hoe zijn levenskracht wegebde.

Milo liet de lichtstraal zakken. 'Moet je dat zien.'

In Daneys kruis was het een drukte van belang. Een verfomfaaid gat met rafelige randen waar het katoen van zijn joggingbroek weggeschoten was.

Hier waren de vliegen heer en meester.

Milo liep ernaartoe om het beter te bekijken. Een paar insecten vlogen op, maar de meeste bleven druk bezig. 'Dat lijkt op schotwonden... meer dan één.' Hij bukte zich en bekeek het onderste deel van de boomstam. 'Ja, kijk eens aan, dat ziet eruit als... vier... nee, vijf kogels. Ja, vijf.'

'Hij heeft het pistool leeggeschoten,' zei ik. 'Zes kogels. Een cowboypistool.'

'Er zit daar nog iets anders.' Hij richtte de bundel er weer op en wees. 'Een stel ringen.'

Ik kwam een stapje dichterbij en zag twee witgouden ringen versierd met kleine blauwe steentjes. Dezelfde ringen die ik acht jaar geleden bij de gevangenis had gezien.

Met punaises vastgepind aan wat er nog over was van Daneys lid. 'De trouwringen van Drew en Cherish,' zei ik. 'Ze heeft haar zegje gedaan.'

Hij deed een paar passen achteruit om het lijk van top tot teen te bekijken. Uitdrukkingsloos.

Daarna haalde hij zijn gsm tevoorschijn en belde het bureau in Van Nuys. 'Met inspecteur Sturgis. Jullie kunnen het opsporingsbericht betreffende de voortvluchtige Daney intrekken. *Daney*. Ik spel het wel even.'

45

Milo en ik liepen weg bij het lichaam en wachtten.

'Hang ze aan de hoogste tak,' zei hij. 'Of in dit geval aan de laagste.' Hij was rusteloos, liep terug en bestudeerde Daneys gympen. En de fatale vijf centimeter. 'Die heeft zich vast niet op zijn gemak gevoeld. Denk je dat ze het pistool van Drew hebben gebruikt of is Barnett in zijn arsenaal gedoken?'

'Ik zou zeggen dat van Drew. De verleiding van poëtische gerechtigheid.'

'Dat heeft Cherish samen met het geld meegenomen. Als je toch op de ironische toer gaat, waarom zou je je dan inhouden?'

Als je naging dat het zandpad alleen te voet begaanbaar was, duurde het niet lang tot er zes agenten in uniform opdoken. Gevolgd door vier rechercheurs en twee forensisch onderzoekers die met een wit busje waren gearriveerd.

Milo bracht een van de rechercheurs snel op de hoogte en kwam toen naar de plek waar ik zat, net buiten het met lint afgezette gebied.

'Zullen we gaan eten?'

'Zijn we al klaar?'

'Vanaf nu mag iemand anders zich er druk over maken.'

Onze maaltijd bestond uit pasta en wijn, bij Octavio's op Ventura Boulevard in Sherman Oaks.

Er werd geen woord gezegd tot Milo halverwege zijn *linguini* met sint-jakobsschelpen was. 'Deze broodjes zijn echt verrukkelijk.'

'Ja, inderdaad.'

Een glas chianti later zei ik: 'Cherish zal het niet zo bedoeld hebben, maar ze heeft Rand wel min of meer de dood in gestuurd. Misschien wilde ze alleen maar dat hij Drew zou verraden, maar het plan was niet goed doordacht. Ze had moeten weten dat hij niet intelligent genoeg was om zijn bezorgdheid te verbergen. Maar ze was verblind door haar haat voor Drew.'

'Onnadenkendheid is geen misdrijf dat vervolgd kan worden.' Hij brak een stukje brood af en depte dat in de saus. 'Zalig.'

'De zaak is voor jou echt afgedaan.'

'Ik zou niet weten waarom ik me nog druk zou maken.'

'Wat dacht je van het feit dat Cherish en Barnett Daney eerst opgeknoopt hebben om vervolgens zijn ballen eraf te schieten?'

'Echt wildwestgedoe,' zei hij, terwijl hij wat linguini om zijn vork wikkelde. Er viel een sliertje af dat hij weer oppakte en in zijn mond stopte. Een druppeltje saus bleef achter op zijn kin. 'En ik ben de sheriff van Dodge niet.'

'Oké,' zei ik.

'We weten toch niet zeker dat Malley en Cherish erachter zitten? Zo'n vent als Drew kan heel wat vijanden hebben gemaakt.'

Ik keek hem met grote ogen aan.

Hij veegde zijn kin af met een servetje. 'In ieder geval zullen de jongens uit de Valley die zaak wel tot een logisch eind brengen.'

'Als jij dat zegt.'

'Hoezo, ben jij er dan nog níét klaar mee?'

'Ik denk het wel. Afgezien van de meisjes die nog opvang nodig hebben. Als rechercheur Weisvogel me tenminste belt.'

'Daar keek ik wel van op,' zei hij. 'Omdat jij eigenlijk nooit zin hebt om je voor lange tijd vast te leggen. Overviel ze je soms?'

'Dat zal het wel zijn geweest.'

Hij stortte zich op zijn maaltijd tot hij naar adem moest happen. 'Sorry dat ik je moet teleurstellen, Alex, maar ik ben moe.'

'Dat kan ik je niet kwalijk nemen.'

'Ik bedoel écht moe. Zo moe dat je geen zin hebt om op te staan als je wakker wordt en jezelf echt de dag door moet slepen.'

'Wat naar voor je,' zei ik.

Hij viste een sliertje linguini op en zoog het naar binnen zoals kleine kinderen dat doen. 'Het komt wel weer in orde.'

Twee dagen later hing hij aan de telefoon.

'Daney mag zijn Jeep dan schoongemaakt hebben, maar het is een schatkamer voor de gerechtelijke medische dienst. Schaamhaar, sperma en minieme bloedspettertjes op de stootrand onder het portier. En ik heb net ook een telefoontje uit het centrum gehad. Mijn aanvraag voor een DNA-test is geaccepteerd en alles wordt zo snel mogelijk naar Cellmark gestuurd. Als ik niet binnen negentig dagen iets gehoord heb, moet ik ze maar even bellen.'

'Is er nog nieuws over Cherish en Barnett?'

'Voor zover ik weet niet, maar ik krijg niet alles te horen.'

'Dus jij behoort niet tot het interne kringetje.'

'Het enige tastbare kringetje was het touw dat ze om de nek van die smeerlap hebben gelegd. Maar goed, Rick en ik staan op het punt om naar Hawaï te vertrekken, dus ik vond dat ik maar even moest bellen om je dat te vertellen.'

'Leuk voor je.'

'We hebben voor tien dagen een appartement gehuurd op het grote eiland.'

'Ik dacht dat jij nooit bruin werd.'

'Nou, dan ga ik alleen maar liggen bakken.'

'Wanneer ga je weg?'

'Over twintig minuten, als de vertrektijd op het bord klopt.'

'Ben je op het vliegveld?'

'Het is echt te gek hier. We hebben twee uur in de rij gestaan voor een stel debielen van de veiligheidscontrole. Ik moest mijn schoenen uitdoen, ze hebben mijn hele handbagage overhoop gehaald en ik ben gefouilleerd. Ondertussen konden alle anderen, met inbegrip van een vent die eruitzag als de tweelingbroer van Osama, gewoon doorlopen.'

'Je ziet er gewoon veel te gevaarlijk uit.'

'Ze moesten eens weten.'

Die dag belde rechercheur Judy Weisvogel nog niet, maar de volgende morgen, toen ik na een eind hardlopen weer thuiskwam, had mijn boodschappendienst gebeld. Eigenlijk had ik gehoopt dat het om Allison zou gaan. Maar ik hield mezelf voor dat Allison haar handen vol had en dat het voor mij ook goed zou zijn als ik iets te doen kreeg.

Ik belde Weisvogel op het bureau in het centrum.

'Fijn dat u terugbelt, dokter. Bent u nog steeds beschikbaar?'

'Ja, hoor.'

'Voor zover wij kunnen achterhalen, had u gelijk. Hij heeft alleen Valerie en Monica Strunk misbruikt. Valerie wil niet met u praten, maar Monica schijnt er niets op tegen te hebben. U zult het natuurlijk beter weten dan ik, maar volgens mij is ze behoorlijk dom, tegen het zwakbegaafde aan. Maar misschien komt dat door de shock.'

'Dat lijkt me logisch,' zei ik. 'Valerie was zijn eerste keus. Monica diende alleen maar als invalster.'

'Klootzak,' zei ze. 'Ik heb er echt geen oog minder om dichtgedaan toen ik hoorde wat hem was overkomen.'

'Hoe heeft Valerie op het nieuws gereageerd?'

'Ze weet het nog niet. Ik wist niet of ik haar dat moest vertellen, aangezien ze nog steeds over hem praat alsof hij Jezus in eigen persoon is. Het is verdomme gewoon dat Stockholmsyndroom. Wat zou u doen?'

'Iemand zoeken met wie ze het goed kan vinden en die het laten vertellen.'

'Dat is een goed idee. Maar ze heeft niemand meer, alleen wat verre familie die niets van haar wil weten.'

'Wat zielig,' zei ik.

'Iedereen is zielig. Wanneer kunt u beginnen?'

'Ik kom morgen wel langs.'

'Fantastisch. We hebben al maatschappelijk werkers ingeschakeld en alle meisjes zitten in een jeugdopvang in het centrum. Die wordt geleid door mensen van de pinkstergemeente, maar dat zijn niet van die heilige boontjes en ik weet uit ervaring dat ze te vertrouwen zijn.'

Ze gaf me een adres in Sixth Street.

'Ik zal er om tien uur zijn,' zei ik.

'Nogmaals bedankt, dokter. Als u ons advies kunt geven over plaatsing op de lange duur staan we daarvoor open. Momenteel zitten ze goed, maar ze kunnen daar alleen tijdelijk blijven. Ik kan me niet voorstellen dat ze opnieuw in pleeggezinnen geplaatst worden, zonder grondige controle vooraf.' Ze lachte. 'Ik lijk zelf wel een maatschappelijk werkster.'

'Dat hoort allemaal bij het werk.'

'Tenzij je dat helemaal van je af kunt zetten,' zei ze. 'Maar zover ben ik nog niet.'

's Avonds belde Allison. 'Ik zit in de auto, tien minuten bij je vandaan. Mag ik langskomen?'

'Ja, natuurlijk.'

Ik zette de voordeur open. Zeven minuten later kwam ze binnenlopen.

Opgemaakt, sieraden, loshangend glanzend haar. Een sluitende witte zijden blouse, ingestopt in een wijnrode broek. Donkerrode suède sandaaltjes met kleine, met rijnsteentjes bezette, strikjes. Dunne gouden kettinkjes dwars over de voet.

Ze legde haar handen om mijn gezicht en kuste me op mijn lippen, maar niet lang.

We gingen dicht tegen elkaar in de woonkamer zitten. Ik hield haar hand vast. Zij raakte mijn knie aan.

'Het lijkt eeuwen geleden dat we het samen leuk hadden,' zei ze.

'Het ís ook eeuwen geleden.'

'Ik heb gehoord wat er met Drew Daney is gebeurd. Het was op het nieuws... Iets over de Sepulveda Dam. Ze gaven niet veel bijzonderheden.'

'Wil je die weten?'

'Nee, niet echt. Gaat het goed met je?'

'Prima, hoor. En met jou?'

'Met mij ook.' Haar buitenste ooghoeken trokken omlaag.

'Wat is er aan de hand?'

'Ik wou dat ik je wat plezier kon bezorgen, Alex, maar ik moet over een paar dagen naar Connecticut. Oma is gevallen en heeft haar heup gebroken en Wes zegt dat ze daar kennelijk geestelijk een tik van heeft gekregen, ze is gewoon zichzelf niet. Ik zou het liefst morgen al op een vliegtuig stappen, maar ik moet ook aan Beth denken. Het gaat beter met haar, stukken beter, en er is een heel goede arts in het ziekenhuis die met haar wil werken. Beth schijnt haar wel te mogen, maar echt contact hebben ze nog niet en we moeten ook rekening houden met verlatingsangst. Ik hoop dat ik haar zover kan krijgen dat ze die andere arts over een paar dagen accepteert. En dat ze begrijpt dat mijn afwezigheid maar tijdelijk is.'

Ze zuchtte. 'Ik zou het nooit tegen iemand anders zeggen, maar ik zou dolblij zijn als ik bij mijn terugkomst tot de ontdekking kom dat ze eigenlijk de voorkeur geeft aan die ziekenhuisarts.'

'Ik weet hoe je je voelt.'

'Ik voel me zo léég, Alex. Iedere minuut dat ik niet in mijn praktijk ben, zit ik in het ziekenhuis. En nu komt oma er ook nog bij. Af en toe heb ik het gevoel dat iedereen om me heen op mij parasiteert. Erg, hè? Niemand heeft me gedwongen om dit werk te gaan doen.'

Ik legde mijn arm om haar heen. Ze bleef even stram zitten, maar legde toen haar hoofd op mijn schouder. Haar haar kriebelde in mijn neus. Het kon me niets schelen.

Even later zei ze: 'Ik weet dat we een heleboel te bespreken hebben, maar ik kan er gewoon de energie niet voor opbrengen. Kunnen we niet gewoon naar bed gaan zonder te vrijen? Als je nee zegt, kan ik dat heel goed begrijpen, maar ik zou het ontzettend fijn vinden als je dat op kunt brengen.'

Ik stond op en trok haar overeind.

'Dank je wel,' zei ze. 'In ieder geval heb ik een echte vriend.'

Ze houdt van haar lichaam en kleedt zich meestal voor mijn neus uit. Maar dit keer kleedde ze zich in de badkamer uit en toen ze weer tevoorschijn kwam, had ze haar broekje en beha nog aan. Ik was naakt in bed gekropen. Toen ze naast me gleed en ik het matras voelde inzakken, kreeg ik een stijve en ging op mijn zij liggen zodat ze dat niet zou zien.

Maar ze voelde het instinctief aan, rolde om, pakte me even vast en liet weer los.

'Je bent er helemaal klaar voor,' zei ze. 'Sorry.' Ze ging op haar rug liggen en legde haar gladde witte arm over haar ogen.

'Je hoeft je niet te verontschuldigen,' zei ik. Maar die moeite had ik me kunnen besparen. Ze was al in slaap gevallen en lag door haar mond te ademen, waardoor de cups van haar beha op en neer deinden.

Ik wist dat ik geen oog dicht zou doen. Het was te vroeg voor me om te gaan slapen en ik had veel te veel aan mijn hoofd.

Morgenochtend. Op welke manier moest ik Monica Strunk aanpakken?

Zou Valerie wel in staat zijn om met een andere therapeut te praten?

Waar was Miranda?

Zou mijn rol als surrogaatpolitieman ervoor zorgen dat ik totaal geen contact kreeg met de andere meisjes, waardoor ik uiteindelijk tegen Judy Weisvogel moest zeggen dat het me niet was gelukt?

Een man aan een boomtak.

Een babyarmbandje.

Terwijl ik mijn best deed om via mijn ademhaling weer rustig te worden, probeerde ik de zaak van me af te zetten.

Ik dacht aan een telefoontje dat ik vroeg of laat zou moeten plegen.

Het liefst zo gauw mogelijk, gezien de omstandigheden.

Terwijl Allison sliep, lag ik het in mijn hoofd te repeteren.

Rinkel rinkel rinkel.

Ik ben het.

O, hoi.

Hoe gaat het met je?

Goed, hoor. En met jou?

Best.

Mooi zo.

Ik wou eigenlijk even langskomen. Om Spike te zien.

Tuurlijk, dat is prima. En ik zal er ook zijn.

JONATHAN KELLERMAN is een van de populair-
ste schrijvers ter wereld. Hij heeft zijn ervaring
als klinisch psycholoog vertaald in een groot
aantal succesvolle thrillers, waaronder de boeken met Alex Delaware in de hoofdrol, *Domein
van de beul, Billy Straight, Lege Plek* en *De Juni Moorden.* Samen met zijn vrouw, schrijfster
Faye Kellerman, schreef hij de bestseller *Dubbele doodslag.* Hij heeft ook een groot aantal es-
says, korte verhalen, wetenschappelijke artikelen, twee kinderboeken en drie werken over
psychologie op zijn naam staan, waaronder *Sav-
age Spawn: Reflections on Violent Children.* Hij
heeft de Goldwyn-, Edgar- en Anthony-award
gewonnen en is genomineerd geweest voor een
Shamus Award. Jonathan Kellerman woont in
Californië en heeft vier kinderen. Op www.jo-
nathankellerman.com vindt u meer informatie.